谨以此书宽慰奶奶在天之灵

万象文库·长篇小说

奶奶和她的传奇

罗建明◎著

人民日报出版社

图书在版编目（CIP）数据

奶奶和她的传奇／罗建明著．—北京：人民日报
出版社，2015.4
ISBN 978－7－5115－3203－9

Ⅰ．①奶…　Ⅱ．①罗…　Ⅲ．①长篇小说—中国—当代
Ⅳ．①I247.5

中国版本图书馆 CIP 数据核字（2015）第 083944 号

书　　名：	奶奶和她的传奇	
著　　者：	罗建明	

出 版 人：董　伟
责任编辑：陈　红
封面设计：中联学林

出版发行：人民日报出版社
社　　址：北京金台西路 2 号
邮政编码：100733
发行热线：（010）65369527　65369846　65369509　65369510
邮购热线：（010）65369530　65363527
编辑热线：（010）65369844
网　　址：www. peopledailypress. com
经　　销：新华书店
印　　刷：北京天正元印务有限公司

开　　本：710mm×1000mm　1/16
字　　数：494 千字
印　　张：27.5
印　　次：2015 年 6 月第 1 版　　2015 年 6 月第 1 次印刷

书　　号：ISBN 978－7－5115－3203－9
定　　价：58.00 元

目录 contents

第一章　奶奶的婚事

　　一个刚下过大雪的晚上，北风呼呼地刮着，树上好像带着无数枚哨子，在刺骨的寒风中，到处啾啾乱响。用谷子秆编成的风门，在寒风中像摇摆舞一样不停地跳动。糊了几层的窗户纸，一层一层地飞走，风从窗洞里钻进来，扫荡了每件物品、每个角落。房顶上苫的麦秸，被风一把一把地掀下来，有的落到地上，滚到坑塘；有的飘到天空，飞到远方。白皑皑的雪，漫天遍野，冷飕飕的北风，刺骨凝血。广大贫苦农民，家家灶冷，户户衣单，他们都蜷缩在自己的小窝里，在恶劣的天气里苦熬着。

　　在一个不大不小的草房屋里，母女俩面对面坐着，中间放着一个用黏土做成的火盆。从火中冒出一缕细微的青烟，逍遥自在地，慢慢腾腾地，不慌不忙地打着旋儿往上游动，消失在空中。母亲哭丧着脸，紧锁着眉，牙咬着嘴唇。眼角的鱼尾纹显得更深，两眼直盯着女儿，好像生怕女儿消失似的。女儿无精打采地坐着，女儿眉清目秀，可黑白分明的大眼睛一点儿也没有了往日的神采，呆呆地望着火盆里的死火，一点火星从火盆中爆炸出来，即刻消失在她的脚旁。她的两手无所事事，一会儿张开手掌放在火上取暖，一会儿两手凑在一起，让十个指头开小会，你摸摸我，我碰碰你，谁也不知道它们交流了什么；有时两手抱在一起揉搓，不知道是搓手上的灰，还是蹭痒。两人沉默了好一阵子后，母亲先开了腔："今天上午你胡大娘又来了，还是问你的婚事。她问咱们对她说的那个媒，考虑得怎么样了。"

　　女儿漫不经心地问："你是怎么对她说的？是不是说你们已经答应了？"

　　妈妈："看你这傻孩子说的，不经过你的同意我们能答应她吗？这是不可能的。孩子的婚姻大事，虽说是父母做主，但在咱们家，你爹我们两个都很通情达理，在孩子的婚姻问题上，我们是充分听取你们自己的意见。我没说肯定话，我说得征得你的同意以后再说。"

女儿说："先停停吧。那边如果等不及，请他们另找家吧。"

妈妈有些生气了，不耐烦地说道："你又不同意，孩子，你能不能告诉我，你到底同意什么样的？你看现在，人家说个你不同意，说个你不同意，这样下去，以后人家就不说了。你都没想想你多大了，难道你能跟娘生活一辈子吗？你对娘说说，你到底为啥不同意？"

女儿："为什么不同意，我也说不来。因为我不知道他的情况，所以我不同意，就这么简单。与一个不了解他的情况的人结婚，其他女人可以，但我接受不了。"

妈妈："真是怪事。我们这么多女人不都是这个样子吗？都是先结婚，再了解情况，再建立感情。"

女儿："这样冒险很大，可以肯定地说，你们这一批人中，婚姻生活有各种不同情况。"

妈妈马上问她："你怎么知道的？你也没有一个一个去问问。你说说都有什么不同情况。"

女儿："有满意的，最多占一半，也可能稍微多一点儿；有勉强的；有不满意的，但可以凑合着过；也有过不到一起的，这一部分人中，大部分在丈夫的拳打脚踢下过日子，这部分人最可怜，他们过不了一天好日子，她们生男育女，辛苦一辈子，最后悲惨地死去。在那勉强的人群中，很多人也不是从内心里满意，她们大部分是相信命。她们认为她们就是这个命，这一辈子就该找这样的男人。……咱们女人啊，就是受苦多，就是受罪多……"

妈妈："你这一套话从哪里学来的？真是'富人卖粮——一袋（代）比一袋（代）强'，我这一代不如你们，没你们懂得多，没你们见识广。"

女儿的话说得妈妈无言可答。她很佩服女儿，佩服女儿懂得这么多东西，佩服女儿有这么个好口才，滔滔不绝地像打机关枪一样一连串说了这么多关于女人的问题。这些是她过去从来没有想过的。她为女儿高兴，为女儿骄傲。她心里明白了，心里亮堂了，知道女儿迟迟不肯轻易答应自己婚事的原因了。

大风还在刮着，风门的扑踏声，梢枝的啾啾声，大树的呜呜声，以及院子里一些东西被刮到地上的咔嚓声，交汇在一起，像大自然中的交响乐，听起来不是愉快的感觉，而是阴森可怕、悲哀凄凉。妈妈说："天不早了，咱们睡吧。"

夜里谈话的母女俩是陈庄村的陈婵妮和她的妈妈。

陈家的祖辈是一个中等生活水平的人家，虽然谈不上富，但也不算穷，生活还算不错。到她父亲那一辈，慢慢滑下来了，生活只是顾得住。她兄妹四人，有两个哥哥和一个弟弟，就她一个女孩。父母疼她，从某种程度上说有点儿溺爱，在很多重大问题上，尤其是牵涉到她本人的事情，得按她的意见办。不然，她就不依。父母亲常批评她"自以为是"。可是她的想法并不是没有道理。比如，她十来岁时，一心想学文化，非让她父亲给她雇家庭教师不可。她父亲只得给她请一个远门亲戚上门教她识字。所以她是这个年龄段少有的识些字的女人。再如，她小时不想裹足，她妈怎么说她也不干，把她妈气得死去活来。她妈说："女人不裹脚，找不到婆婆；女人脚很大，人人都害怕。"她反驳说："找不到婆婆我自己过，干吗非要找婆婆？害怕我就别理我，谁离了谁都能过。"

婵妮生性很泼辣，遇事天不怕地不怕。小曾家里活地里活，都积极干，并且干得都不错。她父亲赶着牲口去地里犁地，她也想去试试，耙地、耕地，她都想干。全家的吃水她包了，三天两头往家里担水，家里的吃水缸里总是存着满满的水。她虽然是女孩，但干起活来完全像一个男的。她妈妈常说她是"破小子"。

虽说婵妮有"破小子"的特征，但是她在家里可真会做细活。女人干的活，她基本上都会。纺花、织布、做衣服，她全会；做袜子、做鞋，甚至小孩衣服等她也全会；扎花、绣花、画花、铰花，她没有不会的。东西两庄的姑娘们常找她帮忙，找她画花、铰花、扎花、绣花，她忙得不亦乐乎。请她画的花主要有：袜底上的，鞋帮儿上的，枕头上的，帐子上的，小孩衣服上的，帽子上的，还有老年妇女的头巾上的等等。

由于她有这么多本事，肯帮助人，随叫随到，叫干啥干啥，从不嫌烦，从不说累，对任何人都很热心，因此大家都把她当成知心朋友。比她大的，比她小的，有什么心里话都愿意对她说。

有一次，比她小两岁的陈巧英告诉她，她父亲为她订了个婚，但她不愿意，问她怎么办。婵妮问她为什么不愿意，她说她听说那男的不十分精明。婵妮问她："你心中是否有人了？"她说："我心中有个有好感的人，但不知人家是否愿意。"

婵妮问她："谁？你告诉我他的名字，我为你打听打听。"

巧英告诉了她那男人的名字。然后她说："爹爹为我订那个，他用了人家的好多钱呀。"

婵妮说："只要你坚决不愿意，不能答应这门婚事。用人家的钱如数退还人家。我找你妈说说。"

她很快说服了巧英妈，并请她劝说巧英爹，把钱退给人家，断了这门亲事。关于巧英认为不错的那个男孩，婵妮认为，巧英家的人托媒人说媒不合适，她直接找媒人去说媒也不合适，毕竟自己是个女孩家。她就对自己的妈妈说，让自己的妈当媒人，给巧英和那男的说媒。很快这门亲事就订下了，巧英很高兴。

还有一个叫梅梅的姑娘，刚刚十三岁，妈妈死得早，爹爹给她娶了个后娘。常言说"有后娘，就有后爹"，亲爹也不亲了。她在家常常受气，不是挨打，就是挨骂。她有些受不了啦，有时有寻短见的念头。婵妮听说后，耐心细致地给她做思想工作，叫她鼓起勇气，坚持面对。她讲的内容主要有下列意思：首先，你老早死了母亲是你的不幸，这是你一生中最大的痛苦。常言道"掏钱难买少年苦"，你不掏钱就白捡来了少年苦。现在不吃苦，将来就没有甜。吃得苦中苦，才有甜中甜。你现在吃了苦，将来肯定有好生活。第二，要坚强起来，既然不幸降到你身上，你就得挺住。母亲已倒下了，你不能再倒下。你倒下就是向不幸屈服，向不幸低头。第三，把逆境当成锻炼自己的好机会，这是考验你的时候。经过艰苦考验而成长起来的人，将来一定是一个有出息的人。第四，挺起腰杆吧，我会时刻帮助你，只要你不嫌弃我……经她这么一说，梅梅有了生活的勇气，不但不再寻短见了，而且对今后生活有了美好的憧憬。

婵妮长就一个中等身材，不高不低，不胖不瘦，恬静的脸上不时流露出浅浅的笑容。她表情淡定，绰绰大方，两只大眼睛剔透明亮，热情奔放，时刻散发着深思熟虑的光辉，表露着责无旁贷的担当。她爱穿深色裤子，浅色上衣，两条粗粗的辫子搭在双肩上。脚虽然有些大，干活却很有劲。她人缘好，村上人没人不说她是好姑娘的，在东西两庄的姑娘群里，确实比较显眼。走在街上时，回头率很高，很多小伙子对她都怀有一种梦想。

她十六七岁时，说媒的人越来越多了。由于她要求的条件比较高，所以说媒人也不会介绍个条件低的，他们甚至是挖空心思，把自己可以接触到的条件比较好的男子介绍与她。但他们介绍的，绝大多数都是包含下列内容：

1. 家庭条件很好，有的还列举土地亩数、牲畜头数、宅院面积、房屋间数。

2. 男的条件很好，浓眉大眼，清秀俊雅，才华横溢。

3. 订婚时任女方尽情索要，要啥给啥。

4. 女方去男方家后任意享受，想吃啥吃啥，想穿啥穿啥，要啥给啥。

所有这些都是婵妮不喜欢的，任凭他们不厌其烦地许这许那，他们越许诺，她心里越讨厌。她爹妈给她介绍时，她一个一个都拒绝了。慢慢地媒人越来越少了，他们不理解她要求的是什么，更不知道如何能达到她的满意。

一天晚上，她妈把她叫到内屋对她说："傻妮子，你的终身事，你到底是咋想的？现在，妈最揪心的就是你的婚事。没听人家说'男大不娶妻，准是有问题；女大不出门，准是个祸根'？你这么大了，这个问题不解决，总不是个戏吧？今天晚上，你对妈说说你心里话，咱娘儿俩谈谈心，看今后咋办。"她妈深知她的脾气，不敢说她的不是，也不敢以命令式的口气对她说话。而是心平气和，以交谈的方式让她谈谈她的想法。

婵妮也很心平气和，看看她妈这个态度，她直截了当地对她妈说："我想找的男人是这样的：身子帅、脑子快、胸有才、专心爱。"

她妈一听，没真正理解，就骂起她来："你这个死妮子，什么帅、快、才、爱？你给妈又要要这么多嘴皮子，玩这么多字眼。妈不识字，不知道你说的是啥意思，你直接说，别绕弯子。"

她说："我这不是乱说的，我不是耍嘴皮子，也不是玩字眼。我有具体内容。"

她妈说："那你把具体内容说说。"

她说："身子帅，就是要有个较好的身材。并不是美男子，一般身材就行。但不能是瞎子、聋子、哑巴、瘸子，也不能是矮子、罗锅。长相一般就行，但身体得健康，是一个身强力壮的男子汉。"

她妈说："这个要求也不算高，我理解。还有啥？"

她回答说："脑子快，就是聪明、伶俐，反映问题快。决不能痴呆，决不能是呆头呆脑的人。人品老实可以，但不能太老实了。老实得太很了，就成傻子了，'老实'是傻的代名词。如果不会说，不会干，遇到问题没有一点儿办法，只会听别人说，只会跟着别人干，没有一点儿自己的独创，没有一点儿自己的意见，这样的人虽不是傻子，但也不全精。脑子里少根弦，考虑问题总是迟钝、欠周到。这绝不是脑子快的人，也不是我理想的人。我讨厌不老实的人。一个人如果不老实，到处欺骗，处处撒谎，对任何人都不交心，对谁也不说实话，这是区区无聊的小人。我理想的人是聪明坦荡，举止优雅，处事大方。"

她妈接着说："还有啥条件？"

她接着说："胸有才，就是有才华、有知识、有能力、有独立干事的本事。自己有独立自主的胸怀和胆量，不是靠父辈吃饭，更不是靠继承家业过活。我要的这人一定胸中有才华，脑中有知识。这样就会学啥会啥，干啥成啥；这样就会临危不怯，遇难不畏；这样就会胸有成竹，走遍天下。"

她妈说："你这傻妮子，像巧嘴八哥一样，说了这么一大串，都把我说糊涂了。除了这以外，还有啥要求呀？"

她说："这最后一个就简单了，所谓专心爱，就是爱要专一，不能有几房妻室，也不能有几妻几妾。他一个男的，只能要一个妻子，终身就这么一个，什么时候都是这么一个。不能用任何理由，也不能找任何借口，再娶第二个，甚至第三个。"

她说罢，妈妈说："你的这些要求，妈也理解，妈同意你的条件。你的这些条件，并不算高，更谈不上是高不可攀了。既然这样，过去媒人介绍的那些，就没有一个符合你的要求吗？"

她说："你没想想吗，他们介绍的那些全是土地、财产、楼瓦雪片、家有万贯之类的话。没有一个注重人的能力的。给我说媒，光说这些，连边都不沾。"

她妈马上插话："有个媒人说的那个，不是说有学问、人缘好、爱劳动吗？"

她说："妈，你相信媒人的话？是你见了，还是俺爹见了？"

她妈说："是媒人说的。"

她回答说："媒人跑断腿，全凭两片嘴，什么话都会说，你需要什么话，他就对你说什么话。如果两方都信了他的话，媒成了，事办了，以后过得怎么样，他一概不管。南街高领大娘的媒，不就是经媒人说的吗？你问问高领大娘，他们过得怎么样。生活倒还不错，但全靠老家业。高领整天啥也不干，动不动还打老婆。一切事得按他说的办，说得不对也得办。高领大娘的话一句也不听。高领大娘伤心死了。一提这事，她就掉泪。但生米已做成熟饭，她能有什么办法呢？她只有安慰自己，说自己的命不好，是忍声受气的命。南头有个吴林嫂子，她也是媒人说的媒。吴林是个哑巴，她过门以后才知道的，但吴家有些家业，生活还过得去。凭媒人说的媒，有不少把女的害苦了。妈妈，你要知道，男人怕不懂行，女人怕嫁错郎。在嫁人这个关系到一生命运的问题上，一定得非常小心。这比不得买衣服，不合适了换换，或者再买一件。这可不是随便可以换的，你说不是吗，妈妈？"

妈妈听了非常高兴。她想，平时总以为这妮子傻乎乎的，大大咧咧的，像个傻小子，谁知道她心里还有这么多道道弯儿。她喜在心里，笑在脸上，得意扬扬地说："是啊，你这傻妮子，看你不怎么说话，你是一口吞个鞋帮——心中有底呀。好吧，孩子，告诉妈，你心中有没有正在考虑的人哪？"

这句话问得婵妮有口难张。她思想斗争得很激烈，说吧，太不好意思，不好张嘴；不说吧，心里话不对妈妈说，对谁说呢？除了妈妈还有更合适的人吗？没有了，只有妈妈，才是唯一说心里话的人。即使下了决心说，嘴还是结结巴巴，光看见嘴动，听不见说的什么。说话人不好意思，听话人心里着急。

看见她这种尴尬样子，妈妈催她说："你这孩子，在妈面前还有啥不好意思的，说到哪儿，妈都不怪，快说吧。如果行了，妈可以想法帮助你。妈整天操你这个心。"

婵妮也在想，是呀，心里话不对妈讲对谁讲呢？她鼓起勇气，对妈说出了她的心里话。她说："很不成熟，只是稍微有些影子，究竟如何，八字还没有一撇呢。"

她这么一说，她妈猛地一喜，急忙问："谁呀，孩子，快对妈说说他的名字。"

她说："我不知道他叫什么。"

妈妈不以为然地说："看你这傻孩子，不知道他叫啥，怎么行呢！如果知道他的名字，又知道他是哪庄的，咱可以托人去了解情况，条件行了，再找媒人说媒；不行了就拉倒，不声不响，神不知鬼不觉的。"

妈妈的这番话也正好说到她心里，她的意思也就是如此。稍等了一会儿，她对妈妈说了一遍她在会上买年画的经过：

春节前的一个会上，洛培石照例把年画和对联摆出来，耐心等待着有人来买。他殷切希望尽快在年前把货卖完，不然到初一以后就没人要了。可是这天不巧，偏偏买家很少，快到中午了，会上的人逐渐离去。洛培石本打算多卖些字画，可今天非但没有多卖，反而比平常卖得少。他心想："收拾摊子走，不在这里白等了。"正在这时，突然来了一名年轻女子。她先粗略地看了一下他的画。有门画、中堂画，还有山水画、人物画等。她看了画以后，转过身来用手翻他的对联。对每副她都看得很仔细。她看到的对联有：

堂屋门上的：骏马腾云贺新禧　红梅傲雪笑迎春

头门上的：春来满江柳吐翠　秋到遍山枫染红

客厅上的：五洲四海来欢聚　亲如兄弟似一家

厨房门上的：进门洗手为先　对案莫言为荣

陪房门上的：家家户户贺新春　老老少少过新年

除了上面说的那些门上常用的以外，还有一些其他对联，供一些特殊心理状态的人使用。这样的对联有：

对联是：走东家串西家家家不免　吃一口要一口口口吃完

横批是：逍遥自在

对联是：吃一升籴一升升升不断　借新账还陈账账账相连

横批是：自得其乐

对联是：一棍一篮走遍天下　一人吃饱顾住全家

横批是：美满生活

对联是：身卧大地头枕山　睡盖蓝天星做伴

横批是：独善其身

对联是：想去哪就去哪没有人管　爱干啥就干啥自己随便

横批是：潇洒人间

这女子对这些对联一副一副地看，一字一字地念，意味深长地品。她对这些对联很感兴趣。她感到他的对联与其他的有很大不同：首先，字是手写的，不是像其他对联那样是印刷的，而且字体潇洒，落落大方，龙腾虎跃，肯定出自名人之手。使她更感兴趣的，是对联的内容。她初步认定，写对联的人不是个平庸之辈，这人还是少有的。她的思想进入了一个较深的层次。她感兴趣的与其说是对联，倒不如说是写对联的人。她问："这些对联是你批发的呀，还是你们自己写的呀？"

"我们自己写的。我们卖的对联从来不批发，都是我们自己写的。"年轻人小心翼翼地回答。

"是谁写的？"她又问。

"我，我自己写的。写得不好，见笑了。"年轻人羞答答地回答。

"一笔好字呀！"她说着，好奇地看了他一眼。但他却不好意思地回答道："谢谢夸奖，自己学着写的。欢迎指正。"

她又问："你是根据啥写的？"

她这一问，年轻人没弄清楚她指的是什么，一时答不上来。她看到他尴尬的样子，急忙解释说："我是说对联的内容是谁编出来的。"

这下子年轻人全明白了，他心想，她问的不是谁编的词吗？

接着他毫不犹豫地说："是我自己编的。"然后他又说："编得不好，见笑了。请指正。"

在他和她说话期间，她对他手脚的动作，说话的腔调，面部的表情，都看在眼里，记在心里。从他的言谈话语中，她初步有了一个感性认识，认为他不是一个平庸的男子，而是一个有独特想法的青年人。但她又想，从他写的对联中，反映的是乞丐的生活，他是不是个一无所有的流浪汉呀？他有家吗？是不是正如他写的一人吃饱顾住全家呀？她对他有不少疑问，而且一时不得其解。她很想知道他姓啥名谁，更想知道他是哪村人。但她又不好意思亲自张口问他，便找借口说："我今天没带钱，没法买。我想回去对我爹说一下，让他去你家买。你能告诉我你是哪庄的？姓啥名谁吗？"

年轻人立即答道："当然可以喽。我姓洛，是洛家庄的。"

她客气地说："谢谢。"她若有所思地离开了他。他也收拾摊子离开会场。

她妈听了她的话以后说："这好办，我有个表姐，她家也是洛家庄的，我托她打听一下。"

第二天上午，她妈吃罢早饭就去洛家庄表姐家了。

当妈妈让表姐谈谈那个卖年画的情况时，她表姐问："是哪个卖年画的呀？我们村有三家卖年画的，并且都姓洛。"

妈妈一时不知所措，她思索着：三家都姓洛，这个是哪一家呢？停了一会儿，她忽然想起，她听女儿说，这家卖的对联都是他们自己写的，而不是批发的。于是，她对表姐说："这家卖的对联都是自己写的。"

她表姐说："这就很清楚了，这是洛培石家。只有他家卖的对联是自己写的。其他那两家卖的都是批发来的。"然后她接着说："你要是问他家的情况啊，我对他家知道得可清楚了，基本上啥都知道，你问不掉底。最主要的是我告诉你的全是真实情况，没有半点儿假的。"下边就是她表姐对她介绍的关于洛培石及其家里的情况：

洛培石兄弟三个，他是老三。老大、老二都成家分开过了。他是最小的，跟他爹娘一起过。他还没成家，连婚也没订。据说好几个人给他说媒，都被他拒绝了。说的那几个女方条件可好啦，可比他家条件好。可他就是不同意，不知道啥原因。洛家绝对是好人家，全家人辛勤劳动，除种几亩地外，还不断做个小生意，家里搞个小副业，例如养猪、编筐、握篓、编席、缉锅盖、编筢子。卖几个钱，有个零钱花。家里生活不错，虽然不算富裕，但也过得去。他家人缘很好，对人热情，肯帮助人，与谁家都合得来，很少与别人闹别扭。洛培石这小伙子爱打抱不平，不是少肝无肺的人。例如去年村里发生这么一件事：春节期间在村头唱大戏，戏唱完后，在唱戏附近的田地里，有人发现刘贯一插了一个牌子，上面写道：

可恼、可恼、真可恼，

二亩庄稼全踩倒。

明年如果再唱戏，

我把老屌种地里。

长得又粗，又长，又结实，

再踩我也不怯气。

　　　——刘贯一

村里人见了这个牌子都很生气。牌子就在村头，人人都看见了。看戏人都是本村的街坊、爷儿们、大娘、婶婶、兄弟、姐妹，可他不顾脸面，竟写出这样污辱人格的话，实在不是东西。村里人都说他不是人。牌子出来没几天，正在人们议论时，在那个牌子旁边又插了一个牌子，与他那牌子紧挨着，上面写道：

稀奇、稀奇、真稀奇，

村里出了个刘贯一。

人家地里种庄稼，

他把老屌种地里。

如果明年丰收了，

保证收获一大批。

运回去，放屋里，一年四季长年吃。

生着吃、煮着吃，准能吃它一辈子。

村里人看见这个牌子，都拍手叫好。有的说，这个牌子可为咱村里人出气了！还有的说这个牌子写得真过瘾，像刘贯一这号人，不这样治治他也不行。这个牌子上没署名，不知道是谁写的。不过，很多人都猜想，一定是洛培石写的。因为只有他才有打抱不平的思想，有为村里人解愁的品德；也只有他，才有水平写出这样的句子。

关于他爱动脑子、爱写点东西的习惯，还有一件事：他县城有一个朋友，弟兄三人，他的朋友是老三。因家穷，都长大成人了，还没有娶老婆，仍与父母住在一起。弟兄三人都有个小生意做：老大卖鞭炮，老二卖烧饼，老三开锅口——杀猪卖肉。有一年快到春节时，他的朋友让洛培石为他写对联。洛培石为他们的头门写了这么一幅：上联：惊天动地的大户；下联：数一数二的人家；横批：先斩后奏。这一年恰巧是一位新县长刚刚上任，正月十六游六时，新县长带几个人在街上转悠，顺便了解一下风俗、人情。县长看见这个对联时，心里很吃惊。他问他的随行人员关于这家的人员情况时，没有一个人知道。他当场批评了随行人员，说他们高高在上，不了解下情。他马上对下边人说："赶快拿礼物来看望，很可能这家有大人物在上边做官，而且官还不小呢。你没看对子上那口气！咱要是得罪了这家，可是没咱的好果子吃。"

第二天上午一大早，县长带着几十个人，抬着礼物，浩浩荡荡来到这家。他们的突然到来，让这家始料不及。这家屋子小，一下子来这么多人，连站的地方都没有。县长一人坐在一条凳子上，其他人个站着，有的站在院子里。县长坐下时，心里在想：这家人真够简朴的，这个官也一定是个好官。家里只留下老大与县长攀谈，其他人全都躲开了。县长先开口："年过得好吗？"

老大："好，好。"

县长："我刚来，不了解情况，对你们缺乏关照，请你们原谅。过年少什么东西不少？少什么东西请及时告诉我，我好让他们给你办。"

县长的一串话使老大莫名其妙。他不知道县长为何而来，也不知道他的话是什么意思，更不知道自己如何应对。他心里很没数，只有被动地坐在那里心不在焉地应付着。一段寒暄以后，县长切入了正题："咱家哪位在上边做官哪？"

县长的话真的使老大不知所措。他结结巴巴地说："做官？什么官呀？我家没有做官的，我家都是农民，都是农民。"

县长那满面春风的脸，马上阴沉下来了。他板着脸，字正词严地问："那么你们贴的对联是怎么回事？"

县长的问话使老大恍然大悟，他这时才明白，原来是他家的对联把县长招来的。他心里有数了，不忐忑了。他存住气，不慌不忙地说："我们的对联怎么啦？过年贴对联不是很正常吗？"

县长："那'惊天动地的大户'是什么意思？"

老大："这很简单。我是卖鞭炮的，而且全村就我一家，鞭炮一响，不就惊天动地了吗？"

县长："那么'数一数二的人家'呢？"

"这也很简单，我家老二是卖烧饼的，卖烧饼就得一个一个数着卖，所以，我们是数一数二的人家。"

县长："'先斩后奏'是怎么回事儿？"

老大："这更简单了。俺家老三是开锅口卖肉的。他是先杀了以后再去报税，所以是先斩后奏。"

县长听了，哭笑不得，啥话没有再说，只好带着东西走人。

洛培石是个很有脑子的人，别看他上学不多，却能写会算，比有高学问的人脑子都快。比如，前年村里打算让大家出钱，在村头打一眼井吃水，但地皮不好解决。村里的公地都是留着盖庙用的，况且，距村子比较远，在上面打井用水不方便。可是离村子近的土地，都不是公地，都是私人的地。私人的地谁也不让打井用。本地有一种风俗，谁家的地上若有井或有庙的话，对这个家族不好，会影响下辈人的安全。因此，谁也不会同意让公用的井打到自己的土地上。大家都明白，如果把井打到离村老远的公用地上，吃水太不方便。这时，有人建议把公地与村口这家的地换一下，让村头这块地的主人拥有那块公地，把他的村口的地变成公地，用来打井。这本来是一个两全其美的建议，井也可以打得离村子近些，村口这块地的主人也不损失一寸土地。但这块土地的主人不愿意这么换，他嫌那块地太远；再一个是那边的土质不好，长庄稼不如他原来的地。这可让人作难了，井得打，它关系到全村人的生活问题，井不打是不行的。但打哪儿呢？全村人都在思考这个问题。一时间，村里人嚷嚷得沸沸扬扬。有的说把村头那块地买回来，但主人就是不卖；有的建议把这块地租过来，每年给主人租金。这个建议双方都不愿意，村里多数人说租金给到何年何月是个头哇？主人不愿意有两个原因：一是过几年以后，他向谁要租金？收不到租金怎么办？没人负责了，他向谁收呢？这件事很悬。其次是，按这种办法，井还是在他家地上打着。因此这个建议也不行。正在这时，洛培石把大家叫在一起。他说："我看了一下，公地到村口共有二百多丈远。这二百多丈里，有三十户人家。我想这三十户人家一定会宽大为怀，顾全大局的。为了全村人的吃水问题，他们得做些自我牺牲……"他说到这儿时，人群里七嘴八舌地说："你说咋办吧？快说吧。"他说："我说出后希望大家都同意。我这个办法不是只牵涉到某一家，而是牵涉到所有这三十家。要吃亏也不是他一家吃亏，而是这三十家都吃亏。这个亏，平均摊到这三十家，也分不了多少。这样，大家就容易接受，天塌砸大家嘛。"他说罢，大家异口同声地说："快说吧，我们同意。"随后，洛培石不慌不忙地把他的想法说给了大家："你们这三十户，每户的地向外挪一个位次。这样，就把打井地空到离村最近的地方了。"

他说罢以后，首先这三十户表示同意，其他人更没有意见。然后大家齐声欢呼："好主意！好主意！"

打井占地的问题解决了以后，井也很快就打成了，大家吃水方便多了，洛培石在全村人面前的影响比以前更大了。

村民都羡慕他有勇、有谋、有德、有才，他受到了同龄男人的敬仰，成了同龄女人追求的偶像。

这时，妈妈问她表姐："刘贯一肯定会知道是洛培石写的，他知道后有什么反应呀？他不报复洛家吗？"

她表姐回答："他知道了，洛家也不怕。刘贯一是一个老鼠过街、人人喊打的人。他妻子也是这样，真是不是一类人，不进一家门。两口子都非常自私，从不管别人的利益，也从不照顾别人的面子，不管大小事，哪怕是鸡毛蒜皮的事，不符合他们的利益，他们就竭力反对，甚至是大动干戈也在所不惜。他老婆也是个守财如命的女人，有时因为一些小事而闹得不可开交。"

婵妮她妈回去以后，一五一十地把她听到的关于洛培石的情况告诉了女儿和丈夫。他们想先听听婵妮是如何想的。婵妮她妈先说话："妮呀，你要求的帅、快、才，都达到了吧？"婵妮回答说："这三条基本上都可以了，只剩下第四个条件还不知道如何。"

婵妮娘说："找个理由把他叫到咱家，亲自与他谈谈话，估计这个问题就可以解决了。"

婵妮爹原先不吭声，这时才满怀信心地说："这事好办，我去把他叫来。"

婵妮妈问他："你怎么把他叫来呀？"

婵妮爹说："你放心吧，我会想办法把他叫来的，我去他家请他，就说请他来咱家给咱写对联。"

"这是个好办法，不知道他能不能请得动。"

"会来的。据说，这个人很随和，很乐意帮人。"

第二天上午，婵妮她爹就以请洛培石写对联的名义，把他叫到了他们的家。

堂屋正中央放着一个方桌，桌子上放着红纸、门画和一些代表各种神灵的纸画，如财神爷、关公、灶王爷、老天爷等等。纸已经裁好，婵妮爹正在磨墨。他们把洛培石叫来写对子，可以说是一箭三雕，一是看他的文才，这些不同门上的，各种神灵的对联不但由他写，还得由他编词。也就是说全家有十多副对联，每个对联上写什么内容，都得编得合情合理。这个任务没有一定的文才是完不成的。二是看他为人处事、自我修养水平如何。在与他直接打交道、直接对话中可以品出他的思想内涵，从待人接物中可以看出他的人品。三是可以侧面了解他对婚姻的态度。

"墨磨好了，请来写吧。"婵妮爹说。

"你知道墨磨到什么程度叫磨成吗?"洛培石问。

"当然知道。"

"那你说说。"

"墨在砚池里研磨时，墨过后如果立即被墨水封严，说明墨还没有研成;如果墨过后留下一道没墨水的干道儿，说明墨研成了。研成的墨不管在什么纸上写，都不会洇。此外，研成的墨写出来的字圆滑透亮，立体感强，看着瓷实浑厚。"

洛培石听了他这么一番话，感到这位先生并不是一位普通农民，而是一位喝过墨水的大家人才。他连忙夸奖他说:"我很少在村上看到有您这个水平的人，您真不简单呀。"他说着笑着，将两人初次见面的气氛提升了温度。

婵妮爹把一副又宽又长的对联纸递给他，说: "这是头门上的，先写这个。"

"您想要几个字的呀?"

"七个字的就行，再多些也可以呀。"

"您想要几个字的都行，七个的、八个的、九个的、十个的。"

"七个字以上，几个字都行。"

洛培石把纸均均匀匀地叠了六折，整整齐齐地铺在桌子上，用砚池盖压住，挥笔写了这样一副对联:

上联;祖祖辈辈求盛世

下联:世世代代盼和平

横批:五谷丰登

婵妮爹看了这副对联后说:"五谷还没有丰登，这也是一个期盼吧。"

洛培石说:"是的，盛世、和平、丰登都是一种期盼，何时能实现呢? 老天爷可能知道吧，要看他如何安排啦。"

接着他又写了一副老天爷牌位上的对联：

上联：横扫一切恶势力

下联：保护各地老百姓

横批：天下太平

婵妮爹看了第二副对联后，连声说："好、好，内容好，写得也好。"洛培石不客气地笑着说："您只要不嫌赖，我写着就大胆了。"

"你只管大胆地写吧，写到哪里都行。"

这时，两人都感到说话自由了，不拘束了，想说什么就说什么，气氛非常和谐。婵妮爹认为时机已到，说："洛先生……"他话没说完就被洛培石打断："别叫先生，叫先生就外气了，我叫洛培石，叫我培石好了。"婵妮爹心情很轻松地说："好了，咱们都不要客气，我叫你培石。"

"培石，"他稍停了一下，然后接着说，"我看你各方面都很好，像你这个年龄，应该成家了吧，或者说，应该有孩子了吧？"

洛培石若有所思地说："没有成家呢，连订婚也没有，更不会有孩子了。"

"那是为什么呀？"婵妮爹表现出很不可理解地问。

洛培石说："从哪里说起呢？"他停了一下，然后又说："有好几个说媒的，但我都没有答应。后来说媒的慢慢少了。"婵妮爹好奇地问："那是为什么呀，你为什么不同意呀？"

洛培石说："他们给我介绍的几个都是家庭出身比较好的，都是大家闺秀。我一听是这种家庭出身的女孩，就立即表示不同意了。"

婵妮爹插话说："为什么呢？找大家闺秀做妻子不是很好吗？不愁吃，不愁穿。舒舒服服过日子，欢欢乐乐享生活。何乐而不为呢？"

洛培石说："结婚可不是光为吃穿，还有很多别的因素呢。"

婵妮爹故意说："我怎么越听越不明白，人常说：千里去做官，为的吃和穿。还有一种说法：米面夫妻，酒肉朋友。女人结婚就是找个男子汉，就是为吃饭。一个人一辈子只要不愁吃不愁穿，就啥都有了。"

洛培石说："你说这些，只是事物的一面；事物还有它的另外一面。我不同意富家闺女的原因……"

下面就是他阐述的理由：第一，门不当户不对。富家女人去到穷人家后落差很大，她会感到各方面都不如她娘家，对这个新家就看不惯，不顺眼，从而产生各种矛盾。第二，结婚是一个人一生中的一件大事，一生就这么一次，不比买东西，不行了扔掉再买。而娶媳妇，一辈子就娶一次。既然娶了她，就得跟她过一辈子，总不能换来换去的吧。娶了她就得对她负责，爱她一辈子，保护她一辈子，养活她一辈子，确保她一辈子幸福。因此，我对婚姻很慎重，不能轻易定下，更不会轻易娶到家。第三，不论哪一个，我对女子的本人都不了解，都没有与她见过面，更没有谈过话，不知道她的秉性、脾气、性格等。现在的说媒都是物对物，都讲的是两家经济的结合，根本不考虑结婚的核心问题——人与人的关系。我不了解她，她不了解我，怎么能结婚呢？第四，富人家的闺女一般都比较懒。她们平时在家都有人侍候着，用不着她们亲自动手动脚，她们饭来张口，衣来伸手。咱们穷人家哪有这个条件呀？第五，富家的闺女一般都比较天真幼稚，把一切都看成理所当然，不爱动脑子想，一遇到困难就不知所措。咱们穷人家能留得住这样的人吗？

婵妮爹听了洛培石的讲述，心里全明白了，他要了解他的爱情观的目的已经达到。他对他有了全面深刻的认识。他凝视着洛培石，把外表与内心，把听说的与亲眼看到的结合了起来，在脑海中形成了一个理想的人物。

快到中午时，对联写完了，准备洗手吃饭。婵妮提着热水瓶，端着洗脸盆给他送洗手水。洛培石突然发现，她不就是那天在会上细心看他的对联，并问这问那的那个女子吗？原来这就是她的家！

婵妮把水倒上，把毛巾放到盆里。洛培石开始洗手了。

婵妮问他："水凉吗？"

他回答："不凉、不凉。正好，不热不凉。"他连头也没抬，更没有看她一眼。可婵妮却直盯着他，胆子比他的大，因为是在她的家。

中午，他们为洛培石做了可口的饭菜，洛培石吃罢饭就回洛家庄自己家了。

洛培石从陈家走出以后，婵妮爹就与妻子、女儿三人一起商量洛培石的问题。他们三人一致认为，他就是他们的人选。找谁做媒人呢？婵妮妈说："我还去找我表姐。"婵妮爹说："只有她了，再没有比她更合适的人了。"

经过婵妮妈表姐的说合，这个媒很快就成了。培石很满意，婵妮也很满意。

第二年春天，双方家长准备把他们的婚事办了。这年培石二十岁，婵妮十八岁，已经算是大龄了。培石父亲找人看了个好日子。婚期定于当年（1908年）腊月二十八日。女方也同意这个日子。双方都为儿女结婚做准备，都沉浸在为儿女办喜事的气氛中。

婚期快要到了，不幸发生了。就在当年腊月二十四日的晚上，洛培石被几个穿军衣的人抓走了。培石的父亲说，那天晚上大约三更天，听见外面有人叫门，我把门打开一看，像是军队人士，他们说找洛培石有话要说。我把培石叫出来与他们见面。他们说让培石去村公所一趟，马上就回来。我不放心，也跟了去。到了村公所，看见保长也在。保长说，政府需要一些年轻人帮帮忙，咱们村选派了六个。他们去一段时间后就回来了，不会很长时间的。我对保长说他的婚期要到了，马上给他办婚事。保长说把婚期推迟一下。他们必须去，这是政府的命令，谁也阻挡不了。

洛培石被抓走的消息被陈家知道后，婵妮父母心乱如麻，真是晴天霹雳，叫他们无法应对。他们把这个不幸的消息告诉女儿时，婵妮没有悲痛欲绝，也没有泪流满面，而是坚定有力地说："爹、妈，不要难受，婚事照样办，我那天照样去洛家。培石是我唯一的丈夫，我这一辈子就跟他一个人。那天我去，与我脑子里的培石拜天地。如果我命好，老天有眼，培石会回来的；如果培石回不来，说明我命苦，我就认了，我也会在洛家一辈子，决不会再找第二个男人。"

两位老人听了女儿的这番话，对她在婚姻上的坚定，对她性格的倔强，对她处理此事的果断态度，都很钦佩。但他们有很多疑问，与不在场的男人举行婚礼，哪有这回事？史无先例、前无古人，能行得通吗？街坊们咋看？亲戚朋友咋看？当他们把这些疑虑告诉给女儿时，婵妮的回答很简单："管他有没有先例，管他有没有古人，管他街坊怎么看，管他亲戚朋友怎么看？咱们做了，今后不就有先例了吗？"

女儿的这几个"管他"，大大加深了二老对女儿的认识。他们看到女儿信念是这么坚定，女儿的决心是这么刚毅，女儿的态度是这么顽强，他们认定女儿办事绝对可靠。他们一致同意，婚礼如期举行，一切照原样不变。

他们把这个想法通知了洛家，洛家也欣然同意。

二十六这天，洛家、陈家都来了好多人。熙熙攘攘，络绎不绝，各自家里都忙忙碌碌，男方忙着娶亲，女方忙着送亲。

洞房设在堂屋西间。房间里按照正常娶亲的样子，摆设了各种衣物和用具。靠后墙放着一张大床，床上铺着棉褥子，褥子上盖着一条花单子，上面放着两叠新被子。床前靠两头放着一张两斗桌，桌子上有一个大镜子，镜子背面是一幅彩色画，画的是麒麟送子。镜子旁边有一盏棉油灯，灯碗里的棉油满满的，灯台上有一盒木杆红头火柴。床的东头旁边有一个木柜，放在柜橱上。柜子里放的是培石的新衣服。柜橱里放的是培石的新鞋，有棉的、单的，还有几双用白布做的新袜子。木柜南边站着一个六钩衣架，木钩都是旋制的。前墙窗户两边，也就是房间的门后，放着一个盆架，上面放着一个带"囍"字样的大红瓷器脸盆。窗户上挂着一个浅绿色窗帘，正中央绣着百鸟朝凤。左下角绣着吃草的小白兔，右下角绣着鸳鸯戏水。窗户框用棉纸糊得严严实实，上面贴着斗大的红"囍"字。有两把圆椅子，都是槐木的。各种东西都放得有条有理。

院子里打扫得干干净净。所有门上都贴了喜庆对联。几个醒目处都贴了红"囍"字。树上挂着彩旗和红灯笼。头门两旁挂着两个大红灯笼，每个灯笼上都贴着红囍。到处都是欢天喜地的气氛。

快到中午时，花轿落在了洛家门口，伴娘把新娘从花轿里请出。她脸上没有笑容，也没有悲泣。从她严峻淡定的神情和炯炯闪亮的眼睛里，可以看出，她准备面对一切困难的考验。脚踩着地上铺着的布袋走到了拜花堂的桌子前。桌子上有一个斗，斗里有一杆秤，秤上有一个秤盘和秤砣。这是衡量他们的心的，他们要互敬互爱，要有恒心，永远忠于对方。司仪让新娘先拜天地，再拜爹娘。当宣布夫妻对拜时，新娘脑子想的就是她与洛培石在对拜，她好像看到洛培石就站在她面前，不停地向她微笑，频频向她点头。两人的眼光交合在一起，凝视了很长时间。这是他们彼此的安慰，也是相互的鼓励，坚定了彼此等待对方的信心。

新娘磕罢头后，伴娘把她领进了洞房。随花轿的嫁妆有桌子、椅子、柜子、柜橱、衣架、镜子、梳子、脸盆、盆架、刷子。此外还有被子、褥子、单子、枕头、枕巾、帐子、棉衣、单衣、外衣、内衣、帽子、鞋子和袜子等，凡是生活的必需品，应有尽有。

戏剧里看到不少代替男方拜花堂的，但他们从没听说过，更没有见过没有新郎，光一个新娘（新娘一个人）拜花堂的，这真是古今少有、世界奇迹。很多人不相信，他们要亲眼看看是真是假，亲眼见证一下，新娘一个人是如何拜花堂的。

也有很多人有怜悯之心。他们同情、可怜新娘遭遇的不幸。结婚本来是夫妻两人的事，而她明知道丈夫不在，自己却硬着头皮来了。今后她的日子怎么过呢？她是在婆家过呢，还是回娘家过呢？万一培石回不来，她一个人过，也不是个戏呀！这女人真可怜！

也有些人是感到好奇。没有男的来结婚，这女人真不寻常。他们认为，这女人与大多数女人相比，有很多不同之处。首先是她有想法，有与众不同的想法；其次是不墨守旧规，敢于干别人不敢干的事，有胆量、有见识；再其次是这女人不怕风言风语，不怕冷嘲热讽，任凭风吹雨打，依然安稳如故。

来看的人不管抱着什么样的目的，大家有一个共同的想法，那就是：这个女人不同一般，这个女人有独到之处。

晚上喝喜酒是这里结婚时的重要仪式之一。主要是新娘新郎摆上酒席与亲戚、朋友、街坊邻居坐在一起喝喜酒，烘托结婚的喜庆气氛。一般情况下，结婚喝喜酒，是新郎新娘第一次在一起喝酒。酒席上，新郎新娘互相敬酒、互相碰杯、互相让菜，表示夫妻二人今后要互相尊重、互相谦让、互相谅解、互相帮助、互相支持。可是，今天这场喜酒只有新娘一个人，她一个新娘怎么喝喜酒呢？

两个大方桌并在一起，放在堂屋的正中央，构成一个长方形的大喜酒宴桌。桌了内侧，放着两把椅了。左边是新娘的，右边是新郎的。桌子周围，其余全部放的是长凳了。桌了的沿边周围，一个挨一个地摆满了酒具和餐具，酒盅、筷子、勺子、碟子、杯子，还有香烟和放烟头的灰缸子。

菜上齐了，人也来齐了。新娘不紧不慢地从洞房里出来，坐在正中间东旁的椅子上。她旁边的椅子是空的，那是新郎的位置。酒席开始了，新郎新娘先喝三杯酒。新娘自己喝了三杯，再替新郎喝三杯，连喝了六杯。然后新郎和新娘喝交杯酒。新娘左手端着自己的杯子，右手端着新郎的杯子，两个杯子都盛得满满的，她两胳膊交叉起来，分别把两杯酒都干了。

新郎新娘的酒喝完以后，在座的各位，每人三杯，然后才可以动菜。

酒席开始时，气氛比较热烈，尤其那些叫新娘嫂子和婶子的年轻人，他们情绪激昂，嗓门高，声音大，用些逗笑的语言挑逗大家欢笑。尽管大家热热闹闹，说说笑笑，可新娘始终笑不起来。为了感谢大家的光临贺喜，她站起来恭恭敬敬地要求与各位碰个喜酒，她请大家喝三杯，而她喝一杯，因为她开始时已喝了八杯，请大家谅解。饮罢这几轮酒后，她脸色有些发红，情绪有些激动。但还没有失控，她再三请求大家一定把酒喝好，并且原谅她的失陪。她一个人静悄悄地离开了酒席。

按照一般人的结婚习俗，喝罢喜酒后，还有个闹洞房的节目。一些弟弟姐妹们，酒席完后不走，继续留在洞房内，说笑胡闹，一直闹到天亮。可是今天这场喜酒，完了后没一个人留下来，个个都悄悄地回自己的家睡了。

家里人把酒桌上的东西收拾完后，培石妈轻轻走到新娘身边，含着眼泪慢慢地说："孩子，天不早了，睡吧。明天早晨不用起得那么早，多睡会儿，反正没什么事儿。"

新娘走到洞房里，刚才那种热闹的场合，顷刻间变得冷静、寂寞。这时，她才真正体会到她的不幸、忧愁和悲伤。她吹灭灯，囫囵衣躺在床上，深沉地哭到天明。这真是：

军政合伴严相逼，夫君抓走无归期。

天寒地冷冬常在，何年才是花开时？

结婚本是两人事，一人怎能不悲泣？

孤独寂寞长相守，何年才是夫归时？

常言说："好心有好报，好心人天保佑。"四个多月后，即洛培石被抓走后的第二年五月份，一天晚上，他突然回到家里。他妈一看见他回来了，激动得说不出话来。培石的第一句话是："我爹怎么样呀？"他与妈妈一起去到爹爹床前，向爹爹问安，向爹爹报告他已经回来的好消息。妈妈顾不得问他是饥是渴，也顾不得问他走后的情况，急忙跑到她媳妇的窗户下，轻声地喊道："他婶，他婶，培石回来了。"

婵妮刚躺在床上，正害着相思病，对培石的被抓胡思乱想时，忽然听见婆婆的声音"培石回来了"，别管听清与否，也不管是真是假，一听见"培石回来"这四个字，就条件反射地猛然从床上坐起来，赶快下床去开门。天呀！果真是培石回来了！她泪如雨降，情意深长地说了声："我想死你了。"培石也是泪汪汪地回了一句："我也是。"

在两人沉默之中，培石猛然好像醒悟过来了。他想："她怎么在这里？"不由自主地说了声："你是……"

婵妮马上把他的话接过来，说："咱们已经结婚了，还是在咱预定的日子结的。你不在家，我与想象中的你结的婚。从此以后，我一直就在咱们家里住。"

培石用一种莫名其妙的眼光望着她。心想："这是一个怪女人，怎么能在男人不在时结婚哪？天下哪有这种事！"同时，他很敬佩她，敬佩她大胆、勇敢，有开创精神，不怕冷潮热讽，不怕艰难险阻。他情真意切地说了一句："你真不寻常！"

培石是预定婚礼的前四天被抓走的。他偷跑回来的原因之一就是举办婚礼。可是现在他知道他们已经结婚四个多月了。在这近半年的时间里，他们没有说过一次话。每人都生活在对方的心里，而没有生活在实际生活中。他们对对方的激情还只是一厢情愿，还没有得到生活中的验证。他们的婚龄与他们的实际感受不相一致。现在，他们要在一起过老夫老妻的夫妻生活了，未免有些"内心激动，外表尴尬"的感觉。

晚饭以后，两人都兴致勃勃地倾吐各自的过去，也都兴高采烈地倾听对方的讲述。婵妮让培石先讲他是如何回来的。

培石的第一句话是："我是偷跑回来的。"

婵妮说："偷跑回来的？人家抓住你肯定打你。"

培石说："何止打我，他们非枪毙我不行！"

婵妮："真叫人后怕。你太冒险了！"

培石："不冒险怎么会有奇迹？如果我是墨守成规，现在怎么会回到你面前！"

婵妮："你说是偷跑回来的，我听了真有些扑朔迷离。在兵营里，每天那么多人朝夕相处，你怎么有可能单独脱身偷跑回来呢？"

培石说："我就做到了。你听我慢慢给你讲。"

下边就是洛培石讲的逃跑过程：

在兵营里可把我急坏了，整天吃不下饭，睡不着觉。我真体会到了"一日三秋"的意思了。还不只是一日三秋呢，可能是一日十秋。我什么事都无心干，当官的布置的任务，我全是应付，一心想着如何出来，整天琢磨着跑出来的办法。我一有时间就在大门口转悠。大门把得严严的，轮流换岗，昼夜不息。我还经常观察兵营的院墙，威严、耸立，上边还有蜘蛛网似的铁丝网，三尺多宽，向里倾斜。一看见这种围墙结构，叫你不要有丝毫"越墙而逃"的想法。大门口不行，越墙也不行。但我逃跑的想法是不会停止的。一天下午，在大门口，我看见一辆毛驴车从老远直奔兵营而来。这引起了我的兴趣。我仔细观察它是如何进兵营的。毛驴车上坐着一位老大爷。路过大门时，他连车都没下，气势昂昂地进了大门。门卫一点也没有阻止他，如同没看见一样。车子走近时，我发现是一个拉粪车，是来兵营拉大粪的。我问那位赶车的老大爷："老大爷，你进大门时，门卫为什么不管你呀？"他说："这个兵营的大粪是我们包拉。我们每天出出进进的，他们都认识我们。"

这个情况对我很重要，我认为这是个好机会。我想，让这位老大爷帮帮忙，逃出去的可能性还是很大的。但要好事多磨，从长计议，不能着急。从此以后，我一有时间，就在大粪池附近转悠。老大爷一来，我就热情地给他打招呼，主动帮他的忙。他车子一站稳，我就帮他打扫场地，然后把大粪池的盖掀开。关于场地上的活，我提前为他办了。老大爷看着我点点头，露出满意的笑容。

拉粪车是一辆小型两轮车，前面伸出两根长棍，叫作辕木。拉车者站在两根辕木的中间，叫作驾辕。人或牲畜都可以。用牲畜拉时，一般都用快牲口，比如马、骡子。拉的东西不重，或是走得不远时，可以用毛驴。车子上面仰卧着一个圆形白色铁桶，上面有一个圆孔，直径一尺多，是灌大粪的口。周围还有高高伸出来的脖子，可以严严地把口子盖住，以免臭气外流。粪桶下面的尾部，有一个直径三寸大的圆孔，大粪从这里流出。平时用破布把它塞紧，只有放大粪出桶时，才把它薅开。

老大爷的掏粪工具，就是一个掏粪勺和一个提桶。用粪勺把大粪从粪池里扤出来，倒在提桶里。再把它倒在车子上的大粪桶里。

老大爷每装满一桶得用半个多钟头时间。桶装满后，还得把车子上的和粪桶上的粪擦干净，把粪池周围的地扫干净。然后，才能赶着毛驴走出兵营。

"老大爷，你一个人干活，累不累呀？"我主动与他拉近乎。

"干惯了，不累。"他漫不经心地回答。说着话只管干他的活，连瞅我一眼也不瞅。

我走近几步，说："大爷，你往小桶里扤，我掂着小桶往大桶里倒。这样，你既省时间，又省力。"我在说话时，已把小桶的提袢握在手里，掂起来把它倒在车子上的大桶里。

老大爷一看我真的干起来了，而不是光说说而已，好心地说："你们年轻人干这活，太脏。干完活后，满身都是臭味儿，很讨厌的。"

我说："不碍事，我本来也是劳动农民。"

他表示理解地"哦"了一声，问道："你是哪里人？"

我说："我是河南省尉氏县的。"

他又问我："你怎么来到这里了呀？"

他这么一问，把我一系列伤心事勾引了起来。我嘴唇禁不住地抽搐起来，泪水也扑嗒扑嗒往下落。我强忍住痛苦，竭力控制住感情，说："我是被抓来的。"我痛心疾首的样子，让老大爷停住了干活，两眼直瞅着我，非常关心地问："家里有什么事吗，你这么伤心？"

我如实地告诉了他："爹爹病倒在床上，母亲身体也不好。在我准备结婚的前四天，把我抓来了，还不知道何年何月能回去呢，我爹娘肯定都急死了。等我回去时，可能就见不到他们了。"这时，我已经是痛哭流涕。我一把鼻子一把泪地哭泣着，一桶一桶地把大粪倒进车子上的桶里。老大爷也感动得直吸溜嘴，不知所措。

车上的大桶装满以后，他收拾了一下场面，擦了擦车子，扫了扫地。他准备走时，对我说："小伙子，别太伤心了。悲极生病，乐极伤身。别着急，存住气，机会会有的。"他赶着毛驴走出了兵营。

第二天下午，老大爷又赶着毛驴车来了。我照样帮助他装大粪。我问他："老大爷，你家住在哪儿呀？你家里都有谁呀？"

他叹了一口气，好长时间以后才说："我家就在兵营旁边的村子里，家里就我一个人。"

我很同情地"哦"了一声。他停下来好长时间没有说话。一会儿，他接着说："我比你还痛苦呀，孩子。"

我很疑惑地问："怎么回事呀？"

他说："我家原本有三口人，一个老伴和一个儿子。儿子也与你年纪差不多。三口人的日子过得还不错。突然，就在儿子十七岁那年，被抓了去，就在这所兵营里当兵。当兵就当兵呗，我安慰自己，也安慰老伴，让她忍着心慢慢地等待。可是，儿子忍不住，他过不下去兵营的生活，一心想跑出去。我那孩子不动脑子，办事莽撞，不考虑后果。一天晚上，夜深人静时，他以为站岗的在打瞌睡，他蹑手蹑脚地溜出了大门。他刚走出大门时，被站岗的发现，要他立即回营。他不但不回去，反而大步往外跑。兵营马上派人追赶，很快被抓了回来。"我插话道："这就麻烦了。人家肯定要狠狠地打他。"老大爷哭着说："光打就好了。两天后，作为处理逃兵的典型，开大会批斗后被枪毙了。"老大爷泣不成声，"我就这一个儿子呀。还不如叫我替他死呢。"老大爷停了一会儿，又说："老伴经受不住这个打击，没几个月就含恨去世了。……现在，就我一个人了。这个兵营叫我家破人亡。他们养兵不是保护老百姓的，纯粹是给老百姓添害。"

我试探着说："我一直都在考虑如何能逃出去。你这一说，我也不敢冒这个险了。"我注意着他的表情，看他对我的话有何反应。

他说："这里肯定不能长久待下去。不过，不能像我儿子那样冒险。那种跑法不是白送死吗？"

我马上追问："大门把得这么严，院墙又这么高，怎么能逃得出去呢？"

他说："就是得想个办法，不能硬碰。"

我说："请老大爷帮帮忙。如果不让我出去，我在这里会囚死的。"

他说："我一定操个心，一有机会，我就帮你逃出去。"

我们的心说透了，我对他说话大胆了。我有什么想法，不管对与不对，我都敢对他说。他像我的亲人一样同情我，帮助我，给我想办法。第三天下午，装车时，我对他说："大爷，我想出来个办法，你看行不行。"

他说："什么办法？你说吧，孩子。"

我直截了当地说："车子上这个大桶，别装满，装半桶。我钻进去，你把我拉出去。就这么简单。"

他听了以后，很吃惊，"呀！"了一声，然后说："桶里那个臭气，你能受得了？非把你呛死不可！"

我坚定地说："我可以忍受。只要能出去，我啥事都能干，啥罪都能受！"他若有所思，没有说话。我接着说："我想了很久了，只有这种办法，才是唯一的办法，别的啥法也没有。我可以忍受。只是你别把盖子盖得太严，得留下足够的空间让我出气儿，别把我闷死就行。"

他慢慢地说："是呀，真是没有别的办法。你这个办法，不能说不是个办法。我只是怕你受不了……让我再好好想想再说吧。"

我心急火燎，只等着老大爷同意我的办法。第二天，他没有来拉粪。可把我急坏了，我生怕他可能出什么变故。好不容易熬过了一天。在隔一天的下午，我又焦急地在那里等着。他平常两点多钟就来了，可是这一天，他两点没来，三点也没有来，四点也没有来。真是怪了，非把我急炸不可！我竭力控制住自己，耐心等待。快六点了，他才慢慢腾腾地赶着毛驴车来了。他把车子停在大粪池旁，我急忙跑过去问他："老大爷，今天为什么来得这么晚呀？"

他胸有成竹地说："还不是为了你？"

可把我高兴坏了。"为了我"，说明他在为我想着办法。尽管我还不知道他为我想了什么办法，但他肯定是有所作为的。他停下车子后，不是像往常一样，急着装车，而是东望望，西望望，左看看，右看看，光磨蹭时间，不干活。

我很不理解地问他："大爷，为什么不赶快装车呀？天快黑了。"

他说："今天不装大粪了。今天有特殊任务。"

我又不理解地问他："什么特殊任务呀？"

他没有回答我。两眼直向四周扫射。突然，他飞快地上到车上把桶盖掀开，命令式地小声说："快点儿，钻进去！"

霎时间，我全明白了。我立即钻了进去。他轻轻地把盖子盖上。尾部那个出粪孔也是半开着。我在里边一点儿也不感到闷气。粪桶的里里外外，都冲洗得干干净净。里边还铺了一条破棉被。我躺在里面，一动也不动，连出气也要拿捏着。

车子路过大门时，不知哪位爱管闲事的先生说了声："你的桶盖没盖好。"说话人无意，但我可吓坏了。我生怕其他人上去发现了我。我害怕，尽量把身子缩到桶的最后部，让他们在桶口处看不见我。老大爷很机智，他马上跳到车上，把盖子盖好——这一难关我们闯过了。

车子到达他的住地时，天已经黑了。我从桶里爬出来，没人能看见我的军衣了。这时我才明白，为什么大爷今天去得这么晚。四周黑乎乎的，能看到的是远处眨眼的灯光和高大的房子。青蛙的呱呱声、金龟子的啾啾声、蚊子的嗡嗡声，以及附近大路上老牛拉破车的扑嗒声，混在一起，好像一种别致的交响乐。

我把军装脱下来，换上他们的衣服。一件上衣和一条裤子，全是土色的，全身冒着大粪的臭味。但我感到很舒服，比干净的军装舒服多了。我不受约束了，我可以自由行动了。我再三感谢他们，跪下给他们磕了几个响头。当我就要告别他们准备上路回家时，他们劝我说："你不要马上上路。他们今晚肯定派人追赶，你逃不出他们的手掌。他们如果把你抓回去，你就难活命了。你留在我们这里，帮我们干活。有人问时，你就说是我们的一员。等几天以后，兵营里不再找你时，你再走。"

他们说得很有道理。我也看到，他们工作很忙，人手不足，很多活没人干。我也想留下来，给他们干几天活，报答他们的救命之恩。

这里是一个名副其实的大粪场。可是他们插了个牌子，上面写着："肥料加工场"。该场有二亩多大。全部设施，除了三间草棚外，还有一个大粪池、一个垃圾坑和一个大场棚。这三间草棚是他们的住室，也是他们的厨房和饭厅。东间内屋里，并排打了四张地铺。他们铺的是干草，盖的是破棉被。房间里没有柜子，也没有桌子，倒有几个破凳子。每个人的衣服就放在自己的铺上。草棚的中间，垒了一个铁锅，旁边放着一个用砖头支起来的案板。下面放着几个碗，其中一个里面，有几双筷子。案子后面有一个烂缸，是他们放面用的。他们最值钱的劳动工具，是一头毛驴和一辆架子车，其次是铁锨、勺子、叉子、扫帚、耙子和铁桶。这就是他们的全部家产。他们最看重的是这头毛驴。他们精心喂养它，无微不至地照顾它。因为，它是他们的精神寄托，也是他们的生活来源。

这个大粪场里，一共有四个人，全部都是五十多岁的老头。把我从兵营里救出来的老大爷叫赵申，是这里的场长。其他三个人叫王坚、李田和吴炳。他们都是老光棍，都是一个人吃饱，全家不饥。他们虽然都是孤寡老头，但他们生活在一起，并不孤独。他们和睦相处，亲如一家，互相关心，互相帮助。如果有人身体不好，其他人就会非常积极地帮助看病，帮助拿药，熬药，端饭，甚至端屎、端尿，也是常事。因此，他们在一起过得很开心。

　　他们吃得很简单，一般是馍、菜、汤。中午多吃面条，捞面条是他们的例行午饭。别看他们年纪大了，他们干活像年轻人，吃饭也像年轻人。捞面条，他们每人至少得两碗，玉米面窝头，也得两个。菜就很简单了，一般是豆瓣酱或辣椒。饭菜很简单，吃得很香甜，胜过酒和肉，享受乐无边。他们有时也会打些酒，割些肉，改善一下生活。他们也会猜拳行令，喝个一醉方休，但毕竟是偶尔的，一个月或更长一段时间才有一次。

　　他们的娱乐形式主要是下象棋。每天晚上，在一个棉油灯下，有时两个人单独下，有时两个人一班，双下。输者要买些好吃的，大家享用。有时，他们也会买些酒菜。酒，是小铺子里的散装低度酒；菜，是些油炸花生米或清水煮黄豆。有时他们会玩到十一二点。然后，和衣躺下，一觉睡到天明。

　　他们的工作是有分工的。两个人负责从外面拉大粪和垃圾。拉回后，分别倒在大粪池里和垃圾坑里。另外两个人负责做粪饼，把大粪和垃圾按照一比二的比例，把大粪浇在垃圾上，掺和均匀，搅得像一堆烂泥。把它拍成圆饼，放在一旁的空地上。晒干后，收集起来，摞到场棚里。这就是成品，可以直接卖给客户。

　　粪饼是按重量出售的。附近农民经常来买这种粪饼，尤其是菜农。他们粉碎后施到地里。可以做底肥，也可以做追肥；可以干着用，也可以泡水用；撒着用，也可以浇着用，非常方便，深受农民的青睐。好年景时，农民买的很多，供不应求。有的在这里排队等，甚至在这里过夜，有时，不等粪饼干透就买走了。年景不好时，农民手里没有钱，粪饼卖不动。干粪饼摞得像小山一样，一座一座的。有时，一连几天也卖不了一块饼，连一分钱也收不到，几个老头连吃饭钱也没有。今年还可以，粪场里存不住货。他们除了吃饭以外，还可以有几个零用钱。吃饭也不那么抠了，买食品也比较大胆了。除了主食以外，还会买些酱油、醋之类的调味品。

　　赵申大爷让我摞粪饼，就是把晒干的粪饼收集起来，摞到场棚里。活不算重，但就是太累腰。身子不停地一直一弯，一弯一直，一天到晚，累得腰酸腿疼。腰里像别了一根木棍，硬得不敢打弯。站着躺不下，躺着站不起。我身子虽然有些累，可我思想上却非常快乐。他们为我打了个地铺，我躺在上面，感到柔软合体，非常舒服，躺下不久就酣然入睡了。

十天以后，我要求动身回家，他们也不再挽留。我临走时，赵大爷给我两块银圆，让我做盘缠钱。我心想，这钱实在太需要了，但我不能要，我为他们干活，是为了报他们的救命之恩。"滴水之恩，涌泉相报。"赵大爷对我的恩情是救命之恩，我一辈子也报不完。可是，他们坚持要给我，说是我干活的工钱。我也只好收下。临走时，我对赵大爷说："你对我的恩情，我永远不会忘记。我现在要走了，我今后还会找时间来看望你们。"

在一个阳光明媚的日子里，我动身返乡。春风拂面，麦浪荡漾。燕子空中唱，农民地里忙。我心急如焚，飞驰在回家的路上。我行动自由，心情舒畅。我穿的是工人的衣服，扮的是农民模样，诚恳敦厚，朴素大方，是一个劳动者的形象，没有一点儿可疑之处，没有任何惹眼的地方。我顺顺利利地走了五天五夜，终于回到了家，来到了你的身旁。

第二章　小女婿与大媳妇

　　小女婿名叫王平，是村里有名的"小"字号。说他小有四个原因：首先是他与妻子的年龄差距大。他妻子来她家时已经十八岁，可他才六岁。大家都叫他小女婿。其次是他的身材小，又矮又瘦，整个身体像几根凑在一起的干柴棍儿。再其次是他的辈分低，很多与他同龄的孩子，他得叫人家叔叔、姑姑之类的，他几乎没有哥、弟或是姐、妹。再其次是他的智商低，这也可能是先天性的，刚生下来就很弱小，才二斤重。两岁以后才慢慢会说话，然后又学会走路。到十几岁时，还爱跟四五岁的孩子在一块儿玩。由于"小"字在他身上占了优势，他的真实姓名老早就被人们忘得一干二净。如果有人问谁是王平，很可能没人知道，但如果问谁是"小女婿"，基本上老少皆知。

　　大媳妇的真实姓名叫刘贤，是距洛家庄不远的刘庄人，她的父亲叫刘满仓。大家叫她"大媳妇"有几个原因：首先是她的年龄比她丈夫王平大十岁。其次是她的块头大，十八岁时已长成人，一米八高，一百八十斤重，她与王平站在一起时，形成很明显的反差：一个膀大腰圆，威风凛凛；一个瘦小如柴，唯唯诺诺；一个像钢铁铸就的铁塔，威严耸立；一个像凑在一起的朽木棍，濒临倒塌。再其次是她的力气大，干劲足，虽然识字不多，但爱学肯干，什么活都不在话下。在家里，做饭、做衣服、纺棉花、织布她没有不会的；在地里，犁地、耙地、帮耧、播种，她样样都不外行；在打谷场上，碾场、起场、扬场、搭垛等对她来说小菜一碟。再其次是她很豁达，思想敏锐，说话爽朗，雷厉风行，办事利落。她思考问题，交往做事，都不是区区之心，而是大家风范。很少人知道她的真实姓名，"大"字笼罩了她的全身，她的"大媳妇"名字，无人不知，无人不晓。

那么，小女婿与大媳妇是如何走到一起的呢？这还得从头说起。

小女婿出身于一个大家族。祖父那一辈家业红火，有几百亩地、几十头牲畜，雇有长工和保姆，地里农活和家里的洗衣、做饭等家务全是雇工干，连婴儿喂奶也是雇来的奶妈干的。到王平父亲这一辈时，家境就大不如以前了。他父亲不但不置买家业，而且还大量挥霍，吃喝嫖赌，样样俱全，不几年光景，一个庞大的家业就所剩无几了。后来，王平的爷爷、奶奶和父亲相继去世。再到后来，家里就只有母亲和王平两个人了。家业只有几十亩地、一个豆腐坊了，另欠了一些债务。家境几乎到了走投无路的边缘。家境的巨大变化对王平的母亲打击很大，她亲身经历了这个家庭变迁，亲眼看到这个家庭由大到小、由好到坏的变化过程。这么大的落差她是很难承受的。

王平的母亲叫代菊梅，娘家是代坡村人。祖父和父亲都是以务农为主，农闲时做个生意，搞些买卖，可以赚个零花钱，家里生活能勉强顾得住。一家人过着撑不着也饿不死的日子。

代菊梅十二岁时，就有人为她做媒，男方就是洛家庄的王榜（王平的父亲）。菊梅的父母很同意这个媒，因为王榜当时是一家富户，在周围村庄很有名气。菊梅虽然年龄还小，但也懂些事理，她很想嫁到一个有钱人家过上好日子。她从小就不想过穷日子。她常说："有吃有穿，快乐无边；欢欢乐乐，美好生活。人没有这两条，就是白活着。"

代菊梅是十七岁时嫁到王家的。那时王家正是"生意兴隆通四海，财源无边滚滚来"的时期，这对她来说是一个翻天覆地的变化。第一个变化：她的愿望实现了，她可以逍遥地过富裕生活，不再过那紧紧巴巴的穷日子了。第二个变化：她再也不用起早摸黑帮爹爹地里干活，帮妈妈厨房做饭、累死累活了。过去是什么都干，粗茶淡饭；现在是啥也不干，香茶盛宴。

这种生活她可以享受了，她也满足了。但她的这种生活能持续多长时间呢？但愿永远、永远。

她丈夫的挥霍还没有触及她的生活的时候，她好像很麻木，什么也不知道似的，即使知道一些，也是朦朦胧胧，模糊不清。因此她不去管，她知道管也没用，就干脆不管，图个清闲。到了家里只剩下她和王平以及那么一点儿家产的时候，她猛然觉得事情的严重性。但一切都已太晚，一切都无法挽回了。

地没人种，豆腐坊没人经营，儿子太小，一切都得自己亲自动手，连饭也得自己做，一顿不做，就吃不成。这对她来说，太不习惯了。真是坏习惯养成如墙倒，好习惯养成如抽丝。她在娘家的起早贪黑、吃苦耐劳的持家精神，再也不可能恢复，可她的坐享其成、贪图享受的坏习惯却怎么也改变不了。

代菊梅毕竟是一个有心计的女人。如何保住她那坐享其成的恶习，是她长时间考虑的核心问题。十来亩地由谁来种？豆腐坊由谁来经营？是必须首先解决的问题。否则，一切都是空话。不管是种地，也不管是经营豆腐坊，都必须有人才行。是的，必须有人，况且还必须是得力的人，自己人。不得力的人不行，外人不行。因为种地是解决粮食问题，豆腐磨坊是解决花钱问题的。如果没有得力人，即使有人，也解决不了这两个问题。她曾考虑过雇人问题，但她很快放弃了这种想法，因为雇的人靠不住。她也曾考虑过把地租出去，把豆腐磨坊承包出去，但她马上又否定了这个方案。原因是把地租出去会损失一半收成，如果是三七分成，租方不干，如果各一半分成，那就把一半收获送给了别人，这样太可惜了，真舍不得。若是四六分成还差不多，租方四个，地主六个，但这个方案恐怕没人租。实践证明，她等了两年也没人来租。让人承包豆腐磨坊的具体问题太多了。购买豆子问题，出售豆腐问题，拉磨的牲口问题等等，都是非常难解决的问题。这些问题如果解决不好，今后的花钱问题就没着落了。

出租土地也好，承包豆腐磨坊也好，两年来一直不但没有找到主，连一个人来问津也没有，这使代菊梅非常着急。

没有人租她的地，也没有人承包她的豆腐磨坊，主要问题不是分成，也不是具体问题没法解决，而是没有人愿意与她打交道，这是最根本的问题。为什么呢？主要是她时时事事都为她自己着想，时刻想着自己要多占些便宜，从不谦让别人，从不吃一点儿亏。每年春天青黄不接时，很多穷人缺粮断顿，有的缺一个月的粮食，有的缺两个月的。她主动向外借粮食，但绝不会是白借，是有先决条件的，条件是借粮时必须先打借条，明确保证，借一斗还两斗。没有这个条件，她的粮食是不会外借的。即使这样，也有很多人向她借粮食。对这些穷人来说，粮食就是命，能借到粮食就可以保住命，条件再苛刻也得借。而代菊梅乘人之危，把别人的生死攸关，看作自己发财的好机会。每年光是这个时候，她赚的粮食，足够她一年也吃不完。

有一次她的邻居向她借一把斧头砍树枝，一不小心把斧头的刃弄了个小豁口。邻居送还斧头时，她坚决不要，得赔她一把新的，并声称不还一把新的，就不算拉倒。

还有一次，她喂的母鸡"咯哒、咯哒"地叫着从她的对门出来了。她说她的母鸡在这家下蛋了，非让他们把鸡蛋交给她不行，而且还不是一两个，而是几十个。她说她的这只母鸡总是丢蛋，已有一个多月没有在家下蛋了。她的对门必须把鸡蛋全部交出来，不交鸡蛋交钱也行。她的对门当然不承认这钱。两家吵得死去活来。她哭着闹着坐在人家院子里不走，说这家欺负她了，说欺负她家没有男人顶事了，说欺负她家孤儿寡母了，等等，闹得这家老少不得安宁。在无可奈何之下，他们忍着气给了她一些钱。虽然没有完全达到她的要求，但她还是有了台阶下，不再哭闹，事情才算罢休。

　　她的这些作为，使得自己臭名昭著，谁也不愿意与她打交道，因此没有人租她的土地，也没有人承包她的豆腐坊。

　　一天，代菊梅把袁良叫来翻阅账本，审查欠她粮食的账户，想找理由催账户还账。不但还本，还要还利，况且还要想法多收利息。

　　袁良重点查看刘庄刘满仓的账户。他看罢账本以后对代菊梅说：

　　"欠粮食最多的是刘庄的刘满仓，共欠五石。"

　　她仔细琢磨着刘满仓这个名字和五石粮食这个数字。她问袁良："谁是刘满仓？"

　　袁良说："刘满仓是刘庄的一个普通农民，家境不好，这五石粮食，恐怕他们一下子是还不起的。"

　　他说了这句话后，代菊梅没说话。袁良又补充说："他有个女儿叫刘贤，是有名的女强人，个子大，力气壮，啥活都会干……"他还没说完就被代菊梅打断："什么？女强人？个大，力壮？"没等袁良回答，她自言自语地说："哎呀，这不就是我需要的人吗?!"紧接着，使她绞尽脑汁考虑的问题，是如何把刘满仓的女儿变成自己的人，变成为自己出力的人。她的唯一思路，就是如何让刘贤成为自己的儿媳妇。她知道，要把这个想法变成现实困难很大。从某种意义上说，这几乎是不可能的。因为这是婚姻问题，比不得一般东西的买卖。如果是什么工具，她肯定能搞到手，但这是活人。儿子与她不仅仅是年龄的悬殊，两个人的其他条件悬殊也很大，也就是说，她儿子与刘贤差距太大，刘贤本人肯定不会同意。只要刘贤一个人不同意，别的一切都没有用。她又想，五石粮食，他们还得起吗？他们肯定还不起。想到这里，她坚定地说："对，就利用这个条件。"然后她又补充了一句："就在让他们还账上做文章，而且还要把这篇文章做好。"

　　那天晚上袁良没有走，他们在一起嘀咕了很长时间才把灯熄灭。

第二天一吃罢早饭，袁良就去刘庄了。他特别愿意去刘庄，更愿意去找刘满仓，他主要是想接近刘贤。他很早就知道这个年轻漂亮的姑娘，他对刘贤有些心猿意马，想入非非，但就是没有机会。这一次时机可来了，他可以充分利用这个机会，达到自己的目的。

他问准门户以后直接走进了院里。见一个六十来岁的老头儿在院子里坐着。他猜着这个人肯定是刘满仓。他很客气地问：

"请问，你是刘满仓吗？"

老汉答："是的。你是……啊，请坐，请坐。"说着就拉了个凳子让袁良坐下。没等刘满仓坐稳，袁良就开了腔：

"我是洛家庄代菊梅的表哥，她对我说你们家还欠她一些粮食。她急用，她请你们马上还账。"

刘满仓问："多少粮食？"

袁良回答："五石。"

刘满仓说："这么多呀！"

袁良说："表妹说是好几年欠下的，这还没给你们多算呢，如果按高利息算，还得更多呢。"

刘满仓少气无力地说："我们一家连吃饭都成问题，哪有多余的粮食去还账呀？而且还这么多，我们是还不起的。"

袁良说："没粮食还，用钱也行啊。"

刘满仓说："有钱还说啥哩呀。我现在病得厉害，买药都没有钱，哪会有钱还账啊？粮、钱我们都没有，不要说马上还了，恐怕我一辈子都还不完。"

袁良站起来，很客气地说："你们困难我知道，确实是这样，要是欠我的债，好说，我可以缓缓，只要我有吃的，我不会向你们要账的。不过，你们不是欠我的，是欠我表妹的，我是替她来要账的。你们还不还账得给她商量。"

刘满仓咳嗽了几声说："请你代我求求她，请她行行好，让她答应，我们的账缓缓再还。"

袁良表现得通情达理，善解人意，心平气和地说："我回去转告她你们的难处，劝说她推迟你们的还债时间。"

刘满仓："谢谢你，谢谢你。"

袁良："不用谢，我走了。"

刘满仓没来得及站起来送他。事实上，他听了袁良要他们还债的话以后，尽管袁良的话很客气，但要求还债的事实是清清楚楚的，这对他来说，就足够泰山压顶了。他试了几次没有站起来，幸好他是靠着树坐着，要不然就倒在地上了。

老伴急忙从屋里出来把他扶起。他勉勉强强走到屋里，躺在床上，上句不接下句地把袁良来的意图告诉了老伴。老两口沉浸在极端悲痛中。

他们一听说"还账"二字，就浑身发麻，脑子一片空白，好像天地到了尽头，生活也到了尽头，一切都完了。

中午时，刘贤从地里干活回来，看见父母都在床上躺着，她心里有些奇怪。平常从地里回来，看见爹爹在床上躺着是常事，因为他身体一直不好。可是妈妈一般都不在床上，而是在忙着家务活。可是今天，两人都在床上躺着，她真有些莫名其妙。

刘贤连忙问："妈、爹，你们今天怎么了，都躺在床上？"

妈妈慢慢坐起来，把袁良催他们还账的事告诉了她。刘贤听后低下了头，漫不经心地说："那咋办呀？"停了一会儿，她问："能不能借些粮食还账？"

她妈妈回答："借粮食，往哪儿借呀？而且又那么多。"

刘贤忙问："多少？"

她妈妈答："五石。"

刘贤一听这个数字，也吓了一跳，她的心里琢磨着："五石，还得起吗？怎么也还不起呀，咋办呢？……"她不敢再想下去了。

晚饭以后，刘贤对妈妈说了一声"我出去一下"，就走出了家门。她不是去别的地方，而是去杨村找杨松海了。

杨松海是杨村的一个年轻人，与刘贤同岁。很小就失去了父母，独自一个人过日子。他从小就很有志气，独自生活，养成了孤僻的性格，不爱说话，不爱显露，有事藏在心里。看见有人比他强时，他就暗想："我将来得超过他。"在他看来，他是世界上最穷的人。除了有两间破草房和二亩多坎地外，其他什么也没有。与其他很多穷孩子一样，他没钱，没东西。但他这个穷孩子还不如别的穷孩子。别的穷孩子虽然没有钱，没有东西，但他们有父母，有个温暖的家。他呢？除了没钱，没东西外，也没有父母，更没有温暖的家。他父母病故时，他才四岁。别的孩子四岁乃至五岁、六岁，也正是依偎在父母怀里撒娇的时候，而他却成了一个无依无靠、孤苦伶仃的孤儿。他舅舅、姑姑、姨母都叫他去他们家里生活，他们情愿把他养大成人。但他就是不去，坚决自己过日子。从四岁起，他就一个人生活。二亩多地是他舅舅帮他种的，每年的犁地、播种、插秧的活儿都是他舅干的，他舅把打的粮食全部给他，一粒也不要他的。他穿的衣服是他姑姑和姨妈给他做的。做饭要用面，不定哪个亲戚给他些面。他不会磨面。说实话吧，那时也没有那么多粮食用来磨面。他大多数是吃红薯。红薯多了就切成片，晒成干儿，存放起来煮红薯干儿吃。

那时的二亩地是养活不了一个人的。因为灾情多，不旱就涝，有时二亩地连一粒粮食也不见。那么，杨松海这个孩子是怎样维持生活的呢？他的唯一办法就是"拾"。这个"拾"字挽救了他的生命，奠定了他今后长大成人后的业绩。

收麦时他拾麦，收秋时他拾秋，种麦时他也去拾麦，种豆时他也去拾豆。不管是种麦，还是种豆，耩到地头把耧掂空时，往往要撒到路上一些种子。地里没东西可拾时，他冬季拾柴火，夏季割草。柴火自己做饭用，青草晒干卖钱。他还喂了几只鸡，公鸡过年时杀了吃肉，母鸡养着下蛋。下的蛋也舍不得吃，攒起来卖钱。实际上，他养的鸡就是他的一个小银行，就是他花钱的来源。所有生活用品如：吃的油、点灯油、火柴、食盐、肥皂、毛巾等等，都得用钱买。都是靠卖鸡蛋的钱买的。因为他知道钱来得不易，所以他花钱是非常谨慎的，每分钱都花在该花的地方，从不乱花一分钱。

他慢慢长大了，他的名声也传遍附近的大小村庄。一个从四岁就独自生活的孩子，确实是少见的。

在这一带的年轻人中，出名的就是两个，男的是杨松海，女的是刘贤。他们两个又是同年同岁。杨松海住在杨庄，刘贤住在刘庄。两个村子相距五里路，他们对彼此的名字早有耳闻，各人的特点也早有了解。彼此的面貌也都熟悉，并且都对对方非常羡慕，非常钦佩。彼此虽然认识，就是没说过话，即使走碰头也是彼此看一眼，毫无表情地就过去了。

刘贤是个泼辣女孩，天不怕地不怕，只要是她想要的，她要想一切办法得到它。周围群众对杨松海的赞誉，她非常熟悉。她在找机会与他接触、谈话。

一天，刘贤与母亲一起去镇上赶会。在回来的路上，她发现从后面过来的是杨松海。她示意母亲故意走得慢一点儿。

杨松海一个人在路上发现前面走着的是刘贤母女俩。他内向，不善于与人说话。他开始故意走得慢些，想与她们拉开距离。可是马上发现她们也走得慢了，距离拉不开，除非是停步不走。他决定走得快些，赶快超过她们，走在她们前面，再快走一阵子，就可以把她们远远地甩到后头。

刘贤不时地往后看，看他走在路的哪边。他如果走右边，她也走右边；他走左边，她也走左边。杨松海是想从刘贤妈走的那边的侧面超过去。每当他换一次位置，刘贤也随即换一次。当杨松海离她们两个很近的时候，突然换到她母亲那一边，而且走得特别快。他哪知道刘贤已有准备，当他猛换位置时，她也立刻换过来，并且伸出长腿挡住他的去路。杨松海扑腾一声整个身子摔倒地上。刘贤娘俩赶快把他扶起来。刘贤连声说着："对不起，对不起。"刘贤妈也问："怎么样？摔疼了吗？哪里疼呀？"杨松海试着站起来，但左膝盖疼得很，不敢用劲，站不起来。杨松海说："是我不小心摔倒的，不怨你们。你们走吧，我歇一会儿就好了，不要紧的。"刘贤说："你走不成路，得歇一会儿才行。"杨松海连忙说："是的。你们走吧，我停一会儿就没事了，你们不用担心。"刘贤母亲问："你是哪村的？"杨松海回答："我是杨村的。"她拉着又问："你叫啥？"杨回答："我叫杨松海。"刘贤妈妈："啊，你就是杨松海啊。"杨回答："是呀，我就是杨松海，大娘，你听说过我？"刘贤妈妈说："听说过，早就听说过。"

刘贤妈妈一听说这个小伙子就是杨松海，脑子里听说到的关于他的情况一下子都闪现出来。她盯着眼前这个年轻人看：一米八的个儿，浓眉毛，高鼻梁，眼睛虽然不大，但却炯炯有神。虽然是个大小伙了，但十分腼腆，一直不敢正面看人，当你看他的时候，他却有些不好意思地回避你的视线。

当她妈妈问他话时，刘贤一句话也不说，只是用眼神不时地打量着杨松海。杨松海答话时，她不由自主地暗笑。在整个过程中，刘贤心里是波涛汹涌，但表面上却是沉着冷静。母亲的话说完后，刘贤才开口，她问杨松海："你认识我吗？"杨答："认识，早就认识。"他的回答使刘贤非常高兴。然后杨松海问刘贤："你认识我吗？"刘答："当然认识，也是早就认识。"两人好像一见如故，开场话过后，他们随便找些话题聊起来。

三人坐在路旁歇了半个多钟头。杨松海试着站了起来。他说："我可以走了，咱们走吧。我没事的，一点儿事也没有。"

三人一直走到岔路时才分了手，各自回到了自己的家。

刘贤和杨松海心里都非常高兴，好像是夙愿得到了实现似的。

自此以后，两人经常找机会见面说话。实在找不到机会时，他们干脆在对方门口走一趟，看看他（她）的家里有什么动静，即使看看对方的房子，心里也得到了安慰。

他们两人,不管是谁,只要有了困难,不管思想上的,还是生活中的,都会首先告诉对方,共同商量解决办法。如果有了好事,也会首先告诉对方,共同分享。

经过两年多的交往,他们的思想、感情已经完全达到了谈情说爱、许配终身的程度。但他们谁也没有把这张纸捅破,都保持着心照不宣的微妙关系。

这天晚上刘贤来见杨松海的目的是看他能否借些粮食还账,也想告诉他代菊梅催逼还账的事,看他有什么办法,请他帮助出出主意,解决一下债主逼债的困境。当杨松海说借不来粮食,也想不来什么办法时,刘贤就立刻转回家了。

三天以后,袁良又来到刘贤的家。刘贤的父亲仍是卧床不起。袁良走到他的床前,轻声对他说:"我回去后,把你们的难处原原本本地,详详细细地给我表妹讲了一遍,并想方设法劝说她不要马上催你们还账。"

刘满仓心里很高兴,立即报答恩情似的说:"谢谢你了,谢谢你了。我真不知道该如何谢你才好。"

袁良不好意思地说:"请先别谢我,我还没说完呢。"

刘满仓愣在那里,不说一句话,仔细听袁良继续说。

袁良:"我表妹说了,她很同情你们的难处,尤其是对你的病,她更为你们难过。但是,我表妹说了,要我好好给你们解释解释,她确实遇到了很大困难,急需要一大笔钱雇人种地,雇人经营家庭副业。你们这个账实在是缓不得。你们无论如何,都得马上还债,你们如果不马上还,她就无法维持下去了。因此,她请你们原谅,要想尽一切办法,千方百计把账还了。她还说这是你们帮她的忙了。"

刘满仓呆在那里,像塑像一样一动不动,脸上皱纹聚在一起,露出难看的表情。

刘贤从院里走过来对袁良说:"我爹病得厉害,请你不要逼他还账。有啥话就直接对我说好了。"

袁良的眼里一直荡漾着潮水,不时向刘贤暗送秋波,嬉皮笑脸地说:"刘贤姑娘,你看我来干这个倒霉事,好像我来向你们逼债,其实,我很清楚你们的难处,但我表妹的日子过不下去了,非让我来向你们要账不可。唉,谁叫我是她表哥呢? 她家没外面人,这事就摊到我头上了。"

刘贤看也不看他一眼,说道:"你也不用说这么多,我们确实是什么也没有，根本还不起账，请让我们缓缓再还。"

刘贤妈妈说："我们实在没有办法，求求代菊梅大姐行行好，高抬贵手，放我们一把，等我们缓过劲儿来，我们会还的。"

袁良清清喉咙，拢拢头发，不慌不忙地，口气很轻，语意很重地说："这恐怕不好办，因为她太需要钱了。不管如何，我一定回去让她再考虑考虑。不过，你们还是得准备马上还债。"

袁良走后，妈妈对女儿说："他们催得很紧，从说话的口气看，这债是不还不行的。过去逼债从来不像这样，一拖就拖过去了，所以才积累了这么多，看来这次是拖不过去了。"

女儿说："那咋办呀？"

妈妈说："日子就是没法过了。你爹病得这么厉害，不一定能活三天两晌午的，剩下咱娘儿俩，又欠这么多债，实在是过不下去了。"妈妈不由自主地哭了起来。她看看丈夫，再看看女儿，一个是老弱病残，一个是年轻少年，没有一个人会想办法出主意，没有一个支撑家的台柱子。她想他们到了山穷水尽的末路，这个坎儿是无论如何也迈不过去。刘贤也哭得很伤心，眼泪吧嗒吧嗒掉在地上。转眼之间，刘贤停止了哭泣。她对妈妈说："别哭了妈妈，再哭也没有用。我爹病得这么厉害，咱们主要还是多考虑如何治好爹的病。关于还债问题，车到山前必有路。"

妈妈说："车已经到山前了，路在哪儿呀？刀把子握在人家手里呢，她叫咱拖过去咱就可以拖过去，她不叫咱拖过去咱就拖不过去。"

刘贤的心里翻腾得就要爆炸似的，但为了安慰妈妈，她说："只管等吧，看他们怎么办。他们如果要东西，叫他们随便拿，想拿什么就拿什么。他们要抓人，我去挡。"

袁良回去以后，立即去到代菊梅家向她汇报。

袁良说："看来他们是没有任何办法，真是走投无路哇。"

代菊梅说："这就是我们需要的，这就是好机会。他们如果有了办法，我们就没有办法了。他们如果没有办法，我们就有办法了。我们要的就是他们没有办法。我们的文章就做在他们没有办法上。"

袁良听了代菊梅的这几句话，连连点头，伸出大拇指称赞道："你不是一个家庭妇女，你很有心计，很会运筹帷幄，是个大家风范，你高，你真高。我佩服，真佩服。"

这几句话把代菊梅说得乐滋滋的。她笑着对袁良说了几句讨厌式的赞扬话："你别光给我戴高帽子，光会说好话骗我，嘴不照心。"

代菊梅的这几句话主要是对袁良的夸奖，但也怀疑他的话是有意夸张，他内心里不一定就这么想。袁良听了这几句话后，感到她主要是心里高兴，是赞扬他的话。但他也觉察到她的话里有话，尤其是说他说好话骗她，嘴不照心。他马上赌咒说："我对你要是没有真心，叫我……"代菊梅赶紧捂住他的嘴，说道："谁叫你赌咒？真是个死心眼儿。"

袁良噘着嘴，嘟囔着说："我就怕你不信任我，说我对你不是真心。你说我不真心的时候，就是我最痛苦的时候。"

代菊梅："好了，别痛苦了。赶紧说咱的正事吧。"

袁良问："你说吧，下一步怎么办？"

代菊梅答："现在的形势很好，对我们很有利。我们要抓住这个机会，把两家结亲的事，直接向他们提出来。"

袁良说："他们要是翻了脸，坚决不答应怎么办？"

代菊梅说："那就逼他们还账。我们非常主动，进可以攻，退可以守。不管他们用什么办法对付，我们永远立于不败之地。我们就这两手：要么还债，要么答应婚事。我们也不去逼他们。你要清楚地告诉他们，答应了婚事，所有的债一笔勾销；若不答应婚事，欠债必须如数偿还，而且还得马上还，越快越好，不然我们就上告了。我们不能再拖了。这两个办法由他们选，我们不难为他们。"代菊梅停了一会儿接着又说："当然了，我们很清楚，还债他们是办不到的，我们也不想上告他们。这不是我们的目的。上告没有什么用。明知道他们还不起债，上告就还起了啦？上告他们也同样还不起。我们什么好处也得不到。我们的目的是让他们答应婚事，把刘贤叫到咱家，为咱干活。这样，咱王家的家业就可以起死回生，就可以重新兴旺起来。实际上，我家的前途就完全依靠在刘贤身上了。"

袁良明白了代菊梅的意图以后，心里有数了，说话的目的性更强了。

两天以后，袁良又来到刘家，进门就问："还债的粮食有着落了吗？有这么几天了，该准备好了吧？"

刘贤妈说："请你转告你表妹，我们实在是还不起这个债。我们再向她求求情，请她行个好，让我们晚几年再还。"

袁良说："表妹也是走到极点了，她也是无路可走了，再拖几年是绝对不可能的。如果不马上还，她说她要上告了。我本来不想直接马上告诉你们，因为我同情你们，我实在没有别的办法帮助你们，所以我把她的想法事先偷偷告诉你们，好让你们思想上有个准备，以便能较好地应对。你们好好想想，到她上告的时候，你们就被动了，再施展什么办法也来不及了，上面是不会讲客气的，他们将秉公办事，该咋办咋办。真到这个地步，那就惨喽，弄不得还会闹出人命来的！当然啦，我想，咱们双方都不希望弄到这个地步。你们认真想想，本来很简单的事，不就是欠债还债吗？何必要闹到大动干戈的地步，甚至还会闹出人命来！说真的，表妹也不希望走到这一步，我本人更不希望这种场面出现。"

刘贤妈、刘贤和袁良都不说话了。大约沉默了两三分钟，袁良装着行好，也装着为刘家找两全其美的办法，和颜悦色地说：

"我有个好办法，不过我也不好意思说出来。"

刘贤妈说："你只管说，让我们听听，看怎么样，只要能把问题解决了，大家都高兴。你说吧。"

袁良说："那我说了，不过丑话说前头，我说的办法如果行，更好；如果不行，千万别生气，权当我没说。"

刘贤妈说："你只管说吧，行不行都没关系。"

袁良："那我就说了。"

刘贤妈："说吧。"

袁良："你这边刘贤姑娘也长大成人了，那边我表妹的儿子也不算太小了，我看你们两家结为亲家不是一切问题都解决了？"

袁良还没把话说完，刘贤就怒火冲天，劈头盖脸地骂起来："放你妈的狗屁吧，你给我滚出去！"说着就把他推出了门外。

袁良走后，这个泼辣、坚硬的女孩倒在妈妈怀里放声哭起来。

一切美好的憧憬顷刻消失，噩运、灾祸，顿时飞来。

她的憧憬是，她与杨松海结为夫妻，两个人齐心协力，种着田地，做着生意，不几年就可以盖上瓦房，买上牲口，甚至还可以买个太平车。不愁吃，不愁穿，把爹娘搬到自己家，好好伺候他们，给他们做好吃的，让他们过几年好生活，享享晚年之福。

她想到的噩运、灾祸是：代菊梅是什么样的人呀？谁不知道她呀，外号老妖婆、母夜叉，自私透顶，黑心烂肚，心狠手辣。谁也不愿意与她打交道，谁也不敢沾她的边。这样的女人，怎么能与她共处呢！

还有一个使她不可思议的是：那个小王平，简直就不像正常人，他简直是个白痴。今年才六岁，又矮又瘦，看起来像个三岁的孩子，脑子痴呆，智商低下，怎么能与他谈婚论嫁？自己的名字怎么与他的相提并论？袁良向她提这件事简直是对她的侮辱！袁良真不是东西，真是岂有此理！

但是，刘贤毕竟是一个懂事的孩子，一番恼怒情绪之后，她又冷静下来，开始从解决问题的角度思考问题了。

为了家庭的前途，为了不让父母亲作难，她可以容忍世上难容忍之事。代菊梅再赖，她可以容忍，小王平再不像正常人，她可以容忍，但有一件事她不能容忍，那就是她与杨松海分开。她舍不了杨松海，她也割不断与杨松海的感情。她再度陷入了痛苦之中。她心如刀绞，痛哭流涕。她哭得山摇地动，她哭得死去活来。她的脑子要崩了，肺要炸了，心脏跳到尽头了。

她的哭声惊动了病危的父亲。他用非常微弱的声音问她原因时，刘贤的妈妈告诉他代菊梅要把女儿当她的儿媳妇。刘贤的爹一听就蒙过去了，再也叫不醒了。

真是祸不单行，越是瘸，越用棍敲；越是冷，越把冰水往身上浇。

刘贤爹的去世使刘贤悲痛欲绝。她想她爹是受罪受死的，他没有过一天好日子，没有吃过一顿好饭，没有清闲过一天，临死还背着一身债……她越想越可怜她爹，越想越痛苦，趴到她爹的尸体上拉不起来。她妈哭着对她说："孩子，咱光哭不行，咱还面临着大问题需要解决呢。"

刘贤不哭了，她明白她妈说的大问题指的是什么。她要抓紧时间帮妈妈办理丧事。

丧事很简单，叫来主要亲戚，把爹现有的衣服给他穿上，用秫秸编成箔把他卷住，拉到坟地里埋了。

她妈妈劝她说："你爹走了也好，不用再受罪了。看着他受罪的样子，他受罪，咱也难受，还不如走这条路呢。咱得想想办法如何对付代菊梅。"

刘贤又去找杨松海了。她在他面前没有哭，也没有多么难受，她只是征求他的意见，看他有什么办法。

杨松海很同情刘贤的家庭，更可怜刘贤。他说："我也没有什么办法。"他停了一会儿，忽然问："你认识洛家庄那个陈婵妮吗？听说她很有办法，心也好，很乐意帮助人，你不妨去问问她。她与代菊梅都是洛家庄的，她对代的情况了解得透，她熟悉代的底细。让她帮助想个办法，也许问题就解决了。"

刘贤："我与她何止认识，我们还很熟呢，我们不断地见面。她现在已经是两个孩子的妈妈了。我们见了她都叫'陈大妈'。"

第二天上午，刘贤领着妈妈去洛家庄找陈大妈了。

在陈大妈家里，她们向陈大妈详细介绍了事情的经过。陈大妈听后说："根据你们谈的情况，代菊梅向你们逼债，真正目的不是讨债，而是想娶刘贤到她家。我得出这个结论有两个根据：第一，她过去为什么不逼得这么紧，为什么现在逼得这么紧，并且还得一次还清，如果过去也这么要求的话，你们就不会欠这么多了。因此说，她的逼债不是主要目的。第二，她家急需要人，地没人种，豆腐坊没有管，而且还得是会出力、善管理的多面手。代菊梅看上你家刘贤了，所以她想把她娶到自己家里经营她的家业。"

刘贤母女听了后，感到很有道理，这也更加揪刘贤的心，她最怕的，也就是这个问题。

陈大妈继续说："代菊梅的思路很清楚，就两件事：逼债、逼婚。逼债是手段，逼婚是目的，她是通过逼债的手段，达到逼婚的目的。你们如果在还债上动脑子，不要说还不起债，就是还得起，也打消不了她的念头，她还会找别的办法找你们的麻烦，所以说，解决不了你们的问题。你们不要在如何还债上苦费心机，而要在刘贤的婚姻问题上多想办法。你们要针锋相对，在刘贤的婚姻问题上寻找对策。"

刘贤妈她们娘儿俩连连点头，刘贤说："我们总是在还债问题上找出路，没少费心，也解决不了问题。"

陈大妈问："刘贤订婚了吗？"

刘贤妈说："没有，给她说好几个，她都不愿意，所以至今没有订。可是最近也没人来说媒了，当然，我心里很清楚，我们总是不愿意，他们还来干什么？"

她的话一停，刘贤马上说："订了。"

她妈有些惊奇，急忙问："订啦？谁呀？"

刘贤轻轻松松，不慌不忙地说："杨松海。"

刘妈说："什么时候？我怎么不知道咩？"

刘贤说："俺早就订了，还没有对你说呢，早晚也得让你知道哇，女儿的婚事哪能不让妈妈知道的理呢？只是还没到时候，时候到了谁不告诉也得告诉妈妈呀。"

刘贤妈听到女儿说自己与杨松海订婚了，又惊又喜。多年来，女儿的婚事一直揪着她的心。闺女这么大了，还没个婆家，总住在娘家也不是戏呀。

那么多人为她说媒，她都不同意，她这当妈的很不理解，不知道女儿的葫芦里卖的什么药，也不知道她什么打算，总不能这样干等下去吧。女儿这么一说，解决了她的一个心病。再者，她对杨松海这个人也很满意。她暗暗称赞女儿有眼力，有水平。使她不满意的地方是：女儿为什么不早点儿告诉她，好让她早点儿放下这个心。

陈大妈说："订婚了，就好办了。"接着又问："刘贤，你对这个婚姻满意吗？"

刘贤答："满意。是我自己订的。"

陈大妈又问："考虑成熟了吗？不会反悔吧？决心下了吗？"

刘贤坚定地回答："考虑成熟了，不会反悔了，决心已下了。"

陈大妈说："这就好办了！"

刘贤与母亲同声问："咋办呀？"

陈大妈说："马上结婚！一结婚不就完了？"

刘母："是呀，一结婚不就行了？但是，我们没这个思想准备。再者，啥也没准备。不仅没有衣物被子，也没有嫁妆，连个媒人也没有，更没有看好（选择吉祥日子举行婚礼）……"

陈大妈："这一切都好解决。如果不嫌弃，我给你们当媒人。至于日期嘛，子丑寅卯，近日就好。关于衣物嫁妆问题，要不要都行。你们是在特殊时间、特殊地点、特殊情况下，举办一个特殊的结婚仪式。你们认真考虑一下，看是否可行。"

刘母："主要是太突然了，没有思想准备。"

陈大妈："这就叫特殊，不是在正常情况下。我那时候，我是在新郎不在的情况下举办的婚礼。一般来说，哪有新女婿不在的情况下结婚的，与谁结婚呀？我就是，特殊嘛！我们不也过到现在吗？我们不也过得很好吗？日子过得好不好不在婚礼举行得如何有派头，也不在家里如何富有，而在两人的感情，在全家的人际关系。"

刘贤及其母亲离开陈大妈以后，思想上进行着激烈的斗争。她们很同意陈大妈的分析，尤其是指明这次代菊梅逼债的真正目的是要把刘贤娶到她家，这使她们如梦刚醒，原来还在还债上想这办法，想那办法，这都是白费脑子。在如何对付她的逼婚问题上，陈大妈的建议也是可取的。除了太突然，没思想准备、没物资准备外，刚办完丧事，马上又办喜事，太转不过弯了。但她又想，时间不允许再等，事情不允许再拖。她这样想想，又那样想想，翻过来，覆过去，想想前，想想后，想想前因，想想后果，如果这样办了会怎么样，如果不这么办又会怎么样……

经过反复考虑以后，刘贤妈下定了决心，按陈大妈的建议办！她对刘贤说："妮儿呀，我看就按陈大妈说的办吧。"

刘贤问："办什么呀？"

刘母说："你们先结婚。结罢婚姓代的就不会有这个想法了。"

刘贤说："中哇，办完这事以后，其他任何事，我都可以容忍，我都可以对付。只要我与杨松海结了婚，代菊梅的什么要求我都可以答应，我就不相信我对付不了她。"

刘母说："那好，咱们说办就办，就在明天晚上。"

刘贤把这个决定告诉了杨松海，让他第二天晚上去她家。

第二天晚上天一黑下来，刘贤妈把香烧上，刘贤与杨松海先站在一起，陈大妈正式宣布："杨松海、刘贤今天正式结婚。"然后，他们双双跪下，向老天爷磕了头，向祖宗牌位磕了头，又向刘贤的妈妈磕了头。洞房就是刘贤平时住的堂屋西间。

这是个简单的婚礼，再没有比这更简单的了。不叫客，不收礼，不添箱，不贴对联，不放鞭炮，没有嫁妆，没有宴席，新娘不穿新衣裳，不坐花轿，甚至连办丧事时贴在门上的白对联也没有换。

这就是他们的大喜日子，不但简单，而且平静。可以说是神不知鬼不觉。周围的群众不知道，连他们的邻居也没有察觉到。

洞房花烛夜是人生中最幸福的时刻之一，对杨松海和刘贤来说也是如此。尤其是杨松海十几年的孤独生活，使他的思想麻木了，整天甚至一连几天不说一句话，使他的舌头僵硬了。可是今天晚上，一切都改变了，过去不习惯的，现在也习惯了，过去不敏锐的思想，现在确实非常敏锐；过去僵硬的舌头，现在却运用自如了；过去很不会说话，现在却说话伶俐，能说会道。

刘贤也是心花怒放，快乐至极。她很想听杨松海说话，也很想对杨松海说话。

两个人滔滔不绝，低声细语地说了一夜。天快亮时，刘贤对杨松海说："我对你说三件事。第一，从明天起你还回去，住在你那个小屋里。第二，咱俩结婚的事不要对任何人讲。第三，有一件事是关于咱俩最重要的，我先与你商量以下，征求你的意见。"

杨松海说："啥事呀？你快说。"

刘贤说："我说出来你可不要生气。"

他们虽然对对方非常满意，那只是在人品、志气、精神状态、自力更生及劳动等方面。至于心胸、肚量等细微的因素，彼此还不太了解。尤其是在气量方面，是宽宏大度，还是心胸狭隘，刘贤对杨松海不十分了解。因此，她害怕她的想法让杨松海接受不了，她不敢一下子直接把话说出来，所以兜了这么个圈子。

杨松海说："今天你是怎么啦？你向来的爽快劲儿到哪里了？快说出来吧。"

刘贤说："那好，我说。我打算答应洛家庄王家的婚事。"

杨松海："什么？你再说一遍！"

刘贤："我准备答应王家的婚事。"

杨松海："你疯了，还是傻了？"

刘贤："我不疯也不傻。"

杨松海："那你为什么这样说呀？咱们刚结婚，你就在你丈夫面前说你要答应与另一个人的婚事，你不是疯了就是傻了。反正你不像个正常人。现在我才知道我找了一个傻子老婆。"

刘贤心平气和地说："这回你小心眼儿了吧？平常你倒是挺开怀的，现在是怎么啦？我再对你说一遍，你的老婆不疯也不傻，而是一个聪明伶俐、深思熟虑、能打能干的老婆。昨天我还不敢这么说。为什么今天敢这么说呢？因为今天咱们已经结婚了。咱俩的结合是我长久的夙愿，与你的结合是我唯一的选择，也是终身的选择。真正的婚姻，只在咱俩之间，除了你，绝不可能有第二个人。答应他们的婚姻绝不会影响咱们之间的夫妻感情，同时也可以免除了咱们欠的五石粮食的债务。如果硬着不答应，咱往哪里弄粮食还账呀？"

杨松海："你说的有道理。不过，我还是有些不放心。代菊梅不是个省油灯，她啥事都干得出来，我怕你吃她的亏。她是个母老虎，你斗不过她。"

刘贤："你还不太了解我。母老虎也怕好猎手，你放心，一定要好好与我配合，我的行为会让你满意的。"

杨松海："也请你放心，我会耐心等你。到时咱们再举行一次光明磊落、堂堂正正的结婚仪式。到时候，咱邀请亲朋好友，摆席设宴，唢呐鸣奏，红旗高悬，鞭炮雷鸣，喊声震天。让你穿嫁衣，坐花轿，在舒服、温馨的爱河中沐浴开怀，让你在人生最幸福的时刻，好好风光风光，好好品尝品尝结婚时的幸福滋味。"

刘贤会意地笑了。然后情意绵绵地说："我单等着这一天呢。也请你耐心等待好消息吧。"

袁良从刘家出来以后，虽然是被刘贤轰出来的，但他并不怨恨，他看到刘家的悲惨情况以后，怜悯之心油然而生。他开始感到他做的事有些缺德。一个美丽漂亮、身强力壮的大姑娘，要逼她与一个瘦小力薄、不成人形的侏儒呆子结婚！难道这不残忍吗？干这种事的人，心不算狠吗？他又想，不干不行吗？不行。是代菊梅让他干的，他不能让她伤心，他得想一切办法让她愉快。他想到这时，振作一下精神，调整一下情绪，决定一不做，二不休，继续把这件事为她做到底，让她心满意足，以便保持他们的关系更加美好。

没过几天，袁良又来了。开口就问："那事考虑得怎么样啦？该考虑好了吧？"

刘贤问："什么事呀？"她明知道他问的是与王家结亲之事，可她偏要问问他。

袁良答："与王家结亲的事呀。"

刘贤的母亲说："啥结亲呀，俺的女儿已结过婚了。"

袁良："不要骗我了，就这么两三天就结婚了？不要执迷不悟了，我为你们说这个媒对你们来说，绝对是好事一桩。一来女儿找个好人家，二来你们不用再还账了，一举两得，何乐而不为呢？"

刘贤："别啰唆了，我答应了。"

袁良："你答应了？请你再说一遍。"

刘贤："你怎么啦？既不聋又不哑，怎么连你最想听到的一句话也没有听清楚？我对你再说一遍，你听清楚：我答应这门婚事了。"

袁良有些不太相信：上一次来一提结亲事，她怒气万丈，骂我个狗血喷头。这一次来，出口就答应了，转得这么快，是不是骗我的？但他又想，很可能是真心的。她毕竟是个明白人，她不能眼看着让她妈妈作难。再者，她去到王家，还不是一手遮天？她婆婆、她女婿都得依靠她……对，她是明白人，不会是假的。

刘贤："我答应是答应了，但不能白答应，咱们得说说条件。"

袁良："答应就好，答应就好。条件好说，条件好说。我得先回去把你答应的事告诉表妹，然后我再来说条件，签婚约。"

刘贤："好，我等着你，快去快来。"

袁良从刘家走出来，他对刘贤的一百八十度大转弯还是半信半疑。不管怎样，他这一次来收获还是很大的。他要如实向代菊梅汇报，共同研究，分析"答应"的真实性，然后落实具体条件。

袁良一进代菊梅的院子就高声大气地叫起来："菊梅，菊梅!"

代菊梅应声从屋里走出来，问："干吗？咋咋呼呼的。上次回来时愁眉苦脸，今天回来时喜笑颜开，到底有什么喜事呀？"

袁良："喜事呀，大喜事，结亲的事刘家答应了。"

代菊梅："答应了？"

袁良："可不是嘛。要不，我怎么会这么高兴呢。"

代菊梅："是谁答应的？只有爹娘答应，而她本人不答应可不行，非得她本人亲口答应才行。"

袁良："这女孩没爹了，她爹刚死没几天。她娘少气无力的，她不管什么事。他们家的事我看是由这闺女做主的。"

代菊梅："这闺女答应了吗？"

袁良："就是这闺女亲口答应的，她妈倒没说什么。娘还不是听女儿的，更何况是她本人的终身大事。刘贤本人愿意，可她妈还有些犹豫，还说什么她女儿已经结婚了。她除非哄小孩啦，她能哄得住我！她也没想想我是谁。她如果与我相比的话，我把她卖了她还会帮我数钱呢！"

代菊梅："别臭贫啦，你是王婆卖瓜——自卖自夸。你是扒住屁股上树——自己抬高自己。看叫你美的，不知道你是谁了。"

袁良："你还别说，我也不是吹牛，我一听就知道她在骗人。就没几天，她爹刚死，门上的挽联还没有换，家里一切如故，没有任何变化。她说她的女儿结婚了，不是活见鬼吗？"

代菊梅："你真的很了不起。为我办了这么大一件好事，解决了我多年的心事。你真的为我们家立了一大功。"

袁良在一旁摇头摆尾，洋洋得意。他傲气十足地说："那你应该如何慰劳我呀？"

代菊梅的脸上荡漾着春情秋波，她妩媚多姿，卖弄风骚，转动着滴溜溜的眼睛，向他撒下放荡多情、挑逗灵魂的微笑。她柔情绵绵地说道：

"今晚让你住这儿，好好慰劳慰劳你。"

袁良："住这儿能算慰劳吗？不为你办事，你不也叫我住这儿吗？再说，住这儿还不是平常事，这不能算慰劳。"

代菊梅："你别不识抬举，一个女人对一个男人的最大奉献，也莫过于此吧。你还不知足，你还要我怎么办？你们男人真赖。"

袁良："你还别说，你没听说过吗？'男人不赖，女人不爱；女人不赖，千奇百怪'……"

代菊梅："好了，别瞎扯了，晚上早点儿来就行了。

袁良对外人说他是代菊梅的表哥，代菊梅是他的表妹。其实，他不是她的表哥，她也不是他的表妹，他们之间一不沾亲，二不带故，没有任何亲戚关系。那他们究竟是什么关系呢？谁也说不清楚。"表哥，表妹"关系只是袁良经常去她家的一种借口。

袁良也是洛家庄人，中等户，不愁吃，不愁穿，他的一个叔伯哥是县警察局干事。他时常依靠这个势力，对别人指手画脚。他非常好事，好出头露面。东山村里，只要有些事，如孩子说媒，结婚，酬媒人，小孩子吃面条，买卖土地，房舍订合同等等，都去请他，而且一请就到，也有人请他解决矛盾，不管是个人之间的矛盾或家族之间的矛盾，一找他，基本上就能解决，因为他有个警察局哥哥的威严，他说个意见，一般大家都会听的，如果不听，怕吃更大的亏。

他与代菊梅的来往已有些年头了。早在代菊梅的男人活着的时候，就已经开始了。代菊梅是个见异思迁的人，爱吃新鲜芽，爱摘顶枝果。她嫁到王家不久，就发现丈夫王榜对她不感兴趣，而且天天整夜不归。她不甘寂寞，很想在外面找些刺激。袁良长得很帅气，大背头，白镜子儿，四方牌脸，双眼皮儿，不胖不瘦，不高，也不低。他老婆叫苏环，是一个很贤惠的家庭妇女，整天头门不出，二门不踩，从不与外人打交道，从不与外人说话。有一天她一个人在家，袁良的朋友来找袁良，他走到门外时，看见头门锁着，他就敲门，嘴里还叫着："袁良嫂，袁良嫂！"那人再敲，再叫，还是没人答应。那人认为家里没人而转身走了。没隔几天，那人又来了。这一次他看见头门没关，他毫不客气地走了进去，正好碰见苏环在院子里洗衣服。那人先开口："嫂子在家呀？"苏环猛不防有人给她说话，不知道一时说什么好。对他说："家里没人，你改天再来吧。"那人说："我有个小事，对你说一下就行了。"苏环很严肃地对那人说："那你也得对他说，对我说不行。"苏环的活儿就是天天在家照顾老人，看管小孩，做饭，洗衣服，管理家务，其他事情一概不管。关于她丈夫的事，她只知道在家把他侍候好。他在外面的一切事儿，她从不考虑。袁良是个采花弄柳的花花公子，他不满足家里的一个老婆，他还经常在外面找些女人。他自己常说："家里的老婆是家常便饭，经常吃就胃口平平了。要在外面不断地找些新鲜的，换换胃口，这才是生活的乐趣。"袁良和代菊梅第一次见面时，因为互相不认识，只是互相看了一眼。他们是心有灵犀一点通的，他们的眼睛是有钩的，他们的眼神是有吸引力的，两人的眼神一碰，就如漆似胶地黏在一起了，就像两个电极碰出了火花，尽管没有说话，但眼神传递的信息胜过千言万语，两人的肢体语言比口头语言强过百倍。每人都把对方的微妙举动和外表形象深深地记在心里，并且还生根发芽，越长越大。从此以后，袁良每天都要在代菊梅门口过几趟。代菊梅心里装着袁良的形象，始终挥之不去。她心里想着这个形象，更希望看见这个形象。她每天都要站在门口向外看，两只眼睛像两个探照灯一样，搜寻她心中思念的目标。他们的第二次见面是一天上午，在代菊梅门口。他们见面虽然仅仅是第二次，但他们的说话腔调和举止风度，完全像一对天不怕地不怕的老情人。代菊梅先开口："你来这里干什么？"

袁良毫无顾忌地回答："我想看见你。"紧接着他又反问她："你站在门外干什么？"

代菊梅："我想看看你来不来。"没等片刻，她又说："其他话不多说了，这里不是说话的地方，你今天晚上来，我在门口等你。"

从此以后，他们每隔几天就约会一次，他们的暗号是：代菊梅在头门门框的右上角的方块划上符号，划"√"表示"可以来"；划"×"表示"不能来"。由于他们用暗号传递信息，多年来，他们虽然经常私下来往不断，却没人发现他们的秘密。丈夫死了以后，只剩下她和一个傻儿子，他们的来往不那么神秘了，逐渐公开化了。为了应付视听，他们彼此表兄妹相称，袁良为表兄，代菊梅为表妹。

代菊梅问袁良："这样就算定了吗？我感到很不踏实，空荡荡的，没有抓得住、摸得着的东西，很不牢靠。"

袁良："当然光说说不行，还得订婚约，两方有啥要求都得写上去。你不要急，咱慢慢来。"

代菊梅："怎么慢慢来呀？我心里急死了，我家里这么需要人，趁着她答应了，就抓紧办。夜长梦多，早一天比晚一天好。"然后，她把话锋一转，对袁良说："你别说，她要真的结了婚，咱可不能要她。你既然代我办事，你得办到底，办得朗利些。你能保证她没结婚吗？你还是去调查一下吧。"

袁良："你死脑筋，她说啥就是啥呀？还用调查吗？咱们这里哪一家娶媳妇，打发闺女，不是宾客迎送，花鼓招展，鞭炮乐器惊动全村？她们啥时候有这种动作呀？再者，订了婚以后咱们马上就娶人，如果她结了婚，她婆婆家会愿意吗？她丈夫会愿意吗？这是明摆着的事实，她如果结了婚再找婆家，她丈夫就会闹翻天。因此，说她结婚纯属无稽之谈，完全是为了骗我们。你想想，我们是谁呀？整天在社会上混，能让她骗住吗？把我们看得太无知了，把我们当三岁小孩看了！根本不要听她那一套！那闺女反而没这么说，只是说她答应这桩婚事。这不就得了，只要姑娘愿意，啥都齐了。"

代菊梅："那闺女是真心愿意吗？我心里怎么这样没底呢？"

袁良有些诧异了，为什么平时这个心眼快，刀子嘴的女人，今天这么优柔寡断，疑神疑鬼呢？她的疑问确实使他有些不耐烦了。

袁良："你今天怎么了，她明明说愿意，你怀疑是假，我也没钻她肚子里看看，我也不知道是真是假。咱要提出办事，她如果不来，就是假的；要是来了，就是真的。就这么简单，没有哪个女人，已经是一个人的老婆，而再当另一个人的老婆吧？有些女人，搞些小自由，在外面调调胃口，这是有的。但要去人家当老婆，昼夜与人家住在一起，这种人是不会有的。即使女人愿意，她男人也不愿意呀。"

代菊梅怀疑他是在影射她，装着生气的样子，说道："你真坏。"

袁良正要反驳，代菊梅说："好啦，好啦。你说这也是个理，她要是结了婚而再找婆家，她丈夫也不会答应。好吧，你明天去与她们签约，看她们要什么条件，能同意的你当场同意，需要商量的，你回来咱再商量。别忘了对她们说：尽快把喜事办了。一拖时间，还不定有什么变故呢。人一天不到家，就不能说把事办妥了。只要把人娶到家，就算万事大吉了，咱们就可以放心了。因此，要给他们透露这样的信息：婚约一签订，我们马上就举行婚礼。"

袁良："明天去签约时，你也得去。这是个大事。今后是你们在一起生活的，我是外人。有什么事还是你说了算。她们有什么要求当场就决定了。那边她们母女俩，这边咱们俩，这回咱叫它一趟成，不要让我来回跑着学话了。"

代菊梅："好，我也去。"

袁良和代菊梅去到刘庄以后，刘家把他们请到刘贤伯父家的客厅里。屋子虽然不大，但是很干净、亮堂。房子中间摆着桌子、椅子，墙上挂着名人书画。偏僻的农村里，有这样的布置，显得十分雅气。

刘贤请他们坐下，她也拉着她妈一起坐下。她知道来这两人当中，除了她早已熟悉的袁良外，另一位是她未过门的婆婆。她首先做了自我介绍，她说："我就是刘贤，这是我妈。"

袁良也做了介绍："我是袁良，这位是王平的妈妈代菊梅，我是代菊梅的表哥。"

他们经过协商以后，达成了订婚协议，由袁良执笔，写下了下面这份订婚协议书：

洛家庄王平与刘庄刘贤订婚协议书

经过双方多次协商，达成下列订婚协议：

1. 自即日起，王平（男，八岁）与刘贤（女，十八岁）订婚。王平同意，刘贤同意，双方家长也都同意。

2. 王平与刘贤订婚后，刘家欠王家的五石粮食勾销，王家今后永远不得讨债；刘家也不再还债。王家把刘家的欠条当场销毁。

3. 婚礼定于民国十一年二月二十日举行。

4. 鉴于男方年龄尚小，不足成年，举行婚礼时，可以不拜天地，不拜长辈，男女双方也不互拜。

5. 鉴于刘家刚有老人去世，婚礼那天女方不坐花轿，不穿嫁衣。

6. 双方均不叫客，不摆宴席，不放礼炮，不张灯结彩。

7. 女方不陪送嫁妆。

8. 本协议一式两份，男女双方各持一份，两份具有同等效力。

签订人：男方家长：代菊梅（手印）

男方当事人：王平（手印）

女方家长：马芳（手印）

女方当事人：刘贤（手印）

媒人：袁良（手印）

民国十一年农历二月十日

协议书写完以后，每人都摁了手印。叫王平摁手印时，王平说："为啥叫我摁呀，与我有啥关系呀？我不摁。"

他妈妈赶快阻止他，不让他乱说。代菊梅虽然很生气，但又不敢大声说他，怕他闹得不可收拾。袁良抱住他的腰，代菊梅拿住他的手，说："来吧，乖，这是你的好事。你看大家都摁了不是？你也得摁。"她拿着他的手，把手印摁上了。

签约手续办完后，刘贤说了这么几句话："我是个直性子人，没什么心眼儿，我个性强，认死理，你们这么想娶我，现在终于达到目的了。但我不是个瓢茬，只要是对的，我是要坚持到底的，你们以后可别后悔。"

代菊梅和袁良带着王平离开了刘庄。这本来是桩高兴事，可是代菊梅怎么也高兴不起来。她高兴不起来有几个原因：首先她认识到，她这个儿媳可不是个瓢茬，以后与她朝夕相处，免不了会有磕磕碰碰的，还得小心点儿呢。其次是这个姑娘，别看年轻，说话很有底气，口气不重，很有内涵，是一个很有心计的人。以上这些对她来说都不算什么，也许这些都是好事，越有本事的人，只要为自己所用，就越是财富。使她不高兴的，也是使她最担忧的，是在这场博弈中，她表面上是胜利了，实际上是失败了。胜利的象征是把刘贤弄到手了，但如果是刚烧熟的山药，弄到手就是害，而且攥得越紧，危害就越大。她冷静下来仔细想想，挖空心思，千方百计，费了那么多口舌，赔了那么多粮食，赚回来的究竟是"害"还是"利"，连她自己也没把握。一切都晚了，只能接受现实，而且把它当成有利的现实。这个现实打破了她的平静，打破了她的底线。她自认为是一个常胜将军，她没有失败记录。她啥时候失败过！啥时候认过输！不管打架、骂架，从来都是赢家。不把对方打败、骂败不会罢休。其实，在多数情况下，她是无理强三分，人家不想跟她一样，人家的好鞋不想踩她这堆臭狗屎，她反倒认为自己有理。有时也会碰到茬子。这时，她就搬袁良帮忙。袁良从中说和，软硬兼施，施展他哥的土气，"茬子们"也就不再纠缠了，光棍不吃眼前亏嘛。这样至少弄个平局。可是今天不行了，连个平局也争取不到了。这仅仅是开始，今后会怎么样呢？天才晓得。自己苦心经营的果实，自己吞食，甜的、苦的，都得吃。

袁良心里也不踏实，他感到他做了一件亏心事，他很内疚。他对代菊梅说："菊梅，这件事已办成了，咱现在总结一下，我总感觉着咱们干了一件亏心事。"

代菊梅："你怎么这样说话？咱们折腾了这么长时间，好不容易取得了这样的好结果。你说这话是啥意思？"

袁良："我问你，你那王平配得上人家刘贤吗？"

代菊梅："你别说这话，我把他们的债全免了呢。他们是这头不行那头补，总起来还是平衡的。"

袁良："你说这话表面上看起来，似乎有道理，但深究起来，就有问题了。常言道：要要公道，打打颠倒。现在，假如你与刘贤换换位置，你愿意嫁给这样的丈夫吗?"

代菊梅："当然我不愿意。我清秀俊雅、流光溢彩、英姿潇洒的标致女郎，怎能嫁给他那样的人哪?"

袁良："这不就行了。咱怎么就叫她嫁给王平呢? 这公平吗?"

代菊梅："公平呀，因为他们欠我债呀。我是用债换来的，两相情愿，合情合理。"

袁良："我与你说不出个理路来。你是胡搅蛮缠。"

代菊梅："我问你，如果你是刘贤，你愿意嫁给王平吗?"

袁良："我愿意。"

代菊梅："你为什么愿意呢? 你对王平满意吗?"

袁良："不满意，非常不满意，只要是正常的人，都不会满意的。"

代菊梅："这就奇怪了，既然不满意，为什么又要嫁给他呢?"

袁良："学她的婆婆呀。"

代菊梅这时才恍然大悟，即刻骂了起来："你真不是东西! 我算上了你的当啦。"

袁良："我反复想了想，只要是为了你，我啥事都干得出来。我总结我的生活轨迹，我得出下列结论：

我生活在世，到处好话提。

若为情人故，良心可抛弃。

道德很重要，不能当饭吃。

只是口头禅，都是为了你。"

二月二十日这天，刘贤如期来到代菊梅家，与王平"结婚"。她首先来到"洞房"里，要求代菊梅再给她找一张床，放在她住的屋里。代菊梅立即给她找来了一张小床。她把大床放在北头，把小床放在南头，两床之间有一个很大的活动余地。她对婆婆说，她单身睡惯了，如果一张床睡两个人，她睡不着觉。

晚上，她也不同意喝洞房酒，与平常一样，吃罢晚饭就上床睡觉。

王平听他妈吩咐来到他们的"洞房"里。刘贤问他："你睡哪个床? 你如果睡大床，我睡小的;你如果睡小的，我睡大的。"

王平说："俺妈说叫咱俩睡一张床。我平时就是睡在我妈的床上。"

刘贤："今天为什么不睡在你妈床上呀?"

王平："俺妈说你是我的媳妇，要我与媳妇睡在一起。"

刘贤："我不是你的媳妇。"

王平："俺妈说你是。她说咱俩是两口，是夫妻。"

刘贤："咱俩不是两口，也不是夫妻。咱俩没拜天地呀，怎么是夫妻呢？"

王平："嗯，没拜天地，所以不是夫妻。"

刘贤："对了，所以我也不是你的媳妇。"

第二天一大早，王平起来后就跑到妈妈屋里说："妈妈，她说她不是俺媳妇。"

代菊梅："她是你媳妇。妈妈会骗你吗？"

王平："她那么大，我这么小。我不要这么大的媳妇。"

代菊梅："等你长大了，她就不大了。那时你们两个就一般大了。"

王平："我不在她那屋里睡了，等我长得与她一般大时，再去她那屋里睡。我还要跟着你睡。"

代菊梅："可以，今晚你还跟着我睡。"

王平与刘贤结婚的事尽管是不声不响，甚至还是悄悄地进行，但还是不胫而走，不几天就传遍了整个洛家庄、整个刘庄，甚至周围很多村庄，成了群众议论的话题。人们见面的第一句话就是"刘贤与王平结婚了，你知道吗？"，要么就是"他们两家怎么会走在一起？"……

概括而论，群众议论的热点大致有以下几类：

对于刘家的议论：刘家真有些发迷，怎么让闺女去到他家？可能看见他家有几亩地，看上他家的日子过得好。这闺女也太傻，你就不知道王平是什么样的人，能跟他过一辈子吗？又小又傻，根本不是个正常人……真是鲜花插到牛粪上，可悲呀，可悲！

那些与刘贤年龄差不多的男青年，听说刘贤嫁到王家后，更是悲愤万分。这些青年人大多数都由媒人向刘家介绍过，都因某种理由被刘贤拒绝了。洛家庄有一个叫李小江的青年，听到刘贤的婚事后，气得饭都没吃。他家很富裕，他本人长得也很帅气，可以说是要个儿有个儿，要样儿有样儿。媒人向刘家介绍时，刘贤的爹娘都很愿意，但刘贤不愿意。她说这个人"没脑子"，也就是说这个人说话没准儿，做事没底儿，是一个不会用脑子的家伙。这个人认为自己的条件很好，与刘贤相比，他要比刘贤的条件好多了。他原以为刘贤会一百个愿意，但媒人却说刘贤不愿意。这是他万万没有想到的，他怎么也想不通。有一天上午，他看见刘贤从路上过来了，他先藏到路旁的庄稼地里，等刘贤走近时，他突然从庄稼地里出来，把刘贤吓了一跳。他脱口就问："你为啥不愿意？我哪一点配不上你？"刘贤没对他多说，只说了一句话："等你长出脑子以后再来找我。"这次对他刺激最大。他在想，王家哪一点比他家好？王平哪一点比他强？王平哪一点都不如他。王平就有脑子了？他才是一个没有脑子的家伙呢。当初被刘贤拒绝后，他一时拐不过弯来，曾发誓不再另找人，要等着看刘贤到底找什么样的人。

有些人，尤其是一些老年人，他们对刘家及刘贤本人了解得比较多，他们都说："这件事与刘贤本人的性格不符，她绝不会同意这桩婚事。她们肯定有难处，这里面一定有蹊跷。"

对于王家的议论，主要是对代菊梅的议论，集中到一点，就是代菊梅很坏，没良心。说她残害刘贤。有些爱打抱不平的青年人竟说要找机会教训一下代菊梅。更有甚者，例如李小江，曾扬言要毁了王平，要解放刘贤。

舆论归舆论，事实归事实。不管什么舆论，刘贤在代菊梅家住下来了，这是事实。随着时间的推移，周围群众由议论变成了承认现实。从此以后，"小女婿"和"大媳妇"就成了王平和刘贤的代名词。

在头一个月里，刘贤和代菊梅都小心翼翼，时刻警惕不要冒犯对方。因此，两人和平相处，一切顺顺利利，家庭和睦，鸡犬安宁。但是这种和平共处是不会长久的，这是由她们两人的秉性决定的。时间长了，她们的伪装会慢慢消退，本性会慢慢显露。一天，一个邻居要向刘贤借梯子，用它上榆树够榆钱儿。在过去，周围农民是绝不会向代菊梅借任何东西的。因为借也白张嘴，是借不来的。可是刘贤与代菊梅恰好相反，她能与他们打成一片，说话投机，做事默契，他们与她没有隔阂了，有话对她说，想用啥东西也向她借。在刘贤看来，邻居借家具用用，是很平常的小事，因此顺口就答应了，并主动给人搬出来让人用。使刘贤没想到的是，这可惹怒了代菊梅。劈头就问刘贤："你为什么要把梯子借人呀？也不与我商量，怎么这么当家呀？"

刘贤不以为然地回答："这么个小事，还用与你商量？人家用用碍啥啦？"

代菊梅："小事？这梯子是我亲自找人做的，他们用坏了怎么办呀？"

刘贤："用坏了我给你再买个新的。"

代菊梅："买个新的我也不稀罕，反正我的东西不想让别人用。"

两人争论到此，不分胜负，如果刘贤不再多问，两人的争论就算结束。但刘贤还不算拉倒，她又追问了一句："你说，这个梯子是不是也是我的，或者说也有我的一份?"

这话可把代菊梅问住了。她一时无言可答。说不是吧,说明她没有把她当成一家人,儿媳妇怎么不是一家人呢?她如果说不是,刘贤马上就可以走人,代菊梅就落个一场空。说是吧,既然她是主人,怎么就不可以把家具借给人家用用呢?她急得满脸通红,连一句话也说不出来。

刘贤接着说:"我也是这个家的一个成员,这你也得承认。可是我把一件小小的家具借给人家,你就不同意了,你把我当成一家人了吗?你这纯是没事找事!"

刘贤说她找事儿,她更难以接受了。自她来到王家以后,谁敢这样说她!谁敢这样与她挑战!她不想败给刘贤。她想压住刘贤。她的嗓门更大了,声音更高了。但由于理由不足,嗓门大、声音高,也无济于事。

她们两个人高一声、低一声地你来我往,借梯子的邻居听见后,感到很对不起刘贤,他们还梯子时说:"对不起,让你为难了。"

刘贤说:"没关系,再用时还来拿。"

过了两三天的上午,刘贤对婆婆说,她打算去刘庄看望妈妈。自她来到王家以后,还没有去瞧过妈妈呢。代菊梅同意了,但强调了一句:"下午早点儿回来。"

刘贤去到娘家后发现妈妈病了,头发热,手脚发凉,她赶快借了个推车,推着妈妈去看病。医生说是重感冒。刘贤给妈妈拿了药,煎好后,让妈妈喝了。又给她做了稀饭,晚上陪她睡觉。第二天上午,刘贤回到家里,本打算告诉婆婆一声,她还要回娘家伺候妈妈的,但一走进家门口,就被代菊梅骂个狗血喷头。说她野,晚上不回家。说她没有规矩,没有教养,不听婆婆的话,该回来不回来。代菊梅在刘贤往外借梯子问题上还没有消气,她一直认为刘贤自以为是,目中无人,根本没把婆婆放在眼里。耿耿于怀的她,这一回可抓住了把柄。她想把肚子里的怨气一下子吐出来,喷到刘贤身上,让刘贤无反驳的理由,从而让她就范,乖乖地听她的话。

刘贤对代菊梅的指责很不服气,认为她是夸大其词,小题大做,无中生有,借题发挥。刘贤更进一步认识到,代菊梅是一个非常不好相处的女人。自她来到王家以后,开始时,尽管两人都拿捏很多,但她还是看出,代菊梅在很小的事上自以为是,目中无人。比如吃饭吧,要是面条汤,她不是嫌咸了,就是嫌淡了;如果是粥,她要么嫌稀了,要么嫌稠了,就没有适合口味的。做任何事情,你只要先做了,她总是不是这儿不合适,就是那儿不恰当。

你跟她打交道，总是感到不舒服。

可是刘贤并不是任她乱捏的软泥。她对代菊梅的过去早有所闻。现在她算亲身体会到了。她有思想准备，不管代菊梅怎么吆喝她，刘贤很存气，一般不高声回敬她。代菊梅认为刘贤悖了理，不敢反驳，反而更加嚣张，不可一世，企图以此压住刘贤，让她乖乖听她的话，永世不得抬头。只让她光有干活的义务，没有当家的权力。

在代菊梅的责骂声中，最不能使刘贤接受的，是骂她"野"。她肺都气炸了，她明知道代菊梅是以攻为守，自己一身白毛，反而说别人是妖精。刘贤心里这样想，代菊梅很可能有这方面的问题；要不然，她怎么对这个问题这么敏感呢？说明她心里有鬼。但她究竟有没有这方面的问题，只是听到些风言风语，还没有具体证据。因此，她只是心里想想，不敢出口。代菊梅说她"野"，大大提醒了她。她想："要想捉住狐狸，就得比狐狸更狡猾。要多长个心眼儿，争取主动。"

在这场博弈中，代菊梅自以为自己胜利了，刘贤失败了。她却得理不饶人，得寸进尺，对刘贤说话不再顾忌，不怕惹她不高兴，而是盛气凌人、霸气十足。

一天，代菊梅对刘贤说："豆腐坊有什么考虑呀？"刘贤一听就知道想让她开工磨豆腐的。说："你是一家之主，你不拿主意，我能有什么考虑呀？"

代菊梅说："我是说，今天晚上泡上豆，明天就开始磨豆腐。"

刘贤："谁磨呀？"

代菊梅："当然是你喽。"

刘贤："我不会磨豆腐，从来没有磨过。"

代菊梅："豆腐坊白白停在这儿，怪可惜的。"

刘贤："你说怎么办？雇个人吧？要么承包出去。"

代菊梅："雇人，没有可靠人怎么行呢？承包出去损失太大。再者，有些具体问题不好解决。例如，用房问题、用水问题、用牲口问题等等都不好办，这些问题解决不了，就没法雇人。"

刘贤："没法雇人就不开工。反正我是不干，因为我不会。"

代菊梅："等等再说吧。"

一天下午，刘贤无意中看见代菊梅与袁良在头门外小声咕哝了什么。刘贤在意了，她想："今晚可能有戏。"

吃罢晚饭，刘贤说她今天很困，要早些睡觉。说罢就钻进自己住室。她把门上好，把灯吹灭，面朝窗户坐下，两眼直瞪着院子里的行踪，仔细听着外面的动静。大约在小半夜的时候，一个人走进了院子。她认真一看，是袁良。他蹑手蹑脚走进了代菊梅的房间。他进去不久，刘贤把灯点着，打开门，去厕所一趟，故意让动作带上声音，还故意把声音做大。

她的门再也不关了，灯再也不熄了，而且还不时地在外面走动，她把门开得敞敞的，把灯拨得亮亮的，把窗帘撩得高高的，整个院子也显得很亮堂，任何行为都会看得清清楚楚。

天快要亮了，可刘贤屋里的灯还没有灭。她从屋里走出来，在院里扫地、洒水，搬搬这，挪挪那。在院子里一直忙个不停。她不再进屋了，好像她今天的任务就是待在院子里。

天大亮了，代菊梅从屋里走出来，看见刘贤还在院子里，用温和的口气问："你好像一夜都没有睡，怎么啦？"

刘贤："我拉肚子，睡不着，也不敢睡，所以我收拾院了，找活干，消磨时间。"

代菊梅："我去给你拿拉肚子药。"她从屋里拿出药，对刘贤说："你吃了就会好的。拉肚子很损人的，得赶快治好。对了，缸里没水了，你去担挑水吧。"

刘贤："不行呀。我昨夜拉了一夜，现在特别没劲，担不动水。"

代菊梅："那么你去东头集市上买些青菜吧，咱们几天都没青菜吃了。"

刘贤："我没劲走路，我哪儿也不去。"

代菊梅好像是感觉到了什么，刘贤的一夜不睡觉，总点着灯，老在院子里磨蹭……这一切使她觉察到刘贤知道袁良在她屋子里。她在想：袁良不能再藏在她的屋子里啦。他得去厕所，他得吃饭，他得回家，总藏在这里总不是戏。再者，反正她刘贤是知道了，不亲眼看见他在我屋里，她是不会罢休的。既然如此，不如让他早点儿出来，面对既成事实，看她怎么办？我给她陪个笑脸也就行了。但她又想，自从刘贤来以后，我已与她闹了几次别扭了，而且每次都是我先批评她而她不服气，并给我顶撞，闹得我们两个都不愉快。这次她抓住理了，找到我的不是了，她会饶过我吗？她肯定不会。她想到这里时，她心里又很害怕。她非常紧张，不知所措。但事迫在眉睫，不允许她再多考虑，更不允许她拖延时间，她必须立即做出决定，她没有任何两全其美的办法，她只有豁出去了，不管有什么后果，她都得承担。她急速把袁良从屋里叫了出来。

袁良看见刘贤，说了声"恳求原谅"。刘贤不紧不慢地、心平气和地对着袁良说："袁先生昨晚在你表妹这儿过夜了？"袁良顾不得回答，他也无法回答。他不顾一切地、羞羞答答地急速走出了大门。

袁良走后，代菊梅好像得到了解脱似的。她看着刘贤，一句话也不说。从她的表情看，她不盛气凌人了，也不霸气十足了，倒像一个吃了败仗的残兵，表现出十足的无可奈何的样子。她没有任何进攻能力了，只有消极地等待着如何应付刘贤的进攻。

刘贤看着她这"可怜"的样子，似乎得出这样的结论：要想制服蛮横无理的人，你必须比他更加蛮横无理。经过一个多月的交往，她对代菊梅的特性摸得清清楚楚。要对付这样的女人，不能以"礼"相待，你要施礼，她以为你无理，就更加不可一世；你要施"弱"，她就以为你软弱可欺，就更加肆无忌惮。相反，你要对她耍野蛮，她会感到你不好对付，这一点就使她十分怯气，从而不敢再耍强。

刘贤走到她跟前，很威严地对她说："你野不野呀？你不去外面野，你是在家里招野。"

代菊梅："我对不起你，请你原谅我。这牵涉到咱家的名誉，请你不要对外张扬。"

刘贤："你说我'野'时，你顾及咱家的名誉了吗？根据你的请求，我暂时不张扬。但你知道，我是个直性子人，一旦你惹了我，我肯定不客气。一定把你的'好事'张扬出去。再一个，你口口声声说，袁良是你的表哥，你与表哥就是这种关系呀？要是让外边知道了，你还有脸见人吗？你还有脸活在世上吗？……今天是壬戌年的五月初八，我是不会忘记这个日子的。"

从此以后，代菊梅与以前相比判若两人。她对刘贤再也硬不起来了。而是与此相反，对刘贤的话总是"是"，"行"，"可以"。对于刘贤的意见，她总用"对，对，好，好"来回应。刘贤的"一旦你惹了我，我肯定不客气，一定把你的'好事'张扬出去"，在她脑子里时刻出现。她生怕惹了刘贤，也最怕把她的事张扬出去。她现在抱定这样的决心：只要刘贤不把她的事张扬出去，叫她干什么，她就干什么。干什么都比把她的事让外人知道了强。她深深感到刘贤的厉害，初步尝到了她"不是瓢茬"的滋味。她不再示强了，她感到斗不过刘贤，就干脆放弃。她想开了，彻底摆脱了，彻底放下了，啥事都不管了。不但小事不管，连大事也不管了。王家的一切事情，对内、对外，都由刘贤一人掌管，她对刘贤低首下心。

看到她这种思想状态，刘贤也心软了。刘贤是个吃软不吃硬的人，怕绵羊，怕眼泪；不怕老虎，不怕刚强。现在刘贤很同情她，很可怜她。认为她也不容易，年轻轻就失去了丈夫，又生了个傻孩子，家里一切事情都由她一个人运筹，没有一个人为她着想。

代菊梅在自己这个转型阶段，思想上有些茫然，不知所措，情绪低迷，加上有些着凉，该吃早饭时，她还没有起床。刘贤去到她的床前，轻声地说："妈，你怎么啦？该吃饭了，起来吧。"

代菊梅一听刘贤叫她"妈"了，十分高兴，本来就少气无力，这一高兴，有些劲了。但她还是说："没过头了，身体也不舒服，所以不想起来。"

刘贤立即说："怎么没过头，不是挺好的吗？家里活、地里活有我哩。豆腐坊，我很快找个人经营住。一切都很顺利。请放心吧，我今后会好好侍候你的。"

代菊梅一听见刘贤说今后要好好侍候她，高兴极了，一下子浑身来劲了，霍地从床上坐了起来，穿上衣服就出来了。

小女婿王平逐渐长大了，年纪大了，个子也高了，但脑子没增加多少。他在街上玩时，经常有人问他："王平，你家那个女人是谁呀？"

王平说："袁叔叔说她是我媳妇，刘贤说她是我姐姐，杨哥哥说她不是我媳妇，妈妈说她现在是我姐姐，我长大了是我媳妇。"姐姐也好，媳妇也好，究竟意味着什么，他一点儿也不清楚，他只管过他无忧无虑的生活。

在他十三岁那年，他突然不吃饭，也不喝水，身上不热，也不凉，他也不吵着哪里疼。找医生给他看，医生说没有病，脉搏很弱，是大病的反应。但医生看不出来是什么病。因此，不敢用治愈性药，只能用些补药。可是王平吃了药后，一点儿用也没有。他躺在那里不吃不喝，整整七天，在第八天的早晨，他离开了人世。

代菊梅悲痛万分。他虽然身体残疾，但这是她一切活动的支撑点。由于他，才把刘贤叫到了家。没有他了，刘贤还留得住吗？这个家业不就顷刻化为乌有吗？……这能有什么办法呢？什么办法也没有。

代菊梅尽管由刘贤照顾得周周到到，但王平的死去对她的打击太大了。她的精神状态，怎么也恢复不过来。她积忧成疾，每况愈下，最后到了生活不能自理的地步。

刘贤对她无微不至地照顾。给她端饭，给她洗衣服，给她端洗脸水，给她洗脸，给她洗脚，给她端屎盆、尿盆等等，只要是她生活中要干的，刘贤都给她办。况且，还非常耐心，非常孝顺。她从内心里感到刘贤真是个好媳妇。

杨松海被刘贤"雇"到家里，负责经营豆腐坊，他长期生活在王家。他名义上是负责豆腐坊的，但实际上，远远不只是磨豆腐和卖豆腐，也干很多其他活，地里活，家里活，总之是什么活都干。很多场合，都是刘贤他俩一起干。杨松海在王家名义上过的是雇佣生活，实际上他与刘贤过的是夫妻生活。这件事早已被代菊梅看得清清楚楚，但她有什么办法呢？只要她不走，只要她待她好，其他都是次要的。她变得聪明起来了，她不去管那么多了，她也管不了那么多了，她也没有能力管那么多了。她长长地吐了一口气，自言自语道："一切都由他们吧。"

代菊梅有一天把刘贤和杨松海叫到跟前，指着刘贤说："你就是我的闺女。"又指着杨松海说："你就是我的女婿。"然后她面向他们两个说："这个家业就是你们的，好好经营吧。"停了一会儿，她对刘贤说："把你妈叫过来与咱们一起住，别让她一个人苦受罪了。"

她的话让刘贤泣不成声。

第三章 一个女人两个丈夫

　　故事中的这个女人叫马俊，是马家湾人，爹娘都是老农民，耕种几亩贫瘠土地，盐碱肆虐，旱涝不均，经常种一葫芦打两瓢。打的粮食不够吃，维持着糠菜半年粮的生活。马俊兄妹五人，她是老三，上有两个姐姐，下有一个弟弟和一个妹妹。爹爹马成，重男轻女。大女儿出生后，心里还高兴，经常抱住乖呀乖呀的。二女儿出生后，情绪就低落了，有点儿不稀罕的味道。三女儿马俊出生的时候，他焦急地在外面等着，非常渴望一个儿子。当接生婆说是个女儿时，他唉声叹气地说了一句："又是个女儿，我怎么这么倒霉呢！"第二天一大早，他就气呼呼地去到村西头的奶奶庙里，与送子奶奶大吵大闹。他说："我的老奶奶，你怎么对我这么无情呢？我整天供奉你，昼夜想着你的恩德，盼望你给我们家送个儿子。我想呀，盼呀。第一个女儿，我高兴。我以为，第二个会是个儿子。可第二个又是个女儿，我虽然不高兴，但我忍了。我认为，第三个该是个儿子了吧。可是第三个又是个女儿，你怎么这么无情！我怎么能忍受呢？我今天问问你，你为什么对我这么狠心？你不公平呀！太不公平啦！……"

　　他的大哭小叫惊动了很多过路人。有的说这是个疯子，有的说这是个白痴。有一个认识他的老年人走进庙门，劝他不要给神灵闹，"小不忍则乱大谋"。怎么劝他也劝不回去。最后还是几个年轻人把他拉回去了。

　　他在奶奶庙大闹的消息很快传遍全村，没有一个人说他是对的。有的说他"二百五"，有的说他鲁莽无礼，有的说："人与神闹别扭，不会有好结果。"当第四胎又是一个女儿时，他也不再闹了，他知道闹也没有用，反正与送子奶奶闹翻了，由她吧。村民们反应更强烈了，他们一致认为这是"恶有恶报"。有些老人说："那样与神灵闹，肯定不会有好结果。记住：神的意志是不可违抗的，人永远都得听神的。"自那以后，他不烧香了，也不磕头了，不敬送子奶奶了，好像要与送子奶奶彻底断绝关系似的。当第五胎出生的时候，他对儿子已不抱希望。他想："反正又是个女儿。我与送子奶奶闹翻了，我已彻底得罪了她，她肯定不会给我送儿子。"使他万万没有想到的是，孩子一落地，接生婆一看是个男孩时，立即去告诉他。他一听是个儿子，高兴得一跳大高，发疯似的吆喝着："我有儿子啦！我有儿子啦！"他立即去集市上买了香，买了纸、鞭炮和其他贡品。当天晚上去奶奶庙里，把贡品摆上，点着香、纸和鞭炮。双膝跪地，连连磕着响头，嘴里不停地说着："感谢奶奶不计小人过，感谢奶奶给我们送了儿子。今后，每逢过年过节，我都为您烧香磕头，永远不忘您的送子之恩。"

当村里人得知马成得了儿子以后，都很高兴，纷纷拿着礼物来他家祝贺。有的拿鸡蛋，有的拿衣服，有的拿糖果，有的拿小孩玩具，还有的拿钱。在大家高兴之际，很多人又出来发表意见了。有的说："还是神灵度量大，马成那么闹，她不给他计较，还是把男孩送给他了。"有的说："神灵大度，大度能容人间难容之事。"还有的说："你想想，难容之事都容了，马成给她闹闹，能算什么呀？她就不把它当回事，更不会与他计较，神是不会与人计较的。"

马成把全部希望都寄托在儿子身上，儿子就是他的一切，甚至儿子就是他的命。他要把全部精力放在供养儿子上。大女儿和二女儿老早就嫁出去了。三女儿十岁时，就把她送到婆家当"童养媳"。她的婆子就是洛家庄的洛双贵的母亲，她的未来丈夫就是洛双贵。

那时的洛家是一个很不错的家庭，有十几亩地，打的粮食吃不完。经济上还算过得去，他们不欠别人，别人也不欠他们。马成把女儿送过来也不图啥，只是让女儿有个着落，有碗饭吃。洛家接受这个童养媳，只是多养活一口人，对他们来说也不算什么，比孩子长大了再花钱娶妻强。再者，家里也多了一个干活的，这是一举两得的事。

洛双贵家里，人人都很善良，个个通情达理。他父母把新来的马俊当自己的亲生女儿；洛双贵也把马俊当成自己的妹妹。他比她大五岁，时刻依着她，好事先满足她，赖事自己包过来。马俊过得很开心，随着年龄的增长，对洛双贵也产生了感情，逐渐爱上了他。当洛双贵二十岁时，洛家要求与他们完婚，给他们把结婚仪式办了，但遭到马俊爹妈的反对。因为这时马俊才十五岁。再过二年，洛双贵二十二岁，马俊十七岁，洛家再提出要办理结婚仪式，马家也不好再推，就同意了洛家的要求。于是洛双贵与马俊正式结了婚。马俊二十二岁时，生了大女儿洛凤。再过几年，他们又生了第二个女儿洛琳。再过两年，洛琳两岁时，洛双贵被政府军抓走当兵。他泣不成声地离开了妻子、两个女儿及父母，步入了漫长的军营生活。

洛双贵被抓走以后，洛家像塌了半边天。不，像塌了整个天。洛双贵走后的第一个晚上，全家人几乎哭了一夜。马俊更是撕心裂肺，痛心疾首。火炉近时方知暖，亲人离去方知亲。洛双贵的突然离去，使她不由自主地回忆起他们的往事：

她来到洛家时还是个孩子，洛双贵始终对她非常亲切，非常体贴。在外边玩得饿了，他给她找馍；玩得渴了，他给她找水；玩得累了走不动路时，他背着她回家；她有伤心事而无精打采时，他会劝慰她，开导她，使她重新欢乐起来；当她干活干得累了时，他会劝她休息，替她干；她每次做好了饭，焦急地等着他时， 看见他的脚步踏进门槛，就立刻心花怒放，心旷神怡；晚上，把孩子哄睡后，鸳鸯帐前，煤油灯下，喃喃私语，融融和和……这一切都成为过去了，再也不复返了。想到这里，她怎么不惆怅！怎么不悲伤！

洛双贵被抓走以后，洛双全经常帮助马俊干活，地里活、家里活，马俊只要有了活，不管是大活，还是小活，也不管是轻活，还是重活，更不管是脏活，还是累活，他都积极热情地帮她干。

洛双全是洛双贵的一个本家弟弟，他两个一个曾祖父。他们的爷爷兄弟二人，洛双全的爷爷是大，洛双贵的爷爷是二。他们的爷爷各有一个儿子。他们两家都是单传，到他们这一辈，又是一家一个男的，洛双贵是大，洛双全是二，老大比老二大七岁。这两家孤根独苗传了三辈，所以，近门的不多。因此，这两个哥弟虽然是第四代同辈了，但从感情上说还是很亲近的，如同亲兄弟一样。洛双贵被抓走以后，洛双全就自然而然地把他哥哥家里的事当成自己的事来干。

洛双贵被抓走以后，马俊经历了好几件大事，都是在洛双全的大力帮助下完成的。例如，大女儿洛凤的婚事，从订婚到结婚，洛双全都走在前台，充当了一个家长的角色，办得使马俊非常满意。再如洛双贵父母的丧事，他们从生病到病故，经历了五六年时间，为他们看病、拿药，全由洛双全办理。平时的照顾、守夜，他也义不容辞。至于地里活，例如犁地、耙地、摇耧播种，全由他承担。由于他的帮助，使马俊有了把这个家支撑起来的勇气，也增加了好好活下去的信心。

洛双全诚恳、忠厚，做事踏实认真，村里人干活都愿意与他搭班，办事都愿意与他搁伙计。有一次，他去会上买猪仔，他本来想买一个没有阉割的小母猪，打算把它养大做老母猪的，卖家给他了一个阉割过的小猪。他带回来一看卖家给他错了。阉割过的猪较贵，没阉割过的较便宜。第二个会上，他去找那个卖猪的，要补人家钱，因为那个卖猪的已把小猪卖完，没有小猪可卖，所以没有再去赶会，他也没有把钱给人家增加上。他不知道那个卖猪的是哪个村的，也不知道他姓甚名谁。如果他知道的话，他肯定去他家给他补钱。还有一回是村里挖井。当井挖到深处捞泥时，井里冰冷刺骨，很多人都不愿意下去。他说："你们不愿意下去，我下去。"于是村里不管打新井，还是修老井，只要是捞泥的活，都叫他下井，好像下井捞泥的任务都包给他了一样。

物极必反。太聪明的人往往以小人之心度君子之腹来看待事情，他们经常把对的说成错的，把错的说成对的。他们把洛双全的"补钱"和"捞井泥"看成是傻事。他们议论："给他去补钱，那算傻死了，你也不是偷他的，是他自己给你的，为什么去给他补钱呀？"关于捞井泥的事，有人议论："别人不干的活，他去干，下面那么冷，总有些不足色。"村里人对洛双全总的评价是"老实"，对这个"老实"，各有各的理解，有的说他诚恳，一是一、二是二，干事、说话，从不变味，从不走样儿。这种人可靠，值得信赖，可以交朋友。但也有人把"老实"与傻等同起来。他们认为"老实"是傻的代名词，是傻的委婉说法。

一天下午，马俊听到一个拐弯抹角的消息，说洛双贵去世了。她痛心疾首，撕心裂肺地痛哭。很多好心人劝她，这个消息是道听途说，很不可靠，不要太悲伤，保重身体。

是呀，这是从哪里传来的消息呢？这个消息靠得住吗？但她又想，无风不起浪，事出有因，传出这个消息总会有些依据。她多方打听洛双贵的消息。

所有能提供一些线索的，都说洛双贵可能不在了。这个噩耗像一把钢刀插入马俊的心，她怎么也吃不下饭，睡不着觉。这样的不明不白，等于用钝刀子割她的肉，很快就会把她折磨死。于是，她下定决心，一定要把她丈夫的下落弄个水落石出。

她找了个破被子，收拾了几件衣服，在鏊子上烙了一些玉米面饼子，背起一个小包袱，手扯住洛琳，告别了洛双全，踏上了寻找丈夫下落的渺茫之路。

她村村都进，只要是五十岁以上的，见人就问。询问他们谁被抓走当过兵。绝大多数人都不知道，有少数人影影绰绰地记得，也有的可以提供几个名单。当她按照名单去询问时，他们都说不认识洛双贵这个人。

　　她带着女儿就这样一村一村地走，一人一人地问。饿了吃些玉米饼，渴了向老乡讨要些水。晚上睡在村头的麦秸垛旁。有的人了解她们出来的目的以后，很同情她们，给她们热饭吃，让她们睡在他们家；有的还专为她们做干粮让她们带走；有的甚至给她们几个钱，让她们在路上买饭吃。

　　一天中午，她们正在一个车棚里休息时，马俊取出一个玉米饼让洛琳吃。这时来一个小男孩，有六七岁，蓬头垢面。两只大眼睛直盯着洛琳手里的饼子，嘴唇不时地蠕动着，舌头不断地伸出来舔嘴角里流出的馋涎。上身穿了一件小棉袄，胸前的灰疙疤有一铜钱厚，闪闪发光，可以划着火柴。下身穿了一条灰裤子，两膝盖处已经成了两个洞。两裤腿好像是挂着的破布条。两只鞋子像穿了多年的拖鞋，前面烂着，后面早没了鞋帮。

　　马俊以同情的心，凝视着这个可怜的孩子，怜悯之情油然而生。她对女儿说："琳琳，给他拿个饼子。"

　　琳琳从小包袱里拿出一个饼子，递给他。

　　他接过饼子，狼吞虎咽地很快把一个饼子吃完了。

　　马俊对女儿说："再给他一个。"

　　洛琳又给他了一个。

　　他接过第二个饼子后，慢慢吃起来，这时才看见他咬饼子和咀嚼饼子的动作。

　　马俊说："孩子，进来，坐这儿。"

　　马俊问："你叫啥呀？"

　　男孩："我叫小缺。"

　　马俊："姓啥呀？"

　　男孩："姓常。"

　　马俊："你几岁了？"

　　男孩："我七岁了。"

　　马俊："你爹妈呢？"

　　男孩："他们早死了。"

　　马俊："你跟着谁呀？"

　　男孩："我谁也没跟，我自己过哩。"

马俊："你的爷、奶呢？"

男孩："我没有爷、奶。"

马俊："你吃啥？"

男孩："啥都吃，要来啥吃啥。"

马俊："你有家吗？"

男孩："也有，也没有。"

马俊："有就是有，没有就是没有。怎么也有，也没有呀？"

男孩："我走到哪儿，哪儿就是家，因此我有家；可是哪儿我都待不住，所以我没有家。"

马俊："你真会说话，多么聪明的孩子！我明白了，你是要饭的，对吗？"

男孩点点头，不吭声，一边吃着饼子，一边以羡慕的眼光看着洛琳。

男孩忽然指着洛琳对马俊说："她都跟着你，我也跟着你吧？"

马俊："她是我的女儿，她叫我妈妈的。"

男孩："我当你的儿子，我也叫你妈妈。"

他的话一落音，还没等马俊回答，就扑通跪在地上，泪流满面地恳求着说："妈妈，收住我吧，我当你的儿子。"

洛琳在旁边也说："妈，他太可怜了，要住他吧。"

马俊本来就对男孩有同情心，他的哀求把这种同情心点燃得更加强烈，她即刻思考着，她有两个女儿，还没有一个儿子呢，收住他当儿子也很好。更主要的是，她以为这孩子没爹没娘，生活无着落，实在太可怜。于是她当机立断地说："好吧，孩子，我收住你，站起来吧。"

男孩站了起来，脸上露出了笑容，又叫了一声"妈"。

马俊找了洛琳的衣服、鞋子，给小缺换上，给他洗了洗手，洗了洗脸。小男孩立即成了另外一个人。他们休息以后，马俊背起包袱，拉着两个孩子又上路了。

他们寻找了两个多月，方圆二十里的村庄他们全部都询问了一遍。在一个叫秦庄的小村庄，打听出两个人来，一个叫秦来，一个叫秦多。他们说他们也是那时候被政府军抓走当兵的。开始时，他们与洛双贵编到一个连，他们共处了半年多时间，对他非常熟悉。他们讲述了这样的故事：

我们也是被政府军抓走的。开始时，我们与洛双贵编在一个连里，但不一个班。我们是在膳食班，他是在运输班。我们经常见面，因为是老乡嘛，见面后很有亲切感。我们这部分军队被日本兵俘虏了，把我们运到东北沈阳，我们在军队搞后勤，他被送到日本的一个兵工厂，是制造炸药的。1938年2月，正是我国新年时候，这个兵工厂爆炸了，厂里的人没有一个生还的。从那以后，我们再也没有见过洛双贵，我们认为他很可能死在这次爆炸中。

马俊问他们："你们是什么时候回来的，怎么回来的？"

他们说："今年年初，我们是偷跑回来的，偷跑很危险，抓住了，立即枪毙。多亏了当地老乡的帮助，才逃出兵营，跑了回来，也算拾了条命。"

马俊听着他们讲述，一句话也不说。嘴唇抽动着，眼里的泪水直往下流。

然后他们接着说："到这个时候了，他如果在世的话，也该回来了。他也肯定想回来。要么就是在回来的路上遇到了麻烦，遭到了不幸。不管如何，到现在还没回来……你想想。"最后，他们两个还安慰马俊："就这样吧，看着两个孩子过吧。反正是运气不好，谁也没有法子呀。等孩子长大了，不就转过来了吗？"

马俊感谢了他们二人，领着两个孩子无精打采地踏上了回家的路。她不再打听了，他们两个讲得够详细了，这是知道洛双贵情况最多的两个人。

那么，她得到的消息，是真，还是假呢？洛双贵是死？还是活呢？他们两个也没有明确说。从他们的讲话中可以得出洛双贵不在人世的可能性大。这样定论的依据是：首先，他所在的兵工厂爆炸了，所有人员没有一个生还的；第二，从那以后，他们再也没有见过他；第三，他该回家了，如果没有回来，那说明他不在人世了。

这个推理是合乎逻辑的，也合乎情理，无可非议。但是不是绝对正确呢？要说他没有死，你有什么证据？现在是活不见人，死不见尸，有什么活着的证据？没有。

马俊在回家的路上，少气无力地走着，脑子里翻来覆去地思考着。考虑一路之后，在她脑子里，比较定型的结论是：洛双贵已经去世了。

马俊回家后决定要为洛双贵举办祭奠。她通知了所有亲戚，在院里搭起来灵棚，设立了灵堂，灵桌上立着洛双贵的牌位。马俊、洛琳和小缺都穿上孝衣。洛双全也戴上孝帽，穿上孝鞋。

上午八点钟时，马俊及大女儿洛凤、小女儿洛琳以及拾来的小缺一起烧上香、点上纸，磕磕头，大声叫喊，招引洛双贵的灵魂回家。马俊叫着："双贵回来吧！双贵回来吧！"洛凤、洛琳、小缺齐声叫："爹爹回来吧！爹爹回来吧！"反复这样叫，一遍、两遍、三遍。同时，马俊拿一小把香捆在一起，点着，让它竖立在灵桌上。先是马俊拿着香试着竖立起来，嘴里不停地念叨着："妮儿她爹，扶住香吧。你扶住香，就知道你回来了。"她第一次没有把香竖立起来。她把香递给洛凤，洛凤也这样念叨着："爹，扶住香吧。你扶住香，就知道你回来了。"洛凤也没有把香竖立起来。然后，她把香递给洛琳，洛琳也这样试了试，也没有把香竖立起来。她把香递给小缺，小缺也没有把香竖立起来。一家人都试了一遍香还是没有站起来。这说明洛双贵的灵魂还没有回到家。在这种情况下，祭奠仪式不能开始，因为祭奠必须在死者的灵魂在场的情况下举行。停了一小会儿后，让灵魂扶香的行动又开始了。这一次依然是马俊先试。她拿着香，放在桌子上蹾了蹾，让挤在一起的香头更整齐，这样让它站立着就更容易。她大声叫着："妮儿她爹，扶住香吧，你扶住香，就知道你回来了。"她这样叫了两遍，一边叫着，一边试着让香站立起来。在叫第三遍的时候，香直挺挺地站在桌子上。这时，大家都叫喊着："双贵回来了，双贵回来了！"马俊说："妮儿她爹回来了，妮儿她爹回来了。"洛凤、洛琳、小缺齐声说："俺爹回来了！俺爹回来了！"这样，祭奠就可以开始了。

全家老少、近门的亲戚朋友，一起聚集在灵堂前，齐声痛哭。同时，点香、烧纸、放鞭炮。顿时，哭声、鞭炮声交响在一起，形成一个轰轰隆隆的世界。顷刻烟雾弥漫，炮纸飞扬，人们像生活在混沌中。不一会儿，鞭炮声停了，哭喊声也低沉了，所有祭奠人员都已磕罢头、行罢礼。这时，死者的孩子和亲友都跪在灵堂前面的两旁，中间狭窄空间的地上，铺了一个芦席，让祭奠者在上面磕头、作揖、举行拜礼。

首先是马俊，她碎心裂肺，一把鼻涕一把泪地念她的悼词：

我是你的妻，双跪哭泣泣。

今日祭奠你，深表我哀思。

我从十岁起，来到你门里。

你把我当妹，我非常感激。

一切让着我，我事事满意。

咱们在一起，兄妹两相依。

有时我撒娇，你也不生气。

想法安慰我，不让我委屈。

若我得了病，拿药让我吃。

我若想花钱，从来不吝惜。

咱们结婚后，生活很甜蜜。

事事在一起，处处不分离。
平日相处中，对我很客气。
不管我干啥，总是笑嘻嘻。
好处让我享，好饭让我吃。
我若不高兴，你会很着急。
我要有错误，权当没那事。
重活自己干，痛苦自己吃。
好饭给别人，赖饭留自己。
性情很温和，从不发脾气。
在家好父亲，亲切待幼女。
又是好丈夫，深深爱贤妻。
孝道行得好，二老很满意。
表现很低调，从不把人欺。
说话很小心，做事很周密。
优点很突出，为妻要铭记。
一家六口人，日子乐无比。
灾祸从天降，把你抓了去。
全家老和少，深受大打击。
精神无支柱，干活无劳力。
处理日常事，无人出主意。
自从你走后，心中常悲凄。
不知你在哪，很想跟你去。
二老熬不过，先后命归西。
无心做事情，经常想念你。
遇到困难时，念你更加剧。
女儿想念你，总是哭啼啼。
烧香又拜佛，祷告保佑你。
在外受的苦，家里全不知。
劝你挺起腰，坚持再坚持。
日子坦荡过，期盼回归时。
只要你回来，老少皆欢喜。
盼望你在家，舒坦过日子。

谁知噩耗降，说你已去世。

真假有怀疑，生死两迷离。

周围村走遍，消息得证实。

苍天无情面，大地不惋惜。

万祸压给我，让我难喘息。

悲痛肝肠断，齐天共悲凄。

有心跟你去，重过团圆日。

可怜孩子小，怎舍得丢弃。

只得重振起，煎熬苦日子。

今日设灵堂，齐声哀悼你。

望你畅开怀，在九泉安息。

请你把心放，永远把你记。

形影不离开，生死互相依。

阴阳一条心，始终好夫妻。

孩子长大了，我再去找你。

你耐心等待，我很快就去。

咱们永远在一起，永远在一起。

我的亲人啊，

请你安息！请你安息！

　　她哭得天也转，地也旋，好像在空中盘旋，浑身已失去知觉，像一堆烂泥，瘫倒在灵堂前。洛凤把她搀起来，扶着她进了卧室，让她躺在床上休息。

　　马俊祭祀以后，亲朋好友一个挨一个前来祭祀。全部活动整整进行了一个上午，中午时分正式结束。

　　祭奠以后，从外表上看，好像一切与过去一样，日出日落，起床睡觉。但从内心上说，马俊的思想发生了巨大变化。过去，她与女儿两人过日子，洛双贵虽然不在家，但她心中却始终装着他。她有殷切的期望，美好的憧憬。洛双贵好像一面鲜红的旗帜，高高地耸立在她的心中。这就是她的目标，这就是她的动力。每当想起他，她浑身有了力量，本来没劲，有劲了，本来有病，没病了。在生活中可以克服一切困难，坚强有力地生活下去。

　　可是现在，好像一切都变了，没洛双贵了，没目标了，没动力了，精神支柱没有了，一切都没有了。干活没劲了，克服困难没勇气了，向前奋斗没动力了……日子没法过了。一天早晨，她在睡梦中醒来，感觉她的生命已到了尽头，没有一点生活的余地。于是，她找了条绳子，把它绑在屋梁上，绳子下头系好套子，慢慢地把脖子伸了进去。恰在这时，洛琳和小缺跑了进来，一个人抱住一条腿，撕心挖肝地哭叫着："妈妈呀，妈妈，你干啥的呀？你干啥的呀？你不要我们了吗？你不要我们了吗？你让我们咋办呀？你让我们咋办呀？……"

两个孩子的号啕痛哭，让她清醒了很多。她想，失去了丈夫，不能再失去孩子。丈夫是亲人，孩子也是亲人。况且，孩子还小，小孩失去亲人，更让人可怜，更让人痛心。她勉强直起身子，用颤抖的手把绳套解开，把绳子从梁上拉下来。眼泪吧嗒吧嗒落到身上，落到床上，落到两个孩子的脸上，与两个孩子的泪水汇集在一起，唰唰落到地上。她搂起两个孩子，哭着说着："起来吧，别哭了。妈不走了，我还要你们，你们还跟着妈妈。"

是呀，孩子也是希望，也是精神支柱。过去是一个孩子，现在是两个。小缺虽然是拾来的，不是亲生，但他们的相处与亲生一样，与洛琳没两样，她把小缺当亲生儿子，小缺也把她当母亲。在她的照料下，小缺再也不是那蓬头垢面的破小子，而是干净、朗利、飒爽英姿的小帅哥。将来女儿出嫁了，还有儿子。给儿子成了家，自己可以抱小孙子，又是乐融融的一家……她想到这里时，心里不难受了，身上也有劲了，也有生活下去的勇气了。

俗话说："寡妇门前是非多。"那么，马俊的门前有没有是非呢？有，并且也不少。

首先是她与洛双全的是非。自从洛双贵被抓走以后，洛双全一直帮助嫂子干这干那。地里、家里，什么活都干，马俊就是在他的帮助下，才走过来的，尤其是地里的活。小缺来到这个家以后，他对小缺也很好，小缺也是对他张嘴"叔叔"，合嘴"叔叔"地叫个不停。这在 1939 年以前，即在为洛双贵举办祭奠以前，一切都正常。1939 年以后，从洛双全帮助嫂嫂干活的角度来看，没有任何异常，但外边人的看法就异常了，就与过去不一样了。过去的是"帮助"，现在的是"有谋可图"。因为马俊是个寡妇，而洛双全是个光棍儿。

其次，那些"有头有脸"的人物，例如王小三、袁良这些人，总想蠢蠢欲动，他们总找机会与马俊说话，没话找话、没事找事。隔三岔五地去她家问这问那。他们千方百计想打入马俊的生活。他们的搅和给马俊痛苦的心里又加了一层忧愁。

再其次，关于她的流言蜚语漫天飞。自从洛双贵"死"了以后，马俊处处都特别小心，尤其是与男性说话时，她一般不主动先开口。在男性面前表现正常，不卑不亢，大大方方。即使这样，仍然有些人故意挑拨是非，颠倒黑白，以假乱真，把水搅浑，以达不可告人的目的。马俊很清楚，谣言的制造者，仍然是那么几个头面人物。但她低估了这些人的能量。别看这些人数量少，但他们的能量并不小，他们可以叫你不可终日，可以叫你人心惶惶。但马俊没有把他们看在眼里，认为这些小鱼翻不起大浪。可是外人就不这么看了。他们说苍蝇不叮无缝的鸡蛋。任何事情都是臭味相投才碰到一起的。

有一天马俊去马家湾看望父母，她妈问她：

"三妮儿，你今年才四十多岁，今后的日子还长着呢。你家有很多活儿，尤其是重活，种地、打场之类的活，女人是干不了的，总靠双全帮忙也不是长法。我看还是再找个人，你后半辈子的生活就有依靠了。"

马俊回答："妈，你听到什么话了吗？"

马俊妈："不管谁说什么话，都不去管它。我是想着，你一个人过日子很不方便，不如趁早找个人，等老了好有个伴，常言说'少年夫妻老来伴'嘛，这是人生轨迹，人人都是这样。不要一个人硬挺着，硬挺着是自己给自己过不去，老了落一身病，自己去受了，自己造的罪自己受，自己摘的苦果自己吃，没有一个人管你，你想喝口水都没人给你端。闺女你指望得住吗？她有她的事，她有老，有小，有家务，等等。她隔三岔五去看看你就不错了，她决不一天到晚不离你身。儿子、儿媳，你更不要指望他们，他们有自己的小家庭，顾不得管你了。儿媳不是你生的，不是你养的，你不能指望她。儿子你就指望住了？没听说吗？'小麻雀尾巴长，娶了媳妇不要娘。'你别看这是说着玩的，它反映了生活的真实性。养活儿子是为别人养的。你对他的付出是你该尽的义务，你千万不要指望有什么回报。自己的养老问题还得靠自己，靠伴侣。因此，一个人老年生活的伴侣很重要。你前半生失去了丈夫，这是你前半生的不幸；你如果到老年没个伴侣，就是你老年的不幸。前半生的不幸已经过去，不可挽回了，但咱不能让后半生的不幸再发生吧。这是咱有能力控制的，为什么瞪着俩眼看着让它发生呢？阻止它发生并不是难事，它只是个观念问题。为什么死抱着痛苦不放呢？很多女人在丈夫死了后再走一步过得都很好。咱为什么就不可以再走一步呢？"

马俊："我还没有考虑这个问题，整天看着孩子过。两个孩子就是我的希望。"

马俊妈："洛双全这么多年来一直为你们掏劲，他有什么想法吗？他整天为你们干活，你与他朝夕相处，你感到方便吗？"

马俊："那人可好啦，非常忠厚，非常老实。看不出他有什么想法。我们是近门的，他不会有什么想法，没有什么不同的地方，我也没感到有什么不方便，都很正常的。"

马俊妈："你还不理解你妈良苦用心。很快你就五十岁了，到你老了，你有病卧床不起了，他能到你床前吗？他能到你跟前吗？在你需要方便的时候，他能给你掭屎掭尿吗？傻孩子呀，别再执迷不悟了。妈妈年纪大，经验多，对你说的，你要好好听。"

马俊从娘家回来走到洛家庄街上，距一个杂货店不远的地方，恰巧碰见王小三。马俊一看见他，就想立即绕路躲他，但已来不及了。她心想，怎么这么巧，真是怕鬼鬼来吓，也是冤家路窄，怎么偏遇到他呢？当马俊还在思索着这些问题的时候，王小三满面笑容、高声大气地说："嫂子去哪里啦？怎么你一个人呀？孩子呢，都撇家里啦？"

马俊连头都不扭，走着说着："走娘家了，孩子在家呢。"

王小三走到她前头没话找话。马俊不看他一眼，王小三特意扔给她一个纸条，上面写着："我今天晚上去。"马俊注意到了他扔给她个什么东西，但她根本没去理睬，纸条就自然而然地落到地上。她脚不停，步加大，迅速摆脱了王小三的纠缠，三步并作两步地回到了家。

马俊对王小三的出现很不理解，而且偏偏在那个地方。她想：如果在人多的地方也可以，我们说的话他们都可以听见。如果在没人的地方，那更省事。可是今天恰在距人多的地方不远处，使人们看得见，但听不见，这就最容易让人误解，让人猜疑。再者，他怎么会知道我在那里经过呢？难道这是巧合吗？这件事使她很纠结，因为她很明白：只要王小三与哪个女人接触多了，肯定就有人议论。

为什么马俊偏偏在这个地方遇见王小三呢？这是王小三精心安排好的。马俊去马家湾走后，王小三去马俊家了。洛琳和小缺在家。他们告诉他，她去的地方和回来的时间。工小二选择这个地方，已在这里等几个钟头了。他的目的就是让人们有这样的假象：他与马俊有秘密的交往。也就是说，他与马俊有不正当的关系。

功夫不负有心人。王小三精心设计的这个骗局，确实达到了预期的目的。

在马俊甩掉王小三以后，有的目击者就说：

"你看，王小三与马俊接头了不是？"

另一个说:"看着马俊很不耐烦,连停也不停地就走开了。"

有一个人说:"因为她看见有很多人在看着他们说话,如果在没人的地方,那就不一样了。"

还有的人说:"听说另外还有两个,一个是袁良,另一个是她那个近门的弟弟。"

还有一个说:"寡妇娘们也不容易,整天干熬呵,走这一步也难免。再者,像袁良、王小三这些人,他们如果缠住谁,想挣脱也难。"

就在王小三想法与她说话时,马俊发现,杂货店附近的人在看着他们挤眉弄眼。

有人还特意去捡起纸条,这更是议论的把柄。有人说:"看看,你们还有啥话说,这不就是铁证吗?"

这时,她才回忆起,为什么她妈费那么多口舌说服她再找一个。

马俊躺在床上想了好长时间,她怎么这么命赖!她的人生经历像看电影一样,一幕一幕地在她脑子里闪过。她小时候家里很穷,父亲重男轻女,十一岁时就把她送出来当童养媳;三十三岁时丈夫被抓走,四十岁时丈夫去世,后来又遭到流言蜚语……她想:"我是怎么啦?人生的不幸怎么都让我摊上了?我怎么得罪老天爷了,你这么惩罚我!"她百思不得其解,脑子里像一团乱麻,怎么也理不出头绪。她慢慢进入了懵懂状态,她去找阎王爷了,阎王爷看见她问:"我没让你回来,你怎么回来啦?"

她说:"我想告诉你,做女人太难了,别让我做女人啦。"

阎王问她:"你想做什么?"

她一时答不出来,她说:"让我想想。"

她苦思着:做个猫不错。听老人说,行三辈子好,才能脱生一个猫。她想,是呀,猫多么自由呀,哪儿都能去,树上、墙上、房子上,冬天还可以钻到被窝里……没有它不能去的地方。此外它很自由,不用干活,更不会遭流言蜚语的诽谤。她回答阎王:"我想做一只猫。"

阎王回答:"好哇,你可不要后悔。"

她说:"我不后悔。"

阎王说:"你去吧。"

于是她离开了阎王,去到了一个老母猫身旁,她是一个可爱的小花猫。她长大了,猫妈妈离开了她。吃的自己找,住的自己找。有时整天捉不到一只老鼠,饿得肚里咕噜咕噜直叫。还经常睡在外面,冬天冻得够呛,夏天热得受不了。她挨饿受冻，痛苦难忍。她喵喵直叫。企图以叫声换取人们的同情，好给她些吃的。但事与愿违，她的叫声惊醒了正在酣睡的男子。他迅速起来，拿起棍子，劈头劈脑地向她打去。她看势不好，拔腿就跑，险些丧命……惨叫让她从梦中醒来，她擦擦身上的冷汗，好长时间才从惊愕中恢复过来，不由自主地说："光看见猫享受，没看见猫受苦。做猫也不容易。"

想来想去，她认为：做人难，做女人更难。做女人难，做没丈夫的女人更难。她忽然想起，做人不如死了，做个死人不难，两眼一闭，两腿一伸，往地上一躺，啥事不考虑了，啥难也不作了，啥苦也不吃了，啥流言蜚语也不听了。一切由它去，多自由呀。但她又想到两个孩子。她回忆起，当她要去死的时候，两个孩子抱住腿死死不放，哭得心碎肠断……怎么能丢弃他们。如果不管他们，那么他们太可怜了，而自己也太自私了，为了他们也不能死。因此，做死人也难。

难，难，难。做什么都难，不做什么也难。做什么不难呢？没有。这也难，那也难，好像整个世界、整个人间就是用"难"字结合起来的，由无数个小难，结合到一起，成了一个大难。不是吗？

马俊整天生活在纠结中。吃不下饭，睡不着觉，面色苍白，身瘦如柴，走不动，坐不起，躺在床上熬日子。洛琳已十多岁，真是穷人的孩子早当家，小洛琳虽然还是个十几岁的孩子，但她担当起了一个大人的责任，做饭、伺候娘、打理家务、应酬外面，她都做得很利索。

对妈妈的卧床不起，小洛琳是看在眼里，记在心里。她时刻在想，怎么能帮助妈妈摆脱病魔呢？

一天，她嘱咐小缺在家好好照顾妈妈，她去马家湾找她姥姥，告诉姥姥她妈的病情。

第二天一大早，马俊的妈妈就来到了马俊家里。她一步踏进马俊的卧室，看见马俊病入膏肓时，心急如焚，泪雨双流，扑通坐在床上，握住马俊的手，说："孩子，你怎么病成这个样子？"

马俊少气无力、断断续续地把她的纠结告诉了妈妈。

她妈是个明白人，她认为女儿的病吃药是治不好的。她的病主要是纠结出来的病，是被折磨出来的病，是被冤屈出来的病。她慢慢地说："上次我对你说，叫你再找个家。当时你不在乎，也不理解，你说你看着两个孩子过哩。实践证明，照这样过不下去了。树欲静而风不止。只有再找个家，一切都解决了，你的病很自然就好了。"

马俊仔细听着，一句话也不说，心里考虑着：妈妈的话有道理。但她又想：两个孩子怎么办？到一个新家，即使我能接受，孩子也接受不了哇。再说，他们会待孩子好吗？受虐待的孩子不更可怜吗？想到这时，她想：不，不能再找人，宁愿自己受罪，也不能让孩子受委屈。于是她问妈妈："再找个人，孩子不受委屈吗？"

妈妈说："有这个问题，但不是不可以避免的。要找个好人，主要是心眼儿要好。要像父亲一样对待孩子。这种人难找，但不是没有。"

马俊说："受继父虐待的孩子很多，不受虐待的很少。待孩子好的继父虽然有，但在实际生活中却很难找。"

妈妈说："有的，这样的男人肯定有。"

马俊说："让我想想再说吧，这不是急事。宁愿不找人，也不能找那不合适的人。这是宁缺毋滥。"

姥姥走了以后，小洛琳独自跑到陈奶奶（陈大妈现在已是两个孩子的奶奶，人们看见她都叫她陈奶奶）家里，她把妈妈久病不起的事告诉陈奶奶。一天晚上，陈奶奶来到马俊的家。马俊把自己的事一五一十、原原本本地告诉了她，并且还把她妈的建议也告诉了陈奶奶。

陈奶奶问："你认为你妈的意见怎么样呀？"还没等马俊回答，她就直接说出了自己的想法："我认为你妈的意见是对的。这确实是解决你的病的唯一办法。"

马俊说："我反复想了，这是个办法。但这样的人难找，因为我有两个孩子。如果没有孩子，还可能好找一些。"

陈奶奶："难找是难找，但并不是找不到。只要执意去找，尽管难找，也肯定找得到。"

马俊说："我现在考虑的主要是两个孩子。我不想让孩子吃一点儿苦，不想让他们受一点儿委屈。只要把他们的问题解决了，我个人的问题就好办了。"

两人停了好一阵子，一句话也不说，陷入了苦思冥想中，好像都在寻思着合适的人选。

突然陈奶奶说："洛双全怎么样？"

马俊猛一愣："他？"

陈奶奶："他怎么啦？"

马俊把她的思索圈子缩小，集中到洛双全身上，然后慢慢地说："这人是中，他是个好人，但不能作为人选。"

陈奶奶："为什么呀？"

马俊："他是我们的近门，是双贵的弟弟，他叫我嫂嫂，孩子叫他叔叔。如果找了他，有没有伤风败俗问题？"

陈奶奶："也不伤风，也不败俗，合乎情理，随风就俗。他这弟弟，远着呢，有些在丈夫死了以后，改嫁给他的一母同胞弟弟了，更何况你们这近门兄弟了。"然后她又说："这些问题你不用多考虑，你只需要考虑一个问题，从他的品德上、性格上考虑。尤其是他经常帮你干活，你对他有比较长时间观察，对他的表现有亲身的体会。因此，你可以得出准确的结论：能不能接受他，能不能与他结合？"

马俊："从各方面说，这个人不错。他很老实，但他并不傻，一点儿都不傻。他不但不会虐待孩子，还会待他们更好呢。但是，他恐怕不合适。"

陈奶奶 听到马俊对洛双全的看法，认为他是个合适人选，认为这婚事能够成功。陈奶奶问她："为什么不合适呢？"

马俊："我想不合适。"她的这个"不合适"说得软弱无力，没有底气。

陈奶奶："我看没什么不合适，我看非常合适。"

马俊："老早就有人对我们说三道四，说我两个这个啦，那个啦。如果真的嫁给他，那不更让人拿住把柄，说我们原来是真的吗？"

陈奶奶："你现在需要的是解放思想，心胸开怀，摆脱一切思想束缚，不要被那些乱七八糟的东西牵着你的鼻子走。街上就是有那么一部分人，整天吃罢饭没事干，议论议论这个，议论议论那个。人家的好事他们不议论，专议论人家的'坏事'，而且很多是道听途说的。哪怕是一点点鸡毛蒜皮的事，只要到他们嘴里，就添油加醋，煽风点火，本来没事，他们一夜之间就会喧嚷得满城风雨，不可收拾。对这些无聊的东西要不屑一顾。如果不从这些闲言碎语中解脱出来，永远得不到放松，你将痛苦一辈子……"

讲到这里时，陈奶奶稍微停了一下，她看见马俊不住地点头，接着说："你的病主要是思想病，这个病来源于你自己……"说到这里时，马俊很吃惊。她经常往外边找原因，而现在陈奶奶却说病因是她自己。她感到很稀奇，不可理解。

她惊讶地问："怎么？我自己？"

陈奶奶说："是的，你自己。"她停了一会儿，接着说："不管人家说什么，你不去管它不就行了？你想想，这种事你管得了吗？你再想不通，丝毫挡不住人家的嘴。你干脆不去管它，任凭风雨打，稳坐钓鱼船。要学一点'马大哈'，不管人家说什么，只当没听见。自己做的事自己最清楚。他们一议论，你就生气，你不是用人家的胡言乱语来惩罚自己吗？你没有一点儿自主能力，让人家牵着你的鼻子走。用人家的瞎扯淡让自己受罪。你想想，你的这种思路是多么幼稚、多么可笑哇！"

陈奶奶的话很使马俊感动。她感到如雷贯耳，茅塞顿开。她仔细想想也是这个道理。她问陈奶奶如何能做到"不去管它"。陈奶奶说："这是个修养问题，只要往这方面想，慢慢就会做到。要学会'面对'，面对一切困难，面对一切艰难险阻。还要学会'有度量'，容得难容之事，笑看可笑之人。你记住，不管什么事发生，天塌不下来。地球照样转，太阳依然从东方升起，照旧在西方落下，人们依旧过日子。你需要牢记'管它呢'这句话，就是说，听见谁说什么，管它呢！看见谁干什么，管它呢！不让它管你，你也不去管它。这样，你就放松了，你就解放了，你就不难过了，你就没病了，你就快乐了。"

陈奶奶又说："如果从人缘上说洛双全可以，而从风俗习惯上说不可以，我劝你不要考虑风俗习惯，同意改嫁给他。再说，他全家一个人，他本来对两个孩子都很好，你们结合后，只是叫他过来就行了，不是你改嫁，而是娶男人。你们全家四口人，多好哇！"

陈奶奶的这一番话真把马俊说服啦，她马上想着，这是洛双贵在家时生活的再现。马俊最后说："洛双全同意吗？先听听他的意见再说吧。"

第二天上午，陈奶奶去找洛双全，一见面就说："双全，给你说个媒吧？"

洛双全："别给我开玩笑了。你明知道没人同意我。我都老半百了，还说啥媒呀？"

陈奶奶："我不给你开玩笑。我啥时候给你开过玩笑？我从来不会给你开玩笑，我是当真的。"

洛双全看着她一本正经的表情，听着她严肃认真的腔调，觉得她不是跟他开玩笑，而是真要给他说媒。他喜出望外，急忙说："那你就说吧。事成后我给你买个大鲤鱼。是哪个村的？谁呀？"

陈奶奶："咱们洛家庄的。"

洛双全马上开始在脑子里转悠：咱村是谁呢？随即他把全村的寡妇转了一圈，感到没有一个合适的。有的是他不同意，有的是人家不同意他。然后他又怀疑了，心想：陈奶奶无非是说说而已，不会当真吧。但这不符合她的性格，这种事她是不会轻易说出口的；可是全村没有一个是给他说的对象，这又是怎么一回事呢？他真是琢磨不透奶奶的心事。

他带着十分诧异的心情问陈奶奶："咱们洛家庄谁呀？我看没那个主。你直说了吧。"

陈奶奶说："我对你直说吧，你嫂嫂，你双贵嫂。"

洛双全一听是她，心里完全没有把奶奶的话当一回事，认为这根本是不可能的事。他毫不在乎地说："哈哈！陈奶奶，这回你真的与我开玩笑了，这怎么可能呢？这是绝对不可能的。"

陈奶奶按照他的思路说下去："不可能就算了。你敢再说个'不可能'，我就走了。"她站起身，准备就要走，洛双全急忙拦住她，哀求道："先别忙嘛。请你坐下，说说你是怎么考虑的。我怎么就没有看到它的可能性呢？"洛双全嘴里说着不可能，但心里渴望着让奶奶促成。

陈奶奶不慌不忙地坐下，慢条斯理地说："我说的话是当真，没有半点儿虚心假意……"

没等陈奶奶说完，洛双全急忙插话："我是说……我们根本不可能。距离太大，不可能结合在一起。"

陈奶奶问他："什么距离呀？为什么不可能呢？"

洛双全支支吾吾地说："她太优秀了，我太窝囊了。她好像天上的嫦娥，我好像尘世上的猪八戒。人们常说'癞蛤蟆想吃天鹅肉'，表示痴心妄想，根本不可能的事。我这猪八戒要娶她那嫦娥为妻，不也是痴心妄想，根本不可能的事吗？"他嘴里说着推辞话，心里想的却是求之不得。但他对奶奶还是这样说："除此之外，还有另一方面，她是我嫂嫂，我是她兄弟，我们两家是一家子。再说，双贵哥一死，我就把他老婆夺过来当成我老婆，这不道德，对不起双贵哥。村里人会耻笑我的。他们会骂我不仁不义，骂我道德败坏，骂我丧风败俗。"

陈奶奶："呵呵！我还不知道，洛双全还开着帽子铺呢。你从哪里弄那么多大帽子戴在自己头上？你就不感到沉重吗？"

洛双全对于陈奶奶的责问只是得意地笑，眯缝着两只不大的眼，一句话也没说，单听陈奶奶下面说什么。

陈奶奶接着说："你的前提是虚假的，根本不存在的。你们的距离没这么远，你们都是洛家庄的农民。现在把你的思想落到地上，放到你现在的位置上，你说她当你的老婆行不行？配不配当你的老婆？"

洛双全："不是她不配当我老婆，而是我不配当她的丈夫，她多么优秀哇。我算老几呀，我怎么能与她结合呢？我要真有这种想法，这才真是癞蛤蟆想吃天鹅肉——痴心妄想。"

　　陈奶奶："你别给我东扯葫芦西扯瓢了。看你平常是个不会说不会道的老实人，谁知道你肚子里还有这么多道道弯弯。现在，我就要你一句话，你别胡乱扯，你就说她中不中。"

　　洛双全："她是最好的妻子，最好的儿媳妇，最好的妈妈，也是最好的家庭主妇，是打灯笼也找不着的女人。至于我跟她，我实在说不出口。"

　　陈奶奶："那你很愿意啦？"

　　洛双全点点头，然后说："先别问我愿不愿意，你先问问她。她要是愿意了，我还会有不愿意的吗？我单等她的想法啦。"

　　陈奶奶："你先甭管她。只要你愿意，她的问题我做工作。你明明白白告诉我愿意还是不愿意，不要拐弯抹角，模棱两可。你只能说愿意或者不愿意，不然，我就不管了。"

　　洛双全斩钉截铁地说："愿意。"

　　马俊得知洛双全愿意后，心里很高兴。

　　几天来，马俊的心情好多了，能吃些饭了，也能睡会儿觉了。她时常坐在院子里，微风拂面，柔光披身，蔚蓝的天空中镶着几朵白色的云朵，几只春燕穿梭着衔泥做窝，马俊又尝到了生活的快乐。

　　1943年3月8日，洛双全和马俊举行了婚礼。夜深人静时，洛双全走进了马俊的房间。马俊在床上坐着，两眼直瞅着地。高高的鼻梁，浓眉大眼，小嘴长脸……过去从来没有真正看过她的模样，今天晚上才算看清楚嫂子，不，妻子的模样了。他才第一次感到她漂亮，真漂亮。他有些身不由己，哆哆嗦嗦地走向马俊，当他走到距马俊一步之遥时，他停下来了，他再也走不动了。他两眼茫然，浑身麻木，手脚都不听使唤。他鼓鼓劲，定定神，使劲睁睁迷糊的眼睛，拿出全部力气看看坐在床上的马俊。他聚精会神，深入仔细地观察这位天仙：吊梢的双眉，清秀俊雅，水汪汪的双眼，不时放射着温暖的热流；不大不小的鼻子，肃穆、挺直，显示出凛然不可侵犯的高贵；肉肉的嘴唇，好像在蠕动着，不时地散发出灼热、撩人的热流；还有她那迷人的表情，让人心动的脸……所有这些，让一向老实巴交的洛双全无论如何也招架不住，他恍惚了，他痴呆了，像一个花丛中的稻草人，站在地上一动不动。马俊感到愕然，她伸手拉住他的手，说了声："你怎么啦，双全？"她的叫声使他慢慢清醒了过来。他看看面前的马俊，嘴里小声说着："我不是在做梦吧？咱们这是真的吗？"马俊说："是真的，千真万确。"他接着说："我实在不敢相信这是真的，好像我在做梦。我从来就没有想过会娶你做老婆。"马俊温情绵绵地说："我真的成了你的老婆，你确实成了我的丈夫，咱们已成了夫妻，这是千真万确。"洛双全说："我太激动了，激动得要昏迷了，本来这是件高兴事，我一方面是太激动，另外，我总以为你是我嫂嫂，我双贵嫂。我今天来到这里，确实有些心虚，不踏实。也可能是太紧张，或许是有些害怕。"

马俊也慢慢地说："我也是。不过，他活着的时候，始终是依着我的。只要是我高兴的事，他也高兴；只要是我愿意干的事，他也支持。咱两个的婚事，他在九泉之下也会高兴的。"

洛双全走到床前，慢慢坐到马俊的身旁。马俊有些紧张，洛双全也很不自然。他一点点地向她跟前挪动，直到紧紧挨住她的身了。他又把胳膊挎到她的脖子上。她不好意思地笑了笑。洛双全说："我总感觉着双贵哥在偷看着我们，我很紧张。"马俊答道："咱们把灯吹灭，他不就看不见我们了吗？"

洛双全一结婚好像点了火的炸药桶，内心憋着的劲儿，一下子爆发了出来。过去为嫂嫂干活，总是空空的感觉。现在是一打一实的。他待马俊更亲了，对两个孩子更爱了，干活的劲更大了。任何事情，大事、小事，地里的、家里的，都不用马俊动手，她只要说一声就行，全由洛双全一人打理。马俊想吃什么，他立即去买，村里买不到时，到镇上，镇上买不到时，到县上，买不到决不罢休。马俊想去哪里，他用独轮车推着她去，遇到路不好时，他背着她。有人说他：难怪他这么大没见过老婆，这回可过过老婆的瘾吧。

一家四口，平平安安，舒舒服服，幸幸福福过了两年，到第三年，1946年，洛双贵回来了。

又是一个明媚的上午，洛双贵回到他家门口，正在观察着院子里的陈设。洛琳从外面往回走，看到这个人鬼鬼祟祟向她家院子里观望，心里有些烦，问他："你找谁呀？"

洛双贵："请问你叫啥呀？"

洛琳："我叫洛琳，干啥呀？"

洛双贵知道她是他的二女儿。他继续问："你姐姐洛凤呢？"

洛琳："她早就出门走了。"但她想：他怎么知道我姐姐的名字呢？

洛双贵："你爷爷和奶奶呢？"

洛琳："他们早就死了。"

洛双贵止不住老泪纵横，含着泪问："你妈呢？"

洛琳："我妈在家呢。"

洛双贵："你家里几口人呢？"

洛琳："四口。"

洛双贵："都谁呀？"

洛琳："我妈、我叔、我弟弟和我。"

洛双贵很不理解的是：这个"叔"是谁？从哪里来的弟弟？使他可以肯定的是：面前站着的这个姑娘就是他的二女儿。于是他直截了当地说："我叫洛双贵，我就是你爹。"

洛琳一听很不耐烦，气呼呼地说："你胡说，我爹死了好几年了。"

洛双贵："死在哪里的？"

洛琳："死在东北的，是工厂爆炸，被炸死的。我们在家还为他举办过葬礼呢。"

洛双贵一听便知，家里人得到的是他已被炸死的错误信息。对他原来不理解的，现在也好像有些理解了，对他离开家后的这十五年时间里所发生的事，他似乎有些猜想。他对洛琳说："你回去对你妈说，你爹回来了。"

洛琳跑回去，对她妈说："妈，外面有个人，他说他是俺爹。"

马俊："别让他胡扯了，准是个骗子。叫他走开，别搭理他。"

洛琳去到门外对洛双贵说："你走吧。"说着就把门关上了。

洛双贵推开门，独自走进了院子里。

马俊一看有一个人进来，马上想起刚才洛琳对她说的话。她心想，这个人怎么这么臭腻，很没好气地说："你这个人，不是叫你走的吗？怎么擅自进我们家啦？"

对马俊的话，洛双贵不生气，也不起急，慢慢地说："俊俊，是我呀，不认识我了？"

马俊一听叫她"俊俊"，她一惊。叫她"俊俊"的只有洛双贵，没有任何一个其他人，连她妈也没有这样叫过她，她妈经常叫她"俊妮儿"。哎呀，真是洛双贵回来了？她抬起头来，仔细观察观察这个来人。

一脸污垢，胡子有二指多长。头发不但长而且发硬，结成的板块像一块块的袼褙，头发上套着一个没有顶盖的帽子。实际上是用破布围成的套，没有一点儿保暖作用，只能是围住头发。上衣是一件一只袖的破棉袄，看不出是黑色，还是灰色。下身穿的是与季节很不相称的单裤，也是灰色的。脚上穿的是一双烂鞋，也是灰色的。很显然，他的一身就可以概括成一个"灰"字，上衣灰，裤子灰，脸也是灰，手也是灰，全身没有一处不是灰。尽管他有污垢的脸，褴褛头发，闹草胡，尽管他十五年来的巨大变化，马俊还是认出他就是洛双贵，就是她朝思暮想的亲人，就是她为之哭得死去活来的丈夫。

她泣不成声了，断断续续地问："你终于回来了，你是怎么回来的？还没吃饭吧？你冷吧？你累了吧？……"她这一连串的问话，洛双贵也无从答起。

马俊拉着洛双贵去到屋里，让他坐下来，对洛琳和小缺说："这就是你爹。琳琳，快去给你爹做饭。"

洛琳很不理解，她想：爹爹不是死在外面了吗？现在怎么又回来个爹？这是死了的那个爹？还是另外又一个爹？我死了一个爹，现在回来一个爹，我还有个叔，叔也是爹。别的孩子就一个爹，小缺我们两个就有三个爹。看来妈妈待他挺好哩，到底他是谁？是真爹呀，还是假爹？……不去想它了，叫我做饭，我就只管做饭好了。

马俊对小缺说："快给你爹打洗脸水。"

洛琳偷偷地问妈妈："我爹不是死了？怎么又回来个爹呀？这是个真爹呀，还是个假爹？"

马俊很严肃地说："别瞎说。你爹就这么一个。哪里什么'又个爹'，或'假爹'呀！这就是你亲爹，亲不溜溜的爹，唯一的爹，名副其实的爹，你没有别的爹，就这一个爹。"

洛琳不再乱想了，也不再瞎说了。她相信妈妈的话，他是她的亲爹，她唯一的爹。

她给洛双贵找来了衣服。上衣、裤子、帽子、袜子、鞋，样样齐全，全是洛双全的，他两个身高相差有限，胖瘦也相差无几，所以洛双全的衣服，洛双贵穿着也很合适。马俊还特意把洛双全的刮胡子刀拿来，让洛双贵刮刮胡子、洗洗脸，顷刻他就变成了另一个人，一个崭新的人，一个正常的人。

洛双贵吃罢饭以后，没等他询问，马俊把他走后家里发生的变化原原本本地、比较详细地对他说了一遍。从她讲述中的悲伤，从她说话时的泣不成声，他就感觉到妻子在家吃尽了苦头。他不能再给她添加任何使她为难的事了。因此，他没有提任何使马俊难答的问题，也没有任何对马俊的埋怨，更没有使出让马俊难堪的表情，再一次证明他对她的真挚感情。马俊最后跪倒在洛双贵面前，掏心亮肺地向他道歉，苦苦向他哀求："我对不起你，我请你原谅。"

洛双贵很善解人意地对马俊说："赶快起来，咱们之间可不能这样。"他急忙双手把马俊搀起。然后说："我理解你，我不埋怨你，更不怪罪你。你为这个家做出了重大牺牲和贡献，我应该感谢你。"

面对洛双贵的回来，马俊悲喜交集。首先是她很高兴，喜出望外。洛双贵是她的结发夫，待她又特别好，她最喜欢他，她们俩的感情最深。得到他死的消息后，她悲痛欲绝，迫于各种压力，她与洛双全结了婚。但洛双贵的身影在她脑海里始终挥之不去。她总是有这样的幻想：是不是有一天他会回来？现在他真的回来了，她怎能不高兴呢？

可是她又很内疚，自责感很厉害。她埋怨自己对不起双贵，待自己最好的丈夫不在家，自己竟改嫁他人，应遭天打五雷轰。她再想想双贵回来时的模样，人不像人，鬼不像鬼，在外面肯定受了难以忍受的罪，吃了难以咽下的苦。这本身就足以使她痛心疾首。她再以洛双贵的身份想想，本来想着回到妻子和孩子身边，可以享受天伦之乐，弥补一下过去的痛苦。可是万万没有想到，妻子已经离他而去，这不是对他雪上加霜、落井下石吗？

命运往往会给人们开这样的玩笑：当你认为是好事时，你拼命去追寻，结果证实，它是坏事，让你后悔莫及；相反，当你认为是坏事时，你想法躲避，结果证实，那是件大好事。这个玩笑也开到了马俊身上，让马俊深有感触。当她听到那个"双贵已去世"的小道消息后，她如果不去各村寻找，如果不是那两个好心人告诉她"实情"，她绝不会改嫁。别说他离家十多年，也别说外界有什么样的议论，也别管有多少人对她陷害，她绝不会改嫁。也就是说，她的寻找导致了她的改嫁。

她的改嫁，使她濒临死亡的身体恢复了健康，也把她从悲痛的深渊拉回到了正常的生活道路。看来这是件好事，但她的改嫁导致了双贵回来后的尴尬和纠结。使她难解难分，进退两难，又陷入悲痛的深渊。那么这次的纠结又会导致什么样的结果呢？要由事物的发展规律来验证。

洛双贵的突然回来，马俊确实是喜出望外。她最亲爱的人、最疼她的人还活着，并且回来了。她怎能不高兴呢？可是对她的再结婚，她并没有多么痛心疾首，也没有像得到他去世消息后的那么痛苦。这主要原因是她的思想境界开阔了，她学会面对了，心中有容量了，她有些"马大哈"了、"无所谓"了。因此，这个意想不到的"回来"，在精神上，并没有对她有多大的打击。

树欲静而风不止，海欲平而浪相逼。洛双贵的回来使全村人，甚至周围村里的人一片哗然。在一般人看来，这是个无法解决的问题。有些爱嚼舌根的人在等着看笑话，看好戏。他们见面时说："请看好戏吧，看她如何解决。"一时间成了人们议论的话题。在街上，有些孩子说着这样的顺口溜："可巧，可巧，真可巧，原来男人回来了；稀奇，稀奇，真稀奇，两个男人一个妻；可恨，可恨，真可恨，一个女人俩男人。"大多数人是好心人，他们很同情马俊，更同情洛双贵。

　　洛双全的感受更难堪了。他本来就认为娶嫂嫂为妻就是见不得人的事，是对不起哥哥的犯罪，他经常生活在内疚之中。洛双贵一回来，他更感到他的脸无处搁，身子无处藏，他很想将自己化为一股烟气，跑得无影无踪，永远不再回来，永远不再见任何人。他收拾收拾自己本来居住的屋子，刷洗刷洗自己曾经用来做饭的炊具，准备继续过他那独自一人的光棍儿生活。仍有人不顾他的郁闷情绪，竟在大街上戏弄他："双全，没有钩嘴，别吃那瓶食。现在好了，你双贵哥回来了，你落个'狗咬尿泡，瞎喜欢'不是？"也有人说："有这么个女人做自己的老婆，不要说几年了，哪怕是一天、一夜，这一生也就值了。"

　　洛琳对这种局面承受不住了。自从她爹回来以后，她总感到周围人在嘲笑她，有无数嘴巴在讽刺她，有无数眼睛在蔑视她。她感到不敢出门，不敢见人，更怕见熟人，最怕见朋友，最怕别人说她"有两个爹"。

　　洛琳毕竟不是孩子了，她已经十七岁了，她知道这问题难以解决，但她又知道不解决还不行。这问题不仅仅纠结着她，也纠结着她爹、她叔，更纠结着她妈。实际上，纠结着她们全家。她认为这个问题再不好解决，也得解决；自己不能解决，就请人帮助解决。于是她去找陈奶奶，把她家的事，详详细细地对她说了一遍，甚至把她的感受、群众的议论等，都告诉了陈奶奶。

　　陈奶奶对她家的情况非常熟悉。马俊与洛双全结合就是她促成的。那是建立在"洛双贵已经去世"的基础上，可现在的事实与那时的相反。原来认定已死的人现在回来了，老婆已经再走了一步，这是铁的事实。这是抹不掉的，也是不可能重新再来的。只能在现有的情况下，想法找到一个各方面都比较满意的解决办法。她很清楚，解决这种问题非常棘手。她心里很没有底，只能摸着石头过河。要先摸摸每个人的情况，让每个人都说说自己的想法和提出解决问题的建议。

　　陈奶奶先找洛双贵，让他谈谈想法并提出解决问题的办法。

陈奶奶问洛双贵："双贵，你说这问题如何解决？"

洛双贵："我不知道如何解决。马俊为这个家吃尽了苦头，她为这个家做出了重大贡献，我欠她的太多了，我不能再让她为难。这个问题如何解决也听她的意见，她的意见就是我的意见。不过我有个请求，如果她愿意跟双全过，请她把洛琳留给我，让我们父女相依为命，我也借这个机会，好好亲亲我这个女儿，尽尽我做爹爹的责任，我也欠女儿太多了，我要对她补偿我对她的欠缺。小缺，看他愿意跟谁，他愿意跟我，我也很乐意接受他，我也把他当我的亲生儿子；他如果愿意跟他妈，也行。别的我没有任何要求。"洛双贵说着哭着，哭着说着，最后是泣不成声了。本来一家六口人，他们夫妻俩，上有二老双亲，下有两个女儿，和和睦睦，相亲相爱，美满幸福的一家，多么令人羡慕啊！一转眼十五年过去了，他们吃了多少苦，受了多少罪，熬过了多少折磨，流了多少眼泪……现在成了这个样子，人不成人，鬼不成鬼，千疮百孔的人，残缺不齐的家……这一切的一切，到底能怨谁！洛双贵的选择很好，除此之外，他还有别的选择吗？

然后，陈奶奶去找洛双全。

陈奶奶问："双全，你说这事如何解决呀？"

洛双全答："很简单，这不是明摆着的吗？她和我哥本来就是夫妻，是结发夫妻，感情又很好。我是半路插一杠子。我对不起我哥，我做了没脸的事，我是不能饶恕的。这事不要问我了，她与我哥继续他们的夫妻生活就完了。我本来就是一个人，还原我本来的面貌，还过我的光棍生活，这再正常不过了。"

陈奶奶问洛琳，看她有什么意见。洛琳说："看我妈啥意见吧。"陈奶奶问她："你愿意跟着谁呀？"

洛琳说："我愿意跟着我妈。"

陈奶奶："如果你妈愿意跟着你叔呢？"

洛琳："我跟着我妈。"

陈奶奶："你愿意舍弃你爹吗？"

洛琳："不愿意。我爹吃的苦太多了，他太可怜了，我还想好好侍候侍候他，让他享受个幸福的晚年呢。"

陈奶奶："如果你妈愿意跟你爹过呢？这不正好符合你的想法吗？"

洛琳："是的。"

陈奶奶："这样你们就会舍弃你叔了。你愿意舍弃他吗？"

洛琳："不愿意。我叔对我们付出太多了，他挽救了我们全家。没有我叔，就没有我妈的今天，也没有我们全家的今天。不能让他一个人过孤独生活，他也太可怜了。"

陈奶奶："你要好好侍候你爹，你又舍不了你叔，让你妈到底跟着谁呀？难道把你妈劈成两半才行？"

洛琳："这……"

陈奶奶知道她答不出来，也知道她不会有出奇的想法。对于她妈跟谁、舍谁这个问题，她确实是很无奈。

陈奶奶问小缺愿意跟谁时，他说他愿意跟着妈妈，妈妈跟谁他就跟谁。问他爹爹和叔叔他愿意跟谁时，他说他愿意跟叔叔。因为，洛双全对他们的照顾已经六七年了，马俊与洛双全结婚也已三年了，小缺对洛双全的感情还是很深的。

陈奶奶问他："如果你妈跟着你爹，你跟着谁？"

小缺："我跟着我妈。"

陈奶奶："那你叔呢？让他走，是吗？"

小缺："不让他走，他走了，吃啥呀？"

陈奶奶最后问马俊："你有什么解决办法？"

马俊："我实在没有任何办法。"

陈奶奶："你有倾向性的想法吗？倾向于跟着谁？"

马俊："没有一点儿倾向。对他们两个，我确实是不偏不倚。我这种想法不是从我个人角度考虑的，而是从他们两个人的角度考虑的。如果从我的角度考虑，我愿意与洛双贵在一起。因为我们是结发夫妻，他待我又那么好，这次回来，他对我的感情不减当年，更加同情我，可怜我，说我对这个家做出了重大贡献，说他对不起我。况且，我们还有两个女儿。还有，他对我的改嫁没有丝毫的怨气，还非常同情我。他的这种气量，尤其是一个男人对自己妻子的改嫁，是很少男人能够谅解的，可是他谅解了。这是他最大的难能可贵之处。因此，我更感到不能让他继续孤独下去了。洛双全对我们有恩，他挽救了我，也挽救了我的家。没有他，就没有我们的今天。因此，对他们两个来说，我是哪一个也不愿意舍弃。我不能让他们任何人单独过。他们每个人都对我非常好，对我们的孩子、对这个家都做出过重大牺牲和贡献。没有他们，就没有我们的今天。离开谁，都是对他的不公平，都是对他的打击，对他的残忍。他们以前吃的苦太多了，他们谁也不能再吃苦了。因此，离开谁，我都不忍心。"

陈奶奶："照你这么说，你们这个问题就没法解决了。"

马俊："可是还必须解决。"

陈奶奶："怎么解决呀？"

马俊："没法解决。"

陈奶奶："必须解决，但又没法解决，你看难不难？"

马俊心情沉重地说："我有个解决办法。我想，只有我这个办法才可以把这个难题解决好。我也想了很长时间，我也做了充分的思想准备，我认为只有一个办法：我去死。"

陈奶奶吃了一惊，大声说道："什么？你死了？"

马俊："是的。我反复想了，只有这样，别的没有任何办法。"

陈奶奶很生气地说："我真没想到你会说出这样的话。你要走这条路，大家就不用研究解决办法了，你这种办法是最简单，最省劲的解决办法。但你这种办法，不但解决不了问题，反而增加很多麻烦，是永远也解决不了的麻烦。"

马俊低着头，苦楚着脸，锁着眉，闭着眼，一句话不说，认真倾听着陈奶奶的分析。陈奶奶继续说："你是这个家的核心。你像一个太阳，他们四个都围绕着你转，你们形成了一个不可分割的集体。你这个核心如果没有了，其他几个人就会四处分散。这只是从形式上看的。如果从内涵上说，没有你后果就更惨了。洛双贵为什么离家十多年后还要回来？为了你。看见你他就高兴，看不见你他就痛苦。洛双全这么多年来一直死干活干，想尽一切办法挽救这个家，他为什么？为了你。有了你他就高兴，没有你他就痛苦。洛琳、小缺，他们更离不了你，你走了他们会是什么样子，你可以想象得到。在为孩子找继父时候，你曾经说过，你主要是为了孩子，你不想让孩子吃一点儿苦、受一点儿委屈。过去曾有一次，你感到过不下去了，你拿绳要去寻死时，两个孩子紧紧抱住你的腿，哭喊着叫妈妈，你心软了，你可怜他们，你不死了，你领着他们一直过到现在。你现在为什么不这么考虑啦？你现在就不可怜他们了？那时你仅仅是可怜孩子而不去死的，而现在你死了不仅仅是留下两个孩子，还留下两个大人呢，从感情上说，不比两个孩子差。你如果走死的道路，你给他们留下的是什么呢？是痛苦，是悲惨，是四分五裂。你愿意看到这种惨景吗？你给他们留下这么一个惨景，你在九泉之下能瞑目吗？除此之外，看看你周围这几个人，这都是你的亲人。我老实告诉你，关于如何解决你们的问题，我已经分别与每一个人谈罢话了。我先听听他们对解决问题的看法，再请他们提出建议。使我没想到的是，他们的意见竟是惊人的一致，他们不约而同地说：尊重你的意见，你说怎么解决就怎么解决。连洛双全也没说他要去死。他只是说他要离开你们，重新过他那光棍生活。他打算看着你们这个美满的家庭，过快乐幸福的生活。看看他们是怎么想的，比比你是怎么想的。你的想法太对不起他们了，太使他们失望了。你想死的念头，是自私的，是为了自己，为了摆脱困境。你不是为了孩子，更不是为了他们两个。你为什么光为自己着想而不为他们着想呢？你变了，你本来不是个光为自己着想的人，你本来是一个一心为别人着想的人。这是为什么呢？"

在陈奶奶的这一段讲话中，马俊的情绪从头到尾有三种变化：开始时，她的脸色非常难看，好像心里极端痛苦而又无可奈何；中间时，她痛心疾首，痛哭流涕；最后，她不哭了，脸放松了，没有那么不好看了，还不时随着陈奶奶的讲话而点头。陈奶奶说完让她说话时，她脸上隐隐约约显现出喜悦的微光。她说："我真服你了。你把我的问题算说透了。我现在想通了，我要正确面对现实，在你的热情帮助下，妥善解决这个问题。"

陈奶奶："我建议明天让洛双贵谈谈他在外面的情况，尤其是关于他去世的传说，究竟是怎么引起的。叫洛双全也来，我再叫几位村里有影响的人物来听听。然后，我将提出解决这个问题的建议。"

第二天上午，马俊让洛琳扫扫地，准备好茶水，摆好桌子、凳子，准备客人的到来。首先来的是洛双全。他对来这里是有充分准备的。他清楚这是一个决定他命运的聚会。他小心谨慎，仔细观察每个人对他的反应。看小缺、洛琳、马俊和洛双贵各有什么反应。他进门后，小缺和洛琳先看见他，他们急忙跑到他跟前，亲切地拉住他的手，齐声说："叔叔好，叔叔吃罢饭了吗？"从他们的声音里透露出，他们对他的亲切、体贴，他感到很舒服。他的拘谨很快放松了一半。然后看见他的是洛双贵，这是他最怵气的人。他对洛双贵的想法，尤其是对他"夺妻"问题的看法，还不清楚。他总的想法是：肯定洛双贵对他很痛恨，但痛恨到什么程度，他还不摸底。他已做好了思想准备，接受洛双贵对他的任何痛骂和侮辱。他决定，不管双贵怎么骂，骂得多难听，他绝不还一句。他也做了挨打的准备，不管洛双贵如何揍他，他绝不还手。他认为，洛双贵狠狠地骂他一顿，狠狠地揍他一顿，他才感到欣慰，才感到放松、舒服。这样才能让洛双贵出气，因为他确实做了对不起洛双贵的事。他今天来得特别早的目的，就是让洛双贵有个抒发怨气的机会。可是，与他想象的相反，洛双贵第一次看见他时，没有骂他，更没有打他，而对他非常客气，与过去一样，称他"双全弟"，并且面带自然的笑容，热情地握住他的手说："感谢你，老弟，感谢你对马俊的照顾，感谢你对这个家的挽救。"

洛双贵对他的热情，他是万万没有想到的。其实，他怎么也想不通，他有很多疑问：洛双贵真的是这样想的吗？洛双贵如果骂他个狗血喷头，打他个遍体鳞伤，他反而感到舒服，感到心安理得。洛双贵的如此表现，却使他心神不安。这个一向的老实人，这一次却长起了心眼儿。他怀疑洛双贵不是真心。因为，在他看来，洛双贵的表现，不符合常理。要报"杀父之仇"或"夺妻之恨"，这是人之常情。洛双贵怎么就没有"夺妻之恨"呢？他又想，他不是没有，而是他隐藏起来了，到适当时候，是会爆发出来的。洛双贵对他的热情表现使他更害怕了，不是一般的害怕，而是胆战心惊。他认为，如果洛双贵打他一顿、骂他一顿，即使打得再狠，骂得再难听，也只是一次性的，他一忍也就过了。这种报复办法他容易接受。对此，他已经做好了充分的思想准备。使他没想到的是，洛双贵没有立即报复他。不是不报，时机没到，时机到了，肯定会报。而且时间越往后，报复得就越厉害。他甚至想到，洛双贵很可能暗害他。他死的准备都做好了。死就死吧，谁让我做出缺德事呢。这也是对我的报应，我认啦。

从洛双全前前后后的思想过程看，他不是一个不动脑子的人，他倒像一个很有心眼儿的人。洛双贵究竟如何对他报复，那就由他吧，他无可奈何，只有等待。眼下他最在乎的是马俊第一次看见他的表现。

马俊看见他会是如何的表现呢？根据马俊的性格，她不会对他横眉竖眼，更不会对他暴跳如雷。他认为她仍然会对他温情善意。在她的温情善意中，也会反映出她的内心世界的变化。首先是看她称呼他什么。是"双全"呀，"兄弟"呀，"她叔"呀。这三个称呼中，他最不爱听的是前两个，最喜欢的是第三个，从第三个称呼中可以看出，他们的夫妻关系没有变化。因为，在他们的夫妻生活中，她经常叫他"她叔"，他希望她永远这样称呼他。其次是看她的表情，是绷着个长脸呀，还是面带笑容。笑也有几种不同的笑。她肯定不会哈哈大笑，她从来就没有过哈哈大笑，也不会是皮笑肉不笑。皮笑肉不笑是奸笑，奸笑是阴险的笑。她从来不阴险，始终很善良，因此她不会有奸笑。她可能有这几种笑：咧嘴露牙的笑，嘴不开眼不闭的微笑，斜看人的抿嘴笑和背着人的偷笑。他最喜欢的是抿嘴笑和偷笑。再一个是看她的行为有什么变化，是恭维谦让呀，还是彬彬大方。他喜欢的是彬彬大方，他不喜欢的是恭维谦让。他感到，越是恭恭维维，越是客客气气，与他的距离就越远。

马俊从屋里出来了，看见他先抿嘴一笑，情真意切地柔声问："你这几天怎么不回来呀？在哪儿吃的饭呀？"

马俊的两句问话，让洛双全激动得说不出话来，支支吾吾不知道说什么好。马俊说了声："看你这老实样儿。"随即会意地一笑回屋了，留给洛双全一个熟悉的背影。

洛双全像触了电似的，浑身发麻，烂泥一样没有知觉，半天说不出一句话。天啊！她对他的感情一点儿也没有变，这是他万万没有想到的。有几双眼睛注视着他的表现。他谨小慎微，向大家轻轻招手，微微点头，不声不响地去到一张方凳旁，悄悄地坐下来，等待着命运的安排。

陈奶奶来到了，其他人也都到齐了。洛双贵含着眼泪讲述他的悲惨经过：

我是1931年10月被抓去当兵的。开始去到山东济南，在那里整编后被调到东北，说是去抗日的。不久以后，我们整个营都被日本俘虏了。日本人把我们派到沈阳郊区的一个日本办的兵工厂，主要生产弹药。这个工厂管得特别严，干活的都是中国人，管理者都是日本人。每个车间、每个生产环节都有日本人把守，即使一个人干活，也有一个日本兵持枪荷弹监督着，干得慢了就挨打。偷跑被抓回后立即枪毙。我被分派到运输连，负责工厂的采购原料和往外送货。1938年冬，兵工厂爆炸了，什么原因至今也不清楚。工厂里的人员全部烧死，没有一个幸免的。那时我正好外出送货，逃过了一劫。从这点来说，我还是很幸运的。然后，我们又被派到抚顺煤矿，让我们下井挖煤。在那里干了六七年，直到去年（1945年）日本投降。日本人一撤，暂时没人管，我们趁机跑了出来。我是一路讨饭回来的。爹娘都去世了，我对不住他们，孩子也长大了，我没尽到父亲的责任，马俊照顾爹娘，抚养孩子，费尽了心血，把这个家支撑起来了，我很感谢她。我没尽到丈夫的责任，我对不起她，请她原谅。洛双全对这个家帮助也很大，我感谢他。对于马俊和双全结合的事，我不责怪任何人。在那种情况下，只有这样，才是马俊的一条生路，我不埋怨任何人。

最后，洛双贵痛哭流涕地给大家磕头、作揖，感谢大家的帮忙。

洛双贵讲述以后，在场的人都议论纷纷，大家都同情他的遭遇。有的当场就哭了起来。他们同情洛双贵，也同情在家的马俊。

陈奶奶做了简短的总结，她说："双贵回来了，这是个大喜事。不但是洛家的喜，也是全村人的喜。双贵过去的不幸也是咱们大家的不幸，他是全国穷苦百姓的代表。我们人穷、国穷，受人欺负，连小日本也来欺负我们，这些账我们要算到小日本头上。我们将来一定让日本偿还。洛家的不幸，是这个大背景下的缩影。洛双贵是受害者，马俊是受害者，洛双全也是受害者，这几个孩子就不用说了。咱们要同情他们，要帮助他们，要挽救他们，要帮助他们走向幸福，不要为他们再添任何痛苦。希望在座的父老乡亲，要多做宣传工作。村里有些人对他们这个事不理解，有的甚至看笑话，幸灾乐祸，要劝他们有怜悯心，自己的同胞遭遇灾难，你笑话他们不等于笑话自己的兄弟姐妹吗！"

陈奶奶讲完后，大家很有启发，对洛家事的看法有了新的角度。大家都认为，陈奶奶讲得对，说得在理。

关于这件事如何解决，陈奶奶问洛双贵："双贵，你有什么意见？你认为这个事如何处理？"

洛双贵说："我已经这么老了，有个家，有碗饭吃，过个安生的晚年也就行了，我没有别的想法。"

陈奶奶问马俊、洛双全时，他们都说听从陈奶奶的意见。

陈奶奶认为条件已经成熟，她郑重对大家说：

"我建议，他们的家庭维持原样，即洛双贵是马俊的第一个丈夫，洛双全是马俊的第二个丈夫。"

陈奶奶请大家简单议论一下，然后发表意见。

在大家议论中，基本上这样的意见占上风：

"这是没办法的办法。""只有这样解决了。""只要他们三人都愿意，其他人愿不愿意无所谓。"

然后陈奶奶问："谁有不同意见，请发表。"

刘恒先生站起来，很激动地说："今天的事让我心情难以平静，但我又无法用语言表达，即兴给大家写了几句诗，供大家品味：

把酒临风祝苍天，

伦理道德换新颜。

大度能容难容事，

一妻二夫佳话传。"

大家齐声鼓掌，赞赏他的诗句很有新意。

奶奶继续问大家："刘大叔写得多好。还有谁有什么话要讲？请讲。"

她停了一会儿，没有人说话。陈奶奶说："如果同意这种办法，请鼓掌。"她话一落音，雷声般的掌声响起来了。

　　陈奶奶说："请洛双贵、马俊、洛双全三人出来。"他们先排成一字形，向天拜，向地拜，向与会的父老乡亲拜。然后，他们排成三角形，互相拜。

　　在他们举行拜礼的同时，陈奶奶让洛琳在门上贴对联，让小缺到院子里点鞭炮。

　　上联是：伦理道德谱新篇

　　下联是：一妻二夫好姻缘

　　横批是：喜结良缘

第四章 借 粮

到1943年，奶奶已经与洛培石结婚三十五年了，在这三十五年里，虽然贫苦，但由于家庭和睦，夫妻互敬互爱，共同努力，生活还过得有滋有味。在这三十五年里，奶奶共生了三个孩子。老大是个男孩，叫为新，已经三十四岁。老二是个女孩，叫盼盼，已经长大出门，嫁给院庄一个旋锭子的。老三是个男孩，叫为晨，已经十四岁。大儿子已于二十二岁时结婚，妻子是朱庄人，叫朱珣。生了两个孩子，大的是个女孩，起名叫花妮，是年八岁，小的是个男孩，起名叫萌萌，是年四岁。这时奶奶有一个七口人的大家庭。本来是一个平平安安、顺顺利利的家庭，到了1943年，大祸从天降，对这个家庭摧毁性的打击，使这个家庭家破人亡。

1942年河南大旱，个别没被旱死的庄稼，被蝗虫一扫而光。这么一旱一蝗，可把这里的农民害苦了。很多家庭连一粒粮食也没有收，但支出却一粒也不能少。有什么支出呢？主要有：第一是缴公粮。这是皇粮，不能不缴，也不能少缴，不能缓缴，必须如期如数缴。第二是租地税，绝大多数农民没有土地，靠租用别人的地种。租地的农民要把百分之六十的收入缴给地主。这并不是说，有了收入就缴，没有收入就不缴，而是有收入与没收入都得缴。在订租赁合同时就有明文规定，应缴数量有个底线，也就是说，每年应缴的数，不得低于这个底线。按这样的规定，如果丰收了，粮食打得多些，农民缴罢租以后，还可以剩余些粮食；如果年景不好，粮食打得不多，农民缴罢租以后，就所剩无几了；如果地里颗粒不收的话，农民连缴租的粮食都没有，有时甚至还得买粮食缴租。第三是还高利贷粮。高利贷也是农民的一大负担。很多农民粮食收入少，尽管吃糠、野菜、树叶加以补贴，还是吃不够一年，到三四月份就断了顿，这是农民常说的"揭不开锅"了。到了这个时候，已经走进了死胡同，靠亲戚朋友的帮助已经解决不了问题了，他们也不可能帮助你太多，因为大家都缺少粮食。有些户即使不借债也是勉强顾住自己，没有多余的支援亲戚。因此，这些"揭不开锅"的农户，非得借债不可了。借谁的呢？只有借放债人（债主）的，债主的想法是尽量多收利，借一斗还一斗，是不可能的；借一斗至少得还二斗。债主也很聪明，根据形势而定，如果借家多了，利息就抬高；如果借家少了，利息就放低。利息的底线是：借一斗还二斗，不能再低了，再低了他们就不外借了。利息没有上线，债主根据情况，可以随意制定。如果你嫌利息高，你可以不借，债主不怕你不借。他们心里有数。因为每个人都得吃粮食，谁不吃粮食也不行。你没粮食吃的时候，利息再高也得借，不借会饿死人的。谁也不会拿人命当儿戏。人的必需品中，以吃的最主要，也最关键。别的必需品，比如穿的，有时好些，没有时差些。真的一点儿也没有时，可以不穿衣服，待在家里不出来，只是不方便，不至于死人吧。但没吃的不行，没吃的就会饿死人的，而且很快就给你兑现。因此，很多农民为了活命，利息再高也得借，这就是所说的"高利贷"。在借高利贷的合同中，还必须写上一条"驴打滚"利息。该条款规定，所借粮数必须在某年某月某日前，连本带息一并还清。否则将加倍偿还。比如：你三月份借一斗粮食，到六月份新粮打下后你还他二斗。但你今年颗粒没收，你还不起他，过罢六月后再还他时，你就得还他四斗。再过一个时间段，你就得还他八斗，以此类推。这就叫"驴打滚"利息。哪一家农民如果犯在这一条上，他的全部家业赔上也不够。这就是有的农民因为还不起高利贷而当妻卖女的原因。这三种款项就是套在农民脖子上的枷锁，一旦套上，你很难挣脱开。因此，每个农民不到万不得已，是不会向债主借债的。什么叫"万不得已"呢？没有吃的了，叫不叫"万不得已"？叫。别看它简单，却牵涉到人的生命问题，人命问题还不叫"万不得已"？农民几乎每年都会没有粮食吃，他们非得借高利债不可。奶奶就是借高利债比较多的一家。常言说："有借有还，再借不难。"奶奶家如果再借，还能借得来吗？很可能借不来，因为他们还有很多债没有还。

离吃新麦还有一个多月时间。这一段时间，对于穷人来说，是非常关键的时刻，人们把它叫"青黄不接"。它是说，原来的粮食吃完了，可是新粮食还没有打下来，旧粮与新粮接不住，也可以说是新旧不接。就这一个月左右的时间，是广大农民要命的时间，很多农民熬不过去，就死在这个时期。因此，这个时段如洪水、猛兽，农民想起它就不寒而栗。也难怪农民都怕它，它确实对农民太残酷无情，对不少农民进行了摧毁性的打击，迫使他们家破人亡。

这一年的"青黄不接"又快到了。奶奶一家仍有"春荒"难题。"春荒"就是春天的灾荒，实际上仍然是没有粮食吃，有粮食吃了，就没有灾荒了。一天晚上，他们开了一个家庭会，全家七口坐在一起，商量如何渡过春荒。

奶奶的丈夫洛培石先发言。他说："今年的春荒不比往年。今年的比往年的厉害。说它厉害，主要从以下几个方面看：首先是今年的时间长，也就是今年的春荒开始得早，比往年早上十天或半月。往年的春荒开始于三月下旬，而今年三月初很多家就断顿了。其次是今年春荒面积大，也就是说今年断顿的多。因此，今年的春荒难熬。首先是借粮的家庭多了，借的数量也大。债主就会乘机抬高利息。没饭吃的人多了，挖野菜的人也就多，所以野菜也难找。总之，今年形势很严峻，咱们全家要齐心协力，想一切办法，让咱们一家大小七口人平安渡过。"

奶奶的大儿子为新说："爹爹说得很对，我认为今年的粮食再难借也得借，不然是过不去的。"

奶奶说："咱家已经借了不少了，常言说：光借不还，再借就难。他们还会借给咱们吗？"

为新说："再难也得借。给他们说好的，宁愿以后多付些利息也行，人常说，'难时一口，胜过好时一斗'。"

朱珣说："咱们尽量少吃些。我建议咱们每天吃两顿饭，早晨一顿，中午一顿，晚上就不要吃了，而且早饭和午饭都不吃馍，每顿喝一碗稀饭就可以了，吃不饱就吃些野菜。"

花妮："我天天去地里挖野菜，每天挖一篮子回来。"

萌萌说："我也吃野菜。"

为晨说："除了野菜，还有别的能吃的东西吗？听说有一种土，可以咽下去。"

爷爷说："那可不能吃，那东西不消化，吃到肚里存到那儿积的多了，就坏事了，绝对不能吃那玩意儿。"

奶奶说："小二孩动脑筋了。他这一说，我也受到了启发，今年咱的门路多一些。比如借债，咱不一定只去借高利贷粮；咱也可以借亲戚朋友的。再比如挖野菜，野菜不好挖了，挖的人多了，咱能不能扩大一下视野，看看别的东西有没有能吃的。"

爷爷说："据说芦苇根可以吃，不涩也不苦，对身体没有一点儿坏处。就是得很嫩的，老的不行。村东头有个大芦苇坑，里面肯定有很多芦苇根，就是嫩的难找。"

为新说："人家早就下手了，每天都有好多人在那里挖。"

爷爷说："人家行动比咱们早，这也说明今年形势的严峻性。不但咱们认识到这一点，村里的人也都认识到这一点了。地里吃的东西更难找了，因为大家都在找。咱们可不能有一点儿轻视，今年的春荒是对咱们的考验。咱们已经比人家晚了，咱们现在才商量解决办法，其实人家早已行动了。"

朱珣说："咱们也得马上行动，明天就开始。刚才爹爹说的芦苇根可以吃，我早就看见有人吃过。另外，茯根也可以吃，茯根就是苟苟秧根，蒸蒸吃，煮煮吃，都行。面面的，挺好吃的。"

萌萌说："我好吃面的。"

为晨说："我去给你挖些。如能找到好地方，一晌能挖好多呢。"

爷爷说："今年咱家不仅挖野菜，也挖各种根。当然，都是能吃的。不仅借高利贷，也要通过各种途径借债。咱们全家共同努力，八仙过海——各显神通。不管黑猫还是白猫，只要捉住老鼠就是好猫。咱们家里每个人，不管用什么办法，只要借来粮食就好。在吃饭问题上，我看按他嫂子说的办，每天喝两顿稀饭，再吃些野菜，是可以迁就过去的。花妮和萌萌要吃些馍，他们太小，正长骨头长肉的，营养不能太缺了。只要咱们齐心协力，困难是可以克服的，今年的春荒是可以渡过的。"

洛培石是洛家之长，当年五十五岁。由于缺乏营养，长年身体不好。再加上没钱看病，有病时就熬，有些病可以熬过来，熬熬就好了，有些病熬不过来，越熬越重。他患有咳嗽病，已很长时间了。他也不去治，就这么熬，不但不见好，而且越熬越重。开始时是小咳嗽不吐；过一段时间，不但咳嗽，还吐痰；现在是大咳嗽，大吐痰，痰中还有血。今天晚上的全家会，他是硬着头皮发的言，为的是给大家鼓劲。儿媳妇把他扶到床上，给他盖好，让他休息。

奶奶接着他的话说："咱们说干就干，按妮她妈说的，明天就开始，今天晚上咱们分一下工，每人执行自己的任务，而且尽量想法完成。"

萌萌说："奶奶，你说吧，你叫干啥我们干啥。"

花妮接住萌萌的话："你会干啥？瞎逞能！好好听大人们说，别乱插话。"

萌萌不好意思地低下了头，把脸藏在妈妈怀里。

朱珣说："妈，你分工吧，我们听你的。"

奶奶说："从明天起，妮她娘，你负责做饭，把吃的调理好。'巧妇难为无米之炊'，咱们虽然无米，但咱们有野菜。在咱们现有的条件下，尽量把饭做好。每顿做饭的量，每人吃饭的量，要严格把关。早饭、午饭，每人一碗稀饭，当然野菜随便吃。做饭时千万不能多了，一点儿都不能浪费。"

奶奶的话还没说完，萌萌打断奶奶的话问："奶奶，我也光喝稀饭吗？"

奶奶回答："你可以吃些馍，还有你姐姐。"她急忙转向朱珣说："给两个孩子搞些特殊，给他们弄些馍吃。"

朱珣说："爹爹病得很厉害，他也不能光喝稀饭，他也得吃些干的。"

奶奶说："中啊。"

花妮说："我光喝稀饭就行。弄些干粮让爷爷和弟弟吃吧。"

奶奶继续分工："为新，你去院庄你妹妹家，看她能借给咱点啥。啥都中，多少都中。只要能吃，都中。"奶奶又转向二儿子为晨，说："二孩，你的任务是挖野根，芦苇根、茯茯根，重点是茯茯根。要多跑些地方，不要与其他年轻人挤成伙子玩。你已经长大了，不要光长年龄不长脑子，要想法干些活，为咱这个家做些贡献。"

朱珣嫌婆婆说得多了，急忙接着她的话说："二弟平时干得不错呀，咱全家的吃水他包了，每天都是他担水。他哥经常跟着俺爹外出做生意，家里的重活都是二弟干的。"

萌萌说："二叔爱领着我玩，我最爱跟着二叔玩了，我最喜欢二叔了。"萌萌说着就跑到为晨跟前。为晨把他抱起来放到自己腿上，悄悄对着他的耳朵说了几句话，意思是不让他说话，好好听大人们的话。嫂嫂的话说得他心里美滋滋的，他得意扬扬地坐在那里。

奶奶继续说："妮她娘，你去朱庄你妈那儿，看他们能借给咱们些啥。还是那句老话，多少都中，只要是吃的，别嫌少。这个年景，饿死人的时代，谁家吃的都不多。即使借不来，咱也不怪人家，他们也不容易。再者，他们一家人也多，也有媳妇，好多事不好说，并不是光你妈。因此咱不能苛求，而是请求，试着来。不行拉倒，空手回来也没关系。"

朱珣说："我妈、我哥待我还是很亲的，一般他们是不会让我空手回来的，只是多少不一定。"

奶奶接着转向花妮，说："小妮儿，你的任务是挖野菜。"她很快又转向大家说："咱得把挖野菜的视野放得宽些，咱说的野菜不一定只限于地里长的野菜，凡是能吃的都叫野菜。当然我说的不一定恰当。我是说，家菜也行，萝卜、白菜当然好，可是哪里有呢？我是说萝卜缨、白菜帮之类的。还有一些东西的根，也可以充饥。例如：白菜根、菠菜根、香菜根、根定菜根，等等。还有一些东西的皮，也可以吃。例如：红薯皮、冬瓜皮、茄子皮、土豆皮等。此外，好多种植物的叶子，也是可以吃的。除了咱们常吃的以外，还有榆树叶、柳树叶、枸杞叶、洋槐树叶、南瓜叶，等等。总之，人家不要的，人家扔的东西，咱可以拾回来充饥。因此，有些咱在地里挖，有些咱可以在集市上拾。不仅仅花妮拾，咱们也要经常去拾。拾一个白菜帮子比挖半晌野菜都多，很实惠的。"

萌萌一听见姐姐分的也有任务，急忙问奶奶："奶奶，我干啥呀？"

奶奶说："你跟着姐姐。"奶奶再转向花妮："你主要任务是照顾好弟弟。野菜挖多少都行，但弟弟照顾不好不行。"

花妮接着说："我把弟弟照顾好。不过，他有时不听我的话。"

朱珣说："萌萌要听姐姐的话。以后他要是不听你的话，你对我说。"

花妮说："我照顾好萌萌，也要挖野菜。"

奶奶说："多好的孩子呀，看见两个孩子，什么忧愁都忘了，什么难也不怕了。""

然后奶奶说："我去陈庄俺娘家，她家的条件比咱们家的强，她们肯定会给咱些东西，我尽量让她多给些。"

会议结束时，奶奶又追加了一句："什么时候去你们自己定，不过二孩明天就开始，小妮的挖野菜明天继续。"

每人都带着满意的心情去睡觉了。

奶奶轻轻走到丈夫跟前，看见丈夫已经睡着。她没有惊动他，连衣躺在床上睡了。

第二天一大早，奶奶就起床了。她先问问丈夫的感觉怎么样。丈夫对她说："昨晚我做了一个梦，梦见一个白胡子老头儿，拿着一本书，念念叨叨地对我说：死了好，死了好，死了有吃有穿了。死了好，死了好，死了一切不愁了。死了好，死了好，死了可以享福了。他竭力劝我死，我想是哪路神仙来叫我去哩。"

奶奶问他："你白天是不是想着要去死的事呀？"

他说："我也不怎么想这事，只是有时候想，害了这么长时间的病了，家里吃没吃的，穿没穿的，看病还得花钱。你们整天找吃的，哪有时间照顾我？我这病反正也好不了，还不如早一天死了算了。"

奶奶听着丈夫的话，眼泪唰唰地往下流。她很愧疚地说："孩儿他爹，我很对不起你，你害病期间没好好让你吃，也没好好给你看，更没好好照顾你，让你受罪了。咱们全家人都对不起你，尤其是我，我请你原谅。"奶奶说着眼泪噗嗒噗嗒地往下落。她紧紧抓住丈夫的手，泪水落到他的胳膊上和身上。

他看着奶奶这么伤心，他感到很对不住妻子，他很可怜她。他少气无力地说："你们不用埋怨自己，我也不埋怨你们，咱们谁也别埋怨谁。只埋怨咱们太穷，只埋怨咱们命苦。"他伸手擦擦妻子脸上的泪，说："别哭了，我身体不好，还全指望你领家呢。你要挺不住，咱这个家不就散了吗。要记住，在任何时候都要挺起腰杆子，在任何时候都不要趴下。要坚持，再坚持，不要放弃，什么时候都不要放弃。"

丈夫的这些话给了她很大的勇气，她心想："是的，要勇敢地站起来，什么时候都不能趴下。要坚持，不要放弃。"她站起来说："我去给你端水洗脸，然后吃饭。"

吃罢早饭以后，朱珣把花妮和萌萌叫到跟前问："孩子，我去你们姥姥家，你们去吗？"

萌萌急忙跳起来说："去，去。"

花妮却慢慢地说："我不去。"

妈妈一听有些奇怪，平时一说去她姥姥家，一个比一个跑得快，可是今天她为什么就不去了呢？这里面一定有原因。她问花妮："你不去姥姥家，你打算干什么呀？"

花妮有条不紊地说："今天刘庄有会。会上人很多，买卖东西的也多。我去刘庄赶会，我想，可能会拾到些东西。"

妈妈由疑问的心态马上兴高采烈起来，心想："呀，这孩子长大了，有心思了，知道为家里干些事了。"她高兴极了，立即答应她说："中，中，你去吧！"她也没想着女儿会有什么大收获，但她的这种想法值得表扬，应该让她去实践实践，至少是去尝试一下。

朱珣和花妮一人提一个篮子走出家门。朱珣一手拉着萌萌，一只胳膊提着篮子，朝西去朱庄了。花妮提着篮子往东去刘庄赶会。分别时，妈妈再三嘱咐女儿："宁愿空篮回来，也不要闹出事来，要早点儿回来，别叫家里人挂念。"

花妮答应："好哇，好哇。"说着往正东跑了。

下午半晌时，奶奶在屋里听见有叫"奶奶"的声音，听着是花妮叫的。她想着花妮赶会回来了，还挺早哩，怪好，免得挂念她。她刚要出门，正好碰见花妮挎着半篮子胡萝卜回来了，满头是汗，小胳膊压得红红的。奶奶有一串问题再问不完了，如：累不累？从哪儿弄的胡萝卜？吃点儿啥东西没有？饿不饿？等等。

面对奶奶的这一连串问题，花妮只说了两句话："还没吃饭呢。二叔快提个篮子跟我去，还有些萝卜在地里藏着，我拿不回来，现在叫二叔去拿。"

奶奶看见花妮带回来这么多胡萝卜，心里又欢喜又惊奇。她欢喜的是：胡萝卜可是好东西呀。在这个时候弄这么多胡萝卜，如同天上掉下来一篮子馅饼。现在吃一口胡萝卜，比好年景时吃一口大肉都好吃。而且是一个孩子，又弄这么多，怎不叫人喜出望外！在欢喜的同时，她还有很多惊疑。她从哪里弄来这么多胡萝卜？买的吗？她没有钱呀。怎么来的？偷来的吗？不会吧，她不是偷偷摸摸的孩子，她根本就没有偷拿别人东西的习惯。她直接问花妮："小妮儿呀，你在哪儿弄这么多胡萝卜？在这个时候，弄到这东西可不容易，而且你还弄这么多。"

花妮理直气壮地回答："我捡来的。"

她一说是捡来的，奶奶心里更犯嘀咕了："捡来的？"捡一个、两个，有可能。怎么可能捡这么多呀？奶奶再问她："捡来的，从哪里捡来的？怎么一下子捡这么多？"

从奶奶的脸色和腔调上，花妮觉察到她心里不高兴了。她已经猜出来，奶奶肯定是怀疑她了。她很不高兴。她本来以为，扛回来这多胡萝卜，会让奶奶很高兴，会看到她那甜蜜的笑脸。可现在适得其反。她感到很委屈。她回来时又饥、又渴、又累，本想得到奶奶的表扬与夸奖，又端水，又拿馍，又让座。奶奶的盘问使她很不舒服。她哭丧着脸，嘟噜着嘴，很不耐烦地问："怎么啦，奶奶？我是捡来的。请你相信我。"

奶奶又问："那你说说，你是怎么捡来的。"

花妮说："我从会上回来的路上，有一辆马车，拉了一车用麻袋装着的东西。马车从我跟前过时，牲口惊了，飞快地往前跑。有一匹马还跑着跳着，那个赶车的怎么也拉不住它，吆喝它，它也不听。车子跑到我跟前时，一个麻袋从车上掉了下来。我大声喊那个赶车的，他已经跑远了。我解开口一看，是胡萝卜。周围也没有人，我又拿不动那么多，就把它轱辘到路沟里的草丛里，我拿了一篮子扛回来了。剩下那些还在草丛里，叫我二叔去拿。"

奶奶听了花妮的讲述后，才松了一口气。她对花妮说："好哇，孩子。我生怕这萝卜来得不正经。这样就好。咱再穷，咱得有志气，不能干那偷偷摸摸的事；再没啥吃，也不吃那来得不明的食物。"

花妮说："我知道，奶奶，你不是早就对我们说过吗？"

奶奶："好了。你一定是又饥、又渴、又累，想吃啥？"

花妮："咱有啥呀？"

奶奶："还有个菜窝窝哩，你先吃些垫垫饥。我马上给你们蒸胡萝卜。"

二孩扛个篮子跟着花妮去到藏胡萝卜的地方，看看周围没有人后，赶快把胡萝卜拾到篮子里，扛住篮子往回走。他们走得很快，心里很不安。在这么个青黄不接的时候，扛着一篮子萝卜是非常危险的事情。二孩走得很快，恨不得一步走到家。花妮一直跑，累得满身是汗，才勉强跟上二叔。

真是"怕怕，鬼来吓"，正当他们三步并作两步低着头往家赶时，忽然有两个人挡住去路，他们一看是张全和张锁。他心里马上想到"坏事了"，要遇到这两个人，准没有好的。躲也来不及了，只有面对，看他们干什么。

他们两人先开口，恶狠狠地问："从哪里弄的胡萝卜呀？偷的吧？"

为晨年轻，没有经验，更重要的是害怕。因为这两个人无恶不作，横行乡里，心狠手辣，不择手段。为晨说："不是偷的，从我姐家弄的。"

张全不怀好意地问："从你姐家弄来的，你姐家是哪里的呀？你怎么从那边回来呀？"他这么一问，为晨答不上来了。

花妮回答说："我姑家是院庄的，我们是转路过来的。"

张锁说："别啰唆啦，把萝卜放下，走吧。都是本村人，不看僧面看佛面嘛。我们不想对你们太严厉了，也不想把事情做绝，你们走人，这对咱们两方都好。"

这时，花妮想起妈妈说的："宁愿空篮子回来，也不要闹出事来。"就劝叔叔："二叔，咱走吧，萝卜咱不要了，给他们吧。"她说着就拉着叔叔朝家走去。

花妮和二叔走后，张全说："这些不值钱的东西，咱们要它也没有什么用。只因这两天没弄住事，正好碰见他们两个，该他们倒霉啦。"

张锁问张全："咱要这个真没有用，谁吃它呀？扔这儿算啦。"

张全答道："怎么扔这儿呀？拿回去喂牲口，给牲口加夜料，快牲口可爱吃啦。"

为晨和花妮气呼呼地回到了家，奶奶一看到他们二人空着手，没有篮子了，再看看苦楚的脸，急忙问："怎么啦？"

还没等为晨开口，花妮就抢着说："张全、张锁把我们的一篮子萝卜要过去了。"

奶奶一听见他们两个的名字，心里全明白了，她不再问了，马上轻描淡写地说："他们拿走，咱们不要了。萝卜煮好了，快来吃吧，花妮早就饿了吧？"

花妮说："二叔也早就饿了。"说着，她一手拿个自己吃，另一手拿一个递给为晨。

为晨吃着，还嘟嘟囔囔骂着张全和张锁。

奶奶很耐心地说："别考虑它了，反正不是咱们的。让你们安全回来，就不错了。他们毁人不是少数了，你今天是万幸，应该高兴。在这个世道里，没有理讲。说不清的理，也没有人给你评这个理。别再念叨它了，光棍不吃眼前亏。你们不要萝卜，空手回来是对的，不然要吃大亏。"奶奶又问为晨和花妮："你们还想吃萝卜吗？刚才我不想让你们吃得猛了肚子受不了。停了这么长时间了，要想吃，再去吃吧。"

天快黑了，朱珣和萌萌还没有回来。奶奶很挂念，为新也很着急。

奶奶对为新说："你去接接她娘儿俩吧。朱庄这么近，他们走得再慢也该到家了，他们怎么还没有回来？我的心有些放不下。"

朱庄距洛家庄七里多路，为新走了三里多路才碰见她娘儿俩。为新接过沉甸甸的篮子，让妻子手拉着萌萌往回走。

"我妈给咱们十来斤豆子。"朱珣对丈夫说。

"豆子比啥都好，耐饥，营养也好。"为新说。

"为什么这么晚才回来？咱妈我们都挂念你们。这个年头，世道乱，晚上盗贼乱窜，好人都不敢出来。"为新想让妻子早些回家，不要夜里走路。

朱珣说："现在的世道真乱，老百姓没吃没穿，又不平安，生活实在没法过下去了。"

为新说："听说陕北解放区和太行山解放区的穷人都分了田地，恶霸地主和抢盗全都枪毙了，那里可平安了，穷人可高兴啦。"

朱珣问："那是谁领着干的呀？"

为新说："共产党，八路军。"

朱珣问："他们为啥不赶快来咱们这里呢？咱们的苦日子啥时候才能

完呢？"

为新说："我看是快了。"

朱珣说："咱们期盼着这一天呢！"

为新说："八路军来了，咱们分了地，可以过好日子了，咱的孩子可以上学了。不但上小学，还要上中学，上大学，咱得叫他们活出个人样儿来。不能叫他们光待在家里，出不了门。他们如果有出息了，还说不定能出国呢！"

朱珣说："你想得怪美，别说上大学，出国啦，只要能长大成人，过上好日子就行了。"

为新说："只要解放了，咱们穷人就有前途了。叫他们上大学、出国不是不可能的。"

朱珣说："我还没有对你说，今天为什么回来得这么晚呢。"

为新说："你说说，让我听听。"

朱珣就慢慢地说起来：

"我嫂嫂从她娘家拿回来几块芝麻饼，我妈想给我两块，她说萌萌爱吃。但我嫂嫂不同意，我嫂嫂说是她从娘家弄来的，不能再给别人了。她一说'别人'，我妈就生气了，我妈说她把亲闺女当成别人了。我妈埋怨我嫂没把我们看在眼里。我妈有点儿生气，可是我嫂嫂也不示弱，因为她认为她是占着理的。我嫂嫂说，她说的别人，不是外人，小珣是咱们家走出去的闺女，萌萌是咱的亲外甥，怎么能是外人呢？我妈说她是花言巧语，坚持认为她把我们当成了外人。要不然，怎么连给她两块饼就不愿意呢？她两个越吵越多，越吵声音越大。我在旁边也无法插嘴。我只能劝我妈，我说我不要了，但我妈坚持要给我，不要不行。正当两人吵得难解难分时，我哥回来了，他一问情况，立即说给我两个。我嫂也不说话了。我感到很尴尬。依我的秉性，是不能要的，但我还是要了。我这一要使他们闹矛盾，我嫂嫂心里不高兴，我妈很生气，因为我使他们家庭不和，我太不应该了。但人以食为天，人总得吃饭的，我的孩子没吃的，家里没吃的，我如果硬挺着不要，耍我的正直性格，那全是打肿脸充胖子，我挺不起来，也没必要挺。我感谢我哥，可怜我妈，我知道我嫂是抱着屈的，这就委屈她了，以后年景好转了，我再加倍偿还她。所以我们今天动身晚，到现在还没有到家，让咱妈挂念了。"

为新说："这倒不要紧，回家后给她解释解释就行了，咱妈考虑的是你们的安全问题。外边这么乱，出门很危险，尤其是晚上。"

为新还对妻子说："今天小妮子弄回去些胡萝卜，咱妈煮了些，单等着萌萌你们俩回去吃呢。"

第二天早晨，为新对妈妈说："妈，我打算今天上午去院庄我妹妹家借粮食，咱准备要啥粮食呀？"

奶奶说："他们会有什么粮食呀？"

为新说："他们肯定比咱们强得多，妹夫做个小生意，好多了。估计她啥粮食都会有点儿。"

奶奶说："最好要豆子。如果她有麦子了，再要些麦子，为你爹补养。咱们还是吃豆子。麦子吃得多，不耐饿。豆子可不一样了。豆子是渡荒的最佳粮食。它的吃法最多，磨面吃，做豆腐吃，磨豆汁喝，囫囵煮着吃等等。但渡荒的最好吃法是做懒豆腐。它的做法是：把豆子磨成浆，放锅里煮开以后，放入青菜，啥青菜都行，再煮，把菜煮熟，豆汁都沾到青菜上了。这种蘸豆汁的青菜，就是懒豆腐。这种懒豆腐可以炒炒吃，熘熘吃；可以单独吃，也可以就馍吃。说它是渡荒的最好粮食，是说它不但耐饿，它也耐用。用不到一斤豆，磨成豆浆，放锅里煮开后，可以加入一大锅青菜，够一家五六口人吃两三天。今年，咱如果有几斗豆子，咱就不愁接不住新麦子了。当然啰，主要还得看她有啥，看她愿意给啥，她愿意给啥就要啥。"

吃罢早饭，为新要出发了，奶奶对他说："路上若遇到麻烦，宁愿不要东西，也要安全回来。"

为新的妹妹住在院庄村，距洛家庄十五里路。路上有一条河流和一个土岗。河上有一个独木桥，没有栏杆，在上面过河得非常小心，不然就有掉河里的危险。但掉河里的危险毕竟不是生命危险，也算不了什么。有生命危险的是那个土岗，那个土岗曾吞噬了好些人命。因此，这个土岗才是真正的危险。

土岗南北延绵几十里，岗岗岑岑，荒无人烟。土岗的南北向，没有边沿；东西宽三里多地。两边是开阔平地。方圆五六里地都没有村庄。岗上有一条通道，东西相通，是一条深岗沟。岗沟半坡上有几个黑洞。截路贼经常藏在这些黑洞里，窥测行人动静，伺机行动。抢财要命是常有的事，人们把这个地带叫"西岗沟"。西是西天的意思，人死叫命归西天。这里流传着这么一个顺口溜：

有钱不去春风楼，有胆不去西岗沟。

春风楼上钱花尽，西岗沟里把命丢。

就这么一个西岗沟，却是方圆十多里的一个交通要道。有些人必须从这里经过。不带东西一般比较安全；带东西的人出问题的可能性很大，尤其是带沉重东西的。眼下的沉重东西多为粮食，粮食遭劫率是百分之百，因为粮食最缺。要想不遭劫就得组织一帮人，最好带上武器。劫匪在洞里看到下边的行路人多，或是有武器，他们就不下来抢劫，让他们过去。不过，他们对这种人也很气愤，他们人不下来，但常常打黑枪。因此，人们说这条路是"阎王路"，没有特别重要的事情，不到万不得已时，是不会冒险走这条路的。

当为新走到距西岗沟不远时，关于西岗沟的传说以及在这里发生的骇人听闻的事情，在他脑子里时时浮现。他思想很紧张，头发梢像竖起来一样。他向四周望望，连个人影也看不见。他多么盼望有几个人一起通过这个西岗沟呀。他坐在路旁足足等了半个钟头，仍然没有一个人影。他犹豫了，想站起来往回走。不去借粮行吗？他自言自语地说："去借粮食是拼命，不去借粮食是要命。拼拼命，还有可能保住命；若要了命，就再也没有命了。"他又说："不能拐回去，还得去借粮食，拼命也得去。"他站起来，伸伸懒腰，鼓鼓勇气，壮壮胆，硬着头皮向西岗沟走去。

他一进西岗沟，思想就高度紧张。他不时地向高坡上望去。灌木上枝叶之间的窸窸窣窣，好像对他发出不要来的嘘嘘声。无数青草的随风摆动，好像是劝他不要来的摇头。他看见了半坡上的黑洞，像吞噬他的大嘴。天上大块大块的乌云迅速从西向东飞过，好像警告他：快快离开，此地不可久留。他只顾得往上看，没小心脚下，一脚踩到一个坑里，摔倒在地。他站起来，打打身上的土，抬头一看，前面是一马平川的田野，西岗沟已经过去了。他松了一口气，舒舒心，定定神，快步流星地向妹妹家走去。

为新走到妹妹的家门口时，他四岁的小外甥看见他，赶快跑回去禀告妈妈："妈妈，舅舅来了。"

为新的妹妹听后马上跑出来，迎面碰见哥哥正往家里来。

"哥，刚从家来吗？快屋里坐，我去给你端茶。"

为新进屋坐下，随即妹妹给他端来一碗开水，红糖把开水染得红红的，散发着甜蜜蜜的清香味。

为新一坐下，妹妹一连串问了他几个问题："咱爹妈的身体怎么样？嫂嫂的身体怎么样？家里生活怎么样？今年能接住新麦吗？小弟弟怎么样？小侄女和侄儿都怎么样？"

为新很简单地答道："咱爹的身体不太好，其他人都不错。生活紧张些，接不住新麦。咱妈叫我来打急哩，想请你们帮帮忙，能不能借些粮食？对你说实话吧，妹妹，现在家里就基本上揭不开锅了，每天连稀饭也喝不饱。"

洛盼盼听着哥哥的讲述，感到很心酸，她可怜爹爹身体不好，可怜妈妈挨饥受饿，苦心操劳。她不客气地问哥哥："你怎么不早点儿来呀？"哥哥对她的问话无言可对。

"你先坐，我去为你做饭。"妹妹对哥哥说。

"先让我吃个馍吧，妹妹。"为新对妹妹说。

洛盼盼马上去给哥哥拿馍。她的馍筐里放着的是高粱面窝头。她若有所思地把手伸向窝头，先抓了两个，又立即放下一个，拿了一个。用勺子舀了一勺辣椒油倒进窝窝里，送给了哥哥，说："你先少吃些，不一会儿，就该吃饭了。"

在这不到一分钟的时间里，盼盼的思想上考虑了以下问题：哥哥主动要馍吃，像小孩半晌吃零食一样，肯定是家里没吃饱。当她动手给他拿窝头时，第一个念头是让哥哥多吃，让他吃得饱饱的。可是她再一想，这是黑窝头，我不是马上做饭的吗？让哥哥吃白馍多好！但又得让他解决一下燃眉之急，饿着的味道是难受的。因此，她先拿了两个，随即又放下一个，最后给他拿了一个，让他先垫垫饥。等做好饭以后，可以吃得饱饱的。

饭做好了，盼盼先把饭桌摆上，用湿布擦了擦，然后端饭。先放桌子上一盘炒鸡蛋，再放一盘炒豆腐、粉条、白菜。主食是烙油馍、捞面条，面条的浇头是炒鸡蛋韭菜。饭菜都端齐以后，盼盼问哥哥："喝酒不喝？"

"不喝酒。很长时间都没有喝过酒了。现在这身体也经不住喝酒，一喝酒，准醉。"为新回答。

"要不喝酒就吃饭。"盼盼说着，拉个凳子坐在饭桌旁与哥哥对面。

"妹夫呢？"为新问。

"他去赶会了，这个小生意可缠手了，整天在家。"盼盼说。

为新说："他的生意还不错呢，只是小点儿，赚不了多少钱，也赔不到哪儿去，多安生啊，不冒任何风险。"

盼盼很不以为然地说："怎么不冒险？有时冒险还大呢。"

为新很不解地问："担个挑儿，走个村，转个巷，逛个街，赶个会，还有什么冒险呀？"

盼盼思想沉重地说："半月前的一天，在曹楼会上，恰在人多、热闹、买卖高潮时，一架日本飞机突然飞了过来。人们急忙扩散，四处躲藏，但为时已晚，很多人都躲藏不及了。飞机嗒嗒……嗒嗒……扫射了一梭子子弹后，又拐回来再捎带一梭子。这两梭子子弹，可把会上的人整苦了。会边沿的、空手不带东西的及动作快的人，跑到会外藏了起来，躲过了一劫。那些携老带幼、手脚不方便的人，可就没那么便宜了，刹那间，倒下几十个。死的死，伤的伤，喊的喊，叫的叫，一时间，哭声一片，血流成河。当场死了十几个，受伤的更多。你妹夫旁边的两个，一个死了，一个伤了。你妹夫算是命大，有老天爷保佑，不幸中的万幸，只受了些轻伤，可把他吓破胆了，他赶紧收拾摊子，挑着东西回来了。一头扎在床上，一连睡了好几天。神志不清，迷迷瞪瞪，直到前几天才清醒过来。今天又担着挑子赶会去了……现在想起来，真有些后怕。"

为新对遇难的百姓，深切同情；对日本人的狂轰滥炸，无比仇恨；也对妹夫的有惊无险，表示庆幸。他意味深长地叹了一声："日本人一天不赶出去，咱们一天不得安生。"

两人静坐了好长时间以后，为新开了口："朋朋呢?"

盼盼说："跑出去玩了。别管他，咱只管吃。他一会儿就回来了。"

为新看着桌子上的油馍、鸡蛋、捞面条，如同刚从地狱来到天堂一样。整天没吃过一顿饱饭的他，看见为他准备的白面油馍和鸡蛋捞面条，激动得控制不住自己，一言不说，泪流满面。这时小朋朋从外面跑过来，他看着舅舅的样子，问妈妈："舅舅怎么啦? 舅舅为什么要哭呀?"

盼盼没有直接回答朋朋的问话。她凝视着哥哥，他那白里透红的面颊，热泪盈眶的眼睛，微微颤动的嘴唇和清涕欲滴的鼻子，都重重地印在她的眼里，深深地刻在她的心里。她的脑子如麻，思绪万千。她很快意识到，哥哥挨了难忍的饥饿，吃了千辛万苦，已经到了人生道路的边沿。盼盼沉思片刻后，对儿子说："劝说舅舅赶快吃饭吧。"

朋朋很懂事地劝舅舅："舅舅快吃饭。"说着拿一双筷子，递给为新。为新好像从梦中猛醒一样，不知所措地说："好，好，我吃，我吃。"然后他对朋朋说："你吃点儿啥，孩子?"

盼盼说："别管他，你只管吃。"说着掰了一块油馍递给朋朋，朋朋拿住油馍又跑出去了。

哥哥大口大口地吃，妹妹边吃边注意着哥哥的动作。哥哥吃得越香甜，妹妹感到越喜欢；哥哥吃得越多，妹妹心里越快活。

用了大约二十分钟时间，午饭就吃完了。为新吃了两个油馍，两碗捞面条，一盘炒鸡蛋和大部分豆腐、白菜。他对妹妹说，他要早些回去，不能太晚了。因为路上不安全，怕爹娘在家里操心。

盼盼问为新："哥哥，你想要多少粮食，要啥粮食？"

为新说："咱妈说最好是豆子，多少都中。"

盼盼说："为啥不要麦子呢？"

为新说："麦子不经吃，它也没有豆子耐饿。"

盼盼说："我本想多给你些，但我怕路上出问题，现在这个年头，路上很不安全，尤其是那个西岗沟，带东西的人，基本上很少平安过去。"

为新问："他们是不是截路光要东西呀？"

盼盼说："也不尽然。前些时候，一群日本兵，大约十多个，排成队经过那里。他们把日本兵打得一个也没有剩。日本人在明处，他们在暗处，并且是在洞里。日本人光挨枪，就是打不到他们。几天以后，来了好多日本人，到处寻找他们，围着岗沟打枪。可是，他们早已跑了，一个也没有找着。这可苦了周围村里的老百姓了。日本人抓不住他们，就拿老百姓出气。为这事，死了好多村民。你看，日本人在这儿，咱们过得好吗？幸运的是，日本人没有在我们村扎营。他们不常来。他们住在哪里，哪里的老百姓就大遭殃了。"然后，她对哥哥说："我先给你半斗豆子、半斗麦子。吃完了再来。"

为新很高兴，问："怎么拿呀？"

盼盼说："我给你找个布袋，一头装麦子，一头装豆子。把它搭在你的肩上，两头一样重，走着很方便。还有几个油馍，我特意多烙的，让你给咱爹妈捎回去，我很快就回去看他们。代我向二老问好，请他们保重。拜托哥哥你了。"

盼盼把粮食装好，帮助为新放在肩上，把五张油馍用一个小袋子装起来，递给为新，让他用手掂住。

为新肩上背着粮食，手里掂着油馍，心急如火，快步如梭，脑子里不时地琢磨，西岗沟如何能顺利通过？

当他走到距西岗沟不远时，他把粮食放到地上，向四周望了望，寻找能够帮忙的人。他睁大眼睛，顺着路向远处望去，渴望着能有坚强有力的人也在这里路过。他渴望着，最好有一大帮人，为他助威。他等了好大一会儿，连个人影也没有出现。他失望了，他对能否顺利过去很没有信心。他想，等人也没有希望，还是自己往前闯吧。他一进岗沟口，脊梁就有些发凉，额头上直冒冷汗。几只破乌鸦在他头上啊啊地叫，把他叫得不寒而栗。他知道"出门碰见乌鸦叫，叫你一天不会好"，这是倒霉的象征。他站在那儿，一动不动，歇歇脚，定定神，冷静冷静，鼓鼓勇气，继续往岗沟深处走去。

当他在西岗沟里大约走了一半的时候，突然前面出现四个人，正好站在大路上，一看就知道是专来阻截他的。他心里明白，拐回去已经来不及了，硬着头皮向前走吧。当他走到离那四个人十来步远的时候，对方先开了口："带的什么呀，朋友？"

"粮食。"为新直截了当地回答。

"好东西。我们正需要这玩意儿呢。"

"不能呀，我们一家有老有小，就等着这一点儿粮食养命呢。"

"你一家需要粮食，我们四家。你最好让给我们这四个家。饿死你一家，救活我们四家，还是值得的。"

为新看他们根本不讲理，不再多说，手抓紧口袋，一直往前冲。但哪能抵挡过他们四个人啊，他们中有一个年纪较大些的说："老弟，把粮食放下，轻轻松松地走吧。不然，我们不客气，你不但带不走粮食，还要吃皮肉之苦。如果不服气，你就走不出这个岗沟。你还是明智一点儿，不要跟我们过不去。"

这人的话声音不高，但语意深奥；语气很轻，但内容沉重，沉重得让为新承受不了。这些话使为新火冒三丈，但他竭力压住火气，尽量冷静自己。但把这些粮食送给他们，能做到吗？不等他把粮食放下，两个劫匪一个抓住一只胳膊，另外两个劫匪轻轻把粮食从他肩上取下来。他骂他们不讲理，没良心。他们看他不服气，一个劫匪狠狠地向他胸口打了一拳，为新立刻用手捂住胸口蹲在地上，嘴里吐了一口血。

劫匪解开小包袱，一看是油馍，得意地说："啊，现成的好东西呀，拿走！"四个劫匪背着粮食，拿着油馍，扬长而去。

为新在岗沟里蹲了好长时间。不紧张了，也不害怕了，不出冷汗了，心里也踏实了。他抬头看着岗沟半坡的黑洞，依然在那儿。天空中的乌云，照样儿飞快地向东跑着。他看着半坡上长的青草，都是忙碌地向他点头，好像在说："快走吧，没什么，快走吧，没什么。"他想起了妈妈说的："宁愿不要东西，也要安全回来。"这句话给了他勇气和力量。

他慢慢站了起来，把眼睛睁大，狠狠地再看看那几个黑洞，想把这几个罪恶的证据永远留在自己的脑海里。

他的脚步移动了，痛心疾首地向家走去。

他一进家门，奶奶一看他愁眉苦脸、两手空空，就马上明白，一定是路上出事了。他哭着把事情的经过告诉了奶奶。

奶奶听罢，若无其事地说："别哭了，等于没去借，安全回来就好了。"

为新说："我思想就是转不过来，他们怎么这么不讲理？怎么这么无法无天？怎么这样猖獗，这样欺负咱们老百姓？为什么没有人管管他们？这世道为什么这么不公平？像这样，咱们还怎么过呀？"

奶奶看他这么生气，安慰他说："别这么多为什么，为什么，你记住：在这不公道的社会里，你就别想有什么公道事。到处都是不公道，在这种社会里生活，你只有到处躲，别让不公道碰到你。真碰到你，算你倒霉；碰不到你，算你侥幸。这要看你的运气了，运气不好了，躲都躲不及。既然这样了，再想别的也没有用，赶快放下包袱，想法度荒。不然，损失会更大。"奶奶的话不知道他听见没听见。等奶奶停住不说时，他站起来愣愣怔怔地走了。

几天以后，为新仍然两眼发直，表情发呆，嘴里不停地说"不合理，不公道"之类的话。朱珣把这件事告诉了奶奶，怀疑为新受了刺激，思想不太正常，并说他大口大口地吐血，恐怕不是小病。奶奶说她也有同样的感觉。她对朱珣说："他有两个病，吐血是体质病；发呆、说胡话是精神病。吐血病得赶快拿些药，用药治；精神病用药治不好，得慢慢调养。"

借粮最顺利的还是奶奶。

她娘家妈和爹都不在了，娘家有个弟弟、弟媳和两个侄女。他们待奶奶都很好。奶奶一说生活紧张，需要借粮食度荒时，他们立即给了她一斗高粱、半斗麦子和半斗豆子。奶奶把这二斗粮食顺顺利利地背回了家。

第五章　家　殇

日月无光天地昏，山河戴孝泪满巾。

村里天天有哭声，地里日日添新坟。

祭祷亲人啼不住，泪干心碎欲断魂。

这是一九四三年春洛家庄农民反映当时情况的歌谣。全村不到三百户人家中，绝大多数农民没有完整的院子，也没有完整的房子，更没有完好的院墙和大门。听不见孩子们的喧闹声和生活中的运作声；听见的是老年人的呻吟声和年轻人的啼哭声。看不见修房盖屋和任何劳动场面；看见的是人们的孝帽和他们哭丧的脸。听不见一句笑声，看不见一张笑脸。乌鸦在枯树上的惨叫声和猫头鹰在破房上的冷笑声，给这个悲凉的村庄增添了阴沉的气氛。整个村庄没有阳光，没有生活；有的只是黑暗阴沉和忧伤寂寞。

一天早上，奶奶尚未起床，一个叫张平和另一个叫王升的村民，一齐来到奶奶家，叫醒了奶奶。奶奶从屋里出来后，问他们什么事，他们是让奶奶为他们评理哩。奶奶让张平先说，张平很生气地说：

"俺有一条小狗，说小也不小了，三个多月了，他把它打死了。打死也就算了，我不让他赔，他应该把死狗还给我呀，他连死狗也不还给我，他太不讲理了。"

张平说完后，奶奶让王升说。王升哭着说：

"我的大孩子王石昨天晚上不行了（死了），我们把他放在院子里用席子盖着。一条小狗把他的一条腿吃了。我们发现后很生气。我用抓钩一下子钩住它的头，我老婆俺俩把它打死了。我老婆说：'不管是谁家的狗，它吃了咱孩子的腿，咱得把它吃了。现在都是没啥吃的，到处找东西吃。这条狗是送上门来的，而且是自己找死。究竟是谁家的，我们也不知道。他现在要死狗，我们能给他吗？'"

奶奶问王升："这是你们的狗吗？"

王升肯定地回答："肯定是的。如果不是我的，我再赔他一条。"

奶奶问王升："你咋知道是你的？也许是别人的呢？"

王升说："不可能是别家的。昨天晚上我们的小狗一夜都没回家。今天一大早我的儿子就出来找，发现他家有一条小狗，躺在院子里。我儿子一看就是我们的，我儿子赶忙回去告诉我。我亲自去看了一下，确实是我们的狗。"

这时两人又吵起来。

王升气势汹汹地说："是你的我也不给你，它把我孩子的腿都吃了，我把它打死，你还要死狗！你还我孩子的腿。"

张平火冒三丈，冲着王升说："你真不讲理，你把人家的狗活活打死，你还把死狗霸占了，世界上有你这号不讲理的人吗？"

他两个越吵越凶，火气也越来越大。奶奶看他们谁也不服气谁，谁也不会让步，她换了个谈话方式，分别做每个人的工作。她先把王升叫到屋里，对王升说：

"你把狗打死了，不给他死狗，他接受不了，你说它吃了你孩子的一条腿，那不是一条死腿吗？如果是活的，不要说吃了，就是咬伤也不行，也得包骨养伤。本来两家关系不错，因为这么一件小事，闹得两家跟仇人似的。你再考虑一下，这件事就不能和平解决吗？"

王升的气消多了，他心平气和地对奶奶说："我们要这条死狗主要是因为没东西吃。我们一家子本来是不吃狗肉的，我老婆嫌它腥气。可是现在不行了，现在她啥都想吃，不管啥东西，只要填嘴里能咽下去就行。"

奶奶很理解他的话，很同情他的不幸，对他说："孩子死了，这是你们家的不幸，也是全村人的不幸。我很同情你们，更同情可怜的孩子……"

奶奶说到这里，王升伤心地痛哭起来。他泣不成声地说："这个孩子可懂事了，今年才十二岁。他舍不得吃，省下来让他妈和我吃，叫他弟弟吃。他还知道孝顺，从不让我们生气……"

奶奶说："真是好人不长远，老天爷不作美。咱村有很多好孩子都惨死在饥饿中。我们成年人没有为他们提供好的生活条件，让他们夭折，我们实在是对不起他们，愿他们在九泉下谅解我们。死了的，就让他们走了吧，我们无法挽回，但我们活着的人，要振作起来，改变我们的生活环境，争取活得好一些。"

王升最后心平气和地说："我明白了你的意思。这件事你说咋处理吧？我听你的。"

奶奶问他："你的意见呢？"

王升说："我把死狗给他就行了。"

奶奶说："你这种态度很好，我再找张平谈谈再说。"

奶奶把张平叫到屋里，对他说："王升的孩子死了，这是多么伤心的事啊！可是你的狗把他孩子的一条腿吃了，这不是雪上加霜吗？怎么不叫人生气呢？因此，把狗打死是可以理解的。至于说他不给你死狗，那都是在气头上。你可以想一想，这种事发生在谁身上，都会这样做。他死了孩子很痛心，咱们也很同情他失去了亲人。我听说你们两家本来关系都不错的。"

王升赶快打断奶奶的话，说："我们两家关系本来还是很好的，我们彼此有了啥事都互相帮忙，可以说我们好得像亲兄弟。"

奶奶接着说："像亲兄弟的两家，因为这么点儿小事就反目成仇，值得吗？"

张平彻底不生气了，说："真不值得。其实一条狗算啥？主要原因不就是没有吃的吗？我们想把死狗要回来可以吃几天呢。要不是因为这，一条死狗，我根本不会要，更不会与他生气。"

奶奶听到这些，感到张平也解决了思想问题。她问张平："你看这个问题如何解决？"

张平说："死狗我不要了。"

奶奶说："好，你这种态度很好。咱们在一起说说。"

奶奶让他们两个坐在一起，语重心长地说："你们是老朋友，因为一条死狗发生了不愉快，丧失了朋友感情，很不值得。这都怨咱们没有吃的。如果有吃的，孩子也不会死，当然也就不可能发生后来的事了。如果不是没有吃的，决不会因为一条死狗而闹得脸红脖子粗的。咱们都是受害者，在这么严重的灾害面前，没人同情咱们，也没人来援助咱们，咱们自己如果不团结起来，共同渡灾，反而互相争吵，互不相让，只能加重咱们的灾情，为咱们渡过灾荒增加难度，这实在太不应该了。"

奶奶说到这里，他们两个齐声说："是，是，我们确实不应该吵闹。"

张平说："死狗我不要了，叫王升他们吃了吧。"

王升说："我把死狗还给张平，本来就是他的嘛。"

奶奶说:"两人态度都很好。我的意见是,所有杂碎,包括狗头,王升留下,全部狗肉还给张平,你们看如何?"

他俩齐声说:"同意,同意。"

奶奶最后说:"希望你们两人不伤和气,今后仍然是好朋友。"

他们两个随着一声"好",走出了奶奶的家。

他们两个走后,奶奶开始吃早饭。今天的早饭是一碗懒豆腐和一把煮熟的青豆。这对他们来说,在这个时候能吃到这个,就算是不错的啦。早饭还没有吃完,有三个村民来请求奶奶帮助他们想想办法,埋葬他们死去的亲人。

近来,村里天天都有好几个人去世。有年老的,有年轻的,也有小孩。有男的,也有女的。真是阎王路上没老少。谁家死了人以后,连帮助埋葬的人也找不到。死的人多,需要埋葬的人员多,但这不是主要原因,主要原因是家家都有病危人员,家家都离不开人照顾。还有一个更重要的原因是:人人都面黄肌瘦,人人都无力干这些劳动强度大的活。抬死人,挖墓穴,下葬,封土等,都是很费力气的活。人们不是不愿意干,而是他们根本就没有能力干。

第一个去找奶奶帮忙的是刘钏。他说他哥哥死两天了,因为找不着帮忙的,尸体一直躺在家里,再停几天发臭了就不好办了。

第二个找家是李买。他说他父亲已经死七天了,因为没人埋,他把尸体放在院子里的红薯窖里。但这也不是长法,天一热就要发臭。再者,不把尸体入土,我们活着的人也不心安呀。总不能把老父亲暴尸在外吧。他心急火燎,但埋葬人员找不到,他特来求救,再三请求奶奶帮助想想办法。

第三个找家是孙乃英。她来找奶奶哭了一路,进了奶奶的家看见奶奶后,她哭得更厉害了。

她说:"我丈夫已经死五天了,就躺在我们屋里的地上,光盖了一个破单子。近门的没一个人来,我很害怕。你想想,屋子里躺着一个死人,别看活着待我很好,但死了后,我却非常害怕他,不敢看他,更不敢摸他。两个孩子吓得不敢在家里住,跑到他们姥姥家了。若不把他入了土,我们怎么过呀?我求好几个人了,他们都告诉我,让我来找你,请求你帮忙。不然这个难题就无法解决。"

孙乃英像机关枪一样,一句接一句地向奶奶倾吐。奶奶连插嘴的机会也没有。

他们三人求救,就是求人帮助他们把死人埋了,就这么简单。在平时,

奶奶和她的传奇

这根本就不是问题，可是现在，就成了难以解决的问题了。奶奶对他们三个做了原则性的答复："你们先回去，我得找人商量商量，想想办法。这不是某一个人的问题，这是全村人的共同问题，得找个比较合适的办法，统一解决。"

村里人有事为什么都来找奶奶呢？主要原因是奶奶平时爱管个闲事，不管谁有什么事，她都乐意帮忙；其次是她有能力，会办事，一般的事她能办得了；再其次，村里有个刘恒老先生，是周围村庄有名的文人，很乐于帮人，在群众中声誉很好，人们有什么事时，也乐于找他。可是这一次，人们一找他，他都推掉，说他老了，跑不动了。他劝他们去找奶奶。所以，村里人一有事，就来找奶奶了。

他们三个人与奶奶的谈话，朱珣在屋里听得清清楚楚。他们走了以后，她跑出来对奶奶说："妈妈，干脆成立一个全村规模的丧葬协会，负责全村所有的丧葬工作。"

奶奶一听媳妇的话，喜出望外。她认为给她解决这个问题找出了一条新路子。她立即回答说："哎，这办法倒不错，我马上就找人商量。埋人的问题是个大事，不马上解决是不行的。"然后，她对朱珣说："妮儿她娘，你在家好好照顾你爹和为新。尤其是你爹，我看他病得很厉害了，已经两天没吃东西了，给他他也不吃。你好好照顾他，时刻在他身边。为新也离不了人，你多操劳一些，我出去跑腿，这也是咱村的大事。"

奶奶跑了整整一个上午。她先去找刘恒老先生，征求他的意见。刘恒老先生非常同意，他认为这个办法很好，还夸奖奶奶为全村穷人解决困难找出了好办法。他当面赞扬奶奶："你真是一个爱动脑子、会想办法、热心为穷人服务的女强人。"他还对奶奶说："你大胆往前冲着干吧。我已经跑不动了，但我坚决支持你，该出手时我一定出面。"这天上午，奶奶先后拜访了三十五人，最后挑选了五人，组成洛家庄"丧葬协会"，负责全村的丧葬工作。协会下设两个工作组，一个搬运工作组一个埋葬工作组。每个工作组都由八人组成。搬运工作组负责把尸体运到墓地，埋葬工作组负责挖坑和掩埋。有丧事的农户，若自己埋葬有困难，可以向丧葬协会申请，协会负责埋葬。

这个丧葬协会每天都办五六起丧事，解决了很多农民无法解决的问题，得到了全村农民的拥护。

一天傍晚，奶奶出去忙丧事还没回来，朱珣在厨房为公公做稀饭。萌萌在爷爷身边玩。突然爷爷拉住萌萌的手，两眼使劲睁大，直望着萌萌，好像

· 116 ·

他的全部精力和希望都寄托在这个四岁的小孙孙身上。几秒钟之后，他无可奈何地闭上了眼睛，永远离开了人世。萌萌大声叫爷爷，但爷爷怎么也不答应。萌萌以为爷爷睡着了，就挣脱爷爷的手跑到院里玩去了。

奶奶一进门就问萌萌："爷爷怎么样了？"

萌萌说："爷爷睡着了。"

奶奶又问："你妈妈呢？"

萌萌说："妈妈在厨房呢。"

朱珣听见婆婆回来了，说："我给爹爹烧碗汤。"

奶奶一看丈夫跟前没有人，赶紧去到丈夫的床边，看见他躺着不动，两眼闭着。她叫了一声："孩儿他爹。"没有应声。她伸手摸摸他的脸，再用手放在鼻子下，发现丈夫已经断了气。

全家人立刻陷入极端悲痛之中，情不自禁地痛哭起来。哭了一阵子后，奶奶擦擦眼泪停止了哭泣。她对家里人说："只通知院庄盼盼就行了，其他亲戚不再通知，明天就办丧事。咱也让丧葬协会办，咱自己也没这个精力，咱也从简办理。"

办任何事情都是这样，只要大家都这样办了，也就成习惯了。那时的办丧事，基本上都是非常简单。简单办丧事已成为习俗了。怎么个简法呢？第一，尽量少报客，有的甚至不报客，办丧事连一个客人都没有。多数人只报一家最主要的亲戚。主要亲戚是：男的报闺女一家；女的除报闺女外，再报娘家，共两家。第二，没有乐器。第三，不烧纸，不点燃鞭炮。第四，不穿孝衣。第五，不用棺材。第六，尸体不停放，一般都是头天死了，第二天就埋。第七，死人不换衣服，随身衣服入葬。这七个"不"，虽然不是明文规定的法则，也并不是每户都得一定遵守，但已成为大家办丧事的潜规则了，成了大家都这样办的习俗了，任何一种习俗都是社会发展的产物，是根据当时的生产、生活条件而产生的。南方盛产大米，所以南方人养成了爱吃大米的习惯；北方产五谷杂粮，所以北方人养成爱吃五谷杂粮的习惯。"七不"的丧葬办法，在过去正常年景是绝对行不通的；可是在死骨遍野的一九四三年，成了洛家庄农民普遍采用的丧葬办法。

为新自从去妹妹家借粮以后，身体一直不好，而且是每况愈下。他平时精神不振，对日常生活中的问题，很少发表意见，可是在埋葬父亲的问题上，他有些不同看法。他说："我爹辛苦了一辈子，活着时，没吃到肚里，没穿在身上，死了后连个衣服也不换，就让他穿着随身衣服走吗？这真叫咱们做晚辈的过意不去。"

奶奶说："孩儿呀，不要说你过意不去，为娘的我也是过意不去呀。他活着吃的苦，受的罪，为娘我知道得最清楚。我多么想为他办得排场一些呀。可是咱没这个条件。咱家还有六口人，咱能省个钱就省个钱，能省些东西就省些东西，咱得顾活（人）不顾死（人）。你爹是个通情达理的人，他很爱他的家，他爱咱们每一个人。咱们如果为安葬他花很多钱，借很多债，他会很伤心的，他会很生气的，他会埋怨我们的，他在九泉之下也不会瞑目。相反，如果我们对他的安葬从简办理，他会高高兴兴地安享于天堂。"

为晨说："至少用个箔把爹爹卷起来，总不能这样软埋吧？"

奶奶说："傻孩子，从哪里弄个箔呀？"

朱珣急忙答话："把我们床上的箔掀下来，给爹爹用上。"

奶奶说："你们睡觉呢？能行吗？"

朱珣说："能行。要不然就睡到地上，铺些麦秸就行了，根本用不着箔。"

奶奶说："那好，老头子比有些家还强，还带走一张箔。"

奶奶家的坟地很近，就在村南头不远的地方。第二天上午，丧葬协会的搬运组和埋葬组分工负责，各干其事，半晌时间就把丧事办完了。

全家人送殡回来后，奶奶一句话也没说，独自回到自己屋里，坐在老伴曾经躺过的床上，悲痛欲绝地痛哭起来。

终身伴侣走了，终身伴侣，伴了一半就不伴了，后一半她该怎么走呢？

往事不堪回首，历历在目。她回忆她是如何挑选这个女婿的。结婚日子定了后，丈夫被抓走了，她做了没有新郎的新娘；他从兵营里偷跑回来的晚上，就是坐在这个床沿上，详详细细地给她讲述逃跑的经过，她是如何津津有味地倾听。有一年春节前，他去外地批发年画（他们卖的年画是从外地批发的，对联不从外地批发，全是自己写的），他一走就是半个月。她苦苦地等呀等，他回来后说遭遇了劫匪的抢劫。她的大儿子为新出生后，孩子吃不饱，他用高粱细面做成糊，用白布卷成奶头，让儿子吮吸；盼盼小的时候，他用豆浆加热做成嫩豆腐让孩子吃；为晨小时候，他把藕切碎，放在水里析出藕粉，沉淀后，把水倒掉，再把藕粉和成糊，用开水冲成乳汁，让孩子当奶喝。每个孩子的成长，都离不开丈夫的辛勤付出。她还回忆他们是如何播种、收庄稼的，如何砌砖、活泥、盖房子的；他们是如何赶会串村卖年画、做小生意的。所有这一切，她都历历在目，如同昨天刚发生过的事一样，让她记忆犹新，难以忘怀。他们好不容易打造成这个七口人之家。她来这个家已经三十六年了，虽然生活不富裕，但家庭和睦，互敬互爱，日子过得很快活。她还在想，天灾人祸，要使她这个家崩溃了。丈夫死了，这个圆满的家已经掉了一个豁。她要再把它弥补起来，恐怕是不可能了。五天前，她与丈夫有一次谈话，谈话内容她还记得清清楚楚。现在丈夫死了，但他的话却意味深长。他们夫妻的对话是这样的：

　　妻子："咱们穷人的日子实在难熬，啥时候是个头呢。"

　　丈夫："据说陕北和太行山都是解放区，那里实行土地改革，没有地的可以分地，没有粮的可以分粮。"

　　妻子："分谁的地，分谁的粮呀？"

　　丈夫："分地主的地，分地主的粮。"

　　妻子："他们愿意让你分吗？"

　　丈夫："不愿意抓起来住监，再不老实枪毙。"

　　妻子："谁有这么大的力量能把他们治住？"

　　丈夫："八路军呗，也叫解放军，是解放咱们老百姓的。"

　　妻子："我也听说过八路军，他们为什么不来咱们这里呀？"

　　丈夫："估计不会太久了，很快他们就会来的。到那时，我们就解放了，我们就不再受苦了。"

　　妻子："咱们单等着这一天呢。"

　　丈夫："恐怕我等不到这一天了。"

　　妻子："你可不要泄劲，等咱们分到地了，咱一家人好好干，不几年咱就可以盖新房，买牲口了，咱也可以吃上花卷馍、喝上白面条了。咱也会过上幸福日子的。"

　　丈夫："物极必反。现在咱们穷人的日子已经穷到底了，如果再穷就只有死路一条了。但是不可能死完的。因此，该变天了。天一变，就成了咱穷人的天下了。"

　　妻子："这可好啦。"

　　丈夫："你别高兴得太早了。在这一天到来之前，还有一段更难熬的日子，这叫黎明前的黑暗。任何事物都是这样，在它死亡之前，总会来一个垂死挣扎。你们要有充分的思想准备。这一关只要能挺过去，以后就好了。我最担心你们是否能挺得过去。你们在任何时候都不要放弃，决不放弃。要坚持，坚持，再坚持，坚持就是胜利。"

　　奶奶回忆着过去，丈夫的这些话在她脑子里回荡着。丈夫去世了，他的嘱咐却留了下来，也许这是洛家的宝贵财富。是的，这是丈夫留给子孙后代的宝贵财产。

为新的身体一天不如一天。虽然每天也起来，但起来的时间没有躺在床上的时间多。尽管家里没有好饭，但还是尽量让他吃好的，煮的青豆让他多吃一把。尽量让他吃较好的野菜，例如芨芨菜、茯茯根等。那些不好吃的野菜，例如七七芽、迷迷蒿等，尽量不让他吃。他啥饭都吃不下去，而且还光吐血。奶奶深知吐血不是好兆头。给他找了几个医生，他们都开了药，但就是光吃药不治病，光花钱不见好，没有一个医生能让他的病有好转的。

一天他连一点儿饭也不吃了，吐血次数更多了，吐的量更大了。整天躺在床上，一动不动，脸色苍白，两眼塌陷，头不抬、眼不睁、话不说。除了有一口气外，别的没有一点儿活人的样子。奶奶感到问题很严重，急忙又给他找来了医生。这位医生摸了摸他的脉，然后说："人不中了，赶紧安排后事吧。"说罢，连药也没有开就走了。朱珣看见丈夫这个样子，心如刀绞。她站在丈夫的床前，拉住丈夫的手，轻声问："妮她爹，想吃点儿啥？"他摇了摇头，然后攒了攒劲，挣扎着对妻子说："妮她娘，我不行了。咱的两个孩子，还有咱妈，都得交给你了。你把孩子养大，把咱妈侍候好，我就放心了。"

朱珣感到这是丈夫的临终嘱托，她感到如掏心挖肺，很长时间以来她对丈夫关心得非常周到。熬药、端饭、洗手、洗脸、洗脚、绞脚指甲、思想安慰、精神体贴，真是无微不至，但丈夫的病却是每况愈下，一天不如一天，眼下已到奄奄一息的地步。可是她有什么办法呢！她是何等的痛苦呀！

这天半夜，朱珣慌慌张张地从屋里跑出来叫："妈，快来，你看，妮她爹……"奶奶跑过去一看，为新已经一动不动了，他永久地离开了人世，这是爷爷死后的第十四天。

朱珣趴在丈夫身上，哭得几个断气。"她爹，你不能走哇，你去了，叫我咋办呀？咱们上有老、下有小，我自己担当不起呀，你不是说今后会有好日子过，你怎么就走了呢？"然后她转了话锋，她哭着说："老天爷呀，你怎么不保佑我们好人呢？为什么叫好人受害呢？你为什么不行公道呢？为什么不惩罚那些截路强盗呢？"

丧事仍由丧葬协会办理。这次儿子的丧事比丈夫的还简单。埋丈夫时，还有一张箔，儿子连一张箔也没有了，只有随身衣服。

奶奶先失去了丈夫，现在又失去儿子，不到半月时间里，她失去了两个亲人。这种打击她承受得了吗？丈夫死了以后，她把希望寄托在儿子身上，而大儿子也死了。她把希望只有寄托于二儿子和大儿媳妇身上。二儿子还没长大，还不能独立自主，还立不起事。眼下她只有依靠大儿媳妇了。再等几年，二儿子长大了，这个家就又有立事人了。

时间已经到了四月上旬，麦子快要熟了，接住新麦不就好些了吗？

一天上午，为晨对妈妈说，他要去大麦地里找麦锈吃（快抽穗的大麦，如果有黑穗病，整个穗就变成黑色的，硬硬的，可以吃）。奶奶知道孩子整天吃不饱，整天想的就是吃。为晨在家里是二等待遇。在剩下这五口人当中，花妮和萌萌是一等待遇；为晨是二等待遇；奶奶和朱珣是三等待遇。有些稍微好吃的，先让萌萌和花妮吃，其次是为晨，最后才是两个大人。比如，每天每人分一把煮熟的青豆，萌萌和花妮虽然年纪小，但与大人一样，也是一把青豆，为晨正是少年时期，正是长骨头长肉的时候，吃得多，饿得快，需要大量的食物供应，可是他却吃不饱。当娘的可怜孩子，因此，他一提出去地里找吃的，奶奶马上就同意了。但奶奶还是问他："与谁一块儿去呀？不能你一个人去。"

为晨："不是我一个人，还有小路、小宝他们。"

奶奶："你去吧，与他们搞好团结，不要疙气。"

为晨说了声"好"，就往地里去了。最后奶奶补充了一句："还有，一定早点儿回来，免得家里人挂念。"

中午了，为晨没有回来，奶奶没有考虑别的，以为他在地里找吃的，不饿肚子了，就不想回家了，说不定是想下午再多找些带回家呢。

天要黑了，为晨还是没有回来，朱珣问奶奶："她叔还没有回来，出啥事了吧？"

奶奶说："谁知道呀，他就随身的破衣服，身上什么也没有，还会出啥事？"

天黑透了，为晨还是没有回来。朱珣、奶奶心如火燎，她们等呀等，坐在屋里仔细听着外面，总希望听见有人回来。一听到风吹草动的声音，就好像是为晨的脚步声，赶快出来，结果落个空。她们一直坐到天明。

朱珣做早饭，奶奶去问小路和小宝。他们与为晨年龄差不多，平时也经常在一起玩。奶奶问他们时，他们都说："去时，我们在一起，中午时，我们说要回来，他说他再等会儿，他让我们先走，我们就回来了。下午我们没有再去，因此也没有再见到他。"

奶奶问他们："你们疙气了吗？"

他们说："没有，他先找到的还让我们吃。后来我们找到的也让他吃了。"

奶奶问："你们在哪里找麦锈穗的呀？"

他们答："我们在村东头那几块大麦地里。"

大麦也是穷苦农民的救命恩人。大麦的品质没有小麦的好，吃着没有小麦好吃，但它生长期短，种得晚，熟得早。每年农历八月，农民最先种的是小麦，在土质比较好的田地里，种的也是小麦。大麦种得比较晚，在腾茬晚的地里，比如红薯茬、棉花茬，才种大麦。可是大麦在第二年春天，老早就成熟了，它比小麦至少早熟十天。这在青黄不接时期，对断顿的农民来说，真是求之不得的。因此，农民们，凡是有地的，每年总要种些大麦，可以早接住吃的。洛家庄东头就有一大片大麦地。

奶奶及儿媳妇吃罢早饭后，直奔村东头的大麦地。

她们把大麦地一块挨一块、地毯式地排查了一遍。终于在一块大麦地的中央找到了为晨。他在地上趴着，一只手拿着一把锈麦穗，一只腿半弯着，嘴巴贴着土，脸发青，一动不动——死了。

朱珣哭得站不起来，奶奶却没有掉泪，只说了声："又走了一个。"她已经没有眼泪掉了。开始死了丈夫，十四天后又死了大儿子，一个多月后，又死了二儿子。接连死了三口。她没有那么多的眼泪可掉，也不知道什么叫痛苦了。她不哭一声，也不唉声叹气，告诉丧葬协会的人，于当天下午就把为晨埋了。为晨没有与哥哥为新埋在一起，因为他不够成年，按祖传风俗，未成年人不能入祖坟，只能埋在乱葬坟里。在乱葬坟里埋人，不分家族，不分男女老少，只要是不能入本族祖坟的，凡是没有地方可埋的，都可以埋在这里。

入冬以来，朱珣的身体一直不好，主要原因是缺乏营养。每天吃不到面食，主要是吃野菜。每天分到的一把青豆，也吃不到嘴里。她把自己的一份让萌萌吃。她有时给花妮，可是花妮不吃，她让妈妈自己吃。可是她一给萌萌，萌萌就毫不客气地接过去吃。他还不懂事，还不知道照顾妈妈。朱珣吃不到嘴里东西，但沉重的家务她一点儿也不推卸。过去她重点照顾的是公爹、丈夫和两个孩子。公爹由婆婆管些，她可以少操心，但丈夫和两个孩子是非常缠手的。对丈夫和孩子来说，她确实是一个贤妻良母。丈夫在世时，虽然身体不好，却是她的精神支柱。她思想上有寄托，办事有依靠。因此，她干起活来还是蛮有劲的。

丈夫去世以后，她的思想彻底崩溃了。她越想越没法过。一家四口，老的老，小的小。老的已快六十；小的才六七岁，三四岁。维持这个家的重担，就落到她一个人身上了。家里没有一分土地，也没有任何别的经济来源，她靠什么维持这个家呢？她整天以泪洗面，整天忧心忡忡，整天吃不下饭，整天悲痛难挨。她也曾想过，振作起来，抖起精神，忘记过去，憧憬未来，扶老携幼，等待翻身的明天，但她一想到现实，一接触实际生活，继续过下去的勇气一点儿也没有了。正如隔河望果，河对岸的果子再好，就这一水之遥，你干着急，就是吃不上。

一天晚上，她泪汪汪地坐在草铺上，花妮和萌萌偎依在她身旁。两个孩子不断地为妈妈擦着眼泪。萌萌问妈妈："妈妈，你哭啥呀？"

她直言不讳地回答："我想念你爹爹。没有你爹爹了，咱们咋生活呀？"

萌萌问："我爹爹去哪里了？他咋不回来呀？我也想他。"然后他又问姐姐："姐姐，你想爹爹吗？"

花妮回答："我想，但爹爹不会回来了。"

萌萌再问妈妈："爹爹去哪里了？他咋再不回来啦？"

妈妈回答："爹爹去了很远很远的地方了，他不会再回来了。"

萌萌问："爹爹不要咱们了？"

妈妈答："是的，他不要咱们了，他永远也不回来了。"

花妮在旁边直哭，一句话也不说，可是萌萌一直在与妈妈说话。

萌萌说："爹爹不回来，我们跟着你。"

妈妈说："妈妈要是也走了不回来呢？那你们跟着谁呀？"

萌萌说："还跟着你。你走时得带着我们。你走到哪里，我们就跟到哪里。"

花妮好像听出来妈妈说的这个"走"字的意思，她急忙说："妈妈不能走，妈妈别走，不叫妈妈走。"她说着哭得更痛了，上气不接下气。

妈妈也是泣不成声，泪流满面。她紧紧地把萌萌和花妮抱在怀里，泪水唰唰地掉在他们的头上、脸上。她哭着说着："我可怜的孩子，妈妈不走，妈妈不走，妈妈舍不得你们，妈妈要把你们养活大，妈妈要与你们一起，等着解放日子的到来。"

朱珣嘴里说要把两个孩子养大，可是她思想上却彻底崩溃了。三个男的死了以后，尤其是丈夫和小叔死了以后，她对生活没有一点儿希望了。原来是靠他们租地养活这一家的，他们一死，就没有生活来源了。公爹死了，她思想上完全没有压力，人老了，常年多病，死了也不受罪了；丈夫一死，她就受不了啦，全家全靠他租地养家的，还有二叔帮助。所以家务活、地里活都不愁干，生活虽然苦，但总还可以勉强维持。可现在就不行了，两个人都死了。人们说"天不给人绝路"，难道说自己的处境不是绝路吗？别的还有什么叫绝路呢？现在就是老天爷给了他们绝路，不叫他们有任何生活下去的出路。

恰在这时，奶奶进来了，朱珣急忙擦擦眼泪，让花妮为奶奶找座位。奶奶坐下后，朱珣问："妈还没休息呀？"

奶奶说："人老了，瞌睡少。你们三口在这里，我自己感到挺孤独的，想来这屋与你们说说话。也想借此机会，咱娘儿们谈谈心。"

朱珣说："我真有些受不住，妈经验多，我正想请妈指点指点呢。"

接着奶奶就说起来：

"我来时正好十八岁，我是你爹不在家与他结的婚。那时这个家生活基本上还过得去。我来这里已经三十六年了。这个家我亲眼看着，每况愈下，一直走下坡路，一年不如一年。不知道怎么搞的，他爷俩都是勤勤恳恳，兢兢业业，从不在外面吃喝，更不会在外面胡来。他们一心经营这二亩地，一心照养这个家。但两个人的辛苦，也没有带来什么起色。不但如此，连老本也保不住。把原来的几亩地，也慢慢卖完了。这究竟是为什么呢？两个男子汉，加上你、我的帮助，四个人养不了一个七口之家。我是百思不得其解。"

朱珣插话问："怎么把仅有的二亩地也卖了，咱没有一点儿生活来源了。不卖不行吗？"

奶奶说："不卖不行。一遇到自然灾害，粮食歉收，打的粮食不够吃，就得借债，还是高利贷。一旦借上了，你就再也摆脱不掉啦。下一年的粮食，除了缴公粮外，还得还高利债。剩下的粮食就更不够吃了。如果不卖地就得欠更多的债。所以就卖地，卖一亩地，能缓解几年的生活。"

朱珣点点头，表示理解了卖地的原因。奶奶接着说："我也感到现在的生活实在是过不动了。你爹爹死前对我说过这样的话："物极必反。"咱们的生活穷得不能再穷了。说明它已经到了极限，已经到了尽头，再没有延续的余地了，该向它相反的方向发展了。也就是说，该向好处发展了，快要解放了，我们快要翻身了。一切都与现在相反，现在没有土地，我们快有土地了；现在没有吃的，我们快有吃的了；现在受苦，我们该享福了……"

朱珣越听感到越深奥，她感觉着好像婆婆对她讲述梦幻小说里的故事。这只是画饼充饥、望梅止渴，只是一种幻想，很不靠谱。她说："妈，你说这不定是何年何月的事呢。"

奶奶很有信心地说："我说这并不是遥遥无期的将来，而是不久的将来，很快就会到来。我还是有信心的。太行山一带的解放区，把地主的土地都分给农民了。你想想，农民只要有了土地，再没有催粮逼款的人祸，农民不就过起幸福的生活了吗？你爹爹还说，翻身的日子肯定不会太长了，很快就会到来。不过，他说，黎明前有一段黑暗，那是更艰苦的日子。他还担心我们挺不过去呢。他告诉我们不要放弃，要坚持，坚持就是胜利。"

朱珣说："我也听为新说过，八路军过来解放穷人的事。但还不知等到猴年马月呢。希望是希望，解放不了当前的实际问题。我也不是不相信我们将翻身得解放，但那一天到来时，我们还不知道已经去到哪个阴曹地府了呢。你想想，咱们能空着肚子等吗？说得天花乱坠，不填饱肚子，总是不行。没有吃的，是我们当前最大的困难。我们总不能现在不吃等翻身以后再好好吃吧。"

奶奶接着说："是啊，这个困难还必须克服。"

"咱能克服吗？光咱们娘儿们，连一个男人也没有。"朱珣说。

奶奶说："咱们女人也像他们一样，也完全可以克服各种困难。这个家咱们完全能够支撑起来，主要是把两个孩子养大。"

朱珣说："我怕的就是这个。我怕的就是咱们没有能力把他们养大。"

奶奶说："怎么没有能力？咱们完全有能力。类似咱家情况的，咱村里还有好几家呢，有的还不如咱们家好呢。你潘嫂嫂不也是她和儿子娘儿俩吗？她也是三十多岁的人了，领着一个三四岁的儿子，不也是过得挺起劲吗？还有，你高大婶，她年纪与我差不多。两年来，丈夫、儿子、儿媳妇先后去世，只剩下她和一个小孙子，小孙子只有三岁，比萌萌还小一岁，她不是照样过吗？咱们家有咱娘儿俩，两人总比一个人强。咱有两个孩子，这就是咱们的希望。咱把他们养活大，如果那时解放了，他们还能过上好日子呢。不但生活不发愁，还可以上学，从小学一直上到大学，将来报效国家。这不就是咱们的希望吗？"

朱珣说："我本来心里很矛盾。我们前途虽然不错，但目前的困难我感到没法解决。听了你的话，我信心大增了。我也相信，你领着我们干，什么难关都可以闯过去。"

奶奶看到媳妇脸色不好，手不断按肚子，额头一皱一皱的，就问她："妮她娘，你有病吧？好像是肚子不好受。"朱珣答："是的，我拉肚子已经好几天了，一天拉好几次。拉的全是血脓，肚子非常疼痛。"

"为啥不早点儿告诉我？我还以为你好好的，所以来与你谈这谈那，你应该早点儿休息才是。我如果早点儿知道了，好给你找个医生看看，拿些药吃吃。有病得及时看，不能硬熬，越熬越厉害。"

朱珣说："不碍事，咱本来就没钱，哪有钱拿药呀。再者，我这病吃药也没有用。该好了，熬几天就好了；不该好哇，吃药也好不了。没听人家说吗，'吃药若能治好病，朝廷能活一万年'。"

奶奶说："这说法不对。吃药能治病的例子多着呢，我明天得给你找个医生看看，拿些药。"

朱珣说："咱一分钱也没有，怎么拿药呀？"

奶奶说："去赊。"

朱珣说："咱赊药房里好多药了，人家还会赊给咱吗？"

奶奶说："我去试试，给他们多说些好话。"

朱珣说："那恐怕也不行。过去赊给咱，是看着咱有人，以后有能力还他们。现在咱家的人，老的老，小的小，没有人会挣钱了，连吃饭还顾不住呢，还会挣钱还账吗？所以他们不会再赊给咱们了。等咱们还了欠账以后，才可能再赊给咱们。"

奶奶说："你说的是这个理儿。不管如何，我得想办法给你拿药。病不看是肯定不行的。你就别管了，我把药给你拿回来就是了。"

第二天上午，奶奶托人为媳妇找来了医生，医生为朱珣号了号脉。他对奶奶说："你媳妇的病已经很严重了。看得太晚了，这种病是细菌性痢疾。主要症状是发热腹痛，大便有脓血黏液。她得病已好几天了，身体已经脱水，相当危险。我只管给她开几剂药试试，你们最好抬她去开封大医院看。不然，这病就很难办了。"他说罢走了，奶奶跟他去拿回来了三剂药。

这三剂药是一天一剂。每剂熬两次，喝两次，早晨一次，晚上一次。头两天，药见效，拉得次数没那么多了，好像病情有些好转，但第三天就完全恢复了原状，吃的药好像没有任何作用。

朱珣感觉到自己的病很难治好，悲痛万分。婆婆的年纪大了，两个孩子又那么小，她们今后怎么生活下去？婆婆说她们两个共同努力，把两个孩子养活大，她走了以后剩下婆婆一个人，她有能力把孩子养大吗？自己是等不到解放那一天了，婆婆和孩子们等得到吗？再等多长时间就等到解放了？她在想，明天就解放该多好啊！

一天晚上，朱珣感到肚子突然不痛了，也不再拉了，肚里很平静，心里也感到很舒服，与没病一样。她深知这不是病的好转，而是病的恶化，这是回光返照。这说明她的生命就要结束了。她不再难受了，更没有哭，她把两个孩子叫到跟前，深深地亲了亲两个孩子，然后把萌萌抱在怀里，让花妮偎依在自己腿上。她仔细扒着萌萌右额上面的头发，好像是想发现什么似的。她看后点了点头。然后，她又拿起萌萌的左手无名指，正着看看，反着看看，左看看，右看看。嘴里轻微地说着："彻底地好了。虽然与众不同，也毫不影响干活。这就不错，妈妈是完全可以放心的。"

妈妈对儿子的关心是无微不至的。她为什么特意看萌萌的那一片头发呢？萌萌三岁时，妈妈在厨房不小心把萌萌碰倒，头碰到墙角上，碰了一个口子，鲜血直流，可把妈妈吓坏了。虽然伤口早以痊愈了，可是当妈妈的，还不放心，还有内疚感。那么，她为什么如此仔细地观察萌萌的左手无名指呢？当年的早些时候，妈妈在院子里纺花时，萌萌在纺花车旁边玩耍。他把左手无名指，放在纺花车的轮轴顶部，当纺花车转动时，把他的指头磨得痒痒的，挺舒服的。但一不小心，他的指头掉到轴眼里，把他碾得哇哇叫地哭，奶奶给他买了个烧饼，才算哄住不哭。很快指头就好了，只是留下一个与众不同的指甲。妈妈对萌萌的这个指头还牢牢记在心里。她认为，这是她对儿子的愧疚。妈妈对儿子就是这样，她对儿子的付出再多，再大，都认为没有什么，可是，一旦她对儿子的奉献有一点儿不完美，就深感内疚，感到终身的遗憾。

她再次亲了亲两个孩子，然后，语重心长地说："孩子，我实在没有能力养活你们了，我很对不起你们。我生了你们，却不能把你们养大，这是做妈的失职。我是多么不想离开你们呀！但我不当家。请你们原谅妈妈。你们要听奶奶的话，长大了孝顺奶奶。今天晚上你们去跟着奶奶睡吧，让我自己好好休息休息。好了，去吧。"

花妮和萌萌不理解妈妈说话的含义，按照妈妈的意思，动身去奶奶的屋。最后，妈妈说："来，再亲亲妈妈。"两个孩子分别趴在妈妈的脸上，长时间地亲了亲妈妈。

他们走到奶奶的屋里后，花妮先开口："奶奶，俺妈说让萌萌俺两个跟你睡哩。"

奶奶看见两个孩子过来，笑嘻嘻地说："中哇，我可不孤独了。你妈妈呢？"

花妮说："妈妈在她的屋呢。"

奶奶说："你们先坐被窝里暖着。小妮儿，你睡那头，萌萌睡我这头，我去看看你妈。"

奶奶走进朱珣的房间时，她竭力想坐起来，奶奶忙问她："你想干什么，我给你弄。"

朱珣看见婆婆进来，问："妈，还没睡呀？今晚让两个孩子跟着你睡吧，我想自己好好休息休息。"

奶奶说："好哇，以后天天跟我睡都中，我可有人说话了。"

朱珣接住婆婆的话说："那可真的，以后就得天天跟你睡了。"然后她一转话锋说："妈呀，这两个孩子就是得交给你了，你看我这病能好吗？"

奶奶说："别胡乱想了，咱们不是说好了，共同努力把孩子养活大？你怎么就打退堂鼓了？咱们还要过幸福日子呢。"

朱珣说："我恐怕是等不到了，这个福我是享受不了啦，单等着你们享吧。"然后她说："妈妈你快去睡吧，早点儿休息。两个孩子在那儿，萌萌夜里得叫醒他尿尿。不然，他瞌睡大，会尿床的。"

奶奶说了声"好的"，就走出了朱珣的房间。当她走进自己的房间时。两个孩子已经睡着，她把花妮叫醒脱了衣服，她叫醒萌萌尿了尿，再把衣服给他脱了，让他睡下，她随即躺在萌萌旁边，很快入睡了。

婆婆走后，朱珣挣扎着站起来，把她最好的衣服找出来，穿在身上。上身穿紫花内衣，内衣外是一件灰色棉袄，最外面套了一件蓝色套衫。下身穿白色内裤，内裤外面是一件土色夹裤，最外面是一件黑色薄棉裤。脚上是白色袜子，黑色鞋。所有这些衣服都是她自己做的，从纺棉花到织成布、染成色、做成衣服，没找过外人，全是亲手做。她把衣服穿好后，又照了照镜子，梳了梳头。她把门关上，把灯吹灭，安安详详地躺在铺上，脸朝上，背朝下，把被子盖在身上，闭上了眼睛。

第二天早上，奶奶把早饭做好后叫朱珣起来吃饭。奶奶连叫了几声，她也不答应。奶奶知道她身体不好，就以为她瞌睡大，还没有醒来。她想：再让她睡一会儿吧，等一等再吃饭。停了很长时间以后，奶奶再叫她，仍然没有答应。声音再大些，还是没有回答。奶奶立刻头脑发蒙，浑身麻木，她感到大事不好。她赶忙跑到她铺前，一摸她的手，冰凉了。她的衣服穿得好好的，头发梳得光光的，被子盖得好好的，安详地躺在铺上，永远离开了她的婆婆、她的女儿和她的儿子。

这是一九四三年四月二十五日。萌萌的妈妈生于一九一〇年，死时三十三岁。

奶奶没有哭，她已经哭不出声音了。她也没有流眼泪，她的眼泪已经流干了，再也没有眼泪可流了。她欲哭无泪，欲语无声，悲痛欲绝，万念俱灰。从她那满是皱纹的脸上，从她那两只凄凉发呆的眼睛里，可以看出，奶奶的脑子已经麻木了，她的感情已经冷漠了，她有些不知所措了，她有些半傻了。

花妮趴在她妈的遗体上"妈呀，妈呀"地哭得拉不起来。她的哭声悲惨、凄凉，她的哭声让人丧魂落魄，她的哭声让人极度忧伤。

天阴暗着，地静躺着，树哭丧着，花凋谢着，一切都停止了运转，万物都停止了呼吸。天要塌了，地要陷了，生活没有一点儿过头了。

奶奶沉思着，她回忆着儿媳妇的过去。她在洛家过了十五年。她的过去奶奶都历历在目。一个冬天的傍晚，那是她刚进洛家门以后不久，奶奶做好饭等家里人吃饭，早等也不回来，晚等也不回来。不知道为新去哪儿啦，她也没影儿，可把奶奶急坏了。一直等到九点多钟，她背着丈夫，一步挪四指，蹒跚着回来了。原来是距村子三里地远的一个老坟地有一棵大杨树，上面有好几个老鸹窝，他们想把老鸹窝够回家当柴火烧，一个老鸹窝一天也用不完。若把几个老鸹窝够下来，在烧柴方面可以抵挡一阵子。可是事与愿违，他们不但没有够到老鸹窝，为新却从杨树上掉了下来，他摔在地上好久好久还站不起来。他们坐在坟地里歇了好长时间，为新才慢慢能站起来，但还是不能走路，妻子就把他背回了家。

村里人知道这个消息后，议论得满城风雨。他们谈论的中心是这棵大杨树上有神，不能随便爬上去，谁要胆敢冒犯他们，他们就对你不客气。很多人还说，神灵对为新一家还是客气的，只是给他们一次警告，让他受受皮肉之苦，生命没有大碍；若神灵对他们不客气的话，为新的命肯定保不住。这不仅是对为新一家的警告，也是对全村人的警告。从此以后，再也没有人敢上这棵杨树了。

还有一次是朱珣帮助为新打场。那是一个夏天，麦子收在场里刚碾完就要拢堆扬场的时候，忽然天下起了大雨。这是个关键时刻，若不把麦子拢起来盖住，雨水就会把碾下来的麦粒全部冲走，一年的辛苦顷刻就成为泡影。为新一家人决不会让眼看着就要到手的麦子凭白跑掉。他们冒雨收拢麦子，热身子被冷雨一浇，冰冷刺骨，浑身打战。那时朱珣刚满月不久，身体本来就没有完全恢复，哪能经得起这样的摧残？一病倒下，卧床不起，害了一个多月才慢慢好起来。

朱珣在洛家的突出事迹太多了，一下子很难说完。

她短短的一生，生了两个孩子，但没有过一天好日子。在生活方面，她照顾公爹、丈夫、弟弟、两个孩子。她性情善良，脾气温和，从没有与婆婆顶过嘴，也从来没有与长辈红过脸。对丈夫很温顺，是丈夫得力的贤内助。这样的好媳妇实在难得。奶奶还想，媳妇的死，实在冤屈。她是死在"穷"字上，就是因为穷，她连面饭都吃不到肚子里，整天吃野菜，所以容易得病。得了病，由于穷，没钱看病，所以把病耽误了。由于穷，吃不到任何补养品。使这么一个十全十美的媳妇，年纪轻轻的就离开了人世。奶奶最后的结论：媳妇死得屈。因此，奶奶决定要对朱珣举行一个像样的葬礼，但在那样的年代，再像样还能像样到什么程度呢？无非是比她丈夫多一个箔吧。

平时，村里人一有事就来求奶奶帮忙，奶奶也热心帮助他们。因此奶奶一有事，村里人纷纷来到奶奶家提供帮助。半晌时间，来了一院子男男女女，要求帮助奶奶办丧事。

萌萌的姥姥、舅舅、姨姨都来了，他们都趴到朱珣的遗体上号啕大哭，尤其是姥姥哭得上气不接下气，哭得死去活来。

出殡时，花妮一直趴在妈妈身旁哭，哭得喉咙嘶哑，哭得晕头转向，她一步也不想离开妈妈，一刻也不想让妈妈离开她的视线。她知道妈妈快要离开她了，她很快就要看不见妈妈了，而且永远也不会再见到妈妈了。在这两间隔离、生死离别时刻，花妮想尽量多与妈妈在一起待一会儿，想尽量把妈妈的遗容永远留在脑子里。奶奶把花妮拉到一旁，告诉她领着萌萌去邻居洛大伯家玩，不让儿子与妈妈见面。花妮哭着离开了妈妈，拉住萌萌出去了。不让萌萌看见妈妈的原因，一方面是免得儿子大哭大闹；另一方面，说是死者的鬼魂走得干净，不会留恋儿子不走。还有一种说法，说是怕死者把儿子带走。

简单的仪式过后，朱珣的遗体抬到坟地与丈夫合葬了。

丧事办完后，客人走了，帮忙的人也走了，家里安静得很。一个多月以前，家里七口人，热热闹闹、和和睦睦，很好的一个家庭，可是现在，七口人走掉了四口，只剩下三口了，况且走的都是成年人，都是能打能跳的棒劳力。剩下这三口，老的老，小的小。奶奶五十七岁，花妮七岁，萌萌四岁。

奶奶把花妮和萌萌叫到跟前，她坐在板凳上，让两个孩子坐在她的腿上，一个腿上坐一个，用胳膊搂着他们，伤心地说："孩子，咱家就剩下咱们三个人了。今晚，你们还跟着我睡。"花妮趴在奶奶的腿上一直在哭，萌萌不知道姐姐为啥总哭。奶奶哭不出声，满脸纵横交错的皱纹里，泓着一条条水沟，把整个脸覆盖起来，像一片小小的汪洋。萌萌看看奶奶，再看看姐姐，很不理解她们为什么老哭。但他心里也非常难受，他用小手擦擦奶奶脸上的泪，再擦擦姐姐脸上的泪。她们的泪水像泉水一样不停地往外涌，他擦也擦不净。他只有无奈地说："别哭了，奶奶，你不是老对我说不叫我哭吗？"奶奶擦擦脸上的泪水，强忍住悲痛的情绪，对萌萌说："萌萌，姥姥叫你跟她去，你为什么不跟她去呀？"

萌萌回答："我不想去，我想跟着你在家里。"

奶奶又问花妮："你愿意去你姥姥家吗？"

花妮回答："我也不去，我也想跟着你在家里。"

是的，孩子愿意跟着奶奶，奶奶也舍不得离开她的两个孩子。一家三口，一老两小，不离不齐，相依为命，一起走上他们艰苦的人生路。

第六章　寻找妈妈

　　朱珣死了以后的第三天，萌萌好像从睡梦中醒来一样，忽然想起要见妈妈。他发现这几天都没有看见妈妈。近来他和姐姐都是跟着奶奶睡，他以为妈妈还在睡觉呢。他跑着叫着："妈妈，快起来，妈妈，快起来。"他走到妈妈睡过的地方一看，妈妈没在那儿睡觉，妈妈根本不在屋里。妈妈睡的铺上什么也没有了，只有一摊麦秸。他想见妈妈的心情非常迫切，他一见妈妈不在，就哇啦一声大声哭起来，嘴里不停地喊着："妈妈，妈妈……"他哭得很痛，嘴里不停地打着嗝。

　　奶奶和花妮听见萌萌哭着叫妈妈，赶紧跑过去。花妮也哭起来，她虽然不哭着叫着，她哭得也非常伤心。奶奶含着眼泪把萌萌抱起来，用手擦着萌萌脸上的泪水，劝他说："别哭了孩子，你妈妈去你姥姥家了，等几天就回来了。"花妮也哭个不停，连一句话也不说。整个院子里，除了哭声外，没有其他任何声音，鸡不鸣了，虫子不叫了，空气不流动了，树叶不摆了。奶奶抱着萌萌坐在凳子上，花妮站在奶奶旁边，三人哭成一团。"妈妈，妈妈"的哭声传得很远，哭声那么凄凉，那么悲惨。

　　街上行人听见他们的哭声都感到同情、可怜，无不为之伤心落泪。不一会儿，街坊、邻居来了一院子，他们只能是好言相劝，却无可奈何。

　　奶奶擦擦自己的眼泪，感谢大家的关心，劝大家放心。

　　众多人的到来，萌萌感到稀奇，停止了哭声，但还是不停地说着他想妈妈，还不时地问奶奶："妈妈去哪儿了？"

　　奶奶对他说："妈妈去你姥姥家了。"

　　萌萌再问："她啥时候回来呀？"

奶奶说："等几天就回来了。"

又过了几天，妈妈还没回来。萌萌还是哭着找妈妈，问奶奶："为啥妈妈还不回来呀？"

他问得奶奶无法回答，只好说："再等几天就回来了。"用这么一句话来应付他。奶奶确实没有任何办法说服萌萌，还不敢对他讲真话，怕他接受不了而闯出祸来，只有这样搪塞、拖延，拖延一天算一天。

又几天过去了。萌萌想妈妈的心一直放不下，他慢慢会动他的小脑筋了，他不太相信奶奶对他说的"等几天"的话了，他开始认为奶奶是在哄骗他。

白天，萌萌跟着姐姐与其他孩子玩，或去地里挖野菜，平平安安地过一天。一到傍晚，他就哭着找妈妈，谁也哄不住。奶奶难得泪水直下，毫无办法。"再等几天"的搪塞话因为说得太多了，所以也不灵了。于是她让姐姐背着萌萌去村头接妈妈。这一招还真灵，奶奶一说让花妮背着萌萌去村头接妈妈，萌萌立刻就不哭，很高兴地跟着姐姐去村头接妈妈。姐弟俩站到村头，不时地向远处张望。姐姐完全是做做样子，弟弟却是真心实意；姐姐心里明白，来等妈妈完全是为了哄弟弟不哭，弟弟却认为妈妈真的会从远方走过来。他们有时站在比较高的地方，站在石磙上，站在墙头上，甚至站在树杈上，认为这样看得远，可以较快看见妈妈回来的身影。一旦看见有个人影从远方走来，萌萌就会马上高兴起来，用手指着，对姐姐说："妈妈回来了，妈妈回来了。"可是姐姐却高兴不起来，只是毫无表情地顺着弟弟的手向远处观望那个人影。当那影子走近以后，他发现不是妈妈，就大失所望。萌萌就会大哭一场，花妮也同样哭，但她有哄弟弟的任务，劝说萌萌不要哭，继续在那里等，很可能马上就回来了。一会儿过后，远处又来了一个人影，萌萌立即高兴起来，大声叫着："妈妈回来了，妈妈回来了。"他甚至可着喉咙高声喊："妈妈！妈妈！快点儿走，我们在这里等你呢。"当人影走近以后，又不是妈妈，他们又大失所望，萌萌又大哭一场，花妮又劝他，哄他继续等，像这种情况，几乎每天都有，每天都哭几次，让萌萌失望了再失望，没完没了地失望。

村里人在这里路过时，看见他们姐弟俩就会问："你们在这里干啥呀？天都黑了，你们还不回去？"

往往是萌萌先搭腔："等俺妈妈哩。"

对方故意地问："你妈妈去哪儿啦？"

萌萌答："去我姥姥家了。"

萌萌说罢这话以后，有的就表示明白，"啊"了一声就走过去了。有的却好心地再劝说萌萌几句。他们会说："天这么晚了，你妈妈今天不会回来了，你们回家吧。天就要黑了，你们不要回去得太晚了。"然后，他们会转而对花妮说："快领你弟弟回家吧。"

经常是姐姐劝弟弟回家，弟弟不愿回家，他好像是有那种不接到妈妈就不回家的决心。有时天太晚了，他们还不回家时，奶奶去村头叫他们，有时萌萌睡着在外面，姐姐把他背回去。

常言说骗人只能骗一时，不能骗永远。奶奶的善意谎言也慢慢失去了它的可信度。萌萌在想，奶奶说"妈妈去姥姥家了，等几天就回来"，等了好几个几天了，怎么还没回来？干脆亲自去找她。他自言自语地说："姥姥家不远，我自己能走到。"

一天上午，一吃罢早饭，他对奶奶说他去找他的小伙伴玩，奶奶告诉他不要疙气，早点儿回来，就让他去了。

萌萌没有去找他的小伙伴，而是直奔他姥姥家去了。

从洛家庄到朱庄的田野里，长的几乎全是小麦。微微的南风"煽动"着黄腾腾的麦浪，此起彼伏。路旁有一片树林，苍松翠柏，郁郁葱葱；泡桐白杨，枝叶茂盛。布谷鸟的"光棍扛锄"和黄鹂鸟的"打发闺女吃麻花""吃嘴媳妇不好"叫个不停，虽然交汇无序，但非常动听。萌萌无心观看这不时翻滚的麦浪，也无意听这甜蜜诱人的鸟声。麦田间也有一些地种上了其他庄稼，有的种上了高粱，有的种上了棉花或红薯。高粱已八九寸高，棉花刚刚出土，红薯刚栽上不久，一棵棵被埋在小土堆里，还没有见过阳光呢。农民们正在地里做田间管理。有的正在追肥，有的正在锄草，有的正在间苗。还有几个妇女正在红薯地里，扒开蒙在红薯棵上的土，让它呼吸新鲜空气，晒晒温暖的阳光，以便在大自然中苗壮成长。

萌萌沿着一条小路慢慢地走着，心里想着：就是这条路。上次跟着妈妈一块儿去姥姥家的时候，就是走的这条路。忽然，他看见一只大鸟（老鹰）往下一冲一冲，冲了好几次。他想它肯定是在找东西。他急忙赶上前去。常言说："船怕沉，鸟怕人。"老鹰急速飞向了天空。萌萌仔细查找老鹰俯冲的地方，在一片草堆里，他发现一只小兔卷成一团，动也不动。萌萌轻轻地把它捡起来，小心翼翼地捧在手里，怕吓着它，也怕伤着它。小兔在他手里直打哆嗦。他仔细一看，小兔的一个后腿受了伤，血淋淋地露着肉，没有毛，也没有皮。小兔眯缝着眼，呼哧着鼻子，豁着嘴，懒洋洋地偎依在萌萌的手窝里。萌萌很可怜它，不时地用哈气暖它的身子。它好像懂得事理，认为在萌萌的手里很安全，不但一点儿也不怕，反而感到很舒服。

萌萌问它："你妈妈呢?"

它不答应，如同没有听见。除了照旧呼哧呼哧以外，没有别的任何异常动作。

萌萌再问它："你是找你妈妈吧?"小兔不吭气。"你妈妈不要你了吗?"小兔还是不吭气。"我也是找俺妈妈哩。我去我姥姥家找我妈妈的。你去麦地里找你妈妈吧。"他把小兔放在麦丛里，自己又开始走他的路。

萌萌仔细观察着正在地里干活的每一个人，看来看去没有一个是亲人。那个年老一点儿的不是爷爷，那个与爹爹年龄差不多的也不是爹爹，那个年轻的也不是二叔。他们看见他没有任何表情。过去，不管是爷爷，也不管是爹爹，更不管是二叔，只要一看见他，就热情洋溢地给他说话，把他抱起来，举着他在空中转几圈，把他转得晕头转向，嘎嘎嘎嘎地笑得肚疼。然后才把他放下来，扯住他的手回家。可是这几个人，连理他也不理，如同没看见一样。他是多么孤独呀!

他对红薯地里的那几个妇女看得更仔细了，他一个一个地盯住看，先看脸，再看头，从头到身子，浑身看仔细，恨不得一下子看出，那里面有一个是妈妈。他多么渴望着妈妈在她们中间出现呀!可是他大失所望，里面没有一个是妈妈。他发现她们在不时地看他，也好像隐隐约约地听见她们在谈论他。有的说："那个是谁家的小孩呀?这么小来地里干什么呀?"另一个说："这么小的小孩在路上很危险的。世道这么乱。谁家的大人这么不经心，让这么小的小孩跑出来，太危险啦。"萌萌一直盯住她们看，突然有一个年纪大一点儿的，长得似妈妈模样的女人走了过来。萌萌紧张，害怕，不知道她要来干什么。他瞪着眼看着她，心里扑腾扑腾乱跳，抽搐着嘴唇，几乎就要哭出声来。

那女人走到他跟前，笑眯眯地说道："小孩……"还没等她说话，萌萌就人声哭起来，嘴里还不停地打着嗝。他哭得那么悲惨，让人听起来揪心、动肝。那女人眼泪欲滴，满脸惆怅。她慢慢地，小心翼翼地，温温柔柔地说："孩子，别害怕。"她先轻轻抓住他的手，再把他抱起来。萌萌感到了那女人的温暖，他有一种在妈妈怀里的感觉。他不哭了，两只圆溜溜的眼睛直瞪着抱他的那个女人。

萌萌在这几个女人中找不到妈妈，心里憋得很想大哭出来。但在野地里，周围没有一个熟人，他只能把冤屈憋在心里，没有哭出来。这女人一来他跟前，他再也憋不住了。这女人的怜悯之心油然而生，眼泪不由自主地扑嗒扑嗒掉下来。她哭着说道："别哭啦，孩子。来叫我看看是怎么啦。不哭，不哭，好孩子，不哭。"萌萌不哭了，那女人再问他的名字以及他为什么来到地里。他说他叫萌萌。他用小手指着前面那个村庄，说道："我去那儿找俺妈哩。"

常言说：狗记路，猫记家，小孩记着姥姥家。萌萌说不出姥姥家所在的村庄的名字，但他知道姥姥家就在那里，他自己也会去到。因此，他只能用手指，不会说。

那女人又问："你妈为啥会在那儿呀？"

萌萌说："我姥姥家在那儿。"

那女人明白了萌萌的话，她重复着问道："你是去你姥姥家找你妈的，是吗？"萌萌点了点头。

那女人又问："你妈妈去你姥姥家为啥不带你去呀？"

那女人这么一问，好像戳住了萌萌的痛处，他更感到委屈了，又大声哭起来。她又费好长时间才把他哄住。

"走，我送你去。你自己不行。"说着，她把萌萌放下来，扯着他的手，慢慢地向朱庄走去。

萌萌拉着她的手，迈着轻松的步伐，心里想着："上次跟着妈妈去姥姥家时，也是这个样子。妈妈左手扛着篮子，右手扯着我，一步一步走到了姥姥家。今天我扯这个手与妈妈的一样。"他不时地抬头看她，一次，两次，三次。

那女人好奇地问："你为啥老看我呀，孩子？不认识，是吧？"

萌萌直截了当地回答："你像我妈。"

那女人更感到这个孩子的可怜了。她想这孩子一定是很长时间没有见妈妈了。她也是个母亲，她深知离开母亲的孩子是多么的痛苦。她问萌萌："你多长时间没见你妈了？竟一个人跑出来找妈妈？"

萌萌也说不出究竟有多长时间，只是点点头，表示很长时间了。

那女人也不知道萌萌家里究竟发生了什么事。她深深地体会到：没有娘的孩子最痛苦！没有娘的孩子最可怜！为了安慰萌萌，她说："孩子，我就把我当成是你妈妈，行吗？"萌萌满意地点了点头。

他们就要到姥姥家的门口时，萌萌指着前面院子说："姥姥家。"

那女人松开萌萌的手，说道："你去吧，孩子，慢慢地。到姥姥家里就见到妈妈了。我拐回去啦，我还得去地里干活呢。"

姥姥家的院墙是截腰高的土墙，没有头门，墙头上靠着一些秫秸、谷子秆、花柴之类的柴火。姥姥家有两所住房和一间小厨屋。住房是堂屋和西屋。堂屋（北屋）三间，姥姥住在东间，姨姨住在西间。西屋两间，由舅舅和妗子住。一间小厨房在东边。院子不大，但有个四合院的样子。萌萌沿着两屋的南山，小心翼翼地往前走，心里想着最好一下子看见妈妈。不然就先看见姥姥，由姥姥领着走进姥姥的房间。这样就安全了，一切都不怕了。当他正在思索中，姥姥家的小花狗不声不响地、摇头摆尾地、满腔热情地出来欢迎萌萌的到来。它首先闻闻他的脚，随即扑到他身上，舔他的脸，衔他的手，两条前腿扒在他的肩上，弄得他一下子不知所措。小花狗的友好、热情，萌萌感到非常欣慰。他把找妈妈的事全忘了，他由愁眉苦脸，变得喜笑颜开了。他用两只小手揪住小狗的两条前腿，猛地一推，把小狗推翻在地。小狗急忙爬起，变本加厉地纠缠萌萌。正当他得意扬扬地与小狗打着玩时，忽然看见两只脚站在他的面前。他抬头一看，他妗子高大的身子站在那儿。面孔是冷酷的，两片嘴唇紧紧撅在一起，撅得高高的；当他看她的眼睛时，好像无数条钢针从她那凶残的眼睛里射出来，毫不留情地射到他身上，射得他浑身针扎似的，精神紧张不安。顷刻间，他害怕起来，像老鼠见猫一样紧张。他不敢看她，刚才的喜悦心情一下子跑得精光。他最怕妗子的眼睛，她的眼光好像是强大的磁铁，而他好像一块小小的铁块，妗子眼睛的磁力，牢牢地把他吸住，他身体像没有骨头一样，畏缩成一团，一动也不动。心里哆嗦，两手抖动，像被老猫捉住的小老鼠，没有任何挣扎的余地，只有任其摆布。小花狗依然上蹿下跳，接连不断地对他发出友好信号，但这并不能缓解他的紧张情绪。他妗子使劲踢它，叫它滚开，但它却继续不断地纠缠他。

"谁叫你来的呀？"萌萌的妗子先开口问。

"我自己想来的。"萌萌唯唯诺诺地回答。

"你来弄啥的呀？"妗子继续追问。

"我来找俺妈哩。"萌萌直言不讳地回答。

"你妈早就死了，你永远也见不到她了，她怎么会在这儿呀？"妗子毫不忌讳地把事情的真相告诉了萌萌。

萌萌一听见妗子把妈妈与死联系到一起，顷刻燃起一腔怒火，一股压抑不住的勇气涌向心来，朝着妗子拿出全身力气狠狠地顶了一句："我妈没有死！你骗人，我奶奶说她在这儿。"

萌萌的妗子感到很惊奇。在她看来，萌萌从来就是胆小怕事，谨小慎微，从来不大声说一句话，也从来没有直眼看过她。可是今天他怎么啦？对她说话不但嗓门高，腔调硬，充满火药味，还带着一种挑战姿态。她诧异了。她心想，小小孩儿，哪来的这个勇气和胆量！这种反差使她怎么能接受得了！她气势汹汹地说："小屁孩儿，不识好歹，你不相信，你找吧。看谁骗了你。"妗子拔腿走了，把小花狗也带走了。

萌萌一个人站在那儿。他真的懵了，他昼思夜想、梦寐以求、整天哭闹着想找的妈妈，真的死了吗？他实在是不相信。奶奶说"她在姥姥家，过几天就回来了"，而妗子说"她早就死了，永远见不到她了"。谁说的是真的呢？究竟谁在骗自己呢？他虽然对妗子说话那么嘴硬，但这么多天见不到妈妈的事实，使他开始怀疑奶奶的话。

事情就是这么奇怪，在不少情况下，自己的亲人正是欺骗自己的人。萌萌对奶奶的话将信将疑，对妗子的话也是将信将疑。他不知道谁的话是正确的，也不知道谁在欺骗自己。按常理，他应该相信奶奶，因为奶奶待他亲，他也喜欢奶奶。一个人应当相信的人，是待她最亲的人。妗子的话使他最不容易相信，因为妗子烦他，他也讨厌妗子。把她们的话与事实对照时，待他亲的人的话与事实对不住，而烦他的人的话倒很符合事实。他思想上无所适从了，行动上进退两难了。他一个人站在那儿，很久很久。

小花狗又跑出来欢迎萌萌了，仍然是摇头摆尾地欢迎他进去。妗子出来追赶小花狗时又看见萌萌还在那儿站着，她不耐烦地问萌萌："你这个小孩儿，不是告诉你了吗，你妈妈已经死了，根本不在这儿，你怎么还不走哇？"

萌萌好像现在也不怕她了，他说："我想找我姥姥。"

她对他说："你姥姥不在家，你走吧。"

她说了一声，扭头就走了。萌萌连再问的机会也没有。姥姥不在家，在哪里呀？今天回来不回来呀？这一系列问题都无法得到答复。他彻底绝望了，妈妈看来真的不在这里，姥姥也见不到，只得拐回去了。来这里奶奶本来就不知道，现在赶快回去，空跑一趟，权当没来。

正当萌萌垂头丧气地往回走时，听见有人说："那不是萌萌吗？萌萌，你怎么来的呀？你现在去哪儿呀，孩子？"这是萌萌的姨姨的声音。

萌萌抬头一看，是姥姥和姨姨从那边过来了。他大步向她们跑去，一下子趴到姥姥的腿上，哇啦一声大哭起来，哭得连连打嗝，上气不接下气，泪水哗啦哗啦地顺着脸流，他哭得那么伤心，那么可怜。姥姥和姨姨也情不自禁地哭起来，他们双方都是悲伤得说不出话来。姨姨把萌萌抱起来，自己唰唰地流着眼泪，用手绢不停地擦萌萌的眼泪。姥姥先开口问萌萌："孩子，你咋来到这儿了呀？你现在去哪里呀？"

萌萌哭了一阵子以后，慢慢缓过劲来。他对姥姥和姨姨说："我来找妈妈哩，我奶奶说我妈妈在这儿哩，领我去见妈妈呗。"萌萌挣扎着从姨姨的怀里下来，要拉住她俩去见妈妈，随即三人又伤心地大哭起来。

尽管萌萌拉住她们要求去见妈妈，可是她们与没听见一样，谁也不动一步。然后，萌萌又问："妗子说妈妈死了，再也见不到她了，是真的吗，姥姥？"

她们俩谁也不回答他的话，光看见她们不停地擦眼泪，随即姥姥把话锋一转，问："萌萌，是你奶奶把你送到这里的吗？"

萌萌回答："不是的。"

姥姥又问："是谁送你来到这里的呀？"

萌萌答："是我自己来的。在路上碰见一个大妈，她把我送来了。"

姥姥问："那个大妈呢？"

萌萌答："她又拐回去了。"

姨姨问："你奶奶知道你来这里吗？"

萌萌答："不知道。"

姨姨问："你姐姐知道不知道？"

萌萌答："我姐姐也不知道。"

姥姥说："你这个傻孩子，一个小孩子跑到这里，跑丢了怎么办？以后千万不能一个人来了。"

萌萌说："我很想俺妈妈，我奶奶说妈妈在这里，我就来了。"

姥姥又是不接萌萌的话，她让姨姨告诉舅舅去洛家庄告诉萌萌的奶奶，以免她挂念。

姥姥又问萌萌："你现在打算去哪里呀？既然来到这儿了，为啥又要走哇？"

萌萌回答说："我妗子说你不在家，她叫我走哩。"

姥姥接着说："我不在家，我也没远去呀。我很快就会回来的，不论如何也不能让孩子走哇。"

姨姨说："她竟说出这样的话，真不像话。岂有此理！"

萌萌只把妗子说的话向姥姥和姨姨学了学，对她那不堪入目的脸和狰狞可怕的眼，他无法用言语对她们说，只有他一个人心里知道，无法让第二个人明白。

萌萌不哭了，姨姨问萌萌："饿了吧，孩子？"

萌萌点了点头。姥姥说："咱们赶快回去，该吃饭了，孩子一定很饿了。"萌萌跟着她们去姥姥家。她们走到院子里时，正好碰见妗子从厨房里出来往水缸里打水。她看见萌萌时没有说话，没皱眉，也没瞪眼，只是不理睬他，如没看见一样。萌萌不敢看她，低着头拉着姥姥的手，急忙走到姥姥的住室。

这天正好姥姥家里有客，客人是妗子她爹，他是带着小孙子来看望闺女的。怪不得妗子如此讨厌萌萌的到来，原来是她爹爹来了，她要为爹爹做好吃的。恰在这时候萌萌来了，使她很不舒服。这天的午饭是捞面条、油馍、炒鸡蛋、豆腐、白菜、粉条。姨姨先拿了一张烙馍卷了一兜子菜，拿到姥姥屋里送给萌萌，并且说："这孩子还好运气哩，他来这里正好我们有客，而且恰好是嫂子她爹，要不然妗子会做这么好的饭吗？客人吃好的，我们也帮光。"

没等萌萌把馍吃完，姨姨又给他端了一碗捞面条，手擀的、纯白面的。浇头是鸡蛋、豆腐和粉条，看着舒服，闻着喷香，看见流口水，肚里打咕噜。平常很少见到面的萌萌，吃着这饭，那个香味是无法用语言表达的。他三口并作两口地把烙馍吃完了，又狼吞虎咽地把捞面条吃完了。姥姥和姨姨看着他吃饭的样子，脸上表现出高兴、难过又可怜的样子。姨姨问萌萌："吃饱了吧？"

她没有问他"吃饱了没有"，也没有问他"你还想不想吃了"，而是说："吃饱了吧？"

她们俩都想让萌萌痛痛快快地吃饱，但又怕他控制不住自己，吃得太多，吃坏肚子。她们的这种担心并不多余。在这样的年代，吃坏肚子的大人，大有人在，更何况他是一个四岁的孩子。她们不是问"你还吃不吃了"，也不是问"你吃饱了没有"，实际上她们都怕他说"我不饱，我还要吃"。如果这样说了，她们若不让吃，怕他不高兴，如果让吃，怕他吃坏肚子，这两种情况都是她们不愿做的。她们用"吃饱了吧"这样的话引诱出"吃饱了"的答话，哪怕是勉强，也达到了她们不让他再吃的目的。萌萌也确实随她们心愿了。他说了声："吃饱了。"其实，萌萌心里也很矛盾，按分量说，吃的已经不少了，已经吃饱有余。按感觉说，也有矛盾，肚子感到撑得很，可是嘴里感觉还想吃。由于她俩问的是"吃饱了吧",所以他就顺着她的话说了声:"吃饱了!"

萌萌吃饱肚子以后,心里特别高兴。饭前的委屈、痛苦全忘了,满脑子全是吃罢佳肴的快乐。他在堂屋里兴高采烈、手舞足蹈、忘乎所以、自我享受的时候,他妗子一脚跨进门槛,恨恨地瞟了他一眼,他的情绪马上低落下来,灰溜溜地钻进了东间姥姥的房间里,静悄悄地等待着姥姥的到来。

第二天上午,姥姥的娘家来报丧,说是姥姥的叔父死了,要求姥姥去参加葬礼。姥姥、舅舅朱平、姨姨朱琳都得去。家里就留下妗子、萌萌以及昨天跟着爷爷来的那个妗子的小侄儿,名字叫小童。姥姥也知道萌萌留在家不合适,要求把他带到娘家,但舅舅不同意,他说:"我们是去奔丧的,带住萌萌不合适,比不得喜事。"

姥姥说:"没别的办法呀。如果早知道奔丧的事,咱把萌萌给他奶奶送回去,现在来不及了,只有把他带上。"

舅舅说:"我对他妗子交代一下,让她好好看着这两个孩子。这两个小孩年纪差不多一样大。俩小孩在一块玩反而省心。"

妗子也同意让萌萌留下来,她负责照顾两个孩子。她对婆婆说:"你放心吧,我一定把萌萌照顾好。"

姥姥他们不太相信妗子的话,还是担心萌萌留给她会受委屈,但她实在没办法。她去时对萌萌说不要与妗子顶嘴,不要与小童疙气。萌萌虽然心里很不想留下来,但当时的气氛迫使他只有听从姥姥的安排了。

姥姥他们走后,萌萌与小童在一起玩得还不错。萌萌在姥姥的抽斗里找出一个小刀,用小刀刻萝卜人、萝卜狗、萝卜猪。小童看见很羡慕,再三请求萌萌能否让他玩一会儿,他也很想用这个小刀刻小人、刻小动物。

小童说:"萌萌哥,叫我用用你的小刀吧?"

萌萌说:"别,这小刀可利啦,你用不好,会刻破手的。"

小童说:"我不会小心些吗?我不会刻住手的。"

萌萌说:"你的手要是刻流血了,你姑姑又要骂我了。"

小童说:"我不会刻流血的。流血了我也不埋怨你。"

萌萌说:"那好吧,咱俩得拉钩。"

小童说:"好,好。"

于是两个孩子都伸出右手的食指,紧紧地钩在一起,嘴里说着:"拉钩作证,一百年不改动;要是把手弄流血,决不会怨萌萌。"萌萌把小刀给了小童并叮咛他："你用一会儿得还给我。"

小童说："我一定还给你。"

小童用萌萌的小刀玩了很长时间以后，萌萌对他说："小童，叫我玩一会儿小刀吧？"

小童说："我还没有玩够呢，等一会儿再还给你。"

等了一会儿以后，萌萌又说："小童，叫我玩一会儿小刀吧？"

小童说："我还没有玩够呢，再等一会儿再给你。"

又等了一会儿以后，萌萌又说："小童叫我玩一会儿小刀吧？"

小童有些不耐烦了，想要不论理，很不讲理地说："要，要，再要不够了！我正在玩着呢，为啥要给你呀？给你了，我玩啥呀？"

萌萌一看小童不想还给他小刀了，很生气，伸手去夺小刀。小童抓住不放。萌萌硬要夺。萌萌有理，很有信心，力气很足。小童无理，心里很虚，力气不足。所以萌萌轻而易举地把自己的小刀夺回来了，可是把小童的手划破了皮，鲜血直流。他大哭小叫，跑着去找他姑姑，对他姑姑说："萌萌用小刀打我。"并伸出血淋淋的手让他姑姑看。他姑姑急忙跑过来责问萌萌。

她问："萌萌，你干吗欺负你小童弟弟呀？"

萌萌说："我没欺负他。"

她又问："童童的手为啥会流血呀？"

萌萌说："他为啥不还我小刀？我夺我的小刀啦。"

她又问："你的小刀？你从哪儿弄的小刀呀？"

萌萌说："我从姥姥的抽斗里拿的。"

她说："这不对啦，这个小刀是我们的，怎么会是你的小刀呢？你不吭气从抽斗里拿小刀，说明你是偷我们的小刀。"她在说萌萌时，小童一直吵着要萌萌手里的那个小刀。她最后说："这个小刀是我们的，你不能要，你得把它还给小童。"

萌萌说："我不给，这个小刀是我的，我不给他。"

她说："你这孩子怎么不讲理呢？明明是你偷我们的小刀，为啥还要说是你的呢？"

萌萌说："这是我的小刀，我不是偷的。"

她说："我早就知道你嘴硬。今天你不给就是不中。"她说着用左手抓住萌萌的两只小手，右手去夺取萌萌手中的小刀。萌萌的小手哪有她的力气大！在这种情况下，萌萌要想保住自己的小刀，根本是不可能的。他怒火万丈，急中生智，他唯一能用的武器就只有嘴巴了。他把昨天以来对妗子的仇恨集中在一起，趴在她的手脖上，狠狠地咬了一口。咬得她"哎呀"叫了一声，随即放开了萌萌的手。她忍着痛，用她那无情的手，向萌萌的头上重重地打了一巴掌。一个非常幼小的、还嫩油油的脑袋，经不起她那成人巴掌的猛击，萌萌感到头痛难忍，天旋地转，立即倒在地上，伸着腿，闭着眼，一动不动了。

　　小孩子最常用的逆反动作就是哭。他哭得越厉害，说明他的逆反心理越强。他心里不舒服时，他就哭；别人欺负他的时候，他就哭。哭是一个孩子的正常反应，可是，萌萌现在不哭，说明他已经失去了知觉。她害怕了，她以为萌萌被她打死了，她开始自责了，她后悔不应该打得这么狠。她吓得头皮发麻，心发慌，四肢发软，浑身哆嗦。她心想：这回可闯了大祸了。她把手放在萌萌的鼻孔处，她感到有一些热气在碰她的手，她马上高兴起来了，他没有死，谢人谢地。她又看看萌萌的头部，除了有一片红外，别的没有发现打的痕迹，她更高兴了。她心想：这就没有关系了。发红，好办，停一段时间就恢复过来了。只要没有外伤，就没有打他的证据。她站起来，定了定神，抱住小童离开了现场，大模大样地、装着像没事一样地走了出去。

　　萌萌一个人躺在堂屋的地上，眼闭着，显示生命体征的肚子一高一低地在动。

　　他感到自己轻飘飘的，可以飞起来，可以飞到房上，飞到树上，飞到云端，也可以飞到天上，可以腾云驾雾，飞到天涯海角。

　　他感到他有无比强大的力量，他可以拔掉一棵大树，也可以推倒一所房子。他可以排山倒海，也可以呼风唤雨。他有坚强有力的嗓门，可以发出巨大无比的声音。

　　他忽然感到很想见妈妈。妈妈在哪儿呢？她没有在家。奶奶说她在姥姥家。可是，在姥姥家为啥也没有看见她？她去哪儿了呢？他想："既然我有这么大的力量，有这么高的嗓门，为什么不高声叫妈妈呢？妈妈听见我叫她时，肯定就马上回来。对，这是个好办法。用不着到处跑着找她了。"于是他用最高嗓门，使出全部力气叫："妈妈，你在哪里？妈妈，你回来吧，我想你妈妈，你在哪里？妈妈，你回来吧，我想你。我是萌萌呀，妈妈，我想你……"他这样叫喊着，一直叫喊着。

　　他的喊声在海底盘旋，在山巅回荡，在空中飘扬。他的喊声震撼了五湖四海，震撼了山山川川。一切生灵为他的喊声怜悯，万事万物为他的喊声悲叹。

他侧耳细听，听见远处传来一个细微的声音："萌萌，我的乖乖，我可怜的孩子，我在这儿，我是妈妈，我就要回来了，妈妈就要回来了。"

萌萌猛然狂叫起来："妈妈的声音，妈妈的声音。"随即又叫："妈妈就要回来了，妈妈就要回来了。"

萌萌睁大眼睛，全神贯注地朝着有声音的方向仔细观察着。

萌萌再次竭力地叫："妈妈，我想你，妈妈，你在哪里？妈妈，你回来吧。"

那边传来的回声："萌萌，妈妈在这儿；孩子，妈妈回来了。"

远处传来的声音，由远到近，声音也越来越高，远处也出现了一个黑影。由远到近，由小到大，由模糊到清晰。萌萌看清楚了，这就是妈妈。然后两人一对一答地叫喊起来。

萌萌："妈妈，你在哪里？"

那人："萌萌，我在这里。"

萌萌："妈妈。我想你。"

那人："孩子，我也想你。"

萌萌："妈妈，你回来吧。"

那人："孩子，我就是回来了。"

那人很快来到面前，她就是妈妈。萌萌狂喜起来，叫着："妈妈回来了，妈妈回来了。"当妈妈走近时，他看见她那红润细嫩的面孔，温欣柔情的笑容，爱意深深的眼睛里，射出无数条宽慰可亲的光芒。她伸出暖洋洋的双臂去拥抱萌萌，萌萌也情不自禁地投入妈妈的怀抱。妈妈紧紧地抱住他，忙乱不堪地狂亲他，亲他的头，亲他的脸，亲他的鼻子，亲他的眼。萌萌一动不动，一声不响，尽情沐浴着妈妈赋予的爱河。一阵亲吻之后，他们由狂喜转为悲痛。

萌萌哭着说："妈妈，我想死你了，你去哪儿了？我到处都找不着你，你怎么不回来呀？你不要我们了吗？"

妈妈哭着回答："孩子，我也想死你们了。我去很远的地方了，我舍不了你们，但人家不让回来。今天我听到你叫我，我就回来了。"

娘儿俩拥抱了一阵子，哭了一阵子后，慢慢镇静下来。妈妈先开口问萌萌："孩子，你怎么来到这里了呀？"

萌萌回答："我来找你哩。奶奶说你在姥姥家，所以我来找你了。"

妈妈问："姐姐呢?"

萌萌答："在家呢。"

妈妈问："奶奶还好吗? 跟着奶奶可以吧?"

萌萌答："奶奶好,奶奶待我们可亲了。"

妈妈高兴地说:"这就好,我不在家,有你奶奶照顾你们,不也是一样吗?"

萌萌对妈妈说:"童童要我的小刀。"

妈妈问:"你给他了吗?"

萌萌说:"他本来说用用还给我,俺两个还拉钩了,他用了以后,不还我,我夺回来了,割破了他的手。"

妈妈说:"这多不好,割破手不痛吗? 他不给你,你再等一会儿呀。"

随后,萌萌又上气不接下气地哭起来。妈妈急忙把他抱在怀里,很关切地问:"怎么啦,乖乖? 怎么啦?"

萌萌说:"妗子夺我的小刀,还打我的头,可疼啦。"

妈妈说:"妗子很不好,我要找她算账,并把小刀给你要回来。"妈妈的话极大地安慰了萌萌,平息了他心中的怒火,为他出了一口气,他心中才算平静下来。

然后,妈妈伸手去打开她带的盒子,嘴里说着:"孩子,你看我给你带的啥?"

萌萌忙说:"带点儿啥呀,妈妈?"

妈妈亲切地说:"带的是你最爱吃的东西。你猜猜是啥,孩子?"

萌萌说:"我最爱吃的是荠荠菜,最不爱吃的是咪咪蒿。你给我带来的是荠荠菜吗,妈妈?"

妈妈说:"傻孩子,你说那都是野菜。妈妈哪能给你带野菜呢? 野菜再好吃,也没有种的菜好吃。"

萌萌说:"种的菜? 菠菜、萝卜、白菜……都好吃。你给我带来的是种的菜吗? 啥菜呀,妈妈?"

妈妈说:"种的菜再好吃,也没有窝头好吃。"

萌萌说:"你给我带来的是窝头吗,妈妈? 窝头也很好吃。奶奶蒸的窝头,她都不吃,她说她不爱吃,她光叫我和姐姐吃。你给我带来了多少窝头呀,妈妈? 我想给奶奶带回去一个。"

妈妈说:"我给你带来的不是窝头,而是比窝头更好吃的东西。"

萌萌惊讶地说："呀！那你带来的是啥呀，妈妈？"

妈妈慢腾腾地说："窝头再好吃，也没有白面馍好吃呀。"

萌萌一听白面馍三个字，高兴得跳了起来，急忙问妈妈："你真的给我带来白面馍了吗，妈妈？"

妈妈说："真的，孩子，是白蒸馍。"

萌萌急得马上就想吃到嘴里，说："太好了！快拿来叫我吃。妈妈，你真好，给我带白蒸馍吃。"

妈妈不以为然地说："孩子光说傻话，哪有妈妈不待儿子好的？白蒸馍好吃，不假。我还给你带了比白蒸馍更好吃的东西呢。"

萌萌很不理解地说："咦！那是啥呀？"

妈妈说："你猜猜。"

萌萌说："我猜不着。"

妈妈说："我还给你带了肉呢，还是红烧肉。你不是最爱吃红烧肉吗？"

萌萌的口水就要流出来了，他急得一刻也等不下去了。

妈妈顺手把盒子里的白蒸馍和红烧肉递给了萌萌，还随手递给他一双筷子，说："快吃吧，孩子。我知道这是你最爱吃的。"

萌萌很快吃完了一个白蒸馍和一碗红烧肉。

妈妈很关心地问他："吃饱了吗，孩子？"

萌萌愉快地回答："吃饱了，妈妈。"

萌萌反问妈妈："妈妈，你去哪里啦？怎么老不回来？"

妈妈说："我去很远很远的地方了。人家不让回来。"

萌萌说："妈妈，不要再去啦。"

妈妈说："我不去不行呀，人家叫我去呢。"

萌萌说："我也去，我想跟你去。"

妈妈说："好孩子，听话，别跟我去，人家不让小孩去。你跟着奶奶在家，还有姐姐，你们在一起。很快咱们这里就要解放了，咱们穷人就要翻身了。那时你们就该过幸福生活了。你也慢慢长大了，我想叫你去上学，不但上小学，还要上中学，上大学，我还想叫你出国呢。好好听奶奶的话，长大好好孝顺奶奶。"然后，妈妈说："孩子，你回去吧，我要走了。"妈妈说着就要动身离开。萌萌紧拉住她的手，哭着说："妈妈，你不要走，妈妈，你不要走。我想你，我想你，妈妈，妈妈，妈妈……"

就在这时，姥姥和姨姨她们奔丧回来了。她们看见萌萌躺在地上，嘴里喊着"妈妈，妈妈"，眼里直流着泪水，姨姨急忙把他抱起，说："可怜的孩子，恐怕还没吃饭吧？"

"醒醒，孩子，醒醒。"姥姥轻声地叫着。

姨姨说："肯定是又想妈妈了，睡梦中还哭着叫妈妈呢。"

萌萌醒过来以后，哇啦一声哭起来。他哭着对姥姥和姨姨说："妈妈回来了，还让我吃了白馍和红烧肉。"

她俩知道他说的是梦话。她们故意问他："你妈妈现在在哪儿呀？"

萌萌说："她又走了。"

她们又问："去哪儿了？"

萌萌说："不知道。"

她俩说："管她去哪里呢？咱不管她。"

萌萌哭着用手指着头说："疼，疼。"

萌萌被妗子打晕过去以后，他梦见了妈妈，妈妈还给他带来他最爱吃的白蒸馍和红烧肉，他做了一个甜蜜的梦。姥姥她们把他叫醒以后，他受伤的脑袋非常疼痛，但他说不清楚他的头是如何的痛法，也不会把痛与挨妗子的打联系起来。他身上又没有外伤，所以这次打是白挨了。

萌萌对姥姥说："妗子打头。"

姥姥开始怀疑在他们走后的这段时间里，家里发生了什么事，甚至初步认定，他妗子又对他使了什么坏。她想，萌萌指着头说痛，又说妗子打头，那么痛肯定是妗子打的。她马上意识到儿媳妇对待萌萌有一种不可饶恕的罪过。究竟是什么罪过，因为萌萌说不清楚，所以她也很不明白。姥姥把她的想法告诉了儿子朱平，让朱平问问妻子赵省。

朱平问赵省："你打萌萌了？"

赵省说："谁打他了？他那么一小点儿，我一个老大的人了，怎么会打他呢？"

朱平又问："他指着他的头说疼，又说你打他的头了，这是怎么回事？"

赵省辩解道："事情是这样的：他拿咱们的小刀，小童也想玩玩。可是萌萌不让他玩，小童就哭。我说让小童玩玩，萌萌还是不让小童玩。我想把小刀从萌萌的手里拿过来递给小童。等小童玩一会儿以后，再给萌萌，这不是很好吗？我伸手去拿小刀，当我把手伸过去拿住小刀时，萌萌用力咬了我一口。他人小，但咬劲可大了。我痛得打哆嗦，我赶快把他的头扒拉开。也可能我的手有些重，因为胳膊痛，所以也顾不得那么多啦，就是这样。小屁孩，说我打他的头，整天吃我做的饭，反过来还来诬赖我，真不是东西！"

赵省对丈夫说的话的真实性无从考证。赵省不承认，萌萌不会说。从她说话的口气中，好像她是个受害者。朱平对妻子的话也不完全相信，但又拿不出证据。他把这一番话告诉了妈妈，妈妈也觉得无可奈何。再者，即使萌萌挨了打，从他的言语和行动看，并没有大碍。因此，不再追究，不了了之。

按说赵省把萌萌打昏迷这件事，就算告一段落了，但赵省却不拉倒。事情就是这么奇怪，如果姥姥他们对萌萌的挨打非弄个水落石出不行，赵省就会站在被动地位，应付婆婆和丈夫的盘问，想点子、编瞎话，不让他们找出自己的过错。一旦她打萌萌的事实有了证据，她就抵赖，死不承认。在这时，如果姥姥他们宽大为怀，不再追究，赵省就会老老实实，不再生事。现在的问题是姥姥他们过早地放弃，赵省反而由被动变主动，没事找事，反咬一口，强词夺理，叫嚷不能拉倒，要求把此事弄得清清楚楚，还她一个清白。丈夫对她的询问算是捅了她的马蜂窝，她气冲冲地找到婆婆说："问我打他了没有？我怎么打他了？我对他是好心落个驴肝肺，操心不叫好。我是天大的冤枉，他头疼，我看他不是头疼，而是肚子疼。这么一点儿个小孩，吃那么多，还不吃坏肚子？怎么是头疼呢？我看呀，还是让他赶快回去吧。他要继续在这里，对我对他都没好处。我是妗子，我待他再好，也落不好，这我早就知道。常言说：'人的三不亲是姑夫、姨夫、舅的媳妇。'妗子是不亲的人。这是注定的。我待他再好，也不可能落好。所以，我就没有落好的想法，落好，落不好，没关系，我不在乎。可是，他刚一来就吃坏肚子，再在这儿几天，就会吃崩了肚子，到那时我可担当不起呀。你想想，吃我做的饭，吃坏了肚子，还要我来负责，我是推磨挨推磨棍——掏力不叫好，出力还挨揍。因此，我的意见，还是让他回去吧。"

婆婆对媳妇的话很反感，但又无法解释，这牵扯到对萌萌的感情问题，要想让她对萌萌有个好的感情，距离太大。因此，她不想说别的，只是意味深长地说："这孩子太可怜啦，这么小就失去了爹娘，有一点儿良心的人，都会有怜悯心的。孩子小，家里生活又不好，在姥姥家住几天不是很正常吗？不要说一个没娘孩儿啦，就是有爹有娘的孩子，也是经常在姥姥家的。你没听人说：外甥去姥姥家——常来常往。请你忍耐一下，我理解你的心情。念起你妹妹的份上，让萌萌多在咱家几天，萌萌他妈在天之灵对你会很感激的，不看僧面看佛面嘛。"

赵省对婆婆的话是有苦难言，她认为婆婆含沙射影地说她没良心、没怜悯心，使她很生气。本想与婆婆大闹一场，可是婆婆让她忍耐一下，还劝她不看僧面看佛面等等，这极大地安慰了她。她的怒火一下子消失了。她看看依偎在婆婆怀里的萌萌，回忆起他刚来时她对他的态度，又想起她重巴掌把他打晕过去的情景，她有些内疚了……

第七章　被赶出门

一九四三年秋天的一个中午，保长办公室的两个人，一个叫王小三，一个叫张小五，来到奶奶家里，目的是催奶奶还债。奶奶问他们都什么债，多少债。他们拿出一大把纸条，说是欠条，一一念给奶奶听。因为数目太大，奶奶听起来都是天文数字。她六神无主，两眼发黑、头发蒙，他们念的数字，奶奶一点儿也记不住，只影影绰绰地记得缴粮款、租地款、借债款和拿药款。

奶奶问他们："我们根本没有一分地，哪来的缴粮款？"

他们答："你们租过地吗？"

奶奶说："租过呀，我们全靠租的地种呢。"

他们说："这不好了？租的地也是地呀，怎么不缴公粮呢？"

奶奶说："租谁的地，谁缴公粮，怎么让租户缴公粮呢？"

他们说："你去问问，咱洛家庄哪一家租户不缴公粮？这都是有言在先的。不会亏待你们一家的，大家都是一样，这款必须得还清，不然就不会租给地种了。"

奶奶说："我们不会再租地了，没有人了，谁来种地呀？"

王小三说："也许这才是叫你必须还清这个款的原因之一呢。"

关于其他款项，他们都一一做了解释。他们说："租地款是每年租的土地收获部分的分成部分。这个分成主要是今年的，往年所欠部分都转为高利贷了。"

借债款这个款项包括两部分内容，一部分是由租的土地应缴的分成部分，由于歉收而没缴，然后把这部分欠债转为高利贷，作为借债；另一部分是每年青黄不接时直接借的粮食，也折合成钱作为欠款。

拿药款主要是奶奶的丈夫、儿子和儿媳治病时花的钱。他们说他们已把药钱还给药店了，让奶奶把钱还给他们。

　　他们没有让奶奶看那些欠条，奶奶也不想去亲自看，看与不看一样，反正是还不起。

　　奶奶不想去否认这些账，因为从款项来说，都是事实；从具体数目来说，就无从考证了。她就一个想法：不管数目多少，反正是还不起。

　　奶奶对王小三和张小五说："请你们回去转告一下，我们实在是还不起，叫保长考虑考虑我家的情况，我们还不起债，请他高抬贵手，别让我们马上还。"

　　他们说："我们会如实转达你的话的，看保长有何打算。你还是想尽一切办法把债还了，现在不还，等两天也得还，反正是不还不中。"临走时，他们说了一句："等两天我们再来。"

　　他们走后，奶奶在如何还债上考虑起来。钱是硬头货，奶奶怎么考虑，也考虑不出任何弄到钱的办法。话再说过来，即使有了弄钱的办法，她能把债还得清吗？

　　几天以后，催债的人又来了。这次是保长亲自来，保长带着王小三和张小五。一进门张小五先开口问奶奶："还债款准备得怎么样啦？"

　　奶奶说："不怎么样，我们没钱还债，你们看我们有啥东西呀，我们眼下的生活还顾不住哩，哪里有钱还债呀？"

　　保长张强说："我们知道你的难处，也很同情你家的不幸遭遇，但欠债还债，这是天经地义呀，总不能因遭遇不幸而不还债吧。因此，你还是想法把债还了。"

　　奶奶说："保长，你很清楚我们根本还不起债。我们不是不还，更不是不想还，而是根本无能力还。"

　　保长说："你是明白人，如果欠了债，因没能力还就可以不还了？天下有这个道理吗？如果是这样的话，我说句不好听的话，这叫作对赖。如果欠债者对赖，那我们有对赖的办法。我劝你不要弄到这个地步上，这样对咱们两家都没好处。对你来说，结果会更惨，你现在的家已经很悲惨了，到时会更惨。希望你不要以身试法，到时，你可是后悔不及。你还有两个孩子，你还要过日子，你还要把他们养大成人，你要好好考虑一下不还债的后果。"

　　保长的话如排山倒海之势，有雷霆万钧之力，压住奶奶。他的话又像一支支阴险万恶的毒箭，射向奶奶，使她无法推脱，也无法躲避。她感觉着生活已经走到了死胡同，没有任何回旋的余地。保长的话说得很清楚，债不还是不行的，不然就是"以身试法"，也就是说，如果不还，他要动法，就是要抓人。"老天爷呀，如果把我抓去，两个孩子咋办呀！"奶奶想到这儿，不由得出了一身冷汗。她想，债必须得还，不还是不行的。但她又一想，用什么还呢？眼下生活都顾不住，哪有钱还债呀。奶奶又想：他让我好好考虑一下不还债的后果，什么后果？不就是落井下石的后果吗？

奶奶沉默了一阵子后，说道："我不是不想还，而是我实在还不起。"

张小五说："以物顶债也行。"

奶奶说："除了我们身上穿的几件破衣服，还有个破床，还有些破布片和烂套子，还有做饭用的破锅、破勺、破碗、破筷子等等，别的我们没有任何东西了。你们看，想要啥你们就拿去顶债。"

保长说："别开玩笑了，你说的哪一样能顶债！你再考虑考虑吧，我们走了。"

村民们知道后很不理解，他们想让她以物抵债，她有什么物？何以抵债？他们只有拭目以待。很多村民同情奶奶，可怜奶奶遭到重大劫难以后，又遭逼债，还会遭遇更大损失，真是雪上加霜。他们痛恨保长，痛恨他心狠手辣。他们纷纷去奶奶家安慰奶奶，劝她放宽心，沉着应对，乡亲们都是支持她的。

刘二和是周围乡村有名的人物。他手脚勤快，能说会道，在不同环境有不同的说法，见不同人员有不同的语言。他的公开身份是行户，经常活动在集市、贸易场合。此外，在说媒、解决矛盾方面也很在行。人们如果想买什么东西，或想卖什么东西，只要给他打个招呼，他准会给你一个满意的结果。这一天，他来到奶奶家里。奶奶一见他，满腔热情地接待他。先与他热情打招呼，然后给他让座。他坐下后，奶奶先与他说话："刘老弟，哪股香风把你刮来了？"

刘二和说："我无事不登三宝殿。"

奶奶说："我这里哪是'三宝殿'，分明是'三无殿'，无吃、无穿、无过头。"

刘二和说："好了，言归正传。听说保长来催债了？"

奶奶说："来几趟了。"

刘二和说："有啥打算呀？"

奶奶说："打算还，但没啥还。别的什么打算也没有。"

刘二和说："我听说你打算以物抵债。能不能让你老弟我知道一下你打算用什么物来抵债?"

奶奶说:"他们说如果没钱还债,以物抵债也行。我说可以呀,我家的东西你们随便拿吧。我是说过这话,但我不知道他们想要我的什么物,我也没有值钱物去抵我欠的债。"

刘二和说:"说实在的老嫂子,我听了你愿意以物抵债的消息后,很为你发愁。我认为他们是打算要你的花妮去抵债。"

奶奶打断他的话说:"什么?他是这个打算吗?你怎么知道的?"奶奶很惊奇,心里很紧张,她从来没想到保长是这个企图。一听说要她的花妮,她是无论如何也不会答应的。因此,她连问刘二和这个消息的真实性。

刘二和接着说:"我是为你着想,如果你用花妮去抵债,不如把她送给人,现在我对你说以抵债方式把孩子送出去的坏处,这样等于把孩子卖给人家了,以后再想见她就万难了。他们绝不会让她回来看你,也决不会答应你去看望她。这样,你再也见不到你的孙女了。这是你和花妮你们两人的痛苦。如果把她送人,有几个好处:第一,花妮去这家给你 部分钱,究竟给多少,要你们双方商量而定。你可以用这个钱去还债,起到抵债的作用。第二,她去到哪村哪家,让你知道得清清楚楚,你什么时候想去看她,什么时候去,她什么时候想回来看你,什么时候回去,来去自由。将来她成家了还是你家的一门客。第三,她去的这个新家,有吃有穿,要啥有啥,不比在这里强吗?要是我的话,光从这一点说,也同意把花妮送人,主要是让她去个好地方。"

奶奶说:"首先感谢老弟为我考虑。有些事是我没有考虑到的,我真的要感谢你的提醒。我可以给你保证,我决不会拿我的孙女去抵债,我死也不会答应这个条件。我们就算再穷,也决不会让骨肉分离的,要死,我们死在一起。至于你说这个办法,我再考虑考虑再说,恐怕花妮不会同意的。因此,也难以行通。"

刘二和走后,奶奶坐在凳子上痛心疾首,眼泪如雨落下。逼债只是使她发愁,可是要她的孙女,简直是割她的肉。她同情花妮,她可怜花妮。她哭着自言自语:可怜的孩子,你从小就失去了爹娘,失去了父爱、母爱。从小就没吃、没穿。从小就没吃过一顿像样的饭,没穿过一件像样的衣服。爹娘死后,奶奶就是你唯一的亲人了。可是现在又有人想把你夺走,想把你与这个唯一的亲人分开,想让你完完全全地成为一个无人怜悯的孤儿……她越想越多,越想,哭得越痛。眼泪吧嗒吧嗒滴到地上、衣襟上。恰在这时,花妮从外面跑了回来。她一看见奶奶在那里痛哭,马上趴在奶奶身上,一方面用手擦奶奶的眼泪，一方面问奶奶："奶奶，你怎么啦？"顷刻间，她也哭起来。奶奶把她抱在怀里，两手抚摸着她耷拉在脊梁上的头发，用嘴亲吻着她的头、她的脸。四只眼睛里的泪水，把祖孙二人完全融合在了一起，永远也不会分离。

第三天中午，保长带着两个人又来了，进门就问："款准备好了吗？现在就交吧。"

奶奶说："我们真的没有钱，请你们高抬贵手，不然你们拿东西顶吧。"

保长说："你说话可得算数呀！"

奶奶说："算数，想拿啥就拿吧。"

保长说："你家的所有东西也顶不住你们的债，我不要任何东西，我要你们这个宅子。"

奶奶说："什么？宅子？这是绝对不行的。天底下我们就有这么一片立足地了，你要我们的宅子，我们住在哪里呀？"

保长说："你再想办法，我想让你用宅子顶债。"

保长告诉他的随从人员把屋里的东西全拿出来。其实，屋子里并没有什么东西，尤其是没有什么贵重东西。一张大床、一个破柜子、两把椅子、一床被子、褥子和几件衣服，以及厨房里的生活用品。

很快他们把东西全部拿了出来。奶奶痛心疾首，每把一件东西拿出，正如向奶奶胸上插刀子一样。她想，无论如何，也不能把宅子让出去。首先，宅子是"风水宝地"，保长几代人都对它垂涎三尺。奶奶这一家也是几代人都不惜代价守卫着它。爷爷临死前还对奶奶说要把宅子看好。现在爷爷还没死几天，有人就来要这个宅子，她怎么对得住他的亡魂！再者，如果他们把宅子要去，自己和孩子住在哪里呢？白天忙一天，晚上连个去的地方也没有，怎么行呢？奶奶越想越生气，越想越想不通，想着想着，情不自禁地放声大哭起来，花妮和萌萌也跟着哭起来。保长他们已把奶奶家的东西从屋内全部搬了出来，花妮和萌萌再把它们搬进屋里。往外搬东西的人，是搬着嚷嚷着，说奶奶不讲理，有账不还，就得用宅子顶债；往内搬东西的两个孩子是搬着哭着。

三人的哭声虽没有感动搬东西的人，但却感动了左邻右舍。他们听到哭声后，纷纷来到奶奶家看个究竟。很快院子里挤满了人，他们亲眼看见奶奶祖孙三人泪流满面的悲惨景象，他们的怜悯之心油然而生。他们想，奶奶这一家太可怜了，不久前一家七口人死了四口，剩下一老两小三口人，没吃、没穿，现在又让她们腾房子，赶他们出去，叫他们怎么过呀！简直是欺人太甚了。有的劝保长高抬贵手，不要赶他们出门，有的直接说保长残酷无情，更多的人说保长不近人情。有的人指着保长的鼻子，说他乘人之危，落井下石，欺人太甚。

群众的七嘴八舌使保长进退两难。用这种办法把他们赶出来吧，这么多群众不允许，他也知道群众是得罪不起的；如果不这样干，能把宅子夺过来吗？保长看到群众一个个不省事的脸，心里有些怵气。他想，不对头，不能硬着干。现在的群众胆子大了，弄不了还吃亏哩。他想到这里时，对他的同伙们说："今天咱们走，改日再来。"

保长的野心很清楚了，要债、逼债，要求以物抵债，只有一个目的，就是想占奶奶的住宅。这是一块"风水宝地"，这是奶奶剩下的唯一的一个值钱东西了，奶奶怎能给他呢！

全村人都知道这个宅子是"风水宝地"。奶奶的这个宅子为什么有"风水宝地"之称呢？这主要来源于一个传说。据说很多年前，一个老头一大早起来拾粪。他左胳膊挎个篮子，右手拿着粪叉子，沿着街从东向西摸索着走。因为天还很早，什么也看不清楚。他走近奶奶家的门口的时候，忽然看见一头雄狮卧在门口，浑身闪光，两只眼睛像小灯笼一样，把他照得睁不开眼睛。他一下子慌了手脚，不知所措。他马上停下脚步，紧闭住双眼，不声不响地站在那儿一动也不敢动，等待着有什么事情发生。可是，他等了很久，什么动静也没有。他再睁开眼时，狮子不见了，周围还是黑乎乎的，什么也看不清楚。他心里有些害怕，不敢再往前走，就拐回家去，继续睡他的大觉了。吃罢早饭老头儿再去看时，原来是一堆碎砖头、烂瓦片。这个故事一直在该村传着，一代一代地传，也不知道传几代了。很多人还信以为真，胆小的人，天黑时，一个人不敢从这里过。必须从这里过时，就找个做伴的。有些拾粪老头，走到这儿时，绕道而行。他们怕那头狮子再现世，没有福气的人看见了，驾驭不住，可能会倒大霉。有些胆子大的，光想看看这头狮子的再现。他们有事没事总爱往这里走一趟。有个年轻人甚至说，他想抓住这头狮子的耳朵骑到它背上呢。他父亲听到这话以后，对儿子的冒失非常生气。他生怕儿子有一天真的会做出这样的傻事。他立即把儿子叫到跟前，问他："听说你想骑那头狮子，是吗？"他儿子说："我不害怕，我敢骑它。咋啦？""你想得很简单，那是个真狮子吗？它并不是山上跑的狮子，而是一个神物。它不定是哪一路神灵派下来的神虫。它可不是让你随便骑的。你若敢对它狂手狂脚，轻者叫你筋断骨头折，重者叫你家破人亡。"他儿子问："有那么厉害吗？你说得太严重了吧？"他看儿子不在乎，心里有些急，他板起了脸，提高了嗓门："你这孩子，'不听老人言，吃亏在当前；不听老人话，必定要出岔'。这是多少年来流传下来的颠扑不破的真理。你可不要以身试法。你还年轻，还没有经验，没有吃过辣葱，不知道烧红的铁是热的，也不知道天高地厚。遇到啥事都想试试。到你出了事，就来不及了。"他一直把儿子说得直点头，表示不再想着去骑那头狮子了，他才放了心。

除了这个传说外，村里有人发现在这个住宅里，有龙虎相斗的场面。所谓龙虎相斗，就是一条蛇和一只猫在斗。猫想吃蛇，而蛇躲避。猫想法抓它，衔它；蛇也不示弱，也竭力想法咬它。猫一伸着爪子抓蛇，蛇就张着大嘴咬它；猫当然不让咬。蛇一咬它时，它就松嘴，离开几步。这时，蛇就找地方躲藏。蛇一去躲藏，猫又要去咬它。这样你一来，它一往，它两个斗得不相上下，死去活来。它们相争了很长时间，直到那个蛇找到一个洞藏起来，战斗才算结束。这是几年以前发生的事，很多村民都亲眼看见了这个场面，大家说这是龙虎相争，该宅子是龙虎相争之地。人们把这件事与那个传说结合在一起，就坚定地认为，这个宅子就不是一般的民宅了，而是一块"风水宝地"。既然是"风水宝地"，就不是随便什么人都能住的。如果是有福之人，住上后不但能压住地的旺气，还会借助于地的旺劲，发家致富，甚至还会官气亨通，出个大人物呢。相反，如果住户没有福运，就压不住这个地气，那就惨了。地气这玩意儿，它像个大狼狗，欺软怕硬。如果你制住它了，它会乖乖地听你的话，服服帖帖地为你办事，忠心耿耿地为你效劳；如果你压不住它，它就欺负你，不但不会升官发财，还会越来越穷。也许会倾家荡产，或家破人亡，甚至会遭到灭顶之灾。

张强家想要这块宅子的想法，也不是一年半载了。他父亲就一心想要这个宅子。他托好几个人说和，劝说他们，用重金聘请他们，要他们想方设法说服洛培石，他愿意出高价，甚至不惜一切代价，洛家要多少钱就给多少钱，要什么东西就给什么东西，只要答应把这个宅子卖给他。可是，洛家就是不卖。大家都知道这是"风水宝地"。你想要，你想得怪美！谁不想要呀！你想要，人家主人得愿意给你呀！你出什么价钱也不卖给你。你找人劝说也不行，你有你的千条计，洛培石有他的老主意，不管你什么条件，我就是不卖宅子。他的目的没有达到，想法就暂时搁下来了。他的儿子张强当了保长以后，老头子对他儿子当保长感到得意忘形，趾高气扬了，更强烈地认为他家有官运，如果有一个"风水宝地"的宅子，他的后代就会飞黄腾达，前途无量。因此，他再次浮起占有这个宅基地的想法。但洛培石仍然坚持就是不卖这个宅子。他虽然暂时到不了手，但他决不会死心。他仍然认为，弄不到手是暂时的，只要有决心，有信心，把宅子弄到手是肯定的。他坚定地认为，只有他，才是这个宅子的主人。他深谋远虑，有放长线钓大鱼的理念，他有了把宅子弄到手的思路。他对他的下辈们说："只要有信心，只要有恒心，只要不怕挫折，只要永不放弃，水滴石穿，宅子是肯定能弄到手的。"他还说："我这一辈子不行，儿子这一辈子，儿子不行孙子，一代一代传下去，总有一天会成功的。"他把这个想法交代给了儿子张强，又交代了放长线钓大鱼的做法。总的原则是利用一切可以利用的机会，为占有这个宅子创造有利条件。所以不管是洛培石还是为新去租地或借高利债或青黄不接时借粮食，他们都尽量让他们借，后来朱珣和奶奶去药房里赊账，尽管欠了那么多账，药店仍然乐意赊给。朱珣和奶奶还以为是药店行好，其实是张强早就有交代，让她们赊药时，不要拒绝，只要她们要，尽量赊给她们，达到她们的满意。张强明确告诉药店，洛家的账，以后他还。可是，奶奶并不知道张强的阴谋。她还以为这是他们行好，所以，无论是借债，还是赊药，都是顺顺当当，毫不作难。她只是认为，这是吃瓦片拉砖头，但这些瓦片不吃也不行，还必须得吃。现在洛家人没了，账也欠得够数了，生活也难以维持了，张家来要账了。洛家肯定还不起，这时候张家再提出用宅子顶债，这不就是顺理成章的事吗？把宅子弄到手不就是水到渠成了吗？

有一天，一个算命先生看见奶奶，请求给奶奶相面。奶奶拒绝了他的请求。奶奶说没有钱，相什么面呀。不算卦，不相面，反正是走到这个地步了，算卦还有什么用？叫它随便吧，任其发展，走到哪算哪。

算命先生说："我今天给你算命，不要钱，干尽义务。"

奶奶说："这是为什么呀？我就不理解了。"

算命先生说："这很简单，我想帮助你。从你的面相上看，你的命运比较复杂。你要愿意听的话，我给你讲讲。讲得正确也好，不正确也好，都供你参考，我都分文不取。我说话算数，你不要害怕，我不会向你要钱的。"

奶奶说："那你说吧，让我听听。"

算命先生说："从面相上看，你是个有福人，也是个心肠非常好的人。但你的命运不好。这个命运就把你害苦了。也是这个命运，几乎把你推到了绝路。但你的厄运还没有结束，如果你运筹不好，更不好的处境还在等着你。

当然，如果你处理得当，你会躲过厄运，顺利通过。再以后，你的日子就好过了，关键是眼下这一劫。"

奶奶光听不说话，不管他如何说，她不但不说话，连任何表情都没有。算命先生也琢磨不透她的心事。奶奶对算命不感兴趣，她的态度是，你不是很想给我讲吗？那你就讲。你讲，我听。你讲完了，我走，你也走。

算命先生又对她说："我再奉劝你几句话：命薄物重，难以带动；若不扔掉，遭遇惨重。我的这几句话，请你斟酌。你如果琢磨透了，就会采用正确的办法，改变你的命运，走向幸福的道路；如果你分析不透，墨守旧规，不但摆脱不了厄运，还可能更加悲惨，走向绝路。请原谅我直言。"

奶奶一直在思考着那个算命先生的话，尤其是那四句话。他所说的"物"，指的是什么呢？

奶奶平时在很多问题上，考虑得非常清楚，对问题的看法非常正确，解决问题的能力也非常强。因此很多人有了难以解决的问题时，都找她帮忙，她也确实为别人解决了很多问题，得到了大家的赞赏。可是在自己的问题上，她却对问题考虑不清楚了，不知道如何去解决了。这真是局外者清，局内者浊。这正如医生看病一样，对自己亲人的病往往下药不到，病情好得慢。奶奶对自己的宅子问题也是这样，她死抱住不放弃祖传的宅子，光在如何保住宅子上打圈圈，怎么也从圈子里跳不出来。所以，尽管她绞尽脑汁，还是找不出合适的解决办法。这使她非常纠结，心里非常痛苦，把她折磨得饭吃不下，觉睡不着，她多么想找个妥善的办法，让她从痛苦中解脱出来。

一天晚上，一个叫刘恒的村民来到奶奶家。

刘恒是一个六十多岁很有威望的人。他为人正派，办事公道，考虑问题周全，处理问题公平。村里的很多难题和矛盾都是他出面解决的。他听说张强他们去奶奶家赶奶奶出门的消息后，认真分析了形势，有一个想法想提供给奶奶，让奶奶参考。

他一进门，奶奶很热情地欢迎他说："我正想找你谈谈，想听听你的意见呢。"

刘恒说："这不就来了吗？"

奶奶首先把算命先生的话告诉了他。他一听就说："别信他那一套。"

奶奶又把算命先生说的"命薄物重……"告诉他，特意问他，他的"物"是什么意思。

刘恒一听，马上说："很清楚。张强派的人。他说的'物'就是你的宅子。"奶奶恍然大悟。

奶奶又把算命先生另外那些话告诉了刘恒。刘恒说："他的话很明显，他是说，你的命薄，住不了这个宅子。你家的遭遇就是因为住这个宅子而引起的。你要马上搬出来，不要继续住在这里，否则，你会遭到更大的不幸。他的所有话可以归结为一句话：赶快把宅子让给张强。"

奶奶说："你分析得很透。这个算命先生是保长派来的。"

刘恒说："一点儿都不假。他这个算命先生干出这种缺德事，有愧于他的列祖列宗。我也给人家算命，但我从来不干坏良心的事。历史上有很多算命先生害人的事，而且他们的害人往往是摧毁性的，因为很多人都信任他们。因此，不要轻易相信算命先生的。算命，算命，很可能是要你的命。"

奶奶说："咱不说那个算命先生的话了。那么我该不该把宅子让给张强呢？"

刘恒说："我的意见，你让给他。"

奶奶平常很尊重刘恒老先生，他的意见一般奶奶都是听的，可是这一次，他的意见与奶奶的想法大相径庭。奶奶正在想法如何保住这个宅子，想法应付张强的逼债，可是他的意见是把宅子让给他，她怎么也没想到。她说："为什么呢？"奶奶露出很不理解的表情。

刘恒耐心地给她解释，说道："咱先用反证法说这个问题。你不给行吗？你不搬行吗？这是咱希望的。咱希望不给，不搬。这只是咱的一厢情愿。问题是这样行不行？"

奶奶说："看来是不给不行。"

刘恒说："对了。不行的不行，就是行。换句话说，不给不行，就得给。这不是明摆着的道理吗？"

奶奶说："我再三考虑这个问题，我真是不想给他。俺掌柜活着的时候，再三交代我要保住宅子，这个宅子很多人都垂涎三尺，求之不得，在我手里把它送给别人，我怎么向他交代呀？从我的实际情况来看，我一给他，我住在哪儿呀？没有人了，没有地了，现在又没有宅子了，我真是成了'三无'了，无吃的，无穿的，无住处。"奶奶说着，情不自禁地泪水直流。她用衣襟擦了擦眼泪，自言自语道："我的命真苦。孩儿他爹死前还说，我们穷日子已经到尽头了，已经穷到极点了，不可能再穷了，到了物极必反的时候了，天该变了，我们该翻身了。看来，'物'还没有到'极'点，我的穷日子还没有过到尽头，我还得再过一段时间。这一段时间是多长呢？俺掌柜的再三告诉我们：'要坚持，永不放弃，坚持就是胜利。'我实在是坚持不下去了，不放弃是不行了。"

刘恒老先生看着奶奶伤心的样子，低着头，花白的头发耷拉在前面，把整个脸都盖得严严的。她自言自语的哭声，使他感到辛酸流泪。他要慢慢给奶奶解释，让她振作起来，鼓起勇气，继续生活下去。刘恒老先生说："依我看，你掌柜的说得没有错。他所说的'极'，正是我们所在的时刻，他所说的要坚持、永不放弃，说的是在长远的生活道路上要坚持，不要放弃；并不是在某一事物上。在某一具体事物上，很可能还得放弃。你没听人家说吗，腿能伸能蜷，才是好腿。拳头先缩进去，然后再伸出来才会有劲。任何事情的发展都不是直线的，都是螺旋形的，弯弯曲曲的，波浪式的，但总的方向是往前发展的。在坚持的大前提下，放弃一些局部利益是难免的，也是必要的。该放弃如果不放弃，而去坚持，就会因小失大，正如《论语》上说的'小不忍则乱大谋'。这样的坚持，偏偏不是坚持，而是放弃。这就是坚持与放弃的辩证关系。我非常支持你在生活道路上确保坚持的思想理念，但在你的住宅问题上，我希望你放弃。"

奶奶非常惋惜地说："我们这个宅子不是一般的住宅，更不是普通的一片土地和几间破房子问题，而是一处'风水宝地'。因此，我实在不想把它放弃。"

刘恒说："我也听说过这是个好宅子。它要是不好，说不定保长就不会要了，也许就不会有今天的事。因为它是好宅子，风水宝地，你舍不得放弃，他才非要不行。从另一方面说，你不想给这是一回事，不给行不行，是另一回事。如果不给行，当然这好办，如果不给不行，怎么办？你有退路吗？现在的问题，不要在'给'与'不给'问题上考虑了，而主要考虑'不给行不行'。世上的任何事情都有主观想象和客观要求两方面的问题。如果主观想的与客观要求的一致了，这就皆大欢喜，但多数是两方面不一致。这时候就要放弃主观想象，适应客观要求。我认为，保长想霸占这个宅子的心是狠毒的，他不会再改变。在给他与不给他的问题上，我的意见是给，不能不给，你拗不过他。你如果硬与他对抗，不但保不住宅子，还会吃更大的亏。在这个问题上，对你也是个考验，你要经得住这个考验。你不要思路狭隘，光看见眼前一点儿小事，要坦坦荡荡，胸有大志，不要因小失大。摆在你面前的有孩子和宅子两件事。在这两件事上，你当然要的是孩子。孩子与宅子比较起来，宅子虽然是风水宝地，也没有孩子重要。如果你想两个都要，是绝对不可能的，到头不但宅子保不住，孩子很可能会搭进去，孩子也保不住，到那时你就后悔莫及了。我说这话可不是危言耸听，而是实实在在的话。因此，在给与不给的问题上，你不要再犹豫了，而要当机立断，把宅子给他，但必须有条件。宅子顶你全部债务，要写字据，不要空口无凭。"他说到这里，停了下来，看看奶奶的表情。他问："这样，你想得通吗？做得到吗？"

奶奶说："你说的话我完全同意，你的话对我是个很大的提醒。过去我没有把这个问题摆得这么高，没有把它与孩子联系起来，我那种想法不对。现在，我也同意把宅子给他，不过在感情上我一时扭转不过来。你说的确实是这个道理，现在我认识到了。我一定按你说的办，把宅子给他。我思想上虽然一时转不过弯来，但在行动上我一定这样办，我马上把宅子腾出来，让给他。"

刘恒又说："张强这个人也是个鼠目寸光之人。他没看看什么时候了，还干缺德事，不为自己留一点儿后路。全国很多地方都解放了，穷人分了田地，得到了解放，翻了身。恶霸地主、土豪劣绅、土匪强盗一律枪毙，老百姓可满意啦。他到现在还不收敛收敛，真是不识时务。他婶子，你记住我的话，这宅子他要不成，他现在的抢占只是暂时的，只会给他增加一条罪状。等不几年，他还得低头认罪，把宅子恭恭敬敬还给你，自己落个偷鸡不成丢把米，丢人打家伙。

奶奶说："你说这话，我听着就有点儿悬了。最近人们不断说'解放、翻身'的事，这不定是猴年马月的事呢，啥时候会来到咱们这里？"

刘恒说："啥猴年马月呀？这是看得见，摸得着的事，马上就会来到咱们这里，少则三年，多则五年。"

奶奶高兴地说："八路军快来吧，我们穷人实在活不下去了。"

刘恒看到奶奶心情好转了，说明她理解了他的意思。他为奶奶解决了一个大疙瘩，他很高兴。他告别了奶奶，回到了自己的家。

刘恒走后，奶奶陷入沉思中，她同意刘恒的分析，也坚决按他的办法去做，把宅子送给保长，但她从感情上一时转不过来弯。过去几辈子坚守的、丈夫临终前特意嘱咐不要丢失"风水宝地"，她没有坚守住。她怎么能不做艰苦的思想斗争呢！

第二天上午，奶奶领着两个孩子去坟里向列祖列宗，向自己的丈夫祷告，请求他们饶恕，她没有坚守住他们一直坚守的"风水宝地"，她向他们谢罪。

几天以后，保长带了六个人来到奶奶家。这次就不再多说话了，是直接搬东西的。这一次不是把东西搬到院子里，而是直接搬到街上。奶奶就那么一点儿东西，他们五六个人很快就搬完了。奶奶听了刘恒的劝告，度量大了，学会放下了，不再哭了，能忍耐了，她领着两个孩子看守着自己的东西。过路人走到这里看见这种场景时，有的皱皱眉头，有的动动嘴，有的说奶奶太可怜了，有的说保长心太狠了。

中午该吃午饭时，很多人给他们端饭，有的拿窝窝头，有的拿饼子，有的端菜汤，有的端蒸菜，还有一家端了一碗面条，尽管不是全白面的，但有一部分的白面。萌萌喝着这碗面条，觉得太好喝了，他喝完了面条，又吃了些窝头。奶奶和花妮先把菜汤喝了，因为汤不好存放，吃不饱时再吃别的。他们把吃不完的东西存放起来，留作下一顿吃。把汤放在一个黑瓦罐里，把馍放在用高粱莛子编成的筐子里。街坊送的饭对奶奶他们来说，都是美食佳肴。萌萌吃饱有余，小肚子鼓得圆圆的。本来就很瘦的布衫，撑得扣不住扣，两条麻秆腿和两只细胳膊，像插在稻草人身上的四根干柴棍。奶奶看到他吃饱肚子后活蹦乱跳的样子，心里有一种甜蜜蜜的滋味。

很多人邀请奶奶一家三口去他们家居住。当然，谁家都不宽绰，都没有一个单独房间让他们住，更没有一个单独院子。有的让住在磨坊里，有的让住在车棚里，有的让住在牲口屋里，也有的让住在他们的厨房里。

别看奶奶一家没地方住，现在就住在大街上，奶奶对住处还是很讲究的。她的原则是：不住在房主的厨房里，不住在生活条件较好的家庭里，他们住的地方最好与主人的生活区远些。这样她家与主人家就不会互相影响，她不愿意影响主人，也不想让主人影响他们。

在奶奶脑子里的影响是什么呢？她家对主人家的影响指的是：他们吃的、烧的经常是临时采摘，尤其是柴火类的，既占地方，又杂乱，很烦人，光居住就够麻烦人家了，再增加这些干扰，她很不安心。主人家对他们的影响主要指的是吃的方面。他们家的饭菜不好，而主人家肯定比较好些，这样对两个孩子，尤其是萌萌会产生不好的影响。比如逢年过节时，主人家可能改善一下生活，做些好吃的。萌萌他们就会看见嘴馋。这种影响对他们的成长没好处。因此，她想找一个离主人家比较远的地方。她要求的另一个条件是尽量住在没有十岁以下孩子的家里。这样，大人之间就不会因孩子问题产生误会。

整个下午，奶奶对所有对他们有邀请的家进行了考查，当然是考查村民们提供的住所。考查结果，没有一个比较满意的地方。留斌大伯提供的房子是奶奶重点考虑的对象。主要是这个房所处的位置符合奶奶的要求，独屋独院。不满意的地方是房子太破、太简陋。因此，不能最后决定，再考虑考虑再说，今晚只能住在街上了。

洛家庄的农民绝大多数晚上都不动锅，不吃晚饭。孩子们饿得快，想吃东西，有剩馍、剩菜、剩汤，有些孩子吃些窝头，喝些压锅水（午饭后刷罢锅添到锅里的水，因有做饭的余热，所以水是温的）。奶奶在这个时期，更不会做晚饭了，他们吃凉饭是常事。别看萌萌身体瘦小，吃凉饭可在行，即使冬天吃凉馍，喝凉汤也不会坏肚子。

这天是八月初五，月亮出来扭了一下，马上又缩回去了，整个村子漆黑一团。因是兵荒马乱时期，晚上外面很不安全，所以太阳一落，老百姓都封门闭户了。除了远处传来的狗的汪汪叫声以外，听不到任何别的声音。天上的星星还是不停地眨着眼，今天显得格外亮，好像对下面的人挤眉弄眼。奶奶从院子里拿些干草铺在地上，草上再铺上个破单子，计花妮和萌萌躺上睡觉。一条破被子盖三个人，如同在家里的一样，花妮睡一头，萌萌与奶奶睡另一头。

也可能是猛一睡在街上不习惯，萌萌往常一落黑就想睡，可今天他没一点儿睡意，躺在铺上眨着眼睛不停地往天上瞅。突然他看见一个流星，划一道亮光从一处滑向另一处。他指着流星飞过的方向，问奶奶：

"奶奶，那是个啥呀？很亮，跑得又那么快。"

奶奶很耐心地对他说："那是一颗贼星。"

萌萌好奇地问："啥叫贼星呀？"

奶奶解释道："先说贼，啥叫贼呢？就是偷人家东西的人就叫贼。每天晚上咱们睡觉时就把门上好，怕贼来偷咱的东西。那么贼星呢？就是这个星星不守规矩，其他星星都是按自己的路走，规规矩矩，每天晚上出来了，又落了。而这个贼星呢？它不老实，它不守规矩，胡乱跑，扰乱别人。所以老天爷就把它扔下来了。扔它的时候，它非常不满意，就发出狂叫，吐出一条火龙，做垂死挣扎。"

然后，奶奶对他俩说哪个是织女星，哪个是牛郎星，接着给他们讲牛郎织女的故事。故事没讲几句，两个孩子就睡着了。

奶奶躺在那里不敢入睡。在露天睡觉，天冷，怕两个孩子半夜蹬掉被子而着了凉。她不时摸摸花妮和萌萌，看他们是否露在外面。她眯缝着眼，似睡非睡。她朦朦胧胧看见一个人来了，穿个蓝大衫，戴个黑礼帽，面带微笑，文质彬彬。奶奶心想，这像个文人，不是那种毫不知礼的流浪汉。他慢慢向奶奶走来。他走近时，奶奶仔细一看，原来是萌萌他爷爷回来了。他笑眯眯地问奶奶："你们在这里睡冷吗？"

奶奶说："不冷，你去哪儿了？这么多天也不回来。"

他说："我想回来，我是身不由己呀！花妮和萌萌呢？叫我看看他们，我很想他们。"

奶奶说："他们在这儿正睡着呢。"

他说："你说你把咱的宅子顶成账了，这样好，不然你过不去这个坎。这样可以保证孩子的安全。这样好，你做得对，我赞成，为新他们也赞成。不过这是暂时的。给他只是让他过一下手，他们早晚都得还给咱们。他们没有住这个宅子的命，以后你就知道了。"

奶奶醒了，睁开了双眼，街上一片漆黑。萌萌的爷爷消失了，但他对她说的话，她却记得清清楚楚。他赞成她把这处宅子顶债，她得到了安慰。他说宅子以后还会还给她，她有了希望，有了寄托，她思想上感到舒畅。她再次摸摸两个孩子是否盖好，然后慢慢入睡了。

大约半夜时分，一个黑影蹑手蹑脚地来到他们身旁，弯着腰向下看。当他伸着脖子窥探是什么东西时，奶奶猛地站起来，一把抓住他的一只胳膊，急忙问："你是谁？干什么？"

那人哆哆嗦嗦地说："我叫干柴，想找些吃的。"

奶奶仔细观看，他是一个十几岁的孩子，结垢的头发奓拉大长，枯瘦的脸，被一团团黑块覆盖着，本来就不大的眼睛，显得更加小而无神。身穿着难以遮体的褴褛衣服，脚上趿拉着一双无后帮的布鞋。奶奶把手松开，他不再紧张，站在那儿一动也不动，有一种老实巴交、令人可怜的样子。

奶奶问他："你是哪里人？怎么来到这里的？"

他慢慢地说："我是赵庄人，离这里七里路。我在家里睡不着觉，就跑出来了。因为我特别瘦，瘦得像一根干柴，所以人们叫我干柴。"

奶奶问："你家里都有谁呀？"

他说："就我爹一个人。"

奶奶问："你妈呢？"

他说："我妈死了，今年春天死的。"

奶奶问："你们家其他人呢？"

他说："我姐姐去陕西了，是爹爹让她跟别人去的，爹爹说在家养活不起。爷爷、奶奶早就死了。"

奶奶听着他的述说，怜悯之心油然而生，心想：又是一个可怜的孩子。

奶奶又问他："这么黑更半夜，你在街上乱跑干什么？"

他说："我太饿了，睡不着觉，在街上溜达溜达，看能否找到些东西吃。"

奶奶又问："就你一个人出来了？"

干柴说："我本来还有一个伙伴，今天他夺人家小孩子的馍，被孩子他爹打得不会走了。所以，就没有出来。"

奶奶把手伸到放在身旁的草篓里，拿出一个窝头递给干柴，说："吃了吧，孩子。"

干柴马上跪在地上向奶奶磕头，然后他急忙站起来，转身就想走。他说："爹爹在家也饿着肚子呢，我的那个伙伴也得吃东西。我得拿走，让我爹吃些，让我的伙伴吃些。我爹一天都没吃东西了，况且还有病。"

奶奶心里想，这是个孝顺孩子，自己饿着肚子，找到的食物自己不舍得吃，要拿回去让爹爹吃，这是多么可贵的孝心啊！

奶奶又拿出两张烙馍递给干柴，对他说："你吃一个，给你爹拿回去一个，给你的伙伴一个。"

干柴接住烙馍，扑腾跪倒在地，连连向奶奶磕头。奶奶让他站起后，他依依不舍地离开了奶奶，消失在黑夜里。

奶奶再也不能入睡了，她再摸摸花妮和萌萌是否盖好。她睁着两只大眼，心里沉重地思索着：萌萌可怜，花妮可怜，可是干柴和那个被人打伤的孩子更可怜。萌萌和花妮没爹没娘了，还有个奶奶照顾，那些出来要饭的孩子有谁照顾呢！那些被人打得不会走路的孩子，有谁照顾呢！她的眼眶湿了，她心里燃烧着愤愤的不平，她再也睡不着了。

没多长时间以后，有五六个人吵吵嚷嚷，在他们身旁经过，从西向东，走着吵着，听到他们的声音："快走，不走就放你这儿。""叫我去哪儿？为啥抓我呀？"从说话声音中可以看出，是几个人拖着一个人走。从声音知道，被拖的这人是刘金，他们走得很快，说话声音越来越听不清楚。不一会儿，随着一声"啪"的枪响，一切都销声匿迹了。

紧接着是一群男女的哭喊声。很明显，是刘金的妈妈、妻子和儿子，他们撵到东头时，发现刘金躺在血泊里死了。他们号啕大哭，挖肝撕肺，悲惨的哭声旋荡在街上，揪着人心。

天已经亮了，人们听到哭声而赶来讯问，原来这是一起绑架杀人案。

一群绑匪本打算对刘金实施绑票。但刘金被拖到村东头时，他伸手抓住一棵小柳树，死活就是不走了。因为天就要亮了，绑匪们不敢与他多磨蹭，把他打死后，拔腿跑了。

花妮和萌萌起来后，问奶奶为啥有人哭。奶奶说："你刘金大伯昨天夜里被坏人拉到村东头打死了。"接着奶奶又把昨晚干柴来要饭的事，对他们讲了一遍。

奶奶更清醒地认识到受苦挨饿的人，过悲惨生活的人，何止她一家！可怜的孩子何止花妮和萌萌！天下受苦的家庭、可怜的孩子多着呢。

她也强烈地感到不能再在外面住了。于是她不再犹豫了，她决定就搬到留斌大伯的牲口屋。

赵大妈得知奶奶决定要住留斌的牲屋以后，急忙跑过来劝奶奶："老婶子，留斌家里可是住不得。你还不知道留斌家的是什么人吗？她容不得任何人，能容得你们吗？我看够呛。我劝你还是趁早别与她打交道，免得以后惹麻烦。"

奶奶很理解赵大妈的话。她也深知留斌家的人品。赵大妈的话句句是实话，她也确实是好意。奶奶又想："留斌家的也不是一无是处。她愿意让住她的房子，单从这一点说，她还是有善意的。再说，我与她没什么矛盾。今后即使有些摩擦，我容她些就行了。常言说：'大肚能容难容事，慈颜常笑可笑人。'她再无理，我容她，她还能怎么着？"奶奶有了这个想法后，对赵大妈说："他大婶，你的话完全正确。你对留斌家的看法与我的完全一样。你对我的提醒非常重要。我原来考虑其他条件多一些，对这个女人的人品考虑得少一些。但我已经对她说了我准备住她的房。现在如果改变不住，恐怕不太合适。我想，既然这样了，我还是去住吧。暂住一段时间看看，不中了就赶快搬出来。"

这天下午，奶奶请人帮忙，把他们的东西搬了进去，他们一家三口住进了一个新家。

留斌大伯的牲口屋坐落在一个荒院里，这是一个独院，是一个两间破旧的小北屋。由于潮湿，年久失修，土坯墙上巴掌大的洼坑一个挨一个。榆木梁本来就不粗，还被一个槐木棍顶着。屋顶苫的是麦秸，被麻雀扑腾得高低不平。刮风时，屋里呼啦呼啦乱落土；下雨时，屋里扑嗒扑嗒乱滴水，地面上，坑坑洼洼；晴天时，是一堆堆的土窝；雨天时，地面上好像铺了一层泥毯，一进屋两脚就粘上厚厚的糊涂泥，好像一双绛色套鞋。

小屋的前墙上安了一个木门，门的旁边是一个窗户。里间是喂牲口的地方，牲口是一头黄牛，一个木槽，把草料放在木槽里让黄牛吃。木槽后是黄牛卧下休息的地方，叫铺后。挨着铺后是盛草的地方。奶奶在小屋的外间，靠北墙打了一个铺，靠门口垒一个做饭锅，把纺花车放在锅与床之间。他们三口人的衣料，放在铺上。

　　每天晚上关门很晚，得等到喂饱牲口以后，每天早上又得起床很早，因为留斌大伯他们还得早早起来喂牲口。早晚时间对奶奶他们都没影响。因为奶奶每天早晨都早早起来纺棉花，晚上也睡得很晚，不是做衣服就是洗衣服。而且，奶奶每天都比喂牲口的人起得早，比喂牲口人睡得晚。

　　关于居住条件，奶奶基本上没什么要求，只要有个睡觉的地方让两个孩子躺下就行了。其次是有个放纺车的地方，她可以晚上纺花。她感到比睡在街上强多了。

第八章　逃　荒

　　一天下午，王大妈来到了奶奶家里。奶奶热情地欢迎她，给她让座。

　　奶奶说："咱们住得很近也经常见面说话，但像今天这样，你登门拜访，还是头一次呢。"

　　王大妈说："穷忙，穷忙，越穷越忙。你忙，我也忙，你忙你的，我忙我的，哪有时间在一起谈话？咱虽然不是老死不相往来，咱却是老死不曾多来。"

　　奶奶说："你今天算破格了。突破牢笼展新颜，开拓局面创新篇。你是个开拓者。"

　　王大妈说："你让我要饭的戴皇冠——帽子怪大，我还担当不起呢。"

　　说罢这些寒暄话以后，两人哈哈大笑起来。

　　奶奶先开口问："好吧，咱们言归正传。你来了，我很高兴，我也不干活了，咱们可以痛痛快快地聊聊。你说，咱们是闲聊呀，还是有啥事要说呀？"

　　王大妈说："以闲聊为主。"

　　奶奶说："好。"

　　王大妈："今天咱是随便聊的，聊哪算哪，反正也不是别人，聊错了拉倒，权当没聊，决不会传出去的。"

　　奶奶："那当然，咱俩谁跟谁呀。"

　　王大妈："最近以来我一直发愁，经常愁得晚上睡不着觉。"

　　奶奶："你主要愁什么呀？愁没吃的？你比我们还强呢。我的愁比你的愁大。"

　　王大妈："我愁的主要不是这个。"

奶奶："那是啥呀？"

王大妈没有直接回答奶奶的问话，她反而又问起奶奶了："你听说吴根宝家的孩子丢了吗？"

奶奶："什么？吴根宝家的孩子丢了？哪一个呀？什么时候丢的呀？"

王大妈："前天下午，两天了。她家大的是个女孩，小的是个男孩，人家主要偷男孩。"

奶奶："她那个小孩没多大哩，最多四五岁。"

王大妈："到这个月底，刚满四岁。"

奶奶："可能是她那个小孩，根宝家的痛苦死了。不是你说，我还不知道呢。这两天得去看看她。"

王大妈："去了会更引起她的痛苦，不去也好。"

奶奶："那些偷孩子的人真没良心，抓住他千刀万剐也不解恨。他们根本不考虑人家的死活。你知道孩子是怎么丢的吗？"

王大妈："大白天里，小孩跑这儿跑那儿，也没注意，天都快黑了，孩子还没回来，就赶快找，但已经找不着了。就这么简单。"

奶奶："人家是绑票呀，还是要人的呀？"

王大妈："还没来信儿，如果是绑票，这两天就会回来消息；如果不回来消息，就是要人的。我看，要人的可能性大，不是绑票。"

奶奶："你怎么知道不是绑票？"

王大妈："绑票的目的是要钱，劫匪想要钱，但不能直接劫钱，就劫人，让其家人拿钱去赎人。要完成这一串任务，首先风险很大，因为有个交换过程，他们有个露面的机会，这是很不安全的。其次，绑票一般都先踩好点，要确保人质家里有钱，或有门路搞到钱。也就是说，他们认为人质家属有能力去赎回人质。对于没能力赎回人质的家庭，他们就不会冒这个风险。要人就简单多了，偷到就走，管他是谁家的，反正是不再露面。"

奶奶："他们要人干吗呀？"

王大妈："有两种目的，　种是自己养的，或亲戚、朋友养的；另一种是卖的，他们把孩子卖了，与偷钱一样。因此，我认为这个孩子不是绑票。"

奶奶："很有道理，你知道得挺多的，我从你这儿学到不少东西。"

王大妈："上个月刘庄丢了一个，我还听说李庄也丢了一个，都是小男孩。接二连三偷起孩子来了，当父母的怎能不担心呢！"

奶奶气愤地说："我们生活在这个社会里，连人身安全也得不到保障了。

死的死了，丢的丢了，简直是无法活下去了！"

王大妈："我来这儿想与你交换一下意见，关于孩子问题，你有什么考虑没有？"

奶奶对她的问题感到很突然，不知所措地说："没什么考虑，我考虑的是如何让他们吃饱、穿暖，再没别的考虑了。"

王大妈："让他们吃饱、穿暖已经不行了，像吴根宝家的，她孩子都没有了，还谈什么吃饱、穿暖呀。"

奶奶猛然醒悟地说："你指的是他们的安全问题，我确实没考虑这个问题，你这个提醒很重要。我现在回想起来有些后怕，我经常让萌萌自己出去玩，有时他自己还去他姥姥家，万幸的是还没遇到坏人。哎呀，真有些后怕。"

王大妈："生活在这个环境里是防不胜防。咱们在明处，他们在暗处，随时都可能有不幸发生。"

奶奶："你说这个问题对我来说比较突然。因此，我没有什么考虑，你是有备而来的，你就说说你的意见吧。"

王大妈："我认为咱们最好带住孩子出去躲一躲。

奶奶："往哪里躲呀？哪里都一样，天下乌鸦一般黑。再者，咱们家里一没有钱，二没有粮，三没有东西，他们偷咱的啥呀？咱敞开大门让他们随便拿，他们也拿不走什么东西。"

王大妈："你先不要这样说，你是有东西值得人家偷的。我去偷你吧？"

奶奶："来偷吧。你只要不后悔。"

王大妈："我不但不后悔，还会感到很值得。"

奶奶："你偷我的啥？"

王大妈："我只偷你一样东西，就叫你受不住。"

奶奶："你偷啥我都没关系。我没有一样值钱的东西。你想偷啥，请随便偷了，偷啥我都愿意。"

王大妈："你说话得算话，可不能反悔呀。"

奶奶："好，我不反悔。你说偷我的啥吧？"

王大妈："我偷你的萌萌。"

奶奶："那可不行。除了他以外，别的啥都行。你还别说，咱还就得真的把孩子看好呢。你这一打算偷俺的萌萌，算是提醒了我。从今以后，叫他寸步不离我，真得把他看紧，不让他一个人乱跑。"

王人妈："就怕是防不胜防。不怕一万，就怕万一。到那时，后悔就米个及了。"没等奶奶说话，她迫不及待地说出了她的想法。她说："我看最好还是出去躲一躲。"

奶奶认为走远门，出去躲一躲，不是容易的事。她有两个孩子，吃的住的都不方便，她对走远门持否定态度。

王大妈就不同了，她是拿定主意要出去的。她坚决出去的原因不仅仅是为了孩子，但困扰她最厉害的还不是孩子问题，而有别的原因，这个原因是什么呢？她本来不打算马上告诉奶奶，她原以为奶奶很容易被说服。可是现在她看到奶奶不愿意出去，她大失所望，为了说服奶奶出去，她不得不把她的真正原因说出来。

王大妈说："常言说'寡妇门前是非多，光棍院里冷嗦嗦'。我是个寡妇，我不会惹任何事。我想过那宁静无事、安然自得的生活。可是，树欲静而风不止，海欲宁而潮来袭，我不惹事，可找我事的人很多，我没有睡讨一个晚上的安生觉，经常有人叫门。啥样的人都有，有的是有钱有势的，有的是地痞流氓，有的声音听着很熟，有的听着很生。我还不敢大声吆喝他们，他们就以为我软弱可欺，就缠着不走。我把门上得紧紧的，他们是无论如何也弄不开的。但我睡不了安生觉哇，这也不是一两天就过去了，而是经常如此。我是真想离开这里走得远远的，找个地方过安静生活。我是个苦命人，我周围没有一个亲人。我心里的冤屈没地方诉，不是主我还不给他说呢。这个事我只对你一个人说了，其他任何人都不知道。我把你当成我的亲娘，我只有依靠你、依赖你，把心里的苦向你吐吐，心里才好受些。我想逃出去，可是我自己又不敢，我没出过门，自己办事的能力特别差。我还有个孩子，干啥事都不方便，都得依靠别人，我想让你领着我出去。我真的是求求你了。"

奶奶是个软心肠的人，她不怯气强行暴力，却害怕柔情眼泪。她有强烈的怜悯之心，最可怜那些值得可怜的人，她感到王大妈很可怜，孤儿寡母，煎熬生活，没有一个亲人，心中有了冤屈连诉说的地方都没有。过去她总以为自己很可怜，可是现在她认为王大妈比自己更可怜。在经济方面，工大妈比自己好一些，但在精神生活上，王大妈远远不如自己。而精神上的痛苦是人们最大的痛苦。奶奶原来没打算外出，可经王大妈这么一求，她的心软了，她开始考虑与王大妈一起出去的事了。最后奶奶若有所思地说："叫我考虑考虑。你在这里真是没法过了。不过，这件事对我太突然，我一时脑子转不过来弯。我比不你呀，我有两个孩子。带两个孩子出去，可不是闹着玩的，这不是个小事，等我考虑考虑再说吧。"王大妈很高兴，她认为奶奶有松动了，有可能与她一块儿出去。王大妈说："好，请你再考虑一下。考虑的重点是权当救我的。我走了，等几天我再来。"

关于外出问题，奶奶心里很纠结，去与不去，她一时拿不定主意。她不想去的原因，主要是她有两个孩子。到外面以后，人生地不熟，很不好安排，生活会更艰难。她想出去的原因是：主要是她对这个地方已经失去了信心。生活一天不如一天，日子越过越艰难。这个村庄，除了丈夫和儿子、儿媳的坟墓以外，没有其他任何东西使她留恋；这个家，除了这两个孩子以外，没有其他任何东西使她挂念。人常说："树挪死，人挪活。"她想：为何不离开这个倒霉的地方，带着这两个孩子换一个新地方尝试尝试呢？但她又一想，带两个孩子到一个新地方安家，谈何容易！借这个机会，她想听听花妮的想法。

天已黑了，花妮已经坐在被窝里暖被窝了。暖被窝已经是很长时间的老习惯了。先穿着衣服坐在被窝里，等被窝热了后再脱衣服。有时穿着衣服都睡着了，醒来以后，已经半夜，有时天已经亮了。连衣服睡觉是常有的事。萌萌是个"鸡宿眼"，鸡子睡觉时，他的眼睛就瞇睡得睁不开了。奶奶往往把他连衣盖在被窝里，等她睡觉时再给他脱。这天，奶奶不纺棉花，老早就坐在被窝里，想把王大妈央求她出去的事，与花妮商量商量，征求一下她的意见，看她有什么想法。

奶奶先开口问花妮："小妮呀，你王大妈想让我们与她一起出去哩。"

花妮很不理解地问："去哪里呀？为啥要出去呀？"

奶奶很耐心地把最近几个村子里偷小孩的情况对她说了一遍，她好像很理解奶奶的意思。她又问："你们去哪里呀？远不远？"

奶奶说："去哪里还没定，反正是很远的。"

花妮说："我不去，我又不是男孩，他们也不偷我，你领着萌萌去吧，我在家等着你们。"

奶奶没想到花妮说自己要一个人留在家里。她认为，花妮太小，才十来岁个孩子，哪有独立生活的能力。她心想，花妮只是嘴强，实际能力不一定行。因此，她坚决不同意把她自己撇在家里。奶奶说："这哪儿行啊？你一个人不行，一个孩子家，咱的面和粮食都不多了，吃完了你吃啥？"

花妮说："你在家就有啥吃了？你在家把粮食吃完了，咱吃啥呀？"

奶奶说："吃野菜。"

花妮说："我自己在家还不是一样？我也去挖野菜，吃野菜，只要有野菜，你不是说过，只要有野菜就饿不死咱们吗？现在也是这样，只要有野菜，就饿不死我。"

奶奶说："你一个人在家不行。"

花妮说："怎么不行呀，奶奶？反正我不跟你们去。"

奶奶无可奈何地说："你去姥姥家吧，暂时在她家住一段时间。"

奶奶告诉她暂时在姥姥家住一段，暂时到什么时间呢？奶奶没有告诉她。在奶奶心目中，她们这次出去有两种可能：一种是在外面可以，能生活下去，甚至还可能比家里好，那么她就回来把花妮叫去，一家三口就在那里安家了；如果在外面不行，她们就会很快回来。不管哪种可能，时间都不会很长。

花妮一听说奶奶让她去姥姥家住，她脑子里马上浮现起姥姥、姨姨、舅舅的热情洋溢的笑脸，她心里很宽慰舒服。同时，她也很快想到她妗子那双快要竖起来的眉毛和两只毒箭一样的黑眼睛，使她眼不敢睁，头不敢抬，光想躲藏起来。为了安慰奶奶，她还是说："中啊，我去姥姥家住，不中了，我再回来。"

奶奶鼻子酸酸的，思想茫然，她深深地感到躺在她面前的是一个孤苦伶仃、无依无靠的可怜孩子。花妮看看奶奶那忧伤的脸、蠕动的嘴唇和含着泪水的眼，大大小小的皱纹显得更深了。

看着奶奶悲伤心酸的表情，花妮说："不要难过，奶奶，不管我在哪儿，我会照顾好我自己的，你放心吧。"

奶奶说："你一定住在姥姥家，我已与你姥姥说好了。你去姥姥家与姥姥住在一起。"

花妮："好的。你们要走就走吧，我自己会去姥姥家的。"

奶奶不曾想到，一个十来岁的孩子，竟这么倔强。从她说话的神态看，她根本不像个女孩子，更不像一个十来多岁的女孩子。一般像她这么大的孩子，还偎依在母亲的怀里吃这要那哩，而花妮与一般孩子比起来，却大不一样。顷刻间，花妮在奶奶眼里像一个挺拔、毅力、坚强不屈的男子汉。她脑子里的种种忧虑、种种苦闷，一下子全解脱了，她感到无比轻松，无比畅快。她感到拥有一个好孩子比拥有一切财富都重要，拥有一个好孩子比拥有一个世界都幸福。"穷人的孩子早当家"，这句话在自己家里实现了，她感到她是世界上最幸福的人。

王大妈又来找奶奶了，奶奶立即就告诉她一切都安排好了，把花妮留在家，她带着萌萌与王大妈一起外出。奶奶问王大妈："咱们去哪里呀？总得有个落脚的地方吧？"

王大妈若有所思地说："去我表哥家。他那里距解放区近，肯定比咱们这里强，我想咱们去那里试试。"

奶奶说："你有他的具体地址吗？"

王大妈说："有，不过是几年前的地址，好几年都没有与他联系过了，不知道他现在是不是还在那里。"

奶奶很纳闷，说："万一他要不在那个地方呢？咱要扑个空咋办呀？"

王大妈说："扑个空也没事，咱可以找个地方住那儿，不行再走，到别的地方去，反正咱是啥都没有，两手空空，一身轻轻。走到哪里，吃在哪里；住到哪里，哪里就是家。只要与你在一起，我就无忧无虑；只要离开这里，我就轻轻松松，整天过流浪生活也是愉快的。"

奶奶认为她说的也有道理，什么是家呀？有个睡觉的地方，有个吃饭的地方，与一家亲人在一起，这就是家。洛家庄是自己的家吗？除了两个孩子，哪里还有家人？没有人怎么能算家？自己走到哪里不都是这个样子？四海为家。所以，王大妈说得对，走到哪里，哪里就是家。她的思路宽广，心胸开阔，心中有个全中国，有个全世界。

奶奶沉默了好长时间，最后说："你说得有理，哪里都是咱们的家，咱们马上就走。"

出发的时间定了以后，奶奶特意对留斌大伯和大娘说："我准备带着萌萌走走亲戚，留花妮一个人在家。孩子小，不懂事，请你们多多关照，有什么事情，等我回来再说。"

他们说："你放心吧，婶子，我们一定像自己的亲生孩子一样看待她。"

出发的前一天晚上，奶奶对花妮说："小妮呀，明天一大早我们就要走了。你明天就去你姥姥家，要听姥姥、舅舅的话，不要出去乱跑。我们出去不会很长时间的，如果在外面行，我就回来叫你。如果不行，我们回来就不走了。你在家耐心等我们。"

花妮说："中哇，奶奶。你放心吧，不要挂念我，我会自己生活的。"

萌萌紧紧拉住姐姐的手，与姐姐难舍难分。

奶奶把要交代的事都交代了以后，花妮很快就入睡了，可是奶奶却翻来覆去睡不着，她忧虑最大的就是把花妮一个孩子撇在家。她一个人留在家行吗？孩子太小，还没有独立生活的能力，本来就没有粮食吃，她靠挖野菜能坚持下去吗？天冷了她会及时加衣服吗？晚上睡觉不会冻着吧？住的房子吧，八下透气，到处漏雨，刮风下雨时，她会处理吗？有个头痛发热怎么办？孩子本来就没爹没娘，这本来就够可怜的啦，现在奶奶再丢下她不管，让她一个人生活，这不是雪上加霜？奶奶不是太残忍了吗？她妈死前交代我要好好照顾她，我怎能对得起她死去的妈妈呢？她抬起头来，看着花妮，花妮与平常一样，睡得又香又甜。

天快亮了，奶奶把萌萌叫醒，给他穿好衣服，简单吃了些东西，把几件衣服和她做的卖活装在一个布袋里，再装几个窝头。当他们就要走出这个小屋时，奶奶泪水满面，泣不成声，她舍不得撇下花妮，她舍不得离开这个可怜的孩子。她趴在花妮盖的被子上，把脸贴在花妮的脸上，温情脉脉、柔情四溢地抱住她的头，泪水洒在床上，滴在花妮的脸上。她的心碎了，她感到她是世界上最痛苦的人。她这样留恋了很长时间以后，还是依依不舍地离开了花妮止在里面睡着的小屋。

王大妈也带着丹丹走出了门外，她带的东西有简单的炊具、几件衣服和一些吃的。他们在街上汇合后，一起踏上了飘摇不定的路，开始了非常渺茫的行程。

他们从小小的茅屋里，走上了无穷无尽的路，从狭小的房间里，进入无边无际的大自然，从实际距离上说，这是位置的小小移动，从心情上说，是从龌龊的囚笼飞到浩瀚的天空，得到了彻底的解放。他们不忧愁了，不困惑了，不愁眉不展了，不垂头丧气了，而是心花怒放，悠然自得了。她们从来也没有像现在这样舒畅过，从来也没有像现在这么自由过，从来也没有现在这样无忧无虑过。她们像大海里的鱼，空中的鸟，可以无拘无束地游了，随心所欲地飞了。

她们走得很慢，前面没有人等，后面也没人催，带着行李，两个孩子自己走一会儿，大人抱一会儿，况且她们也没有必要快，反正是为了躲避，一出家门就达到目的了。没有时间要求，没有地点要求，没有距离要求，走到哪里算哪里，走多长时间算多长时间，都符合要求。她们边走边交谈，边走边剜野菜。走一会儿，歇一会儿，累得很了就歇的时间长些。尽管她们走出家门后心情舒畅了，但她们毕竟没有足够的底气，长期营养不良，精力有限，很容易疲劳。

傍晚时分，她们走到一个村旁边的一个麦场附近。场边上有两个麦秸垛和一个茅草庵。她们先停步在这里休息一下。麦秸垛周围有一层很厚的多次盘腾过的麦秸。草庵里除堆了一些乱麦秸和干草以外，再无别的东西。她们认为这是个过夜的好地方。有房子，有铺的、盖的。当然她们说的铺的盖的指的是麦秸。麦秸和杂草、野菜一样，也是穷人的救命恩人。路旁的麦秸垛，村头的茅草庵，每个冬天不知提供给多少人住宿，不知使多少无家可归的流浪汉度过了寒冷的冬天，也不知挽救了多少乞丐，使他们免于冻死。马上它们又要施展爱心，为这四名外逃者提供一个安详、舒服的旅店。

王大妈去村头打了些水，奶奶择了野菜。她们把带的炊具拿出来，很快就把饭做好了。她们的饭是最简单的饭，不要说晚饭，就是午饭、早饭还不都是一样。清水煮野菜。王大妈先给奶奶盛了一碗，然后再给萌萌和丹丹盛一小碗，最后锅里的是她自己的。他们从包里拿从家里带的窝头，就着野菜开始吃起来。王大妈突然说："你们吃出来没有，今晚的野菜特别好吃。"然后她问萌萌："你说呢，萌萌？"

萌萌早就肚子饿了，一端起碗就大口大口地往嘴里扒。究竟好吃不好吃，他还没品味呢。王大妈这么一问，他只好随声说："好吃，好吃。"

然后，王大妈又转过头来问丹丹："丹丹，你说呢？"

丹丹是个爱挑食的孩子，生来就赖吃。平时在家里，每顿饭他从来没有大口大口地吃过。王大妈家虽然比奶奶家好些，每顿饭都吃些面食，但大量野菜还是必不可少的。丹丹总是用筷子扒呀，挑呀，拣呀，光扒拉就是吃不到肚子里。他挑什么呢？挑荠荠菜，他爱吃荠荠菜，其他菜不想吃，他最讨厌的是米米蒿和七七芽。他看见这两种菜，宁愿饿肚子也不愿意吃。他往往是一碗菜吃一半就放下碗不吃了。由于挑食，他长期营养不良，身子瘦小，力气不足，不爱动，有些懒，身上没肉，脸也不胖，瘦长的小脸上，显得下巴很尖，眼睛很大，鼻子很高。

当他吃得正开心时，妈妈突然这么一问他，他顾不上回答了，只好应付着说："好吃，好吃。"

这可把他妈乐坏了，长期以来，她是多么想看到儿子大口大口地吃饭呀，但就是不遂人愿。可是今天这个夙愿实现了，在这异地他乡的野外小茅草庵里，这个夙愿实现了，这是逃出来预想不到的另一种收获。

王大妈说："真是奇了怪了，很少说饭好吃，而今天却好吃了，肯定是饿坏了，真是饥不择食呀。"

奶奶听了马上问丹丹："是吗，丹丹？"

丹丹说："是。"

奶奶又问："为什么今天的菜好吃呢？主要是饥了吧？饥了啥都好吃。常言说：'饥不择食，寒不择衣。'"

王大妈突然恍然大悟地说："我知道今天为啥丹丹说饭好吃了，饿是一方面，另外，今晚的菜全是荠荠菜，没有一棵杂菜，这是丹丹最爱吃的，所以他说好吃。"

奶奶说："我们是走在路上剜的菜，是挑着挖的，不会要那赖的。咱们走这么远剜了这么多菜，首先得吃个好菜吧。"

奶奶说得大家非常欣慰。

小茅草庵里的融融气氛，使每个人都感到温馨、甜蜜。两家成了一家，四个人像家人一样，人人都沉浸在和谐中，那些乱七八糟的老家事，都忘得一干二净，好像遥远的过去。但有一件事奶奶却始终没有忘记：花妮还在家。想到这里时，奶奶情不自禁地又掉下了眼泪。她在想：早晨花妮醒来时发现是孤单单的一个人，她哭了吗？她今天一天干什么啦？小孩爱饥，她晚上吃东西了吗？吃了些啥东西？午饭后知不知道添锅里些水？她晚上想喝水时喝啥水？不会喝凉水吧？现在正在睡觉吧？等等。奶奶脑子里有这么多问号，怎么也消除不了。王大妈看见奶奶坐在那儿沉思、落泪，她就断定奶奶又在想花妮了。她说："姊子，又在想花妮了吧？别挂念她了，她会很好的。"

奶奶说："我也这么想，她不会有事的，孩子很懂事，也会做事，这个我放心。但不知道为啥，我感情上就是离不开她。"奶奶说着又哗啦哗啦地掉眼泪。

天渐渐黑透了，两个孩子在草窝里入了梦乡，两个大人还兴致勃勃地谈话。

环境的变化，思想的解放，心情的舒畅，使她们兴奋得睡不着觉。

奶奶和王大妈虽然是街坊，住得又很近，由于各自都很忙，从来没有时间坐在一起长谈过，更没有时间，也没有心情谈自己的过去。现在有时间了，有交心的环境了，她们就敞开心扉，畅所欲言。她们谈话的内容很广泛，从现在到过去，从家庭到自己，从婆家到娘家，从表面到深层。开始时，王大妈还谈笑风生，随着谈话内容的深入，她的情绪越来越低，声音越来越哑，说着说着就抽泣起来。

王大妈叫李嫦，是老李庄李春的独生女儿，现年三十六岁，脸色细白，白中有红。炯炯有神的眼睛与大小合适的嘴之间，有一个不大不小、不高不低的挺拔鼻子。两只眼睛的上方，有两条向上翘的柳叶眉。每个器官布置得匀称合理，恰如其分，再挑剔的人也绝不会挑出任何毛病。她脾气温柔，胆小怕事，看见人先点头，说话前先微笑，从未与任何人用过高腔，从未与任何人使过性子。她像是一个头门不出、二门不踩的大家闺秀。娘家在老李庄，距洛家庄三十多里路。她小时，家庭是个雇有长工、喂有骡马的大户。爷爷去世以后，父亲吃喝嫖赌，把一个红红火火的大家业折腾得净光，还欠了一屁股债。

李嫦是如何来到洛家庄的呢？

李嫦的公爹叫王坚，是洛家庄有名的小能人，外号"十二能"，脑子很快，办事机灵，不管办什么事，成功得多，不成功得少，做生意赚得多，赔得少，赌博赢得多，输得少。本村人大多数不愿意与他共事，怕他算计，吃他的亏，赌博就更不与他赌了，一赌准输给他。他会挣钱，也会糟蹋钱，折腾了一辈子也没有发家致富。娶了个老婆叫小嫩，她小巧玲珑，说话翘鼻儿，看见人时，两只小眼睛骨碌碌地先打量你一番，然后嗲声嗲气地撇起了小嘴。她最爱评论人，而且基本上都是谈论人家的缺点。这个低了，那个高了，这个瘦了，那个胖了，这个傻了，那个憨了。看见人家的衣服，她说大了、小了、胖了、瘦了，颜色深了、浅了。看见人家的头发，长了、短了、发型与脸不配了，头发乱了，某一撮头发没归到一起了，等等。她一走到街上，女人们老远见了她都乱躲藏，跑回家，或跑到她看不见的地方。这么个女人，她丈夫王坚却非常欣赏，常把她当一家之主，动不动就说："我得征求一下掌柜的意见。"或说："我得看掌柜的同意不同意。"大家说她与丈夫是天作之合，真是"不是一家人，不进一家门"。她与王坚结婚后，很多年不生孩子，可把他们两口子急坏了，找人算卦，进庙院烧香，行善吃斋，封礼许愿。群众为此也议论纷纷，有的说两口子太能了，把后代给能掉了；有的说物极必反，他们要么没有后代，要么后代是傻子。他们的努力还真没白费，他们四十出头的时候，生了个儿子。孩子不够健壮，但还算是齐全，大器件不少一个，也比较正常，可把老两口高兴坏了。首先唱大戏还愿，然后摆宴席请客，宴请亲朋好友，宴请全村的群众，每家一个代表，参加他们的宴席。孩子起名叫欢喜。虽说名字叫欢喜，但长势并不令人多么欢喜，身体一直瘦小，与同龄人比起来，只是人家的一半，都十五六岁了，长相还像个小孩子。王坚他们两口很着急，经常买补药，吃补品。王坚听说黄鹂是神鸟，黄鹂肉降阴补阳，能驱逐晦气，增加能量，从而身体不但可以长高，还可以健壮，况且这个黄鹂还必须由本人捉，其他人捉的效力不大。王坚一直注意着黄鹂的动向，观察着黄鹭的踪影。黄鹭是候鸟，只有天热时，它才迁徙到这里做窝、下蛋，繁殖后代。工夫不负有心人，一个夏天，王坚在一棵大杨树上发现了一个黄鹭鸟巢，他动起了脑筋。他想，黄鹭老鸟不好捉住，但小鸟是容易捉住的。他每天都观察这个鸟巢，有一天他对老婆说："我发现那个鸟巢里有蛋了。"他老婆问他怎么知道的，他说，两个老鸟轮流在巢里待着，说明它们在轮流暖蛋抱窝。他高兴地对老婆说："这一回咱的孩儿能吃到黄鹭肉了，他的病该好了。"

小嫩说："别高兴得太早了，即使有了小鸟，你怎么能够得着？这是个大问题。因此，离吃到小鸟肉还远着呢。"

他得意扬扬地说："连这个问题都解决不了，我的'十二能'的帽子不就白戴了吗？"

小嫩说："我想，黄鹭既然是神鸟，咱们最好别找它的事，你别说十二能，再能也不能得罪了神。不然你会受到惩罚的。"

王坚说："因为它能治病，所以才吃它，神是帮助人的，吃黄鹭是为了治病，神会支持咱们的，没事，放心吧。"

又过了十多天，王坚发现两只老鸟都向巢里衔食儿，这说明老鸟在喂小鸟。他想出了一个捉住小鸟的办法。在一个大晴天，他搬一个梯子，拿一把斧子，让老婆拿一个大单子，带着儿子一起去到有鸟巢的树旁。他把梯子靠在树上，把斧子递给儿子，让儿子带着斧子爬在树上。鸟巢是在一个很细的枝上，人根本无法靠近鸟巢。王坚让儿子用斧子把那条树枝砍断，让鸟巢落下来，小鸟不就顺手而得了吗？他还得意地说："人家'搬倒树捉老鸹——手到擒来'，咱是'砍断枝儿捉黄鹭——伸手而得'。"当儿子上到树上时，他们两口在下面用大单子伸开接住，免得小鸟直接掉在地上摔死，他想捉活的，这样鸟肉才新鲜，药效才高。

当他儿子爬到树上时，老黄鹭请来了十多个同伙来帮助它们，攻打捉鸟人，保护幼鸟。它们攻击的方法是飞着用翅膀打他。十来只黄鹭一高一低地向他冲来，使他非常紧张。树很高，他身体又不怎么好，本来就少气无力，站在树杈上，手里拿个斧头，还得时刻小心着小鸟们的攻击。他感到实在是招架不住。他想退却，想下来不干了，但父母却不同意，一直在给他鼓励，催他继续向上爬。他们在地上为他喊口号："继续前进，不要退却。坚持，坚持就是胜利。"欢喜战战兢兢地爬到那个挂着鸟巢的枝杈上。王坚两口子在下边指挥。王坚说："把它砍下来，把那一枝砍下来。"欢喜动手开始砍，他一扬斧子，五六只黄鹭齐向他的头扑来，他急忙用手挡鸟护头，斧子顺手落下，他也因支撑不住而掉了下来。虽然他掉在了单子上，由于身体较重，单子又是用手撑的，承受力很小，他还是掉到了地上，摔破了头，摔断了右腿。经多年医治，保住了性命，右腿股骨摔断，医治不愈成了残疾，终生不会直立走路。

小嫩埋怨王坚："你真是机关算尽，算来算去把儿子的腿算进去了，这回你死心了吧？"

王坚光摇头不说话。他确实感到内疚，他后悔得要死。但世界上哪有卖后悔药的？他感到对不起儿子，对不起老婆，对不起这个家，但这个"对不起"却一文不值。

欢喜到了结婚年龄时，王坚两口子心急如焚。本来两个都人缘不好，人们不愿与他们打交道，即使欢喜好胳膊好腿，也未必有人与他说媒，现在不会走路就更不会有人说媒了。

有一次村里有两个人在背后说风凉话，一个说："王坚赌博很在行，为啥不给他儿子赢个老婆呢？"另一个说："不是不可能，只要有人兑老婆，他就可以赢个老婆。"那个又说："谁去兑老婆！没那个主。赌博是赌钱的，也不是赌老婆。他王坚再大的本事，也不能为他儿子赢个老婆呀。"

洛家庄的农民为王坚编了一个顺口溜：

王坚赌博，输得少，赢得多。

赢的钱干什么？不是嫖，就是喝。

儿子瘸着腿，媳妇找不着。

急得王坚直跺脚。

大千世界，无奇不有。别看这两个人是瞎砍的，他们的话到后来应验了，王坚还真的为他儿子赢了个老婆。

王坚是个有心计的人，他无时无刻不在为他儿子娶媳妇琢磨。每次打牌，他总要把他的牌友的家庭人员询问一番。当他得知李春有个漂亮女儿后，就千方百计、想方设法把他的女儿变成他的儿媳妇。王坚把他的打算告诉老婆小嫩时，小嫩说："你又要算计人家了，吃亏还没吃够！人家的是个漂亮女儿，你的是个不会走路的残疾人，你也想得出来，太天真了吧。真是癞蛤蟆想吃天鹅肉，趁早不要有这个打算。我不是不想，而是我认为这是空想，空想还不如不想，免得劳民伤财。"

王坚说："上一次我考虑得太简单了，我对神鸟看得太轻率了，所以损失太大。我算是吸取了沉痛教训，咱们常人一定得尊重神、敬仰神，决不能在神身上打什么主意，不然就会吃大亏，很可能是家破人亡。没把咱的孩子摔死就是万幸，咱得知足。这一次为儿子找媳妇就不同了。主要是这一次是与人打交道。我要谨慎小心，稳扎稳打，步步为营，不急于求成，要放长线钓大鱼。我感觉这一次还是可以的。退一步讲，即使不成功，也没关系，成不成都行。成了咱皆大欢喜，不成咱毫无损失，何乐而不为呢?"

王坚三天两头去老李庄找李春打牌。赢了别人，不能欠账，有多少给多少，唯独赢了李春时，他可以欠账，有时李春给他都不要，他经常对李春说："你欠着吧，以后再说，我有钱花。"李春认为他很义气，与他打牌也越来越胆大，而且不怕输，输多少都无所谓，反正是欠着他。他们的赌数越来越大，李春输得也越来越多。一年以后，他要求李春还账，而且老账新账一起还，如果不还，他就告他。他对李春说："我的表舅在法院，如果我起诉你，你的家产都得折给我，况且你还得坐监狱，一坐就是一辈子。"

李春也是个胆小鬼，他再三哀求王坚不要起诉，请求与王坚商量着解决。

李春的请求正中王坚的道，他求之不得希望李春有这个想法。这时，王坚就直截了当地把运筹一年多的目的说了出来："咱们做亲家吧。你欠我的一切账一笔勾销，而且今后我还会继续帮助你。"

李春对王坚儿子的身体情况不十分了解，王坚对他说只是有些毛病，不影响吃、不影响喝。李春考虑的主要问题是还账问题，关于女儿的婚事，他认为找个有吃有喝的家就行了。因此，他对王坚提出"当亲家"的要求，没有拒绝，但也没有肯定答复。他只是表了个态，说考虑考虑。

李春把与王坚愿意当亲家的事告诉妻子与女儿的时候，她们都没有自己的想法，都说："按你的意见吧。"李春经过反复考虑，很快答复了王坚的要求。

李嫦来到王家以后才发现欢喜根本不是什么"腿有毛病"，而是一个彻头彻尾的瘸子，而且身子瘦小，软弱无力，脑子发育也不健全，考虑问题简单，根本不像个成年男子。她痛苦极了，但一切都晚了。她的妈妈、亲戚、熟人都说这是命，都劝她认命吧。洛家庄的人都说她是鲜花插到牛粪上——白受糟蹋。

李嫦嫁过来后的第二年，生了个儿子丹丹。以后的几年，公公王坚、婆婆小嫩和丈夫欢喜先后去世，家里只剩下丹丹他娘儿俩，他们给她娘儿俩留下三亩土地、一个宽敞的住宅和三间像样的房子。因此，她与儿子住的没问题。吃的嘛，勤俭着过，也没有大问题。困惑她最大的问题是：自从丈夫死了以后，向她求婚的，说下流话的，耍流氓的越来越多，使她最不能忍受的是夜里敲门，她不敢开门，也不敢吱喝，怕外人听见了丢人。这种有苦无处说、有泪往肚里咽的折磨，实在难忍。这也是她劝奶奶出来的另一个原因。

奶奶认真听了李嫦的讲述，在她讲话过程中，奶奶不时地插话，有时是追问，有时是安慰。奶奶对李嫦的遭遇很同情，对那些流氓、无赖的行为很气愤。李嫦把积压在肚子里多年的苦水吐出来了，放下了背了多年的大包袱，她感到非常轻松。

大约半夜了，她们仔细听听，除了从村子里传来的狗叫声外，没有别的声音。往远处望望，暗中有大大小小的黑团。大黑团是高大的树林，小黑团是短小的坟墓和草庵。外面是黑的，可她们的心里却是亮堂堂的，黑暗压着大地，但她们的心情却是轻松的。大地像一口大黑锅，无情地把她们压在下面；她们的心像一盏明灯，闪闪发光。外面是漆黑一团，她们身边却是光明一片。人们都知道，黑暗里的灯光能照得很远，很远。

奶奶突然问李嫦："他大妈，你害怕吗？"

李嫦说："我不害怕。只要跟着你，我什么都不怕。对啦，以后别再叫我"他大妈，他大娘"的啦，叫我的名字，叫我李嫦或嫦嫦、嫦妮都行，因为这样称呼亲切，好像我就是你的亲闺女。"

奶奶说："好哇，别管怎么叫，这只是一种称呼，按辈分说，你与萌萌的妈是一辈，该叫我婶子。从我心里说，我把你当成我的亲闺女，你的心眼好，我愿意与好心的人交朋友，心不好的人，我不想与他们打交道。与好心人打交道，没有后顾之忧，能畅所欲言，说到哪儿，哪儿了。因此心情就好，就会达到胸襟宽畅、坦坦荡荡、无忧无虑、舒舒服服的思想境界。心眼不好的人，一般是心胸狭窄，叽叽喳喳，忧愁多虑，闷闷不乐，谨小慎微，踌躇不前。这种人的前面永远是黑暗一片。因此，不能与这种人打交道。你属于第一种人，所以我愿意与你交朋友。"

她们就要入睡时，听到外面有脚步声，奶奶轻轻推了一下李嫦，小声说："你听，有人。"

说话间，有两个人走进了草庵，他们用手电筒照来照去。

"谁呀？"一个人问了一声，声音不大，但坚强有力。

"我们。"奶奶立即回答。

"你们是干什么的？"那人又问。

"我们是要饭的。"奶奶回答。

他们听说是要饭的，再加上他们用手电筒照着看到了她们的东西及正在睡觉的两个孩子，他们听信了奶奶说话的真实性，他们放松了警戒，态度和蔼，面带笑容地说："啊，你们是要饭的，从哪里来的呀？"

奶奶说："我们是尉氏县人，我们是跑出来的。在家没有吃的，待不住了，跑出来要饭，找个活路。"

那人很理解地"嗯"了一声，然后又问："你们是尉氏县哪个村的呀？"

奶奶说："尉氏县洛家庄的。"

那人又问："洛家庄有个老马吗？"

奶奶问："老马？是那个开杂货店的老马吧？"

那人说："正是。"

奶奶说："认识他，我们还很熟悉呢，你认识他？"

那人说："认识，我们是干一行的。"

说到这里时，两方的距离拉近了很多。

从外面来的这两个人，一个高的，一个低的，高的年龄稍大些，低的稍小些。两人都拿着手电筒。说话的只有这个年纪稍大些的，那个年轻的不说一句话。几句对话以后，他们很快就把奶奶她们当成了熟人。他们做起了自我介绍，那个年纪大些的说："我叫刘朋，我这个伙伴叫小张。"

奶奶马上就意识到他们不是种地的农民，她还想：他认识老马，老马是开杂货店的，他怎么与老马干一样的工作？她越想越感到这里面有蹊跷。

他们两个坐下来，也坐在草堆上，距她们的睡铺有两三米远。她俩立即坐起来，等待着回答他们的问话。

"你们为什么来到这里？怎么会住在这儿？"那人问。

奶奶说："我们是要饭的，没有一定的目的地，走到哪儿算哪儿，走到哪儿住在哪儿，到处都有家，四海为家。"

刘朋说："很难得你这种乐观精神。我们也是四海为家，走到哪儿，那就是家，全中国各地都是我们的家。"

奶奶说："啥乐观精神，要饭的穷光蛋，都是这样，生活所迫，没办法。不过，要饭的日子不错。要过三年饭，给个县长都不换。'整天乐悠悠，吃喝不发愁。一根木棍，一只碗，各村随便走。再大的事情都不怕，就怕大黑狗。'你听听，除了大黑狗以外，别的什么都不怕了。"

刘朋诙谐地说："我们很快把大黑狗捉住，杀了，吃狗肉，你们不就不怕了吗?"

奶奶很快认识到,她说的大黑狗与他说的大黑狗含义不一样。她想这人不是一般农民,这人是有来头的。

刘朋请奶奶谈谈家乡情况。

奶奶把当地流传的一个顺口溜说给他听:

生活很难熬,社会乱如毛。

穷人无法忍,纷纷往外逃。

渴望八路军,搭救出监牢。

赶快,赶快,越快越好。

刘朋听出了一把辛酸泪,同情之心油然而生。他情意切切地说:"很快的,你们苦难的日子快到头了。"

奶奶把他的这句话与他的杀狗吃肉的话结合起来,更加坚定了她的看法:这个人是有来头的。

忽然萌萌从草窝里爬起来要撒尿,奶奶带他到外面撒尿回来,看见有生人来了,再也不想入睡,睁着眼睛躺着听大人说话。刘朋用电筒照着从提包里掏出几块水果糖递给萌萌。奶奶对萌萌说:"感谢刘叔叔。"

萌萌马上说:"感谢刘叔叔。"

萌萌接过去后放在草窝里,他正琢磨是啥东西时,奶奶对他说:"是水果糖,吃吧,可甜啦。"

萌萌不知道啥是水果糖,他只知道糖,奶奶一说让他吃,他急忙把一块填到嘴里嚼起来。奶奶急忙阻止他说:"傻孩子,别带皮吃,赶快吐出来,把皮剥了再吃。"萌萌把糖吐在奶奶的手上,奶奶把纸皮剥去后又填到他的嘴里,问他:"好吃吗?"

萌萌连声说:"好吃,好吃,可甜啦。"

奶奶问萌萌:"一共几块糖呀?"

萌萌说:"一大把。"萌萌伸开手让奶奶看,奶奶数了数是八块。

奶奶说:"给丹丹两块,你的两块。咱们四个每人两块。今天晚上只能吃一块,留一块明天吃。不然,丹丹吃的时候,你没吃的,又要把你引得嘴馋了。"

奶奶又对李嫦说:"你吃一个,我也吃一个,剩下那一个给孩子留着。"

过去萌萌根本不知道"水果糖"这个名字,也不知道水果糖是什么味道,因为从来没吃过水果糖。今年他已经六岁,他第一次吃到水果糖。

当刘朋照着手电筒从提包里掏糖时，李嫦仔细地看了他几眼，他是蓬松的头发，瘦长的脸，重重的眉毛，不大的眼。从胡子拉碴的脸可以看出，他已经好几天没有刮过胡子了。

夜深了，刘朋他们两个不能在这里久留。他对奶奶说："我们得走了，我们还有任务呢。"

他随手从提包里掏出一个红五星递给奶奶说："给你这个，做个留念。以后还会见面的，好了，再见。"他们站起来就走，很快消失在黑暗中。

奶奶把五星交给李嫦说："你放着，你年轻，记性好。"

李嫦把五星用手绢包起来，放在内衣的口袋里。她问奶奶："不知道他们是干什么的，我看他们挺不错的。"

奶奶说："说不定他们就是解放军。"

李嫦说："啥是解放军？解放军是干啥的？"

奶奶说："解放军就是八路军，是共产党领导的。他们的任务是打倒地主，把土地分给穷人，镇压土匪强盗。到那时，咱们就有土地了，社会也平安了，咱也不用外逃了，可以在家过平平安安的日子了。"

听到这里，李嫦兴奋得高声叫起来："好哇，他们怎么不赶快来咱们这里呀！"

奶奶说："不用急，他们肯定会来的。听说有人从陕北解放区回来说，那里的情况与这里完全不一样，穷人不但有吃有穿，晚上睡觉不用关门。"

李嫦问："土匪、盗贼、流氓……他们都到哪里啦？"

奶奶说："他们得老老实实，只准规规矩矩，不准乱说乱动；谁要不老实，就把他枪毙了。有强大的解放军做后盾，那些地痞流氓谁也不敢乱动。听说，这些人在那里可老实了，天天向穷人汇报他们都干了什么，干不好就得挨批斗。他们老实还来不及呢，不敢不老实。"

李嫦最痛恨的是地痞流氓。因此，她最关心的是这些人在解放区是如何被处置的。奶奶详细地为她解释后，她完全明白了，她感到日子有盼头了。她们两个谁也不想睡，都沉浸在极端的兴奋中，她们憧憬着美好的未来。

村子里的鸡叫声告诉她们，天快要亮了，她们一夜也没有入睡，但她们并不困，而是很精神。

她们都起来了，不是起床了，因为没有床。不用扫地，不用叠被子，不梳头打扮，也不更装换衣，只是简单地洗一下脸就好了。但今天早上比往常似乎不太一样：天还是那个天，但更清爽了；地还是那个地，但更舒坦了；

太阳还是那个太阳，但更温暖了；空气还是那个空气，但更柔和了；连这个草庵、麦秸垛和远处的树木也比过去温馨了。

"奶奶，那个叔叔呢？"萌萌起来后第一句话就这样问奶奶。

"走了。"奶奶回答。

"他是干啥的呀，为啥来找咱呀？"

"以后你就知道了。"奶奶马上转了话题。

"你把糖给丹丹了吗？"

萌萌赶快从他的口袋里把糖掏出来给他。李嫦急忙替他接住，并剥了一个填到他嘴里，他也是第一次尝到糖果的甜蜜。

他们简单地吃罢早饭后，又踏上了那个漫长的路。

他们走了三天半，在路上过了三个夜晚，第四天的中午，来到了李嫦的表哥家。

她的表哥叫林成，四十多岁，比李嫦大四岁，是她姨母的大儿子。从外表看，林成的家还是不错的。北屋三间，西屋两间，东屋一间。屋顶都是麦秸苫的，看起来厚墩墩的，结结实实的。宽宽敞敞的院子，还有一个端端正正、大大方方的门楼。双扇头门是木的，上面钉着两排金黄色大盖铆钉。大门外正是一条东西大街。每月九个缏会。缏会时人很多，熙熙攘攘。奶奶发现这是个做买卖的好机会，她顾不得休息，急忙把从家带来的自己做的卖活摆在街上碰碰运气。不料她的东西很受欢迎，她拿出来的东西很快就卖完了。奶奶很高兴，她与李嫦商量好，在这里安置住后，赶快做活卖，趁着在这里住的日子，多做活，多卖几个钱。

她们的卖活主要是小孩穿戴的，有鞋、帽子、上衣、裤子等等，而且是各种尺寸的，奶奶的针线活很精湛，颜色搭配也很巧妙，每件活都非常耀眼，很受人欢迎。有的买去是孩子用的，有的是做样品比着做的，也有的是作为样品展在家里教育孩子用的。

她们用卖的钱买了面、馍、菜，还买了油盐，当天晚上就用白面做了白馍。可把两个孩子乐坏了，馍一买回来，他们就一人拿一个，大口大口地吃起来。两个大人看着两个孩子吃得这么香，心里非常高兴，她们最幸福的时刻，莫过于看着自己的孩子大口大口地吃东西。

晚饭以后，她们把两个孩子打发睡觉，她们赶着做活。不但做小孩穿的，也做成人的。她们尽量做全活，就是东西要全，款式要多，小孩的，大人的，男的，女的，老头儿的，老婆儿的，应有尽有，客户只要一来，就能买到东西，他们搭眼一看，用手一摸，就决不会让他空手而去。

李嫦的针线活也是很好的，她们是强强联合，她们各自发挥自己的优势，在这里打开了一个新局面。她们精神饱满，劲头十足，合理安排时间。白天卖，晚上做；逢会卖，不逢会做。昼夜都有活，天天都有活。奶奶说："照这样干下去，咱们不但在这里能养活自己，还可以攒些钱回家用呢。"李嫦会意地点了点头。

她们在这里正干得红火的时候，忽然有一天，有人给奶奶捎信说，花妮在家挨打了。奶奶得到这个消息后，心如刀绞。她本来就时刻挂念着花妮，听有人这么一说，她再也待不住了。她对李嫦说："听说花妮挨打了，我得回去看看，你在这里继续干。我回去把花妮接来，咱们再在这里干下去。"

第二天一大早，奶奶带着萌萌离开了李嫦表哥的家，踏上了回家的路。

第九章　花妮挨打

奶奶带着萌萌走后，花妮一个人在家生活，她并没有去姥姥家。姥姥家生活好些，她自己也不用出什么力。姥姥、姨姨待她很亲，但她就是不想去，她宁愿在家多干活，吃野菜，过苦日子，也不愿意去看妗子的眉高眼低。

花妮是个懂事的孩子。她尊敬老人，对街坊邻居的长辈人，她只要看见他们，就笑着向人家问好，对他们说的话，从不犟嘴。因此，临近的老年人都很喜欢她。她与伙伴们关系也很好，她知道如何团结人。当别人有些思想问题时，她还会做思想工作，说服人家。当她的伙伴与家长发生矛盾时，她会主动找家长谈话，沟通双方，化解矛盾，消除分歧，使他们重归于好。

她心里很有点子，无论是做事，还是说话，都做到恰到好处，事不少做，话不多说。有一次张大娘问她："花妮，想你妈不想？"

花妮回答："想也没用。"

张大娘又问："你奶奶去哪里啦？"

花妮回答："不知道。"

张大娘又说："你奶奶带着萌萌走了，为啥不带你呀？"

花妮说："她本想也带我的，我就是不去，她才没带我。"

张大娘又问："她让你一个人在家吗？跟着谁呀？"

花妮说："她让我去我姥姥家，跟着我姥姥。"

张大娘："那你为啥不去你姥姥家呀？"

花妮："我不想去。"

张大娘："你姥姥待你不亲吗？"

花妮："亲，亲着呢。"

张大娘："那为啥不去呀，你这傻孩子。"

花妮："我不想去。"

张大娘："啊，对啦，你还有个妗子呢，你妗子不好吧？"

花妮："妗子也没有什么。我要去她也不会不叫去。"

花妮在她寄宿的这个家里，每天日出而起，日落而息。每天起床的第一件事就是打扫院子；晚上睡觉前必须做的事，就是看看院子里是否有重要东西，天是否会下雨，院子里是否有怕雨淋的东西等等。

就在这日复一日非常稳定的生活中，突然有一天发生了一件使她悲痛欲绝的事情——她挨了一顿痛打。

一天上午，她把在地里捡到的谷子穗放在院里晒。留斌大伯喂的鸡子要吃谷子，她连打几次也打不离。她用一个竹棍向鸡子身上打，打得鸡子呱呱乱叫。留斌大娘听见鸡叫急忙出来看究竟，原来是花妮在打她的鸡子，她也不问青红皂白就大骂花妮，她以长辈自居，骂花妮是懒孙、懒种、干八牛的等不成言语的话，她这些言语把花妮骂恼了。随后她骂一句，花妮就重着她的话顶回去一句。连顶了几句后，留斌大娘恼羞成怒，躺在地上大哭大闹，说一个小屁妮竟敢骂她老娘了，把她骂得受不了啦，她没法活下去了等等。她在地上哭闹，嘴里不成言语地哭着骂花妮。留斌一听便恼怒在心，气冲冲地去找花妮，同样是大声训斥，恶语伤人。花妮看他这气势汹汹的样子，当然不服气。他骂她一句，她照原句顶他一句。他哪能容得下一个小丫头对一个长辈这么不礼貌，这么不讲理！他伸手抓住花妮的胳膊，劈头劈脑地乱打，打得花妮哭叫不停。留斌大娘在一旁鼓着劲："好好打她一顿，小屁妮儿，叭叭犟，凡正她奶奶不在家，打她也没人管。只要打不死，就不会有事。"

留斌两口子把花妮打了一顿后，拔腿走了。花妮却悲痛欲绝，她冤呀，她屈呀，她一肚子苦水没地方吐。她去到妈妈的坟地，扒在妈妈的坟上，撕心裂肺地大哭起来，她哭着说着："妈呀，爹呀，你们咋不管我呀？人家狠狠地打我，也没有人管我，我的妈呀，我的爹呀……"

她的泪水洒在她妈的坟上，她的哭声飘荡在树林间，风刮树枝的嗖嗖声，好像也在陪着她号啕大哭；地里庄稼的窸窣声，好像对她表示同情的呻吟。

她凄惨的哭声也惊动了周围群众。他们纷纷来到花妮身旁，他们很同情花妮，有的说："这孩子太可怜啦！"有的说："没娘的孩子就够可怜了，再打她，心真狠，打没娘孩子的人，都是狠心人。"赵大妈流着眼泪把她抱起来，用手巾擦着她的泪说："别哭了，孩子，你看这么多人来到这里，我们都同情你，理解你，可怜你，我们都知道你受委屈了，我们知道你的苦处。"

风越刮越大，天也越来越冷，很多人都说，赶快让她回家吧，不然就要感冒了，花妮哭着慢慢地说："我没有家，我没有地方去。"

她的这句话说哭了好些人，他们对她更加同情了，他们共同的想法是："这孩子太可怜了。"

赵大伯把花妮背到背上，赵大妈在后面扶着，直奔赵家去了。

赵大妈为花妮做了面条、杂面窝头、瓜豆菜。面条虽然不是全白面的，但这对花妮来说也算是享受了。她确实是饿了，她喝了两碗面条，吃了两个窝头，吃得肚子饱饱的。赵大妈让她躺在自己的床上休息休息，她放下饭碗就躺下了。

留斌大娘得知赵大妈把花妮叫到家里并且让她吃了饭，心里很不是滋味。但她又没有理由找赵大妈的不是，于是就在街上指桑骂槐，含沙射影地骂："有些人装好人，存心与我们作对，你们不是待她好吗？为什么不叫住你们家呀？为什么不叫吃你们的水呀？"

街坊们都知道留斌大娘所指的是谁，也清楚她的话的意思，但他们认为这个人太不可理喻，太无聊。她骂就让她骂，不值得与她顶撞、摊牌。赵大妈一家采取了"不予理睬"的态度。如果留斌家的识相，骂几句就算了，借机下台，不再纠缠，但她不识排场，把赵家的不理睬当成软弱可欺，反而是越骂越凶。她说："有些人行（xing）好怪在行（hang），现在怎么不敢搭腔啦？说明他无理，说明他心里有鬼……"

赵大妈实在是听不下去了，从家里走出来与留斌家的对骂。赵大妈说："有些人披着人皮，但没有人性，欺负人家一个没娘的孩子。人家一个没爹没娘孩儿，不但不可怜人家，反而打人家。这不是人干的，稍微有些良心的人，也不会干出这样的事……"

随着赵大妈的出现，街上又出来很多人。他们本来就对留斌家的满腹怨气，只是没有机会，也没有场合与她交锋。这时候，当着留斌家的面，趁着赵大妈与之吵架的机会，他们一下子把怨气爆发出来了。与赵大妈站在一起的就不是一张嘴了，而是五张、六张，甚至更多，有的说："留斌家的没良心。"有的说："你是个没人性的老妖婆。"有的说："你是个害群之马。"有的说："你是洛家庄的丧门星。"

留斌家的一看这么多人齐刷刷地把矛头都对着她，她的怒气更大了。她也听不清楚对方骂的什么，她只是机关枪似的，一句挨一句往外捅。正当她气势汹汹、暴跳如雷的时候，忽然看见从人群中走出来一个男子。那男子恶狠狠地冲着她说："还骂哩，不知道丢人！"

那人这么一说她，她立刻停住了对骂，像老鼠看见猫一样，二话没说，扭头回家了。

这个人是谁呢？她为什么怕这个人呢？这得从头说起。

留斌家的是全村有名的"母老虎"，最善于骂架，她骂人能骂出一百句不重样，能一直不停地骂一天一夜。谁如果惹了她，不把他骂败决不罢休。

有一年，她喂了四只老母鸡。她每天早晨开鸡窝门时，用手指把每个母鸡的屁股摸一遍，看哪个母鸡有蛋，哪个没有蛋，有蛋的母鸡要多吃些好吃的饲料。有一天早晨，她摸到两个母鸡有蛋。她多喂了它们以后，就放开了，单等着收获两个鸡蛋，但使她没有想到的是，她只收到一个鸡蛋。她很不高兴，焦急地寻找原因。到傍晚鸡子进窝睡觉时，她把四个鸡子的屁股一个挨一个地再摸一遍，结果发现，没有一个鸡子有蛋了。这说明，那个有蛋的鸡子已把蛋下罢了。这个鸡子一天都没有回来，它把蛋下到哪里了呢？不管怎样，反正是自己没有收到。她怒气横生，暴跳如雷。痛恨鸡子把蛋下到别人家了，恼恨有人把她的鸡蛋占为己有了。她关上鸡窝门以后，迅速跑到街上扯起嗓门吆喝："我的鸡子把蛋下到谁家了？谁家收到一个鸡蛋？我家的鸡子丢了一个蛋，谁收到了一个鸡蛋？请把它交出来吧！不交出来我要骂你们啦！……"

她等了一天也没有人来给她送鸡蛋。她等得很焦急，火气一股一股往上升，而且越升火越大，终于她忍受不住了，匆匆跑到街上，破口大骂起来。她骂人家没良心，骂人家把她的鸡蛋昧了起来。她骂道：

老头儿昧了我的鸡蛋，叫他死在三伏天。

老婆儿昧了我的鸡蛋，叫她死后尸不全。

男人昧了我鸡蛋，叫他从头到脚浑身烂。

女人昧了我的鸡蛋，叫她生个儿子没屁眼。

小伙子昧了我的鸡蛋，叫他出门不安全。

闺女昧了我的鸡蛋，叫她嫁给黑心汉。

谁要吃了我的鸡蛋，叫他一生不平安。

老头儿吃了我的鸡蛋，叫他四肢麻木得脑瘫。

老婆儿吃了我的鸡蛋，叫她重病缠身不舒坦。

男人吃了我的鸡蛋，叫他事事有麻烦。

女人吃了我的鸡蛋，叫她丈夫死外边。

小伙子吃了我的鸡蛋，叫他干啥都作难。

大闺女吃了我的鸡蛋，叫她不偷男人就养汉。

小孩子吃了我的鸡蛋，叫他侏儒发育不全。

……

她在街上骂呀骂，从早上骂到晚上，第二天还继续骂。不管她怎么骂，也不管她骂得如何难听，没有一个人接她的茬。因为她骂就是谁昧她的鸡蛋、谁吃了她的鸡蛋。她没有含沙射影，也没有指桑骂槐，阻止她骂也没有道理，所以，大家就忍着听。她一直骂了三天三夜，也没有人理她，她只好善罢甘休。

她生性爱与人家吵架，爱与人家骂架。她把吵架、骂架当成游戏，把人家吵败、骂败，如同在游戏中获得了胜利，有一种胜利感。村里人都"怕"她，主要是怕她的"不要脸"，怕她"死皮赖脸"，他们的新鞋不愿意踩她那臭屎。因此，他们尽量躲避她，少与她接触，减少与她发生摩擦的机会。

那个说她不知道丢人的人是她的亲生儿子。

留斌家的名叫齐灿，娘家是齐庄人，十八岁时嫁到洛家庄与王凯结婚，第二年生了一个儿子，起名叫王璇。王璇八岁时，王凯病故，齐灿熬寡熬了一年多后，她心潮澎湃，不甘寂寞，看上了留斌。当时留斌是一个有妻子的丈夫，也是一个有儿子的父亲。他高个子，白镜子，一表人才。齐灿缠住他不放。她脸皮厚，不怕丢人，不管在大街上，也不管人多人少，只要看见留斌，就凑上去说几句话。开始时，留斌害羞，怕外人说闲话，尽量避开她。但由于她的穷追不舍，还是功夫不负有心人，留斌渐渐地不再躲她了，也与她说话，打招呼，同其他人一样，这下子可使她得寸进尺了。她不但在街上主动与留斌打招呼，慢慢地她有事无事地去留斌的家，询问些无关紧要的事，征求留斌的意见或让留斌帮忙。由于她去的次数超出寻常，留斌的妻子有些吃醋，感到很不舒服。有一天，她对留斌说："这个娘儿们没是没非地总来咱家干啥呀？她名声不怎么好，今后别叫她来，少与她说话，她来得多了对你的名声也没好处。"

留斌对妻子的话不以为然，反而埋怨妻子多心。他说："别那么神经过敏。一个寡妇娘儿们，本来就够可怜了，如果没人理她，不更可怜了吗？你不用担心，没事的。"

留斌的这一番话虽然没有说服妻子，但她也无言以对，只是把怨气憋在心里。

随着时间的推移，齐灿去留斌家的次数不但更多了，而且她说话的内容也变了。过去说她自己家的问题征求留斌的意见，现在变成了谈论留斌家的事了。有一次她去到留斌家后，没看见留斌，问留斌妻子："留斌这两天干什么啦？我怎么没看见他呀？"

留斌妻子很不耐烦地说："他走远路了。"

齐灿又问："他什么时间回来呀？"

留斌妻子说："没准儿，不知道什么时间回来。"

齐灿说："等他回来了，你叫他到我家一趟，我有事想请他帮帮忙。"

留斌妻子没有说话，但她的肺都气炸了。从齐灿那咄咄逼人的口气，从她那盛气凌人的神色，足以说明，她是一个彻底不要脸的女人。

留斌的妻子叫林茹，是一个温柔善良的女人，对公婆、丈夫从来没红过脸，没有一句大言语。她很腼腆，不愿出头露面，很少在大街上出没。她很会操持家务，全家的杂事儿，她都处理得圆圆满满，有条不紊。她生来不会与人吵嘴，不会讲歪理，不会干悖理的事，更不会与人要不论理。她这爱面子、怕丢人的人，遇见像齐灿这种不要面子、不怕丢人的人，正如绵羊站在老虎面前，没有一点儿反抗能力，只有任其宰割。

第二天上午，林茹的气还没消完，齐灿又来了。她一进门就气势汹汹地问："留斌回来了吗？"

林茹一看又是她，心里就半烦，待理不待理地说："没回来。"说话时连看也不看她一眼。

齐灿说："怎么还没回来呀？"

她话音刚落，留斌从屋里走出来。齐灿一看见留斌，好像抓住理似的大叫起来："哎呀！你这小娘儿们怎么骗我呀？昨天我来，她可能也是骗我的。留斌大哥，你看看，我本来很尊敬她的，咱们两家关系也很友好，她怎么是这号人，怎么不识好歹呢，真让我伤心。"

她的话让林茹实在是忍无可忍。她决心要与她拼了，她鼓起所有勇气，把她对齐灿的全部痛恨都集中在一句话上，对着她的面咬牙切齿地捅了出去："你真不要脸！"

齐灿这个老虎屁股本来就是摸不得的，这回林茹不但摸，况且还是用力拍了一下，这可惹大祸了。齐灿大吵大闹，神哭鬼叫，拍屁股打胯，一跳大高。然后躺下打滚，抓地跺脚，无赖撒泼，毫不害臊。她站起来哭泣着，装出很可怜的样子对留斌说："留斌哥，你媳妇这么不懂事，这么不识好歹，这么污辱我，你怎么不管管她呐?"

留斌无所适从，他理解妻子，同情妻子，但埋怨妻子缺乏容忍度，不应该当面骂她这么狠。他也埋怨齐灿，不应该一而再，再而三地来他家里问这问那，更不应该在妻子面前缠磨他。但他认为，妻子的话太狠，使她接受不了，所以才大哭大闹。从这一点上说，他很同情齐灿。林茹希望丈夫主持公道，臭骂齐灿一顿，让她面子扫地，为自己出出这口恶气。而齐灿是有意把这个矛盾弄大，逼着留斌选边站。根据她平时对留斌的观察和经验，她知道留斌不会完全站到妻子一边，她认为自己没有说太出格的话，没有什么超常的言论，也没有什么失礼的地方，她的话都拿得出门。因此，她认为她有理。她很明白，只要留斌采取中立态度，而自己与留斌是街坊关系，人家是一家人，自己是外人。在这种情况下，那就清楚地说明，在她与林茹的博弈中，她是一个不折不扣的赢家。

齐灿是个聪明人，别看她有个乌鸦嘴，爱给人家泼脏水，她却是个很有心计的人，她抓住林茹的软弱、爱面子的特点，趁着留斌的中立态度，她一不做，二不休。她心想，事情闹得越大越好。她跑出留斌的家门，沿着大街，哭着、走着、吆喝着："我不能活啦，林茹污辱我啦，我没法活啦，林茹污辱我啦!"

她跑出去以后，留斌认为这样闹下去，对她也没面子。林茹气得要死，一辈子也没有发过这么大的脾气，一辈子也没有骂过人，这两点她都有了零的突破。她两眼发黑，头脑发蒙，她已经彻底崩溃了。留斌不但不同情她、安慰她，反而埋怨她太过分。林茹一看留斌完全是颠倒黑白，她对他已完全失去了信心。几种打击使她承受不了，她感到无路可走了，她对留斌说："你去把她叫回来，我对她赔不是。"

留斌还信以为真，他出去了，他去叫齐灿了。

留斌出去以后，林茹含冤上吊了。

齐灿不闹了，留斌后悔得要死，但这都无济于事了。

齐灿对留斌更是明目张胆了，她公开对留斌说她要与他结婚，不到一年工夫，留斌就把齐灿娶到了家。

齐灿改嫁时，她的儿子王璇已经八岁。他死活不跟妈妈，就留在家里与奶奶一起生活。他深知母亲的禀性，每次他母亲与别人发生矛盾时，他一般都不偏向母亲。

齐灿嫁给留斌以后，成了这家的主人，留斌听她的，留斌的儿子更得听她的，留斌深深感到她比林茹差远了。林茹在时，一家三口，温馨和睦，每个人心里都舒舒服服，小日子过得甜甜蜜蜜。自从齐灿来了以后，家庭的气氛就变了，好像军队打仗一样，齐灿是首长，其他两个都要听她的指挥，温馨没有了，和睦也没有了，舒服也没有了，甜蜜更没有了。这是三口，那也是三口，表面上一样，实质上却大相径庭，形式上没有变化，内容上却有了本质的不同。留斌想他的前妻，儿子想他的亲娘，这有啥用呢？

留斌对齐灿的行为有很多不满意的地方，这主要是齐灿对待他儿子的问题上。但他不敢说出口，他对儿子的同情，只能是一种心理活动不能对外施展，也不敢有任何的流露。万一被齐灿发现，就会大吵大闹，而且一闹几天，叫他一家几天不得安生。因此，留斌得出了这样的经验：凡是齐灿叫干的事，积极干，事后一家都很欢欣；只要是齐灿不高兴的事，他要是干了，事后得几天不得安生。因此，要想日子过得安生，为了免生气，就顺着她的指挥棒走，一切听她的，一切都平安无事。

齐灿也有她怕的人，那就是她的亲儿子王璇。真是一物降一物，青蛙降蟾蜍。她一看她儿子，就像老鼠见猫一样，没有任何自主能力，叫干啥干啥。他儿子一看见她与那么多人对吵时，他就断定又是他妈的不对。因此，他二话没说，用狠狠的语言叫他妈回家。

这场风波表面上算是平息了，但当事双方都没有解决问题。花妮憋了一肚子冤气："你们两个大人欺负我一个没娘的孩子，要冤死我呀？"齐灿也感到很不服气，与人吵架，与人骂架，她过去没有失败的历史。可是这次她认为她失败了，而且败得一塌糊涂，她感到她丢人了，丢了大人了。双方的这种怨气在今后的很长时间里总会不时地泄漏。

花妮的不服气只是憋在心里的怨气，只此而已，她没有任何泄漏的机会，也没有任何报复齐灿的想法。可是齐灿就不同了，她把这个丢人的怨气一定得找机会泄漏出去，当然也一定泄漏到花妮身上。她对花妮咬牙切齿，小小孩子家，让她丢那么大的人。这个娄了她可真捅大了，她会想一切办法报复花妮，以解她的心头之恨。

她报复花妮的机会很多，她很主动，因为花妮暂时住的是她家的房子，吃的是她家的水。花妮很清楚再这样下去不是戏，但她没有办法，两个亲人都不在家，这种想摆脱又摆脱不了的困惑压得她实在难以承受。

花妮每次回去的时候，总要在外面老远处看看齐灿是否在院子里。如果她在院子里，她就在外面多逗留一会儿，等齐灿去屋里以后，她赶忙跑回屋里，不愿意让她看见，这样也免不了与她碰面。她看见花妮就故意骂道："有志气别住在我家，有能力别吃我家的水。不知好歹，关照着你，你还与我作对，真是白眼儿狼，喂不熟的狗……"这些话花妮听着实在刺耳，她暗想："我自己去打水，不吃她家的水。住的房子，等奶奶回来了，马上搬出来，不住她的房子。"

花妮用一根长绳拴在一个瓦罐的两个鼻儿上，早晨一大早就起来掂着瓦罐去井上打水。

时间一定是早晨，因为她不会把水从井里提上来。这时大人们都在往家打水，她可以让大人们帮她把水从井里提上来，然后，她就能掂到她住的屋里了。

早晨去打水的人一般都是她的长辈，有的她叫大伯，有的叫叔叔，也有的叫爷爷，也有少数叫哥哥的。他们都不叫花妮亲自去井上掂水，他们让花妮去他们家提水，有的担一挑，送一担到花妮的住处。可是花妮没有盛水的地方，她既没有缸，也没有桶，她只有那么一个小瓦罐。一瓦罐水连吃带洗，可以用一天。他们往往把水担到她的门口，她打了一罐后，他们再把水挑到自己家。

齐灿恨死这些给水的人了。她仍用眼瞪人家，用黑脸打击人家，含沙射影地骂人家。后来，送水的人不进她的院子，把一挑水放得离她的房子远一些，叫花妮出去。就这样，花妮吃水一点儿也不愁。

花妮很敏感，她一点儿也不想在齐灿的眼皮底下露面，更不愿意看到她的脸色。谁也没有她更知道没有家的痛苦，谁也没有她更知道没有亲人的悲惨。这时候，她真正体会到了什么叫孤独，什么叫可怜。

白天花妮与同伴们在一起，他们经常去地里挖野菜，拾柴火。在地里她们很开心，她与其他伙伴一样，说说笑笑，忘记了一切忧愁；一到晚上，她一到了家，与其他伙伴的待遇就大相径庭了。那些有爹有娘的孩子，至少是家里有亲人的孩子，她们一回到家，亲人们就会说："回来了乖乖，饿不饿呀，渴不渴呀，累不累呀？赶快坐下歇会儿，妈妈给你拿馍，端茶……"可是花妮呢？在外面忙一天，没地方去，连个家都没有。临时借个小屋子，虽然也是个住处，也是个家，但屋子里的一切都是冷冰冰的。她住在里面没有一点儿温暖的感觉。这时，她真的感到她太想念奶奶了。她后悔没跟奶奶去，她又一次体会到，没听奶奶的话吃到苦头了。每天傍晚时候，其他孩子都各自回家的时候，是她最痛苦的时候，她想奶奶想得有些恍惚了。每天下午天快黑的时候，她独自一个人去村头等奶奶回来。她明知道奶奶不会回来，她还是天天这个时候出来接奶奶，因为这个时候她没地方去，到村头接奶奶可以消磨时间，同时也是她思念的寄托。

一天傍晚，赵大妈从地里回来时看见花妮在村头转悠，好像自己在玩，又好像在等人，一会儿望望远处，一会儿看看脚下。她想，这个可怜的孩子又没地方去了。她奶奶也再不回来了，把一个孩子丢在家，太可怜了。于是她亲切地叫了一声："花妮！"

花妮听到一个熟悉的声音在叫她，她感到无限的欣慰。由于她太渴望奶奶回来了，她把赵大妈的声音误认为是奶奶的声音，她急忙跑过去，嘴里说着："奶奶，你可回来了！"

赵大妈一听就知道花妮在想奶奶了，怜悯之心油然而生，她和蔼可亲地说："是找呗，孩子。"

花妮一看是赵大妈，狂喜之心一下子减少了一大半。没等她说话，赵大妈接着说："又想奶奶了吧？天这么晚了，她今天不会回来了，走，跟我回家吧，今天晚上在我家住。"

花妮跟着赵大妈回到了村里，没有去赵大妈家，而是又回到了她自己平时住的那个小屋里，吃了一块凉窝头，喝了一些压锅温水，连衣躺在床上，很快就睡着了。

第二天中午花妮正在小屋里择菜，忽然听见外面有人叫："姐姐，姐姐！"

她愣住了，心想："好像是弟弟的声音，是不是听错了？怎么会是他呢？肯定不是。"

没等她多想，萌萌叫了两句"姐姐"后立刻跑到了她的跟前，他一把拉住姐姐的手说："姐姐，俺回来了。"

花妮这才意识到真的是萌萌的声音。她欣喜若狂，急忙问："奶奶呢？"眼泪唰唰往下流。

萌萌说："后头呢，马上就到了。"

花妮急忙往外跑，正好奶奶也到了门口，她一头栽到奶奶怀里，还没等奶奶坐下，她就哇啦哇啦伤心地哭起来。她哭着说："奶奶，你可回来了，我可想死你了。"

奶奶情不自禁地也掉下了眼泪。她轻轻地抚摸着花妮的头，安慰她说："别哭了孩子，奶奶知道你受苦了，知道你受委屈了。奶奶就是因为这才赶快回的，专门回来叫你的。不哭了，孩子，咱不哭。"

花妮不哭了，她给奶奶拿了个凳子让奶奶坐下，她脸上流着泪水，心里格外高兴，嘴里不停地打嗝，心里非常兴奋。奶奶坐下后，语重心长地对花妮说："咱不哭，穷人的孩子不哭，我不是对你说过，要学会坚强，学会自力更生吗？"

花妮站起来擦了擦眼泪，本来就很秀气的小脸上，露出稚气的微笑，她说："奶奶，你歇一会儿，我给你做饭。"

奶奶问："你给我做啥饭呀，孩子？"

花妮说："做菜汤，馏窝头，还有些面哩。"

奶奶问："你从哪弄来的面呐？"

花妮说："买的。"

奶奶问："买的？哪里来的钱呀？"

花妮说："我用卖蘑菇钱买的。"

接着她把采酸枣的事告诉了奶奶。她说："我在西岗上拾柴火时发现树林里有蘑菇。在一些阴暗处，还很多呢。我捡了一些，拿到集市上看有人要没有。使我高兴的是，我的蘑菇很快就卖完了。我一共卖了三次。第一次卖了三块钱；第二次卖了五块钱；第三次卖了二块钱，一共卖了十块钱。村东头那个老马把我最后一次的全买了。他说以后捡的蘑菇全给他，他全要。后来我没有再去捡，也没有给他送。"

奶奶忽然想起那个刘朋说的话："我们干的是一样的工作。"老马是干什么的？在奶奶的脑海里，对老马的身份打了一个大问号。

奶奶看到花妮和萌萌两个孩子相互依恋的亲热劲，他们"姐呀弟呀"地互相叫着，再看看他们喜颜悦色的表情，她忘掉了一切困难、痛苦。两个孩子看见奶奶脸上的笑容，心里更高兴了。顷刻间，一家祖孙三口人沉浸在无比欢乐的气氛中。

花妮动手做饭时，奶奶说："今天中午咱们不吃野菜了，我给你擀面条，纯白面的捞面条。"

一听说白面条，而且还是捞面条，两个孩子喜得狂叫起来："好啊，好啊！"在萌萌的记忆里，他印象最深的是他去找妈妈时，在姥姥家吃的白面条，那次的面条还不是捞面的。今天中午，奶奶要做白面捞面条，肯定会比那更好吃。

奶奶把面放到盆里，用碗向罐里舀水时，发现罐子里的水少了，她放下碗，提起罐子准备去留斌的水缸里打水，花妮急忙拦住她说："我已经好几天不吃他们的水了，自从他们打我以后。"

奶奶惊奇地问："那你怎么用水呀？"

花妮说："开始时我自己去井上打了两次，后来街坊叫我用他们的水，有时，他们给我送到门口。我现在去赵大妈家提一罐。"说着提着罐子出去了。

奶奶和着面说："我们还带回些白蒸馍（白面馒头）呢。"白面条、捞面条、白蒸馍，这些词对花妮来说很陌生，她很少听到这些东西，对她来说又很遥远。她很少看到，更很少摸到。在平常生活中，只要有面就皆大欢喜了。不管什么面，高粱面、谷子面、玉米面、豆面等等，都是求之不得的，至于白面，想也不敢想。

花妮一听说奶奶带的有白馍，马上去扒奶奶带回的那个包。果然发现几个大白蒸馍，她高兴极了，口水马上就要流出，她对奶奶说："奶奶，我想吃。"

奶奶说："先掰一块吃吧，不要多吃，今天中午有捞面条，不然捞面条就吃不完了，蒸馍留着明天吃。"

花妮掰了半个，又把这半个分给弟弟一半。花妮不是大口大口地吃，而是一点一点地嚼，细嚼慢咽，品尝着吃白馍的滋味。

当天下午，赵大妈等街坊邻居陆续来到奶奶的家，把奶奶住的小屋挤得满满的，有的连凳子也坐不上，干脆站在院子里。他们来的目的基本上有两个：这么多天不见了，挺想念的，来说说话，亲热亲热；其次是想对奶奶说说花妮挨打的事。奶奶听了花妮的叙述和邻居们的介绍，对花妮挨打的前前后后已经很清楚了，她很气愤。她把街坊送走以后，走到留斌大伯的家，开门见山地说："留斌，我去时对你说花妮小，请你多关照，可是你不但不关照，反而打起她来了。她没爹没娘，你怎么没有可怜她的心呢？你打她下得了手吗？"

留斌说："她太不像话了，动不动就骂人，她骂她大娘骂得死烂不中听，不教训教训她行吗？"

奶奶说："你还挺有理呐，谁先骂谁呀？你老婆先开口骂，你为啥不教训你老婆呀？你去教训一个孩子！你真做得出来！"

留斌和齐灿张口结舌说不出话来。当他们正准备说话时，奶奶又开腔了："当她哭着喊妈的时候，你就没有一点儿想法吗？当她趴在她妈坟上哭的时候，好多街坊都去劝她，你们管也不管，你们连一点儿人情味都没有。"

这几句话像几颗重型炮弹击中了他们的灵魂，他们自认为打花妮这件事本身已无理可辩了，但他们还要无理辩三分。留斌说："你们家生活困难，又没有外边人，我们处处都考虑着你们，时刻照顾着你们。"

　　奶奶说："你光个好嘴儿，你考虑什么啦？照顾什么啦？"

　　留斌："我打了孩子，你就耿耿于怀，揪住不放，对你们的好处，你怎么不记得呢？你也是一面迷，光向里迷，不向外迷。"

　　奶奶说："对我们什么好处？你说说。"

　　齐灿插嘴说："还用说吗，不是很明显吗？你明明知道，偏偏装着明白卖迷瞪儿。"

　　奶奶说："行了，我知道你指的是什么啦。你不就是说我们住你们的房子吗？你们照顾我们了，我承认。当我们被赶出门外时，你们叫我们住你们的房子，确实是对我们的照顾，我感谢你们，但这绝不是你们打花妮的理由。你们打花妮的罪行是赖不掉的，我永远也不会饶恕你们。因为你们的行为太超出一般了，太不像话了。"奶奶非常生气，脸发白，眼发黑，手脚发麻，浑身打战。她停了一下，然后继续说："让我们住你们的房，让我们吃你们的水，这都是对我们的关照，你对我们的好处，我不会忘记的，我领你们的情。等萌萌长大了，会报答你们的。"

　　留斌："萌萌？你能指望他！你看他那瘦猴样儿，将来也成不了什么大器。请你对他不要有任何希望，还是趁早收敛收敛心吧，免得希望大了失望大，到时候拐不过弯来。"

　　奶奶："你别小看人，我的一切都寄托在他身上。我还培养他上学呢，上小学，上中学，上大学，还叫他出国呢。"奶奶的逞强话，也不知道是特意让留斌他们听的呢，还是她真的是有这种想法。

　　留斌："咱不抬杠，咱等着瞧，但愿如此，我恭喜你。"

　　奶奶："好了，我们今天就搬出去。"

　　得知奶奶要从留斌家搬出的消息后，好多人纷纷请求让搬到他们家。奶奶一一感谢了他们的善良之心，谢绝了他们的友好表示。

　　奶奶的全部家业由这几部分组成：第一部分是被子、褥单、衣服。第二部分是铺草，主要是麦秸。铺草也是奶奶的重要家业之一。它既是床，也是铺里，又是被子，尤其是冬天，奶奶一家三口全靠它抵寒呢。因此，他们走到哪里，一定得把铺草带上。第三部分就是炊具，它包括一个锅、一个盆、一个罐、五个碗、一个小锅、一个錾子。第四部分就是吃的东西，有二斗杂粮、一斗小麦、几篓子干菜，主要是干红薯叶、干芝麻叶、干萝卜英、干槐花等等。

他们祖孙三口，带着他们的全部家业，离开了留斌的喂牲口屋，去到了村西头的娘娘庙里，这里就是他们的安身处了，这就是他们的新家。

娘娘庙坐落在洛家村西头大路旁，坐北向南，距村子二里多地，是一个三间房子的建筑，每间房的中央，靠后墙处，坐着一个高大的娘娘塑像。神像是盘着腿坐着，面部微笑，双眼半合。右手抬起，大拇指与食指和中指捏成一朵半开的莲花，无名指和小指轻轻翘起，左手掌下放在膝盖上。三个神像虽然姿态不一样，面部表情也各有差异，但看起来都非常慈祥可亲。她们是妇女和儿童的保护神，专管这一带妇女的健康、儿童的出生、抚养和死亡工作，在人们心里是有相当的威严的。

该娘娘庙还是以"灵气高"著称的。据说，过去曾经有一个农民不相信她们，在群众中说些对她们名誉不好的话，结果是：没过多久，他的一个儿子病死了。人们都说是娘娘们对他的惩罚。有一个算命先生告诉他，这还不算拉倒，如果他要不忏悔赎罪，他的另一个儿子也保不住，甚至还可能影响到他本人。他问这个算命先生如何忏悔赎罪，他告诉他每月的初一、十五来此庙烧香。此外，一有机会就向群众讲解相信娘娘的好处，祈祷她们免灾保平安。此人这么做了以后，他的另一个儿子平安无事，他本人也安然无恙。除了这个传说以外，还有一个传说：一个夏天的晚上，天突然下起了大雨，几个年轻农民在这里避雨，但他们穿衣不够严谨，只穿了短裤。庙内外漆黑一团，在一个刺眼的闪电和一声震耳的雷声中，有一个农民看见一个娘娘神像的脸色难看，好像在怒视着他们。他吓得魂不附体，随着一声尖叫，飞快地跑了出来，其他几个人也随着他跑了出来。他们跑回家后，他把他在庙内看见的情况告诉了家里人，他们也感到后怕。那个青年人得了一场大病，几个月后才痊愈。

这两个传说几乎每个农民都知道。因此，这一带农民都相信这个庙的神灵，谁也不敢随便进入这个庙里，更不敢在这些神像面前放肆、说脏话或蛮横无理。每个人在庙里都得规规矩矩，严严肃肃，不敢轻率，不敢乱说乱动。

奶奶他们带着行李进庙门以后，先放下行李，奶奶的手牵着两个孩子。她先跪下，再让他们跪下，正正经经地磕了三个头。然后她低声祈求着：

"娘娘神灵，我们实在是走投无路了，我们没有吃的，没有立足之地。我们只有来投靠你们了。我们向你们祈祷，恳求你们保佑我们平安，恳求你们保佑这两个孩子长大成人。"

晚上睡觉时，奶奶把铺草铺在神像坐台的后面，白天把东西卷起来放在门后，很少有人注意到，即使有人看见了，也不显眼，毫不影响村民们来庙里烧香、磕头、祷告、忏悔、许愿。

突然萌萌跑过来对奶奶说："奶奶，我看着这几个神像都笑眯眯地看着我们。"

奶奶回答说："她们是欢迎我们的，她们不但欢迎我们住在这里，她们还保佑我们平安无事，更会保佑你和姐姐长大成人。"

奶奶的话给了他和花妮胆量、勇气和力量。他们住在这里不但不害怕，而且还有一种自豪感。

第二天一大早，花妮准备做早饭时，发现没有水，她对奶奶说："奶奶，没有水呀？"

"啊，对了，没有水。走，咱们去打水。"

奶奶叫花妮提着罐，她拿了一根绳子和一根棍子，三个人一起去井边打水去了。

他们搬进娘娘庙以后的第三天晚上，奶奶对两个孩子说不能在这里住时间长了，得马上走，当孩子们问她什么时候走时，她说："明天就走，明天一大早。"

萌萌问："去哪里呀，奶奶？"

奶奶说："去我们去的那个地方。"

萌萌说："好哇。姐姐去吗？"

奶奶说："去，你们俩都去。我再也不会把你们任何一个人丢在家了。咱们活在一起活，死也要一起死。"

"奶奶，咱们不死，为啥要死呀？咱们要很好地活着。"萌萌天真而自信地说。

已是夜里十点多了，他们都睡着了。突然奶奶被一个声音惊醒，声音很低沉，但很清晰，好像是李嫦的声音。她有些诧异，她屏住气，仔细再听，听见有个女的在叫："花妮，花妮。"

还有个男孩在叫："萌萌，萌萌。"

这回听清楚了，就是李嫦和丹丹的声音。

奶奶说："奇怪呀，他们不在家呀，怎么会是他们的声音呢？"

花妮说："奶奶，我害怕。"

"不要怕，我起来去看看，你们在这儿别动。"

这时，又听见外面的叫喊声。奶奶急忙穿起衣服，迎着声音走了过去。她一出庙门，就在老远处看见两个黑影，一高一低，一大一小。她朝黑影问了声："谁呀？"

对方答道："我呀，婶子，李嫦和丹丹呀。"

奶奶赶紧说："是你们呀，快来吧。"

奶奶看见李嫦风尘仆仆，手里提着一个提包儿。奶奶又问："你们啥时候回来的？怎么回来啦？我们正打算马上去呢，明天就动身。"

李嫦没有立即回答奶奶的提问，她只是说："进去再说。"

奶奶让他们坐在铺边上，萌萌正在睡，花妮睁着眼不说一句话，仔细听她们在说什么。李嫦不紧不慢地对奶奶述说他们为什么要回来。她说："我们今天晚上才到家，回来后听说你们搬到这里了。开始时，我不敢来，后来一想，你们敢在这里住，我就不敢来吗？我一斗胆子，就来了，但还是不敢靠近。如果不是你出来接我们，我们自己是不敢进来的。天又这么黑，因此，老远就叫你们。"

奶奶说："怕什么呀！我们在这里住得很安全，两个孩子也不怕。一切神灵都是保佑咱们好人的，因此，好人什么也不害怕。"

李嫦说："说是这么说，嘴里说着不怕，心里还是不敢。"

奶奶说："你们为啥回来，咱们不是说打算多在那里住一些时候的吗？"

李嫦说："你们回来以后的那天晚上，我表哥说，他们全家马上就要离开那里了，他们家是一个解放军的地下工作联络点。我表哥是一个联络员，最近被特务发现，他们很快就来抓人。他让我赶快回来，越快越好。我得知这个消息后，第二天一大早就动身回来了。顺着原路，走了两天多就到家了。我不想白天回家，想夜里趁着没人时回来，不想让人看见，我们一回来就来找你们了。"

奶奶说："你们还饿着肚子吧？我给你们做饭。"

李嫦说："不用，不用，我们都吃得饱饱的。我们的提兜里有馍，还是白馍呢。"

奶奶劝他们住下，他们毫不客气地挤着睡下了，反正是地铺，四周没边没沿，添两个人也完全睡得下。

大家都躺下以后，李嫦对奶奶说："婶子，不要住在这儿了，明天搬到我们家吧。想与我们住在一起，我们住在一起；不想住在一起，咱们在我们院

奶奶和她的传奇

子里再搭一个棚子，反正我们的院子大，院子里又有树，搭个棚子不难，往后也不冷了。住在俺家比住在这儿强。"

奶奶很高兴地说："好啊，明天就搬到你们家。"

第十章 艰苦度日

奶奶家没有一分地，也没有劳动力去租地，那么依靠什么为生呢？靠的是以下这五个字：拾、剜、采、挣、省。

拾，就是拾庄稼。一家三口人全年吃的粮食都是拾来的。拾庄稼主要集中在两季，收麦季节和收秋季节。收麦季节拾麦，收秋季节拾秋。

麦子成熟的时候，也是奶奶开始紧张的时候，收获麦子的季节也是奶奶收获的季节。拾到麦子以后，才是奶奶家真正能吃到粮食的时候，也是奶奶吃得最好的时候，吃的全是白面，白面馍、白面条。"穷人肚里没杂粮"，正是这个道理，穷人没有多余的粮食，有了麦子就吃白面，有了高粱就吃红面，有了谷子就吃黄面，当然收麦子时候就吃白面了。

拾麦是奶奶一年中最重要的任务，拾的多少直接决定着一年生活的好坏。因此，奶奶每年都是把主要精力集中在拾麦上。

拾麦，首先得地里有麦，得有人收麦，地里根本就没有麦子，或没人收麦子，就谈不上拾了。洛家庄的东坡是经常被水淹，因此，经常没有麦子，也就没有拾麦这回事了。

对奶奶来说，拾麦是硬任务，因为涉及她一家三口人一年的生活，她必须得拾。这里没有到那里，近处没有到远处，本村没有到外村，反止是哪里有就到哪里拾。因此，奶奶拾麦经常跑得很远，还经常跑到外村。

每天早晨，鸡叫三遍以后，奶奶就起来把饭做好，然后把花妮和萌萌叫起来。吃罢饭后，带一瓦罐水，带几个馍，扛个篮子，带条绳子，戴上草帽，奶奶带着两个孩子去到地里，开始一天的拾麦生活。

小麦在地里生长成熟后，要经过下列过程才能打成颗粒装到囤里。

铲麦、耧麦、打铺、装车、摊场、晒场、碾场、起场、扬场。

铲麦，就是说小麦成熟以后，用长柄铲子把它铲倒，用耙子把铲倒的麦子耧成垄，再用桑杈把它打成铺，然后装上车，拉到场里摊开晒。晒干后，用牲口拉着石磙在上面碾，把麦粒碾下来掉到地上，把麦秸堆到场外面，把麦粒和麦糠堆在一起。风力合适时把麦粒和麦糠用木锨高高扬起，它们往下落时，麦糠就随风飘到下风处，麦粒落回原处。用这种方法把麦粒和麦糠分离开，最后剩下的就是金灿灿的麦粒。

拾麦的时段就是主人把麦子的绝大部分装到车上以后，再把地上留下来的少量麦子用耙子搂一下。搂过后的地上还会丢下少量的麦子。这主要是少量麦棵和脱离麦棵的麦穗。这些麦子主人就不再要了，拾麦者可以拾。小麦颗细穗小，成熟后，很容易掉头，有时整个麦穗往往从麦秆上脱落下来，掉在地上。这些散落的麦穗，耙子是搂不起来的，给拾者留下很好的机遇，拾麦者最喜欢在熟过头的麦地里拾。

但是麦子也并不是轻易可以拾到手的。主要是拾家太多，尤其是在饥荒年代，每一块收麦地里，都是黑压压的一片人，全是拾麦的。这一块地拾完了，再跑到另一块地；那一块地拾完了，再换一块地。

每到一块地，奶奶把篮子、水罐、馍和绳子放在地头，让萌萌照看着，再三叮嘱不让乱跑。她和姐姐去地里拾麦子。

拾到的麦子大多数是带穗、秆连在一起的。拾一把后，把它们捆在一起，像一个带着长尾巴的大头鱼，更像一个拖着尾巴的蝌蚪。她们把它们一把一把地放在篮子里。篮子满了后，统统把它们拿出来，用绳子捆成一捆，单独放着，腾出来的空篮子再放新拾的麦子。

拾麦是一种非常紧张的活儿。拾完一块地要去另一块地时，很可能那一块地很远，你还得跑着去。可是去到后你会发现，地光人净了。铲倒的麦子拉走了，拾麦的人离开了，什么也拾不到了。拾麦紧张还有另一个原因：拾麦者太多，而且都争先恐后、迫不及待，谁都不会客气，谁都不会以礼让人。谁要是讲客气，要是以礼让人，他准是什么也拾不到。像篮球场上打篮球一样，你要是讲客气，你肯定捡不到球，你肯定要输。在麦地里也是一样，为了一棵麦子，往往是你争我夺，互不相让。经常得眼明手快，动作迅速，脑子敏捷，当机立断。有时，一棵麦子很可能两只手或者三只手同时抓住。抓住麦穗的手，就急中生智，立即把麦穗捋掉，其他两只手就自然松开了。

拾麦者还要有些度量，脸皮要厚些，要有一定的承受能力，不能赌气，不能任性。在麦地里，收麦人与拾麦人始终是一对矛盾，是利益归谁的矛盾。收麦人，即土地的主人，是少数富人；拾麦人，是无地的贫苦农民。地主对农民总有一种蔑视心里，他们认为这些人是穷光蛋，不可理喻。在收麦与拾麦这个问题上，他们总认为拾麦者时刻都想偷他们的麦子，他们对这些人总是不放心。收麦人如果全是地主雇用的人，他们与拾麦者不会发生任何矛盾，因为他们同情拾麦者，说不定在这庞大的拾麦队伍中，就有他们的家庭成员。倘若地主们去地里视察，他们就会用不好看的脸色，恶狠狠的眼神让你远离他们的麦堆，或用冷言冷语咒骂那些试图靠近他们麦堆的拾麦者。有一次，张强去地里视察时，就用皮带抽打了四个五十多岁的老太太。他的理由是她们偷他的麦子了。她们谨小慎微，唯唯诺诺，胆小怕事，息事宁人。她们挨了打也不敢吭声，怕遭更大的麻烦，她们只是忍气吞声，好像哑巴吃黄连，咽下的苦只有心里知道。地主对她们蔑视也好，侮辱也好，打也好，骂也好，她们都承受得住。她们装成聋了，装成瞎了，装成呆了。地主的冷言恶语，她们听而不闻；地主的狰狞面目，她们视而不见；对地主的胡作非为，她们早已非常麻木了。可是奶奶对此事却愤愤不平，她怎么也咽不下这口气。对于那几个老太太的挨打，她那爱打抱不平的思想油然而生。她放下手中的麦子，毅然决然地去到张强跟前，对他说："她们那么大年纪了，你还这样打她们，别说没偷你的麦子，就是偷你几颗麦子，你就值得这么打她们吗？她们拾着吃，还不够可怜人呢，你不同情她们，也就算了，但你不应该打她们呀，你不认为太过火了吗？"

张强认识奶奶，他去过奶奶的家，在他霸占奶奶的住宅过程中，奶奶与他打过几次交道。所以他没有向奶奶动手，只是恶狠狠地说了一句："这关你屁事！"张强的侄子张锁把奶奶的篮子用脚踩得扁皮歪嘴，嘴里说着："叫你多管闲事，叫你多管闲事！"他们把奶奶的篮子踢到一边，扬长而去。

奶奶痛苦不已，这个篮子是她的劳动工具，一年四季，一天到晚，它始终没离开过她。春夏秋冬，她总是挎着它，拾庄稼、拾柴火，总离不了它，它是她的不可分离的朋友和得力助手。它对奶奶诚心效劳，做出了最大奉献。奶奶看着这可怜的篮子，扁皮歪嘴，吸连着肚子，仰面朝天地躺在地上，她伤心地哭了。她轻轻地把它捡起来，小心翼翼地用手撑它的肚子，掰它的襻子，竭力想让它恢复原状，但篮子已遭到摧毁性的打击，要想恢复原状，是绝对不可能的。

旁边一个老太太劝奶奶："别管这些闲事。他们这么蛮横霸道，怎么会听得不同意见呀？你看，谁说说他们，谁就吃他们的亏不是？因此，谁多管事，谁多说话，谁就吃亏。"

奶奶很和气地对她说："我认为，这不是闲事，这是恶霸地主欺压穷人的大事。我看见了，难以忍受。我也知道没好结果，但是管不住自己。其实他打那几个老太太我也不认识，我只觉得她们不该挨打，他不应该如此打人家，我看见这种不合理的事憋不住。"

奶奶好像也吸取些教训，为了眼前能过得去，她还是尽量多留些神，多忍耐些，遇事要三思而后行，想办法把"理"与当前事实结合起来。她得出这样的结论：在不讲理的社会里，用理是解决不了问题的。对不讲理的人说理，简直是对牛弹琴，也等于在瞎子面前打电灯，在聋子面前念经，都是白费力气，毫无作用。从此以后，奶奶在地里拾庄稼时，什么也不想，什么也不听，什么也不看，一心一意拾庄稼，好心好意对待人。她带着花妮，从这块地去到那块地，从近处去到远处。向南跑跑，向北跑跑，向东跑跑，向西跑跑，不停地转换地方，重复着同一个动作。口喝了，去篮子跟前喝口水，顺便交代以下萌萌不要乱跑。拾麦期间，午饭也不回家吃。因为一去一回会耽误很多时间，会少拾好几把麦。他们的午饭很简单：吃些干馍，喝些凉水，就是一顿午饭。两个孩子吃凉的已经习惯了，所以吃了凉的既不肚子痛，也不拉肚子。如果从家里带的水喝完了，奶奶把绳子拴住瓦罐的两只耳朵，从地里的土井里打水。

奶奶他们三口从天刚亮就出来，一直到天黑透才回家。一天的收获还是很喜人的，一大捆，一小捆，一篮子，都是拾的麦子。天黑透回家时，奶奶把一大捆背在背上，把篮子扛在左胳膊上，右手掂住瓦罐。花妮背着那一小捆，动身回家。花妮走在前面，萌萌走在中间，奶奶走在后面。偶尔有一天拾得特别多，他们一趟拿不完时，奶奶就会跑两趟。她先把那一大捆送回家，让花妮和萌萌在地里等着。她把那一大捆送回家后，再拐回来带那一小捆和那一篮子。有时，由于天太晚，萌萌会睡在地里，或在路上打瞌睡，走不成路，奶奶就会用右胳膊抱住萌萌，背上背一捆麦子。花妮扛住篮子，沿着黑黢黢的土路，一步一步地慢慢向家移动。

场光地净时，也就是说地里再没有麦子可拾时，奶奶把所拾回来的麦子一把一把拿出来摊晒。晒干后小心翼翼地用棒槌把麦粒从麦穗上捶下来，再用簸箕把糠皮簸出去，留下来的就是麦粒了。颗粒有些参差不齐，有的是灌浆期间，受到了自然条件的不利影响（如干旱、风、涝等），胚乳发育不充分，灌浆不饱满，这种颗粒就秕；有的没有充分成熟就被铲除了，这种颗粒就是青的；有的被压扁了或者烂了，也有的是坏了，奶奶恭恭敬敬地把它们装在布袋里过秤，一秤一秤地称，称四五次才能称完。呀！一百多斤呢！全家人都狂喜起来。萌萌干脆跳起自由舞来。这时奶奶就要说："今天给你们烙油馍。"

这大小不齐的一个个麦粒，对奶奶来说，像珍珠一样宝贵，有时甚至比珍珠还要宝贵，因为这是他们一家三口人的生活依据，他们一家三口人的命根子。

秋是秋天成熟的庄稼，通常叫秋庄稼，简称叫秋。拾秋就是拾秋天成熟的庄稼。

秋庄稼分早秋（或大秋）和晚秋（或小秋）。早秋是指收麦前种的庄稼，如高粱、棉花、红薯、玉米、花生等等，晚秋是指收麦后种的庄稼，如大豆、谷子、芝麻、绿豆等。有些庄稼既可以是早秋，也可以是晚秋。早种（收麦前种）时，就是早秋；晚种（收麦后种）时就是晚秋。这类庄稼有：红薯、大豆、谷子、芝麻、绿豆等等。

秋庄稼种的时间参差不齐，收割的时间也不相同，先后悬殊很大。

收割的人不紧张，拾的人更不紧张了。

拾高粱包括拾三部分：高粱种子、高粱莛子和高粱裤。颗粒长在穗上，高粱颗粒比较小，拾着太费劲，一般不拾一个个的颗粒，而拾穗，高粱穗比较大，不容易被拉下。因此，拾高粱的人没有拾麦子的人多。

收高粱时，是用镢头把一棵棵高粱铲掉后，把它们头朝一个方向放在地上。然后用钎刀把高粱穗一个个地钎下来，把穗捆在一起，拉回去摊在场里，与打麦子一样，把高粱籽打下来。被割了头的高粱棵暂时躺在地里。拾高粱的人就要扒开这些高粱棵，寻找被主人漏掉的高粱穗。这种漏网穗是很难有的，因此，高粱是不容易拾到的。

高粱莛子是比较好拾的。莛子就是长穗的那一节秆。有莛子的庄稼主要有高粱和小麦。这一节往往比较长，常用来制作用具。高粱莛子用来做锅盖、编笼子。纳锅盖时，把莛子横竖两层紧紧地排一起，用线绳或麻绳把它们纳起来。制成后像一块薄木板，但它有很多木板没有的优点，它很坚实，不变形，不吸水，透气好，又轻又光滑，可以放饺子、放馍、放面条等等，是厨房的得力助手。锅盖在市场上很受欢迎。每年奶奶拾莛子，卖锅盖，可以搞些收入。编笼子也是高粱莛子的一大用场。用它装小鸟、装蝈蝈、装蟋蟀、装蝴蝶，等等，是孩子们的重要玩具。

拾莛子要到那高粱长得不太好的地里。高粱长得越好，莛子越短；高粱长得越不好，棵越细，穗越小，莛子越长。尤其是高粱种得比较密的地里，高粱棵细瘦，节子就长，莛子自然也就长，荧草（高粱的一种）的莛子最好，又细又长。

高粱裤：高粱的秆，及高粱的茎，像竹子一样，是分节的，它与竹子不同的是，它的每一节都有一个裤把它包起来。这个裤的下部长到茎上，把整个茎紧紧地包起来，就向一条腿穿着裤子一样，所以把它叫作高粱裤。在裤的上端长出叶子，伸向外边。可利用的高粱裤就是茎的第一节的裤，就是最下面的那一节的裤。人们把它揪下来，编成各种用具，如草苦子、草蒌、草席、蓑衣等。

高粱裤的最佳采摘时期是收高粱以前。这时，高粱棵长在地上，揪时好揪。揪高粱裤的最佳时间是早晨，因为这时空气潮湿，裤子疲软不脆，不容易被揪断。揪高粱裤时，正好没有别的庄稼可拾，因此，奶奶每天早晨起来去地里揪高粱裤，用它编成各种用具，主要是蓑衣，奶奶编的蓑衣质量很好。奶奶用的绳子是用青麻捻成的，它比一般的麻绳结实。编制时，每一股用三个或四个裤子，所以编成的蓑衣比较厚，奶奶用力比较大，勒得比较紧，所以蓑衣摸着很硬，看着很结实。这一带蓑衣很流行，每户农民都有几件蓑衣，农民中流传着这样一首歌谣：

　　蓑衣是件宝，穷人离不了。

　　阴天是雨衣，晴天是蟒袍。

　　晚上是被子，白天是棉袄。

　　只要有了它，生活乐陶陶。

奶奶织的蓑衣宽大、厚墩、耐看、结实，当然很畅销。

对于穷人来说，红薯浑身都是好东西。除了红薯块以外，红薯叶和红薯梗也很有用。红薯叶不管是青叶或是干叶，都是很好的食品。有粮食吃时，也经常把红薯叶放在面条汤里或焯一下当菜吃。没啥吃时，红薯叶可以当粮食。家里只要有红薯叶，再严重的饥荒也不害怕。红薯梗在平常年景是好饲草，牛、羊、马、骡、驴都爱吃。在饥荒年代，红薯是穷人的好食品，把它切成片，晒干后存放起来，可以长年吃，经常吃。吃的花样也很多，囫囵着蒸蒸吃，煮煮吃；把它粉碎后，与别的食品掺在一起吃。把它磨成面后，吃法就更多了：做汤，做馒头，做窝头，做饼子，做面条，做河捞，做油条，做麻花，做包子，做点心，等等。因此，红薯是农民最不可缺少的，它产量高，用途广，最实惠。

拾红薯，当然，最好还是拾红薯块。红薯块很不好拾。它埋在土里，你得用抓钩或铁权翻土，把掉到土里的红薯翻出来。这很累人，一晌也翻不出几块红薯。拾红薯最见效的还是拾红薯叶或红薯梗。红薯收罢以后，地里留下坑坑洼洼的土坑和一堆堆的鲜土。在土坑里、坷垃间，到处都藏着零零星星的红薯叶。奶奶是拾这类红薯叶的好手。她扛着篮子，拿着耙子，在红薯地里把零星的红薯叶搂到一起，撮到篮子里。奶奶去地里除了带篮子外，还得带个布袋。每一晌，她都能拾一篮子和一布袋红薯叶。

红薯叶是农民在青黄不接时主要的依靠对象，由于它的帮助，很多穷人在最艰苦时期，渡过了难关。

收棉花有一个漫长的采摘过程，从天热一直到天冷。在这个采摘过程中，是不允许拾棉花者进地的。让进地的时间是主人把棉花采摘完以后，也就是说棉花棵上没有棉花了，主人才允许拾棉花者进入地里寻找没有被采摘的棉花。实际上，地里留下绽开的棉花已经很少、很少，微乎其微了。但遗留下来的嫩桃倒比较多。奶奶拾棉花主要拾这些嫩桃。比较老的桃，主人都把它们采摘走了。摘嫩桃时，最好带的柄长一些，如果可能把全株拔回去最好。把这些嫩桃放在太阳下翻晒，随着阳光的吸收，它们由嫩变老，然后慢慢绽开起来，把雪白的棉絮吐出来。

就这种棉花，奶奶每年都能拾十来斤。然后进行加工，轧、弹、纺织，做成衣服。他们一家三口的穿衣就依靠的是奶奶拾的棉花。

在地里能拾到的能烧的原料（柴火）比能吃的原料都多。在地里拾庄稼不管是拾麦还是拾秋，都主要是拾吃的原料，但在拾吃的原料的同时，也决不放弃拾烧的原料。例如：拾麦时决不会放弃麦秆，拾高粱时，决不放弃高粱秆（秫秸），还有拾豆子时的豆秆，拾芝麻时的芝麻秆，拾谷子时的谷秆等等。此外，地里没有庄稼时，还有很多拾柴火的机会，这主要是在冬天。

犁地种麦时可拾的柴火有：高粱根、谷子根、豆子根、芝麻根以及其他庄稼的根。冬天可拾的柴火就更多了，落到地上的树叶，荒岗野岭上的枯蒿子、干草，刮风时从树上落下的干柴以及水涝地里的枯庄稼等等。

奶奶家的柴火虽然是拾的，但他们的柴火很充裕，从不发没柴火烧的愁。奶奶挑选住处时，就是想住个大院子，最好是自己一个院子，可以放柴火。她挑选留斌大伯的牲口屋，就是这个原因。

剜，指的就是剜野菜。

奶奶每年夏秋两季拼命拾庄稼，最多也是一百多斤，不到二百斤，就算是二百斤，离他们需要的口粮还差得很远。一家老少三口，每月口粮按一百斤计算，一年也得一千多斤。她拾的粮食只是个零头。要想不被饿死，除了拾以外，她还得找很多其他办法，挖掘食品来源，否则就逃脱不了挨饿的威胁。

剜野菜就是奶奶采取的重要办法之一。

野菜属于野生植物的一种，它生长的范围很大，漫山遍野。荒山野岭上，庄稼地里，池塘边、树荫下、村旁、路边，它都可以生长。在野生植物中，要分辨出哪些是野草，哪些是野菜，这是很关键的一步。有些野草是有毒的，它不是不好吃的问题，而是吃了要死人的。

奶奶经过多年的观察、实践，把洛家庄这一带的野草和野菜做了清楚的分辨。

这一带的野生植物主要有以下三十六种：

荠荠菜、枸枸秧、马齿菜、枸杞棵、萋萋芽、锅巴草、星星草、稗草、猫儿眼、面条棵、蜜蜜罐棵、野扁豆棵、猪耳朵棵、灰灰菜、米米蒿、白蒿、毛妮棵、水红花、水菠菜、驴尾巴蒿、野蒺藜、涩老秧、茓茓菜、扭草、兔铲、铲子棵、老鸹苔、老蕃蛋、苦马菜、艾草、芊草、猪毛尾菜、野苋菜、扫帚苗、十香菜、茼蒿。

其中有十七种是可以吃的。它们是：

荠荠菜、枸枸秧、马齿菜、萋萋芽、野苋菜、面条棵、灰灰菜、米米蒿、毛妮棵、水红花、水菠菜、苦马菜、猪毛尾菜、扫帚苗、十香菜、白蒿。

在这十七种野菜中，荠荠菜、野苋菜、枸枸秧、扫帚苗和马齿菜是比较好的五种野菜。尤其是荠荠菜，在这五种野菜中，它是最好吃的，是绝大多数人，尤其是孩子，都愿意吃的野菜。

荠荠菜是一年四季都能生长的一种野菜。它的茎有二尺多高，茎上有数条枝杈。它的叶子是羽毛状的，叶片边沿有不规则缺口，开白花，果实是三角形的，颗粒很小，是灰白色的。清明前，它伏在地上，清明后，它起梗，开花，结果。它不怕冷，不怕热。冬天冰冻三天，夏天烈日当头，它依然生长在地里。它生命力强，耐涝耐旱，水淹不死它，几个月不下雨，也旱不死它。它生长期短，长得很快，一年可以四熟，是所有植物中唯一的。它浑身都可以吃，根、茎、叶、花、果实都味道鲜美，宜人可口。人们对它的吃法很多，蒸蒸吃、炒炒吃、当饭吃、当菜吃、放汤里吃、单煮着吃，根据各人爱好，不管怎么吃，味道都很好。

它好像穷人的救命恩人一样，每年都大量供人们摄取、享用。剜菜人如果有一天剜不到荠荠菜，就会说："今天运气很赖，没有剜到荠荠菜。"由于它的繁殖力很强，尽管不断地被挖掘，不管人们什么时候去地里寻找它们，它们都应时地展现在人们面前。

枸枸秧是另一种人们喜爱的野菜。它是攀腾植物，茎细长，不会直立，常缠绕在其他茎秆直立的植物上。叶大，椭圆形，花是喇叭形，白色，种子是黑色的，根是白色的，生吃是脆的，熟吃是面的，是最佳的野生食物之一。

野苋菜，与苋菜样子完全一样，只是叶子较厚，吃着比苋菜口感差一些。它的生命力很强。耐旱、耐涝。对土壤没有什么选择性，生长期短，长得很快。人们没粮食吃时，它是很好的替代食品。

在不能吃的野生植物中，奶奶还选出有毒性的、对人们身体有害的植物。这些植物有：猫儿眼、老鸹苔、猪耳朵棵。

猫儿眼，圆叶，开的花很像猫的眼睛，它肥肥的圆茎里，有丰富的白色乳汁，这些乳汁有剧毒，有"吃了猫儿眼，马上去西天"的说法。

老鸹苔也是一种剧毒野生植物。它很英俊，有健壮的身躯，宽大的叶子，漂漂亮亮的浅绿色，潇洒的体形，亭亭玉立地生长在草丛中，随风摆动，诱你的情，但它是杀人不眨眼的刽子手。有一个说法："吃了老鸹苔，过不了三天就得埋。"奶奶告诉孩子们，剜菜时千万不能要老鸹苔。

密密罐棵，别看它有个诱人的名字，却是一个暗藏杀机的伪君子。它的花朵虽不鲜丽，但却朴实大方。它身上藏着一身毒，吃了它，准会得病。它的名字应该改为"毒药罐"。

有的野菜，它嫩时候能吃，老了就不能吃了。如白蒿，有"正月菌陈，二月蒿"的说法。也就是说，正月以前的白蒿可以吃。不但可以吃，还是大补中药呢。有个说法是："菌陈煮大枣，吃了病就好。"是大补中药。可是，进入二月，白蒿就不是菌陈了，而成为蒿草了，就不能吃了。

采，指采摘树上的叶和花。

每年春天，是穷人最难熬的时期。存粮已经吃尽，新粮还没有下来，人们称这一段时间叫青黄不接。这时的树又该出叶开花了，对因饥饿到处觅食的人来说，树上的叶子和花朵当然就成了猎取的对象。

奶奶常采的树种有：

榆树，可吃的部分是：

榆钱：就是榆树开的花。它的花期很短，只有七八天时间。可以蒸着吃，炒着吃，也可以煮着吃。

榆籽：就是榆树结的种子。把榆钱周围罗裙状的东西去掉，就是榆树的种子。扁圆形，可以煮着吃，也可以打成面，做成面食吃。

榆叶：榆叶供吃的时期比较长，从它出世时的嫩芽到它老了时的黄叶，以至于干枯后秋风把它们刮下来，都可以吃。嫩时直接放锅里煮熟吃。榆叶老了以后，可以把它打成粉，再做成馍，蒸着吃。

榆皮面：把榆树的皮扒下来，晒干后碾成粉，罗成面。它的黏度特别大，把它掺到粗糙的粉面里，增加黏合度。不过，榆皮面有个大缺点：是吃了它容易大便干结，老年人不宜多吃。有便秘的人，一点儿都不能吃。

洋槐树，可吃的部分是：

槐花：它的花期也很短，最多十来天，槐花可以蒸着吃，炒着吃，也可以煮着吃。也可以晒干后储存起来，长年都可以吃。

槐叶：嫩时可以直接吃，蒸、炒、煮也行。槐叶老了以后，把它打成面再做成馍。

其他树的叶子有：柳叶、椿叶、杨叶等等。这些叶子必须在它们很嫩时，老了就不能吃了。

挣，就是挣钱。

奶奶的挣钱门路除了季节性的纳锅盖、编蓑衣外，她长年的活是纺棉花、做鞋、纳鞋底、洗衣服和做衣服。

纺棉花。奶奶接的活儿最多的就是纺棉花。

纺棉花是农村妇女们最缠手的活。很多家庭，天冷了穿不上棉衣，天热了换不上单衣，就是因为衣服做不出来。女人做不出衣服的主要原因是棉花纺不成线。棉花就变不成布，所以她们就做不出衣服。很多妇女因为这个原因而遭骂挨打。聪明的女人，很早就把棉花送给奶奶，让她纺线。这种活儿奶奶干不完，每年都推掉很多。

有的人给奶奶送来的棉花是弹好的，甚至是已经撮成了阄阄，奶奶直接就可以纺了。有的妇女把籽棉送给奶奶。这样，奶奶还得做纺花前的准备工作。她首先得把籽棉变成皮棉，即通过轧花这个工序把棉花籽轧出来，然后，把皮棉弹成花絮，再把花絮搓成麻花条，然后才能纺。

奶奶给人家纺花从来不用白天时间，她全靠起早贪黑。每天晚上纺花纺到十一点多，第二天早上四点钟就又起来，这两个纺花时间全是摸黑，她从来不点灯，因为点灯得熬油，她全是在黑暗中摸索着纺。可是瞎摸纺出的线，质量却很好。她纺的线细、光、匀称、瓷实、没疙瘩、出线率高。一斤絮花能出九两半线，有好线才能有好布。所以请奶奶纺线的人很多，她们宁愿多出加工费，也甘愿让奶奶纺。

纳鞋底、做鞋、洗衣服和做衣服，这些活儿奶奶根本做不完，她把大部分活儿都转手让别人做，加工费全部转给她们。雇用做活的人也明白奶奶的活儿多，做不过来，可是她们偏让奶奶做，她们嫌其他人做的活儿质量差。因此，她们经常是再三请求，死缠活缠，奶奶还不好意思硬拒绝她们，只好答应下来。可是又做不完，又怕影响她们用，只好背着她们另雇人，这也是没办法的办法。

奶奶挣钱的另一个途径是生产盐、销售盐。

洛家庄从村内到村外，从荒园里到土路上，到处都是盐碱地。这里的农民对盐碱地有个说法："洛家庄的地，洛家庄的土，不长庄稼长盐卤。"有一个顺口溜也反映出该村的基本情况：

土地光碱不改；

树木光砍不栽；

人口光减不添；

房屋光塌不盖；

男人光打光棍；

女人光走不来；

人们光没啥吃；

痛苦日子难挨。

"盐碱地，不怕旱，不长庄稼长白面。"这种白面就是盐。盐碱地是生产盐的必备条件。洛家庄也是周围村庄生产盐的重要基地。那么，盐是如何从盐碱地里生产出来的呢？它的主要步骤就是从盐碱地上刮出盐土，再从盐土里淋出盐水，再把盐水熬成盐，然后再销售。说着容易，做起来却是一个漫长的、很费力气的艰苦过程。

第一步：生产盐土

用铁耙在硬邦邦的盐碱地上搂起松土，在阳光下晒五到十天，把土集中起来，这就是盐土。在晒的过程中，可不能遇到雨，如果雨淋了，就前功尽弃了。地得重新耙，重新晒，堆起来的盐土遇到刮风或下雨时得盖起来，如果不盖，风会把盐土刮跑，雨会把土里的盐分冲走。

第二步：淋盐水

先在平地上垒一个池子，叫盐池。其大小根据需要而定，如果劳力棒，盐土多，就垒个大的，否则就垒个小的。奶奶垒的比较小，大概两米长，一米宽，半米深。池子下部距池底三十厘米处用多个棍棒支起来，棍棒不能太稀了。在棍棒上铺一张席。在池子的最底部也要铺一层不漏水的油布。把盐土放在席上面，把池子堆满，堆土时一层一层压实，压均匀，不能有的地方硬，有的地方软，这样一放水就容易打漏，万一打漏了，这一池子土就前功尽弃了。在盐土上添水后，让水慢慢向盐土的深处浸。当水浸到土下面席子的时候，就会滴到最下面的油布上，因为油布是一头高，一头低，盐水就很自然地向低处流到出水口，再流到下面的接水桶里。这就是盐水。刚流出的盐水浓度比较大，以后流出来的越来越小，小得很了就不再要了。可以用一个鸡蛋测试盐水的浓度，盐水的比重比鸡蛋的大，所以鸡蛋放在盐水里会浮在上面。盐水的浓度越大，鸡蛋露出水面的部分也越大；如果露出部分很小，说明盐水里的盐分已经不多了，就不值得要了。

第三步：熬盐

把盐水放在一个大锅里，慢慢加热，火不要太大了，盐水不能太沸，只能稍沸。在盐水慢沸的过程中，盐就沉到锅底。不时地用锅铲在锅底上轻轻刮动，免得盐在锅底上黏锅。熬到没有盐沉淀时，就不再熬了。熬过盐的盐水就是卤水。卤水可以用来点豆腐。用卤水做成的豆腐，光滑细嫩，鲜美可口，受很多人的青睐。

刚熬出的盐含水分很多，要把它用布包起来放在朝阳的砂堆上，让太阳晒，一直把它晒干，然后就可以出售了。从刮土到成盐的每一个步骤，都要付出很强的劳动，因为全是对土的搬运。每当奶奶背一篮子盐到集市上出售的时候，谁也不知道她对这一篮子盐付出了多少心血。

省，就是省吃俭用。

省吃俭用也是奶奶重要的生活手段。

他们每天的饭以菜为主，以汤为辅。菜主要是野菜，馍是菜窝头，汤是菜汤，实际上青水煮野菜，加些自己生产的盐。因为奶奶自己会生产盐，所以饭菜里就不缺盐，每顿都放得足足的，其他什么也没有了。他们对吃野菜已成习惯了，每一顿饭前，萌萌很自然想到的是今天将吃什么菜。一天中午，饭做好时，奶奶问萌萌："萌萌，今天中午想吃啥？"萌萌非常高兴，马上说："我想吃红烧肉。"奶奶一听，萌萌的话有些离奇，她心里犹豫着："这孩子真是好笑，怎么冒出这么一句话？"她很不理解地问："什么？红烧肉？咱连窝头还吃不上呢，哪会有红烧肉？你想得怪美！"奶奶把萌萌问得很不好意思，他那喜笑颜开的脸，马上变得沉闷不乐，老老实实地坐在小凳子上，一句话也不说。奶奶看他不高兴，立即换了口气说："想吃红烧肉吗？孩子？等几天我给你买。"萌萌说："那天妈妈就是这样问我，她给我带了红烧肉。"奶奶故意问他："你在哪儿见你妈妈了？"萌萌说："在我姥姥家。"奶奶又问："妈妈还给你带了什么？"萌萌说："她还给我带了白蒸馍。"奶奶："你吃饱了吗？"萌萌："吃饱了。吃得可多了。"……奶奶不再问了，她已无心再问了。她的思想沉闷起来，鼻子酸了起来，眼泪掉了下来。她可怜这个孩子，可怜这个没吃没穿的孩子。萌萌看着奶奶老泪横流的脸，站起来拉住她的手，花妮也站到奶奶前面。萌萌很不理解地问奶奶："哭啥的呀，奶奶？"奶奶没有回答萌萌的话，她马上擦擦眼泪，说："吃饭，吃饭，赶紧吃饭。"

他们偶尔也会吃一顿面条。但面条也不是用白面做的，而用杂面做的，这个杂面是豆面，高粱面和少量麦子面混合在一起而成的。有一次中午，萌萌告诉奶奶他想吃面条。奶奶很高兴地答应他要为他做面条，但她和了一小块面却洗了一大团芝麻叶。萌萌一看就生气了，他抓住那团芝麻叶，把它扔到粪坑里了。奶奶本想就要擀面条，她一看见萌萌生气的样子，就停下来了。她既没有骂萌萌，更没有打他，而是温情绵绵地把他抱在怀里，眼泪从她那深陷的眼窝里涌出来。奶奶温情切切地说："孩子，奶奶知道你跟着我受了不少委屈，没吃过一顿白面馍，没喝过一顿白面条，没吃过一顿像样的饭，奶奶实在是没办法呀，我实在是太难了。我真想让你们吃好的，但是我没有哇，孩子……"说着说着奶奶大声哭起来了。这时，花妮从外面回来，她看见奶奶和萌萌都在哭，也情不自禁地哭起来，祖孙三人哭成一团。萌萌看到奶奶伤心的样子，用小手擦擦奶奶脸上的泪，说："奶奶，我以后再也不扔菜了，叫我吃啥我吃啥。"

奶奶听到萌萌这么说话，也不哭了，亲切地对萌萌和花妮说："好孩子，站起来，等咱们有了，光叫你们吃好的。"

奶奶说这话，她很清楚只是说说而已，只是空头支票，等咱们有了，什么时候才会有呀？连喝一顿不掺菜叶的面条都达不到，什么时候会光叫他们吃好的呀？奶奶自己心里也很渺茫。

平常生活中，做饭时奶奶是很少用油的，油这个字与她就不挨边，她用的只是盐。不管什么饭，水一煮，盐一撒，用筷子一搅和就成了。至于说什么味道，现在不是说味道的时候，更不要说好吃不好吃了。奶奶认为，现在不是讲好吃不好吃的时候，而是讲有没有的时候。只要有吃的，好坏都行，吃的东西只要能养住命就行了。

十月一日是这里农民的一个传统祭祖节日。农民的老习俗是，在头一天晚上炸油角（菜角），供奉祖先。炸油角对每户农民来说，都是一件大事。一家人多也好，人少也好，穷也好，富也好，都要炸些油角，只是多少而已。富人的家庭多炸些，人少的或穷人家庭，就少炸些。假如有一家不炸油角，这家的家长就会一整年不得安生。他的纠结主要有两个方面。一方面是愧对自己的祖先，在这样重要的祭祀日子里，不对祖宗供奉祭祀，就有愧于祖宗；另一方面，让人看起来好像是混不下去了，站不起来了，无能力与其他农民生活在一起了。因此，不管什么样的家庭，都要想一切办法炸些油角，祭祀祖先。

奶奶也不例外，她也按习惯炸油角，她的考虑主要还是借这个机会，让两个孩子吃些带油的东西，增加些营养。

为炸油角，奶奶于几天前就开始做准备。她先用拾来的芝麻换了一斤香油，又泡了一碗大豆，用小石磨，把大豆磨成豆浆，把豆浆煮沸后，放入适当的卤水，用棍轻轻搅动。沸腾的豆浆漫漫凝结成了一块块豆腐。奶奶从来不买豆腐，过年、过节需要用豆腐时，她都用自己做的豆腐。她认为，自己做豆腐最合算，吃豆腐不但不花钱，豆腐渣也吃了。豆腐渣也是很好的食品，它比野菜好吃多了。为了做油角，奶奶还买了二斤粉条。

九月三十日晚上，奶奶很早就动了手，她把豆腐切碎，把粉条泡泛、切碎，再切些胡萝卜、白萝卜，把它们混合在一起，放些盐，搅拌均匀——这就是油角馅。再把面和成面团，让它醒一会儿，做油角的材料就算齐了。萌萌看见正醒着的面团问奶奶：

"奶奶，你和的是啥面呀？不是白面吗？"

奶奶说："是白面。"

萌萌说："为啥这面不白呀？里面有别的面吧？"

奶奶说："白面里掺了些杂面，这样好吃。"

萌萌说："还是光白面好吃。"

花妮插嘴说："你不是说，咱奶奶做啥你吃啥吗？"

萌萌说："是的呀！"

花妮："那你还说光白面好吃干啥呀？"

萌萌说："我只是说说，我也不是不吃掺杂面的油角呀。"

花妮说："这就好。"

奶奶说："好啦，别打嘴官司啦，等着吃油角吧。"

炸油角往往是先把油角包好，然后再把油烧开，把包好的油角放油锅里炸。奶奶让花妮帮助包。奶奶擀皮，花妮包，萌萌在一旁，嘴片子不停地嚷嚷着，催着让赶快开始炸，说他饿了，他想吃，他等不及了，等等。奶奶让他出去玩一会儿，他不出去，他要等着吃油角。

动锅炸的时候终于到了。萌萌兴奋得在油锅旁边一会儿唱，一会儿跳。

第一锅炸出来后，先让萌萌吃。他拿着一个油角，一口咬了半个，虽然有些太热，他也顾不得了。他只觉得，油角太好吃了，他把一个油角吃下后，又拿了两个跑了出去。他见人就说他吃油角啦，他兴奋不已，有些趾高气扬。他一只手拿一个油角，把手举到胸前，说话也有精神了，嗓门儿也高了。他找到他的两个小伙伴，一个叫方方，一个叫欢欢，他看见他们先伸出胳膊，让他们看他的油角，嘴里还说："俺奶奶给我炸油角啦，你们炸油角了吗？"

方方说："我们也炸了，是妈妈炸的。"

欢欢说："我们也炸了，是姐姐炸的，我妈有病，没起来。"

萌萌说："我奶奶炸的，还有我姐姐。你妈妈炸的，他姐姐炸的。真好玩儿。"

这是萌萌最开心的时候，这不仅是他吃到他喜欢吃的东西，更重要的是他感到与同伴们站到一起也不逊色了。他们家里炸油角了，自己家里也炸了，他们吃油角，他自己也能吃油角了。

萌萌辞别了方方和欢欢回到了家，他对奶奶和姐姐说他见到方方和欢欢了。花妮说："去炫耀自己吃到油角了，是不是？"

萌萌不理解"炫耀"是什么意思，但他感觉到姐姐在批评他。他说："什么炫耀呀，我只是对他们说说而已。"

萌萌从外面回来后，兴奋的心情有增无减，火热、油热、空气热，加上他的心情热，他感到浑身热腾腾的，他把上衣脱掉，光着膀子，两只手前拍胸后拍胯，扑嗒扑嗒地拍打起来。不一会儿，锅里的油熬干了。锅里的油没有了，还有油角没炸完，也没有油往锅里添了，油罐里一滴油也没有了。剩下没炸的油角只能当饺子煮煮吃了。奶奶并不认为是由于油少才干锅的，她倒认为因为萌萌脱衣服拍屁股打胯，招来了邪气，才把油弄干的。很少发脾气的奶奶，这回却发了火。这不仅仅是因为锅里没有油了，剩下包好的油角没有油炸了，而是她预感到，这不是个好兆头，所以，她批评了萌萌。萌萌自以为没了理，挨批评也不吭气。农民中有这样一种习俗：炸东西干油，是不好的象征，它预示着运气不好，预示着以后要倒霉，预示着今后可能有什么灾祸。

奶奶家里是很少点灯的，因为点灯要用油。很多妇女晚上做活时得用灯，不点灯就看不见做。奶奶把纺棉花放在晚上，她纺棉花不用灯，把不用灯做不了的活放在白天。奶奶纺棉花时，一般不用任何光源；偶尔在纺花车的锭子下尖处，也就是棉花抽成线后，往锭子上面的地方，放一根点着的香。凭借着这根香火的微光，把抽成的线，一根根缠绕在锭子上，绕成一个个肥肥大大的线穗。

奶奶一天两顿饭：早饭和午饭。这种理念很早就形成了。她认为，晚上该睡觉了，吃了没用，不吃也一样。每天晚上，她老早就催孩子们早些睡觉。她说："人是一盘磨，躺下就不饿。"如果孩子们非要吃东西时，她让他们吃些盖在锅里的馍，渴了喝些盖在锅里的压锅水。

中午如果有剩汤时，要放到晚上或第二天早上喝。晚上吃剩饭一般是不加热的。

一天晚上，萌萌吵着肚子饿，想吃东西。花妮说："我去给你拿馍。"她跑过去就掀锅拿馍，她一伸手，摸着一碗菜汤。她对奶奶说："中午还剩了一碗菜汤呢。"

奶奶说："对了，我都忘了，中午还有一碗汤没喝完，我放锅里了。"

花妮问："萌萌喝不喝？"

萌萌说："喝。"

奶奶说："今天有些凉，我给你热热再喝吧。"

她站起来就去热汤。她把汤热好后，盛到碗里。她端起这碗汤，慢慢地喝了一口，亲自尝尝味道。她自言自语说道："味道可以，就是太热。"随后她对萌萌说："萌萌，给你汤。"

萌萌说："好。"

奶奶端一碗热汤伸长胳膊往外送，萌萌伸长双臂就去接。萌萌还没接稳，奶奶就松了手。只听见萌萌"哎呀！"地尖叫了一声，紧接着就是号啕大哭，不停地惨叫着："肚子老疼！肚子老疼！"

奶奶知道大事不好，她赶快把棉油灯点着，一看，一碗热汤全倒在萌萌赤裸裸的肚子上。顷刻间巴掌大一片肚子脱了皮，露出鲜红的肉。萌萌哭得不成人声，奶奶吓蒙了，一时说不出话来，也不知道如何是好，花妮也吓傻了，站在那里发呆、流泪。

邻居的大娘、婶婶也跑过来，她们说她们听到一声鬼一样的尖叫，就料定是出了事，就急忙跑过来，看看能帮上什么忙。

奶奶痛心疾首、后悔莫及，一直在说："怨我了，怨我了。"她在回忆出事前的情景，往日里都是让他喝凉的，今天为什么给他热热呢？为什么没等他接稳就松手呢？她不明白她当时为什么是这样。这天晚上，萌萌没有喝到汤，反遭到这么大的罪。奶奶把他抱在怀里，两个人哭了一整夜。萌萌是哭着疼；奶奶是痛恨自己，可怜孙子。他的哭声像钢刀插在她的心上，她比他还痛苦万分。

真是穷人孩子命大。萌萌烫伤肚子以后，没有吃药，没有包扎，也没有做任何处理。奶奶让萌萌仰脸躺下，她用干净的毛巾，用凉水湿透，放在萌萌的肚子上，烧伤处的周围。两天以后，萌萌感到不怎么痛了。奶奶很高兴。不让他出去，让他躺在床上。萌萌的舅舅听说以后，送来了一酒盅獾油。这是治疗烧伤的特效药。奶奶每天给他抹一次，半个月以后，肚子上烧伤的地方已经结成硬壳，烧伤基本痊愈了。这件事虽然是个坏事，但坏事变成了好事，她思想上解脱了，她不再纠结了。她心情愉快，无忧无虑了。原来，自从炸油角锅干以后，她脑子里始终有个结，老以为，总有一天要有大祸临头。她在不时地琢磨着，可能是什么样的祸。说实在的，她也很害怕，她害怕时刻有发生意外的可能。萌萌被烧伤，让她彻底解放了。她的一切包袱全放下了。她心想："这是重罪轻报。还是好心有好报呀！"

艰苦度日道，步步难煎熬。

吃尽人间苦，何时才能了！

第十一章　过新年

新年来临时，洛家庄的农民都积极准备过年。每个家庭在现有条件下，把年过好，吃好，穿好，玩好。由于各家的经济条件不同，贫富之间的过法大相径庭。

保长张强的家，是全村最富裕的农户。过年事宜，在一个月以前就已经开始准备了。首先是开始磨面，至少磨一石（一石是十斗，一斗是二十斤）麦子和一些杂粮。自己有牲口、有磨，抽一个长工负责磨面就行了。屠宰工作也要开始，杀几头猪，宰几头羊；杀鸡、宰鸭，也是不可少的。磨豆腐、生豆芽，也是少不了的准备。除了以上这些自己能干的以外，还有一些需要从集市上购买，这些主要是：粉皮、粉条、莲藕、山药、鱼虾，各种酒类、烟类和各种调料。

保长门前有一个大广场，这是保长的打麦场。农忙时，是打麦、晒粮的农用广场；农闲时，尤其是过新年时，是全村人，甚至是周围十来个村庄的娱乐场所。各村的社火，如：高跷、狮子、旱船、龙舞、二鬼摔跤、怕老婆顶灯。还有各种杂技、魔术，如：走钢丝、吐火龙、吞钢针、空中钓鱼、手绢连接、手指钻砖、刀砍肚皮，等等，都争先恐后地在这里表演。

每年这个时候，张强都把这个广场当成自己耀武扬威的场所，他总要把它装饰得威威武武、漂漂亮亮。他的头门两旁，高高挂着两个写着巨大"福"字的大红灯笼。广场对面，也就是广场的南面，并排耸立着两个熬山，东边的是金熬山，西边的是银熬山。熬山就是用双层秫秸，横竖扎成五米见方的平排，中间是十五厘米见方的小方格。每个方格中间放一团麻杂泥和一些柏叶。一个平排上有五百多个小方格，每个小方格里放一个萝卜灯。金熬山上放的是胡萝卜灯；银熬山上放的是白萝卜灯。萝卜灯是这样做成的：把直径四厘米左右的萝卜，切成六厘米左右的段子。在段子的一头，用小铜钱挖个圆洞，洞底扎一个灯芯子。灯芯子是用一根四厘米长的谷子脖茎，缠上一小闸絮棉。往洞里添上棉油以后，就是一个萝卜灯了。不要忘了，添油时，一定让油顺着灯芯子往下流。每个熬山上放着五百多个萝卜灯，全部点着后，高高耸立在空中，在黑夜里显得格外壮观，是农村里最惹眼的夜景。

广场的东西两边，各有一个秋千。东边的是荡秋千，西边的是转秋千。荡秋千是在两对栽着的人字棍上，横棚一根木梁。有两根荡绳，每一根的一头绑在踏板上，另一头绑在木圈上，把木圈套在横梁上。这种秋千可以由一个人玩，也可以由两个人共同玩；可以坐在踏板上玩，也可以站在上面玩。坐在上面玩时，得有人帮助荡绳；否者，就玩不起来。站在上面玩玩时，不用任何人帮助，玩者自己可以把绳子荡起来，有的还可以荡得很高。转秋千是栽一根六尺多高的柱子，上头有十五厘米长的脖子，脖子比较细，其直径为七厘米。用一个四米长的厚木板，中间挖一个圆孔，套在柱子的脖子上。木版两头各吊两根绳子，绳子下面分别固定在四十厘米长的厚木板上。玩转秋千必须两个人同时玩。他们分别坐在木版两头的吊板上。另外，还得有人帮助转动木板。转动得快慢完全由转动者掌握。转动得快了时，坐在吊板上的两个人，像腾云驾雾一样，在空中游动。他们下来后，很长时间还感到天旋地转，头晕得站不起来。

广场中间，搭了一个六米多高的天桥，全用太平车和木棍搭成。太平车是经济条件较好的农民置买的四轮农用车辆。这种车除了四根轮轴（这里的农民叫车铀）和八个轴眼（这里的农民叫铀眼）以外，其他任何部件全是木制的。当然，这些木料的质地都是非常坚硬的，如：槐木、榆木、枣木、桑木等等。零部件的连接全是榫头和榫眼的连接，不用铁钉或其他任何铁器。不过，为了加固，车打成后，在车的角、楞等容易碰伤的地方，用铁器包起来，起保护作用。这种车很笨重，一辆足有一千斤，动用它时，至少得两头黄牛才能拉动。

天桥是体现一个社火水平高低的象征。每个社火必须在众目睽睽下爬上天桥并在上面玩些花样，拿出自己的绝活，显示自己的水平。如狮子，得在天桥顶部站在圆球上；高跷，得从天桥顶部跳下来，等等。当然，这是很危险的动作，这得有一定的胆量和勇气。几乎每年都有摔断腿、崴住脚的。即使这样，每年爬天桥的高跷队络绎不绝，争先恐后。他们想要的是名气。从天桥上面跳下来的高跷队员，都感到欣慰和自傲。

凡是经过天桥的社火队员，保长的父亲都会给些点心、糖果之类的食品，作为奖励。

每年过新年时期，这个广场是全村，甚至是周围村庄最热闹的场所。

奶奶一家是如何过新年的呢？

准备过年的首要任务，也是最艰巨的任务，就是推磨。奶奶家吃的面不是用牲口磨的，而是自己推磨推出来的。平时他们一家三口一月只吃一斗粮食，一个月推一次磨。准备过新年时，他们得磨两斗粮食，一斗麦子，一斗杂粮，至少得推两次磨。

很多农民吃面是用牲口磨的，最常用的拉磨牲口是驴。驴对人们的最大贡献就是它善于拉磨。它的主要优点是跑得快。用驴拉磨时，磨面人得是身体好、干活快的人。不然，不等磨下来的糁子罗完，下一轮的磨盘上就又满了。磨盘上的糁子不罗完，就没法继续磨。

家庭人口多的农民，当然也必须是生活条件较好的农民，自己专喂一头驴，让它拉磨，因为人多吃得多，磨一斗粮食两三天就吃完了。家里三两天就得磨一次粮食。

家庭富裕的人，不但自己有牲口、有磨，还雇一个人专门磨磨。大多数农民没有磨，也没有专门拉磨牲口。他们吃面时就借个磨，也借个牲口，往往借头驴。磨完粮食后，把磨里留下的糁子留给磨的主人，把最后罗罢面剩下的糁子送给牲口的主人，作为对借牲口的报酬。拥有牲口的人，一般是很乐意把牲口借出去的，尤其是农闲时，这一方面是与人接近了感情，另一方面是有些小报酬。

比较节俭的人、贫穷的人绝大多数都比较节俭，吃面时，自己推磨。推磨时，只需借个磨，不用借牲口，只需给磨主压一个磨底，最后罗面剩下的糁子不用给别人了。正是由于这个原因，奶奶磨面时，是从来不借牲口的。

推磨可不是个好差事。首先，它是重体力活。两块几百斤的石头拼在一起，况且摩擦面又是凸凹不平的，要拉动一块石头在另一块上转动，没有很大的力量是绝对不行的。其次，推动这块大石头很不舒服，不像别的重物，你可以把它放在肩上扛，也可以放在背上背，有的还可以担。以上这三种方法都是搬动重物比较好的方法，搬动起来比较得力，感觉着用力较小。但推磨却不然，磨重，不得劲，况且推着转动时，始终沿着一个弧度大的曲线移动，没有一点儿直走的机会，这本身就让人有一种头晕眼花的感觉。

二斗粮食得推两次磨，每次一斗，一斗一天。每次推磨，奶奶他们三口都去，当然主要还是奶奶推，花妮只是帮个忙，她使不上多少劲，又不会罗。萌萌更不会干任何活，只有跟着玩。奶奶推磨时很有劲，在磨道里走得很快，最快时，花妮扶着推磨棍走也跟不上。这时她干脆离开磨道，让奶奶独自一人推。奶奶往往累得浑身大汗。这时她就脱下棉衣，光穿单衣。奶奶还风趣地对他们说："我穿的是火龙单。别看是单衣，比老财主的皮衣还暖和。老财主穿着皮衣还冷，我穿单衣还出汗呢。因此，他给我皮衣我也不与他换。"

这时萌萌就说："你那个火龙单让我穿上暖和暖和吧。"

奶奶说："这个火龙单是老天爷专门送给我一人的，别人不能穿，别人穿上就不是火龙单了。"说罢三人笑起来。

看着奶奶高兴的样子，萌萌问她："奶奶，你累吗？"

奶奶笑着回答："也累，也不累。"

萌萌又问："啥叫也累也不累，累就是累，不累就是不累。"

奶奶解释说："推磨是个出力活，怎么不累。但推着心里高兴，所以也就不感觉累了。我一推磨就高兴。"

萌萌又问："推磨这么累，为啥推磨就高兴呢？"

奶奶说："推磨说明你有粮食，如果没有粮食，想推磨还推不成呢。我愿意天天推磨。想当年，如果能推磨，你爹娘也不会饿死。"说到这儿时，把含泪欲滴的眼睛扭向一边，不让泪水落到磨盘上，奶奶的话使两个孩子又想妈妈了，他们也哭起来，但没有出声，只是两眼泪汪汪的。

每次推磨以后，奶奶总是说："今天中午，给你们做好吃的。"她所说的好吃的，无非是面条汤里少放些野菜。她擀的面条仍然用的是擀汤面，而不是纯好面。

奶奶家的面有三种：一种是好面，就是白面，就是麦子面；另一种是擀汤面，即专用来擀面条的面，它是麦子和其他杂粮的混合面；其次是杂面，杂面纯是杂粮面，如高粱、大豆、谷子等等，可能是一种粮食，也可能是两种或更多粮食混在一起的面。白面是头等的，擀汤面是二等的，杂面是三等的。奶奶说的"好吃的"，往往是擀汤面，没有客人或特殊情况时，她是不会轻易让吃白面的。

萌萌是多么想吃纯白面面条呀！他记得很清楚，他去找妈妈时在姥姥家吃了一次妗子擀的白面条。他的挨打与吃白面条一样记忆犹新。吃奶奶蒸的白馍，吃奶奶擀的白面条，萌萌总认为是个梦想。萌萌一吵着吃白面馍，奶奶就说："杂面馍只要能经常吃就不错了。"

　　奶奶办年货很简单。买些萝卜、白菜、粉条，买二斤油以及敬神祭祀用的香、纸等。另外买一张纸印老灶爷，再买几张写对联的红纸和门画。仅此而已。此外，临近新年时，奶奶总要按部就班地做这些事：泡一碗青豆自己磨成豆腐；生一碗豆的豆芽；做一锅懒豆腐；蒸三锅馍，一锅白馍，供客人吃及除夕夜和初一一天的家人吃，一锅杂面馍和一锅菜角子。这两锅全是供自己家人吃的。奶奶的手很巧，杂面馍她能做成各种形状、动物形的、人形的、玩具形的、小鸟形的等等。不管什么形状，吃着都是一个味儿。饺子馅主要是干萝卜缨、红薯叶、芝麻叶，再掺一些豆芽和豆腐。

　　饺子是这一带农民过年时必须吃的食品，尤其是除夕夜和初一早晨。奶奶做的饺子也是白面的，只是馅的成分与很多人家的大不相同。好多人用肉，掺少量素菜，也有很多人用素馅，他们的素馅是鸡蛋、豆腐、粉条，再加入一些佐料，吃起来也是不错的。奶奶的素馅里也有豆腐、粉条，但以萝卜为主，占三分之二，主要佐料是盐，稍微有一些油，这是奶奶家最好的食物了。

　　奶奶家过年从来就不买肉，奶奶常说买不起。不少家庭平时根本不买一点大肉（猪肉），但过新年时总要买几斤。一方面做贡品，另一方面待客，自己也顺便吃些。奶奶的贡品不用大肉，而用自己炸的面丸子。奶奶每年春季时，都要买几只小鸡，小鸡长大了，母鸡继续养着下蛋，公鸡在过新年时杀了吃肉。奶奶经常说养鸡是最合算的。平常养时，不用搭窝，不用喂东西，除了刚买来时照管照管外，稍微长大一些后，根本不用照管。它们吃的是在满街自己找的，晚上睡在家里的石榴树上，刮风下雨都不怕，寒冬下大雪也在树上过夜，冻不死，也不得病。

　　母鸡是养着下蛋的，但下的蛋从来舍不得吃。每积攒到十个八个时，就卖成钱或用鸡蛋换些其他必需品。偶尔有客人时，可能炒两个鸡蛋做菜，花妮和萌萌是从来不让吃鸡蛋的。

　　养公鸡是为了吃肉，但平时是决不会吃的，只有在过新年时才把公鸡杀了。奶奶就是指望杀鸡子过年呢。每年奶奶家都会杀一两个，只有在这时，花妮和萌萌才能改善改善生活。煮鸡子的肉汤，也放起来，每天的菜汤里掺一勺鸡汤，味道很鲜美。

　　每年春节的杀鸡，对萌萌都是一次考验。小孩子喜欢小动物，这是普遍现象，萌萌也不例外。他也非常喜欢小动物，如小狗、小猫、小兔子，他都喜欢。但这些奶奶都不喂养，因为这些动物得喂它们吃的东西。奶奶只养鸡。

萌萌也很爱玩鸡。小鸡从买来的第一天起，他每天至少摸一遍。他往往是用两只小手捧住小鸡，用嘴碰碰小鸡的头、小鸡的膀子、小鸡的爪子和小鸡的身子。小鸡长大以后，他只玩公鸡。玩的方式是把每个公鸡每天抱一次，抱住它以后，经常偷喂它些东西，甚至把自己吃的东西也放在手上让公鸡去啄。因此，公鸡不但不怕他，反而对他特别友好。他每次去抓它们时，它们都立即停住不动，有的甚至呈半蹲姿势，等他来抓。所以，萌萌感到这些公鸡特别可爱，成了他的好朋友。

春节来临准备杀公鸡时，奶奶先与萌萌商量。奶奶问："孩儿呀，今年杀鸡子不杀呀？"

萌萌不答话，他不知道怎么答，因为他心里非常矛盾。

奶奶再问："说，杀不杀？"

萌萌还是不说话。

按奶奶的想法，公鸡是一定得杀的，原因有两个，首先是让两个孩子吃些肉，解解馋，这是主要原因；其次是把公鸡杀了，光留下母鸡，不与母鸡争食了。尽管奶奶的想法很明确，但她得做好萌萌的思想工作。她知道萌萌是舍不得把公鸡杀了的。

奶奶连问萌萌两次，萌萌都没有回答。他没有做肯定回答，也没做否定回答。因为他处于极端矛盾中，他是个爱吃肉的孩子，但他却吃不到肉。猪肉、牛肉、羊肉，他是吃不到的，连想都不用想，他没这个福分。但他吃过别的肉，奶奶看到别人家的孩子吃肉，很可怜花妮和萌萌这两个苦命的孩子，就想方设法让孩子吃别的肉。他吃过老鼠肉。把老鼠放在火里烧过后，很容易就可以把皮扒掉，露出细白的瘦肉，吃着可香了。他也吃过屎壳郎肉。吃肉的屎壳郎选公的，就是头上带着三杆枪的那种，也是放在火里烧，烧熟后，把壳扒掉，露出绛紫色的肉丝。虽然一个屎壳郎的肉很少，如果连吃几个，也能解解嘴馋。他好吃青蛙肉，把青蛙放水里稍微一煮，把皮扒掉，露出细嫩的白肉，吃着鲜美可口，比鸡肉还要鲜嫩。

奶奶用另一种方式问他："你想不想吃肉？"

他马上回答："想。"

奶奶又问："杀公鸡不杀？"

萌萌又不答话。奶奶说："又想吃肉，又不想让杀公鸡，哪里来的肉呀？你得做出明确回答，如果不吃肉，咱可以不杀公鸡；如果吃肉，公鸡必须得杀。二者必选其一，你得明确表态。"

萌萌陷入极端的矛盾、极端的痛苦之中。吃肉吧，得杀公鸡；不杀公鸡，就不得吃肉。这个矛盾他实在无法解决，实在找不出两全其美的办法。他沉默了好长时间，渐渐地，嘴馋占据了上风。公鸡本来是他的好朋友，可是当他想吃肉时，他也只得不要朋友了。

奶奶用劝说的口气对他说："把公鸡杀了吧？你好吃肉。"

萌萌很勉强地回答："中哇。"

奶奶接着说："今年的公鸡比较肥，肉肯定很香，保证叫你解解馋。"

这时萌萌才高兴起来，说："好哇。"

恰在这时，一只大白公鸡跑到他跟前，哽哽，哽哽地朝着他叫。他把它抱起来，先用手握住它的头，贴在他的脸上，再用手捋它的毛。公鸡很顺从他，一点儿也不挣脱。萌萌的怜悯之心又来了，他感到它很可怜，对同意杀它的想法又后悔了。

当奶奶找人杀它的时候，萌萌抱住不肯放手，经过长时间的说服工作后，他才哭着把它交出来。以后的进程，他都很仔细地观察着每一个动作。杀鸡者是如何把鸡的脖子翻到背后的，是如何开刀的，血是如何从刀口里流出来的。当鸡子扔到地上后，要做最后的挣扎，强有力地拍打翅膀、拼命地弹腾双腿，公鸡的动作越大，萌萌哭得越伤心。当公鸡不动时，萌萌还在抽泣。他非常惋惜他的好友，他最后一次把它抱起来，把脸贴到公鸡身上，与它诀别。他的手上，脸上，衣服上，都染上了鸡血，这是公鸡临走时留给他的怀念。花妮拉着他去街上玩了，很长时间以后，他们才回来。香喷喷的鸡汤味，使他兴奋不已，原来的悲伤已忘得一干二净了。

这一带农民有这样一个顺口溜："腊八（腊月八日）祭灶（农历十二月二十三日），新年来到。老婆（老年女人）要簪子，老头要毡帽；女孩要戴花，男孩要放炮。"但奶奶既不为花妮买花，也不为萌萌买炮。她认为，这些都是不顶饥不顶渴的奢侈品，买它们是白白浪费。她的理念是：只要不是吃的东西，要尽量少买；即使不得不买，也找那最便宜的买。

花妮是个好孩子，从来不强求要东西，从来不难为奶奶。衣服有什么穿什么，饭做什么吃什么，使奶奶非常满意。萌萌就有些不懂事了，他看见别的孩子点炮，他吵奶奶要炮，不买不行，最后，躺在地上打滚。他再闹奶奶都舍不得打他一巴掌，他闹的结果还是奶奶让了步，给他买了三个炮，才算平息了他的哭闹。

除夕上午，是贴门神、贴对联和包饺子的时间。

门神就是站在门口做保卫工作的神，往往是拿着大刀、长矛的武将贴在门板上。

对联是贴在门框上的对偶句子。在奶奶家里，不管是门神，还是对联，大部分都是用红纸写的，偶尔也买一些。当然是奶奶亲自写。方块纸是门神，长条纸就是对联。奶奶家就一个门，买一张红纸就足够了。她很快贴完对联后，就动手包饺子。奶奶擀皮，花妮包，萌萌在一旁玩。

忽然王小山来了，寒暄几句后，奶奶让他坐下。向他有什么事时，他使了个眼色，意思是让花妮和萌萌两个孩子离开，奶奶让花妮带着萌萌出去玩。两个孩子离开以后，王小山说出了他来找奶奶的目的。

他说："大家都很忙，我不兜圈子啦，开门见山地说正话。"

奶奶说："用不着绕弯子，有什么话就直说吧。"

他说："那我就直说了。婶了，你带这两个孩了，实在太难了，没有吃的，没有穿的，你们今后还会更难，你有什么打算吗？"

奶奶若有所思地说："没有什么打算，只管挣扎着过呗，你有什么建议吗？"

他说："你算真说对了，我来找你，就是说说我的建议，你听听。咱先说好，我这个建议，行也好，不行也好，咱说到哪儿，哪儿了。如果不行，全当我没说，咱不伤和气。"

奶奶说："你只管说吧，不用顾虑那么多。即使不行，也没有什么，咱们之间，谁跟谁呀！"

他说："好，我就直说了，我有个朋友，老家是本地的，因生活困难去到了陕西，他在那里生活不错，土地、房子都有。跟前有一个儿子，今年十二岁。我朋友说他想找个本地人做儿媳妇。花妮也十来岁了，你看怎么样？我是考虑再三才与你商量的，我真想帮助帮助你。如果你同意的话，你们可以先订婚，等孩子大了，再结婚过去，也可以订罢婚后，花妮过去住，等长大了，再办结婚手续。不管采取什么方式，男方都可以对你们帮助很大。从今以后，你再也不会作难了，对两个孩子也有好处。花妮可以生活在好的家里，这也减轻了你的压力，你可以对萌萌照顾得好一些，对萌萌的成长很有好处。"

奶奶毫不犹豫地说："首先谢谢你对我们的关怀，你说这两种办法，不管采取哪一种，如果光从经济上考虑，对我们都有很大好处，但我认为，孩子太小，我不准备用这种方式、在这个时候解决她的婚姻问题。"

王小山还是不太明白奶奶的意思，他光从方式、时候这些字眼上考虑。他再问奶奶："你说的方式、时候，是什么意思呀？"

奶奶说："我说的方式和时候，实际上就是年龄问题。等她长大了，再给她解决婚姻问题。"

王小山又问："多大才算长大呢？"

奶奶说："十七八，一二十。那时她就长大成人了，找个合适的，嫁出去，成个家，我对她的心也基本上操完了。再以后的路子，就靠她自己走了。在她成人之前，我是不给她解决这个问题的。"

从说话的口气中可以看出，奶奶的态度是坚决的，不可改变的。王小山只好说："那好，那好。"停了一会儿，他放弃了这个话题，把话锋一转问奶奶："过年都准备好了吗？还缺什么呀？"

奶奶干脆朗利地回答："一切都准备好了，什么都不缺，谢谢。"

王小山感到无话可说了，他说了声"再见"后，离开了奶奶的家。奶奶沉思了好久，心中有说不出的滋味，有一种被人瞧不起的感觉。在奶奶看来，王小山绝不是有什么恶意，他肯定是好意，他的目的是为了减轻奶奶的经济负担，但他肯定有这样的看法：奶奶家的经济太困难了，两个孩子很难养得起。有这种看法的人，何止王小山一个人，村里有好多人有这种看法。他们的看法是正确的，事实就是如此。她回忆了她的生活历程：丈夫被人抓走，她一个人嫁过来。丈夫、大儿子、儿媳妇、小儿子，相继去世。日子一天不如一天。这种日子有个头吗？何时才能翻身？何时才能变好？前景很渺茫。但她很快又想，不管怎么困难，不管别人如何看他们，他们得活下去。不管在什么环境下，都不能放弃，都得坚持，坚持就是胜利。越是在恶劣环境里，越得活个样子。她还想，"穷"是事实，很多人有这种看法并不是瞧不起，而是同情，正如自己同情别的穷人一样。想到这时，她心里好受多了，生活的勇气更大了。最后她自言自语地说："什么都不怕，只要有我在，我一定要把孩子养大，我一定能把他们养大。不仅如此，还得把他们养成好样的。"

平时，奶奶家是不吃晚饭的，但除夕晚上的晚饭不但吃，还得吃好、吃饱。吃好就是吃白面馍、吃饺子，不吃杂面的，杂面的就不让往锅里放。吃饱就象征着圆满结束上一年，胜利开始下一年。饺子是上午包的，白馍是前几天蒸的，都是现成的，做起来也很方便。奶奶伸手向草篓里拿白馍时，发现少了几个，她料定是萌萌偷吃了，她没有立即问他，装着不知道一样。

除夕夜不能睡得早了，当地农民有个熬夜的风俗。说是熬夜象征着勤劳，早睡就意味着懒惰。天已很晚了，北风嗖嗖地刮着，冰冷的街上没有一个人影，大家都封了门，闭了户，在这饥荒肆虐盗贼横行的年代，都不愿意在外面走动，自找倒霉。但除夕夜并不安静，鞭炮声接连不断，有的是远处传来的低声，有时在远方的夜空中，还可以看到鞭炮在空中爆炸时发出的白光，这一靓丽的夜景平时是很难看到的。

放炮、熬夜是除夕夜的两大特点，也是这一带农民的习俗。这种风俗是怎么形成的呢？据说，人间的各种灾害，如水灾、旱灾、虫灾，人们的各种疾病，都是由各种妖魔鬼怪带给人们的。他们经常向人们索要各种东西，稍不满意，人们就得罪了他们。他们就会凭自己的本领向人们施加各种灾害。因此，玉皇大帝每年除夕夜里命天兵天将捉拿这些妖魔鬼怪。他们也做拼死地反抗，在空中展开激烈的恶战。有的被捉拿处死，有的被打得遍体鳞伤。他们带着血淋淋的身体逃跑，他们的血滴到谁家，谁家就要倒霉，他家就会正气下降，邪气上升。一年里都不会平安，不是疾病，就是灾害，有时甚至还有人命之祸。

放炮就可以用响声震掉邪气，扶植正气，免灾植福，确保过一年平安幸福生活。

熬夜有两方面的作用：一方面是对天兵天将捉拿妖魔鬼怪的配合。妖魔鬼怪对人们的使坏，只是在暗地里起作用，不敢明目张胆地干。他们怕见人，不敢去有人的地方。人们的熬夜，对妖魔就形成上边有神、下边有人这样一个上下夹攻之势，让他们无处可逃。另外，谁家有人时，他们就不敢在那里经过，他们的血就不会滴下来，就不会对这个地方造成不幸。另一方面，熬夜象征勤劳。据说，天上负责财产分配的神，每年除夕夜都在空中视察，哪一家如果是漆黑一片，寂静无声，就视为这一家懒惰，不勤奋，不爱劳动，甚至是好吃懒做。他们就会对这些家庭少扶助或者不扶助，这些家庭发财致富的机会就少，或者根本就没有。哪一家如果是灯火通明，熙熙攘攘，就视为是勤奋，爱好劳动，就对这些家庭多扶助，他们发财的机会就多。由于这些传说与旧习，这天晚上，放炮和熬夜这两项内容，家家都少不了，奶奶家也是一样。除夕夜饺子吃罢后，奶奶让萌萌把那三个炮拿出来点了。萌萌不敢点，花妮也不敢，奶奶替他们点。奶奶在院里点，他们两个躲在屋里，把门关紧，两手捂住耳朵。三声响以后，奶奶来到屋里，把火盆拨开，放在地上，把三个自编的草垫放在火盆周围，把火盆围成一个钝三角形。奶奶坐下后，花妮和萌萌坐在她的两旁。他们烤着火，听着外面的放炮声，奶奶说：

"有钱买炮响，没钱也听响。他们放炮，不能不让我们听吧。"

花妮说："不买炮也一样听响。"她是暗示萌萌不应该哭闹着让奶奶给他买炮的。

萌萌急忙接着说："如果大家都不买炮，我们听谁的响呀？"

他这么一问，大家都不吭声了，因为确实是无言答对。奶奶笑眯眯地冲着他说："你这个鬼机灵。"

奶奶问两个孩子："今晚咱们如何过这个除夕夜呢？"

萌萌说："给我们讲故事吧。"

花妮也表示同意。奶奶又问："讲什么故事呢？"

花妮说："讲那有意思的，不要再讲那'小老鼠上灯台，偷油吃，下不来。叫小妮抱猫来，叽溜跑了'。"

奶奶说："好，今天我给你们讲有意思的故事。"接着她就开始了她的故事：

从前，有个国王命令两个大臣下去寻找三个笨蛋。两个大臣下去十天后回来报告国王，他们只找到两个，再找不到第三个了。国王让两个大臣把那两个笨蛋带进来，他要亲自过问。大臣们把第一个笨蛋带到国王面前，对国王说："这个笨蛋骑一头毛驴，肩上背一斗粮食。我们把他定为笨蛋。"国王问这个笨蛋："你为什么骑着毛驴还要把粮食背在身上呀？"那个笨蛋回答说："我怕压坏了我的驴。"国王说："你真是个笨蛋。"大臣们把第二个笨蛋带过来后对国王说："这个笨蛋横拿着一根长竹竿过不去城门，我们把他定为第二个笨蛋。"国王对拿竹竿者说："你真是个笨蛋。你过不去，你就不会把竹竿截断吗？"大臣们急忙对国王说："国王，第三个笨蛋我们也为你找到了。"国王问他们："他在哪里？把他给我带过来。"大臣们说："这第三个笨蛋就是你自己。"

故事讲完后，奶奶问花妮："那个骑驴者背着粮食，说怕压坏了他的驴，为什么他是个笨蛋呀？"

花妮说："即使他背着粮食，也同样压他的驴。"

奶奶再问萌萌："萌萌，你说呢？姐姐说得对吗？"

萌萌说："对。不管是他亲自背粮食，还是他不亲自背，因为他是骑在驴背上的，所以同样是压在驴身上的。"

奶奶表扬了两个孩子，说他们都很聪明，他们两个都很高兴。然后奶奶又问："萌萌，那个横着拿竹竿者过不了城门，已经是个笨蛋了，为什么国王让他截断却成了第三个笨蛋呢?"

萌萌说:"他两个都是笨蛋,横着过不去,把它竖过来不就行了,为什么要截断呢?"

他们兴致勃勃,谁也没有睡意。花妮让奶奶给他们说几个谜语让他们猜猜。奶奶说:"那好哇,我肚里谜语多着呢,只要你们想猜,今后我天天给你们讲谜语让你们猜。今晚我先给你们讲几个:

小小东西长得美,

圆圆的头,尖尖的嘴,

两只翅膀六条腿。

整天忙在花丛里,

累死不知为了谁。

对人贡献特别大,

荣获赞扬得安慰。

奶奶讲完以后,花妮问:"打个啥呀?"

奶奶说:"你们想啊,有两个翅膀,就是会飞,因此,肯定是会飞的小动物。"

花妮急忙说:"我猜着啦,我猜着啦!"

奶奶问:"啥呀?"

花妮满有信心地说:"蜜蜂,蜜蜂。"

奶奶笑着说:"对了,就是个蜜蜂。"

然后,奶奶又讲了一个:

毛皮大衣双排扣,

翻领皮鞋前开口。

一路小曲哼着走,

遇事从来不发愁。

一生就怕一件事:

就怕设宴庆丰收。

两个孩子想了半天也没想出来,最后奶奶对他们说这是猪。接着奶奶给他们再说一个:

小小银钉亮晶晶,

夜晚高高挂在空。

谁也不知哪里来,

太阳一出没踪影。

奶奶话一落音,萌萌就说:"我猜着了,我猜着了。"

花妮也说:"我也猜着了,我也猜着了。"

奶奶说:"这回让萌萌猜。"

萌萌:"天上的星星。"

奶奶:"对了,猜得很好,就是天上的星星。很好,很好。"奶奶接着问他们:"还想猜不猜啦?要想猜,我再给你们讲两个。"两个孩子齐口同声地说:"再给我们讲,再给我们讲两个。"于是,奶奶又给他们说:

一物长得两头翘,

光会拉屎不会尿。

有嘴有舌没牙齿,

囫囵吞食不咀嚼。

不会说话光会叫,

声音洪亮嗓门高。

长鸣一声天将亮,

唤起人们起床早。

奶奶的话一落,两人立即说出了答案:"公鸡,公鸡。"

奶奶满意地说:"对了,这回你们猜得这么快呀,我一说你们就猜出来了,真聪明。很好,很好。"奶奶继续说:

一物长得很蹊跷,

站着没有坐着高。

一生干着悠闲事,

守卫门户有绝招:

熟人来了热烈迎,

生人来了发牢骚。

忠心耿耿奉主人,

永不变节不叛逃。

人人夸它好助手,

家庭卫士立功劳。

奶奶说罢后,好长时间没人说话,都皱着眉头在思考。奶奶说:"猜不着了吧?我说答案吧?"

花妮急忙说:"别,别。先别说,先别说。再让我们想想。"又停了一会儿，花妮说："狗，是狗。"

萌萌也忙说："对了，是狗，就是狗。"……

花妮和萌萌的表现，奶奶高兴万分，她进一步认识到两个孩子都很聪明。她强烈地感到，对这两个孩子不仅仅是养大的问题，而且还要把他们培养成为广大穷人服务的人才，她感到她的责任更大了。

故事讲完以后，花妮和萌萌已经睡意很浓了。奶奶帮助他们睡了后，把为他们做的过年衣服盖在被子上，把帽子、袜子和鞋找出来放在床头，以便第二天早上起床穿时容易找到。

奶奶躺下后很久，还没有睡着，就听见外面的街上有脚步声。奶奶知道这是农民去庙里接神走动的声音。

这里的农民有这么一个风俗，大年初一清晨，天亮以前，每户家庭都要带着香、纸、供品，打着灯笼去庙里请神。邀请神灵去他家过年，享受他家的烟火供奉，品尝他家的佳肴。同时，神灵的到来，其他妖怪就不敢再来，他们可以保护该家平安无事。接神必须是一个家庭的男性成人家长。女性不行，未成年人也不行。如果是女性或未成年人去接神，被认为是对神灵的不尊重，他们不但不去，反而让他们生气。当然，谁也不愿意得罪神灵。所以只要去接神，一定得是成年男人，没有成年男人的家庭索性不去。奶奶家就没有去接神。

初一的一大早，奶奶把花妮和萌萌叫醒，让他们准备起床。花妮自己会穿衣服，按奶奶的安排，她把每件衣服都穿得整整齐齐的，然后洗洗脸、梳梳头，收拾收拾，打扮打扮。萌萌的衣服是奶奶帮他穿的。棉袄、帽子都是新的，唯独棉裤是旧的，不太好看，不过并不烂，奶奶没有给他做新棉裤，只做了一件新单裤。过年时，把单裤套在旧棉裤上，与新棉裤一样好看，穿破了还好洗。萌萌穿上套在单裤里的棉裤后，感到不舒服，就不穿，非让脱掉不行，奶奶只得把新单裤脱了。这样，萌萌的新年衣服是：头上、上身、脚上都是新的，唯独下身是旧的，很不协调，但这种不协调对萌萌来说无所谓。

衣服穿好后，奶奶给他洗脸，但今天不知萌萌中了什么邪，就是不洗。平时他对洗脸还是很愿意的，但不知今天怎么搞的，他就是不让洗。奶奶让花妮抓住他的手，她用湿毛巾强行在他的脸上擦了两下，把脸上的灰擦掉，小脸显得干净好看多了。这下可捅了他的马蜂窝。他以为两个人收拾他了，他气急败坏，号啕大哭，撕心裂肺，如同有人割他的肉一样。他哭着跑到院子里，用两只小手抓抓地上的土，往流着泪水的脸上抹抹，这样重复了好几次，终于把脸抹得看着不像脸，他才罢休。他有一种很强的逆反心理，我不想洗，你们非得给我洗，我就是把脸弄脏，让你们看看。

奶奶看见他的脸，哭笑不得，花妮一直在偷笑。奶奶说："现在算满意了吧？赶快吃饭吧。"

吃罢早饭后，大人们都跑着串门，向老年人拜年，向老朋友问好，向街坊邻居贺年。花妮去找她的小伙伴玩。萌萌去找他的好友玩。他先去王大妈家找丹丹，王大妈一看萌萌就问："吃罢饭了，萌萌？"

萌萌答："吃罢了。"

王大妈又问："奶奶给你做的啥饭呀？"

萌萌答："饺子、白馍。"

王大妈又说："那好哇，吃饱没有哇？"

萌萌答："吃饱了，吃得可撑了。"

王大妈把话锋一转，看看他的裤子问："萌萌，过大年哩，怎么连个新裤子也不穿？上下都是新的，中间是破的，多不好看！你奶奶没给你做新裤子吧？"

萌萌答："做了。"

王大妈问："做了为什么不给你穿上呀？我看你奶奶也是老糊涂了，过新年为什么不给孩子穿上新裤子呢？你姐姐穿新裤子了没有？"

萌萌答："穿了。"

王大妈问："那你为什么不穿呢？"

萌萌不说话，他心里感到后悔，不如听奶奶的话，把新单裤套上了。

王大妈又说："赶快回去让奶奶给你穿上新裤子，现在多不好看。如果穿上新裤子，就会好看多了，你也会显得更漂亮了。"

接着王大妈又问："萌萌今天没洗脸吧？脸上是啥呀，这么脏？谁家过年不洗脸呀？像你这样的脸，见不得人，赶快回去，换个新裤子、洗洗脸，然后再出来玩。"

萌萌急忙跑到家里，想让奶奶给他洗脸、换裤子，可是奶奶不在家。他迫不及待地取出洗脸盆，从锅里舀一些温水，自己洗起脸来。两只手先蘸蘸水，再往脸上抹抹，蘸蘸水，抹抹脸。他这样反复几次，还真的把脸上的泥土基本抹掉了。个别旮旯处抹不掉，用手巾一擦也就擦到手巾上了，脸还基本上是干净的。他自己不会穿裤子，也不知道新裤子在哪里，他只得请姐姐帮忙，花妮替他找出裤子，帮他穿上。

奶奶从外面回来后，看见萌萌的脸洗干净了，新裤子也穿上了，感到很高兴。她暗想：真是十八能不过二十。也就是说，年轻人没有年老的人聪明。原来，她把萌萌不穿新裤子和不洗脸的事告诉了王大妈，让她帮帮忙，劝说一下萌萌。这个办法还真灵。

快到中午时，王大妈看见奶奶就问："萌萌有什么表现呀？"

奶奶说："可好了，自己洗了脸，让姐姐给他穿上了裤子。谢谢你了。"

王大妈说："哪里的话。你今年没给他做新棉裤，是吗？"

奶奶说："今年没做新的。他穿那个是去年才做的新的，那是三表新（新里、新表、新棉花）呀，才穿了一年。虽然表面破些，并没有烂。我想着不用做新棉裤了，做个单裤套在外面不就把破的遮住了，单裤还好做。这样，一个棉裤可以穿几年。多好的事儿，谁知他不穿，他嫌不得劲。"

王大妈说："小孩的想法经常与大人的不一样，我们就是得顺着他点儿，不能着急。"

奶奶说："可不是嘛。"

从这件事中，奶奶得出了这么一个经验：孩子不听话时，不要着急，不要用强制手段让他就范，更不能用武力逼迫他从命，要等一下，或换另一种方式，这样会取得超出原来预想的效果。

午饭以后，奶奶把花妮和萌萌叫到一起，说是要开家庭会议。花妮规规矩矩坐在凳子上不说话，单等着奶奶说什么，萌萌有些儿戏，认为是过年，反正都是玩，很不在乎，连续问奶奶："坐在这儿干啥呀？为啥要坐在这儿呀？"

奶奶严肃地说："萌萌，坐好，别儿戏，看你姐姐多好。"

萌萌看见奶奶板着面孔，又看看姐姐坐那儿一动不动，自己也只好沉下脸来，不吭一声，安安静静地坐在小凳子上等候着奶奶说话。

两个孩子都坐好后，奶奶先问萌萌一个问题："萌萌，草篓里的白馍，你不吭声拿着吃过吧？"

萌萌很平静地回答："是的，奶奶。"

奶奶又问："吃几个？"

萌萌回答："吃了好几个。"

奶奶又问："你啥时候吃的？"

萌萌答："半晌我饿了时。"

奶奶说:"孩子,你很诚实,很好,我不怪你。不过我再问你,咱的锅里有馍呀,这又不是平时,为啥不吃锅里的馍呢?"

萌萌说:"锅里是黑馍,我不想吃。吃饭时,箅子上的都是黑馍,不想吃,所以吃不饱。半晌就饥了,光想吃白馍。"

奶奶说:"萌萌说得很好,完全符合真实情况,确实是他的真实想法。哪个小孩不想吃白馍呢?不要说小孩,就是大人,我也是一样,都想吃白馍。我很想让你们吃白馍,光吃白馍,一个黑馍都不要吃,但我们哪里有这么多白馍呢?现在有黑馍、白馍时,白馍好吃,我问你们,平时咱们吃野菜时,黑馍与野菜,哪个好吃呀?"

花妮和萌萌齐声回答:"黑馍好吃。"

奶奶说:"好啦,看来人是没有知足心的。吃野菜时,想吃黑馍;吃黑馍时,又想吃白馍;吃到白馍时,还想就菜呢。再往后,很可能连白馍也嫌不好吃了。这个没止境。因此说,人没有一个知足心。咱就那么多白馍,很快就会吃完,我不想让你们多吃白馍,是想让你们吃得时间长一些。你们生长的时候不对,不是让你们光吃白馍的时候,等咱们翻了身,分了地,你们长大了,把地种好,多打些麦子,打的粮食吃不完,到那时,咱们光吃白馍,一点黑馍都不吃。"

花妮问:"那时种那黑粮干啥呀?"

奶奶说:"种黑粮喂猪、喂牲口、喂鸡子,我们吃肉、吃鸡蛋呀。"

萌萌、花妮问:"那时,我们可以光吃白馍、吃肉、吃鸡蛋吗?"

奶奶答:"当然啰。"

奶奶心里知道,她说的这个目标只是个理想目标。在她心里,即使是翻了身,分了地,把地种好,也只是有饭吃,不饿肚子,这就是她的最高理想了。至于说光吃白馍,那是根本达不到的,对孩子说说,也只是个努力方向,是根本不会实现的。

接着奶奶给两个孩子讲了以下几个内容:

第一点:不怕吃苦。眼前正是困难时候,要不怕吃苦,要坚持下去,困难过后,就会有美好的明天。

第二点:小孩子要听家长的话。像萌萌今天早晨,不穿新裤子,不洗脸,一走出去,别人笑话,到头来还是得穿,还是得洗脸。

第三点:要有自力更生精神。自己能干什么活,一定自己干,不要光依靠大人,花妮早就自己干了好多事,要很快学做饭,学纺花,学做衣服。萌萌也要想法自己干，今天早晨自己洗的脸，这很好，今后都要自己洗脸，自己穿衣服。

第四点：人从小就要有志气。人不怕穷，就怕没有志气。有了志气，就有了决心，就会不怕吃苦，能吃苦耐劳，改变贫穷面貌，由穷变富。

第五点：要为大多数着想。每个人都时刻想着帮助别人，那么，他就时刻可以得到别人的帮助。这样，一切都好办，大家才有幸福。

奶奶说完后，问两个孩子有什么想法时，花妮说："好。"

萌萌说："我以后自己洗脸，不光吃白馍了，我也吃黑馍，听奶奶的话。"

奶奶家的这个新年过得特别有意义，对花妮和萌萌的今后成长，会有重要影响。

晚上七点多了，萌萌和花妮已经睡觉，奶奶连衣歪在床上，昏昏沉沉，半睡不睡。忽然外面有人敲门。她大声问："谁呀？"对方低声回答："我呀，婶子。"奶奶马上听出是李嫦，急忙下床去开门，嘴里说着："傻闺女，你怎么这时候来了？快进来。"她说着话开着门，李嫦随即进来，与奶奶一起坐在床上。

李嫦先开口："咱虽然住在一个院子里，这么近，也经常见面，每天也不知道见过多少次，更不知道说过多少句话，但都是零星话语、家常闲谈。自从你们搬到这里以后，咱们还没有正正经经坐下来好好谈谈呢。今天是初一，大家都不干活，又是晚上，俺的丹丹睡了，我想花妮和萌萌也睡了，所以这时候来你这儿坐坐，想给你说说心里话。"

奶奶："我正歪在床上闲着无聊呢。因为有孩子在家，也不能出门，所以就整天待在家里。孩子不睡时，与孩子说话；孩子睡了时，独自一个人想心事。整天就是这么过的。"

李嫦："今天晚上，外面挺热闹的，虽说没有像样的社火，很多人出来，尤其是年轻人，说说笑笑，打打闹闹，一会儿点起火，一会儿放鞭炮，整个村庄好像沸腾着，与平时的沉寂形成鲜明的对照。"

奶奶："是呀，年年过大年，人人不一般；明为一村住，实为天地间。"

李嫦哈哈大笑起来，说道："婶子出口成章呀。我还真听不懂你是啥意思呢。"

奶奶不急不忙地说道："不是吗？今天晚上是大年初一晚上，有的喝酒，有的吃桌，有的打牌，有的赌博，有的玩耍，有的作乐。如果你不赖，就自享受自己的寂寞。你看，各有各的过法，各有不同，各有千秋，真是相差天渊之别。"

李嫦："确实是这样。这样的大年是不是人人都过呀?"

奶奶："你说的'人人'指哪些人?咱们全村人都过,咱们全省都过,连咱们全中国都过。"

李嫦好像明白了很多。她若有所思地念叨着,好像自言自语,又好像向奶奶发问:"那军队上的人也一定也要过新年啦?"

奶奶是个非常敏感的人,李嫦一提"军队上的人",她马上把她的话与刘朋联系起来了。从那天晚上李嫦的举止表情看,她对刘朋是有好感的。奶奶急忙说:"看啥军队哩。国民党的军队可能借机吃喝欢乐,但这只是当官的,一般士兵很可能比平时更紧张。"

李嫦一听,奶奶的话题与她想知道的越来越远,她马上把话题拉回来。直截了当问奶奶:"解放军里的人过年吗?"

奶奶说:"他们现在不过年。他们正忙着打仗,忙着解放穷苦人民呢。他们眼下不会过新年,等全国都解放了,他们会同全国人民一起过个大年,过个好年,而且是年年过年。"

李嫦:"刘朋他们也不知道现在在哪儿?他们也肯定不会过年了。"

奶奶心中暗笑,心想:"你终于憋不住了。"她装出什么也不知道的样子说:"他肯定很忙。中国现在是个非常时期,正处在一个改朝换代的大动荡时期,他们正是主力军,他们过什么年呢,恐怕连一个安生觉也睡不成。"

李嫦:"是呀。真是难为他们了。"

奶奶:"呃,他给你那个五角星,你还放着没有?"

李嫦:"我还放着哩,我总把它与我的钱放在一起。"

奶奶:"对。放好它。这是一个纪念品,说不定今后还会有用处呢。"

李嫦:"有没有用处只管放着呗,人家好心给的,总是个纪念品吧。"

奶奶:"不断听说这里解放了,那里解放了,为啥就是不把咱们解放了?我感到时间过得真慢,我就是在这里熬天天哩。"

李嫦:"我更是。我比你更难熬,人家说'一日三秋',而我却是一日十秋了。我比你的难处多,困难大。"

奶奶:"为什么呢?"

李嫦:"你想想,你现在是难过。等解放了,不愁吃不愁穿了,孩子也慢慢长大了,你不就什么困难也没有了,不就可以欢欢乐乐享受晚年了?我呢,我比你年轻得多,所以我的难处就大得多,我的问题没有你的那么简单。你想想是不是?"

　　奶奶:"我明白了。我想你的问题并不难解决,碰到合适的给你找个。这个问题包在我身上。你的这个问题解决了,你别的一切问题都没有了。你比我有前途,你年轻,将来你还可能起大作用呢。不要悲观,你的美好明天已经不远了。"

　　李嫦:"那我得很好谢谢你了。说句实话,我的一切都依靠着你呢。"

　　奶奶:"你又跟我客气哩。咱们谁跟谁呀? 你不是说你是我的亲闺女吗? 那你还跟我客气啥?"

　　奶奶的话让李嫦无言可答。

第十二章　技工学校

奶奶是个多面手。农村妇女应干的活，她全会干，而且干得很好。纺棉花、织布、做衣服，大人的、小孩的，各式各样的衣服，她全会，这些活是粗活，只要是个女人，这些活都应该会，她们的母亲从小就教她们学做这些活，直到她们长大成家自力更生，担当起家里男女老少穿衣的责任。除此之外，农村妇女中还有一种细活，这种活主要是画花、剪花、扎花、绣花。这四种花活，在农村用途很广，也可以说每家都离不了。年轻妇女的鞋上、袜底上、衣服上、帽子上、围巾上、手帕上、提包上都需要用花装饰，别人看见了才体面。这些装饰不但有，还得好，只有别人看着美，才能增加感染力，才能提高拥有者的品位，而拥有者才能得到宽慰，自得其乐。这些装饰对年轻女人出嫁就是必需品了。从身上穿的来说，新娘穿的鞋叫绣花鞋。鞋帮的两侧都要绣上花，正前面要么是一朵鲜丽的花，要么是一撮红缨。裤子腿的外侧要有红花绿叶相配，裤子的腰部两胯处要有小碎花装饰；新娘穿的上衣，不管是冬天穿的棉袄，也别管是夏天穿的单布衫，都是印花布做的，要么是由不同颜色搭配的格格布，要么是各种颜色的碎花布；袖口上、领子上和口袋边上，要有花草装饰。新娘的头上戴的，脖子上围的，不管是什么料子的，上面必须有花、叶、草相伴。即使暂时不穿的衣服，每件衣服上，必须有花草绣在上面，不管她有几件陪货，件件都是如此。新娘的床上用品，更是需要大量的绣工了，帐帘上、被子上、床单上、枕头上、枕巾上等等，上面还往往绣着"花好月圆，天作之合，天赐良缘，鸳鸯共枕，鸟语花香"之类的祝福语。一个女人的出嫁需要大量的绣工活。光会绣还不成，还得会画、会剪。剪比较简单，关键是画，这可不是一看或一学就会的，这是一种技术，需要认真学习，精心实践，才能有所成绩，才可以出手做花活。当然，这个技术并不是好学的，有的人一辈子也学不会。一个村里有一个或两个这样人就算不错了。有的村里很多年一直连一个这样的人也没有。这种技术人才在农村是奇缺。这种活都是女人的活，如果家里要办喜事，不管是娶媳妇还是嫁闺女，做母亲的最发愁的就是绣工活。一怕找不来原料（花样儿），二怕没人会做，三怕活多做不出来。很多女人就是因为这事而挨打受气。因为丈夫要求的不但是把这些活做出来，而且还得做好，能拿出门，这样可以增光，有面子，可以支撑门户，增加信任，可以在人群中混得开。

村里有个马大娘，家有六口人，一个婆婆、三个孩子——一个儿子、两个女儿。儿子和大女儿都已成人，今年要办两件喜事，春天娶媳妇，秋天打发闺女。她家的生活还算可以，虽然不怎么富裕，但还过得去，她不发生活的愁，家中的事情由丈夫料理着，她从来不操心，也没发过愁。可是她的两件喜事却使她发愁了。本来应该喜的，应该高兴的，可她却把喜变成了悲，怎么也喜不起来，反而愁得不可终日，她愁得吃不下饭，睡不着觉，她怎么想也为她的儿子和女儿准备不齐，这将是她的灾难，她家的灾难，她丈夫不答应还算小事，她将在亲戚朋友面前丢面子，在街坊爷们儿面前丢大人，大大失了面子。她已充分估计到了这样的严重后果，她急忙跑到奶奶面前求救，请求帮助她解决难题，渡过难关。奶奶只能答应她尽量帮忙，只要是她能做的，她一定尽最大力量帮助解决，但她一个人毕竟力量有限，能否全部解决问题，她也不敢保证。

每个家里都有小孩，小孩的衣服，从脚上到头上，都要有绣花之类的装饰。没有一件小孩衣服上不是花花绿绿的，没有一件小孩衣服上不是扎扎绣绣的。假如有个小孩穿的衣服上没有装饰品，人们就会认为这个小孩的妈妈不会做活，或者就是好吃懒做。人家就会对小孩的家长瞧不起，背后议论家长的坏话。因此，没有一个家长愿背这个名声。小孩衣服上的这些红花绿叶，也需画、剪、绣这些工序。这个工作牵涉到每家每户。

那些粗活，并不是每个女人都会做的，也有相当多的女人不会做。比如纺棉花，多数女人从小就学习纺花，也确实是大多数女人都会纺花。但她们仅仅是会纺，离纺得精、纺得好，还差得很远。会织布的人就少了，会织好布的人就更少，很多女人一辈子也没上过织布机，一辈子也不会织布。至于做衣服，更有一套复杂的工序。做衣服是三大粗活中最复杂、最难掌握的工作。尤其是裁衣服。男女老少各有各的样儿，没有固定模式，没有统一标准，灵活性很大，同一个模式的衣服，即使让两个同样高的人穿上也不一定合适。裁衣服是一个复杂的学习过程，是一项漫长的实践活动，对很多女人来说，它始终是一个追踪的梦想，永远是一个不可实现的目标。

马大娘恳求奶奶帮忙时，奶奶满口答应愿意帮她的忙。但即使尽最大努力，也不一定能给她全部解决问题，因为她一个人力量有限。马大娘自己没有任何办法，她把她的两大喜事准备工作好像完全依托到奶奶身上了。奶奶说她一个人力量有限，解决不了她的全部问题。可是她不假思索地说："你一个人不行，你给我找人。你一定得帮助我，我们家的这两桩喜事能否办好，都交给你啦。"马大娘说这些话的含义深重，但她是面带笑容。因为她与奶奶的关系非常密切，所以她也很不客气，大有耍二赖的嫌疑。其实这是马大娘走投无路的结果，万般无奈的挣扎，也是对奶奶无限信任的象征，对自己陷入痛苦深渊的解脱。

奶奶突然意识到："是呀，如果我身边有一批这种人才不就把问题解决了吗？"她又想："可惜，没有。如果早些培养这么一批人才不就好了吗？可惜，没有。"奶奶想想群众中对这种技术的需求，感到后悔莫及。"见兔而顾犬，未为晚也；亡羊而补牢，未为迟也。"奶奶脱口而出："是呀，我为何不办个妇女培训班，教她们这些技术呢！"

奶奶很快把几个身体强壮、热爱学习的女人，以青年人为主，叫到一起，有十六七岁的，有二十来岁的，有二十多岁的，有三十来岁的，有四十来岁的，有五十多岁的，有媳妇，有闺女，有当妈妈的，也有当奶奶的。奶奶把她的想法和打算对她们讲了讲，征求她们的意见。她们听了以后非常高兴，有的说奶奶的想法正好符合她们的心意；有的还说她们几辈都想学这些技术，可是没地方学，没人会，也没人教。她们一致催促奶奶赶快开班，她们都参加学习。奶奶当即提出几个办学条件，让大家帮助解决：首先是场所。得有个教室，较大一些的，最好是三间房的。其次是桌子、凳子，没有桌子勉强也可以，但没有凳子不行，光有凳子没有桌子可以，可以在自己腿上记。奶奶把学习内容给她们讲了一下：纺花、织布、做各种衣服（成人的、儿童的、男的、女的）、画技（画花、画鸟、画草、画绿叶）、剪技、扎花、绣花等等。关于办班经费问题，奶奶说不需要什么经费，除了一块黑板需要添置，其余的都不需要花钱，凳子自己带，如果有桌子自己带张桌子，没有就算了，光带把凳子就行。其他零星花钱很少，只要一开班，班上挣的钱就花不完，学员们还可以分些红呢。奶奶告诉大家把这些消息带回去对自己家人和周围群众宣传一下，一方面是争取他们的支持，另一方面请他们劝自己的孩子来参加学习。奶奶要求她们第二天下午再来集合，反馈下意见。奶奶讲完以后，大家兴高采烈地谈论着走了。

第二天下午，大家按时来到了奶奶家里，汇报她们听到的情况。她们一致反映，人家非常支持奶奶开办这样的培训班。李多说她哥给培训班赶做一块黑板，油漆好以后送过来，分文不要，无偿支援。她与姐姐两个人都参加学习。她还说她哥哥还要经常关注培训班，他还要动员其他人做好培训班的保卫工作，防止外来势力干扰教学秩序。刘枫说他们全家一致同意把他们的磨坊供出来让培训班用。这个磨坊屋坐落在他们住处的隔壁，过去是他们的牲口院和柴火院，一个半亩大的院子就盖了三间草房，现在一头是个磨坊，另一头是羊圈，以后天气暖和了，把羊圈拆除了，磨坊也很少用，也拆除了，腾出来让培训班用。奶奶问她："你们做这么大的贡献，如何取得报酬呀？"刘枫说："分文不要，无偿支援。"奶奶听了以后很感动，一个又一个的"无偿支援"，使她增加了办班的信心，也激励了她教好培训班的决心。她们随即报出了愿意参加培训班的名单。一共三十多个，她们一致请求奶奶培训班开始得越早越好。奶奶当即决定：培训班于第三天上午在刘枫家的磨坊里开学，愿意参加的学员到时参加。来时带桌子（如果有的话）、凳子、铁锨、脸盆、铲子等打扫卫生用品。因为是开学第一天，需要清理场地，打扫卫生。刘枫说："我妈说我们很快就全部腾出来，也打扫得干干净净，用不着大家打扫。"

第三天上午，奶奶早早就吃罢早饭走到了刘枫家的空院里，她走进去一看，大吃一惊：整个空院打扫得干干净净，所有杂草全被剔除，所有杂物全被腾出，地面湿润，空气清新，一走进院子，就有一种心旷神怡的感觉。她甩掉了一切沉重的包袱，轻松愉快，憧憬着美好的未来。她走进那个三间房子的磨坊，更使她目瞪口呆：明明白白是个小天堂，整个屋子打扫得干干净净，地面虽然是土质的，但轧得瓷亮瓷亮的，没有一点儿土气。墙壁用白灰抿得瓷实、发亮，一块七尺乘四尺的大黑板挂在一头山墙的中央，不高不低，不左不右，黑板油漆得黑明黑明。黑板前面有两个书桌，黑面红框，桌子是用木板棚在砖墩上的架子，一排一排，排与排之间相距三尺，一共八排，每排可以坐五个学员，全屋子可以坐四十个学员。凳子也是用较窄的木板，两头用砖墩子棚着，木板两头各有三尺多宽的人行道。黑板上写着"洛家庄技工学校开学典礼"十一个大字。字是用白粉笔写的，透亮的黑板上写着白色的粉笔字，像喷射出来的万道金光，照得满屋子瓦亮瓦亮。屋门两旁各有一个大窗户，也粉刷了一新。黑板下面有一个三十厘米高的讲台，讲桌和凳子放在讲台上。奶奶站在讲台上，眯缝着眼凝视着前面的一排排桌子，好像在她面前的是一排排学员在听她讲课。她激动得说不出一句话。温柔的春风偷偷地从窗孔里钻进屋里，刮得奶奶的头发在眼角上方一晃一晃的。

技工学校的教学场所，奶奶眼下看到的与她原来想象的大相径庭。她原来脑子里的教学场所，是一所破烂不堪的旧房子，院子里是满地荒草，地平面是坑坑洼洼，垃圾到处有，苍蝇满院飞。她曾打算开学的第一天是打扫卫生。可是现在，桌子凳子摆放得整整齐齐，真是始料未及。那块黑板也大出她的意料，她原想有一块木板，把它一油黑就行，能在上面用白粉笔写写画画就可以了。可是现在这块黑板，黑油油，亮堂堂，庄重严肃，满屋春光。她从来没看见过这么大的黑板，也从来没感受过黑板在教室里是如此的威严、有吸引力。

奶奶学过文化，认识些字，心灵手巧，有知识，有本领，尤其是妇女们应有的那些技术，她都擅长，她很想把她自己掌握的技艺教给广大年轻妇女，用知识技术武装她们的头脑，改变她们的生活道路，提高她们的生活质量。但她没有教过学，没办过学校。她原来想象中的教学只是手把手的教学模式。对于学员多、教室大、场面大的教学，她没有一点儿把握，甚至连想都没有想过。因此，她对教室的布置非常惊讶。

三天前还是个磨坊、羊圈，三天后却成了宽敞、干净、亮堂、美丽、大方的教室了。这个变化怎么这么出乎预料，这么快呢?

刘枫的爷爷刘恒是个风水先生，修房盖屋、娶媳妇、打发闺女，都请求他选个吉祥日子。就是给孩子起名，也请他掐掐八字，看该小孩缺什么，不缺什么，如果缺水，起的名字就要带水，如三点水的字;如果缺火，名字用火字旁的字;如果缺木，名字就要带木字的;如果缺土，就要带土字的字，如土字旁或字下面有个土字等等。他还会给人家看坟地，开新坟地的找他选址。有的家里有什么不顺或不幸时，找他看看坟地有什么问题，他看了以后就会找出毛病，告诉他破法。因此，他是个忙人，找他的人络绎不绝，是周围村里有名的大学问人。他听说陈奶奶要办妇女培训班时，拍手称快，高兴得大叫起来:"好事，大好事!"他马上对全家人说:"这是全村的大好事，咱们要大力支持。"他详细询问了讲授内容、办学条件、教学设备等情况后，立即让他的孙女刘枫通知准备参加培训的学员去他家里集合。刘枫很快叫来了三十多人。刘恒对她们简单讲解了办这种培训班的好处。他说:"这是咱洛家庄的一件大事，它将对全村产生深远影响，为全村农民带来说不尽的好处。但办学是件不容易的事，咱们要全力以赴，鼎力支持，有钱的出钱，有物的出物，有人力的出人力，大家齐心协力，把培训班办好。"他当场表示要把他家的磨坊及其院子全部供给培训班使用。他同着大家的面掐算了一下上课所需东西：教室、黑板、桌子、凳子。教室有了，黑板李多说她哥正在做，刘恒问她多大的，李多说她不知道。刘恒对她说："你马上去落实一下，不能太小了，要七尺长、四尺宽。你赶快去对你哥说一下，木料让他自己想办法，做好以后，还要马上漆一下，要用黑板漆，一般的黑油漆可不行。漆好后放在干燥通风地方晾干，明天就要用。"李多走了以后，他又对其余学员说："现在还缺少桌凳，我想，正经的书桌，谁家也不会有，况且一两张也不行，咱们干脆把木板棚在砖墩上就行了。凳子也是这样，只是用的木板较窄一些，但得有一定的厚度，不然承受不住几个人的压力。现在急需的是木板和砖头。对木板的要求：一尺宽、一寸厚、八尺长，凳子木板可以稍窄一些，砖头家里有几块就拿几块，我家里也可以找一些，我想砖头好办，主要是木板。请大家想想办法，回家挖挖潜力。此外，我为培训班起了个名字，咱们把名字改成'洛家庄技工学校'，这是个有意义的事件，也是个有意义的名字，可以载入史册。"他还说："陈奶奶是校长，也是主讲，她的任务是教大家学好技术，她要集中精力搞教学。因此很多办学方面的事咱们大家要一起干，不要让校长干。比如演戏，陈奶奶是主演，是主角，舞台上的很多事不能让主角干，比如拉弦的、敲鼓的、打旗的等等，主角哪能干得了，她也没时间去干这些。俗话说：'一朵鲜花三根秧，一个好汉十人帮。'因此，咱们每个学员，还有咱们的学员家属，要关注这个学校，这是咱大家的学校，是咱们自己的学校。好比打仗，学校是战场，陈校长是指挥官，学员是战士，要学习的技术是敌人，咱们全村就是后勤班，全体农民就是勤务兵。因此咱们全村农民要一起关心这个学校，支持这个学校。只有这样，学校才能办好，咱们的学员才能学到真正的技术知识。"

　　学员们回家找来东西后，直接去办学场地。她们首先把石磨扒掉，把两扇石磨扒下来推到房子东山外，又把磨盘搬下来放到石磨旁边，再把磨盘下的砖墩拆掉，把砖上的泥坯刮掉，再用它垒桌子墩。她们抬些新土把屋里的地垫平。测量好尺寸和课桌的间距以后，就动手垒墩子。有的和泥，有的搬砖，有的榜木板，有的擦门窗，大约用了两个多钟头，亮亮堂堂的一个教室、干干净净的一个院子就呈现在大家面前。这一切工作都是在刘恒亲自指挥下干的。刘恒还告诉大家，暂时不要对陈奶奶说，要给她一个惊喜。

奶奶来了以后，确实感到了这个很大的惊喜。她惊喜得连话都说不出来，她面前的一切，好像是一下子从天下掉下来似的。正当她在纳闷之时，忽然听到外面锣鼓喧天，一支浩大的队伍由远而近，渐渐来到学校门口。她从教室里走出来，看见几个青年人拼命地捶鼓敲锣。门外扯起了长条标语，上面用白字写着：热烈庆祝洛家庄技工学校开学典礼。标语在温煦的南风中，飒飒抖动。

锣鼓响个不停，来人越来越多，有的是来参加学习的学员；有的是为了支持办学，来这里助威的；有的是来看新鲜的；也有的是听见锣鼓声后而出来看热闹的。当刘恒老先生走到陈奶奶的面前时，陈奶奶上前打招呼："刘大叔，您怎么也来了？"刘恒老先生满脸笑容地回答："你为咱村办这么一件大喜事，怎么也不告诉我一下？我想帮忙也不知道怎么帮。"陈奶奶很内疚地说："我原来想法很简单，只想着把姑娘们叫在一起，教她们些技术，只此而已。没想那么多，因此也不想麻烦你老先生。"刘恒老先生带着自信以及对面前的一切感到满意的表情，问陈奶奶："现在这个教学场面怎么样呀？"他这一句问话使陈奶奶一下子明白了，现在的布置原来是他的主意。她再三感谢刘老先生。刘恒又说："你办这事是个大事，是全村农民的大喜事，今天是开学典礼，不能不声不响地开学，要大张旗鼓地开学。要造出声势，造成学习技术的风气。这也是一种宣传，一种发动。"陈奶奶连连点头，认为他的话很有道理，后悔没有早些告诉他，征求他的指教。

陈奶奶说："您说得很有道理，我应该早点儿告诉你我的想法。"

"我知道得不算太晚，小孙女回家一说我马上意识到办个学校的重要性，带领她们做些准备工作，为你帮个小忙。"

陈奶奶："哪里是小忙，明明是大忙。不过这是你帮忙的开始，今后需要你帮忙的地方还多着呢。"

刘恒老先生："这是为大家做好事，我要尽一切力量，不惜一切代价。因为这是为全村，为咱大家。"

关于开学典礼的问题，刘恒先生与陈奶奶交换了意见后，刘先生说："啥你都不用管，只准备好你的讲话就行了，我把议程都安排好了，也找了发言人，又找个司仪给你主持会议，咱们严肃认真地把开学典礼开好。"

学员们都到齐了，一个挨一个地坐在凳子上。其他人站在教室两边的走廊上和桌子后面的空地方。教室坐不下这么多人，陈奶奶建议把会场挪到教室外面，把讲桌往外一搬就行了。所有听众，包括三十多名学员，一律站在院子里。

司仪站在讲桌旁宣布：

"洛家庄技工学校开学典礼现在开始。第一项，鸣炮奏乐！"

锣鼓声、鞭炮声足足响了一分多钟。

"第二项：洛家庄技工学校校长陈奶奶讲话！"

陈奶奶稳重沉着地走到讲桌前面，恭恭敬敬地向大家鞠了个躬，然后开口讲话：

"大爷、大娘、兄弟、姐妹、老少爷们，你们好！对你们的到来，我非常欢迎。感谢你们的到来，感谢你们的支持。这个技工学校在很多人的倡导和帮助下，今天终于开始了。我是这个学校的校长，也是主要教师，我要把我所有的知识全部教给学员，让咱们不识字的孩子学识字、学知识、学文化、学技能，让她们成为有知识的青年。以此，改变她们的人生，改变她们的前途，改变她们的命运。由于条件所限，时间紧迫，我们办学又没有经验，这次只招收年轻妇女参加学习。学习内容主要是家庭妇女的紧需技术，重点是纺、织、裁、剪、画、绣之类的技术运用。当然啰，我们村里的青年人需要学习的东西很多，决不限于女青年所学的这些，比如文化知识，我们从来没有上过学校，有文化的人很少，绝大部分儿童却不进学校学习，文盲辈辈相传，识字人寥寥无几，很多家庭辈辈不上学，代代没文化，始终生活在愚昧无知的世界里，这是我们生活痛苦的原因之一，我们必须教我们的下一代积极学习文化知识，增加他们改变现状的决心，争取幸福生活的早日到来。

"我们的技工学校肯定会遇到很多困难，希望大家多多帮助。它也难免会遇到不少挫折，希望大家鼎力解决。最后，恳请大家对这个学校要爱护、要支持、要保护，咱们要齐心协力把它办好，让学员们真正学到适用技术，提高她们的生活质量。

"最后，欢迎大家送你们的孩子来校学习，也欢迎大家多提宝贵意见。我的话完了，谢谢。"

她的话一结束，响起一阵热烈的掌声，长久不息。

司仪再三催促大家安静。掌声停止后，司仪宣布第三项。

"第三项：学员代表讲话！"

刘恒老先生选学员代表时作了好多难，叫谁讲，谁不愿意讲。主要理由是没文化，不会写，不知道讲什么。在下边学几句，一到场就紧张，把学到的几句全会忘了，说不成个话，到时让人笑话。经过再三说服动员，勉强找了个年轻姑娘，十六七岁，让她大胆说话，对她说这是锻炼自己的好机会。关于讲什么问题，刘老先生告诉她把心里想的说出来就行了。比如：想不想学习，为什么要来学习，如何把学习搞好，等等。这个学员代表叫何娟。她神情坚定地来到讲桌前，低着头，不敢看大家一眼。很多人担心她说不出话来，她也紧张得满脑子茫然。她站在那里定了定神，有半分钟不吭气，她想起了刘老先生对她说的要讲自己心里如何想的。她转过神来，干咳了一下，慢慢地动起了嘴。她说："我想参加学习，这些东西对我们来说太需要了。我妈妈为我们做衣服每年都作很多难，不会织布，不会剪衣服。我哥哥娶媳妇时和我姐姐出门时都把我妈难为得死去活来。这些活大家都不会做，雇人也雇不来，出多少钱都没人干。这回陈奶奶办学校教我们学这些技术，真是太需要了。我妈一听说陈奶奶教这些技术哩，立即催我来参加。我一定要把这些技术学会，帮助我妈做家务活，我妈就可以少作难了。"

何娟下来以后，司仪宣布第四项。

"第四项：村民代表讲话！"

代表村民讲话的叫洛富强。他是一个三十多岁的青年。前几年，父母先后去世，全家就他一个人。他身体很棒，很有力气，热心帮助别人，好打抱不平，同情弱者。他走到桌子前，不怯不惧，他扫了一下人群，好像寻找什么目标似的，然后开始讲话：

"我支持这个学校，这是个好学校，陈奶奶为咱村办了一件大好事。我们要很好爱护这个学校，帮助这个学校，保护这个学校，谁要破坏这个学校，我们要与他拼到底，我的话讲完了。"

"第五项：自由讲话。有想讲的没有？请上来讲。"

刘恒老先生说："我想说几句。"

司仪说："请上来讲，大家欢迎！"

一阵掌声后，刘恒慢慢地走到讲桌前，语重心长地说道：

"今天是个大喜日子，它比某一家办个喜事都喜。这个喜不是某一个人的喜，不是陈校长一个人的喜，也不是学员们自己的喜，而是咱全村人的喜。今天是技工学校开学典礼，在场的老少爷们儿，有哪一个参加过开学典礼吗？有哪一个去过学校学习技术吗？有哪一个看见过咱们村里有过学校吗？没有，统统没有。我们村从来就没有过学校，这个技工学校是破天荒第一个，它有划时代的意义。从此以后，咱们村就是一个有学校的村庄，它意味着咱村里的年轻一代要学习知识，学习文化，学习技术，我们下一代的人脑子要有质的变化，素质要大大提高，这将是社会变革的大推动力。在文化稀少、技术缺乏的当今世界，要找人帮你学习文化、学习技术是非常困难的。另外一方面，就是没人懂技术，更没人来教我们。要想学些东西，得跑到城市里花高价钱雇老师，再加上自己租房子吃住，得花很多钱。常言说：家有地三顷，供不起一个学生。我们在场的谁有三顷地呀？即使有，连一个学生也供不起。我小时候投过老师，向他学习识字。一个老师教我们五个学生，每个学生每月给他一斗麦子。要想学技术，就更贵了。陈校长教这些技术，每月出二斗麦子也请不来老师教你。现在陈校长无偿教大家，这真是我们的福气，是天赐良机呀，我们真得从心眼里感激陈校长，是她给我们村带来的福气。陈校长对咱们村做出的巨大贡献，将在我们村的历史上留下光辉的一页。这是一个技工学校，是专业教技术的，当然，眼下是必不可少的，我们迫切需要这方面的技术，除此之外，我们还需要普通学校。我们需要办普通小学，让学龄儿童进校学习文化，让小孩子从小就学读书写字，长大后成为有文化的青年。当然这是以后的事了，我们期待着这一天的到来。我的话讲完了，谢谢大家！"

刘恒的话也受到了长时间的热烈鼓掌。

司仪接着宣读学校领导班子成员名单：

校长：陈奶奶

副校长：刘枫、李多

成员：洛兰、王莹

顾问：刘恒

最后，司仪宣布典礼结束，并通知全体学员于下午两点钟来学校上课，来时请带纺花车。

又一次掌声雷鸣，锣鼓喧天，大家在欢乐气氛中走出校院。

下午两点钟，陈奶奶一进校院就看见一排纺花车，学员们已经整整齐齐地坐在教室里。李多把学员登记表交给奶奶。一共三十五人，奶奶走到讲台上，她说："大家好！欢迎大家来跟我学习，我很高兴教大家，大家要努力学习，我一定教大家把技术学会。"一阵热烈掌声后，陈奶奶继续讲话。

"我准备教给大家的主要是妇女的家务活，具体说就是纺花、织布、做衣服以及衣服上的装饰品，比如画工、扎工、绣工等。我们教课以教技术为主，跟随着技术的教学，也教些文化知识，也就是也伴随些识字教学，大家可以边学技术，边学文化，一举两得。我们教课中还需要些实习用具，有些用具各家都有，比如纺花车。有的不一定每家都有，但我们中总会有一两台的，比如织布机，到时候，谁家有我们去谁家进行实践教学。

"教课，有什么意见，有什么要求，要及时提出来，尤其是不懂的问题，一定要搞懂。要学一点会一点，不要光学不会，这样学了等于没学。咱不求快，单求会，在会的前提下再前进。要一步一个脚印，稳扎稳打，步步精通。

"现在技术人员普遍很缺，咱们村就更缺。你们三十五位学员，每人都要把我教的技术学到手。今后，你们可以利用自己的技术做卖活，可以挣钱，改变你们家的经济状况，帮助你们的爹娘解决家庭困难。到那时，你们的爹娘就真的把你们当成宝贝啰。因此，只要大家努力学习，你们的前途是非常光明的。"

陈奶奶的这些话把大家说得心里暖洋洋的，互相之间叽咕几声后，很快平静下来听老师讲话。

"下边我讲一下我教给大家的教学方法，也就是说用什么方法才能让大家学得更快。具体方法就是：讲一段，练一段，讲练结合。不讲空头理论，重点是干什么，如何操作。有些会边讲解边操作。总之，以教会为准。对于难的步骤，如果大家学着有困难的，进度要慢一些；大家都很容易学会的，进度就快些，甚至隔过去不学。咱们要根据自己的情况安排自己的学习进度，哪个步骤会，进度快些。哪个步骤难，进度慢些，不学会不往前走。这些都要在实际学习过程中灵活掌握，及时调整。对这个做法大家有什么意见，请提出来。"

下边就是陈奶奶教课的主要内容：

纺棉花简称纺花，就是把棉花纺成棉线。

棉花从棉花棵上摘下来到纺成线，要经过三个程序：轧花、弹花和纺花。棉花从棵上摘下来时叫籽棉，即带籽的棉花，需用轧花机把籽挤出来，把籽轧出来以后的棉花叫皮棉。皮棉经过弹花弓弹了以后就成絮棉，只有絮棉才可以纺成线，籽棉和皮棉都纺不成线。眼下普遍采用的工具是：把籽棉轧成皮棉的机器叫轧花机。皮棉要经过弹才能成絮棉，这个工具叫弹花弓。把絮棉分成小绺绺，把这些小绺搓成长条后，才可以用纺花车纺成棉线。

关于纺花车有这样一个谜语：

头小不露面，腰部大而肥。

整天肚子空，从来不喝水。

生来是瘸子，腰上有条腿。

嘴长在脚上，样子很憔悴。

别看长得丑，小姐昼夜陪。

吃的是棉花，吐的是线槌。

天天下鹅蛋，主人很欣慰。

纺花车主要由转动轮和锭子构成，把转动轮与锭子用连线连起来，转动轮一绞动，就带动锭子转动。转动轮的直径与锭子的直径比例很大，大约是八十比一，转动轮转一圈，锭子就转八十圈。把棉絮搓成的棉绺捻到锭尖上，操作者坐在纺车一边，右手操纵着轮子，左手用三个指头捏住棉絮绺绺。右手慢慢地绞动轮子，左手慢慢地往后拉，棉线就从这三个指头捏着的棉絮绺里吐出来。棉线达到一定长度时，也就是左手往后抽，抽得不能再抽时，右手就停下绞动，稍微倒转一下，让锭子尖卜排着的棉线上到锭子中间需要的位置。这时，右手再稍微绞动轮子，棉线就整整齐齐地卷到锭子上，再把线移动到锭尖处，然后重复第一轮的动作。这样的动作周而复始，棉花就是这样一点一点纺成棉线的。

纺棉花的关键是两手的配合。两手的动作一定要协调，协调得好就能纺出好棉线。需要协调好的两个关键是：右手绞轮子，左手抽棉线，两手动作必须一致，配合得好。如果右手绞得快，左手抽得慢，棉线上的绞劲就很大，线就粗而硬，结实不好用；如果右手绞得慢，左手抽得快，棉线就松软没劲，容易断，也不好用。另一个特别需要协调好的地方是：抽满一抻后往锭子上卷的时候，右手倒轮子时，左手得往后拉，棉线才不会打卷。稍微一反转后，赶快得正转，棉线才能卷在锭子上，还得卷到适当位置。反转的多少，要恰如其分，不能多，也不能少。

以上内容讲完以后，陈奶奶在教室外面亲自纺线，让学员们操作纺花车，让学员们看看棉花是如何纺成棉线的。然后，再一步一步地由理论到实践给学员们讲解。对两个关键处，奶奶讲得很慢，动作也很慢，让学员从理论上知道做什么，在实践上知道怎么做，讲得非常清楚。理论与实践相结合着过了一遍后，让学员们亲自操作。陈奶奶一个一个地进行辅导，对操作不好的，还要再给她讲解，再为她操作，让她看两手的动作，让她体会两手操作的内在含义。

经过一个下午的学习、实践，大部分学员能基本上会操作纺花车，能纺出棉线来。只是很不熟练，还得经过一段时间的实践，才能真正学会。陈奶奶让大家在自己家里练习，争取尽快把纺花技术掌握好，每人都能纺出高质量的棉线来。

陈奶奶告诉大家上课时间，她说上课时间不定得太死，基本上是农忙时少学，农闲时多学，一般是白天学，农忙时在晚上学。学习进度也不定死，难学的，时间就长些，容易学的，时间就短些。每项技术大家学会了以后再学习下一项，不急于赶进度。

她说："今天下午咱们学习纺棉花，请大家明天在家练习一天，后天上午再来上课。要不要讲新课，等后天大家来了再说。如果大家都会纺花了，咱们就讲新课；如果很多人都不会或操作不好，咱们就继续练习，需要我讲时，我再讲，需要我做给大家看时，我就给大家做。纺花车可以带回去，后天来时再带来。"刘枫告诉大家如果家里不需要时，就不要带回去了，可以放到她家。

奶奶迈着沉重的步伐慢慢地走回去。离住处虽然不远，但她费了好大力气。她头有些发蒙，两眼有些发黑，她太累了。她一头扎在床上，像瘫痪了一样，两眼紧紧合起来，一句话也不想说。上午的激动场面又浮现在她面前，锣鼓声、鼓掌声、鞭炮声、口号声、喧闹声，掌声雷鸣，响声震天，在她脑海里始终停息不下。那个热闹的场面，欢天喜地的笑脸，奔走相告的表情，窃窃私语的形象，孩子们在人群里的追赶等等，这一切的一切，仍在她面前浮现，都还历历在目，她怎么也挥之不去。

更使她兴奋的是在课堂上那些年轻姑娘们的面孔，滴溜溜的眼，柳叶形的眉，高挺的鼻子，半合的嘴，还有不时微笑的脸和梳得整齐的头发，每一张脸都像一只盛开的花朵，在她脑海里争奇斗艳。她们全神贯注，两眼随着奶奶的举止而转动，表情随着奶奶的腔调而不同。所有人都很专心听，少数人边听边写，还有些人嘴唇还不时蠕动，好像在默默重复奶奶的话，以便加深印象，把听到的知识永远铭记在心里。

奶奶有劲了，有精神了，她那憔悴的面孔一下子变得满面春风、喜气洋洋了，她的一切痛苦都忘了，一切挫折都丢了，她成了一个心花怒放的幸福人了。她这样的幸福感受过去曾有过三次。一次是花妮出生时；第二次是萌萌出生时；第三次是她感到拥有一个通情达理的孩子时。这是第四次了。但这次的幸福感与过去的三次都不太一样。这次的幸福底气很深厚，幅面很辽阔。她的知识可以传播给广大群众了，正如种子撒遍大地，开花结果。一花独放不是春，万紫千红春满园。

"奶奶,你累了吧?你饿吗?我给你做饭吧?"花妮甜蜜的声音把奶奶从朦胧中叫醒。

"你回来了孩子,萌萌呢?"奶奶很关切地问。

"萌萌在外面呢,马上就回来了。我给你做饭吧,奶奶?"花妮再一次提出要给奶奶做饭,因为她看出奶奶肯定是太累了。

"咱还有啥吃的呀?"奶奶问。

"蒸菜,只有蒸菜了。"

"还有些面没有?"

"还有些,不多了。"

"够烧几碗汤吗?"

"够了,足够。"

"烧几碗汤吧,我又累又饿,好像有些支持不住了。"

"好,我去烧汤。你歇一会儿吧,奶奶。"

花妮已成为家里的主厨了。她虽然只有十多岁,但说话、做事,像个小大人。她知道心疼奶奶,也知道照顾萌萌。每次奶奶从外面回来,她都观察奶奶的表情,从中猜想奶奶的心情,是快乐呀还是忧愁。如果发现奶奶不高兴,她还会说些宽慰奶奶的话。如果奶奶累了,她劝奶奶歇歇,她做好饭后,赶快给奶奶端上。花妮的懂事,使奶奶非常欣慰。

萌萌从外面回来了。他平常走到门口的第一句话就是叫奶奶,不管奶奶在不在家,他总是先叫,然后再验证是否在家。今天仍不例外,他在门外叫了声"奶奶"。奶奶很慈祥和蔼地说:"你回来了,孩子,去哪儿玩了?"奶奶说着从床上下来坐在草垫上,把萌萌接过去,萌萌懒洋洋地躺在奶奶的怀里。奶奶再问一句:"你去哪儿玩了?"

萌萌说:"我去豆豆家玩了。"

奶奶问:"玩什么啦?"

萌萌说:"他姐姐跟着你学习哩。"

奶奶又问:"他姐姐说什么啦?"

萌萌说:"她说她学会了。"

他们说话当中,花妮说饭已经做好,叫奶奶和萌萌吃饭。

这天晚上,洛家庄的家家户户都在谈论技工学校的事。有学员的家庭谈论,无学员的家庭也在谈论。有些参加了开学典礼,听了刘恒老先生的讲话,对技工学校看法很好,认为陈奶奶做这么大的牺牲难能可贵;有些人有怀疑,认为陈奶奶可能有什么目的；也有的认为这个学校坚持不下去，现在是刚开学，热一阵子也就完了。这些人是担心不会长久，而他们希望的是能够长久。

技工学校也是保长家里议论的话题。保长张强的爹张承问张强："听说咱们村出现个技工学校，你知道吗？"

张强说："我也是下午才听说的，有这回事。"

张承："哪些人搞的呀？动机是什么？"

张强："是那个姓陈的老婆带头搞的。背后有哪些人参与还不清楚，可能有那个老头刘恒。至于动机嘛，据说是让年轻女人学习家务活。有什么深层次的目的，就不清楚了。他们搞得形势很大。今天上午举行了开学典礼，在刘恒老头的空院子里，参加的人可多啦，男女老少，站满了一院子人，有几百人。刘恒老头和洛富强都在大会上讲了话，他们都对这个学校大加赞扬，声称要积极支持和大力保护。他们很张扬，有宣传鼓动的气氛。"

张承："这是个不好的兆头。"

张强："什么不好兆头呀，爹？你说说让我听听。"

张承："你要明白，陈老婆是咱们家的死对头。你想想，咱们把她的宅子要过来，她一家人没地方住，寻求了一个喂牲口屋住下来。后来又被赶走，搬在庙里住。那里哪是她住的地方？一家穷鬼，住在神灵眼皮底下，神灵能同意吗？总得想法让他们走。确实是这样，他们很快就又搬了。现在他们住的地方是李嫦院子里的破草棚里。你想想，他们从一个大院子里搬了几搬，最后落脚在一个角落里，他们能满意吗？他们能不痛恨吗？可以肯定，他们憋了一肚子怨气。只是咱的势力大，她惹不过咱，所以才憋在心里，隐藏起来，暂不暴露。一旦有了气候，她认为时机已经成熟，他们的强烈怨气就再也按捺不住，就像火山一样爆发出来。到那时，咱们的一切都完了，包括咱们的生命。因此，不管她干什么，也不管她的主观目的是否是对着我们的，只要她的势力一大，就会有大的影响，就会产生大的后果。后果越大，对咱越不利。"

张强："趁早把这个毒根拔了不就行了。"

张承："你这么大了，怎么说话还像个小孩一样。陈老婆不是她一个人的问题，她身边有好多人在保护着她。咱只能因势诱导，见机行事，决不能盲目。要对张全他们好好讲讲，叫他们千万小心，决不能为所欲为，弄不好要掉脑袋的，你没看现在的形势也与过去大不一样了吗？小日本刚一投降，共产党的势力就活跃起来了。日本的侵略却帮了共产党的大忙啰，从这个角度上说，共产党感谢日本还来不及呢。还有你本人，你也得特别谨慎，说话、做事，一定要慎之又慎。解放区的地盘越来越大，连国军也无可奈何，咱们平民还能挡得住吗？派人去打听一下情况，咱好做些防范准备。"

两天以后，张强向父亲汇报他派人打听的结果。

张强："我派王小三去打听情况了，我把了解的情况向你汇报一下。"

张承："王小三这个人怎么样？是去打听情况的合适人选吗？"

张强："绝对是。这个人对咱们很忠心，是咱们的知己，这个人很会办事。他脑子灵活，对不同的人有不同的语言，与很多人都能谈得来，群众关系不错，他去了解任何事情，准能得到真实情况。他去办任何事，都能得到满意的结果。"

张承："好，那你说说他了解到的情况。"

张强："这是个技工学校，参加学习的人土要是家庭年轻妇女。主要学习家务活，例如纺化、织布、做衣服等等。"

张承："从表面上看，这些都没什么。学校的主办人是哪些人呀？"

张强："除校长陈老婆外，还有一个重要人员是刘恒。"

张承："我熟悉这个人。他能掐会算，是个能人，是个有影响力的人。他的参与对扩展陈老婆的势力很有帮助。要时刻关注他们的发展倾向，切不可掉以轻心。有什么情况要及时向我汇报。"

张强："是，是。"

张强对爹爹的话唯命是从。他自己深有体会，凡是违背爹爹的意志，总要坏事，总会对自己不利；凡是听从了爹爹的话，一切都会很顺利。从爹爹的口气、语调和表情上看，这个技工学校从表面上看与他们姓张的没有任何利害关系，但从深层次看，从长远意义上说，这绝不是个一般的你是我非的琐碎事，而是生死攸关的大事。正如他爹说的，弄不好要掉脑袋的。但他仔细想想，怎么也悟不出这样的后果。他不太理解爹爹的"是个不好的兆头"，但他坚信，爹爹是有经验的。他对爹爹的话，理解的要照着做，不理解的也要照着做，以后也就慢慢理解了。不过有一点张强很明白，这个技工学校很受群众的拥护，支持这个学校的人很多。他想，爹爹的不好兆头也可能就是这个吧。张强慎重起来了，他想法控制住自己，不再动不动就骂人，动不动就打人，而是三思而后行了。他对技工学校不轻易说三道四了，他决心按他爹爹说的做，先打听打听再说。因此，他把注意力集中到打听上。

扎花和绣花都必须先有花，把这个花扎到所需要的地方就是扎花，把它绣到需要的地方就是绣花。

这里所说的花，并不是单单一朵花的花，而是你所用的一切图形，包括花、草、树、鸟、字、动物等等。扎花的过程是：把选好的图形用复写纸复印到布料上，按图形用扎花线认真细致地扎起来。如果这个花是扎到比较硬的布料上的，需要把花从纸上剪下来，把它放在布料上的所需位置。

扎、绣花时，需要把布料用撑子把它撑紧。

撑子是两个直径相差两毫米的竹撇圈起来组成的。

扎花、绣花的两个关键活儿是花源和做工。

扎花和绣花的相同点与不同点：

相同点：1. 两者都需要撑子，都得把布料固定在撑子上；2. 两者都是直接把活做在布料上，都需要针和不同颜色的线。

不同点：1. 扎花用的针就是做普通衣服用的针；绣花用的针是一头带鼻儿的。2. 扎花是沿着图形的边沿走线，扎针不能扎在边沿以内，也不能扎在边沿以外，用线紧密地把图形包起来；绣花是在图形上面，也就是说在图形的边沿以内做活，在边沿以内布满线鼻儿。3. 扎花是正面向上，扎花者的两眼直接看着花形的正面；绣花是正面向下，绣花者的两眼直接看到的是花形的背面。4. 扎花是把图形用线包严以后就算完工；绣花就不这么简单了：在图形上布满花鼻儿以后，还得在花形的正面，也就是在撑子的下面，把长短不齐的花鼻儿进行修剪。这是绣花工作的最后工序，在整个绣花过程中，它起着非常重要的作用。

各种图形的获得需要画画技术。它不是短时间能学成的，有的人学了一辈子也画不出个名堂，画啥不像啥，往往闹出笑话。吴村有个叫吴妮的姑娘，很想学画画。她以为学会绘画，扎、绣活就好办了。她学了半年后，自以为可以画了。她的邻居打发闺女时让她画两个画，一个是枕巾上的鸳鸯戏水，一个是帐帘上的喜鹊贺梅。她画好后送给她的邻居。准备出嫁的姑娘叫吴好，她把这两件活当成她的代表作。她认为到婆家后，只要看见她的这两件活，就会对她产生好感，会给她留下"聪明、伶俐、有本事"的深刻印象，她打算凭这两件活闯出门面，让别人认为她是一个"女强人"。因此，她把所有积蓄投入到挑选线上，把自己的精力全部使出，要做出两件精品，让婆家欣赏。出门日子的前三天，她终于把她的精品完成了。她很开心，把它们挂在自己住室的墙上，左看看，右瞧瞧。从颜色的搭配上，做工的细腻上，都是无可挑剔的。她沾沾自喜地让家里人看，让她的朋友看。她的嫂嫂首先看出了问题。问她："妹妹，你的枕巾上绣的是什么意思呀？"

"是鸳鸯戏水。"她信心十足地回答。

"我看着怎么像一对臭老鸭呀。"

嫂嫂的这句话像一桶刺骨的冰水从她的头顶泼下，唰啦流遍全身，两眼一黑晕了过去，歪歪斜斜地倒在床边。嫂嫂马上把她扶起，连忙叫："你怎么啦，妹妹？你怎么啦，妹妹？"她马上意识到自己说话太直，太不讲方式，把妹妹长期的辛勤劳动，把妹妹心爱的精品，一句话就给否定了。这对她打击太大了，她实在承受不了。

妹妹慢慢醒过来后，问嫂嫂："你是给我开玩笑，还是当真的呀？"

嫂嫂说："我给你开玩笑哩，一句玩笑话把你吓得这个样子，你也把我吓坏了。"她又连忙说："你的活做得很好，工多么细，颜色配得多么好，不像是扎的，像是画的画。"嫂嫂的这几句话使她很欣慰，初步尝到了辛勤劳动带来的幸福。

她又让她妈妈看。她妈妈很欣赏女儿的做工，连连夸奖了好几句，把她夸得乐滋滋的。她们乐呵以后，妈妈问她："你这是鸳鸯戏水吗？"

她连忙回答："是呀，妈妈。我嫂嫂说是两只臭老鸭，真把我吓坏了。"

她妈妈说："你还别说，你嫂嫂是过来人，她来咱家时也有一对鸳鸯戏水，看看她的不就行了？"

她急忙跑到嫂嫂屋里叫："嫂嫂，把你出门时做的鸳鸯戏水拿出来让我们看看。"

嫂嫂说："枕头上那个都用破了，枕巾上的与那个一样，我没舍得用，还是很新的。"她说着把她出门时的枕巾套从柜子里拿出来递给妹妹。两个人一起走到母亲跟前，让母亲看。三人把两个枕巾并排放在床上观看。不怕不识货，就怕货比货。她们这么一比较，就发现问题了。妈妈说："妮儿，你的做工很好。这是两只什么鸟呀？说它们是鸭子吧，它们的脖子太长，说它们是鹅吧，它们的腿太短。怪不得你嫂嫂说像鸭子，它们确实像鸭子，根本不是鸳鸯，你看看你嫂嫂这鸳鸯是什么样儿。"

吴好的脸耷拉下来了，眼泪不由得往下落。鸭子多败兴呀！妈妈又问她："你还有什么大活让我们看一下。"吴好把她做好的帐帘拿出来。妈妈问："这是什么呀？"吴好说："这是喜鹊贺梅。"妈妈说："梅花还可以，但这不是喜鹊，而是乌鸦。成了乌鸦闹梅了，这两件活都不能用。鸭子也好，乌鸦也好，都是不吉利的象征，咱办喜事怎么能用它们呢！"

吴好大哭起来。

妈妈问她："你在哪里弄的画样儿呀？"

吴好："隔壁吴妮给我画的。"

妈妈："怎么叫她画？你也不对我说一声。"

吴好："她对我很热情，听说我要用画样儿，她主动递给我她画好的样儿，我不好意思不要，所以就用了。"

妈妈："所以就造成这么大的损失。在这个问题上，你犯了两个错误。第一个错误是她积极主动给你，你就要了。你记住，越是大吆喝往外推销的东西，越不是好东西，市场上那些嗓门最高、叫得最响的叫卖者，往往是想把最差的货物推销出去。好东西他们不出声也不愁卖。第二个错误是，在很多问题上是不能讲情面的。比如选医生看病，找了不好的医生，很可能耽误病的。再比如孩子找先生求学，如果找了不好的老师，会耽误孩子的前途的。这些问题能讲情面吗？像你做这活，吴妮再积极主动，她再热情，她的画也不能用，得罪她只该得罪她了。现在问题出来啦，当初你怕得罪她，怕失去和气，现在你的损失就大了，你不还是得罪她？你的经济损失、时间损失，怎么弥补？尤其是时间，你一辈子也找不回来。"

吴好嫌妈妈唠叨，没等她妈说完，就急忙打断她妈说："你看咋办呀？都来不及了。"

妈妈说："赶快去找陈奶奶，让她给你画两个样儿，她要是有现成的，就描下来，这就省劲了；要是没有现成的，请她给咱们现画两个。对她说要抓紧时间，咱们急着用。多说些好话，请她一定帮帮忙。"

吴好对陈奶奶说明情况后，陈奶奶给她拿出几十套已经画好的样品。每一个样品都有幅面不同的好几幅。比如"鸳鸯戏水"这幅画，就有大小不同的十套，"喜鹊贺梅"就有八套。还有鸟语花香、四季如春、春色宜人、松鹤延年等等，都有大小不同的十来套，这些画面是农民喜欢采用的样品。此外，陈奶奶还有花草类的、动物类的、人物类的，不仅仅样品多，而且款式、幅画多样化，从大到小，从纵到横，各式各样，只要你想要的，她那里准有。需要者最好是复制下来，用个复写纸描下来就行，有时她把样品就送人了。这个样品拿走后，她再画一幅补充上。因为她会画，画一个画并不作难，只是耽误些时间而已。

吴好扒来扒去，挑这拣那，一会儿挑花了眼，这几十套样品，她看看哪一个都好，这个不错，那个也好，想要这个，也想要那个。她挑来挑去，最后仍然挑住了鸳鸯戏水和喜鹊贺梅两幅画。她认为这两幅手熟，做起来会快一些。

花样儿选定以后，下一步就是做工。花的好坏、质量的高低，主要表现在做工上。做工不单单是技术问题，也是一个人品德好坏、素养高低的反映。只有品德高尚、技术卓越的人，才能做出优秀的精品来。从素养方面主要体现在认真、细致、踏实、吃苦耐劳、坚韧不拔，有一种不达目的誓不罢休的顽强精神。

奶奶把扎花的过程按先后顺序全部细致地讲完后，又对难点和不容易掌握的地方强调说明。然后，把自己积累的所有样品全部拿到班上，让学员们随意挑选，让她们把自己最喜欢的复印到撑子上进行试验。学员们看到陈奶奶的样品如获至宝。扎花、绣花最基本的，最不可缺少的原料就是画样。有了画样，她们比着葫芦画瓢，也可以做些活，只是质量好坏而已；如果没有画样，她们干着急什么也做不成。她们最难获得的也就是这些画样，自己不会画，又没有样品复印，所以很多活就卡在这里。

大多数学员根本不打算学画画，她们认为这太难，也太费时间和工夫。她们认为，奶奶的这些样品就够自己用一辈子了，即使不会画，也影响不大。她们买来白纸、复写纸，争先恐后地复写这些样品。绝大多数学员都是一个不漏地全部复印下来，她们将永远保存，成为她们的宝贵财富。

陈奶奶要求她们扎（绣）花时，要稳住性，不要急。一针一线都要严格要求，半点马虎不得，扎（绣）花如雕刻，微小之误就会前功尽弃，刹那之错，就会毁掉几年之功。

陈奶奶告诉她们，扎（绣）好一幅花要达到这样的效果：远看是鲜花，近看是扎（绣）花，不远不近是幅画。

技工学校开学不到一个月时间，由于姑娘们认真学习，刻苦实践，纺花技术都很熟练，扎花和绣花也基本能掌握，有些人能独立工作，有些只是刚学会，还做不到好上。学得好的女孩子还拿出自己做的活让家里人看，让街上人看，显示自己的学习成绩。

技工学校的姑娘们会纺花、会扎花、会绣花的消息不胫而走，很快传遍周围村庄。家庭妇女们知道后特别高兴，整天压得她们喘不过来气的苦差事可该解脱一下了。纺花、织布、做衣服，是每个妇女回避不了的硬差事。光纺花这一项就累得她们够呛。有些打算办喜事的家庭，技工学校的消息更是雪中送炭，当她们得知技工学校接收纺花、扎花、绣花三项活以后，有的拿着棉花让她们纺，有的拿着布料让她们扎花或绣花。其中，让纺花的特别多。

一天晚上，高大妈来找奶奶，请求奶奶帮帮忙。奶奶问她帮什么忙，她说她家人多，就她一个人纺花、织布、做衣服，怎么也忙不过来。眼看就该换单衣服了，她连线还没纺出来呢。奶奶对她开玩笑说："谁叫你生这么多孩子！自己造罪自己受，罪有应得。"

高大妈说："可不是吗，孩子多吧，还都是破小子。我的老大都十多岁了，如果是个女孩，我也不会这么忙了。他们都是男孩，会帮忙也都是帮他爹的忙，可把老娘忙坏了。"

奶奶风趣地说："人家不是常说吗，男孩是柴火垛，女孩是赔钱货。你们家男孩多，请等着发财啦。"

高大妈："等他们发财，我早就累死了。以后的发财是空想，眼下的帮忙才是实惠。我需要的是实惠，不需要空想。"

奶奶："好了，言归正传。你需要帮什么忙吧？"

高大妈："能不能叫你的人给我纺些花？要尽快，我还急着用呢。"

奶奶："一点儿问题也没有，纺多少花呀？"

高大妈："你们能纺多少？"

奶奶："你需要多少，就可以纺多少。现在不比过去啦，过去我一个人，力量有限，纺不了多少；现在人多了，而且她们年轻、手快，你要多少就可以纺多少。"

高大妈："给我纺十斤。"高大妈一听奶奶的口气，好像潜力大着呢，她壮着胆子说了个数。她心里想："这个数太大，她们肯定纺不了这么多。不过这不要紧，她们能纺多少算多少。当然啰，如果她们真的能纺这么多，她更高兴，她实在是因为纺花问题难为苦了，况且，她每年都作这个难。"

奶奶问："你干吗需要这么多线呀？"

高大妈："今年用不完，明年再用。又放不坏，明年就省事了。"

奶奶："好，给你纺十斤。"

高大妈："真的吗？"

奶奶："真的，不给你开玩笑。"

高大妈："这太好啦！多长时间能纺出来？"

奶奶："很快就可以纺出来，不耽误你用。"

高大妈："多快呀？几天能纺出来？"

奶奶："你几天要吧？"

高大妈："十天吧？"

奶奶："不用十天，三天就可以给你纺出来。"

高大妈："你又给我开玩笑了，三天怎么能纺出这么来呢？"

奶奶："我们对外加工的事都由刘枫负责，你把棉花和加工费都交给她，别的啥你都不用管啦，三天请去她那儿取棉线啦。"

对外加工的活越来越多了，学校也有了一定的经济收入——加工费。为了管好这个账，学校建立了财务管理小组和严密的管理制度和收入分配办法。管理小组由奶奶任组长，成员是刘枫和李多。刘枫的任务是把活接过来后分发给每个学员。学员加工好以后，她收集起来，再把它交给户主。李多负责管账。来加工者把活交给刘枫，把加工费交给李多。李多还要把每个学员的加工活及加工费都要详细地记录保存，每个学员所做活的加工费，个人留百分之六十，其余百分之四十交给学校。学校收取这百分之四十用于学校经费，剩余部分要全部分给每个学员。这一笔一笔的收入，以及一项一项的开支，都有详细的流水账，每月向大家公布一次，让大家心里有底，进行监督。

技工学校的对外加工才刚刚开始，但它的周边效应就十分明显。何娟的哥哥准备开一个轧花店。洛琪的父亲准备开个弹花铺，对外弹花。孙荃的爷爷打算在街上开个饭铺。技工学校的学员把织布、做衣服的技术学完以后，外村来加工的人更多了，轧花的、弹花的、加工布的、用棉花换布的、扎花的、绣花的、做衣服的等等，就会常来常往，随之而来的食堂、酒店也会兴旺起来。到那时，整个洛家庄就热闹起来了。该村本来是个偏僻的三县交界处，消息闭塞，人烟稀少，交通不便。什么叫偏僻？什么叫闭塞？没有人来往就叫偏僻。没有人交流就叫闭塞。人如果在这里常来常往，这里就不但不偏僻、不闭塞，而是繁华的闹市了。

人都向他们所需要的地方流动。你这里有人才，有技术，人们有所求，所以他们就到你这里来。所以，不管什么地方，只要有人们所需要的东西，他们就会自动到你这里来，而且是常常来，不断地来，没完没了，连续不断。你这个地方就永远不会偏僻，永远不会闭塞。

棉花纺成线以后，再织成布，还需要至少五个步骤：第一步，把棉线绕成直径一米左右的线团子。第二步，浆线。用不带面筋的面粉做成稀汤后，把线团子放在锅里煮，让面汤里的面都粘在线上，把这种粘满面汤的线搭出来晒。在晒的过程中，不断地震动，不让它们彼此粘在一起。浆线的目的是浆过的线瓷实、光滑、不容易断裂，容易操作。第三步，把浆好的线团子套在垯车上，再把它们缠绕在络子上。这样做的目的是经线时容易操作。第四步，经线。把络子上的线一根根地穿到吊在木棍上的圆圈里，再把它们从圆圈里拉出来，这些线就是经线。把它们拉的长度就是织成布的长度。这些经线放在织布机上以后，还必须经过挣子和杼。第五步，织。织布时必须有一个梭子。梭子是两头尖、中间空，中间空处有一个带线的络桴，络桴上的线就是纬线。挣子是两个，分别连接在脚下的踏板上。两只脚轮换着一踏一起。经线就交替着张开个洞，带线的梭子从洞里穿过，把线留在洞里，手扳杼框轻轻碰一下，把新穿的线与原来穿过去的线紧紧贴在一起。这就是织布。再长的布匹，也是这样一线一线织出来的。织布时两个关键动作：第一个是手和脚要配合好，一只脚踩到底以后，把两层线交织的洞形成以后，手才穿梭，一只手一扔下梭子，另一只手得马上扳杼框；第二个是手扔梭子时，首先要及时，早了不行，晚了也不行，恰在两层线张开口时；其次是用力大小要合适，用力大了，另一只手接不住，梭子会飞到远处，落到地上，用力小了，梭子会停留在洞的中间走不出来，这样就不能扳杼碰紧，还得费劲把它从洞中间弄出来，很耽误时间。此外就是扳杼的手，轻重要始终如一，保持一致，这样织出来的布才平稳光滑；如果扳杼用力不均匀，织出来的布就沟沟坎坎，高低不平。初学者往往在这些地方掌握不好，织不出理想的布。经过实践摸索以后，动作就慢慢协调起来，美丽漂亮的布就迎刃而出了。

为了让学员们学习好，奶奶把每一步都亲自操作让学员看，在每一个环节上都是一边操作，一边讲解。她做完以后，就让学员亲自操作一遍，直到学会为止。织布时，奶奶亲自上机，织着讲着，学员们看懂以后，一个一个地上机操作。学员多，织布机少，平均每五人一台机子，轮流上机，轮完一遍再轮一遍，不慌不忙，不急于求成，要一步一步学扎实，真正把技术学到手。经过三四天的操作实践，每个学员都能基本上掌握织布技术。

清明节快到了，天气越来越暖和了。二八月乱穿衣，有的还穿着棉衣，可有的已换上夹衣了，穿单衣的也出现了，只是为数很少。萌萌已经六岁了，还穿着开裆棉裤。上身还穿着棉袄，都该换夹的了。奶奶趁着今天不上课，赶着给萌萌做一身夹衣服。她刚铺好深蓝布准备画样裁剪，刘枫和另几个学员匆匆忙忙地走进来。

"陈校长，你在干什么呀？"她们异口同声地问。

"我准备为萌萌做一身夹衣。天热了，他还穿一身棉衣呢。好多大人都不穿棉的了，幸亏是孩子家，热了也不感觉热，要是大人，早就吵着要更换衣服了。"奶奶对她们说。

刘枫说："这正好，好几个学员都说现在正是脱棉衣、换夹衣季节，想让你教教如何做夹衣服的。"

奶奶说："单衣服、夹衣服、棉衣服，从理论上讲都是一个理儿，只是裁剪时留的余地不同。单衣服是一层，留的余地最小，夹衣服是两层，外层就要比内层宽大，棉衣的两层中间有棉花，外层比内层的差异更大。"

刘枫："我们想让你给大家讲讲道理，给大家剪个样品，让大家实际操作一下，然后大家就可以给自己家里人做夹衣服。这是很好的学习机会，在实践中学，学得会更快。"

奶奶若有所思地说："也是这个理儿。萌萌的夹衣服什么时候做呢？他在等着穿。"忽然，她好像有了主意，说："那吧，今天晚上咱们上课，我得趁白天为萌萌做衣服。晚上光线不好，我的眼也不好使，做衣服我看不见针脚。"

她们说："好，晚上讲课比白天安静，效果也更好。"

奶奶："你们通知其他学员吧，今晚七点钟开始，去时别忘了带剪子、布料。如果没有布料，用比较大的、较厚些的纸也行。还要带灯，每人带个小煤油灯就行。"

夜幕降临了。学员们静静地坐在教室里，每个人左前面的桌子上放着一个小煤油灯。橘红色的灯头随着柔和的春风，像一个蠕形动物，轻柔地向上蠕动，上边的尖嘴里，吐出一条细微的黑线，娇柔缭绕，袅袅上升。

奶奶走上讲台，把剪子、尺子、白纸放到讲桌上，开始讲解。她说："今天晚上我们讲如何做夹衣服，包括夹袄和夹裤。夹衣、单衣、棉衣的做法是一个路子，只要学会一样，其他几样也都会了。"

正当奶奶集中精力地讲，学员们全神贯注地听时，忽然听到教室外面"扑通、扑通"的打人声音和"救人呀！救人呀！"的叫喊声。奶奶和学员们急忙跑到外面，看到一个人正用左手把另一个人的右胳膊扭在背后，右手在狠狠地打他的头。被扭胳膊的人哭声连天，叫苦不迭，一声紧接一声地叫喊："救命啊！救命啊！"

奶奶和学员们急忙跑到外面，发现一个大个子正在打一个小个儿。大个子打着说着："我叫你偷，我叫你偷。"小个儿求饶着说："我不是小偷，我是王小三，我不是小偷。"

大个子："你这个小偷，你还装王小三哩，我看你是打得轻。"他说着打着。小个子被打得哭叫不迭。

奶奶大叫一声："住手，不准打人！"

大个子停住了打，把小个儿拉到奶奶面前。

她们立即认出，大个子是洛富强，小个儿是王小三。

洛富强膀大腰圆，身强力壮，整天使不完的劲，天天愁没有用力气的地方。王小三身小力薄，哪里是洛富强的对手，洛富强要收拾他，就像老鹰抓小鸡一样，洛富强可以任意对他摆布，他没有任何反抗的勇气和能力。

奶奶很生气地问洛富强："你为啥要打他呀？"

洛富强振振有词地说："他来偷东西，我怎么能不打他！"

王小三急忙插话说："我不是偷东西的，我不是小偷。"

洛富强很不服气地说："你还嘴硬？打得轻。"

奶奶对洛富强说："你住嘴！怎么能随便打人呢！"

洛富强站到那儿闷闷不语。王小三倒认为自己有理啦，喋喋不休地叫着头疼、背疼、胳膊疼。还抱怨他挨打太委屈，打他毫无道理，纯属恶意等等。

洛富强听他这么一说，嘴里说着："你还嚷嚷，我看是打得轻。"动手又要打王小三，被奶奶拦住。

洛富强和王小三都怨气十足地站在那儿不说话了。奶奶平心静气地问王小三："大黑天哩，你来这里干什么？难怪洛富强把你当小偷打你。你说实话，你是来干什么的？洛富强随便打人，我们也不愿意，但你必须得说实话。"

王小三支支吾吾地说："我不是来偷东西的，你们这里有啥可偷的呀？我不是小偷。"

奶奶："对呀，我们这里没啥可偷，那么你摸黑来这里干什么呀？"

王小三："我晚上没事，出来转悠转悠。"

奶奶："你出来转悠，来这里转悠？你说的是实话吗？这里没有打牌的，没有喝酒的，没有热闹场面，这里是上课的地方，你来转悠什么呀？"

王小三结结巴巴地说："我就是来看看你们的上课情况，看看你们是如何上课的。我也想学些技术。"

奶奶："你看上课情况干什么？想学习为什么不进教室，我们又不是不让进，也不是不让学，你为什么不光明正大地来看、来学？为什么偷偷摸摸地，采取不正派的手段呢？"

奶奶问得王小三张口结舌没法回答。洛富强说："别问他了，他反正不会说实话，把他交给我吧，我会让他说实话的。"

奶奶："你要不说实话，我就不再问你啦。你就跟洛富强去吧，我就不管了。"

王小三害怕了，他很清楚，如果洛富强把他弄去，肯定把他打得死去活来，他想：光棍不吃眼前亏。他已经挨了一顿打了，已经吃了亏了，不能再挨打呀，先躲过这一劫再说。他对奶奶说："我说实话。"

奶奶说："你说吧。"

王小三："保长叫我来打听你们上课情况的。"

奶奶："他啥时候告诉你的？"

王小三："技工学校一开始他就很注意了，他告诉我仔细打听一下情况，向他汇报。"

奶奶："叫你打听情况干什么呀？"

王小三："别的什么也没有告诉我。"

奶奶："王小三呀，你真蠢。要打听我们的上课情况，还用你亲自摸黑来偷听吗？你随便询问一下任何一个学员不就全知道了。"

王小三："那样的情况保长不要。他要的是亲自在你们课堂上看到的情况、听到的言论。"

奶奶："我相信你的话，你来偷听是有人指使的，我理解了。咱们都是熟人，过去打交道也不是一两次了，咱们低头不见抬头见的，今天晚上这事，洛富强肯定不应该打你，打你是完全不对的，这实属误会，他是把你当成小偷了，请你原谅他。他现在给你道个歉，咱们尽量别把事闹大，不然以后对咱们都没好处。"

在奶奶的催逼下，洛富强勉强对王小三说了个"对不起，我错了"。

王小三走了以后，洛富强对奶奶说："我知道他不是小偷，他是王小三，是个舔沟子货，好拍保长的马屁，帮助保长做坏事，我早就想揍他哩，这回可有了机会，现在算解了我的恨啦。"

洛富强很得意，但他没想到奶奶对他的行为很不满意。奶奶说："你解恨啦，可是你可能捅了个大娄子了，很可能连我也牵进去。你说你怎么会来到这里与他相遇呢？你们两个同时出现在这里，真使我莫名其妙。"

洛富强对奶奶讲述了他在这里的原因。

　　技工学校的开学典礼以后，刘恒老先生就预料到保长他们肯定不满意，他们肯定会搞小动作。因为参加学习的都是女孩子，他说无论如何都要保护她们的安全。他把所有参加学习的家长叫到一起，讲一讲他的想法和建议。大家一致同意。这些家长就是一个保卫组，由刘恒任组长，每两个人一班，轮流值日，每次上课都要有人暗地站岗保护。洛富强家里没有人来学校学习，他是自愿参加保卫组的，这天正好轮到他值班。本来是他与王莹的哥哥王胜一班的。因王胜出远门不在家，只有洛富强一个人来站岗值班。洛富强站在暗处，王小三根本没想到她们上课还有保卫人员放着哨。他肆无忌惮地、蹑手蹑脚地、小心翼翼地弯着身子来到了教室外面的窗户下。他刚蹲下，正要侧耳倾听时，被一只大手强有力地抓住脖子，劈头盖脸地打起来。他求情、吆喝，直到奶奶她们从教室里出来。

　　奶奶很感激刘恒老先生他们对技工学校的支持，也很赞赏洛富强他们站岗放哨和不辞辛苦的牺牲精神，她感谢所有支持技工学校的父老乡亲们。

　　她走近洛富强，拍了拍他的肩膀说："富强呀，你光凭兴趣，不动脑子想想。王小三是保长让他来偷听的，你打了他，保长能饶你吗？你轻不轻、重不重地打他一顿，只此而已。他要反过来治你，就是要命的，你想过没有？很可能你就栽到这次打人上，再也不会有露面的机会了。你要看到事情的严重性，宁愿把它看得重一些，不然，等吃了大亏，再后悔就来不及了。我不是吓唬你，他们什么事都能干得出来，你在他们眼里算个什么呀，他们可以随便处置你。"

　　本来不爱动脑子的洛富强，听了奶奶的这一番话后，动起脑子来了。他连忙问奶奶："这怎么办呀？"

　　奶奶说："要想避开危险，你听我的话。"

　　洛富强："我听，我听，你说让我怎么办吧？"

　　奶奶："你马上就走，连家也不要回，他们很可能马上就去抓你。"

　　洛富强很害怕，嘴巴直呱嗒。奶奶安慰他保持冷静。

　　奶奶与刘枫、李多和王莹她们商量后，一致同意从学校里收取的加工费里拿出二百元钱送给洛富强做路费。刘枫又把爷爷的几件衣服送给他。奶奶给他说了一下大致的方向，让他投奔解放军。洛富强很听话，把钱揣在腰里，把刘枫送给的衣服包起来立刻动身。临走时，奶奶叮嘱："你今后在外面一个人生活，处处要留心，要多动动脑子，不要盲目，要尽量少说话，更不要轻易动手动脚。去吧，我们等待着你的好消息。"奶奶热泪盈眶，依依不舍地与洛富强告别。

洛富强恭恭敬敬地给奶奶磕了三个头，站起来扭头就走了，消失在夜幕中。

王小三从技工学校出来以后，并没有回家，而是直接去找保长张强诉苦去了。张强用手电筒照着一看，王小三的头上、脸上、背上，肿一块青一块的，血渍斑斑。王小三的呻吟声越来越大了，让人从呻吟声中感知他痛苦难忍的伤势。

张强："凶手是谁呀？"

王小三："洛富强。"

张强："洛富强，那个愣头小子。他怎么会在那儿呀？他光棍一条，家里又没人参加学习。"

王小三："不知道。"

张强："我早就对你说过，要细心。我为啥叫你去打听情况呢？就是因为你心细，做事稳当，不容易出纰漏。这次你又粗心了，去之前应该仔细观察，如果有人，就不要靠近。"

王小三："我观察了，我看到周围连个人影也没有。我刚一蹲下，他就抓住了我的脖子，不知道他从哪里出来的，好像从天上掉下来一样。他不问青红皂白，抓住就打。我告诉他我的名字后，他还不停手，好像是单等着打我似的。"

张强："这小子真是胆大妄为，无法无天，不知天高地厚，竟敢在我眼皮底下逞强。我看不给他些颜色看看，他就不知道他自己是老几。"

张强马上告诉他儿子张全，让他派两个人把洛富强以故意打人罪抓起来，押到看守所。

半个钟头以后，被派的两个人回来禀报："没有抓到洛富强，他不在家，他家里旮旮旯旯都找了，都没有找到他，他肯定不在家。"

张全对他们说："站在他门口等候，一看见他，立即抓捕。"

第二天早上，花妮醒来后发现奶奶不见了，平时她醒来时，往往看见奶奶在纺花，有时是做别的家务活，不管干什么她总是在忙碌着。可是今天不见她的踪影。她急忙穿起衣服，到院子里看看，没有看见奶奶。她向周围瞭望，也没有发现奶奶的踪迹。她心里纳闷了，奶奶会去哪里呢？她不可能去地里，地里青麦苗一片，既没有可拾的庄稼，也没有可捡的柴火。再者，奶奶现在忙的是家务活（纺花、做衣服），她正赶忙做这些活，不可能出去干别的。那么奶奶去哪里了呢？她开始做早饭，她把昨天吃剩下的蒸菜和杂面饼子馏一下，做些杂面稀饭。早饭做好后，把萌萌叫醒，帮他穿好衣服后，让他洗脸吃饭。萌萌问姐姐："奶奶呢，姐姐？"

花妮说："不知道奶奶去哪里啦，咱俩只管吃饭，一会儿她就回来了。"

他们吃罢饭了，奶奶还是没有回来。花妮着急了，萌萌开始哭起来。萌萌大声哭着找奶奶，花妮也开始掉眼泪。萌萌越哭越痛，花妮由掉眼泪到泪流满面。萌萌哭成了泪人，花妮泣不成声。突然，萌萌拉住姐姐的手说："咱去找奶奶呗，咱去找奶奶呗。"

去哪里找奶奶呢？花妮心里很迷茫，不知道去哪里找。在弟弟不停地吵嚷下，她背起弟弟，毫无目的地沿着街道哭喊着寻找奶奶。他们慢慢地走着、哭着、喊着，"奶奶呀，奶奶"叫个不停，喊声凄惨悲凉，感人肺腑，挠动肝胆，催人泪下。两个孩子走在街上时，街上顷刻鸦雀无声，鸡不飞，狗不叫，男不语，女不笑，树木悲伤肃穆站，花草含泪把头摇。凡是看到他们或听到他们哭声的人们，无不为他们痛心悲切，很小就失去父母的孩子，现在又找不到奶奶了，怜悯之心油然而生。王大妈走到他们跟前，含着眼泪，用手巾擦擦两个孩子的泪，柔和地说："孩子，别哭了。奶奶很快就会回来。"王大妈本来是说句安慰话，她根本不知道奶奶在哪里，可是萌萌却真的以为王大妈知道奶奶在哪里呢。王大妈的话一落，萌萌接着说："领我去见奶奶。"他从姐姐背上跳下来，一下子扑到王大妈怀里，再次恳求去找奶奶，王大妈急忙把萌萌抱起，眼泪刷刷地往下流。王大妈抱着萌萌，手拉着花妮向她家走去。

是呀，奶奶到底去哪里了呢？她什么都可以不管，但她不可能不管这两个孩子；她什么都可以不要，但她不可能不要这两个孩子。她把这两个孩子看得比她的性命都重要，她的一切希望都寄托早两个孩子身上。这两个孩子就是她的一切，那她怎么就不告而别，撇下两个孩子走了呢？这还得从昨天晚上洛富强打了王小三后而逃走说起。

张全派人去抓洛富强落空后，他马上派两名勤务去叫陈奶奶。他们把陈奶奶叫起后，对她说："保长叫你走一趟。"

奶奶说："深更半夜叫我去干什么？"

勤务说："是关于王小三在你们学校被打的事。"

奶奶说："他挨打与我啥关系呀？我现在不去，明天白天再说。"

两个勤务没把奶奶叫去，他们回去向张全汇报后，张全亲自带着他们两人来到奶奶家。

张全说："保长请你去一趟。"

奶奶说："王小三挨打与我没关系，我为啥要去呀？"

张全："他挨打与你没关系，可是他挨打的地点与你有关系吧？王小三被洛富强打得那么厉害，叫你去说明一下情况，总还是应该的吧？"

奶奶："我并不知道他为啥要打王小三。"

张全："你把你知道的说说，不知道就说不知道，并不是叫你说明原因，而是叫你说明情况，知道啥就说啥，知道多少就说多少，不知道就说不知道，这是可以的吧？"

奶奶："我明天再去。"

张全："洛富强打罢人跑了，抓不到他，我们急着找凶手，你得马上去把你知道的情况说一下。"

奶奶："我还有两个孩子正在睡觉。"

张全："这不要紧，你去一下就回来了，时间不长。"

奶奶信以为真，两个孩子正在床上一声不响地睡着，她关住门就跟着他们走了。

他们把奶奶带到村里的看守所。奶奶进屋时，看见村长张强已在桌子旁边坐着。他看见奶奶进来，急忙站起来，很客气地说："陈校长，黑更半夜把你叫来，真是打搅了，实在对不起。不过，事情紧急，你还真的需要来说明一下情况。"

奶奶说："要我来说什么情况？"

张强："为了抓紧时间，咱不兜圈子，开门见山。我想问的问出来，你把实情说出来，就这么简单。"

奶奶："你想问什么？你说吧。"

张强："你很干脆，我就喜欢这种性格的人。"

奶奶："你快说吧。"

张强："洛富强跑到哪里啦？"

奶奶："我就感到奇怪了。他跑到哪里我怎么会知道，怎么问起我来了？"

张强："我想你是知道的。"

奶奶："你说我知道，你有什么证据？"

张强："他是在你们教室外面打人后跑的。"

奶奶："保长这逻辑就不通了吧？在我们教室外面打人，我就应该知道吗？我们在里边上课，我们听到外面有人嚷嚷后才出来的，一看是洛富强正在打王小三，我阻止了洛富强，解脱了王小三，我还严厉批评了洛富强，并让他向王小三道了歉。究竟他为什么打他，以及他打了人后跑到哪里啦，我全不知道。"

张强："陈校长，我认为你是知道的。你还是说出来吧，你说出来就可以马上回去。你家里还有两个孩子没人管呢。"

奶奶："你这话就毫无根据了。我怎么知道他的事情？我认为，你还是让我马上回去，洛富强的情况我一点儿都不知道，你也别在我身上耽误时间了。"

张强："陈校长，不客气地告诉你，你要是不说出洛富强的下落，你是不能回去的。"

奶奶："张保长，你这是毫无道理。洛富强打人，洛富强去哪儿了，与我有什么关系？你死死纠缠住我干什么？你真是岂有此理。"

张强："你要是还没想通，你可以再想想，在这里想，不能回去，想通以后再回去。"

奶奶："我有两个孩子没人管，你不能把我关到这里！这样太无情了吧！"

张强："你要是说了，不就有情了吗？这不是我无情，而是你无情。"

奶奶的气再也压抑不住了，她狠狠地说："张强你怎么耍无赖呢，让我走！"

张强一看奶奶生气了。他认为今晚也不可能问出结果来。他对两个勤务说："把她看好，不能让她出来。"他说罢一甩手走了。

奶奶气得咬牙切齿。其实奶奶主要是着急，她急得在看守所里团团转。她出门时，两个孩子还在家睡着。她真的认为去一下就会回来，用不了多长时间，所以没有对任何人交代。孩子醒后找不到奶奶怎么办？两个孩子肯定哭得厉害，尤其是萌萌，他太小，走动不离奶奶，他要找不到奶奶怎么办？他一定会哭得死去活来。奶奶一想到这些，心如刀绞，肝断肺裂。她不禁掉下了眼泪，情不自禁地说出："孩子呀，可怜的孩子！"

当奶奶伤心落泪的时候，看守她的一个勤务对另一个小声说："陈校长也怪可怜的，你看她多难受呀！我感到很同情她。"另一个说："咱问问她哭啥哩，看她有啥信儿往外送没有？"

两个勤务走到奶奶跟前说："陈校长，你需要我们帮你什么忙吗？请你对我们说吧，我们一定帮助你。"

奶奶抬起头来说："谢谢你们了，请你们想法告诉刘枫或李嫦，就说我在这里，我请她们照顾一下我的两个孩子。"

两个勤务："请放心吧，我们一定为你办到。"

奶奶："太感谢你们了。"

张强的爹出了个主意，他们让两个孩子去见奶奶，用孩子感动奶奶。他们以为，奶奶为了早日回家，就会说出洛富强的下落。他们得知两个孩子被王大妈李嫦叫走后，就对王大妈说陈奶奶想见孩子，让孩子去见见她。王大妈说："我得亲自带他们去，我是决不会把孩子交给你们的。"他们同意了王大妈的意见，让王大妈带着两个孩子去看守所见奶奶。

两个孩子见到奶奶以后，大声号啕起来，嘴里叫着："奶奶，奶奶。"立刻扑在奶奶怀里，奶奶紧抱着他们，眼泪吧嗒吧嗒地滴到他们身上。

萌萌哭着说："奶奶，我们好想你呀！你怎么来到这里了呀？"

花妮也哭着说："你来时为啥不对我们说一声呀？"

奶奶很疼爱他们，感到他们的话很有道理，但对他们的问话，她又说不清楚。

奶奶很感激王大妈，她说："需要时的朋友，才是真正的朋友；需要时的帮助，才是真正的帮助。我这两个孩子急需要有人照顾的时候，你照顾了他们，怎么不让我感激呢！"

王大妈说："咱们之间谁跟谁呀！啥话都不用说，想法早点儿出来，孩子需要你，学员们也需要你。为了他们，你要想法早点儿出来。"

花妮和萌萌拉着奶奶的手往外走，嘴里说着："奶奶，走回家呗。"

奶奶指着两个看守人员，对他们说："你们这两个叔叔不让我走。"

萌萌赶快跑过去用小手打那两个看守，两个看守笑着对萌萌说："这不怪我们，我们不当家。"

奶奶把萌萌叫过去说："别瞎闹，跟着王大妈我就放心了，原来我最担心你们两个没人管，现在我不担心了，你们先回去吧，我很快就会回去的。"

王大妈带着两个孩子依依不舍地离开了奶奶。

刘枫得知陈校长被押在看守所以后，马上把该消息告诉了爷爷刘恒。刘恒让刘枫通知每个学员，让每家出几个人，能出几个就出几个，越多越好，去保长家请愿，要求他释放陈校长。

村民们一听说陈校长是被保长抓起来押在看守所里，在刘恒老先生号召下，有学员的家庭、没学员的家庭，纷纷出来支援，一下子一百多人集合在一起，他们义愤填膺地喊着口号："放开陈校长，不准抓人!"浩浩荡荡地来到张强的家门口，他们拍打门环，高声叫喊，要求张强出来对话。

张强和父亲以及张全、张锁等几个人正在商量下一步怎么办。他们原以为把陈校长抓起来，她会供出洛富强的下落，因为她有两个孩子没人照看。由于孩子问题，她是不愿在看守所久待的。他们没想到陈校长没有给他们满意的答复。正当他们密谈时，忽然听到门外吵吵嚷嚷，并高喊着要见保长张强。张强说："我出去看看是什么人，看他们想干什么。"他父亲叮嘱他说："千万要谨慎，面对这些农民时，可要多加小心，不能为所欲为，如有拿不准的问题，先不要表态，回来商量一下再说。"

张强走出了头门。大家群情激昂，你一句我一句地质问保长："为啥拘留陈校长?赶快放人，若不放我们要冲进去了。"

张强尽量压住情绪说："你们找个代表，一个人说。"

刘恒老先生站出来说："我是代表，咱们两个谈，现在就在这里谈。"

张强问："你们有什么要求?"

刘恒："你为什么扣押陈校长?"

张强："我们不是扣押她，我们是让她来谈些情况。"

刘恒："不是扣押为什么晚上也不让回去?你叫她谈什么情况?"

张强："洛富强打伤了人，是在教室旁边打的，现在洛富强逃跑了，我们让陈校长谈谈情况是完全可以的吧?"

刘恒："叫她谈谈可以，为什么不叫她回家?"

张强："她不谈怎么叫她回家?"

刘恒："你叫她谈啥情况她不谈?"

张强："我叫她谈谈洛富强去哪里啦。"

刘恒："她如果不知道她怎么告诉你?你总得讲理吧。"

这时，站在旁边的人异口同声地说："对呀，不知道怎么谈呀?保长不讲理!"刘恒用手比画着不让大家说话。大家停下来后，等待着张强说话。可是张强停了很长时间说不出话来。"不知道怎么谈?"这句话难为住他了。有啥理由证明她知道呢?没有任何理由。张强只得对大家说："我回去商量商量再说。"

刘恒："你与谁商量呀?你是保长，你不与村民商量，你与谁商量呀?"

这话更使张强无法回答，他深深感到了他的被动地位。他也深知，无论从知识方面、应变能力方面或是说话能力方面，他都不是刘恒的对手。他很尴尬，站在那儿很不是滋味，他结结巴巴地说："大家先回去，我们商量了以后再说。"

刘恒："你别来这一套，这是愚弄我们的。我们不吃你这骗人的把戏。"

大家齐声说："不行，现在就放人，不放人我们不走。"

人群中有一句："不放人，我们抓你们的人。"

大家齐声吆喝："放人！放人！立即放人！立即放人！"

刘恒："大家安静，大家安静！"

听到外面的高喊声，张强的爹张承在屋子里坐不住了。他走到头门外，装出一脸笑容问大家："大家有什么要求慢慢说，请一个人说，一个人说我听得清楚。"

刘恒："我们的要求是立即释放陈校长。"

张承很沉着地说："这很简单，大家先回去，我让张强他们马上放人。"

刘恒："你又是这一套。你以为你这么一说，我们就相信你了？你肚子里的那些花花肠子，我早就知道。你能骗住我们？你说什么都没用，必须马上放人。我们让她跟我们一块儿回去，你们不放她，我们就不走。"

大家齐声说："对，你们不放人，我们就不走！"

人群中又传出："别对他们客气了，把这个老头抓走。他们不放陈校长，我们也不放这个老头。"

张承听着大家愤怒的声音，看到大家激动的情绪，他初步感到了这些穷人中有一种不可抗拒的力量，他在这种力量面前无能为力。张承毕竟是个明白人，他认识到，这种力量是压制不住的。"顺者昌，逆者亡"的口训他非常熟悉。这时他想，如果不顺从这股势力，不满足大家的要求，他们就过不了这个关。"把这个老头抓走"这句话，对他压力很大。在他思想深处，站在他面前的，是一群毫无教养的穷光蛋，他们做事是不顾后果的，他们什么事都能干得出来。他紧张了，他害怕了。如果不把这老婆放出去，会有严重的后果。"光棍不吃眼前亏"，还是把事办稳当些为好。一旦陈校长放了，就会一顺百顺。他想到这里时，就装出轻松愉快的样子说："这好办，我叫张强他们马上让陈校长跟你们一块儿回去。"

刘恒："好，我们在这儿等着。"

张承让张强找人把陈校长放出来跟大家一块儿回去。

不一会儿，陈校长出来了。大家看见她以后，情绪激动，热烈迎接她。

她不时地向大家点头，表示对大家的尊敬和感谢。陈奶奶立即融入人群中，心满意足地离开了张强的家。

张承他们回到屋里以后，儿子张强、孙子张全等都不理解张承的做法，他们甚至有些不满，或者说是很生张承的气。

张强说："这下子可好啦，打人的凶手捉不住了，王小三是白挨打了。"

张承对张强的无知感到生气，他说："拘留陈老婆压根儿就不合适。"

张强很不满意爹爹的话，反问道："为什么不合适？王小三被打成那样，事情就发生在她的教室外面，打人后凶手不见了，她校长就没责任哪？拘留她为啥不合适？我看无可非议。"

张承："你这是强词夺理。凶手是洛富强，与校长有什么关系？抓不住凶手就抓她，这是什么逻辑？"

张强："洛富强逃到哪里，她肯定知道。"

张承："她肯定知道，我也这么认为。但我们没有她知道的依据，凭推测、判断是不能抓人的。你没有真凭实据，人家就不服气。过去有些事你们就是凭主观推测干的，所以人家有意见，尽管人家不满，但咱有钱有势，他们成不了气候，也就过去了。可是现在呢，今非昔比，大气候变了。解放军在轰轰烈烈搞土地改革，那些穷人可有劲头了。我们这些人是地主，对土地改革不服气就枪毙。你们没看看形势到哪儿啦，还在这么逞强、耍势！现在已经完全行不通了，不改弦更张就难以维持下去了。"

张全："要我说，这些穷小子们是闹事，这么多人集合在保长门口，兴师动众的，喊喊口号，提提要求，就依从他们了。今后怎么维持治安呀？打了人，还纠集些人一闹就可以没事，这怎么能行？"

张承："你这孩子，才是狼腿拉到狗腿上，你就不懂个马别腿。打人是洛富强，抓不住洛富强就抓陈老婆，拿她出气行吗？我知道你们早就对她有成见，我也知道她和咱们家有深仇大恨，她早晚也会与我们算账，整整她我一点儿都不顾惜，但我们得有根有据，不能凭推测，不能凭主观想象，否则，就会适得其反。"

张全："按你这么说，我们今后怎么办呀？他们动不动就聚众闹事，咱们不是对他们没法子了吗？"

张承："对啦，就是没法怎么着他们，因为他们人多，得民心者，得天下。今后不要到处张牙舞爪，耀武扬威的，要夹着尾巴做人。"

张全对爷爷的话根本听不进去，也更不理解爷爷话的含义。他嫌他太谨小慎微，简单地说了一句："我做不到！"

张承："到你做到的时候就来不及了，你等着瞧吧！"

技工学校开办不到半年时间，三十多名学员基本上都掌握住了所学技术，有些学员还能熟练掌握，对外加工业务开展织布、扎花、绣花，做各款式的衣服。周围村庄来加工的人天天都有，有的让纺花，有的让织布，有的让做衣服，有的让做鞋，学员们对做加工活也很有兴趣，有的甚至同时接收两个或三个活，白天做白天能做的活，晚上做晚上能做的活。他们做加工活，一方面可以提高技术水平，另一方面还可以增加些收入，一举两得，何乐而不为呢？

加工费收入中，交到学校的百分之四十，除了办公或其他开支外，剩余部分仍按人头平均分给学员。奶奶也分得一个平均数。很多学员要求这百分之四十的数应全部归校长所有，校长坚决不同意。她说："这钱是学员们用辛苦劳动挣来的，我没有付出劳动，我不应该要。"学员们说："我们的技术是你教给的，你要不教我们技术，我们也挣不来钱。"奶奶说："我教你们技术是我应尽的义务，我乐意尽义务教你们。这钱是你们用劳动挣来的，我没有劳动，我也没有挣钱，因此，我不应该要。"学员们说："你如果不要我们怎么能甘心哪？老师不要分文教的学生能挣钱了，老师却挣不到分文，我们是决不会同意的。"在学员们的坚持下，奶奶同意按一个学员的身份，在百分之四十里面，分得一个平均数。奶奶过意不去，再三说："这是学员们对我的照顾，我非常感谢你们。"

第十三章　小两口和老两口

　　小两口是指丈夫马涛和妻子洛琪；老两口是指丈夫马波和妻子于景。

　　马波和马涛是父子关系；于景和洛琪是母女关系。

　　这父子俩与母女俩是如何结合在一起的呢？还得从头说起。

　　马波和马涛爷俩是马庄人。马波快五十岁了，打了二十年的光棍。儿子马涛，二十一岁。他一岁时就失去了母亲，是父亲又当爹又当妈把他拉扯大的。

　　马波主要从事农业，拥有三四亩地。在正常年景下，吃饭不成问题。马波兼做个小生意，在自己家门口开个小杂货店，出售盐、酱油、醋及木梳、篦子、煤油、火柴之类的日用品。农闲时，偶尔担着货物走村串巷，高声叫卖。他平易近人，卖东西比较和气，村里人买东西时，少个一星半点的，也就不再要了。你需要什么东西时，他一定让你满足。一时缺货时，记在心里，马上起货，下次来到这里时，保证送货上门。由于他这种一心为百姓服务的经营方式，深受群众的欢迎，大家都信得过他，都乐意买他的东西。他在周围群众中混得很熟，每当他担着挑子进了村，村民们一看见他，准会打招呼，有时他首先给人家说话，有时人家首先给他说话。一天中午，他担着挑子来到后于村，又摇拨浪鼓又吆喝，一遍又一遍，可是，没有一个人出来买东西，他吆喝了半天，连一分钱的东西也没有卖。当他正在犹豫纳闷、准备担挑子走的时候，从路北的狭长胡同里走出来一个中年妇女，头发梳得明光，发结盘在头顶上。上身穿着浅蓝色布衫，下身穿着深灰色的裤子，脚穿一对黑鞋，袜子是白色的。她走到马波跟前，似笑非笑地问马波："今天怎么出来这么晚哪？我在等着买你的东西哩。"

马波心里想着："我今天出来得不晚呀，与往常一样，还可能比昨天还早一些呢。"他搭讪着说："与平常差不多。你想要啥呀？"

　　那女人："先让我看看再说。"她扒拉了老半天，没看见挑子上有梳子，她问："我想要个梳子，你怎么没带梳子呀？"

　　马波急忙回答："有梳子，有梳子。摊子小，放不下。我把它们放在一个布袋里了。在这儿哪，给你看。你随便拣吧，想要哪个要哪个。"

　　那女人拿着十几把梳子一个一个仔细看，正面看看，背面看看，这头看看，那头看看。她看足看够以后问："这些梳子都是啥木做的呀？"

　　马波很耐心地说："梨木的，全是梨木的。"

　　那女人："我不想要梨木的，我想要桃木的。你有桃木的吗？"

　　马波客气地回答："对不起，今天没有桃木的。以后我想法给你进些。请你等几天，请原谅。你要别的吗？"

　　那女人："要五毛钱的扎花线。"

　　马波："好的。什么颜色的？"

　　那女人："红、黄、绿，各要些。"

　　马波："好的。"他很快把五毛钱的扎花线配好，递给了她。

　　马波想着：今天真倒霉，出来半天了，才卖了五毛钱。得马上走，趁着午饭时，街上有人，赶快串几个人场，可能会卖几个钱。当他把挑子放在肩上，直起腰就要走时，那女人又开了腔，热情地问道："马大哥，你还没有吃饭吧？你一定很饿了。我家做好饭了，请你在这儿吃点儿。你是回家吃呀，还是我给你端出来呀？"

　　马波有些莫名其妙。哪里来这么一个女人，啰啰唆唆，没完没了？怪不得今天不卖钱，大概是被这个女人搅和的了。他忍住性子，放平心态，表现出一点儿也不着急的样子。他无心回答她的话，但他还是说："谢谢你。我不能在这儿待了，我得赶紧串几个饭场，全凭午饭时卖钱呢。"他担住挑子甩掉了那个不认识的女人。

　　半月以后马波担着挑子又来到后干的这条街上，在他吆喝的内容里，特意增加了桃木梳子。那女人听见吆喝声后，又慢腾腾地走出了那个又深又窄的胡同。

　　马波看见她后，满面春风地对她说："桃木梳子来了，请买吧。"

　　那女人不说买梳子的事，先把马波夸奖了一番："马大哥，你真是个好心人。上次我想要桃木梳子，今天你可送来了，真使我感动。像你这样的好心人，今世上往哪里找呢。你真是百问不厌，百挑不烦，服务到家，考虑周全，要啥有啥，任你挑选，经常串街，为民方便，态度和蔼，人人喜欢，全村百姓，谁都待见……"没等她说完，马波就打断了她的话，说道："好了，好了。你像个卖老鼠药的，嘴真巧，真会垒词儿。我绝不是像你说的那样，我是做生意的，我是为了卖钱。我是'实实在在做事，诚诚恳恳待人'，我从不骗老欺幼，从不以次充好。我经常算的是良心账，我'不求外人如何认为，只求良心不受责备'。我请老天爷当我的会计和审计，时刻观察着我的一举一动，时刻审查着我的一言一行，时刻监督着我的思想活动……你看，我也在自我标榜了。你上次不是说想要桃木梳子吗？这次我带来了。你看看，想要哪一个，自己拣吧。"那女人拣了一个梳子、一个篦子和两个锭裙儿。马波把零钱递给她时，她的两只带钩的眼，狠狠地钩了一下马波。他顷刻感到不好意思，马上把脸扭到一旁，躲开她的视线。

　　这个女人叫郝多，是后于村的一个寡妇。今年四十多岁，跟前有一个儿子，现年九岁。丈夫已去世八年了，她跟公公、婆婆在一起生活，另外还有一个小叔，今年才十岁。家庭生活过得还不错。公公、婆婆都是明白人，没有儿子了，要想硬留住媳妇也很难。他们认为，媳妇要走，可以，但必须等到孙子长大，长到至少十二岁以后。在这以前，她是无论如何也不能走的。为了挽留住她，至少挽留到孙子十二岁，他们待她特别好。有好吃的先紧着她吃，活她干多干少都不攀她。从过日子这个角度来说，她在这个家过得还是很舒服的。但是，在另一方面，老两口对她管得还是很严的。这就是不让她对外边多交往，尤其是不让她多接触外边的男性。凡是涉外事情，统统由公公负责。买个菜，打个水，走个亲戚，跑个腿，都不叫她沾边。她婆婆一天到晚都在家待着，从不离开一步。郝多想要离家外出时，必须向婆婆请示，得到允许后，方能出门。这是郝多最受不了的约束。压力越大，反抗力也越大。他们越不让她与外面接触，她想与外面接触的愿望越强烈。她在家没有事干，时刻倾听着外面的动静，一有个合适的机会，她就马上向婆婆请示，要求出去办事。最好的机会是出去买东西，这是别人代替不了的。不但公公、婆婆代替不了，其他任何人都代替不了，只有她本人亲自出去才行。因此，马波每次游到这里，郝多总要出来说说话，顺便买些小东小西。其实，对郝多来说，买东西是次要的，出来说说话才是主要的。所以，每次她都是没话找话，拖住马波走不了，这使他很不理解。

　　很多年以来，郝多能接触到的男人，只有马波；她唯一与外面的男人能直接说话的，也只有马波。因此，马波的形象始终出现在她的脑海里。

从郝多长期、多次与马波的谈话中，她感到马波是一个非常符合女人要求的男人。凡是女人对男人要求的条件，马波都能达到；凡是女人讨厌的，马波全都没有。她把马波与她死去的丈夫做比较，她发现，马波比她丈夫强多了。慢慢地马波在她心里挥之不去，马波成了她生活的一部分。郝多自己也很清楚，她的这种思想纯属痴心妄想。首先，马波是一个贩卖日用品的流动货郎，本人什么想法，家里什么情况，都一无所知。也许是妻子贤惠、儿女满堂呢。其次，自己外表上虽然不是身处牢笼，实际上与牢笼差不多，哪有搭线的人呢？

郝多能经常与其说话的男人是于印。于印与她家也算是一家子。于印的爷爷与郝多公公的父亲是亲兄弟，于印叫郝多的公公为叔叔，与郝多的丈夫是同辈，所以，郝多称于印"于印哥"。郝多与于印谈话，其公婆不忌讳，即使两人在一起屈膝畅谈，也无所谓，因为两人都是自己的家人。郝多有什么事经常对于印说，有什么话也往往对于印讲，有什么冤屈也对于印吐，于印是她的精神寄托。一天，郝多把她的心思讲给了于印。她明确说出她打算再走一步，这个人就是马大哥。

于印一听，不假思索地说道："不行，不行。你完全是空想。"

郝多不以为然地反问："为什么不行啊？"

于印："第一，你公婆明确告诉过你，孩子不到十二岁，你不要有任何想法，想也是瞎想，根本不可能。"

郝多："我清楚公婆的要求。我听他们的，按他们的要求做。你知道我的孩子多大了吗？都九岁了，再等三年。三年呀，刹那就过了。再等三年，到孩子十二岁时再说这事，你就可以手到擒来了。这种事属于'好事多磨'，没有一个考虑、调查过程是不可能成功的。而这个过程并不是一蹴而就的，它是一个循序渐进的、曲曲折折的，有时甚至是反反复复的漫长过程。不能操之过急，不能拔苗助长。否则，适得其反。现在着手已经不早了，三年时间，眨眼就到。"

于印："我的第一个'不行'，现在就按你说的办。我还有第二个不行呢。"

郝多："你说说你的第二个不行是什么？"

于印："你的那个'马大哥'何许人也？姓啥？名谁？家住哪村？是干什么的？家里有些什么人？……这一系列问号你都答不出来。你想想，都这么大年纪了，这个人很可能上有老，下有小，有妻子，有儿女，有一个和和睦睦的家庭。你的想法正是空中月，镜中花。你那个'马大哥'是想象中的人物，是一个理想的人，不是实际的人。你纯属空想。"

郝多："我说这个人是一个实实在在的人，决不会含糊，但是，这个人别的情况就一概不知了。不过，我的思想既然走到这儿了，我也不能轻易放弃。请你给我调查一下。可能了就进行进行，不可能了，就拉倒。先不要让任何人知道，尤其是我的公婆。调查时要讲究策略，悄悄进行，不声不响，不露马脚。我再给你强调一句，于大哥，这个事我对你说，请你为我办，完全出自我对你的信任。这个事是天知，地知，你知，我知。这事如果成了，到时就公开出去；如果不成，就埋在咱们两个人的心里，永远也不能让第三个人知道。"

于印："我调查这个人，从哪里下手哇？你总得给我些线索吧。请你告诉我一些你所知道的情况。"

郝多："这个人就是经常担着挑子到各村卖日用品的货郎。"

于印："是他呀！我知道他，他是马庄的。呵，你还别说，他还真是一个光棍汉呢。"

郝多喜出望外，迫不及待地问："是吗？你咋知道的？"

于印："这个人很活道，很会混人，周围村里人都知道他。他是马庄人，家里就他和儿子两个人。日子过得不错。你别说，这个人还有可能呢。但看他如何想法啦。"

他的话让郝多高兴得几乎就要跳起来，但在于印面前，她还是尽量压住感情，显得很平静，很自然。

马涛是一个中等身材，不胖也不瘦。身强力壮，乐于助人，不怕苦不怕累。谁有什么力气活，只要请他帮忙，他绝对干好，叫你满意。

有一次，他邻居的大肥猪掉到了一个六米多深的坑里，坑底是淤泥，并有马鳖、水蛇之类的动物，令人害怕，不敢下去。猪爬不出来，主人在上面想用绳子把它拉出来。但猪就是不配合，始终不能拉出来，还累得筋疲力尽。马涛听说以后，马上跑过去，脱掉衣服，拿个网兜，下到坑底，把猪套住，坑上面的人一拉就把猪拉上来了。

还有一次，一个夏天，一家在院里晒的衣服被旋风刮到一棵大树上。这家人老的老、小的小，没人会上树。此外，该树上有一个叫作"赤芬叉"的鸟窝。这种鸟比斑鸠略小，浑身黑色，以昆虫为食，叫声很好听。黎明时爱叫，催人们早起，是一种益鸟。这种鸟有自我保护意识，当自己的小鸟受到危害时，它要奋起保护，而且还常常叫来大群的同类鸟来帮忙。就这么一个有风险的活儿，马涛还是毅然许诺，要帮他们把衣服取下来。他头上戴个牛笼嘴，身上披个蓑衣，腰里插一根长棍，爬到树上。尽管受到了鸟群的猛烈攻击，他还是轻轻松松地把衣服够下来了。

马波把自己的全部希望都寄托在儿子身上。他对自己没有什么远大目标，也没有什么具体要求，他的唯一想法就是把地种好，把生意做好，多打些粮食，多挣些钱，让这个二人之家的生活过得富富裕裕。马涛是个孝子，他对父亲很尊敬，从不惹父亲生气。家里一切活，他尽量自己做，尤其体力的活，他经常劝父亲少干或不干。但父亲总说趁着还能干，就干点儿，等干不动了，想干也不能干了。

一天上午，趁着马波还没有出门，于印来到了马波的家。马波看他有些面熟，但叫不出名字，马波把于印领到屋里，让他坐下，客气地问道："你是……"于印答道："我是后于的于印。"

马波马上接着说道："对了，对了，我早就知道这个名字，也很熟悉你这个脸，就是名字与脸结合不起来。这下就好了，以后再见面就好称呼了。"

于波笑着问他："你称呼我个啥？"

马波："当然我称你老弟，你肯定比我小。你于老弟今天找到我门上，肯定是有啥事，请老弟说吧。"

于印："好，我就直说了。你们家就你们爷儿俩，过得挺好的。不过，你没考虑过再找个老伴，成个家吗？"

马波："要说没考虑过吧，说实话，也考虑过；要说考虑过吧，也真没把它当回事儿。有俺的马涛哩，我的心都在他身上，别的也就没心事了。"

于印："我有一个媒茬，我想着就你合适，所以来向你提提，请你考虑考虑。"

马波："考虑考虑是可以。我有一个总的安排，我儿子马涛也长成人了，经常有人来家给他说媒。他现在还没有定下来。我本人的事，我想仕后放放，等他结了婚，我把儿媳妇娶过来再说。"

于印："你这种安排我就不理解了。你都快半百了还不解决，而让孩子先解决，为什么呢？再者，咱们这里的习惯都是大麦先熟，而你怎么让小麦先熟呀？我想，解决了你本人的问题以后，再解决你儿子的问题最合适。"

马波："你说的不错，咱们这里确实有这个习俗。不过，我还是想按我的想法办。这个问题我考虑了好久了。"

于印很不理解，追着问马波："这就奇怪了，我真不理解，你能给我解释一下吗？"

马波很勉强地说："我的这个考虑，我真不想对外人说……"还没等他说完，于印就打断了他的话："看看，看看，你就是把我当外人了，不是？你别把我当外人。咱们是自己人，是老兄老弟。"

他把马波逼得无话可说了，只有迫不得已地说："我对你说实话吧，我认为先解决我本人的婚姻问题，怕我儿子的媒不好解决。"

于印又不理解了，他忙问："这是为什么呀？"

马波："这个道理是明摆着的。你想想，我要是再娶个老伴儿，就是马涛的后娘。谁家的闺女愿意找个婆婆是后娘呀？如果我不娶老伴儿，我儿子的婚姻就可能容易解决一些。"

于印："你说得很有道理。不过，我说这个茬，条件确实很好，我认为你的条件也很好，所以我想给你们拉拉线。再停一段时间，过这个村就没这个店了，真有点儿可惜。你们这么大的年纪了，要找到理想的那一半，并不容易。所以，我才特意跑来说这个事。"

马波看着于印无可奈何的表情，听着他那惋惜的声音，也初步认为这个媒的条件肯定很好。马波确实是个好人，是个实实在在人，他感谢于印对他的好意，舍不了这个好茬，也但愿这个好女人找个好主。他情不自禁地问于印："你说这个女方是哪村人呀？她是什么情况呀？"

于印把郝多的情况原原本本地对马波说了一遍。马波说："她还得等几年才能改嫁，我的马涛还没有成亲。说不定到她的限期到了后，马涛也完了婚，到时候再说。咱们今天就说到这里，咱都没把话说死，也就是说，没说行，也没说不行。看我们双方有没有缘分吧，如果有，到时候就行；如果没有，到时候就不行。"

于景和洛琪是洛家庄人。母女俩相依为命，日子过得很拮据。

于景，四十六岁，娘家在后于村，于印是她的弟弟。父亲跟前就她与弟弟两人。她从小娇生惯养，家里生活虽然不很富裕，但她对吃穿很讲究。爹娘对她的一切要求都一一许诺，让她养成一种孤傲自负、唯我独尊的性格，一切都要围绕自己转。由于她的强势，结婚刚满一年，她的丈夫就被迫上吊自尽身亡。那时她才二十岁，而且还有身孕。她丈夫的上吊对她的打击非常大。她越想越痛苦，越想越不可理解，越想越不可容忍。刚满二十岁，刚刚结婚，在人生道路上，刚刚踏上起跑线。漫漫的人生路，五彩缤纷的前程，还在后头呢。可是老早就是当头一棒，自己好像初春的蓓蕾，没等绽放就遇上了狂风暴雨。她有了些觉醒，她感到这一生肯定是艰难的。她不傲气了，不自负了，对事物的要求也不苛刻了。由于物资匮乏，她对吃穿也不讲究了。在吃的方面，有啥吃啥，吃饱肚子就行；在穿的方面，有啥穿啥，穿上不冷就行。从性格上说，她丈夫死前、死后，她完全判若两人。原来是气势汹汹，后来是软弱无能；原来是唯我独尊，后来是唯唯诺诺。她的女儿洛琪出生后，她把自己的一切都寄托在洛琪身上，她感到她的生命就是洛琪的，她对她照顾得无微不至。吃得多了怕撑着，吃得少了怕饿着；穿得多了怕热着，穿得少了怕冻着；抱在怀里怕挤着，托在手上怕掉了。

丈夫死后，给她留下三亩良田、三件草房和一些简单家具。土地没人耕种，于景把它租给她弟弟于印。于印在她的土地上耕种的粮食，全部交给他姐姐于景，他颗粒不要。这样，丁景母女俩的吃饭问题基本可以保障。于景很少与外界联系，她很少出门，很少与外人打交道。与她联系比较多的女人叫苏环。苏环是袁良的妻子，她是一个典型的家庭妇女。她每天的活就是做饭，洗衣服，照顾老人和孩子，打扫清洁卫生，其他事不是她干的，她是"两耳不闻窗外事，一心只干家务活"。于景是她的好朋友。她同情于景，可怜于景的不幸遭遇，可怜于景家里没有一个男的打理外部事务。她一有时间就到于景家，与于景交换思想。她们都是对方的思想寄托和精神支柱。

袁良对妻子是无可挑剔。她对老人照顾得非常周到，对孩子是无微不至地关怀，对家务她安排得有条不紊，家里的旮旮旯旯，她都打扫得干干净净。她对丈夫照顾得也特别周到。每次袁良从外面回来，她总是问长问短，比如：渴不渴，饥不饥，累不累，等等。每当袁良出门时，她总是再三打量他的全身，衣服大小是否合适，上下身色泽是否匹配，鞋帽是否适时；她还看他是否梳了头，是否刮了胡子，是否洗净了脸。此外，她还注意丈夫的情绪，每当袁良外出时，她都非常仔细地观察他的脸色：如果红润，说明他很健康；如果喜悦，说明他喜事连连，心里很高兴；如果苍白，说明他精神不佳，可能受到不顺心事的困惑；如果憔悴，说明他身体不好，正受到某种疾病的缠绕。她一旦看见丈夫的脸色苍白或憔悴时，她会继续追问原因，提醒丈夫注意身体。这时，袁良往往很讨厌，嫌她啰唆，嫌她没事找事。总的来说，袁良对妻子还是非常满意的，夸她是"贤妻良母"。可是，对于丈夫的其他事情，苏环是一概不管、不问。尤其是袁良在外面的所作所为，苏环一概不知道，她也不想知道。

由于苏环爱去于景家，爱与于景畅谈，袁良也成了于景家的常来常往的客人。于景没有把袁良当外人，而是把他当成自己人。无论是言谈话语，还是举止表情，都不是拘束、谨慎，而是自由自在、大大方方。于景的孤儿寡母和温情好意，让袁良慢慢滋生出一种想法……

一天早饭后，袁良问妻子："你今天出去吗？"

苏环："我不出去。我今天拆被子、洗被子，咱们的几条被子都该拆洗了，我不出门也干不完，哪有时间出去呀。"

袁良心里踏实了，他径直来到于景家。洛琪把他让到屋里，递给他一条凳子。然后，她去给他找烟，又给他找火。袁良坐下后问洛琪："你妈妈呢？"

洛琪："我妈还没起来呢？她近来身体不好，不想起来。"

袁良很关心地问："那你吃饭了吗？"

洛琪："我吃罢了，我自己做的，自己做，自己吃，一个人独来独往，优雅、清净、温馨、自如。"

袁良："学词儿还不少了。你妈等会儿吃饭怎么办呀？"

洛琪："我再给她做。反正是我没事，我专在家伺候我妈哩。"

袁良："这闺女多好。"然后，他故意把嗓门提高，让于景听见，问道："太阳出老高了，你妈也该起来了。"

于景在里间答了腔："袁良老弟吗，这么老早哇。我身上没一点儿劲，天天不想起来。幸亏有俺的洛琪，不然，我就是死到床上也没人知道。"

袁良："嫂子净说些晦气话。即使那样，还有你老弟我呢。"

于景："你有什么用？你住那么远，抓不住，拧不着的。再者，你有你需要照顾的人，顾不得管我们。"

袁良："嫂子别说外气话。你看，今天我不就来了吗？"

于景："怎么你一个人来了？为什么苏环没与你一块儿来呀？"

袁良："她在家忙着呢，没时间来。"

于景："苏环是个好人。娶了这么一个好老婆。这不仅仅是你一个人的福，也是你们全家的福，也是你爹娘的福，也是你孩子的福。她真好，真好。"

袁良："好什么呀？比你差远了。"

于景："我怎么能跟她比？你不知好歹，你有她做老婆比谁都强。"

袁良："你只知其一，不知其二。她在外面表现得都好，可是在家就不是这么回事儿了，她比你差远了。"

于景："你又说比我差远了。我好什么呀？我来一年就把我丈夫气死了，害得我熬寡几十年。这是老天爷对我的惩罚，我是罪有应得。"

袁良："你丈夫没这个福分，他不会享你给他的福。我又羡慕他，又鄙视他。我羡慕他能娶到你做老婆，这真是他的福；同时我又鄙视他，自己有这个福气却不会享，老早就放弃了，而还让你留下来活受罪。我整天埋怨着，我为什么不是他？我如果是他，我不但不会死，我还会非常幸福，我就是世界上最幸福的人。"

从袁良说话中强调的内容和他说话时的腔调，再联想起他不与他老婆一块儿来，苏环初步断定，袁良对她有想法。她暂时不打断他的兴头，决定顺着他的话说下去，看他能走到哪儿。她接着袁良的话说："你就是没这个福。现在一切都晚了。"

袁良急忙回答："不晚，不晚，一点儿都不晚。"

于景："你是大白天说梦话，到这个年龄了，你有一大家子了，这是无法改变的现实，说啥都没用了。"

袁良误认为，于景的话是自己真心的吐露，是对他有意思的表现，他非常高兴。他心里有把握了，也说话更大胆了。他说："'亡羊补牢，未为迟也'，我们都不算老，从头开始还来得及。"

于景："我女儿都这么大了，你既有妻子，又有孩子，怎么从头开始呢？"

袁良："我很同情你，可怜你。我不知道你这二十多年是怎么熬过来的。我本来想帮帮你，可是我心里干着急，没法接近你。"

于景："你现在就有法接近我了？"

袁良："有哇，当然有了。"

于景："什么时间，怎么接近？"

袁良："今天晚上吧，八点整，你在你的房间等我。"

于景："好吧。"

袁良："好，不见不散。"

袁良非常激动，这样的结果是他梦寐以求的，但他绝没有想到来得这么快。他后悔为什么没有早点儿来找她。在回家的路上，他唱着小调儿，吹着小曲儿，迈着矫健的步伐，轻轻飘飘地走到了家。他进入家门以后，苏环问他："有啥喜事呀，今天回来这么高兴？"

袁良装出很坦然的样子，说道："今天运气特别好，很长时间以来打牌都没有赢过，今天是大赢，把过去输掉的全捞过来了，怎么不高兴？也请你与我分享。"

这天晚上，袁良对苏环说他要去参加一个聚会。几个好久不见的老朋友，坐在一起叙谈叙谈，机会很难得，他得早点儿去。

天已经黑了，于景告诉女儿去把她苏环姨叫来。她对女儿说："叫你苏姨马上来，一定得来，再忙也得来。"大约七点左右，洛琪来到了袁良的家。她问苏环："苏姨，袁良叔呢？"

苏环："他说今天晚上他们老朋友有个聚会，很早就出去了。"

洛琪："都谁在家呀？"

苏环："孩子都在家。他们在他们奶奶那儿呢。你有啥事儿吗，妮？"

洛琪："我妈让我来叫你呢。她让你马上到我家。"

苏环："马上去？现在就去吗？"

洛琪："是的，马上，现在就跟我一块儿去。"

苏环心里很纳闷，于景像这样来叫她，还是头一次。这肯定是有什么重要事。她又想，有什么事要在晚上干呀？不管如何，我得马上去，也许是她有事要我帮忙呢。我得马上去，当朋友需要的时候，不能不去。于是，她不顾一天的劳累，跟着洛琪来到了于景的家。

苏环问于景："你叫我来这里干啥呀？我很累，很想休息。"

于景："你白天干什么了？我很少听见你说累，你总是干劲十足，像个老黄牛，好像永远累不垮似的。"

苏环："我拆洗被子了。又拆又洗，几床被子，一天干完了，可把我累坏了。"

于景："今天我也很累。我本来身体不好，可是今天上午，袁良来这里，我们交谈了一大晌，我感到很累。"

苏环惊奇地问："什么？袁良与你谈了一晌？"

于景："是的。怎么啦？"

苏环："他说他打了一晌牌，还说他赢了好多，感到很高兴。"

于景："他那是骗你的。他绝对没有打牌，他是在我这里。"

苏环："看来这个人很不老实。我过去从来没有怀疑过他，我也太傻了。"

于景："你得多长个心眼儿。我诚恳地告诉你，他不是个老实人。"

苏环："咦，我真没想到，他辜负了我对他的信任。你怎么不早点儿告诉我呀？"

于景:"我过去不知道,我是今天才发现的。我把咱们两个看作亲姐妹,我有啥话都会及时告诉你。咱俩若不是这种关系,我是绝对不告诉你的。一来告诉你让你生气,二来对我也没好处,我才不会干这傻事呢。可是咱俩就不一样了,我如果不告诉你,我就会感到对不起你。你的好事我与你分享,你的痛苦我也为你分担。"

苏环激动万分,情不自禁地说:"你真好!你就是我的亲姐姐,我完全相信你。那么,你今天晚上叫我来你这儿有啥事吧?"

于景:"我叫你来帮我演一场好戏。"

苏环:"演一场好戏?你光与我开玩笑,我哪会演戏呀?"

于景:"我叫你帮我演,咱俩一起演。"

苏环:"怎么演哪?"

于景:"你听我的安排,光做动作,不要说话,叫你干啥,你干啥。"

苏环感到于景今天晚上有些莫名其妙。她想,于景长期身体不灯,今天可能是心血来潮,让我来与她一起做些小游戏,共同开心开心。好哇,只要她高兴,让我干啥都行。她对于景说:"好吧,我听你的,绝对按你说的办。"

快八点了。于景与苏环并排躺在床上,于景在里边,苏环在外边。她们两个躺下后,于景又起来,说是要去厕所。她在床前面放一个脸盆架,底层和上层都放上满满一盆水。苏环问她干什么时,她说是捉野猫的。她把堂屋门不关严,又让套间门半开着。然后去到床上,躺在苏环的里边。屋里没有灯,院里也没有灯,屋里屋外漆黑一团,伸手不见五指。洛琪是个鸡宿眼,鸡子一上窝,她就瞌睡得支持不住了,她把苏环叫过来以后,没等多大一会儿,就酣然入睡了。入秋的小风飕飕地刮着,通过半开着的门和关得不严的窗户,钻进房间里,她们感到有些凉意。

八点了。一个黑影慢慢地跨进了头门,毫无声息地走到于景的院里,摸索着来到堂屋门口,小心翼翼进抓住门扇,轻轻推门时,无情的门轴随着门扇的移动,发出了细腻、隐约的"吱哇"声。袁良很害怕,他怕的是洛琪还在西间睡着。万一把她惊醒了,她人声吆喝,或起来拿住根子打小偷,甚至把周围群众也惊醒,问题就闹大了,不但自己的好事被砸,还会在全村掀起轩然大波,自己成了"夜入寡妇门"的丢人贼。如果这样,就一辈子抬不起头了。

袁良很注重自己的面子,但他的面子观与一般人的不同。首先是他口是心非,里表不一。他说的面子主要是在外的表现。他认为,不管在暗地里干多少卑鄙事，只要别人不知道，就是不失面子，就不是丢人。其次，这个人的主要问题是缺德。他不愁吃，不愁穿。因此，他不偷人家的东西，他偷的是人，是女人。其三，与外面女人保持不正当关系，或是暧昧关系，他不但不认为是耻辱；相反，他感到是他的荣幸，能被外面女人喜欢是他的骄傲。其四，他对妻子特别好。在家里，他经常夸奖妻子，说话时，顺着妻子的意思说，让妻子听着特别舒服。他的花言巧语，让妻子迷惑得昏昏悠悠，服服帖帖。对于妻子，他能做到"三不"：

他在外面干的事，妻子不知道；妻子对他在外面的所作所为，没有任何怀疑；别人对他的议论，妻子根本不相信。简单地说就是"不知道，不怀疑，不相信"。他认为这是他的本事，是他的聪明。对于他夜入于景的家门，他不怕外人知道于景与他有不正当关系，他害怕被洛琪发现，当场揭发他，让他下不了台。所以，他很忌讳门响，很怕把洛琪惊醒。

于景、苏环知道有人进来了。于景沉着、冷静、耐心地等待着下一步的发生。苏环惊恐、害怕、紧张得像热锅上的蚂蚁，惶惶不可终日。她紧紧拼命抱住于景，把嘴贴紧于景的耳朵，发出的声音只有她们两个人听见："我害怕，小偷进来了吧？"于景用同样低的声音回答："不用怕，有我哩。这不是小偷。等一会儿你就知道是谁了。"于景推了推苏环，让她与原来一样，脸朝上躺着。袁良并没有因为门的吱哇声而胆怯，也没有因为吱哇声而停步不前。而是依然如故，继续向里间摸索着前进。套间门是半开的，他轻轻地一推，门也没有发出任何声音。他站在套间门里，再把套间门关紧。他深深地呼了一口长气，紧张的心情马上放松，有一种目的就要达到的感觉。于景在床上装着打呼噜，并用一只手摁住苏环的嘴，暗示她不要动，不要说话。苏环也很听话，不声不响地躺着，静静地倾听着下一步要发生什么。

袁良站在套间门里，伸伸腰，定定神，抖抖精神，壮壮胆，心想：现在算是安全了，一切都没事了，我可以大胆地潇洒啦。他仔细听着于景的呼噜声，他越听越好听，越听心里越高兴。他再仔细听，好像她的呼噜声是对他的邀请：袁老弟，快来吧，不要让我久等啦。他毫无顾忌地向着床走去。这时，他心里更急，恨不得一下子就抓住于景，把她抱在怀里……他用左脚迈出了第一步，他的脚踏踏实实地落到了地，他迫不及待地迈出右脚，但还没等落地时，他的脚、手和身子，不知碰倒了什么东西，哗啦喀嚓连响几声，他浑身是水，顷刻冷飕飕的。于景和苏环急忙坐起，苏环大声吆喝了一声："谁呀？"于景哧啦划着了一根火柴，点亮了已准备好的棉油灯。袁良一看站起来两个女人，像卸了气的皮球，瘫痪在地上。苏环一看是袁良，恼得嘴里要冒火，怒得心里要爆炸，痛苦得肝裂肠断，气得浑身发抖。她跨步抓住袁良的胳膊，向他的背上啪啪啪啪地打了起来。她打着，骂着，哭着，叫着："你欺骗我，你没良心，你不是东西，你不是人……"于景拉住苏环，让她坐在床上。苏环趴在床边的桌子上，伤心地、痛心疾首地哭起来。袁良蹲在地上，一眼也不看，一句话也不说，骂他不还嘴，打他不还手，任她骂，任她打，任她罚，让她出气，让她解恨，甘心情愿听从苏环的摆布。可是他心里却非常痛恨于景："于景这个小寡妇，真狠毒。你不愿意不是拉倒吗，谁也没逼你，干吗与我老婆一起这样整我！这么残酷无情！怪不得你丈夫老早死了，撇下你小娘儿们熬寡受罪。活该！你罪有应得！"

一眨眼洛琪十多岁了。高个子、大眼睛，是一个很爽朗的姑娘。除了农忙时帮助舅舅干农活外，经常帮助妈妈料理家务。有时到野外拾柴火、挖野菜；上树采榆钱、爬岗摘酸枣之类的活，她也经常干。总之，只要是男孩能干的，她也一样干，村里人都叫她"假小子"。一天，她与村庄里的孩子们一起在西岗上摘酸枣时，不小心掉到了岗沟里，脑袋撞到石头上，摔了个昏迷不醒。恰巧遇见马波父子串村卖东西走到那里，马涛赶紧把她背到医院，并为她交了住院费。洛琪病好以后，与母亲一起拿着东西带着钱去了马庄马波家里还钱、感谢。从此以后，马家在于景和洛琪的脑海里留下了深刻的、很好的印象。

再过几年，到洛琪十五六岁时，到她家说媒的人络绎不绝。尤其是在新年前后，先后为她说的媒有十几个。远的、近的，家庭人多的、人少的，有的是比较富裕的，洛琪都不愿意。她妈完全听从女儿的意见。女儿不同意的，她当然也不同意，女儿同意了，她也自然同意。有一个媒婆说到马庄的马涛，洛琪同意这个媒，她妈也同意。因为她们对马家父子有很好的印象。

于景是一个比较迷信的女人。她相信命运，她认为人的一切都是命运安排的，先造死，后造生。她丈夫死后，她找人算卦，算命先生说她是一个"克夫"的命，如果她再找丈夫，丈夫还会早亡。并且说她是"受苦"的命，在女儿成家之前，她不会有安生日子。因此，她丈夫死时，她虽然刚刚二十岁，但她没有改嫁的思想，也没有攀好日子的奢望。她一心一意、专心致志地培养女儿，让女儿有个美好的将来，她也可以帮帮女儿的福，过一个舒舒服服的晚年。

关于女儿的婚事，她找了算命先生，算命先生问了男女的属相和生辰八字。于景告诉他：男的属兔的；女的属龙的。算命先生说，她这个婚事不行，主要是大相不合，并告诉她："大相不合，必有灾祸。最后恶果，难以捉摸。"于景对算命先生的话非常忌讳。当她对女儿讲时，女儿却不以为然，可是她也无法说服母亲。但她也毫不放弃，始终坚守这个婚姻，毫不动摇，对其他的说媒者一律拒绝。

马波父子俩得知于景不同意这个婚事的消息后，感到很不理解。他们认为，他们的各项条件都是无可挑剔的。家庭经济条件，马涛的个人条件，与村民的人缘关系等等，都是没可说的。当媒婆告诉他们是因为大相不合时，马家也无可奈何，只有听之任之了。

近年来，来马家说媒的人越来越多，但马涛只同意洛琪，其他的一概不同意。马波得知于景不同意的消息后，问儿子："怎么办？另找别人吧。大相不和是个大事，而且已经定死了，再等等也是不和，你等到几儿呀？"

马涛回答："那也得再等等，我看还有希望。"

就这样，马涛的媒就搁置下来了。

两年以后，于景沉不住气了，她再次与女儿商量。洛琪仍然坚持自己原来的想法，非马涛不嫁，如果母亲不同意与马家的婚事，她宁愿终身不嫁，在家侍候妈妈一辈子。于景对洛琪的"固执"很犯愁。她看洛琪整天乐呵呵的，该干啥干啥，好像没事一样，可是她却坐卧不安，吃不下饭，睡不着觉。一天，她问洛琪："妮儿呀，老跟着妈也不是戏，该找个家了。"

洛琪说："什么家呀？除非马庄的马家，别的什么家我都不去。"

于景说："这都两年了，咱们一说不同意，他们肯定另找家了。"

洛琪："他们如果另找家，我就不找家了，那儿就是我的家；那儿如果没有我的家，我就不会再找家，我就待在咱这个家，一辈子也不出嫁。"

于景一听，知道女儿是铁了心了，没有任何回旋的余地。她问女儿："马家这个媒不行，你怎么这样死心眼呢？"

洛琪："你说马家哪一点不行？"

于景："马家哪一点都行，马波是好人，马涛是好小伙子，家庭也好，一切都好……"

洛琪打断她的话说："这也好，那也行，可偏偏就是我与他家的媒不行。真是怪事，岂有此理！为什么呢？"

于景说："我不是对你说了，你与马涛大相不合。这是个大问题，以后要出事的。"

洛琪："我不管它大相小相，我自己的事我不怕。"

于景："你孩子家，不懂事，妈妈说不行就是不行，妈妈是对你好。你没吃过亏，到吃亏时，后悔就来不及了。听妈的话，肯定对你有好处。我是过来人，我不就是没听算命先生的话，才让我活活熬寡吗？况且二十岁就开始熬，熬到何时呀？你妈这一辈子过得不值。这是个活生生的教训，妈不能叫你再走妈的老路。我属鸡的，你父亲属狗的。我们大相不合。算命先生劝我们不要结合，我没有听他的话，硬着头皮嫁过来，不到一年就把你爹克死了。如果你爹在，咱们就不会作这么大的难了。这个教训还不应该吸取吗？"

洛琪："我知道你是对我好，但我思想上就是转不过弯来。我对你说实话吧，妈，那年我从岗上掉下来摔了个没气，马涛把我背到医院救了我的命。自那以后，我对他打下了思想基础。这么多年了，思想烙印非常重，一下子是转不过来的。我也不打算转关于我的婚事，你也不用再与我商量了，再商量我还是这个意见：非马涛不嫁。马涛如果另找人，我就不找人了，一辈子陪着你。你是我妈，把我拉扯大，很不容易，我绝对听你的话，绝不会让你生气。你要同意与马涛的媒，我就嫁，你要不同意，我就不嫁了。妈，我这不是气话，我在家侍候你一辈子也是应该的，我也会很高兴的。咱们娘儿俩在一起生活不是很好吗？我保证叫你过一辈子幸福生活。"

洛琪的话把于景推到了死胡同，没有余地，没有后路。女儿已说得很清楚，很坚决：要嫁就是马涛，非马涛不嫁。于景思想斗争得很激烈：同意这桩婚事吧，算命先生的话"大相不合，必有后祸；最后恶果，难以琢磨"在她的脑子里回荡着；要是不同意吧，女儿绝不嫁别人……她在脑子里权衡后得出的结论是：大相不合的恶果是虚的，有没有恶果很难说，而不嫁的恶果却是实实在在的、具体的。闺女哪有不嫁人之理呢？不嫁人将使她受苦一辈子，这是做娘的无论如何也不忍心的。大相不合，即使有恶果，也是局部的、后期的。她想到这时，好像豁然开朗，如同从梦中醒过来一样。她很快告诉女儿，她同意女儿的意见，同意与马涛的这桩婚事。

于景的弟弟于印听说姐姐同意了女儿的这桩婚事以后，急忙跑过来劝阻。

于印："姐姐，小琪那个媒你同意啦？"

于景："是的，我同意了。不同意不行啊。孩子大了，不出门怎么行呢？"

于印："他们大相不合你不是知道吗。大相不合怎么能同意呢？你也不是没有经验。活生生的经验摆在这儿，你吃的苦还少吗？你还想叫女儿走你的老路，也这样吃苦受罪吗？姐姐呀，你太糊涂了。"

于景："她就是同意马涛一个人，别的谁也不行。"

于印："她一个孩子家，还嫩着呢，知道啥？到她认识到时，一切都晚了。咱们过来人有经验，不能叫她再走你的老路。"

于景："我说她，她不听，我拗不过她。你去说说她吧。你会说，你有说的，你的话她可能听。"

于印把洛琪叫到跟前，问道："小琪，你与马家的媒你同意了？"

洛琪："我压根儿就没有不同意呀。怎么啦，舅舅？"

于印："你妈不是对你说过多少遍了，你们大相不合，你不能同意这个媒，你怎么不听你妈的话呢？人们常说，'不听老人话，一定要出岔；不听老人言，吃亏就难免。'你妈我们劝你不同意这个媒是为了你好哇，你怎么就不理解大人的心情呢？我们会往火坑里推你吗？"于印说话时有些情绪，嗓门有些高，很生气的样子。

洛琪不急不躁地说："请你听我说，舅舅，我慢慢给你解释解释。首先，我完全理解你们大人对我好的心情；第二，我爱我妈妈，我听我妈的话，她如果不同意这个媒，我绝对听她的，我就不出门了，我情愿在家侍候她一辈子；第三，我不相信什么大相、小相的，我也不相信什么合与不合。自古以来，这么多结婚的，大相合的，不一定过得好，大相不合的，不一定过得不好。马涛他爹与他妈结婚时大相可好了，属相般配，门户相当，多好的姻缘呀。可是马涛一岁时就失去了母亲。俺村刘恒老先生与他老伴儿的大相一点儿也不合，可是他和老伴儿都是高寿，都八十多了，现在还健在。他们还儿孙满堂，不愁吃，不愁穿，和和睦睦的一大家人家。听说为我算卦的那个先生，早就没有老伴儿了，跟前也没有儿女。自己能掐会算，为什么让自己过得这么惨呀？……"

没有等洛琪说完，于印听出一个插话的机会，急忙插话道："那他是命不好，他生就的这样的命。命，命，上天注定，对每一个人，都是先造死，后造生。人生在世上，谁也逃不出命的安排。"

洛琪："那好了，既然是命的安排，还管它属相干什么？属相合与不合，还有什么关系呢？你说不是吗舅舅？"

于印结结巴巴地说："那是，那是。"他答不上来了，只有用"那是，那是"搪塞。

洛琪："好了，舅舅，不用再说了，我是认命的，我不管它属相。"

于印没说服洛琪，反而被洛琪说得无言可答。他干生气，说不出道理。

他来找姐姐时，满以为凭自己的口才，凭自己的社会经验，凭自己的办事能力，凭自己在洛家的威望，是完全可以说服洛琪放弃这桩婚姻的。但他万万没有想到，他竟被自己的外甥女说得张口结舌，无言以对。他对姐姐说话时，振振有词，满腹道理，让姐姐无话可说，只好让他去说服女儿。可是他的话在洛琪面前却显得软弱没劲，苍白无力。他灰溜溜地走了，离开时连与姐姐打个招呼也没有。

于景坐在门口的椅子上，望着灰蒙蒙的天空，阴沉暗淡。朔风初起，树上发黄的叶子，经不起秋风的摆弄，晃动几下就悲惨地落了下来。

秋风秋雨紧相连，

年年如期到人间。

秋风萧瑟百花残，

秋雨阵阵人心寒。

风吹落叶令人叹，

雨打残花有谁怜？

秋到尽头就是冬，

冬天过后又一年。

春夏秋冬，

年复一年。

时间快如飞，

事事如梳穿。

不知不觉已是洛琪与马涛订婚后的第四个秋天了，洛琪的婚期快到了，于景的日子又没法过了。于景在想，女儿的婚期已经推迟过两次了，今年是无论如何也不能再推了。女儿就要走了，就剩下我自己了，我怎么过呀？于景想到这时，心里难受，鼻子酸酸，不自觉地掉下了眼泪。洛琪看见妈妈难受，赶紧跑过来安慰妈妈。洛琪是个聪明的孩子，她很清楚妈妈难受的原因。她对妈妈说："我不走，妈妈。咱再往后推，再推一年。"

于景："别瞎扯了。咱可不能再推迟了，咱已经推了两次了。事不过三，有再一再二，没有再三再四。人家马家好说话，一直等咱，但咱不能不知好歹，不能总让人家等，咱得知足。"

洛琪温情脉脉地说："妈，咱推也是迫不得已呀。你病着我能离开你吗？咱们的推，马家也会理解的。"

是的，马家提出的婚期已经有两次了，都被洛家推掉了。况且，都是洛琪提出来要推迟的。这究竟是什么原因呢?

马涛与洛琪订婚后的第二年秋天,马涛的父亲马波去到洛琪家见她的母亲。二位亲家非常客气。本来两家就相互理解,于景还曾带着女儿去马家感谢救命之恩呢,现在成了亲家,感情就更亲近了。两人坐下,说了几句客套话后,就直接进入了话题。

马波说:"孩子都这么大了,我来与亲家母商量商量,能否于今年秋天晚些时候,找个吉祥日子把孩子的事办了。这样,也好了却咱们做老人的心事。"

于景一听说让她的闺女出门,心里的愁云就迅速滋生。可脸上还得用笑容相陪,嘴里只得说:"是呀,孩子都不小了,就是该把事办了啦。"

从于景的神态上和说话的语气上,马波觉察到些什么,但他琢磨不透,不知道亲家母的葫芦里卖的什么药。

两人沉默地坐着,只听着风拍窗户纸扑嗒扑嗒地响。

停了一会儿,马波说:"我来这里就是与亲家母商量的。你要说行,咱就找个吉祥日子;你要说不行,咱就等等。什么时候都行,我们听从亲家母的意见。"

于景心里想,没有理由说不行呀,再等,等到什么时候呢。孩子这么大了,不能再等了,决不能误了孩子的事。她想到这里,干脆利落地说:"好哇,亲家,我们同意。请找个好日子吧,把具体日子定下来,我们也好做些准备。"

马波很高兴地离开了洛家。不几天以后,他又来到洛家见于景,告诉她婚期定于九月十九日,征求一下亲家母的意见,如果不合适,可以变动。于景满口答应,没有提任何异议。

自从马波来商量让孩子结婚的事以后,尤其是他来通知具体日期以后,于景的身体明显地一天不如一天,主要症状是头痛,随着婚期的来临,她的头痛越来越严重,快到婚期时,她头痛得支持不住,恨不得用头往墙上碰,有时甚至想用刀把头劈开。

看着妈妈难受的样子,洛琪心如刀绞。她想:妈妈病得这么厉害,怎么能弃她而去呢?结婚本来是个喜事,不但是自己的喜事,也是妈妈的喜事。现在妈妈这么痛苦,当然也是自己的痛苦。这样,结婚成了痛苦了……不行,不能结婚,把婚期推了。于是她派人通知马家,把婚期推迟到下一年的这个日子。

洛琪把推迟婚期的消息告诉妈妈以后，于景思想上豁然开朗，脑子里沉重的压力也好像即刻轻松了好多。慢慢地，她的头痛病风消云散了，她也能吃饭了，也能睡觉了，如同没得过病一样，依然过起了母女二人的快乐生活。

时间过得真快，一转眼下一年的这个时候又要到了。与头一年一样，于景又开始有病了，仍然是头痛。起初病轻，慢慢病重，到最后疼痛欲绝，生不如死。

说也奇怪，为什么到自己女儿快要出门的时候她就得病，而且还病得这么厉害呢？在外人看来，她是为阻挠女儿出门而装出来的病。还有的说，头痛，谁都装得出来，看不见，摸不着，自己说痛，就痛，自己说不痛，就不痛。在洛琪看来，她妈的病绝不是装的，她妈的病是真的，是千真万确的。她深信，她妈绝不会在自己女儿身上搞任何手脚。

到第二年的这个时候，洛琪看到她妈又是这种情况，她毅然决然地又告诉马家，把婚期再推迟到下午的这个时候。

今年是推迟婚期的第三个年头了，虽然于景还是头痛难忍，但她想，绝不能再推迟婚期了。她想：倘若自己的病好不了，女儿就不结婚了吗？这对女儿太不公平了。怎么能由于母亲的不幸而影响女儿的幸福呢？她下定决心，坚决不能再把婚期推迟了，一定得如期举办婚礼——这就是于景坐在被窝里对女儿说不要再推迟婚期的原因。

于景说："他们理解咱们，咱们也得理解他们。咱们已经推迟了两次了，如果再提出推迟，人家就不理解了。不要说他们不理解，搁谁头上，谁都不理解。倘若咱与他们换换位置，咱们也会不理解的。你如果再推，我就生气了。有我在，我纯粹是连累你，我不如……"

于景这次是下决心不让洛琪再推了，这给洛琪留下一道难题：出门走，留下妈妈难受吗？否则，这一辈子就不出门而让马家干等吗？何去何从，她实在无法选择。

第二天上午，洛琪去到陈奶奶家里，把妈妈生病的前前后后一五一十地告诉了陈奶奶，请求她的指教。

陈奶奶对洛琪进行了过去与现在的综合分析，对她说："你妈妈的病是抑郁症，病因是忧伤愁闷，集多成疾，是一种慢性精神病。"

洛琪："她怎么会得这种病呢？我从来都不会让她生气的。"

陈奶奶："她表面上虽然不生气，但在内心深处，却长期处于忧虑中。忧虑、伤心时间一长，就以病的形式呈现出来。"

洛琪："请您说说她的忧愁从何而来？"

陈奶奶："你妈二十丧夫，这对她是个大打击。她原来的娇生惯养的小孩脾气，在你爹死之前，都撒到你爹身上。你爹死以后，她无处倾泻她的怨气，就憋在心里。你爹活着时，她飞扬跋扈，像打足气的皮球乱蹦乱跳。可是你爹死后，她却像个泄了气的皮球，一败涂地。但她幸运的是，还有个你，她把一切都寄托在你的身上，你就是她的灵魂，你就是她的精神支柱；你就是她的一切，你就是她的生命，她最怕失去你。很多年轻时失去丈夫的女人都有这个特征。她如果有个儿子，那么儿子就是她的一切，就是她的命，她会把儿子变成她的一部分。儿子长大以后，她宁愿让儿子晚结婚。结婚后，不想让儿媳妇跟自己的儿子过于亲昵。太亲昵了，她嫉妒，她吃醋。如果她有个女儿，她不想让女儿结婚，即使结了婚，她存在极度的矛盾心理，一方面想让女儿与女婿好，让女儿过幸福生活；另一方面，女儿如果太亲近女婿，她心里就不舒服，她为什么不舒服呢？她怕丢掉她。她认为，女儿与女婿亲近就自然而然地疏远了自己，这是她感到痛心的。你妈妈不也是这样吗？她得病是有规律的。这几次病的起因和痊愈，都是惊人的一模一样。你要出门了，要离开她了，她就忧愁而得病；你不出门了，她就好了。这是她怕你出门，时刻离不开你的表现。你看我说的有没有道理？"

洛琪听着陈奶奶的讲话，连连点头。她认为陈奶奶分析得有根有据，说得头头是道。她说："哎呀，我真是恍然大悟。我妈的病就是因为这个，一点儿也不错。"她接着说："怎么能把我妈的病治好呢？"没等陈奶奶答话，她接着把舅舅的意见说了出来，她说："我舅舅说他已找过算命先生了，算命先生说是因为我这个媒的原因，说我与马涛大相不合，不能成婚，如果成婚，必有后祸。我妈有病就是这个道理。以后还会有更大的祸呢。我舅舅还要求我们把这门亲退了，另找别人。我妈妈的病与我的婚姻有关系吗？"

陈奶奶："当然有，而且婚姻还是你妈妈生病的直接原因。"

洛琪一听非常吃惊，她最害怕的就是把她妈的病归因于她的婚姻上，现在陈奶奶说是直接原因。她情不自禁地问："怎么会是这样呢？"她急切地等待着陈奶奶的回答。

陈奶奶胸有成竹地说："你想想，如果你不结婚、不离开她，她不就没有病了吗？她是怕离开你。除非你不结婚，你只要结婚，也就是说，只要你离开她，与谁结婚都是一样，她就得病。"

洛琪一听松了一口气，"啊"了一声，并说："原来是这样。怎么能治好我妈的病呢？"

陈奶奶："你妈的是精神病，慢病，靠吃药不行，必须从解决思想问题入手。首先解决她的失落、孤独、无助感。"

陈奶奶停了下来，看着洛琪的表情。然后陈奶奶问："你妈多大年纪了？"

洛琪："四十六岁了。"

陈奶奶若有所思地说："还不算大。"

洛琪很不理解地问："干吗不算大？"

陈奶奶："我就直接对你说了我的想法吧，叫你妈再走一步吧。"

洛琪听了有些突然，反问道："我妈愿意吗？"

陈奶奶："你好好与她商量商量。好好说明道理。我认为这是治好她的病的唯一办法。因为，这样她有依靠了，不失落了，心里踏实了，不忧愁了，慢慢病就好了。"

洛琪："我回去与我妈商量商量。"

陈奶奶："在商量之前，先解决你的问题，你愿意不愿意让你妈再走一步。如果你同意，而且很渴望她走这一步，再与她商量就好办了。否则，如果自己没有想通，也不会与她商量成功。"

洛琪："我记住了。我希望能商量成功。"

陈奶奶对周围村庄的人员非常熟悉。她知道洛琪的这未过门的公爹是个老光棍，年纪与于景差不多，条件也不错，于景他们俩还是蛮般配的。她想：如果她（他）成功了，一切问题都解决了。这是个绝妙的办法。她想到这里时，不禁笑了。

当天下午，洛琪与她妈面对面坐在床上。她把陈奶奶的话从头到尾对她妈全部说了一遍。她妈听着不停地点头。当洛琪讲到最后时，她妈问："怎么治好我的头痛病啊？"

洛琪稍停了一会儿说："你得再走一步。"

于景问："什么再走一步？往哪里走一步？"

洛琪："叫你改嫁，再给我找个继父。"

于景："这二十年都熬过来了，现在改嫁，人家笑话死了。"

洛琪："过去你年轻，有能力支撑这个家，有我陪伴，你不孤独。今后你年纪大了，我再一出门，你一个人，很寂寞……这就是你得病的原因。你过去不改嫁能生活，今后不改嫁不能生活。再者，你再走一步，有个家了，我也放心了。至于人家笑话问题，不管它，咱干的是正正经经的事。你看咱村里的事，王朋大娘不是改嫁过来的吗？赵磙大婶也是，还带来两个孩子呢。他们的事都不丢人，你再走一步怎么就丢人呢？你想想，今后你病好了，有个依靠，有个温暖的家，可以快快乐乐享受生活了，一个幸福的晚年就有了保障了。这是多好的事，何乐而不为呢？"

这几句话把她妈妈说得心里甜滋滋的，立刻精神好转了好多。她笑嘻嘻地说："你这个丫头说得好听。再走一步可不是容易的事。首先是没有合适的人，不三不四的人，我还不干呢。"

洛琪："咱干吗找那不三不四的人哪？堂堂正正的人咱还挑不完呢。"洛琪很高兴，她看到妈妈心情好多了，病大有好转，她说："妈，只要你愿意，人选问题，我让陈奶奶给你找个，保证让你满意。"

于景："不可能让我完全满意。你知道我完全满意的是什么？"

洛琪："是什么？"

于景："是你永远不要离开我。你一走，我一走，咱俩不是越走越远吗？哪能让我满意？正好与我的要求背道而驰。"

洛琪："你再找个人，有了依靠，你想我的思想就慢慢淡化了。"

于景："我宁愿不改嫁，只要你不离开我，我也快乐。"

洛琪不说话了，她无法说服妈妈了。在她看来，她的出门结婚、她妈妈的改嫁与她不离开妈妈这个矛盾，永远也不可能解决。

陈奶奶在洛琪的出门——于景的改嫁——洛琪与于景的不离开，在这三者的关系上绞尽脑汁。她想：只有于景和洛琪仍是一家人，就可以保证不离开。如何让她们成为一家呢？她有突然想起一个绝妙的办法。

她立即去见马波，与他商量解决这个问题的办法。马波对她的到来很高兴，他们都是熟人，坐下后直接进入了话题。

马波："陈奶奶肯定带来好消息。啥事吧？"

奶奶："你还真说对了，真是个好消息。你对你自己的问题有什么考虑没有？我给你考虑了个媒，不知你的意见如何？"

马波："关于这个问题，我一下子很难对你说清楚。"

奶奶："你本来是个清楚人，怎么对自己的问题反而说不清楚了？"

马波："我的问题我准备等我儿子结婚后再解决，不能在这之前。"

奶奶："你的婚事与你儿子的婚事一起解决不是更好吗？"

马波："这怎么可能呢？我儿子的婚礼很快就可能办了，我的八字还没有一撇呢，怎么能在一起解决呢？"

奶奶："我为你找了个人选，你考虑一下看是否能接受？"

马波："谁呀？"

奶奶："你亲家母。"

马波："这怎么可能呢？人家笑话死了，多丢人呀。不行，不行。"

奶奶："你先别说不行，你先考虑除了亲家母以外的因素。你只考虑这个人你能不能接受。"

马波："其他因素都不错，这个人我完全可以接受。若我们不是亲家，是完全可以的。"

奶奶得知马波的真实想法以后，很高兴地回到洛家庄。

关于人选问题，洛琪很迷茫，也很纠结。妈妈同意再走一步了，这使她很高兴，但走给谁，又出现了一个大问题。在洛琪看来，妈妈的再走一步，比她自己的结婚都重要。她思绪万千，考虑了很多问题。她从来没有像现在这样作难，也从来没有像现在这样痛苦。她独自坐在自己房间里哭了，还不敢出声，怕她妈知道了难受。她妈最不愿意看见女儿不高兴了。洛琪如果得了病，她吃不下饭，睡不着觉，洛琪病几天，她就几天不合眼。如果谁要欺负了洛琪，她就会与他拼命，他不向她赔礼道歉决不罢休。妈妈的前半生就是保护她，培养她的前半生，每成长一步，都是妈妈艰苦奋斗的一步。妈妈没享过一天福，没过过一天好日子。她的妈妈是个悲惨的妈妈，是个可怜的妈妈。自己快要出门了，这个多病的妈妈今后怎么生活呢？她再走一步，能找到合适的人吗？有的人吃、喝、嫖、赌，臭名昭著；有的人野蛮残暴，张口就骂，抬手就打；有的人不爱劳动，坐享其成；有的人软弱无能，不能成家立业，没有自力更生能力。凡此种种，妈妈不管遇到哪一种，都是妈妈的悲哀。妈妈受的苦够多的了，不能再遭不幸了。但是怎样才能找到合适的人呢？她带着这个大疑虑去找陈奶奶。她告诉陈奶奶她妈已经同意改嫁，但必须有合适的人选。

陈奶奶见罢马波以后，她心里有了十分的把握。尽管马波没有做肯定的答复，但在奶奶看来，这已是板上钉钉了。她认为，只要他能接受这个人，其他问题都好办，都容易解决。她做了全面的分析，她的结论是有利因素大于不利因素。不利因素就一条：风俗习惯。有利因素有几个：于景愿意，洛琪愿意，马涛也肯定愿意，再加上她给他们撮合。此外，这个媒能成功的最大有利因素是让于景不离开女儿，这是其他任何再好的条件也无法比的。当洛琪问奶奶是否有合适人选时，奶奶做了肯定的回答。

洛琪感到很惊喜，没想到使她最纠结的问题，陈奶奶一下子解决了。她问奶奶："谁呀？"

陈奶奶："你未来的公爹。"

洛琪愣住了，好长时间不说一句话。她好像没听清楚陈奶奶的话，再问："你说谁呀？"

陈奶奶："我说你公爹，马涛他爹，马波。"

洛琪："这太离奇了吧。"

陈奶奶："离奇什么？"

洛琪："马涛是我的丈夫，他爹是我妈的丈夫……这行吗？我感到非常别扭。"

陈奶奶对洛琪说："你回去对你妈说说，你们娘儿俩好好商量一下，不一定马上定下来，好事多磨。"

洛琪带着满腹疑云离开陈奶奶，小心翼翼地把这个消息告诉了妈妈。她妈妈一听，也感到十分诧异。

女儿感到别扭，妈妈感到诧异，两人会商量出"同意"的结果吗？肯定不会。洛琪把陈奶奶给她妈说的这个媒对舅舅说了，想听听他的意见。于印一听，大发脾气，甚至骂陈奶奶"卑鄙"，说她是"捉弄人"，是想"看笑话"。本来于景母女就基本不同意这个媒，听到于印的这个说法以后，不同意的砝码加重了很多。

如何向陈奶奶反馈呢？洛琪问妈妈："怎么对陈奶奶说呢？说咱不同意吧？"

于景说："暂不要这么说。我不同意你舅舅的说法。陈奶奶不是那号人，她的人品我清楚，她对谁都不会使坏，与她打交道不要有任何顾虑，你决不会上当，也决不会吃亏。她总是替对方考虑的，不要考虑她有什么别的动机，她的动机肯定是为咱们的，在这一点上不要有任何怀疑。陈奶奶说这个媒的动机肯定是好的，不要诬赖人家。她说这个媒，你没看吗，男方各个条件都是好的。首先是人品好，脾气好，家庭生活条件也好，有房，有地，又做个小生意，生活过得还是比较富裕的。从成家这个角度考虑，你说他们哪一点不好？哪一点都好。咱不能接受的是：他的儿子是你的丈夫。你想想，咱们亲娘儿俩，嫁给他们亲爷儿俩，这不是个事。我反复考虑了，我没有想通的就这一点。如果不是你要嫁给他儿子，这个人我是可以接受的。先不要告诉陈奶奶，先搁一下再说。一方面，咱们再考虑考虑；另一方面，听听陈奶奶的意见，然后再做最后决定。"

　　锣鼓听音，听话听声。洛琪已不是小孩子，从母亲的话中，她听出些门道。什么门道呢？母亲愿意这个媒。她不愿意的因素是：她嫁给女儿的公爹，这不合风俗，太没面子，也比较丢人。但洛琪看重的是实际，不是虚名。什么是实际呢？妈妈的病可以治好了，她可以不离开妈妈了，妈妈不会有失去女儿的痛苦了，妈妈今后不孤独了，妈妈可以过一个幸福的晚年。洛琪同意这个媒，她认为妈妈也同意，只要把那些虚荣的东西一扔，其他一切事情就顺顺利利，万事大吉了。

　　洛琪把妈妈的话以及她自己的想法，都告诉了陈奶奶。她打算与陈奶奶一起，里应外合，共同解决妈妈的思想障碍。

　　于印得到陈奶奶准备把景介绍给马波的消息以后，非常生气。洛琪与马涛的媒他就很反对，说他们大相不合。由于陈奶奶的支持，加上洛琪的坚持，他也没有充分的理由争辩，只有无可奈何地由她们了。现在陈奶奶又来戳事了，再把自己的姐姐改嫁给马波——她女儿的公爹。这简直是奇耻大辱！陈奶奶这个老太婆，干吗要把一盆盆的脏水往她们母女身上泼？小洛琪从小没有爹，从小失去了父爱；于景老早就失去了丈夫，年纪轻轻的就开始熬寡。多么可怜的母女俩呀！

　　可是陈奶奶非但如此，反而一次又一次地坑害她们。洛琪的事他已经管不了啦，就由她吧，可是姐姐的事不能一错再错下去了。

　　一天，于印来到马波家，开门见山地问马波："我给你说那个媒你考虑得怎么样啦？

　　马波："我没时间多考虑它，我正在忙着准备娶儿媳妇的事呢。"

　　于印："你说的怪轻巧，如果不是我，你根本娶不成。他们俩大相不合，你知道吗？她妈就是不愿意，洛琪也忧郁。我为你们做了好多工作才把这个媒撮合成。"

　　马波："那得多谢你啦。以后叫他们多慰劳慰劳你。"

　　于印："用不着慰劳，谁叫咱们都是自己人哪。我今天来的目的，是让你赶紧同意这个媒，不要再往后推了。因为这个媒茬太好，我不想让她跑了。她要个儿，有个儿；要样儿，有样儿。她勤俭持家，料理家务，孝顺老人，照顾孩子，伺候丈夫，样样都是好样的。她还有高尚的品德，过人的修养。此外，她还有女人最具魅力的长处：年轻漂亮。只要是女人应有的长处，她都有。此外，我为你介绍这个媒，也有我的私心……"

马波："这就奇怪了，你为我保媒，怎么有私心呢？"

于印："你不要忘了，你的儿媳妇就是我的亲外甥女。我为你保媒，也是为我外甥女找个好婆婆。她有个好婆婆，她们的关系就会和和睦睦，她们就不会生气，她们就会过得幸幸福福。你说，这不是我的私心吗？不管从哪方面说，你都应该同意这个媒。所有以上这些都是你同意的依据，而没有一点你不同意的理由。今天，我来这里就是想得到你同意的答复的。这个女人早就思念着你，早就打听着你的消息，早就考虑着你的事，早就关心着你的一切。她是我的本家弟妹，我们也是一家子，这个媒对我有特殊的关系，我一身担两家，两家都是亲，一头是外甥女，一头是一家人。你要是同意了，我开心，大家都开心。"

马波："不管从哪方面说，我都应该同意这个媒。从我内心来说，我也很想同意，但我还不能马上做肯定的答复，请你原谅。如果是过去，我与马涛我们两个人，我完全可以答复你。因为我的意见就是马涛的意见，我做的决定不怎么考虑他的意见。可是现在不同了，现在我们多了一口人，多了个洛琪。她虽然尚未过门，但作为我们家的一口人，已成定局。我们家有什么重大事情，一定得征求她的意见，说实话吧，还得征得她的同意。这是我们的家规，也是我们的家风，这也是我们的老传统了。我虽是一家之长，但我们从不实行家长制，我们人人都有说话的权利，人人都可以发表意见，意见不一致时，少数服从多数。因此，关于我这个媒的问题，我听听他们的意见以后再做最后决定。"

为了把马波这一头定死，陈奶奶又来到马波家。陈奶奶问他："老马呀，我给你说这个媒，你考虑好了吗？"

马波："我考虑了好长时间，也可以说，一直到现在都在考虑着呢，但仍然没有最后定死。"

陈奶奶："这是为什么呢？是不是对于景这个人拿不准，对她了解不够，还是别的什么情况？"

马波："这与于景本人毫无关系。关于她本人，我完全同意。我考虑的是别的问题。"

陈奶奶："是什么问题？"

马波："不好说，一句话说不清楚。"

陈奶奶哈哈笑了，说道："清楚人倒说不清楚，说明这个事压根就不清楚。你不清楚，我清楚，我非常清楚。"

马波："呵呵，那你说说。"

陈奶奶："你下不了决心的原因，也是你说不清楚的原因，不是硬邦邦的、看得见、摸得着的条件，而是看不见、摸不着、虚无渺茫的习俗。你现在这种思想状态，可以看出，你还没有看出这个媒的重要性和特殊性，你只是按一般的媒对待。现在我告诉你这个媒你同意的重要性和不同意的严重性：

"于景的身体一直不好，实际上是已经病好几年了，尤其是这两年。每到洛琪就要出门的时候，就是她病得最厉害的时候，这是为什么呢？她离不开她的女儿。她的病是抑郁症，是长期孤独、寂寞、苦闷、忧愁淤积而成。这些是她几十年的熬寡生活造成的。她女儿是她的一切，是她的命。离开女儿，她就失去了一切，失去了生命。因此，她不能离开女儿。

"她的女儿洛琪，是一个特别孝顺的孩子。她知道她妈老早就熬寡，用心血把自己抚养成人。妈妈没过一天好日子，妈妈很辛苦，妈妈很可怜。现在自己已经长大，不但不能让妈妈再受苦，而要让妈妈享享福。妈妈离不开她，她也离不开妈妈。妈妈是她的依靠，妈妈是她的幸福。在婚姻问题上，她宁愿不结婚，也不能让妈妈难受。她甘愿在家侍候一辈子妈妈。因此，她不能离开妈妈。

"洛琪快要出门的时候，我帮助她劝妈妈再走一步。我们认为，她妈妈有了新家以后，就会不再孤寂，减轻她对女儿的依赖。但她是一种慢性病，并不是一下子就可以治好的。相反，女儿一出门，她一改嫁，她与女儿反而越走越远了。她的病就会更加严重。这是洛琪非常痛苦的。

"因为妈妈的病，洛琪主动要求把婚期推迟了两次。今年是婚期定罢以后的第三年，按洛琪的意见，她还要求把婚期推迟，但她妈不同意。她宁愿因离开女儿去病死，也不让女儿再推迟婚期了。按这样，如果洛琪来到马家而把妈妈留在家，不等几年她会离开人世。这将对洛琪一个致命的打击，她这一辈子就不会再有幸福，这也是你们马家的一大悲剧，你们全家将不会再有幸福。这是多么可怕的后果呀！

"反过来说，如果你同意了这个媒，于景可以与女儿同时来到你们家，她是洛琪的妈妈和婆婆，洛琪是她的女儿和儿媳妇，多么好的一家呀！和和睦睦，亲亲热热，令人羡慕，令人钦佩！

"你不把这些实实在在的事实放在心上，反而抱住那些摸不着影的风俗、习惯不放，你是抓住芝麻，丢掉西瓜，太不值得啦。

"老马呀，你还有啥理由不同意这个媒吗？"

马波："我算全明白了。我同意你的分析，欣赏你的想法，赞成你的观点，佩服你的勇气，理解你的胸怀，高看你的远见。"此外，他还斩钉截铁地说：

"我完全同意这个媒！"

陈奶奶从马家回来以后，就直接去到于景家。

洛琪让陈奶奶坐下，再去叫正在床上躺着的妈妈。于景一听陈奶奶来了，慢慢坐起来，很快穿好衣服，下了床，走出内室，来到外屋，与陈奶奶说了见面的客套话后，坐在陈奶奶对面。洛琪坐在妈妈身边。

陈奶奶说："听洛琪说你近来病得厉害，我特来看望看望你。洛琪的婚期快要到了，你们孤儿寡母的，做事不容易。家里什么事都得你操心，衣、食、住、行，里里外外。常言说，过日子比树叶都稠，这一切都落到你一个人头上，真不容易。你担当得起还真不错，没有一定水平的人，还真是担当不起呢！"

于景："现在洛琪长大了，好多了。她小时候，她爹刚死那会儿，可把我难为坏了，我都没想到会过到现在。"

陈奶奶："是呀，好不容易洛琪长大了，能帮你的忙了，你刚刚有个喘息的机会了，可是她就要出门了。"

于景："孩子大了，不能不出门呀。可是我离不开她，我也不自主，我也痛恨自己，为什么这么没出息！啥办法呢？宁愿自己受些苦，也不能阻碍孩子出门呀。"

陈奶奶："那为什么不跟她去呢？"

于景："他们家没地方住，就三间房，一间会客厅，两间住室，她两口一间，她公爹一间，哪有我的住处？再说，住闺女家也不是长法，总不能一辈子都住在闺女家吧。"

陈奶奶："我的意思就是叫你一辈子住在闺女家，把她的家也变成你的家，这个家是你和闺女共同的家，多好呀！"

于景忽然明白了陈奶奶的意思，说："哎呀，我知道了。你说的那个事我考虑了很久很久，别的一切都好，就是不合风俗习惯。我怕丢人，没面子，我一时还迈不开这个步子。"

陈奶奶："你跟闺女去，有一百条好处，没有一条赖处。你自己待在家，有一百条赖处，没有一条好处。古往今来，男婚女嫁，天经地义，堂堂正正，光明磊落，不偷人家，不抢人家，怎么会丢人！不偷鸡摸狗，不玩弄伎俩，怎么会没面子？你需要敞开胸膛，坦坦荡荡，昂首阔步，走你的康庄道。何必管它无聊小人的闲言碎语和叽叽喳喳？你如果仍是抱住葫芦不开瓢，就是死要面子不要命，何苦呢？"

陈奶奶的这些话，深深地触及了她的灵魂，重重地打痛了她的伤处。她低下了头，长久没有说话，表面的沉默掩盖不住她内心的翻江倒海，她内心在做激烈的思想斗争。

机灵的洛琪赶快用手摇动着妈妈的肩膀说："妈妈，跟我去吧，他们两个在渴望着我们去呢。"

九月十九日，马庄马波家门口两条巨大的条幅迎风招展。

上联写着：悦心品尝幸福果

下联写着：笑看春开并蒂花

头门两旁摆着两张大方桌子。两班唢呐队在拼命地比赛着，唢呐队周围人山人海，水泄不通。锣鼓声、鞭炮声响彻云霄。烟雾弥漫，缭绕人间。亲朋好友，邻里乡亲，成百上千。有的是来助兴的，有的是来棒场的，大多数是来看热闹的，甚至还有些老太太，她们弯腰瘸腿地来到这里，是来看稀罕的。不管人们怀着什么样的心态，他们在这里聚在一起，共同见证着这个热血沸腾的场面。

有人在马涛头门左边的墙上贴了一张鲜亮的红纸，上面写着：

大海翻腾震山川，

移风易俗结良缘。

自古奇事俗中出，

美好姻缘满人间。

上午十点钟，两台大花轿同时落在马波门口，一个在东，一个在西。下轿前的程序走过以后，两台花轿同时打开，从轿里同时走出两个新娘，一个是于景，一个是洛琪。上前迎接她们的是四个伴娘，两个伴于景，两个伴洛琪。盖头在头上，伴娘在两旁，沿着铺得平平稳稳的红地毯，步入马家大门，走向礼桌拜花堂。

第十四章　老抠的家事

　　老抠的真实姓名叫林太西。由于特别吝啬，与外人打交道总想占个小便宜，从不愿吃一点儿亏，对鸡毛蒜皮的事，也要抠抠拧拧，所以人们给他了个绰号"铁公鸡"或"老抠"。对这个绰号，开始时他不接受，他认为有这个绰号太丢人，因此，人们不敢当面叫他，只是背地里谈论他时，说他是老抠。如果真的有人当面叫他老抠时，他很生气，甚至发脾气，还可能与人家吵一架。可是时间一长，叫他的绰号的人越来越多了，他也不好意思发脾气了，只能默认了。再过一段时间，他也只得认可了。很快，全村的大大小小、男男女女都说他是老抠。大家都毫无顾忌地叫他"老抠"，他也干干脆脆地回答："唉。"

　　老抠很会精打细算。他到集市上买东西时，首先对集市上所有卖该产品的商家进行讨价还价。为了买一件东西，他可能跑几个集市。他对日常用品在各个集市上的价格，记得非常清楚，比如白萝卜，这个集市上五分钱一斤，而那个集市上五点五分一斤；大葱，这个集市上九分钱一斤，而那个集市上九点一分一斤。他宁愿多跑十里路，也一定得去买那九分钱一斤的。

　　出售东西时，他也是分分计较。有一年，他爹还在世时，家里养了个一百多斤的猪，他不在家时，他爹给卖了。他回来一问，他爹比他计划的少卖了五角钱。他大发脾气，大动干戈，埋怨他爹多管闲事，减少了收入。还有一次，他家里攒了十来斤破烂东西，他妈以两分钱一斤卖了，他埋怨他妈，他说至少得卖二点一分一斤。二分钱一斤，不应该卖，十斤东西，应该卖两毛一分，而她只卖了两毛。他还告诉他妈，今后不要自己做主卖，想卖东西时就找他卖。

与外人打交道时，他总怕吃亏，凡是他认为吃亏的事就坚决不干。洛家庄有三亩老坟地，由洛老汉负责耕种管理。每年的收入用于全村的公益事业。例如：打井、修庙、搭台唱戏等等。公益费用花不完时，洛老汉负责筹备年末宴会，每户派一人参加。这一年的腊月二十八日，洛老汉又发出通知，于第二天中午举行年末宴会，请各家派代表参加。每户限一人，男的、女的、大人、小孩都可以。每户根据自己家庭的人员情况派人参加。有的去一个老太婆，有的去一个小姑娘，也有的去一个八十多岁的老头儿，也有的去一个十多岁的小孩儿。大多数户都派的是身强力壮的男子。老抠一掂量，他好像发现了一个秘密：大部分户派的人都能吃，只有少数户去的是老年人或小孩。他还想，那些老年人身体都很好，吃的也很多；那些小孩儿也不少吃。他想来想去，参加宴会的人吃亏的只有他。因为他不能吃，他吃不过人家。他认为这个亏吃得太冤枉了，他怎么也忍不下去，晚上他一夜都没有睡觉。第二天一大早，他去找洛老汉了。他对洛老汉说："洛老伯，这次的宴会我有事，不能参加，你看怎么办？"

　　洛老汉："不参加就算了，这是咱们村里的老规矩了。"

　　老抠："这不合理吧？去的人都能肥吃大喝地撮一顿，不去的就不能吃，这不吃就白不吃了吗？老坟的收入每人都有份呀，我看这太不合理啦。"

　　洛老汉："合理不合理，这不是我个人定的，这是几年前，村里的人集体定的，我得按规定办事。"

　　洛老汉不慌不忙、不急不躁地给他解释，然后他耐着性子对老抠说："你可以建议把这个规定改一改，看不参加的人怎么办。然后我按大家的规定办，该怎么办就怎么办。"

　　洛老汉对老抠非常了解，他认为老抠不参加宴会并不是真的有什么事，而是玩的新花招。如果真的有什么事，可以让其他人参加。他回忆过去村里办的集体事中，一到他身上，没有顺利过，总要出些麻烦。他最后给老抠了个台阶下。他对老抠说：

　　"你还是不要办别的事，尽量参加咱村的宴会。到年末了，全村人在一起聚聚，欢乐欢乐，图个高兴。你不在场，很不够意思。我希望你一定不要缺席。"

　　老抠："好，我听你的，我一定来。"

　　腊月二十九日中午，宴会如期举行。老抠与其他村民一样参加了宴会。宴会上菜很丰盛，猪肉、鸡肉、牛肉、羊肉、鱼肉等都有，主食是白面馍。

这与他们平常吃的是天壤之别。吃饭的原则是只能现场吃，不能带走。因此，每个人都尽量吃，能吃多少就吃多少。很多人都嫌自己的肚子小，他们抱怨为什么不长个大肚子。在这种场合，老抠采取什么办法呢？他的原则是：首先是多吃，吃得尽量多，直到实在吃不下去时为止。其次是实惠。老抠是个很精明的人，在吃饭问题上，他计算得可精细了。他的实惠原则是：吃稠的不吃稀的，吃好的不吃赖的。在这次宴会上他的重点是吃肉，桌子上的素菜他一点儿都不吃。其次是吃馍。在肉和馍之间，他选择肉。因此，他吃的除了肉还是肉，汤连一口也不喝，因为汤不实惠。其他人的多吃，是在吃饱的情况下，再吃一些。比如说吃十成，就是吃足了，吃饱了，可是多数人吃十二成。可是老抠就不一样了，他吃二十成。宴会结束后，他勉强回到了家，撑得肚子都要崩了，他躺在床上动弹不得。口渴吧，又喝不进去水，肚子撑得不好受，但他感到很满意，不但不吃亏，还占了很大便宜，因为他比别人吃得多。睡到半夜，他再也支持不下去了，上吐下泻，屎拉了一床，被子上、衣服上全是，满屋臭气冲天。

老抠他妈过来一看，老抠正软绵绵地躺在床上，不时还发出难忍的哼哼声。他妈叫他，他也不理。看着儿子病得厉害，转身去叫医生。她一边走，一边不停地嘟噜着："没成色，人家咋没吃成这样？"医生来到后的第一句话就是："又是吃多了吧？与上几次的病一样。以后在吃东西上要注意啦。"说罢医生用听诊器听了听，按按肚子，做了简单的检查后说："马上送医院吧。不能继续拉了，拉脱水是有生命危险的。"

他妈找人把他送到了医院。经过两天治疗后，病好了，一算医药费，两天花了二十五元整。老抠听了像割心似的难受。

有一年，全村总动员，对村南面的洪业沟进行治理。主要任务是清除淤泥，疏通河道。要求每户出一个人，有人出人，没有人出钱。家里没人时，可以从亲戚家借。挖河领导组决定，为了提高劳动效率，尽快完成任务，一律吃住在工地。劳动期间，不准误工，不准请假。因病、因事非请假不可的，必须如数交误工费。这可卡住老抠了。如果没有交误工费的规定，他肯定三天两头不去工地，找各种借口不上班。一有交误工费的规定，算是把他制住了。在出钱与出力之间，他还是宁愿出力，也舍不得出一分钱。他找不到任何两全其美的借口了，只有亲自参加。在吃饭问题上，大家都要凑面、凑钱，在工地上吃大锅饭。老抠又是怕吃亏，怕凑的多，吃得少。他不搭大伙，他住在工地，叫他妈给他送饭。一天三遍送。当工程快结束的时候，他发现大伙上的饭好像还不错。他私下问炊事员是怎么回事。炊事员告诉他，搭大伙吃饭，上级有补助。这可把他气坏了，气得摔头找不着硬地。他赶快找领工的要求搭大伙，领工的对他说："再有一天就完工了，大伙也就结束了，你就不要参加了。"

老抠说："不要说剩一天，哪怕剩一顿我也得参加。这次，真把我坑死了。上级对搭大伙的有补助，为什么不早点儿告诉我？准是特意欺负人！"

领工的说："开始时谁也不知道，怎么告诉你呀？"

老抠很不甘心，他跑去问与他关系较好的一个村民："你怎么知道上级有补助哇？"

村民回答："我根本不知道。"

老抠："那你怎么从一开始就搭了大伙了呢？你看我多么倒霉，我没有搭大伙，他们不给我补助。这个亏吃得算冤枉！"

村民："我根本没考虑那么多，大家搭伙，我就搭伙，随大流，天塌砸大家，说吃亏大家都吃亏，说占便宜大家都占便宜。我办事一般都是这样。"

这个村民的话很不合老抠的胃口。他心里的怨气始终没有地方泄。他捶胸、跺脚，嘴里嘟囔着："我事事不顺，到处碰壁，人人把我欺。我真是不服气，你们等着瞧，总有一天，一切好事都是我一个人的！"

老抠一旦认为他吃了亏，就大发牢骚。他光从外面找原因，能找得着吗？他的"一切好事都是他一个人的"的梦想，能实现吗？但愿如此！

老抠把自己吃亏的消息告诉他妈时，他妈批评他又是"机关算尽，劳民伤财"。

在与亲戚朋友的交往中，他也是始终保持着"不吃亏、占便宜"的原则。有一次，他的舅舅拿着礼物来看望姐姐。他妈给了他钱，让他领舅舅到饭馆里吃一顿好饭，好好招待招待舅舅。

老抠领着舅舅进了饭店，找个两人桌坐下。饭店老板一看是老抠，心里就半烦。平时老抠很少来买东西，即使来买，也得先交钱。店主根据钱的多少，按价给他东西。决不会先给他东西，再让他付钱。他们早就知道老抠的禀性，不想与他打交道。这次不是他一个人来的，他们也不知道这个人是他什么人，看在这个生人的面子上，宽大他一回，先让他吃饭，然后再付钱。

他点了四个菜，三荤一素，八两白酒，两碗肉饺子。他们吃着、说着、笑着，爷俩吃得很开心。老抠说："舅舅，你是我的亲舅舅，我就这一个舅舅，我像待我妈一样孝敬你。"

他舅舅说："有你这句话我就很满意了。"

老抠："我应该去看望你的，我没去看望你，你却来我们家了。"

他舅舅："我来你们家是看望我姐姐的。我一切都好，你不用去看望我。"

喝酒时，他们俩起初一杯一杯地碰着喝。喝到一半时，舅舅说他不能喝了，要求停杯。老抠说很少与舅舅在一起吃饭，一定得喝个痛快。在老抠的热情劝导下，两人还是把那八两酒喝得精光。

饭桌上已经三光了，两人还坐在那里继续聊天，从谈话中透露出，兴致勃勃的情绪，一时还难以消退。

饭店主人对他们说："把饭钱清了吧。"

老抠说："别急，反正跑不了。"

舅舅："是呀，一会儿就清。"

十多分钟以后，饭店主人又来催他们："把饭钱清了吧。"

老抠："好，马上就清。"

老抠光嘴上说马上就清，可身子就是不动。

再过了一会儿，饭店主人又来催："把饭钱清了吧。"

老抠："好，清。"

他仍旧是光说不动。

他舅舅说："叫我清吧。"

老抠："哪能让你清呢？你外甥连舅舅吃顿饭也管不起吗？你跟着外甥吃顿饭，怎么能让你付钱呢？"

老抠光说，就是没有行动，屁股重得像用钉子钉在椅子上一样。

他舅舅去到柜台问店主："多少钱呀？"

店主说："十五块。"

他舅舅说："我没有带钱，不能马上给你，请你们原谅。我能不能打个欠条？等几天我来给你。"

店主一听他说打欠条，抬头看看他不是本村人，随即问他："你是哪村的？"

他舅舅说："我是老抠他舅舅。我今天来看望我姐姐的。"

他们对话当中，老抠坐在那儿一动不动。他舅舅说没有现钱，要打借条时，他背着脸不听，装着提他的鞋、摸他的脚。他们的话他权当没听见。

店主看到老抠无动于衷，故意提高嗓门，特意让老抠听见。他说："你外甥为什么不清账呀？他是主人，又是你外甥，他不应该让你出钱。他应该出钱，连这个道理他也不懂吗？他又不是小孩子了。谁不知道请客吃饭是主人掏钱？这是个常识问题，他老抠也老大不小了，应该知道。"

他舅舅看了看老抠，撇了撇嘴，把两手同时伸在前面，手掌向上一翻，表示出无可奈何的样子。店主的含沙射影没有起到任何作用，老抠对店主的暗示没有任何反应。店主再也没辙了，他只好同意老抠舅舅打个欠条。老抠舅舅把写好的欠条递给店主时，店主接过欠条，咬牙切齿地说道："真不像话！白披了个人皮！瞎糟蹋了这么多粮食！"

饭店里只剩下他们两个人时，他们才起身回家。走到路上，老抠对舅舅说："你在欠条上签的谁的名字呀？"

他舅舅说："我打的欠条，当然签的是我的名字啦，我怎么能签别人的名字呢？"

老抠："你为啥不签我的名字呢？我距这里近，还着方便，你应该签上我的名字，我请你吃饭，应该我掏钱，哪让你掏钱呀。"

他舅舅："我签我的名字，以后我来还账，你不用管。"

老抠："那多不好意思呀！"

他舅舅："没什么，我还账也一样。"

他们走着走着，酒兴未尽，谈笑风生。老抠更是喜出望外，他思索着：舅舅来拿的有礼物，自己在饭馆里酒肉饱餐一顿，还是舅舅拿钱，自己不出一分，妈妈给的钱是白赚的。这样的美事从哪里找呀？这真是拾麦打烧饼——有本有利。

他们回到家以后，老抠的母亲问老抠："饭吃得怎么样呀？花了多少钱呀？"

老抠说："我们爷俩吃得好，喝得好，我们都很开心。"

老抠母亲又问："花多少钱呀？"

老抠小声自作聪明地告诉妈妈："饭钱是我舅舅打的欠条，以后由舅舅还账，咱们一分钱不用出。这真是大便宜。"

与老抠想的相反，他母亲不是高兴，而是非常恼怒。她声嘶力竭地严厉斥责了他，说："你为啥不付饭钱呀？我给你的钱呢？你抠起你舅舅来了，真不知道羞耻！"

老抠一看妈妈生气了，急忙把钱从口袋里掏出来递给妈妈，说道："你不要生气，我也不是不想掏钱，是舅舅不让我管呀，他说他要还账。钱在这儿呢，我又给你拿回来了，我又没有要一分，还是你的钱。"

母亲看见钱更加生气了，她板着脸，气愤地说："真是江山易改，禀性难移。你光长年龄，不长脑子。都快三十岁的人了，还戴着'老抠'的帽子摘不掉，连个媳妇也找不着。真叫我寒心。像今天这事，饭店的人给你传出去，真是丢死人了？"

老抠已经二十八岁了，爹娘为他的婚事，心如火烤。每天烧香许愿，求爷爷告奶奶到处求，乞求为儿子介绍个媳妇。老抠人缘不好，很多人不愿意为他保媒。即使有人给他介绍，女方一打听，很快就黄了。没有一个女子愿意找个老抠做丈夫的。

一天上午，老抠妈坐在院子里发愁。她的年纪大了，身体又不好。儿子不成个器，没有多少脑子，立不住个家。这么大的年纪了，连个媳妇还没有娶过来，这个家一直在走下坡路，家景一天不如一天，哪一天我们老两口一合眼，这个家就算彻底零散了。她正在愁眉不展时，两只喜鹊在树枝上叽叽喳喳地叫。她自言自语地说："偏是心烦，叫得真难听。"她伸手拿了个木棍，用力扔向喜鹊所站的树枝，小鸟扑棱飞跑了。棍子恰恰落到一个来人的面前。

来人开玩笑地说："怎么啦，表姐，不欢迎啊，用棍子做见面礼？"

老抠妈一看是表弟来了，马上喜笑颜开，说道："哎呀，老弟呀！做梦也不会想到你会来呀。快来家，快来家。"

来人叫肖丁，是老抠母亲宋荃的表叔的儿子。家在肖庄，距洛家庄三十多里路。

两人坐在屋里拉了一会儿家常以后，切入了正题。

宋荃："你说吧，兄弟，你来这里肯定是有事的，不然也不会跑这么远来找我。"

肖丁："我来主要想了解一下太西的婚姻情况……"

没等肖丁往下说，宋荃就和颜悦色、喜出望外起来。她整天愁的就是儿子的婚事，总渴望着有人来说媒。不管媒成与不成，只要有人提媒，她就高兴。肖丁一问她儿子的婚事，当然她心花怒放了。

宋荃："关于你外甥的婚事嘛，你表姐我也正在发愁呢。孩子已快三十了，还没有娶媳妇……"

肖丁："为什么呢？"

宋荃："原因很简单，他太挑了。很多人给他说媒，有高的，低的，胖的，瘦的，富的，穷的，比他大的，比他小的，啥样儿的都有，他都相不中。"

肖丁："他想找啥样儿的媳妇呢？"

宋荃："我也不知道，怎么不叫我发愁？"

肖丁："他这么挑剔，我也不敢开口了。本来我有个媒茬想给太西介绍介绍，经你这么一说，也算了，我就不再给他介绍了。他太挑剔了，恐怕我介绍这个他也不会同意。"

宋荃马上感到她的话说得有点儿过，适得其反。她生怕把这个送上门的机遇丢掉，赶忙做补救。说道："婚姻这玩意儿，好像一杆没星的称，它没个准儿。配钥匙，买眼镜，各自对眼哩。太西对那么多不同意，说明他的缘分还不到。前几天我去给他算卦，先生说，在近两个月内，他会有个好运。刚才你来前，我还在思考这个问题，渴望他这个好运能尽早到来。说不定你这么一来说媒，他的缘分也到了，恰好应验了算卦先生的预言。怪不得你来之前有几个喜鹊给我报喜呢。我说："喜鹊叫，喜事到。"不是吗？我话音一落，你就来了，说明孩子的媒该成了。"

肖丁："你这么一说，我说这个媒更有信心了。看来，俺外甥的这个鲤鱼我是吃定了。"

这两句话把宋荃说得喜开了心，笑咧了嘴。宋荃说："太西这个媒是非你莫属了。孩子有这么大年龄了，请你多跑腿，勤动嘴，尽快把它说成，我们不会亏待你的。"

肖丁："你说什么话，姐姐，是咱们自己的事，可不能把我当外人。不要客气，不然我就生气了。"

宋荃："你现在能介绍一下女方的情况吗？"

肖丁："当然可以。女孩叫郭改，是郭庄人。郭庄距这里也三十多里路呢。她父亲叫郭申，是个老实农民，没出过门，一直守在家里种地。郭改二十三岁，身高一米六四，长得挺漂亮的，所有家务活都是她一个人的……"

他越说郭改的条件好，宋荃的心越不踏实。她知道自己的儿子不耐打听。这一次如果女方来打听，也会毫无例外地打听掉。她心里扑腾起来了，也听不下去他的介绍了。没等肖丁讲完，她就插话问道："你给我说这么远一个媒，女方同意吗？她为啥这么大了，还没有找到婆家呢？"

宋荃根本没想到有这么好的条件。在她的脑海中，肖丁讲的"二十多岁的漂亮姑娘"，对她儿子来说，简直是癞蛤蟆想吃天鹅肉——痴心妄想。这是画饼充饥，是白日做梦。这种情况她已经历好几个了。因此，她对条件好的媒一点儿也不感兴趣。她的想法很现实，找个条件差的。个子不高，长得不漂亮，甚至有些丑陋，哪怕是有些残疾，例如：瞎一只眼，瘸一条腿，或者是一个寡妇，即使有一个孩子也可以……如果是这样的条件，她会很感兴趣。因为这种条件成功的可能很大，这样的条件要求不高，一般都不来调查。她最怕的是调查，因为她儿子的几个媒都是被调查黄的。她问肖丁这话时，对这个媒成功的可能性，希望已经很小了。

对她的问话，肖丁是有思想准备的。他泰然自若地说："起初是她挑剔。后来订了一个，保持了几年关系后，人家做生意，赚住大钱了，又不要她了，所以拖到现在。要不是这个原因，她怎么会等到现在呢？那个男的也没良心，人家等你这么长时间了，你反而不要人家了，真是岂有此理！像她这么大的男孩不多了，我一想太西还没有订，这是个好机会，我赶紧跑来说这个事，我希望说成，因为咱都是自己人。"

经他这么一说，宋荃认为很合乎情理，但她仍然怕对方调查。她试探着问肖丁："郭庄距这里这么远，我们两家也都互不了解。对我们来说，好办，我们就听你一句话。你说中，就中，你说不中，就拉倒。由你从中介绍，我们是不会去调查的。他们就不一样了，他们肯定会来打听的，不然他们会放心吗？这么远，互相没有个熟人，他们来打听谁呀？"

肖丁："这个你不用担心。他们那边也是听我一句话。只要我说中，他们是不会来打听的。"

肖丁的这几句话说得宋荃喜笑颜开，她情不自禁地说："你对那边说吧，就说我们同意。"

肖丁说："不与太西商量商量以后再说吗？"

宋荃："这次我做主了，不与他商量了，他不同意也得同意，这次就由不得他了。按他过去的做法，这个不同意，那个不同意。这次如果与他商量，他可能又是不同意。这么大年纪了，不找个媳妇怎么能行！你放心吧，这个包在我身上，保证没有任何问题。"

郭改从小失去了母亲，跟着继母生活，开始时继母待她还不错。几年后，继母生了儿子，待她慢慢就不行了。她十几岁就担起了家务，做饭、洗衣服、磨面等等，全由她干，她也经常帮助爹爹干农活。虽然她没上过学，但她爱动脑子，经常想出去挣钱，闯出一个自己养活自己的路子。她很想在城里找个工作，她继母不同意她出去，因为，她一出去工作，家务活都落到她身上了。有一天，继母把她叫到跟前，说道："孩子呀，为什么非要出去不行呢？我当妈的实在不想让你出去。到外面工作，人生地不熟的，我怕你不习惯，怕你受委屈，怕你吃不好，穿不暖。还是留在家吧，咱们和和睦睦过几年后，给你找个合适的嫁出去……"

郭改："我的本意是不想离开咱这个家的，一家四口，暖融融的，挺顺心的。但我主要想学些自力更生的本领，不然我将来依啥为生呀？"

郭改的爹也不想让她出去。他认为郭改从小没娘，长大在家一直干很重的活，没过一天好日子，既没有享受到母亲的温暖，也没有享受过家庭的温暖，是个可怜的孩子。在外面一个人给人家干活，难免听些冷言冷语的，受了委屈连个说话的亲人都没有。

郭进是郭改的同父异母弟弟。他一听说姐姐要出去找工作，他从感情上怎么也接受不了，痛哭流涕地拉着姐姐的手说："姐姐呀，好姐姐，不要出去，不要离开我们，我不想让你出去，我离不开你。"

郭进的话是肺腑之言，他的感情是真挚的。他是母亲生的，姐姐养的。母亲生他，他毫无体会，但姐姐养他，他却有深刻的感悟。他十几年的生活，处处没离开过姐姐的照顾和扶养。他自有行为能力开始，他脑子装的就是姐姐。他想拉屎时，叫姐姐；想吃东西时，叫姐姐；想喝水时，叫姐姐；有人欺负他时，他也叫姐姐。他长到十多岁时，心里有什么事，也是与姐姐商量。姐姐实际上是他的感情上的母亲。

郭改虽然很想到外面找活儿干，她思想上也是很纠结的。她不想离开对她无微不至照顾的爹爹，也不想离开自己付出心血的弟弟。但她为了今后有个一技之长，有独立生活的门路，她还是毅然决然地想出去找工作。

不久以后，她爹给她找到了一个医务工作。爹爹征求她的意见时，她说："去干什么活呀？是不是技术活呀？必须是技术活，不是技术活不干。"

郭申说："是一个门诊店，医务活，给人开药、看病。"

郭改对这个工作很满意，她想学习些医疗技术，将来为百姓治病。

这是一个私人的门诊店，位于县城附近，有医生、护士、司药、勤杂工，一共十多人。老板是个女的，懂业务、会管理。她有严密的制度、严格的要求和定期认真的检查。门诊店虽然不大，但业务上却搞得红红火火。

来这里学医的人，必须经过下列步骤：两年勤杂工、两年护士或司药，然后才能跟坐班医生学看病。

在郭改的再三催促下，郭申和郭进把她送到了这个门诊店。

郭改走到门诊店以后，全店的做饭、洗刷、打扫等杂活，她全包了。她处处小心谨慎，认真负责，对工作任劳任怨、兢兢业业。她待人不卑不亢、态度和蔼，受到老板和同伴们的一致赞扬。

女老板虽然医疗水平不高，但很有管理水平，能把她的门诊店经营得有条有理，是一个管理女强人。她有个独生儿子，叫徐岑，比郭改小一岁。老板对经营她的门诊店很有水平，但对于自己的儿子却束手无策。徐岑没有固定工作，但他却经常不在家，谁也不知道他去哪儿了，谁也不知道他干了什么，他每天的行踪，连他妈也毫无所知。他很会花钱，他妈赚的钱，基本上都让他挥霍了。如何教育好儿子，成了女老板的心病。

郭改来到门诊店不久，徐岑不往外跑了。过去的蛮横无理，变得温文尔雅了；过去的清高自傲，变得温顺可亲了。他由一切不管变得爱干活了，而且是爱干杂活，最爱帮助郭改干活。郭改做饭，他帮助择菜；郭改洗衣服，他帮助打水；郭改扫地，他赶快拿簸箕撮垃圾，由无所事事的懒汉，变成了一个热爱劳动的小伙子。徐岑过去是一个不爱说话的人，从来就没有与人打过招呼。他与人碰面时，连看都不看人家，可是现在喜欢说话了，尤其是喜欢与郭改说话。有时是必须说的话，有时是礼节性的话，也有时是无话找话。从表情上说，徐岑过去是一个没有表情的人。他一天到晚，总是板着脸，更看不见他的笑脸，可是现在，他一与郭改说话，就喜颜悦色、温情十足、和蔼可亲。

徐岑的这些表现，他妈妈看在眼里，喜在心里。她认真地观察着儿子的变化，舒舒服服地品尝着浪子回头的快乐，也仔仔细细地寻找着儿子变化的原因。

她很快找到了原因：她的儿子喜欢上了郭改。

这使她很纠结。郭改可以改变她儿子的生活，这是使她高兴的一面。但如果娶这么一个儿媳妇，她还是不能接受。因为她一直欣赏的是门当户对。郭改的家在农村，父母都是农民，郭改又没有文化。她对郭改的表现很满意，但那只是一个老板对雇员的要求。她干的都是简单的体力劳动，是没有文化内涵的低级劳动。这如果体现在雇员身上，是一个好雇员，但如果体现在家庭成员身上，尤其是体现在儿媳妇身上，就远远不够了。

老板是个聪明人，也是个有心计的人。她决心取之有利的一面，弃之不利的一面。也就是说，她打算利用郭改，改造她儿子的生活轨迹；同时，不让她成为自己的儿媳妇。她的如意算盘能得成吗？

慢慢地，郭改也有感觉了。她感到徐岑对她有些不一样。但这究竟是怎么个不一样，这个不一样意味着什么，她一点儿也不清楚。他对她的殷勤周到和温情脉脉，她很欣慰。她虽然没有明确的想法，但她已开始有些男女之间的朦胧，对他的殷勤帮忙，她感到很宽慰；对他的溢满温馨的言语，她感到很舒心。

郭改最重的工作是洗衣服。徐岑一帮助她，她就感到轻松舒畅。徐岑感觉到她有些微妙的情丝变化，因此，对她的帮助，越来越大胆，力度也越来越大了。开始时帮助她打水，后来帮助她把衣服上的水拧掉，再后来是把洗好的衣服搭在绳子上。这些工作都是洗衣服过程中比较费力气的活。他的帮忙，对于郭改来说，与其说是省了她很多劲，倒不如说是给她增加了很多劲。只要他一来，她就心情喜悦，干劲倍增。一次徐岑温存地问她："你洗衣服累吗？"

郭改柔情切切地回答："有你的帮助，不累。"

她的回答使徐岑非常满意。他很欣慰，他开始意识到，对她的努力已经得到她的认可和接受。他心里踏实了，目标更明确了，今后的举动也更大胆了。

一个春色明媚、阳光灿烂的上午，郭改正低头在洗衣盆里揉搓工作服，忽然一只大脚出现在洗衣盆旁边，她抬头一看，满面春风的徐岑，站在她的面前。两人眼对眼地凝视了片刻，郭改似笑非笑地低下了头。徐岑很关切地说："我来帮你洗吧？"郭改内心里激动万分，外表上淡定自如、情意切切地说："有你这句话，我就满意了。"郭改已经认识到徐岑对她的举动不是一般人之间的举动，而是男女之间的行为，至少她认为徐岑对她有意思。他对她不时地送来阵阵春雨，她也不由自主地投去缕缕秋波。

渐渐地，郭改脑海里时常浮现徐岑的身影。她一看见他就感到宽慰，一听见他说话，就感到舒服。如果有一晌不见他，心里就空荡荡的，精神恍惚，做事没有心情。

有一次，徐岑出去几天不在家，郭改坐立不安，很想打听一下他去哪儿了，又不好开口。当她正在思念之中时，突然看见徐岑从外面回来。他们碰面后，徐岑说："我很想你。"

郭改也毫无顾忌地说："我也是。"

这么简单的七个字的对话，使他们的彼此思念之情有了质的变化，使两人的友好之情变成了爱情。徐岑很满意。从此，他对她说话的内涵，便超出了普通关系的范畴。一天，他对郭改说："我喜欢你，咱们结婚吧。"

郭改心里同意，但她嘴里却没有明确答复，只是说："我得回去对爹娘说说，看他们什么意见。他们如果同意，再说。"然后，郭改问徐岑："你妈同意吗？"

徐岑说："我妈肯定同意。"

徐岑的话太主观了。在生活范畴内的各个方面，他妈都依着他。他说一不二，想要啥买啥，想干啥就干啥，他妈从来不干涉他，他养成了一种自以为是的习惯。在他与郭改的关系上，他以为他妈也完全会听他的话，但他想错了。当他问他妈时，他妈的回答使他万万没有想到，也使他大失所望。他妈说："我不同意。"随即她狠狠地批评了徐岑。她批评他目光短浅，胸无大志。她很肯定地对儿子说："咱绝对不能把这样的人娶到家里。我决不会要这样的儿媳妇。我雇她来，是为了让她为咱们干活。她绝不能成为咱家的一员。希望你断了这个念头。以后少与她说话，少与她接触，少与她来往。"

母亲的话对徐岑的打击很大，他痛苦万分，竭力与妈妈争辩。但母亲的表情是严肃的，语调是强硬的，态度是坚决的，话是不会改变的。徐岑睡了几天，不起床，也不吃饭。母亲很焦急，她最怕的是，她儿子再回到无所事事、生活无度、昼夜不归、花天酒地的老路上。

徐岑不能与郭改结婚，已是定局。但是，少与郭改说话，少与她接触，少与她来往，他绝对办不到。相反，他与她说话越来越多，接触也越来越频繁，来往也越来越经常。门诊店的人都知道他两人是恋人关系，对他们的说话、接触也都习以为常了。一天晚上，吃罢晚饭以后，徐岑去到郭改的住室。两人一直谈到十一点多，郭改催徐岑赶快回去，她要睡觉了，不然影响第二天的工作。但徐岑不肯回去，要求继续谈下去。不一会儿，郭改又催他，他还是不走。第三次催，仍然不走。最后徐岑说："天这么晚了，我怎么回去呀？这时候我从你的屋里走出去，别人看见怎么想呀？如果不回去，没有看见我在这里，就如同没事一样。"

郭改一听，徐岑不想回去了，她马上严肃起来，说道："这怎么能行？"

徐岑立即把灯吹灭，紧紧抱住郭改，把她按到床上，说："这怎么不行！"

老板对店里的工作进行了调整。郭改不再洗衣服，也不再做饭。她每天的工作就是扫个地，倒个水，侍候一下老板。白天各屋转转，晚上陪徐岑玩玩。干不干活，干多少活，都没关系。郭改感到，她过的确实是快快乐乐、舒舒服服的生活。她认为，她来这里干活是她的幸运，认识了这位女老板是她的福气，与徐岑结合是她的幸福。她被封在装有剧毒的蜜罐中。

自从徐岑在郭改的房间里过夜以后，他经常来郭改屋里，也经常在这里过夜。他两个的这种关系已成为半公开状态。郭改认为，他们两个互相依恋，反正早晚都是夫妻。她万万没有想到，这只是一厢情愿。徐岑虽然喜欢郭改，但他母亲的态度他很清楚，与郭改结婚是不可能的。可是，他那浪荡公子、为所欲为的禀性，是不会为他的行为负责的。他也不会考虑，他的胡作非为会给对方造成多么严重的恶果。老板对她儿子的行为假装没看见，对店里工作人员的言论假装没听见。有人半信半疑地试探着问她："你快办喜事了吧？你这个儿媳妇挺不错，你好运气呀。"

她马上反驳道："连婚还没订呢！怎么会办喜事，更不会有什么儿媳妇！"她的话说得对方很难堪，让对方不知所措，只好默不作声。接着她又说："今后不要瞎说。我儿子的婚姻呀，八字还没有一撇呢。"

一天中午，老板对郭改说："你今天下午去我住室一趟。"

郭改琢磨老板叫她的目的，她猜想很可能是关于她与徐岑的事。她想起徐岑说的"我妈肯定会同意"的话，她认为也可能是老板劝她与徐岑订婚。因此，她很高兴去见老板。

郭改走进老板的住室后，老板急忙让茶让座，热情得让她不好意思。她很不自然地坐下，拘束地等待着老板的问话。

老板说："我叫你来我的住室，不是去我的办公室，我想给你谈些私事，不谈工作。你的工作我很满意，大家也都没说的，有目共睹，我不多说。自从你来了以后，我从来没把你当作外人，我始终把你当成亲闺女。我就一个儿子，没有生闺女。我很早以前就想要个闺女，可就是没有机会。你来了以后，这个机会终于来了。我待你好坏，你就没有感觉吗？其他人住集体宿舍，叫你一个人住一间房；其他人晚上得值班，不叫你值夜班；在工资方面，我给你的比谁的都多。"

郭改连连点头，嘴里不停地说："是的，是的，我知道。"

老板接着说："我就这么一个儿子，从小娇生惯养，长大游手好闲，浪荡成性，不务正业，把我气得没法。自从你来了以后，他一改常态，改变了一切不良习惯，成为一个正常的青年，我很满意。我想你一定对他有很大帮助，我对你万分感谢。我问你一件私事，你订婚了吗？"

她的问话使郭改万分高兴。她想："果然不出所料，她真的是说她儿子的婚事的。这真是心想事成。"

郭改乐滋滋地回答："没有。"

郭改说罢"没有"以后，单等着老板说什么。她满以为老板会说："想征求你的意见，愿不愿意当我的儿媳妇?"她怎么也没有想到，老板的话与她想象的大相径庭。

老板说："我一定负责给你找个。你有什么想法时，请对我讲，我一定帮你解决。"

郭改一听，大失所望。老板的话让她琢磨不透，她冷静下来以后，感到老板的话好像在她的头上泼了一大瓢冷水，让她冰冷入心，难以容忍。

老板最后说："你把徐岑当成你的弟弟，咱们共同帮助他，别让他走上错误的道路。"

老板是一个有心计的人。她嘴上说让徐岑当郭改的弟弟，可是她心里却是另一种想法。徐岑晚上在郭改屋里过夜，她是清清楚楚的，但她说着话还是正正经经，让徐岑当郭改的小弟弟，而且还叫郭改担当起教育他的任务。她的这一手真高。

郭改离开了老板的住室，她感到老板的话很费解。老板的葫芦里卖的什么药，她一时难以琢磨。

好像时光总爱与人作对。郭改的快乐生活没持续多久，她突然发现身体有些不适，浑身发软，走动无力，不想吃饭，尤其是不爱吃油腻东西，还不时地呕吐，月经也没有了。郭改不识字，书本知识不多，但生活经验，尤其是关于女人的生活知识，她还是听到一些。她也不是个迷瞪人，这些症状出现后，她马上告诉了老板，征求老板的解决办法。她满以为老板会马上让她与儿子结婚。

事与愿违。使她万万没有想到的是，老板的态度与她想象的完全相反。

她把情况告诉老板以后，老板马上板起了脸，气急败坏地说道："你是怎么搞的? 我不是早就告诉过你，让你帮助他，让你把他当成小弟弟，别让他旧病复发，别让他犯错误吗? 可现在你倒好，闺女家干出这种事，叫我怎么说你呢!"

郭改像被审讯的囚犯，没有任何争辩的勇气。她强压住内心的气愤，装出表面的平静，她心平气和地问："事到如今，你看怎么办?"

老板的话使她更难以想象："办法很简单。从今天起，停止工作，马上走人!"

郭改二话没说，立即站起来回到自己的房间，一头扎到床上，痛不欲生。她痛恨自己轻率，痛恨老板残酷无情。使她最痛苦的是如何面对现实，她在想："我去哪里? 回家吗? 肚子一天天大起来，一个没结婚的闺女，挺着个大肚子，怎么见人！孩子生在哪里？生下来怎么养？……"她悲痛欲绝，越想越不敢想，越想越悲痛。她从来没有像现在这么孤独无助，她从来没有像现在这样需要帮助，她也从来没有像现在这么想念妈妈。她不由自主地大声哭着叫起了妈妈："妈呀！你在哪儿呀？你怎么不管我呀？……"是的，她可以对妈妈诉诉苦，妈妈可以给她勇气和力量，妈妈可以与她分忧解难。她不停地哭呀哭，哭得天昏地暗，哭得精神恍惚。忽然她看见妈妈站在面前，温情脉脉，和蔼可亲。她急忙抱住妈妈，哭着对妈妈说："我想你，妈妈！我咋办呀，妈妈？"妈妈亲切地说："不要哭，孩子，哭也没有用。命运最会捉弄人啦。不管出现什么情况，都不要倒下，都要坚强地面对，要振作起来，勇敢地生活下去。肚子里的孩子要勇敢地生下来，他是你的亲骨肉，将来就是你的依靠，你们就可以相依为命，你就不孤独了……"她清醒过来了。睁开眼看看妈妈站立的地方，妈妈不见了，可是妈妈的形象、妈妈的声音、妈妈的嘱托都清晰地留存在她的脑海里。她擦擦眼泪，自言自语地说："是的，我听妈妈的话，要振作起来，哭也没有用，要坚强地面对，勇敢地生活下去。"

第二天上午，她的弟弟郭进拉了一辆人力车，把她从门诊店拉回了家。

郭申很疼爱女儿，但郭改带着大肚子回来，使他很伤脑筋，他感到太丢人，使他无法见人。郭改的继母更是恼羞成怒，她对郭申说："一天也不要叫郭改在家。你这闺女真丢我们郭家的人，丢死了八辈的人！她真是个扫帚星，她一回来，我就感到咱家一院子的晦气。她要在家，咱全家都得倒霉，谁也不会安生……"

郭申打断她的话说："行了，行了！你还有个完没有？给她找个家，把她嫁出去不就行了？"

"那得快点儿，越快越好。"郭改的继母又追加了一句。

郭改自从回家以后，整天待在家里，连头门都没出过，又干起了她的老一套：做饭、洗衣服等一切家务活。她继母告诉她不准见任何外人。万一有人进来时，她要马上回避，免得现眼丢人。对这样的软禁生活，郭改虽然很不习惯，但她也无话可说，因为她知道她确实为这个家干了丢人的事。她只是想赶快离开这个家，越快越好，而且要远离这个家，越远越好。

郭申很快通过一个朋友认识了肖丁，让肖丁给郭改找个媒茬。肖丁问郭申有什么条件要求时，郭申说："远点儿，越远越好。快点儿，越快越好。至于男方本人的条件，没什么具体要求，大点儿、小点儿、高点儿、低点儿、胖点儿、瘦点儿，穷点儿、富点儿……都可以。当然喽，不能是瞎子、瘸子、聋子、傻子，也不能是有严重疾病的人。"

肖丁得知，郭改除了失身以外，其他都是顶呱呱的。不管从哪方面说，她都是一个好女子。他想起林太西。他很清楚，林太西是配不住郭改的，但他的条件完全符合郭申的要求，再加上郭申要求的"越快越好"的条件，林太西就是最好的人选。

近几年来，肖丁说了几个媒，但以这个媒最省劲，从开始说媒算起，不到二十天的时间，郭改就来到了林太西的家里。林太西的母亲宋荃特别高兴，她天天想媳妇的梦实现了，况且长得又这么好，脾气也这么温柔，远远超出了她的想象。对郭改来说，不管是与门诊店相比，还是与自己的家相比，她都像从笼子里飞出来的鸟，解放了，自由了，有了自己的家了。因此，心里也很高兴。

在他们双方都很高兴之际，宋荃突然发现郭改的身体有些不一样。她是过来人，她知道女人怀孕从开始到后来的全部过程。她断定新娶来的媳妇是带着孕过来的。这时她才明白，怪不得这个媒这么省劲，这么快，也这么省钱。她把这事告诉了儿子，她说："孩子，你发现没有？你这个媳妇有什么异常吗？"

老抠："什么异常？我没有发现。挺好的嘛，什么事也没有。别多心了。"

宋荃："我看她的肚子里有孩子吧？"

老抠："是吗？我怎么不知道哇？如果真是这样，这更好。我还真想早点儿当爹呢。太好了！我很快就可以当爹了。咱家添个孩子多好呀！"

宋荃一看她儿子根本不在乎，她也就不再多说，只好说："那是，那是。"

郭改来到老抠家不到一年，生了个女儿，起名叫林开。林开三岁时，老抠的父母亲先后因病去世，家里剩下老抠、郭改和女儿林开三口人。

几年的平静生活以后，老抠认识到抠抠拧拧或占个小便宜是赚不了钱的。扁扁的口袋，空空的手，他到处显得寒酸的样子。郭改劝他挺起腰板，处事大方，为人正派，宽宏大量，不要小小气气，窝窝囊囊，叫人家看不起。她严肃认真地告诉他："越抠抠拧拧，越赚不了钱；越想占小便宜，越发不了财。这是永恒的真理，颠扑不破的规矩。它适用于各个地方，适用于一切行业，适用于每个人。"

有一次，郭改心平气和地对他说："妮她爹，咱的孩子慢慢长大了，咱在外面得注意点儿形象。"

老抠说："啥叫形象呀？"

郭改："形象就是别人对你的看法，就是认为你是一个什么样的人。"

老抠："我的形象怎么啦？"

郭改："你的形象不怎么样，'老抠'"。

老抠："'老抠'是外号，是个名字。你不懂，它不是形象。"

郭改："不要强词夺理，无理辩三分。因为人们认为你'抠'，所以才给你个外号叫'老抠'。你如果不'抠'，人们决不会叫你'老抠'。人家怎么不叫别人'老抠'哇？"

郭改的这句话把老抠说得无言可答。然后郭改又说："占小便宜，是占不富的；抠抠拧拧，抠不富，也拧不富。我早就对你说过，你就是记不住，也不理解，所以也不去改。你记住：'抠、拧'不行，抠、拧弄不来钱。还得想办法挣钱，搞收入，搞致富。钱是掏力气挣来的，不是抠拧来的。除了挣，其他办法都不行。"

老抠听着连连点头。他认为老婆说得在理儿。要想有钱，必须挣钱，小挣钱，怎么会有钱呢？从此以后，他的思路主要集中在"挣钱"上。

几天以后，老抠问郭改："这些天我一直考虑挣钱的事，可是怎么挣钱呢？"

郭改说："挣钱的门路很多。"

老抠急忙接着问："都什么门路呀？快说。"

郭改说："在咱村开个代销点。"

老抠："没本钱。"

郭改："今年咱村有几家盖房子，宅子都需要垫，给他们拉土垫地。"

老抠："没劲拉，也没车，又没钱买。"

郭改："赶集卖菜。"

老抠："早晨起不了那么早。你说的容易，从哪里弄菜呀？"

郭改："你真是个废物。别人卖菜从哪里弄来的呀？批发来的。"

老抠："买买卖卖，起早睡晚，一天卖不完还得拉回来，第二天又得去卖。你看看，多烦人，多累人，多麻烦！我干不了。"

郭改："开夜市卖小吃。"

老抠："不会熬夜。"

郭改有些生气了。最后气呼呼地问他："你这不干，那不干，这不会，那没劲儿，到底你想干啥？你会干啥？你这不干，那不干，怎么挣钱？挣钱是靠干出来的，不干就不可能挣钱。"

郭改的话狠狠地触及了老抠的灵魂。他问自己，是呀，我会干啥？啥都不干，啥都不会干，怎么挣钱呢？他整天愁眉苦脸，苦思冥想，挖空心思，寻找挣钱的门路。有一天，他在街上听见隔壁的王大爷骂他儿子"无所事事，吃喝嫖赌"，家里的钱被他挥霍光啦等等。他回家问郭改："什么叫'无所事事'和'吃喝嫖赌'？"

郭改说："我没上过学，但我坚持自学，不会了就查查字典。我给你查查字典。"她翻了一会儿字典，然后说："'无所事事'就是啥也不干。"

老抠说："对了，王大爷骂他儿子啥也不干。那么'吃喝嫖赌'呢？"

郭改："你连吃喝嫖赌是啥意思也不知道呀？"

老抠："我大概知道一些，知道不全。"

郭改："你说说。"

老抠："吃是好吃，喝是好喝，赌是好赌博。嫖是啥意思？不知道了。"

郭改："你知道得不具体。吃，不但是好吃，主要是好吃好的，好吃贵重的东西。他要好吃野菜，绝对不会挨批评。喝是好喝不假，喝什么？这是关键，绝不是喝水，如果是喝水，喝再多也不会批评他，而他是喝酒。嫖就是搞女人。赌就是赌博，这你知道。这四件事，没有一件是好事。一个人如果迷恋于这些，那他就完了。这四样哪一样不得花钱？这些都是扔钱的，而且是扔大钱，有多少钱也不够往这上扔。"

本来不爱动脑子的老抠现在动起脑子了。他想，王大爷的儿子把钱挥霍到哪里啦？要是挥霍到我这儿该多好啊。可是他又想，我这里没有提供给他吃喝嫖赌的机会，他怎么会把钱挥霍到我这儿呢？想到这里，他恍然大悟了，不自觉地叫了一声："有了！"

郭改问他："有啥了，好像发现宝贝似的？"

老抠欣喜若狂地说："咱们开个小酒店，让他们喝咱的酒，吃咱的菜，吃喝钱不都给咱们啦？"

郭改："开酒店不仅仅是熬夜，还很累、很苦，一天到晚都休息不好。你不是说，你不会熬夜吗？"

老抠："只要能挣钱，我会熬夜，也会吃苦，而且啥都能干。"

郭改："这就好，但必须有个地方。"

老抠："把咱的东屋扒个临街门就行了。"

郭改："你倒聪明起来了。"

在很短时间内，他们就把他们的东屋改变成了一个干干净净、漂漂亮的小酒店。开业那天，他们贴了标语、放了鞭炮，邀请了村里的露面人物。一切在郭改的指挥下，老抠的禀性没有显示出来。他们破了财，舍了本，让邀请来的客人高高兴兴地吃喝了一顿。吃得老抠痛苦难忍。但郭改不让他说话，关于开支问题，一切都不叫他管，也不准他说话。她事先曾对他说过："舍不了羊，打不了狼；栽不了树，乘不了凉；舍不了钱，盖不成房。你光一毛不拔，什么也办不成。不扎本，怎么能求利？"

由于本小，酒店的销售范围很有限，酒类只有白酒和红酒，菜类只有猪肉、牛肉。柜台上放着醒目的牌子："恕不还价，概不赊账。"老抠再不能游手好闲了，生意主要在晚上，他白天进货，晚上销售，从早忙到晚。郭改主要负责卖肉调菜。打起招兵旗，就有吃粮人，摆下酒摊子，就有喝酒人。来喝酒的人慢慢多起来，每天深夜关门后，老抠一盘账，总会赚钱，少则十元、二十元，多则七十、八十元。他很高兴，起早抹黑也不嫌累，小生意做得顺顺利利。

酒店开得不到一年，老抠的生意就做得轰轰烈烈了，不仅仅是洛家庄的人，周围村庄的人也常来常往，成了这一带露面人物的集散地。每天晚上，买酒的，买菜的，络绎不绝；喝酒的，划拳的，说的，笑的，脚步的橐橐声，碟碗的碰撞声，锵锵之响，靡靡之音，熙熙攘攘，觥筹交错，烟云缭绕，浑浑浊浊，整个酒店像坐落在不高不低、不上不下的云雾仙景中。

一天，郭改对老抠说："明天买些芥末、胡椒粉。有几个顾客经常要求在菜里加这加那的，咱的东西不全了，他们就有意见。"

原来是袁良、王小三、张全、张锁等几个光棍，他们来酒店最勤。他们不管是喝酒，也不管是吃肉，他们都买得最多，他们是酒店的常客。他们爱在郭改那儿闹腾，嬉皮笑脸，油头滑脑，挑三拣四，说话随便。郭改给他们调好菜以后，他们总是不满意，有时淡了，有时咸了，有时要求加些酱油，有时要求加些醋，有时要求加些芥末，有时要求加些胡椒。他们对郭改称嫂子长、嫂子短的。还经常夸郭改，夸她手巧，菜切得匀；夸她心细，菜调得味道好，吃着顺口。他们出手很大方。他们买菜时，从不是三两二两的，而总是一斤、二斤的。或者是按整数钱买，比如两块钱的、三块钱的，让卖家感到痛快。后来，他们在酒店里混熟了，酸溜溜的话也就从他们的嘴里脱口而出。有的说："你真能干，全村少有。"有的说："你真是个贤内助，老抠真有福。"还有的说得更露骨，说道："我真羡慕老抠哥，他能搞到这么漂亮、能干的老婆。"还有的说："老抠哥真有福，能被你看中。我怎么没有这个福呢?"

郭改听了这些话很不是滋味,但她没有做任何反应。她不但没有对他们讲不好听的话,连个不好看的脸色也不敢使出来。她很清楚,这是她的生意,他们是她的顾客,她不能失去他们;另一方面,这些都是地痞流氓,有的还有权有势,如果得罪了他们,他们稍微使些小伎俩,生意就做不成。在他们面前,即使心里很不高兴,也得违心地装出笑脸,好话相应,好脸相陪。

郭改把这些情况以及她自己的想法与对策完全告诉了老抠。老抠听了后非常高兴,他开酒店的初衷就是把这些人的钱挥霍到这里。他对郭改说:"咱赚的钱主要就是他们的,千万不能得罪他们。我们要想一切办法让他们多来,多买咱们的东西。我看他们就是冲着你来的,你要抓住这个机遇,充分利用你女人的优势,把他们吸引住。这样,他们就会甘心情愿地把钱掏给我们。"

郭改对他的话很不耐烦,说道:"你是为了钱,啥都不要啦。"

老抠:"你真说对啦。我就是光要钱,别的啥都不要,要也没有用。只要有钱,叫我干啥我干啥。"

郭改:"我可干不出来,我还要人格呢!"

老抠:"人格多少钱一斤?它能吃呀?能喝呀?没有钱,光有人格,照样叫你寸步难行。你的教训还少吗?哪一个挫折不是因为没有钱?"

郭改以为他的话很不是滋味儿,但又不知道如何反驳他。

老抠:"在这种环境下,我如果是个女人,我会挣大钱。我一个人挣的,叫咱全家人吃不完。"

郭改:"你真不要脸。"

老抠:"你说对了。我不仅不要脸,我啥都不要,我只要钱。你要不服气,咱两个做个比赛吧。"

郭改:"怎么比赛呀?"

老抠:"我光要钱,其他啥都不要。你不要钱,其他什么都要,要脸、要人格、要形象。我的这些东西都给你,我不要脸,不要人格,也不要形象,我光要钱,其他啥也不要!咱们坚持十天,行不行?"

郭改:"可以。我不要钱,一分钱也不要,只要有吃的就行。"

老抠:"吃的也是钱买的呀,吃的也是钱,你吃的也不能要。"

郭改无话可说,只说了一句:"那可不行。"

一天中午,袁良来到酒店买了一瓶白酒、一斤猪头肉。郭改给他调好后放到盘子里。他提住酒,端住肉,拿了两个酒盅和两双筷子。他把这些东西放在桌子上，回到老抠面前，说："走，老兄，咱们兄弟二人喝两盅。"

老抠本想婉言谢绝，说道："谢谢，老弟，我不陪你了，我在这儿有事呢。"

袁良："你来吧，我还有事对你说呢。"

老抠："啥事儿呀？别影响我卖东西。"

袁良："是关于你如何多赚钱的问题。你如果不来，说明你不想多赚钱。"

老抠一听是让他多赚钱的事，他赶快从柜台内出来，走到袁良放酒菜的桌子旁，与袁良一起坐下。他们先碰了两杯作为入席酒。然后，他们就边吃、边喝、边谈。袁良与他谈话非常投机，老抠愿听哪句话，他就说哪一句。他光说老抠感兴趣儿的事儿。老抠认为袁良是诚心帮助他赚钱的，是他的可靠朋友。一斤酒快喝完时，袁良说："老兄，我认为你的生意业务范围太小，你如果再扩大一个服务项目，你赚的钱就会增加好几倍。"

老抠一听能赚好多钱，非常感兴趣，急忙问他："什么项目，快说？"

袁良："你们应该有女服务员。"

老抠不以为然地说："我还以为你有啥高招呢，原来是这个建议呀。我们暂时还不要女服务员。我们还没赚住钱，还雇不起女服务员，就我们自己人先迁就着，等以后钱多了再说。"

袁良："老兄没有把我的话理解透。我的意思是做女服务的人员，而不是女服务员。"

老抠："什么是女服务哇？"

袁良："你真是个呆子。你没有想想，我们这些人经常来你的酒店，你认为我们光喝喝酒就行了？不是的，我们还想要女人为我们服务。"

老抠忽然明白袁良的意思了，说道："你指的是要女人陪你们睡觉？"

袁良："对啦，就是这个意思。有了这个服务，你就能赚大钱了。"

老抠："不行。我们店里除我老婆我们俩外，哪里还有女人啊？"

袁良："你老婆不也是女人吗？"

老抠："我老婆也行吗？"

袁良："当然行喽，我们正想找你老婆呢。"

老抠："你给多少钱？"

袁良："我们一次给你的钱比你这个酒店一个月赚的钱都多。"

老抠沉默了好长时间，说道："你们行，我也行，就是她不行。"

袁良没有想到他这么干脆。袁良在老抠面前赤裸裸地提出需要他老婆。

袁良之所以敢直截了当地这么说，是经过充分考虑的。他深知老抠爱财如命的禀性，只要能赚钱，他什么事都干。他知道，他的这个建议，老抠是可能同意的。但她毕竟是他老婆，从这个角度上说，他可能不同意，还有可能翻脸。袁良是个聪明人，他对这个建议的反应，做了两手准备：如果老抠同意了，就进一步谈具体办法；如果他不答应，甚至是生气翻脸，他就说是开开玩笑，何必当真呢。

袁良很高兴地说："只要你同意就好办。关键就在你身上。"

老抠："你只要有钱，我好办。"

袁良："当然有钱啰。"

老抠："咱先谈好价钱，然后再说事情本身。你明确说一次多少钱吧？"

袁良："二十块钱。"

老抠："不行，太少。"

袁良："你要多少钱？"

老抠："一百块。"

袁良："别再讨价还价了，我给你五十块。行了，不要再涨了，我们也不是一次就完，我们要给你的钱多着呢。"

老抠低头一想，五十块钱比他们的酒店一月赚的钱都多。况且，这还不扎本，纯是赚头。五十块钱还只是一次的钱，一月要几次？一月可以赚到几百块钱呀！可不是个小数。这么多的钱，过去连想都没有想过。

老抠说："咱先把丑话说前头，每次你都得先把钱交了。我是不看见兔子不放鹰。你可不能欠账，干这事没有欠账的。"

袁良："行。先说头一次吧，什么时候，如何进行。"

老抠："今天晚上。你先把钱交了以后，我再对你说怎么做。"

袁良随即交给老抠五十块钱。老抠把钱装在口袋里后，对他说："今天晚上，十二点钟你来这里，我再告诉你怎么办。"

这天晚上客不多。刚一过十点，老抠就对郭改说："今晚客不多，你早点儿回去休息吧，回去就马上睡觉。趁着客不多，该好好休息休息啦。"

郭改解下围裙就走，心想："你别看他抠，挺会体贴人的。"她心里乐滋滋的，出门后没走几步，拐回头对老抠说："你也早点儿回去。人少，别瞎熬眼了。"

老抠："你先脱衣服睡，这里一完我就回去。"

十一点多钟时，酒店里就没有客人了。袁良也坐在那儿吃着、喝着。快到十二点时，老抠把酒店里的活收拾完后，对袁良说："我给你个手电筒，咱们两个一块儿进我们的住室。你在前面，我在后面。咱们走到床前头时，你往床上照一下，如果她没睡着，她会说话，我马上接过手电筒，给她对话。我去床上睡觉，你暂时藏在屋里。等她睡着了，我从床上下来，你再上去。她醒来翻身时，你用左手抓住她的右手，用右手的两个指头捏捏她的两个嘴唇，暗示不要说话。我们在一起时，是从来不说话的，因为我女儿在西间睡。她的短裤是松紧带的，你可以轻轻给她脱下。如果她与你配合，说明她把你当成我了，这就好办了；如果她没有主动性，说明她一直在睡着，你只管干你的，不要管她。我在外面等着你。事完了后，你轻轻从床上下来，走出房间，我把你送出大门，我再睡觉。这整个过程，她很可能连醒都不会醒。因为，我们每天都很忙，她很缺乏瞌睡。大胆干吧，不会有事的，我为你担保着。"

老抠扶着袁良走进了住室。袁良用手电筒一照，床上一动也不动，郭改正在酣睡，还带着轻微的打呼声。袁良上了床，一切程序都按老抠说的办。老抠坐在椅子上等着。大约半个钟头以后，袁良轻轻地从床上下来，蹑脚蹑手地走出房间，老抠把他送出了大门。老抠不再绷得紧紧了，他放松多了。他心里非常高兴，好像从来都没有像今晚这么高兴过。五十元呀，这不是个小数呀，我干多长时间能赚这么多钱呀！而今天这个钱来得是如此容易。不费吹灰之力，不花分文之本，何乐而不为呀。他关门也不怕有声音了，走路也不小心翼翼了。总之，他恢复了平常的动作，不再怕惊醒郭改了。当他脱了衣服，往被窝里钻时，郭改问他："刚才不是你吗？"

老抠："不是我还有谁呀？"

郭改："你怎么刚脱衣服呀？"

老抠："我出去解手啦。"

郭改："现在几点了？"

老抠："十二点多了。"

郭改："这几天我一直很累，今天可睡个好觉，把我睡得迷迷糊糊的。刚才你去解手，我都似乎知道，似乎不知道。"

老抠："你可睡美了，把你偷走，你也不知道。"

郭改："有你保护我哩，谁有那么大胆，敢来偷我呀？做妻子的，躺在自己丈夫身边，是最安全的，你说是吗？"

老抠言不由衷地说："那当然，那当然。快睡吧，再睡一觉天就亮了。"

郭改："看你身子凉哩，别挨住我。"

老抠："好，离你远点儿。快睡，快睡。"

一星期后，他们按原来的办法顺利地进行了第二次。老抠又获得了五十块钱。又过了十天，袁良又找老抠交钱了。他这次只交三十块，他对老抠说："这次给不够你五十了，只有三十了，请你照顾一下。"

老抠："那不行。少得太多了，少三块、两块还可以，你少得太多了，不行。"

袁良："你要是真不行，算了，我就不干了，我没有钱了，今天我只有这三十块钱了。你说行不行？"没等老抠回答，袁良继续说："我说，老抠兄，你抠，看抠什么的，在别的地方可以抠，可是在这个地方抠，你就断了你自己的钱路。你灵活一些，我可以多来几次，不就弥补过来了吗？此外，我还可以给你拉些客人，你不就可以赚更多的钱吗？来这里的都是熟人，哥们儿，不一定哪一个身上钱不足，也在所难免。你不要拿这么死，把生意做活，你的钱路就更广了。"

老抠一听，认为他的话有道理。他最怕的是袁良不干。他如果不干，别说三十了，连一块也没有了，这太可惜了。他马上对袁良说："三十就三十吧，反正咱们是老朋友，你又是常客。好，这回给你省二十。希望多拉些客。不过，你可不能对别人说。这三十块钱，只给你这个价，别的任何人也不行。"

袁良连连点头，说："这当然，这当然。谢谢老兄的关照。"

这一次是三十块钱成交了。

这天晚上，郭改睡得没那么死。当袁良把郭改动醒时，她下意识地搂他的脖子。她突然发现，她搂的不是干瘪瘪的脖子，而是毛茸茸的头发。她又觉得，她的男人是一个又瘦又低的小个子，而这个人，怎么又高又胖，是个膀大腰圆的标形大汉？她马上意识到有异常，她急忙推开这个男人，说了声："你是谁？"她猛地坐了起来，哧啦划着了火柴，看见袁良光着身子还没来得及穿上衣服。她男人老抠大模大样地站在床前，他不但没有恼怒之情，反而在眯眯发笑。

袁良穿好衣服后并没有马上离开，而是等待着老抠如何收拾这个残局。

两个男人同时肩并肩地站在郭改的床前，她怒不可遏，又恼又恨，羞愧难忍，悲痛欲绝。

看着郭改的不祥面孔，老抠收起了他那眯眯的笑容。他语无伦次地说：

"这是我……这怨我……"

他一开口，郭改就打断了他的话，骂道："住口，不要脸的东西。"

袁良急忙说道："嫂子，我该死，我该死。"

郭改："都给我滚出去，你们这些不要脸的畜生。"

袁良眼看郭改一时消不了气，恭恭敬敬地给郭改作了个揖。说了声"我走了"，离开了郭改的房间。

老抠跪在床前，哀求郭改饶恕，嘴里不停地喃喃自语。

郭改气得眼发黑，头发蒙，哪有心听他在床前的啰唆。用被子蒙住头，撕心裂肺地哭起来。她不停地哭呀哭，一会儿大声哭，一会儿小声哭，一会儿骂着哭，一会儿自言自语着哭。她高一声、低一声地一直哭到天亮。她的眼泪哭干了，喉咙哭哑了。她哭得没劲了，不再哭了。她抬头一看，老抠还在床前跪着。她恨他，可是　看他跪着的样子，浑身是汗，少气无力，可怜巴巴，软如烂泥。她与老抠毕竟是夫妻，他的这副可怜相燃起了她的怜悯之心。她的痛恨之心下降，可怜之心上升。她带着既恼怒又同情的声音冲着老抠说："起来吧，不是人的东西。"

正处在半死状态的老抠，被她的这句话清醒过来了。霎时间，他的纠结解除了，压力放下了，他轻松了，他的脸上虽然仍是愁眉苦脸的表现，但他的内心里却是乐滋滋的。他原来最怕郭改不原谅他，他最怕郭改与他闹个没完，他也怕郭改与袁良他们闹得不可开交而断了他的财路。郭改一叫他起来，说明郭改原谅他了，说明郭改不会把路走绝。他高兴了，但却装模作样地说："你不叫我起来，我不敢。我是向你赔罪的，向你跪得再长也不嫌长。我真是没脸，真不是人。是狗、是猪，是什么都行，只要你原谅我。"

这天，老抠照样经营他的酒店。生意与平常一样，割肉的，打酒的，他忙得不可开交。郭改没有露面，她一直躺在床上。躺在床上干什么？睡大觉吗？她睡不着。她也不吃饭，也不喝水，躺在床上想心事，想她悲惨的过去。她想："这个世界怎么对我这么不公平！我本来是个有理想、有抱负、有能力、有十劲的青年，怎么现在成了一个不知羞耻、没脸见人、任人蹂躏的玩物？妈妈很早就去世了。一个孩子的最大不幸，莫过于丧母。我摊上了。我满腔热情，一心想找个工作，学些技术，过个舒服的一生，我遇上了徐岑。一个年轻女子最痛苦的事，莫过于失去贞洁，我又摊上了。一个女人一生最大的不幸，莫过于找个窝囊、无能的男人，我找了个老抠，并且不知廉耻，爱财如命，竟干起了为自己的老婆当老牵的勾当。这真不是人干的事。就是这么一个男人，我又摊上了。"她又想："小时的失母之苦，已是过去了；年轻时的失身，也已翻过了一页。一个女人受折磨最长的，甚至很可能是一辈子的痛苦，就是跟着一个不是人的男人，老抠就是这么一个人。这种生活何时会结束呢？"她又想："这种不人不鬼的生活实在是无法继续过下去了，不如了却生命，一了百了，再也不用这样煎熬了。"

正当郭改感到走投无路、没有继续生活的勇气的时候，她十多岁的小女儿林开跑到她跟前，甜甜蜜蜜地叫："妈妈，你怎么还不起来呀？我们都吃过饭了。"

郭改听见女儿的叫声，马上振作起来，应声答道："我很不舒服，我头痛得厉害，我想多睡一会儿。你怎么不在酒店里给你爹帮忙呀？"

林开："今天客不多，我爹一个人就够了。我不想跟我爹在一起，我想跟你在一起。"

郭改："我要是不在家呢？"

林开："你去哪里呀？你去哪里，我跟到你哪里，我非跟着你不行。"

郭改猛然醒悟了：我可怜的孩子呀！离开妈你就无法生活了。她几乎吓出了一身冷汗，她真感到后怕。没有母亲的孩子是最可怜的孩子，我的悲惨经历不能再传给孩子。她又想：如果我走了，她跟着谁？跟着老抠行吗？绝对不行。老抠会把她带到哪里去？可以肯定，他会很早就逼她接客。因为老抠不是人，人干不出来的事，他能干出来。如果自己走了，就会给自己的孩子留下一个更加悲惨的一生。我的一生是痛苦的，我不能让我的孩子再受痛苦。宁愿自己多受苦，也不能让孩子再受一点儿苦。想到这里，她好像完全清醒过来了。她自言自语道：对，不能死，还得活着，还得继续生活下去，不管啥生活，人的生活，非人的生活，鬼的生活，畜生的生活，都得生活下去。宁愿自己过不是人的生活，也得让自己的女儿过上人的生活，正常人的生活，正常人幸福的生活。

晚上，老抠忙完店里的活以后，特意为郭改做了一碗她最爱喝的蘑菇、豆腐炖鲫鱼汤。他恭恭敬敬地端着汤，小心翼翼地走到床前。他怀着深深的情意、内疚的表情，用十分可怜的腔调对郭改说："喝点儿汤吧，趁热。你最爱喝的。"

郭改没有睡着，她看见老抠走了进来，没说一句话，她把脸扭向里面。老抠把鱼汤放在桌子上，站在床前，弯着他那瘦小的身子，把左手轻轻塞在郭改的脖子下面，慢慢地扶她坐起来。她意味深长地说："我苦恼，我痛恨，我不想活了。我怎么遇上你这么一个男人!"

老抠站在那儿一动不动,脸上流露着无可奈何的表情。

郭改说:"你对我说说,你们两个是如何勾结在一起欺负我的。你要如实说,不要有任何虚假,不要有任何隐瞒。"

老抠坐在椅子上,不慌不忙地、一五一十地把事情的经过完完全全地告诉了郭改。

郭改问他:"这是第几次?"

老抠:"这是第三次。前两次你都没有发觉。"

郭改:"他给你了多少钱?"

老抠:"前两次都是五十块,昨晚这一次是三十块,一共一百三十块。"

郭改:"光从钱的数目上说,也不算少。但他买的是你妻子的人格,是你妻了的肉体。我把自己的人格卖给他,把自己的肉体卖给他,这一百三十块钱,绝对不多,我的人格是无价之宝。若不是你们骗我,在我不知道情况下做的买卖,如果我知道的话,他出再多的钱我也不会卖给他。老抠呀,老抠,你不要脸,你不要人格,可是我要脸,我也要人格。现在,你也把我的人格卖给他,况且,还这么便宜。从此以后,我没有脸了,没有人格了,也没有形象了,我也没有活路了。一个人如果没有人格,要这个躯壳又有什么用?像你这样的人,与动物有什么两样?"

老抠听着不但不感到羞愧,反而心里沾沾自喜,他说:"如果不要人格,就可以赚大钱了。人格有什么用?还是钱有用。钱,钱,还是钱。只要钱,别的什么都不要。我叫袁良来还不是因为咱们没有钱?我还不是为了多赚钱?咱们要是有钱了,我还会叫他这么干吗?你仔细想想,我是为了啥?还不是为了咱这个家?我也不是光为我自己呀。咱两个换换位置就好了,我决不会像现在难为你了,我自己挣的钱,让咱们一家都吃不完、用不完。你什么事情也不用干,就光跟着我享福了。"

郭改听了他的话以后,不再生他的气了。这绝不是他办的事不让人生气,而是不值得生气。因为老抠已不是人了,他是猪、狗,是畜生。不管他干出什么事,值得与他生气吗?她认为这个人确实是一个无法挽救的人,不可理喻的人。她对他已没有一点儿信心了。她准备从感情上彻底放弃他,完完全全地与他决裂。他在家里,如同她家的一条狗、一只猫,或一只鸡、一只鸭。这样,不管他干什么,也不管他说什么,想什么,她都不会生气了,甚至都不会有任何感觉了,心情就放松了,就感到快乐了。

郭改的麻木表现没有使老抠悲痛，反而使他高兴起来了。他不理解郭改内心的巨大变化，只认为她是忘掉了往事，恢复了正常。

第二天上午，又是老抠一个人去了酒店。袁良走到老抠跟前，老抠对他说："你去吧，她在怄气呢。这回要看你的本事啦。"袁良走进了郭改的房间。

郭改连衣躺在床上，正在想心思。她看见袁良进来，问他："你来干什么?"

袁良："我来向嫂子谢罪哩，恳求嫂子饶恕。"

郭改："你说说你们为什么这样欺负我?"

袁良："我毫无欺负你的意思，我特别喜欢你，怕你不同意才用这种方法。你如果同意，我决不会采取这种办法。"

郭改："你是让我卖身呀。"

袁良："不是，绝不是。"

郭改："还说不是。明明是你付了老抠钱来买我的。"

袁良："付钱只是一种手段，根本不是买卖关系。"

郭改："怎么是一种手段呢?"

袁良："我太爱你了。自从我第一次看见你以后，我就一见钟情，好像与你有长久的缘分。我恨咱们相见甚晚，恨我已经有了老婆。我吃不好饭，睡不好觉，暗暗地害着相思病。我发现，你已是我生活的一部分，我离不开你，没有你我就无法生活，你就是我的命，你就是我的一切。你对我这么重要，但我又不能接近你，这是多么痛苦呀! 我知道，要想得到你，必须得通过老抠，我知道他爱财如命，只要给他钱，他会叫我实现梦想的。那天中午，我试探他，他真的同意了，他说付钱后就可以想法得到你。来这里的办法还是他给我出的主意呢。你想想，不给他钱，他会叫我来吗? 不是他领我来，我会敢来吗? 你再仔细想想，我不是叫你卖身，我也不是买你的肉体，这种买卖交易只是一种手段，而真正原因是我受到了对你感情的驱使，是我对你酷爱的表现。"

郭改："这让我丧失了人格，丢掉了尊严，丢尽了脸，实在没法见人。"

袁良："嫂子，你这种想法太狭隘了。男女之间的事自古有之。至于说人格呀，道德呀，丢人呀，形象呀，尊严呀等等，都是你们女人为自己设的禁区，这个禁区有一条无形的限。在这个限内，好像是神秘的无价之宝。一旦这个限突破了，无价之宝也随之消失。这正如一个洋葱一样，在人们不知道时，不知道洋葱内是什么秘密，但剥去它的一层层保护层后，里面什么也没有。你们女人的禁区也是如此，其实这个限内、限外都是一样的，别把它看得神秘，它就不神秘了。你所说的人格呀，丢人呀也是这么回事。再者，一个人生在世上，总要找一个配偶吧，与一个相爱的配偶在一起，不但不是什么'失人格''丢尊严'，而是一种幸福。不但不感到没面子，而是一种享受和自豪。"

袁良滔滔不绝，振振有词，他那恰如其分的比喻，他那和颜悦色的表情，郭改都仔细地看在眼里，记在心上。袁良的知识、口才，都对郭改留下了很好的印象。袁良的朗朗上口与老抠的笨嘴拙舌，袁良的知识渊博与老抠的浅识无学，都相距太远，天渊之别。顷刻间，那个整天只念叨"钱"的老抠，是一个区区渺小的可怜虫，而这个心胸开阔的袁良是一个形象高大的男子汉。郭改的脑海里完全被袁良占据着，没给老抠留一点儿余地。郭改心里羡慕，表面上又很平静；内心感到欣慰，但表面上又很恼怒。她装模作样地对袁良说：

"你真是好屁股眼嘴子。你说说你来过几次了？"

袁良："两次半。"

郭改："怎么两次半，半次是怎么回事？"

袁良："前两次有始有终，有头有尾，完完整整的两次，昨天晚上是半次，因为没有结束你就醒过来把我推开了。我实在太可怜了，半路就把我赶走了。"

袁良说着哭了起来，他说："我很痛苦，我是世界上最痛苦的人。我喜爱的人不能接近，反而整天与一个不喜欢的人住在一起，我的命怎么这么苦啊！"

郭改看着他那可怜相，想想他平常在酒店里买菜时对她的言行，心想：他可能真的爱自己。她又回忆老抠的形象，他两个根本没法比，老抠与他相比，无论从哪方面说都相差太远。她后悔怎么找个老抠做丈夫，太窝囊了。袁良这么爱我，说不定是老天爷让他来给我补屈的，我要接受他的爱，也是对我精神上的补缺。我过去总埋怨老天爷待我不公平，不断置我丁死地。现在看来，它还是公平的。

她问袁良："你真的爱我吗？"

袁良："我如果骗你，叫我正走路时摔死。"

郭改："你只要不骗我，你爱我也是我的幸福。"

袁良听了这话高兴极了。他有恃无恐，猛地从椅子上站起来走到床前，坐到床上，侧着身子与郭改抱在了一起。

从此以后，郭改与袁良隔三差四地走到一起，很快发展成半公开状态。老抠有时知道，有时不知道。老抠知道的，袁良给他些钱，也不是三十、五十了，而是走走过场而已。老抠深知他已经失控，他很清楚袁良与郭改的亲密劲已经远远超过了他与郭改的关系，但他埋怨谁呢？

袁良不仅自己找郭改，他还不断地带他的朋友去，郭改也从不拒绝。她也体会到，那个禁区"限"如果突破了，也就没有禁区了。与一个人和与十个人的性质是一样的，也就无所谓了。因此，郭改的房间里经常去人，有时一个晚上还不止一个。

老抠每晚住在酒店，把房间彻底腾给郭改。郭改接收客人是分等级的。她把袁良当情人，当然不会收钱，而且有求必应。个别经袁良介绍的，她不收钱。其他人，得先交钱。有的在老抠那儿买票，她凭票接人；有的没有买票，得在她这儿交钱，否则，不接。

老抠的生意慢慢兴隆起来了，每天晚上顾客满堂堂的，一些能喝能吃的大肚汉经常光顾。郭改不再在酒店调菜了，袁良帮他们雇了个年轻女子专门负责卖菜、调菜。老抠还雇了一个男青年帮他卖酒、拉货。老抠的酒店越来越红火了。

老抠很满意现在的生活，他感到很幸福，因为他有钱了。

郭改也似乎很满意。她不用劳累了，也有钱了，也有人爱她了，她在感情上也得到了平衡，她知足了。

但是，从他们家里悄然长大的林开却忍耐不住了，她多次对爹妈说不要过这种非人非鬼的生活，但他们都听不进去。她对她爹说时，她爹说："现在是挣钱时候，等钱挣多了再停。"她对她妈说时，她妈说："没有我的非人非鬼生活，你爹就不可能挣钱，我这里一停止，他那里就垮台。既然到了这一步，干几年再说吧。"

一天晚上，林开到了陈奶奶的家。奶奶让她坐下来，问她："有啥事吗，妮儿？"

林开嘴动了几动才说出话来："我怕见人，不敢给人说话。我早就想来，总怕碰见人，试了几次都没来成。我实在是忍不住了，趁晚上路黑，街上人少，躲着人来到这里。"

奶奶看她羞怯的样子，问她："你怕什么呀？"

林开："我怕丢人。"

奶奶："啊！怎么回事？请谈谈。"

林开很不好意思地说："你看我妈……"

奶奶一听她说她妈的事，就知道了八九成。但她故意地问："你妈怎么啦？"

林开："她不要脸。"

奶奶："咦，怎么能说自己的妈妈不要脸呢？好歹她也是你妈妈呀。"

林开："不想认她为妈了。"

奶奶："你谈谈，到底是怎么回事，闹到这个地步。"

林开："我们没有吵架，我也没有与她闹，我们之间没有什么。"

奶奶："那是为什么呀？"

林开："你现在可以去我家看看，我家成了妓女院了。"

奶奶："这么严重吗？谁在那儿搞的呀？"

林开："我妈，我爹。"

奶奶："不会吧？你爹不是开了酒店吗？"

林开："就是这个酒店惹了这么多事。"

奶奶："你对我说清楚，酒店怎么啦？惹了啥事啦？"

林开："我明说吧，那些人在酒店吃了酒后就去我家。我爹在酒店里收钱，我妈在家里接客。几乎每天晚上我家里都有人去。"

奶奶："都什么人常去你家？你有认识的吗？"

林开："去我家次数最多的人叫袁良，他有时白天也去，他与我爹的关系也很好。"

林开继续说："我是没法在家待了，如果他们继续下去，要么我死了，要么我跑出去，永远不回这个家，永远不见我爹妈。他们不怕丢人，我还怕丢人呢。他们不顾我的情绪，不管我的前途，我实在是活不下去了。说心里话，从现在起，我一天也不想回那个家。"

奶奶："你当面给他们讲过你的想法没有？"

林开："讲过，讲过好多次呢。"

奶奶："他们怎么说呀？"

林开："我爹说当前主要是挣钱，挣够钱再说。我妈说她的做法就是让我爹挣钱，她如果不这样干，我爹就挣不住钱了。她还说，既然这样了，干几年再说。"

陈奶奶听了以后，很生气，她自言自语地说："你妈怎么变成这个样子！

这么丢人的事，还再干几年再说，一天也不能再干，其实压根就不应该干。"

奶奶感觉到，这个问题并不是一蹴而就的事，需要做耐心细致的思想工作，并且还得有震撼他们的事实做证据，否则是解决不了问题的。

奶奶对林开说："你不要回去了，就住在我这儿，不要出门，不要见任何人，在这儿待十天八天的，看你爹妈有什么反应，到时候再去做他们的工作。"

林开高兴地说："我正不想回去哩，我正发愁没地方去呢。好，我住这儿。"

奶奶："我也不是埋怨你哩，你早应该来告诉我呀。如果早些着手解决，肯定不会发展到这个地步。"

林开几天没露面了，她好几天没有回家了，郭改和老抠几天没有看见林开了，他们像热锅上的蚂蚁，急得坐卧不安，饭不能进，夜不能寐。老抠的酒店也关门了，郭改也不接客了，两人不分昼夜跑着找女儿。一时间，郭改的住处像无人院一样，冷冷清清，鸦雀无声。老抠负责去远路亲戚家寻找，郭改负责在本村挨门挨户地登门询问。这天上午，她去到奶奶家。

奶奶问她："你是个忙人，今天怎么有时间来我这儿呀？"

郭改："把我急死了，俺的林开几天都没有回来了，我们找她几天了，饭吃不下，觉睡不着，我都要急得发疯了。看来，如果找不到她，我非要死不可。我就这一个女儿，为了她我付出了多么大的代价。我实在是活不下去了。"

奶奶耐心地问她："你们与女儿吵嘴了吗？有别的什么矛盾吗？"

郭改："没有，既没有吵嘴，也没有什么矛盾。本来过得好好的，她突然不见了，你看着急不着急。"

奶奶："你们肯定有什么矛盾，不然她不会无缘无故地出走，她也不是小孩子啦。"

郭改："我们都对她可宠爱了。你想想，我们就这么一个宝贝女儿，从小就娇生惯养，谁敢惹她呀。我想不出使她出走的原因。"

奶奶："你好好想想，她对你们提出过什么要求吗？"

郭改："什么要求？没有哇。她要啥给她买啥，想吃啥给她买啥，想穿啥给她买啥。不客气说，现在也比不过去了，给她买些吃的、穿的，还是买得起的。"

奶奶："我说的是她的要求，不是吃的、穿的，不是物质要求，而是生活方面的。"

郭改："她干什么都没有限制过她，她愿意去哪儿，她愿意干啥，都由着她，她爹没有管过她，我也没吵过她。"

奶奶："她对你们生活方面有什么要求吗？"

郭改："我们生活方面？那能是……"

郭改说不下去了，她低下了头，轻声地说："是因为这吗？"

奶奶："我本来想去找你呢，碰巧你来了，咱们好好谈谈。你女儿来过我这儿……"

郭改一听奶奶说她女儿曾来过这儿，惊喜地问道："她来过这儿？她说什么啦？她说她去哪里啦？"

奶奶说："你女儿把啥话都告诉我了，她把你们的家事，尤其是你们两口的行为都告诉我了。你女儿是个好孩子，不可多得的好孩子。她不是那种思想简单、鼠目寸光、不思他人、不想前途的狭隘女孩，你们有这么个女儿是你们的骄傲，是你们的幸福。我很佩服你的女儿，惋惜她生活在你们这个家的痛苦，希望她今后有个较好的生活环境。你女儿留这儿几句话，让我念给你听，并恳求我做做你的思想工作。"

奶奶念林开的留言：

陈奶奶：

我家像一个妓女院，我妈就是一个大妓女，每天接客。她的这种见不得人的丑恶行为，实在令人恶心！我生活在这种家庭，深感丢人。我抬不起头，我不敢见人。我说她，她又不听，我实感无奈，对她这些恶习实在无法容忍。我对她这种不考虑我的感受、不顾我的前途的自私行为深恶痛绝。请你告诉她，如果她不改这种恶习，我就永远不回家，永远不见她，我要与她断绝关系，她不再是我妈。她只要能改了，我就马上回来，她还是我的好妈妈。再见，奶奶，我等待我妈改正的好消息。

奶奶念罢林开的留言后，说："这就是她出走的原因。我还不知道，她说的是真的吗？"

郭改不作声，点点头，表示同意。她沉默了，眼泪吧嗒吧嗒地掉在地上。她痛苦极了，她万万没有想到，她的作风会对她的女儿造成如此大的伤害。

奶奶对她说："当前你最宝贵的东西是什么？是你女儿？"

郭改："对，我什么都可以丢掉，但我绝对不能丢掉我女儿。我女儿就是我的一切，我女儿就是我的命。"

奶奶："你女儿对你的要求并不过分，是要求你改邪归正，回到正常的生活道路上，你能做到吗?"

郭改："如果做不到就失去女儿了，当然我能做到，我保证能做到。"

郭改把她生活的变化过程比较详细地对奶奶讲述了一遍，奶奶劝诫她要痛改前非。

最后，郭改恳切请求奶奶转告林开她改过自新的决心，并请求奶奶叫林开马上回来。

她们讲话时，林开就在郭改旁边站着，只是隔了一层箔，她们彼此看不见。郭改不知道她的女儿就在她身旁，可是林开对她的话却听得清清楚楚。

奶奶说："你只要下决心改，我马上叫她回来见你。"

郭改："我保证改！我对天发誓，我要不改，马上把我碎尸万段！"她哭着说着，双手拉住奶奶的手，扑通跪在地上，哀求奶奶说："让我女儿回来吧，我一天也离不开她，我不能没有女儿。我求你了，奶奶。"

奶奶看着她那满面泪水的脸、杂乱无章的头发，听着她少气无力的声音，心想：这也是一个可怜的女人。

奶奶轻轻地叫了一声："林开，出来吧。"

林开忽然出现在郭改的面前，郭改热泪盈眶，母女俩紧紧抱在一起，郭改说："你这傻孩子，可把妈妈急死了。"

第十五章　批斗大会

　　1948年春，八路军进驻了洛家庄，洛家庄解放了，广大农民真正翻了身。八路军留下一名工作队长留守该村，领导土地改革工作。这个留守的工作队长叫刘朋，四十多岁，老家东北黑龙江，八路军南下时，随军来到了河南，又被派到这里领导土改工作。

　　刘朋进村的消息不胫而走，村里人一下子沸腾起来了。绝大多数人，主要是穷人，特别高兴，而且是穷得越很，高兴得越很。他们奔走相告，畅谈想法。很多人兴奋得吃不下饭，激动得睡不着觉。过去经常愁眉苦脸的人，现在是喜笑颜开；过去经常闷闷不乐的人，现在是心花怒放；过去不爱说话的人，现在是见了人就滔滔不绝。真是环境能改变人的爱好，社会能改变人的性格。家庭经济条件中等的农民，这一部分人是少数，他们情绪平稳，既不兴奋，也不悲伤。他们上看看，有比他们富裕的，而且富裕得很多；下看看，很多人比他们穷，而且也穷得很多。他们早就感觉到，这次变革肯定是有利广大穷人的，是不利于少数富人的。不管怎么变，我们都不怕。我们不会占什么便宜，也不会吃什么亏。任凭风浪打，稳坐钓鱼船。少数富人，尤其是以张强保长为代表的少数富人，他们如躺针毡，坐立不安。他们苦闷得睡不着觉，忧愁得吃不下饭。过去他们看见人，都好像是他们的下属，可以对他们指手画脚，他们都唯命是从，唯唯诺诺，现在张强心里想："一切都反过来了，我们不敢看他们，而他们却两眼炯炯，咄咄逼人，而且还有些挤眉弄眼，使我们无缝可钻。"他们感到乌云压顶，寒风嗖嗖，暴风雪就要降临，一场寒冬的考验就要落到自己身上，能不能挺得过去，还飘摇未卜。他们四处奔走，到处打听。他们首先打听的是解放军在这里能待多久；其次是土地改革的力度有多大，是不是彻底；再次是他们自己的命运如何，能否平安过关。他们像热锅上的蚂蚁，惶惶不可终日。他们派人去尉氏县城打听，他们得知老人已经换完，没有一个他们知己的。他们派人去开封打听，被派的人说，开封被围得水泄不通，他听可靠人士说，开封马上就要解放了。他们像泄了气的皮球，再也撑不起来了。他们真正感到大势已去，天就要变了，世界就要变了，他们的好日子就要完蛋了。

刘朋召开了一个土地改革积极分子会议。参加人员是除了陈奶奶和王大妈李嫱是由刘朋直接点名的以外，其他人员全是老马提供的名单。在这个会议上，刘朋简明扼要地讲解了共产党领导全国人民建设共产主义的长远目标和当前土地改革的具体任务。土地改革的首要工作就是打倒地主阶级，把地主的土地无偿分给没有土地的农民。刘朋还给大家说，这个工作说着容易，但做起来就不是这么简单了。这是阶级斗争，是一个阶级推翻另一个阶级的阶级斗争。也就是说，是无产阶级、贫苦农民阶级推翻地主阶级的阶级斗争。土地改革是你死我活的阶级斗争，不能温文尔雅，不能温良恭俭让。他要求大家做好思想准备，刻苦工作，不怕困难，彻底推翻地主阶级，夺取土地改革的全面胜利。

这次会议以后，洛家庄的农民，尤其是参加会议的贫苦农民，他们心里踏实了，目标具体了，劲头更大了。为了表达他们的激动心情，很多人回家后，点火鞭，放大炮，有的请来唢呐队演奏，有的请来坠子班在门前演唱。刘恒老先生更有绝招，他从外地邀请了能拉会唱的艺人来这里义演。这些艺人绝大多数都是他的朋友，在这里演三天三夜，庆贺土地改革工作队的到来。

任何事物都不会自动退出历史舞台，当他们快要灭亡时，肯定会做垂死挣扎。

一天晚上，保长的父亲张承邀请圈内人士，开了一个秘密座谈会，让与会人员畅谈当前形势及应采取的措施。与会人员一致认为，这次的土改势头很大，他们是阻挡不了的。张强说："什么土改呀？就是把我们的土地夺过去，分给那些穷小子，就这么简单。我们辛辛苦苦弄来的土地，白白地奉送给他们！他们不费吹灰之力，就得到了土地，太便宜他们了。我死也不会服气。"

张承说："你服气，不服气，这是一回事；土地必须奉送给他们是另一回事。人家并不因为你不服气，就不要你的土地了，而是照样要你的土地。土地这玩意儿，你也不能把它掀起来，藏起来，大家都知道你有多少，都在哪里。解放军这个势头太大了，连老蒋都无可奈何，我们就更不用说了。任凭他们吧，我们不服也得服，我们不要硬碰，不然，损失更大。光棍不吃眼前亏嘛。"

张全："我们的土地，凭什么给他们呀？我也不服气。就是不给，看他们这么办！"

张承："你这傻孩子，到现在还说这种话。你就没看看形势，听听风声？他们可以把你抓起来，把你枪毙了。解放区不都是这样吗？因此，不要硬顶。该我们败了，我们认了吧。人的命运就是这样，三十年河东，三十年河西。我们已经过了这么多年好日子了，够咱的了。不要不知足。"

张全和张锁："理论上我们也懂，就是感情上接受不了，这个气我们咽不下去。我们迟早要与他们拼个你死我活……"

张承："住嘴！你们孩子们懂啥呀？天到这个时候了，还逞强。真是不知道天高地厚！把命拼进去你们就安生了。你们啥也不懂，可是又不听老人的话，不听老人言，吃亏在眼前。真可悲呀。"

刘朋来到这里的第一个任务就是组织成立农民协会。他让老马给他搞了个名单。农民协会准备由八人组成：主席一人，副主席二人，组织委员一人，宣传委员一人，改革委员一人，妇女委员一人，保卫委员一人。他们各人的工作范围是：主席抓全面；副主席帮助主席；组织委员主要负责划分阶级成分工作；宣传委员负责宣传党的政策，讲解如何落实新政府的法令；改革委员负责土地改革工作；保卫委员负责保卫广大农民获得的胜利果实，主要是成立保田队，武装保田队，保卫农民协会，保卫广大农民，镇压反动势力。

刘朋与老马商量了一个二十人的候选人名单。先找来十人来开个小会。刘朋说："由共产党领导的八路军是解放全中国人民的。从此，广大中国人民就翻了身了，新中国很快就要成立了，共产党要领导中国人民建设社会主义。"此外，他还重点讲了当前工作：打倒地主阶级，实行土地改革，把地主的土地分配给没有土地的贫苦农民。实现这个任务，要按计划，一步一步走。要实现这个任务，首先要成立农民协会，土地改革工作由农民协会领导实施。

最后，他宣读了这个建议名单，让大家发表意见。大家讨论得很热烈，刘朋讲话后，参加会议人员议论纷纷，群情激昂。经过充分酝酿以后，刘朋宣布了大家讨论的结果，他说："洛家庄农民协会今天正式成立。"名单如下：

主席：陈婵妮（陈奶奶）

副主席：王强生　洛为民

组织委员：李石头

宣传委员：高大栓

改革委员：吴孬

妇女委员：刘贤

保卫委员：刘铁蛋

农民协会下属保田队，刘铁蛋兼保田队队长。

第二天早上，人们刚起了床，听见街上有人用高喇叭筒叫："喂！各位乡亲，老少爷们，今天上午到东头榆树园开会，男女老少，能去的都去。会上由刘朋队长给我们讲话……"广播者走着吆喝着，从南头到北头，从东头到西头。每家都听得清清楚楚，真可谓家喻户晓，人人皆知。

不少人打听刘朋的情况，刘朋，何许人也？

穷苦农民打听他，是想从他身上找出希望，找出翻身之路；那些有钱有势、横行乡里的人，他们打听刘朋的目的是看看刘朋对自己会干些什么，他们预测刘朋很可能就是自己的灾星。

陈奶奶把土地改革运动的精神在群众中吹过风，但谈得很不明晰，目的是先让他们高兴高兴，给他们鼓鼓劲。

刘朋的到来，尤其是榆树园会议以后，洛家庄像一锅滚着的开水，到处鼓泡，满地冒烟。以奶奶为首的农民协会，积极准备召开土地改革动员大会的各种材料。他们走访各方面人员，调查事件，落实证据，坚决把动员大会召开成功，把广大农民彻底发动起来，让他们积极投入到土地改革运动中来。

当广大群众欢天喜地、奔走相告、交换喜悦的时候，张强他们却像热锅上的蚂蚁，惶惶不可终日。他们也是走家串巷，到处游说。一天晚上，张强把老抠叫去，对他说："老抠，有一笔生意，想不想做？"

老抠一听张强叫他老抠，心里有些发急，马上反驳道："别再叫我'老抠'了。'老抠'是旧社会的名字；现在是新社会了，我不叫'老抠'了。"

张强："什么新社会，旧社会的。你过去是老抠，现在还是老抠。老抠就是老抠，你本来是老抠，怎么过几年就不是老抠了？"

老抠很严肃地说："你如果再叫我老抠，我就不客气了。我叫林太西，你叫我太西好了。"

张强看他认真起来，不想继续与他磨嘴皮子，一本正经地说："你到底想不想赚钱？想不想做生意赚钱？你要是不想，我就找别人。"

老抠打量了他一番，怀疑张强又是在耍弄他。当他看到张强微笑的面孔，不慌不忙的样子，他感到张强不是对他开玩笑，而是在对他说正经话。他急忙说："什么生意呀？能赚钱吗？能赚钱的生意谁都想做。"

张强："谁不知道你爱钱胜过一切？不赚钱的生意，别说你不干，谁也不会干。我给你说这个生意，不但能赚钱，而且还能赚大钱。"

老抠："现在我不是过去那个样子了，不是不顾一切光为了钱了。"

张强说："这是一个很容易赚钱的生意，只要干，就可以赚钱，还是赚大钱，而且还不扎任何本。"

老抠："这正好，我正好没有本呢。"

张强："不过，咱得把丑话说前面，这是咱们两个人的事。你干了，赚的钱咱两个分成；如果你不干，你不要把事情说出去。你要是说出去，说明你不够义气，不是哥们。既然你不义气，我也不会仁慈。你不仁，我不义嘛。我决不会对你客气，你就不会有好下场。"

老抠："你看我是那号人吗？你还不知道吗，我是最讲义气的人。"

张强："我当然知道，要不然，有了好事我怎么会来找你呢？咱们是哥儿们，我最信任你。所以，有了好事先来找你。"

老抠："说到这份儿上，咱两个谁跟谁呀？你快说吧，啥生意？"

张强看到老抠有些热，他故意摆摆架子，吊吊老抠的胃口。他装模作样地说："我又不想给你说了，我怕你不愿意干。"

老抠一听张强不想说了，心里很着急，说道："你这个人怎么吞吞吐吐，磨磨蹭蹭？真叫人没劲，你不说拉倒。"

张强："你给我收藏三千元大洋，我给你三千元中央银行的票子，作为对你的报酬。我预付给你一千五百元，事成后，我再给你一千五百元。怎么样？这生意能做吧？不扎一分本，净赚三千元，何乐而不为呢？"

老抠犹豫了。为他放钱，合适吗？村子里正沸沸扬扬地议论着，都是议论张强的事，而且都是的坏事。在这个时候为他放钱，恐怕对自己不利。他不敢明确答复了，只是犹豫不决地说："这个……"

张强一看他犹豫不决，马上板起面孔，疾言厉色地说："看你这不干脆样儿。你不干算啦，我找别人干。你真是窝囊废！看着钱不要。三千元呀！别的你干啥能挣这么多钱呀。还让你老婆为你挣钱吗？时过境迁，一切都变了。现在已经不行了。"

张强的话让老抠很不耐烦，他说："你这人真损。常言说'打人不打脸，骂人不揭短'，你怎么哪一壶不热提哪一壶？那是过去的事了，那是在旧社会里干的事。现在是新社会了，你还提它干啥？"

张强很不好意思地说："我只是说说，作个比方，提醒提醒你，这三千元钱，你挣着不容易。"

张强是个有心计的人，他明知道老抠爱钱如命，他偏要动不动就提这三千元钱，特意刺激老抠的爱钱心。张强的伎俩可真管用，这三千元钱对老抠吸引力很大，他马上转变了态度，说道："我没有说不干呀，我怎么不干呢？我当然干。"

张强："这就对了。你毕竟是聪明人。你既然干，我得对你说说注意事项：不能让任何人知道，即使你家里人，也不能让她们知道，尤其是你那个女儿，她万一知道了，可能要坏大事。这不仅仅是钱的问题，很可能是安全问题，你也跑不掉。"

老抠已经感到事情的严重性，但已来不及了，他说过他要干，要想收回来是不可能的。他深知张强的禀性，他一旦说不干，马上就会遭到灭顶之灾。他只得心不由主地说："好，好，我能做到，我能做到。"

当天晚上，张强把三千块大洋，用白布包着，偷偷地送给了老抠。同时，还有一千五百元的报酬。

老抠接住钱以后，可犯了大愁了。他把钱藏哪呢？哪里最安全呢？况且，决不能让老婆和孩子知道。他心里很清楚，一旦她们知道了，她们决不会同意让他做这个买卖，这三千元钱就眼看着让它溜走了，这多可惜呀！他把家里的每个旮旯都观察了，没有一个满意的地方。最后，他决定暂时藏在猪圈里的草堆里。他把银圆放进去以后，心里很不踏实，生怕猪把它拱到外面。他一会儿去看一次，一会儿去看一次。他的行为被他的女儿林开发现。林开心里琢磨着："我爹在干啥呀，鬼鬼祟祟的，与平常大不一样，这其中一定有问题。"她想到这里，决定亲自在猪圈里看个究竟，仔细检查一下，看猪圈里到底放了什么。猪圈里最显眼的是那堆杂草堆。林开到猪圈的第一个动作，就是把这堆杂草豁开。她立即发现一个白布袋，打开一看，哇，白花花的大洋，沉甸甸的这么多。他从哪里弄这么多这玩意儿？怪不得爹爹鬼祟着不断地来这里。她掂着银圆去见妈妈了。妈妈说："它的来历肯定不明。不管他从哪里弄的，只要在咱们家里，咱们就有权处置。你去把它交给农民协会。此外，你再去猪圈里把那一堆草再拢到一起，与原来的一样。别吭声，别让你爹发现我们已经知道他的秘密了，我们权当不知道。仔细观察他的行动，看他下一步干什么。"

老抠还是不断到来猪圈里看看，没发现什么异常，他很放心。一天中午，一家三口正吃午饭时，老抠忽然提出："以后猪圈里的活你们就不用管了，把它都包给我吧。那里面的活比较脏，你们干着不合适，由我一个人干就行了。"

老婆和女儿都清楚他的用意，但她们都装着不知道。老婆还故意夸奖他："那就辛苦你了，我们两个谢谢你对我们的关照。"

在张强忙着找人替他藏东西的同时，他家的娘儿们也没有闲着。一天晚上，张全老婆去到刘贯一家。刘贯一妻子让她坐下后，二人攀谈起来。刘贯一妻子先开口："这是你第一次来我们家，你是个稀客，很难得的，谢谢你的到来。"

张全妻："平常我们两家都很忙，没有机会坐到一起谈谈。最近，我想，再忙也得找这几个姐们聊聊。"

刘贯一妻："你来找我聊聊，这是你对我的高看，我再次感谢你亲临寒舍，使我荣幸万分。"

张全妻："本来我对你很有亲切感，在你有困难时，很想帮你点儿什么，由于腿懒，没有实现。现在有个挣钱的机会，我想来想去，还是首先想到你，这个钱想让你赚了。现在与你商量一下，如果你干，我就不找别人了。"

刘贯一妻："是啥事儿，你只管说吧。"

张全妻："我想让你为我藏些钱。我肯定给你报酬，决不会亏待你的。"

刘贯一妻："你让我为你放多少钱呀？不会有危险吧？"

张全妻："这事只有你知，我知，天知，地知。你不说，我不说，谁也不知道。不知道就是没这事，何危险之有哇。我想让你为我放一千块大洋，事成后，我给你一千元中央银行的票子。眼下我暂给你五百元，等事成以后，我再给你五百元。对你来说，这是个不扎本能求利的买卖；对我来说，我可以保住我的钱不受损失，同时，我可以借这个机会给你些帮助。"

刘贯一妻一听先给五百元，以后再给五百元，这一千元可不是个小数，她与丈夫多长时间能挣这么多钱呀。她想，这是个人好事：首先，这个钱来得容易，也可以说是伸手而得；其次，不扎本；再次，一次性赚钱数目很大。她心里非常高兴。她压抑着自己的兴奋，用不慌不忙的声调说："好吧，我给你放，再多些也可以。你把钱给我拿来吧，我一定给你保存好。到时如数还你，一个不少。"

张强妻子也是满村子跑。她去的人家是有选择的，对于平时有些恩怨的人家，她是绝对不去的；她认为关系不错的，至少是没有什么矛盾的，她肯定去拜访，拜访的时间大多数是晚上。一天晚上，她去到赵大妈家。赵大妈一看见她，就满腔热情地说："哪股香风把你刮来了？"

张强妻："咱姊妹俩好长时间都没有在一起说过话了，很挂念你，我看今天是个空儿，就直接来了，预先也没有给你打招呼。"

赵大妈："啥时候想来啥时候来，打什么招呼呀。我这里又不是宫廷大院，有人把守，不打招呼不让进。我这里是穷人的草堂，常来常往，无人阻挡。好了，咱们都别卖关子了，直截了当，开门见山。你来找我想说什么吧？"

张强妻："我来这里还不是为了你？"

赵大妈："为了我？这可太好了！就凭这一点，我就得好好谢谢你。为了我啥？快说吧。"

张强妻："既然是为了你，那就是为了你好，那就是为了帮助你，绝不是为了别的。"

赵大妈："那我才得谢谢你呢，谢谢你对我的好心。那么你在哪方帮助我呢？吃的、穿的、花的还是用的？是哪方面呀？"

张强妻："你最缺哪方面的呀？你缺啥，我就帮你啥。你直说吧，大妹子。"赵大妈："说实话吧，这几方面，我还都不缺呢，你来得还真不是时候。前几年我确实是缺这些，尤其是吃的。那时候你要来帮我，该多好呀！可是现在我不缺了，而你倒来了。你是把香烧到老佛爷屁股后——作用不大了。"

听话听声，锣鼓听音。张强妻一听，她的话里有话，急忙带着愧疚的声调说："那时不是没有想到吗？还请大妹子多加谅解。现在缺什么，只管直说。"

赵大妈："现在什么也不缺了。现在不需要你的帮助，谢谢你的关照。"

张强妻并不是死眼皮人，她看着赵大妈的神情，听着赵大妈说话的声调，感觉到两人说话很不投机，认为说话的内容不能像这样继续下去了。她马上认识到，她错看了赵大妈，她不是要找的对象。她霎时间扭转了情绪，平心静气地说："我来这里主要是想与你说说话，顺便问问你缺少什么。不缺少不是更好吗？"

两个人面对面地坐着，好长时间不说一句话。张强妻深感静坐的无聊，不一会儿，说了声"再见"，走出了赵大妈的院子。

张强妻离开以后，赵大妈冲着张强妻出去的背影，狠狠地说了一句："黄鼠狼给鸡拜年——没安啥好心！"

张强妻回到家以后，认真总结了这次失败的教训。她认为这次没有达到目的的主要原因是她找错了对象，但使她欣喜是，她没有说出让她藏钱的真正目的。她暗暗自喜道："谢天谢地，万一我把藏钱的事告诉她，而她把这事揭发出去，我的天哪，后果不堪设想。"她想到这时，不禁出了一身冷汗。她情不自禁地自言自语道："哎呀！差一点儿闯出大祸。真是好人有好报，有上天保佑，才没有造出恶果。我不能再这么莽撞了，我得考虑周到，找准对象，要有百分之百的把握，不见兔子不放鹰，不能再干这种愚蠢的事了。"

这天晚上，张强把一家人叫到一起，总结近几天来他们的活动情况。哪些是经验，哪些是教训。经验要继续发扬，教训要坚决改正。他们对老抠的工作，对刘贯一妻子的工作，都是成功的经验；对赵大妈的工作，对孙普英的工作，都是失败的教训。张强的小女儿把这个工作说成是"低三下四、死皮赖脸"，是很不光彩的伎俩。她不想再干下去，并劝全家都不要继续干了。张强很不同意她的意见，他鼓励大家，不要害怕困难，要有顽强精神，能争取一个，就争取一个。千万不要放弃，要坚持，再坚持。他还对大家说："很多英雄人物最后取得胜利的重要经验之一，就是要有顽强精神，要有不怕死的精神，要有攻必胜、战必克的精神。没有钢劲，没有韧劲，什么也干不成。我们也应该学习这种坚持下去、决不放弃的精神，坚持到底，就是胜利……"他的小女儿插话说："你还等着胜利呀，爹爹？你也不看看现在是什么世道。你那个胜利呀，就等到猴笑柏叶落了。"张强继续说："什么时间胜利，咱先不说，咱现在的努力，绝不是浪费时间，也绝不是白费工夫。'死皮赖脸'也好，'低三下四'也好，我们都得继续干下去，决不能放弃。现在咱们干的目的，是为了保住咱们的钱，保住咱们的大洋。咱们的家产很多，总的来说有三大类：土地、财产和金钱。土地和财产是看得见、摸得着的大块实物，尤其是土地，咱们一分一寸也藏不起来。他们爱拿多少就拿多少，你看着他们拿，一点儿法都没有。咱们唯一能掩藏的就是金钱。咱们如果不藏几个，他们就会全部拿走，他们对我们是不会客气的，连一个子儿都不会给我们留。我们要尽量多藏几个，每多一个，我们今后的生活就会好一点儿。我们现在如果不力争，白白把我们的一切财富都送给他们，太可惜了。我们祖祖辈辈留下来的财富，让他们轻易拿走，咱们死也不会甘心。但我们必须讲究策略，孙子兵法上说，'知彼知己者，百战不殆；不知彼而知己，一胜一负；不知彼，不知己，每战必殆。'古人说得很清楚，我们必须把我们工作的对象摸透，一定找支持我们的。当然不一定就是明确地支持我们，只要是愿意赚钱的就行，像老抠那样的就可以。给他们的报酬不要吝惜，一定让他们满意，甚至再高些，让他们认为这是个大便宜。我给老抠的就是一兑一，即他为我们藏一块大洋，我们给他一元钱的中央票。"

张全："这是不是太多啦？他们放些大洋不费什么劲，也用不着操多大心，不用给他们这么多，他们也会愿意干的。"

张强："你错误估计了形势，现在不比过去了，过去为我们做事是一种荣幸；现在呢？为我们干活是一种风险，有冒险精神的人才敢为我们办事。关于报酬多少问题：这个数就值不得一提。他们为我们存放的是大洋，是永远可以当钱的银圆，而我们给他们的报酬是纸币，是中央纸币。你到集市上看看，人民币已经上市了，有些商店已经不要中央票了，中央票马上就要废除。咱们那几箱子票子，很快就是一堆废纸。与咱们打交道这些人都是迷瞪蛋，稍微有些脑子的人就不会要中央纸币，而要银圆。他们会说'我给你放银圆，你也得给我银圆'。他们的这个要求你还真不好拒绝。因此，报酬不是问题，尽量多给他们些，这些钱马上就一文不值了。再一点，咱们找对象一定得是忠诚老实的，一定得绝对可靠。不然，到时候他不认账了，他拒绝还给我们，咱们一点儿法儿都没有，只有哑巴吃黄连了。"

对张强的话大家都没有异议，都认为他的话有根有据，句句在理。他们一致同意把这项工作做到底，千方百计地多隐藏几个钱，这是他们今后生活的依靠。接着，他们把全村的农民一个一个地分析了一遍。他们大致分成三个类型：第一种类型：绝对靠得住的。他们保证愿意干。第二种类型：态度不明显的。他们愿不愿意干，很难说。第三种类型：平常与他们有恩怨的。农民协会的，与陈奶奶关系较好的。参加过技工学校培训的以及近来有下列表现的：锋芒毕露，张牙舞爪，不可一世，上蹿下跳。张强对他们特别强调，对于这三种人，做工作时要用不同的方法和态度。对于第一种人，直截了当，开门见山，对这种人很简单；对于第三种人，也很简单，根本不要与他们接触，否则，不但办不成事，反而会出大事。现在办事要特别小心，稍有不当就出纰漏，而且一出就是大事。因此，咱们处处要慎之又慎。要小心，小心，再小心，只有小心不到的，没有小心过头的。对于第二种人，工作更得细致了，要察言观色，顺藤摸瓜，不到火候千万不要亮底牌，宁愿保守些，也不要冒失；宁愿做不成事，也不要把事情做砸。事做不成没有关系，事做砸了就坏了大事了，而且是难以挽回。

一天早晨，陈奶奶正做早饭时，张英进了门对奶奶说："张强大伯刚才去我们家，非让我来告诉你……"

陈奶奶问："他让你来告诉我什么呀？"

张英说："他让我来替他向你道歉。他说他过去很多事对不起你，他要向你认罪。等几天他还要来亲自对你谢罪。"

陈奶奶说："他对我们的犯罪是小事。他不需要对我认罪，他要认罪就向全村人民认罪。他如果真心想认罪，他必须认真把他所犯的罪总结一下，写出认罪书，向全村人民检讨，保证痛改前非，重新做人。"

张英是张强的近门侄女，她曾在技工学校学习过，是奶奶的一个得意门生。张强想借这个关系，让张英到奶奶这里探探情况，看看奶奶的态度，看有什么机会可以利用。

张英把奶奶的话告诉给张强以后，他心里更不踏实了。他认为陈奶奶的话是原则的话，是大道理，根本就不贴皮，一点儿帮助也没有。于是，他决定亲自去，探索一下自己有什么出路。

他一看见陈奶奶，就嬉皮笑脸地说："陈奶奶，我是来认罪的，我有罪，我低头认罪。"

陈奶奶说："认罪好哇，欢迎，欢迎。很难听到从你嘴里说出这么一句话来，这说明你有认识，只要是真心地认识，只要有实际行动的改正，我们都欢迎。"

张强："是，是，是。首先把你们的宅基地还给你们。你们连住的地方都没有，整天住在别人家，多可怜呀。我们马上就腾房子，你们马上就可以搬进去。"

陈奶奶："这事在你身上来说不算是大事，你还有比这件事更大的问题，你要把它们统统交代出来，写成书面材料交出来，这才是你改过自新的开始。你今天在这里不用说了，你回去写写吧，写好以后交给我。"

张强从陈奶奶家里出来以后，心里更感到没底了。他本来以为，在陈奶奶面前说说认罪话，做些把宅子还给她的许诺，就可以得到她的谅解，他就可以蒙混过关了。谁知道这还不行，从她的口气看，还差得远着呢，这只是一件小事，他还有更大的问题呢，他必须"统统"写出来，这说明不是一两件，而是很多很多。天啊，这不是要命吗！张强更感到问题的严重。他会认真总结他的罪行吗？在这国家大动荡的关键时期，那些带着花岗岩头脑、不愿悔改的人肯定是有的，那么张强是这号人吗？

张强离开陈奶奶家往回走，在街上碰见人时，谁也不理他。他本来在街上就不与人说话，过去是他不理人家，现在是人家不理他。他感觉到人们看见他不是翘鼻子，就是弄眼睛，再不然就是动嘴巴。顷刻间，他的上边、下边、左边、右边，有无数双眼睛在怒视着他，无数张脸庞在嘲笑着他，无数张嘴巴在滔滔不绝地向他讨要什么，他急忙跑到家里，用被子蒙住头，畏缩在床上，琢磨着他下一步的行动计划。

这天晚上，夜深人静时，张全、张锁、袁良和王小三，先后来到张强家。

他们围着一个小圆桌坐下。张强把灯捻小，把窗帘拉严。然后又到头门外面，左右看看，多方听听。确保无任何声音，在绝对保密的情况下，才跨进头门，关上大门，回到堂屋内，与他们一起坐在了圆桌旁。

张强先说话。他说："我们今天晚上坐在一起交换一下意见，讨论一下当前形势，我们应该怎么办。哪些是急办的，哪些是缓一步再办的，咱们列个行动计划图，然后再一步一步实施。"

张全说："八路军来到这里，看样子形势挺大的，能在这里待得长吗？如果待不下去，咱们啥也别干，老老实实，忍耐一下，过了这一阵风再说。"

张锁说："我看这形势很严重，也不像是短期的，听说整个东北都被八路军占了，还有陕北和太行山一带，都是解放区。国军在战场上节节败退，国军占领区逐渐缩小；解放区迅速扩大。这很可能是大势所趋，不可阻挡。"

袁良说："我以为形势还看不准，还是小心些为妙。"

张强："小锁，你爹有消息吗？"

张锁："没消息。前天我去县城找他，人去楼空，整个单位连一个人影也没有，谁也不知道去哪儿了。"

张强："袁良，你哥哥呢？县里有消息吗？"

袁良："也没有。昨天我伯伯还嚷嚷，埋怨他不吭气就走了，家里急着要他帮忙呢，他却不知去向。"

张强："各种情况表明，这一次可不是好玩的，这个势头很大，他们是有来头的。咱们要严肃对待，决不能掉以轻心，小不忍则乱大谋。要耐心等待，不要轻举妄动，否则，就可能带来灭顶之灾。"

张锁："咱们怎么办啊？"

张全："与他们干。"

张强："别傻了。国军连连打败仗，县城里的人都不敢顶，都溜之大吉了，咱算个啥呀？不是鸡蛋碰石头吗！"

张全："那我们怎么办呀？我们能坐以待毙吗？"

张锁："是呀，我们怎么办呢？能做些啥呢？"

张强："是呀，我们能做些啥呢？"

张全："他们会放过我们吗？"

张锁："我看不会。有好些人老早就对咱们有气，这回可有机会发了。"

张强："我看也是，咱们很可能挨不过去。"

他们五个人坐在一起，张强、张全、张锁三个人，你一句我一句地说着，谁也拿不出办法，谁也没有办法。事到如今了，他们还会有办法吗？袁良和王小三坐着不说话，他们心理压力不大。形势的变化对他们来说，虽然大，但不是灭顶之灾，凭他们的处世哲学，他们是可以过得去的，弄得好了，还可能会混得不错呢。"肚里没痦不怕吃南瓜菜"。他们都干了些什么他们自己清楚。因此，他们坐在那里，不慌不忙，脸不紧张，心不跳，"任凭风雨打，稳坐钓鱼台"，袁良还偶尔顺和着说一两句；工小二苦楚在凳了上，低着头，弓着腰，一句话也不说，本来又黑又瘦的脸上，布满了皱纹，两只小眼睛成了模糊不清的短线。张强始终注意着他，还不断地问他一两个问题。征求他的意见时，他也是心不在焉地答一两句，尽管答话文不对题，自己却毫无所知。

张强："你看那陈老婆，得理不饶人。我情愿把宅子还给她，她也不领情，真是不识抬举。还说这是小事，让我把大事统统写出来交给她。我交给她个屁，真是岂有此理！"

张全："我看咱不要等了，反正是完蛋，咱先下手为强，咱先把她干掉，杀一儆百，其他人就不那么嚣张了。"

张锁："我看可以，你说呢，大伯？"

张强："我……"

张强犹豫了，行呢？还是不行？人到急处迷。这个老谋深算的铁心眼儿，这时候也拿不出主意了。他站起来走几步，紧锁着额头，眯缝着眼，从眼皮夹缝里偷看着工小二，又看其他人，然后，他若有所思地说："这可不是闹着玩的呀。我仔细考虑再三，干与不干，结果都是一样，他们不会饶过我们的。不干，坐以待毙；干了，有可能赚个；即使不成功，咱也出口气。"

张全："什么时间？"

张锁："明天晚上吧？"

张强："行。"

张全："干几个？先干谁？"

张强："干一个，只要成功就是胜利。"

张全、张锁："谁呀？"

张强："我想是先干掉刘朋。把他除掉，陈就没把戏玩了，她就不那么盛气凌人了，其他人也就会三思而后行了。"

张全、张锁："把陈老婆也干掉。一不做，二不休。"

张强："好，干两个就干两个。要干就马上干，不然就来不及了。"

张全、张锁："什么时间？"

张强："明天晚上。"

张全、张锁："明天晚上后半夜一点钟。"

张强："先在这里集合。"

然后，张强猛然转过身来问王小三："你知道刘朋住在哪儿吗？"

王小三结结巴巴地说："我也不知道。"

王小三从来没有像今天这样的感觉，这是杀人，他不敢干这种事。他后退了，他畏缩了，心里嘀咕着，商量这事为什么叫住他？他这种心态早就被张强发现了。商量这种事叫来这么一个人，他心里也有些后悔。既然如此，也只有将错就错了。

密谈一结束，王小三迅速站起来就走。张强叫住他说："小三，你等等……"他这一等，再也没有出来。

第二天晚上十二点已过了，街上漆黑一团，北风呼呼，寒意浓浓。除了谁家的小狗在叭叭地叫以外，听不到任何动静。

张强家的门紧闭着，院里没有一丝灯光，也没有一点儿声音。张强和张全爷俩早就做好了准备。腰里缠上腰带，毛巾把头裹得严严的，只露出两个黑窟窿眼。手枪别在腰上。两人竖起耳朵听外面的动静，睁大眼睛瞅着院里随时出现的黑影。一点快到了，张锁也来了，袁良没有来。他不会来了，头天晚上在这里开罢黑会后，他对妻子说要到亲戚家躲一下，赶着夜走了。他是个聪明人，他明知干这事是死路一条，他不愿意跟着他们干，但又怕他们，他很清楚，跟着他们干是死，不跟他们干也是死，张强他们不会放过他。因此，他选择了第三条路：三十六计，走为上计。

该出发了，张强特别强调，不到万不得已，千万不要开枪，尽量不要有声音，记住：声音就是败露。他们的分工是：张强一个人，任务是陈奶奶。张全、张锁两个人，任务是刘朋。如果有人碍事，也把他捎带了。张强告诉他们要见机行事，主要对象是刘朋。他还告诉他们，实在不能得手，不要勉强，千万不要偷鸡不成蚀把米。

张强考虑得非常周到，他打算做到万无一失，马到成功。

一点快到了。他们每人拿一把匕首，按各自的任务出发了。

张强很快来到了陈奶奶的住处。他翻越了篱笆，慢慢摸索着往她的卧室靠近，当他正专心拨门时，忽然从篱笆里面钻出两个人来，还没等张强翻过神来，两个人就把他的两只胳膊拧到背后，用绳子捆了起来。等陈奶奶穿好衣服开门出来时，他们已经走出家门，消失在黑暗里。

张全、张锁两人小心翼翼地来到刘朋的住处。藏在秫秸垛里的两个保田队员临时决定要击毙一个，不然抓不住他们，两个人对付两个人不好对付，弄不好还会吃亏。他们从秫秸垛里瞄准一个黑影，啪一声射过去，那黑影应声倒下。两个保田队员急忙跑出来，高声喊"不许动！"他们即刻把他抓住。他们先把他的胳膊拧在背后，然后用绳子把两只胳膊捆起来。这时，刘朋也走出门外，他们对刘朋说："这个是张锁。"他们指着躺在地上的尸体问张锁："那个是谁呀？"张锁说："那个是张全。"他们把从张全和张锁身上搜到的手枪和匕首交给刘朋。不一会儿，张强身上的手枪和匕首也送了过来，他们对刘朋说："刘队长，你睡吧，这个让我们处理。"说罢，他们带着张锁去看守所了。

真是"机关算尽太聪明，反误了卿卿性命"，"要想捉住狐狸，就必须比狐狸更狡猾"。原来，刘朋一进村就对村民们说，土地改革是一场阶级斗争，是一个阶级推翻另一个阶级的阶级斗争，阶级斗争是你死我活的斗争，阶级敌人不会甘心退出历史舞台，他们会做垂死挣扎，狗急跳墙。带着花岗岩脑袋去见上帝的人肯定会有的，我们务必做好充分准备，提高警惕，避免不必要的牺牲。遵照这个精神，陈奶奶对保田队长刘铁蛋说："刘朋队长的安全问题包在你身上了，要时刻注意他的安全，晚上要派人站岗值班。要时刻保持警惕，不能有任何闪失，要做到万无一失。"陈奶奶还对保田队全体队员说："刘朋队长的安全全关重要。他是解放军的代表，是土地改革的带头人，是领导我们翻身的向导。阶级敌人最痛恨的是他，他们会想一切办法来暗杀他，我们要用生命保护他的安全，让阶级敌人的阴谋不能得逞，确保咱们的土地改革运动顺利进行。"

刘铁蛋很佩服陈奶奶，说她心细，想得周到。而且，考虑得远，有遇见性，布置工作面面具到，安排人员滴水不漏。刘铁蛋也是个细心人，他认为，不仅仅是刘队长的安全，整个农民协会的安全，陈奶奶本人的安全，他都要负责。这是全体保田队员的任务，也是他刘铁蛋的任务，而且是大于其他任何任务的任务。于是，每天晚上，在刘朋和陈奶奶的住处，他派人值班，每个地方两个人把守，真枪实弹。刘朋刚来时是住在老马的杂货店里，实际上是一个小庙里。自从榆树园会议以后，他的身份公开了，如果再与老马住在一起，对工作不方便，因为有很多村民找他谈个人或村里情况，为了不影响老马的休息，为了工作的方便，他决定搬出去。农会给他找了一个有三间房子的独立小院，他不但可以居住，还可以当个小会议室。他院子里的秫秸垛里，昼夜藏着两个带着真枪实弹的保田队员。这些情况是张强他们万万没有想到的。他们固守着自己的反动本性，忍耐不住自己的报复情绪，走上了自己毁灭自己的道路。同时，刘铁蛋他们还腾出一个小院做拘留所，把临时拘押人员放在拘留所里看守。这个地方很秘密，而且有保田队值班，昼夜不离人。

　　第二天一大早，洛家庄就热闹起来了，哭的、叫的、吵的、闹的。村民们听见外面的吵闹声，纷纷出来看情况，老的、少的、男的、女的，成群结队、三三两两站了一街。二十多个保田队队员拿着枪布置在刘朋住处门口的街道两旁。张全的尸体还在刘朋的门口躺着，地上的一片血还没有完全凝固，鲜红鲜红的。张全的妻子和母亲趴在张全的尸体上撕心裂肺地哭喊着。王小三的妻子看了看尸体不是王小三，她心里还是像猫抓一样难受。昨天晚上王小三清清楚楚地对她说，他去张强家了。现在张全死了，张强和张锁不见了，王小三去哪里了呢？张锁妈和张强妻子声嘶力竭地喊叫，她们牢骚满腹地寻找张强和张锁。她们把仇恨的火焰都喷洒在刘朋身上。她们一致认为，刘朋害死了张全，刘朋弄走了张强和张锁。

　　尽管她们不停地满街哭闹，也不管她们如何竭力把罪名强加给刘朋，洛家庄人民的情绪始终非常稳定。张强他们的劣迹在人民心中的印象太深了，在他们身上的任何不幸，都是人民的皆大欢喜。

　　这一天晚上，陈奶奶主持召开了农民协会全体会议，主要议程是：

　　一、刘朋传达他去区里汇报工作及区委指示精神，他说：

　　"我今天早晨去区里了，汇报了我们近段时间的工作，尤其是昨天晚上发生的事，告诉他们我们打死了张全，又向党委汇报了下段工作打算。区党委主席详细询问了被打死这个人的情况，在什么情况下被打死的，以及群众有什么反应，我们都一一向他做了介绍。他表示满意，充分肯定了我们的工作，鼓励我们要大胆、细心地干下去。"

二、保田队长刘铁蛋讲了昨天晚上张强、张全和张锁如何企图暗杀刘朋和陈奶奶的情况。因为值班的就两个，不击毙一个恐怕咱的人要吃亏。张强和张锁被活捉，羁押在看守所。

三、组织委员李石头宣读对张强、张全、张锁等人的调查情况。总之是罪行累累，罄竹难书。

四、改革委员吴孬向大家宣读了全村人口数、土地数及阶级成分划分情况：全村户数 251 户，758 口人，其中男 360 人，女 398 人。全村土地 2653 亩，人均 3.5 亩。初步划分贫农 165 户，占 66%；中农 78 户，占 31%；富农 5 户，占 2%；地主 3 户，占 1.16%。

划分这些成分的原则是：以 3.5 亩土地为基点，人均低于该数的，划为贫农；人均土地是 3.5 亩或稍高一点儿，没有剥削行为，也就是说没有雇工，农活全是自己干，划为中农；土地人均高于 3.5 亩，农活不全是自己干，也不全是雇人干，而是农忙时雇人，农闲时不雇人，划分为富农；人均土地高于 3.5 亩，甚至高出很多，农活全靠雇工干，自己一点儿活都不干，划为地主。此外，村里还有一些人，拥有土地不太多，但他们劣迹斑斑，民愤较大，划为坏分子。农民协会还对全村一部分成年人，尤其那些长期在外的、游手好闲的、无所事事的、流痞扯谎者、欺行霸市者、横行乡里者、鱼肉百姓者，凡此种种民愤极大者，都对他们的所作所为做了详细的调查。

每户划定什么成分，他都一个一个地宣读给大家，让大家充分发表意见，提出自己的意见。

五、讨论决定下段工作。

与会人员对各项议题进行了充分热烈的讨论。其结果归纳如下：

1. 工作得到了上级党委的肯定，很感欣慰。

2. 张强、张全、张锁三人罪大恶极，要对他们进行公审（张全虽死，但公审难免）。对他们如何处理，要根据大家的意见，该扣押时，就扣押；该枪毙时，就枪毙。这样可以震慑敌人、压倒敌人的反动气焰，鼓起人民的革命情绪，进一步发动群众，确保土地改革工作的顺利进行。

3. 大家充分肯定了保田队的工作。对队长刘铁蛋进行了表扬，赞扬他工作踏实、具体、认真，避免了一场大祸，挽回了重大损失，为土地改革工作提供了组织保障。

4. 一致同意全村农民阶级成分的划分情况。

5. 下段工作：充分发动群众，进入土地改革的实质阶段。应分得土地的农户真正得到土地，块数、亩数、位置等都要清清楚楚，而且要有农民协会发给的土地所有证，并带领他们一一认地块，让他们心里踏踏实实，真正享受到分得土地的幸福。

戊子年（1948年）三月二十日，洛家庄召开"土地改革掀高潮大会"。大会仍在村东头的榆树园里召开。这次的主席台不是像过去那样，一张桌子几条凳子那么简单了，而是搭了个大台子。台子五米长、五米宽，是全村的太平车拼在一起搭成的。上面用帆布撑起来，中间摆着拼在一起的桌子，桌子后面放着几把椅子。台子两旁挂着巨幅标语，上联是"坚决镇压阶级敌人"，下联是"积极推进土地改革"，横幅是"洛家庄土地改革掀高潮大会"。临街的房上、村头的树上，凡是显眼的地方，都贴有标语。主要标语口号是：共产党万岁！解放军万岁！打倒一切反动派！贫苦农民站起来了！工农兵联合起来！土地归还农民！打倒地主阶级！祝贺洛家庄农民协会的胜利成立！等等。

全村的保田队员和青年积极分子，全力以赴保卫这个大会圆满成功。村庄的东、西、南、北重要路口，有保田队员站岗放哨。台子上站着四个保田队员，手中紧握着长枪，严阵以待。会场周围每五十米插一杆红旗，迎风招展，非常壮观。锣鼓一大早就开始敲起来，加上孩子们的熙熙攘攘，形成了洛家庄从来没有过的热闹场面。

十字街的屋墙上贴着两个大布告，红纸黑字，非常醒目。一个是"洛家庄阶级成分划分情况"；一个是"农民分得土地数及所在位置"。全村绝大多数都是贫农，都是应分土地的农民，他们看见这些布告，非常高兴，有的兴奋得吃不下饭、睡不着觉。

上午九点钟大会开始，大会由农民协会宣传委员高大栓主持。

大会第一项，刘朋队长讲话。他着重讲了当前全国形势和洛家庄的主要任务，鼓励大家积极参与土地改革运动，搞好生产，以实际行动支援人民解放军在淮海战役中取得辉煌胜利。刘朋讲话后，陈奶奶向大家讲解了十一月初十晚上，张强、张全和张锁企图暗杀刘朋和陈奶奶的事实经过。然后由农民协会组织委员李石头宣读全村被定为贫农、中农、富农和地主的名单。改革委员吴孬宣读了每户分得的土地数量及其所在位置。然后就是公审宣判大会。首先由群众控诉，有仇的诉仇，有冤的诉冤。群众争先恐后到台子上发言。王大婶控诉张强是如何逼死她丈夫；李大妈控诉张强是如何抓她儿子当兵至今未归的；赵大爷控诉张强是如何霸占他家的土地的；高大叔控诉张锁是如何逼死他女儿的；刘奶奶控诉张强是如何逼她还债并扒她的磨顶的；……他们都是一把鼻涕一把眼泪，哭着说着，泣不成声，有的甚至伤心欲绝，神志不清，瘫倒在台子上，被大会工作人员搀扶着走下了舞台。群众控诉时间延续了一个半小时，大家畅所欲言，把积累了多年的苦水吐了出来。然后，由农民协会主席陈奶奶公布他们的罪恶事实。当她宣布到"企图暗杀工作队长刘朋和农会主席陈奶奶"时，张强矢口否认，当场狡辩说他们不是去搞暗杀的。就在这时，从人群中站起来了袁良。他比较详细地说明了张强他们是如何策划暗杀行动的。他的活生生的证明，让张强哑口无言。这时王小三的妻子跑上主席台，让张强说出王小三的下落，张强也矢口否认王小三去过他家，更不知他的下落。这时袁良又一次证明，他们做暗杀计划时，王小三在场，讨论结束后，他和王小三准备回家时，王小三被张强留下了。他本人回家了，所以不知道王小三发生了什么事。陈奶奶立即告诉保田队队员去张强家搜，要求把他家里里外外，每个角落都搜索一遍。阵阵口号不断响起，这些口号主要是：血债要用血来还！张强必须老实交代！坦白从宽，抗拒从严，顽抗到底，死路一条，打倒反动派！新中国万岁！二十多分钟以后，去张强家搜索的保田队员回来了。他们告诉大会主席和与会群众，他们在张强家里的地窖里搜出了王小三的尸体，已快要腐烂了。这时再问张强时，他已闭上眼睛不说一句话了。最后，陈奶奶问主席台下面的群众："大家说，如何处理张强、张锁？"

陈奶奶的话刚一落音，还没等群众回答，一个保田队员气喘吁吁地向主席台报告："报告大会主席，我们发现远方有一个骑兵队，正向我村走来。"

刘朋、陈奶奶、高大栓他们立即命令，全体保田队员，马上集合在村口，阻止骑兵进村。刘朋要大家做最坏准备，说不定还可能开枪呢。万一他们是来劫法场的，也很难说。"同时，高大栓告诉大家保持安静，不要乱动，暂时休会，原地不动。

几个骑兵走到村口时，被带枪的保田队员拦住，不让他们进村。那个领头的骑兵，从马上下来，把马缰绳递给他的同伙，轻轻地走到保田队员面前，恭恭敬敬地行了个军礼，说道："我叫洛富强，我们想进村去见陈奶奶——陈校长。"

保田队员："请你们稍等，我们禀报以后再说。"

不一会儿，保田队员回来告诉他们说："你们进村吧。陈奶奶正在榆树园里开大会呢。"

几个骑兵来到主席台下。陈奶奶从主席台走下来。那个领头的大个儿，走到奶奶跟前，脱下军帽，恭恭敬敬地行了个军礼，说道："我是洛富强呀，陈校长，不认识我了吗?"

陈奶奶仔细地上下打量了一番，非常感慨地说："洛富强，你回来了，孩子?"

陈奶奶热泪盈眶，洛富强一个人生活的辛酸史以及那天晚上偷跑的狼狈相，与现在站在面前的洛富强比较起来，真是天渊之别:一个是衣服褴褛，一个是军装整齐;一个是面黄肌瘦，一个是满面红光;一个是萎靡不振，一个是英俊潇洒;一个是单身孤独，一个是军营一家。然后，她意味深长地说:"富强啊，你真是大变样了。"

洛富强立即接着她的话说："我现在当了班长了，陈校长，是某部骑兵连的班长。你看，他们都是我们的战士。"他说着话，用手指着跟他来的战士让奶奶看，并对他的战士说:"这就是我经常对你们说的那个陈校长，我的救命恩人。"那几个战士齐声说:"陈校长好!"陈校长频频点头，微笑着对他们说:"同志们好，大家好!"

洛富强对奶奶说，他们的大部队正在南下，路过长葛时，停下休整，他请假回老家一趟，特意来看望她的。当他得知这里正开着批斗大会，张强和张锁正跪在主席台上时，他情不自禁地说:"这太好了，真是上天的安排，我正想找机会见见张强呢。"话音一落，他迅速跑到主席台上，用他那强有力的手，抓住张强的头发，把他那耷拉着的头，翻了个仰面朝天。张强的眼睛，半睁不睁，眼神暗淡无光。究竟是谁把他的脸掀起来的，他毫无所知，他不想知道，也无心知道。其实，知道与不知道还有什么意义呢? 还有什么区别吗? 到这时，他才算真正放开了，彻底摆脱了。

洛富强大声冲着张强的脸说:"张强，你不是到处找我吗? 你不是要抓我吗? 今天我回来了。你想没想过，你也会有今天!"不管洛富强说什么，张强就是不开口。说真的，他确实也没有能力张嘴了。他全身像一堆烂泥，勉强凑在一起的躯壳，没有任何行为能力。其实，不管是睁眼还是说话，已经不需要了。

陈奶奶接着上面的话，她问台下的群众: "大家说，如何处理张强、张锁?"

大家异口同声地回答:"枪毙! 枪毙! 枪毙!"

陈奶奶说："张强、张锁，你们抬头看看群众的情绪，听听群众的呼声。"

他们二人抬不起头了，从今以后，他们的头永远也抬不起来了。然后，陈奶奶又问大家："同意枪毙的举手！"

全体人员齐刷刷地全部举起了手。

陈奶奶又问："不同意枪毙的举手！"

没有一只手举起。

陈奶奶郑重宣布："张强、张锁二人罪大恶极，事实清楚，证据确凿，不杀不足以平民愤。据此，洛家庄农民协会决定，判处张强、张锁二人死刑，立即执行！"

她的话音一落，保田队员把他们两个押到会场旁边的荒地里。砰砰两枪，张强、张锁应声倒下，结束了他们罪恶的一生。

恰在这时，远处传来飞机的声音，陈奶奶大声吆喝："赶快疏散到树林里，赶快卧倒！"

飞机在上空盘旋了两圈，没有发现任何目标，便无奈地飞走了。

第十六章　大轰大瓮

　　戊子年三月二十四日上午，在张强门前的广场上，举行了一次声势浩大的群众活动，也可以说是个群众大会，这是一个特殊形式的大会，就是大家齐动手，把地主的所有财产全部拿出来放到广场上，然后再分配给农民。这个活动自始至终都由农民亲自参加，亲自动手，亲自把地主的东西拿出来，又亲自把分到的东西拿回家。这种大家齐动手把地主的东西拿出来进行分配的做法，这里的群众叫"大轰大瓮"。过去总是拿着自己的劳动果实送给地主，现在可到了把自己的劳动果实从地主手里夺回来的时候了。天啊！这是个啥滋味呀？祖祖辈辈的盼望，多少人的梦想，今天实现了，由解放军领导咱们劳苦大众，经过流血牺牲、艰苦奋斗而实现了。人们怎么不高兴！怎么不狂欢！

　　广场四周插满了红旗，高高耸立，迎风飘扬。村里的大树上，墙上以及显著地方的重要标志上，都贴上了巨大的标语，它们是：共产党万岁！解放军万岁！新中国万岁！劳动人民万岁！打倒地主阶级！农民要翻身！等等。广场东面一个唢呐队，西面一个文艺队，南面一个锣鼓队。当他们一齐表演的时候，广场的锣鼓声、唢呐声、演唱声和孩子们的吵闹声，这几种声音交织在一起，在广场上空回荡，即刻传到远方。整个广场沸腾了，整个村庄沸腾了。洛家庄的农民，男男女女，老老少少，纷纷来到广场，有些人是看热闹的，大多数人是来庆贺胜利、分享喜悦的。

　　全村人从来没有这么热闹过，也从来没有这么幸福过。这个广场也从来没有这样沸腾过，更谈不上在这里有什么幸福！每年过新年时，张强家里也请些社火团体来这里表演，但这都是为他们自己的享乐。当然，村里人也可以来观看，也可以享受欢乐。但当他们萎缩着寒冷的身体，两手捧着饥饿的肚子，他们能有"享受"吗？能有欢乐吗？因此，每年的新年，不管这里有什么名堂，也不管这里有多少人，广大劳动人民是没有任何欢乐的。

所以说，这个时刻是洛家庄人民真正翻身的时刻，真正解放的时刻，也是有史以来最欢乐的时刻，最幸福的时刻，最值得庆贺的时刻！

村民们根据通知来到张强门前的广场上。来的人大部分是男的，而且是棒劳力，也有女的，虽然是少数，站在人群中却显得很突出。大约有三百多，有不少户一家来了两个。因为今天的活动很实惠，是一个分东西的活动，分粮食、分衣服、分钱、分农具和其他生活用品。这种会议都积极参加，平时不怎么爱出门的人、不怎么参加集体活动的人，遇到这种活动时，也积极参加。

广场周围，有保田队员持枪站岗，广场通向外面的各个道路，大的，小的，即使是一个小胡同，也有人把守。所有人员　　男的，女的，老的，少的——只准进，不准出。

经过点名得知，该到的都到了，但还有三三两两的人陆续在来。会议由改革委员吴孬主持。他让大家安静下来以后，农民协会主席陈奶奶给大家讲话，她说："今天的大会，是一个'大轰大瓮'会，是一个分得胜利果实的大会，是一个真正翻身解放的大会，是一个欢欣鼓舞的大会，也是一个分享快乐的大会。也就是说，我们大家齐动手，把三家地主的所有东西全部拿出来，统统放在这个广场上。然后，由咱们的工作队队长刘朋同志公公平平地分给大家。希望大家积极工作，遵守纪律，按规定办事，把大会开好。"陈奶奶讲话以后，吴孬宣读纪律和注意事项：

1. 所有东西一律放到广场上，不准放到其他地方；
2. 每人都必须大公无私，不准为主人私藏，也不准占为己有；
3. 必须爱护所有东西，不准出现任何破坏行为；
4. 对于搬不动而需要拆卸的东西，要请示领导，不准私自动手；
5. 搬出来的东西要按要求放到合适位置，不准乱放。

最后，他宣布"大轰大瓮"开始。所有与会人员，像一窝蜂一样向三家地主院子跑去。三百多人积聚在一起时，拥拥挤挤，熙熙攘攘，好像很多人似的。可是一跑向各院子时，就显得寥寥无几了，也不知道是地主们的院子多、房子多，还是人员少。

整个广场分成七块：衣物、粮食、家具、炊具、农具、牲口和钱币。广场中央放着一张三斗桌子和几把凳子。桌子上放着一个不大不小的纸箱子，是放钱币用的。其他东西，按划定的区域放。各个区域，都根据要放的东西，做了相应的布置。比如放粮食的地方，地上铺了席子，席子上放几张穴子，搜出的粮食用穴子囤起来；再比如，在放牲口的地方，栽上棍子，扯上绳子，牲口拴在绳子上。

张强有四个院子，都是坐北朝南。最东面的是张强一家人的住处，是他的住宅，他父母亲、儿子、儿媳和女儿，都住在这个院子里。从他的住宅往西数的第二个院子，也就是紧挨住他的住宅的那个院子，是长工和丫鬟们的住处。再往西的第三个院子，是牲口院。最西边的是放农具的储藏院，各种农具，尤其是大型农具都放在这里。这四个院子，以张强的住处最为豪华，院墙不仅高，而且上面有用绿豆条铁丝拧成的铁丝网，三尺多高，向外倾斜，与墙体形成七十五度的夹角，看起来非常威严。门楼比院墙高出五尺。顶上盖的是深绿琉璃瓦，脊顶上站着龙、虎兽头。宽大的双扇门上，镶着两行巴掌大的铆钉。金黄色的铆钉与黑明瓷亮的木门，形成鲜明的反差，看起来特别醒目。进门处有一个五尺长的台阶，两旁坐着两只大石头狮子，张着嘴，瞪着眼，爪下按着一个石头蛋，孩子不敢看，看着心打战。

走进门楼以后，第一眼看到的是一座高大的影壁墙。墙面上画着一幅巨大的油画——迎客松。墙外面有一个小小的花坛，里面长着一棵迎春花和一棵月季花。迎春花全是枯萎的叶子；月季花上还有两朵残花，烂叶。花坛里的土是干巴巴的，好像很长时间都没有人管理过，没人浇水，没人松土，没人整枝。影壁墙顶上，有一只用梨木雕刻的动物，头朝外坐在墙上，张着大嘴，一只前爪举得高高的。据张家说，这是一只麒麟，是迎送客人的，由于雕刻技术不高，看起来很像一条披毛狗。群众都认为，张强是有意让一条恶狗咬老百姓的。

张强的住室是一所具有三个房间的北屋，铺地面的砖全是竖立的，砖缝很细，很直，一条一条像线绷的一样。地面非常平，像用刨子刨过的一样。张强的卧室在东间，里面所有的家具全是红木的，他的顶子床是紫檀木，顶子的前帘上，雕刻着二龙戏珠；顶子的立柱上，雕刻着龙凤嬉舞。床前面靠加山一头，放着一张两斗桌子，是山榆木的，桌子上有一盏带罩的煤油灯。床的对面，靠窗户地方，放着一张梳妆台，是黑槐木的。台上放着一个可以调整方向的大镜子。镜子下面的长条盒子里，有木梳子、篦子和刷子。梳子是桃木的，篦子是竹子的，刷子是野猪毛的。房间里有四把罗圈椅子，全是黄檀木的。此外，还有五个衣柜，每个衣柜放在一个柜橱上。这五个衣柜，两个放被子和床上用品的，两个放的棉衣，另一个是放单衣服的；一个衣架，上面挂着正在用着的衣服；一个鞋架，三尺多宽、五尺多高，共五层，放着各式各样的鞋子。有冬天穿的：棉的、皮的、羊毛的、狗皮的、翻领的、锁口的、扎带的和前脸带红缨的。这些衣柜和衣架都是水曲柳做的。而且本地木匠做不来，特请南方师傅专做的。中间屋子是一个私人会客室，张强的私人密友，不在大会客室会见，而在这里密谈，还经常在这里宴请私交。会客室中间放着一张大圆桌，上面摆着茶具、香烟和烟具，都用薄纱布盖着。圆桌子是棕色的，漆得瓷明瓷明的。它周围放着八把椅子，形成这样一个图形：一个太阳四周带着八个星星，外表看起来是一个八角星，实际上，张强的目的是把它组成一个"中华民国"的国旗。这样一种格局就形成了：整天伴随他的就是这个国旗，他整天想的也是这个国旗，他整天干的也是为这个国旗。会客室的四周墙上挂着古今的名人字画和诗词佳作。有李白、杜甫的诗；有李商隐、辛弃疾的词；有王羲之、董其昌的书法；有张大千、齐白石的画。

张强的住室后面，有一个三亩地大的花园，里面全是奇花异草和观赏树木。花草类：牡丹花、玫瑰花、月季花、百合花、迎春花、鸡冠花、蓝雪花、杜鹃花、郁金香、秋海棠、美人蕉、夹竹桃、仙客来、三色堇，还有芍药、桂花和梅花。果树类：樱桃树、杏树、桃树、梨树、石榴树、柿子树、李子树、核桃树。此外，还有些观赏树木，例如：松柏树、垂线柳、冬青树和枫叶树等。在这个花园里，一年四季都有花，一年四季都有青枝绿叶。

花园中央有一个精巧别致的小亭子，下面放着白玉石的桌子和凳子，专供赏花人歇息。从四面八方通到亭子的甬路，都用砖石砌成。花园的最北头，有一个半亩大的水池子，里面长着莲花、菱角和荸荠。池水荡漾，垂柳舞姿，鱼儿戏水，鸟儿鸣啼，形成一个天、地、水三合一的生动场面。

花园的西北角落，也就是水池的西面的荒草丛里，有一个暗藏的地窖，是张强他们处理特殊情况时，临时起用的。王小三的尸体就是在这里面被发现的。

群众进入这三家地主的住宅以后，看见什么拿什么，吃的、穿的、用的，统统拿到广场，放到应该放的地方。

张强的住宅里进人最多。他家有几件不容易搬的东西，例如：红木家具，桌子、柜子，还有顶子床，不但沉重，搬不动，而且，住室的套间门小，顶子床根本出不来。得先把它卸开，把顶子与床体分开。

在张强的住室，人们把衣物等东西拿出去以后，费了好大工夫才把五个柜橱打开。他们一看，哇！全是铜钱。大的，小的。大的叫制钱，或叫大铜钱，数量不多，是零散着放在柜子的角落里的；小的叫小钱，或叫小铜钱，中间有一个大方孔，可以用绳子穿起来，每五百个穿在一起，叫一贯，或叫一吊。因此，人们常把不成熟的人叫作半吊，或二百五。这五个柜子里全是装成一贯一贯的小铜钱。大部分群众都可以按照农民协会的规定，把这些小铜钱拿到广场上，放到广场中央的箱子里，但有少数人却不遵守规矩，千方百计把小铜钱藏在自己身上，企图私自带回家。他们能藏到哪里呢？因为每个人来参加会时，就明确告知，除了身上穿的，其他任何东西都不准带。看看老抠和刘贯一是如何把小铜钱藏起来的。

老抠和刘贯一碰巧同时进入张强的住室。当人们把橱柜打开向外搬运小铜钱时，他们两个一味把钱缠到腰上、腿上和胳膊上，别人劝他们，他们也不听，人们只好把他们私自藏钱的事报告给刘朋或陈奶奶。当钱就要全部搬出时，他们两人抓住同一贯，谁也不肯松手，谁也不相让。他们越拽越紧张，越拽情绪越大，很快两人吵起来，又很快对骂起来。穿钱的绳子被他们拽断了，小铜钱呼啦掉了一地。两人不再挣了，急忙把自己手里的钱装到口袋里，再弯腰捡地上的。

老抠和刘贯一的身上装满以后，他们打算回家卸装，然后再来装新的。老抠趁着没人看见他时，偷偷沿一条小路，大步流星地往外跑。当他满怀信心地跑到胡同出口时，被一名持枪站岗的保田队员拦住。队员问他："出去干什么呀，老抠？"老抠一时答不出话来，磨蹭了半天才说："我的头疼病犯了，我得回去吃药。不然，就病倒不会动了。"这可把该队员难为坏了。叫他走吧，自己是无权放人的，这是一条纪律，是有言在先的；不放他吧，又怕他病倒不会动，出了人命问题。他在毫无办法时，农会委员吴孬从外面走了过来。该队员喜出望外，赶快把老抠交给吴孬。老抠一看见吴孬，心里非常紧张，感觉大事不好，自己的如意算盘就要落空了。吴孬很知道老抠的禀性，他一眼就看出老抠是想把偷的东西送回家，根本不会相信老抠那病倒的鬼话。吴孬两眼瞪得圆圆的，直盯住老抠。老抠像看见猫的老鼠，畏缩着不说一句话。吴孬严肃地说："头疼不要紧，大会上有药。走，跟我回大会上。"

在大会上主持工作的农会委员们，早就知道老抠和刘贯一往身上偷藏钱的事。老抠走过来后，农会副主席洛为民说："老抠有什么事吗？"没等老抠答话，吴孬说："他说他头疼，咱们不是有头疼药吗？"吴孬偷偷递给洛为民一个眼色。洛为民马上说："有，有，咱们啥药都有。"洛为民仔细打量着老抠，然后，很风趣地说："我看你不是头疼，而是浑身疼吧。你身上鼓鼓囊囊的是啥玩意儿？"他说着伸手去摸老抠的衣服。他发现，老抠身上，有的地方疙疙瘩瘩。他一边说，一边把手伸到老抠的衣服里摸起来。他顺手拉出一串小铜钱，他问老抠："老抠呀，老抠，人家把钱交到广场里，你却把它装到你的口袋里！咱村都解放了，人人都有了新的面貌，你也不打算把自己的形象改变一下？想把'老抠'这顶帽子戴一辈子吗？"不管洛为民说什么，老抠低着头，撇着嘴，连一句话也不说。最后，按洛为民的意思，老抠把身上所有的钱通通掏了出来。

刘贯一是个聪明人，他一看离不开会场，又看见老抠的下场，他匆忙跑到会场中央对值班人员说："这些钱小，没地方放，我把他们装到身上带过来了。"说着他就动手往外掏钱。

张强的床下面，还有一个外表看不出来的暗洞。它的表面与别的地面完全一样，没有丝毫差别，一般人是不会怀疑有什么机关的。这是张强的住室，农会强调，对他的住室要特别注意，对每一寸墙体、每一寸地面，都要特别仔细，要一点一点地敲，一点一点地听。当他们检查他的床下面时，听出有个地方是空的，声音与其他地方的不同。他们扒开一看，好家伙！全是银圆，整整一大坛子。

正当大家把地主家的东西往广场上搬的时候，两个保田队员从农会里掂了一布袋沉甸甸的硬东西，哗啦哗啦地倒到了箱子里。这是大洋，这也是地主家的银圆。那么这批银圆是怎么到了农会的呢？

刘朋进村以后，这些地主们就惶惶不可终日。他们的目标很清楚：首先是保命，其次是保财。关于保命问题，他们曾四处打听，往上面找人，凡是能做到的他们都做了，但没有任何确切的把握，他们也无可奈何，只有听天由命了。关于如何保财问题，他们还是想了很多办法，做了不少名堂，耍了很多伎俩，跑了不少腿，动了很多嘴。大型财产，田地、牲畜、农具、房产、宅子……统统甩掉，一律不要，全部给村民。对于粮食和衣服，他们非常爱惜，一件衣服也不想丢，一粒粮食都不想让。但他们又没有能力保住它们，也只有任它们去吧。钱是他们必须得保的，这也没有了，那也没有了，不保留些钱今后怎么生活呀？钱有两种：纸币和硬币。纸币已不兴了，再多也如同废纸，不去管它了。硬币包括制币、小钱和银圆。这三种钱币，他们采取三种不同的态度：对于小钱，太小，不值钱，保留的价值不大，由它们去吧；

制币，也就是大铜钱，尽量埋起来，找到合适的地方，能埋多少就埋多少。但他们又想：不管埋到哪里，将来地皮都是人家的了，埋了不也是没用吗？哎！埋些，留些，保住哪头是哪头。银圆是重点保护对象，绝不能白白送人，也不能轻易放弃。埋在地里又不太可靠，只有活埋了，把它们埋在人群里。于是，他们的亲戚、朋友，他们愿意为他们保存多少就保存多少。此外，就是本村的街坊邻居，凡是他们认为与他们关系好的，他们肯定前去拜访，恳求他们帮帮忙，为他们隐藏些银圆，当然也有可喜的报酬。他们恳求的这些人中，虽然当时答应帮忙，接收住他们送的货，但很快就送给农民协会了。也有少数人不愿意往外拿。这部分人有两种情况：一类是地主们的好朋友；另一类是自私自利、爱财如命的人，他们并不是纯心为地主放钱，自己收个报酬，而他们是为自己放钱，他们是想把这些钱昧起来，将来一旦形势对自己有利，这笔钱就成了他们自己的了。他们不会贡献给农民协会，也不会还给地主，地主们催他们归还时，他们绝不会认账。农民协会做了认真分析以后，找了几个重点户做思想工作。有一天，陈奶奶把刘贯一叫到农会办公室。她的第一句话就是："老刘同志，"——这时的"同志"已经成时髦称呼了，叫谁同志，谁会感到很高兴，因为他认为对方把他当成自己人了——"张强让你为他放了多少钱呀？"

刘贯一结结巴巴地说："放钱？没有哇。没有为他放钱。"

陈奶奶很严肃地说："老刘哇，农会没把你当外人，可你却与咱农会不一心。张强死前啥话都说了。你想想，我们把他拘留那么长时间，就是叫他交代东西的。他交代得多了就是立功的表现，可以争取宽大处理。因此，他把这些小事都交代出来了。但大事他却隐瞒起来了，还亲自搞暗杀，自找死路。张强让其他人放的钱，人家都交代出来了，可是你还没有交出来，好像显得咱很落后似的。你交出来以后还要分给大家的，也有你的一份。"

刘贯一认真听陈奶奶讲话，他认为她的话句句是真的，句句都有道理。他相信农会肯定知道他为张强放钱了。他不再说他没有为他放钱，他退了一步，找了个台阶，说道："我还不知道呢。我回去问问我老婆，她如果放了，我一定让她交出来。"

奶奶很高兴看到他的转变，轻声开玩笑地说："别把大话说得太早了。你当你老婆的家吗？她要是不让你交呢？你就没把戏了吧？"陈奶奶的话，与其说是开玩笑，倒不如说是给他打个预防针，让他有个思想准备，做好他老婆的工作，把钱顺利地交出来。

刘贯一说："没事的。我一定把钱交出来。"

这句话已经很清楚了，他已经自招了，他家里为张强放钱了，而且他是知道的。陈奶奶对他能否做好他老婆的工作很不放心，因此再给他加加码，确保他交着顺利，不能再犹豫。她说："是的，一定得交出来。这不是一般的事务问题，而是政治问题，大是大非问题。张强罪大恶极，是全村人民的敌人，已被镇压，少有头脑的人，决不会站在他那一边，为他服务，听他的使唤。如果这样，就是与全村人民为敌了，让大家都看不起，自己在老乡爷们面前抬不起头，这太不值得了。你想想，我的话有道理吗？"

刘贯一连连点头，说道："有道理，有道理。我们一定把钱交出来，一定交出来。"

果然，刘贯一很快把一千块银圆交了出来。

经农民协会的研究分析，留斌的妻子齐灿也很可能为张强隐藏了钱，也需要给她做工作，她才可能把钱交出来。人家都知道，她是一个很不好打交道的女人，蛮横不讲理，也可以说有些不可理喻。对她做工作的人要有知识，有经验，有涵养，有度量，还得有策略，有灵活性。因为她素质低，对她做工作的人，素质得比较高，否则工作就不会成功。当然陈奶奶是最合适的人选。可是陈奶奶却说："我肯定不行。我要是去给她做工作，非把事办砸不行，她准会给我顶牛。"站在她旁边的农会副主席王强生说："那是为什么呢？你不管做什么工作，成功率还是比较高的。"

陈奶奶说："可是我对她不灵。"

王强生："这我就不懂了。到底什么原因哪？"

陈奶奶："我们两个有些过节。我不在家的时候，她男人打过俺的花妮，我回来后俺两个吵了一架。从那以后，我们俩好长时间都不说话。后来，我慢慢试着主动给她说话，但她不理我，我一给她说话，她就把头扭过去，只当没听见，连看我也不看一眼。你想想，如果我给她做工作，能做得通吗？"

王强生："原来是这么回事。那让谁去给她做工作呢？"

陈奶奶："让咱的妇女委员刘贤去。她是做妇女工作的，她在群众中威信也很高。我想，她能把她的思想做通，很好地完成这个任务。"

王强生："对，就叫她去。"

一个晚上，刘贤来到了齐灿的家。他们刚吃过晚饭，齐灿还在厨房收拾东西，留斌和儿子已经出去，不知去向，只有齐灿一个人在家。一个大院子里，就这么一间小橱屋里亮着灯，其他地方都是黑乎乎的，有些阴森可怕。

刘贤一走进院子里，大声喊道："谁在家里呀？"

刘贤的喊声把齐灿吓了一跳。她急忙停下来，应声答道："谁呀？"

刘贤："是我。你自己在家吗？"

齐灿："是刘委员呀，快进来，快进来。"她接着说："两个死东西，出去时连门也没带上，叫我吓了一跳。"

刘贤很内疚地说："对不起，请原谅。"

齐灿："没关系。主要是天黑，就我一个人在家。不过，没事的，请放心。"她马上把话锋一转，说道："你真是个稀客，也是我们家的稀客。我们家是很少有人来的。所以留斌他爷儿俩经常到外面找人说话。你来到我们家很不寻常，你还是个领导，我们真担当不起。"

刘贤笑着说："你不要给我讲客气、卖关子了。我来是想找你聊天的。"

齐灿："好，你也别给我卖关子，有话直说。"

刘贤："那好，我看你也是个利落人。直话给你说吧，我来的目的是想了解一下你对咱村情况的看法。你也知道，他们叫我当个妇女委员。当就当吧，大事咱干不了，总可以干个杂事、跑个腿吧。为群众办事，我还是很愿意干的。好了，咱们说正题。妇女委员是做妇女工作的，这么长时间我都没找你们谈过话，怎么做妇女工作呀？我真诚希望你们原谅。咱们村发生这么大的变化，农民解放了，几个罪大恶极的人被处决了，穷人正在分得土地、粮食和其他财产。农民的心情如何？咱们妇女的心情如何？你的心情如何？我做妇女工作的委员，虽然知道些，但很不全面。这是我的失职，我向你们说声'对不起'，也请你们帮帮忙，讲讲你们的心里话，让我了解以下你们的真实情况。农会是为咱们农民办事的，也请你们向农会提出宝贵意见，以便它为农民办事办得更好——这就是今天晚上我来找你的目的。"

齐灿："我没有什么意见，你们干得挺好的。"

刘贤："你认为那个批斗大会开得怎么样呀？"

齐灿："开得很好哇，群众都很满意。"

刘贤："我们枪毙了两个，实际上是三个。都是张强一家的。说实话吧，原来农会并没有打算要枪毙他们，这不是农会的最终目的。当然，他们做了很多对不起咱村农民的事，也可以说是罪大恶极，群众很有意见。他们只要充分认识自己的罪行，老老实实交代，农会肯定会从轻处理他们的。但他们没有这样做。在关键时刻，他们又犯了两大罪行，自己走上了灭亡之路。首先，张强策划暗杀刘朋和陈奶奶。这是个绝对不能饶恕的罪行。其次，他们交代问题时，避重就轻。他们过去动不动就杀人，这个问题他们不交代，他们逼债逼死人的问题不交代，而是交代一些小问题，交代无关紧要的问题，例如：他让人们给他隐藏银圆，他交代得可详细了，某某人为他隐藏了多少多少块银圆，他给他多少多少报酬等等。为他隐藏银圆的人也很傻。你给他隐藏的是大洋，是永远都可以花的银圆，而他给你的报酬却是不能化的废纸，况且还背上个窝藏地主财产的'窝藏罪'。你看亏不亏！其实，这个问题他不用交代我们也知道，因为绝大部分人都把他的钱一个不少地交到农会了，只有很个别的人还没有交出来。这只是他们不了解情况，还没来得及交，并不是他们不打算交。当然喽，他要是真不交，农会就会把名单公布出去，判他个'窝藏罪'。这就使他够呛啦，一旦背上这个罪，就得背一辈子，他这一辈子都不会有好果子吃。多么可怕呀！"

齐灿越听越紧张，越听越害怕，情不自禁地说：'你们知道这个名单吗?"

刘贤："当然知道喽，都是张强亲口交代出来的，这绝对是真的。"

齐灿："有我的名字没有哇?"

刘贤："当然有哇。"

齐灿："他让我给他藏了多少哇?"

刘贤："你还问这个！张强既然交代这个问题，他就会把它交代清楚。给你一百块与一千块，性质都是一样，他何必不如实交代呢?"

齐灿："张强让我给他藏了两千块。我是准备把它交出来的。"

刘贤："张强交代的名单上，给你的就是两千块，我们早就知道。我们也断定你肯定会交出来的。因为你是明白人，你决不会为了这几个钱而背上'窝藏罪'的黑锅。现在还不晚，赶快把它交出来。我们马上就要分给大家了，这里面还有你的一份呢。"

这时，两个人都平静下来了。刘贤的工作成功了，她心里松了一口气；齐灿放下了包袱，心里也很坦然，两个人都轻轻松松地、面对面地坐着，打算找些自己感兴趣的话题，畅所欲言地聊聊。稍停了一会儿，忽然齐灿问刘贤："陈奶奶为啥没有来找我呀?"

刘贤已经知道她们的微妙关系，胸有成竹地说："她是农会主席，是抓全面工作的，事情多，工作忙。像这些了解女人的思想情况，是我妇女委员的任务，当然我来最合适。原先，她是说要来的。她说她很长时间都没有见到你了，她很想与你说说话。"

齐灿的脸上露出高兴的表情，说道："她是这么说的吗?"

刘贤："当然她是这么说的！她要是没有这么说，我给你编也编不来。"

齐灿听了，好像是恍然大悟似的"哦"了一声。

刘贤："怎么？你对她的这些话还有什么怀疑吗？"

齐灿："我也没有什么怀疑。我原以为她一辈子都不会理我了。"

刘贤："这是你对她的误解。她绝对不是那号人。"

齐灿："很可能是我对她的误解。不过，我心里一直有这么个疙瘩，总以为她不会再理我。"

刘贤："你对陈奶奶理解错了。陈奶奶始终是一个堂堂正正、大公无私、坦坦荡荡、一身正气的豪爽女人；她绝不是那种因私自利益而斤斤计较的区区小人。她有容纳世上难容之事的心胸，有克服一切困难的勇气，有不怕任何敌人的胆量。她很有脑子，会出主意，想办法，为不少处于绝境的穷人解决了很多难题，让他们有了新的希望，有了继续生活的勇气。她当我们的农会主席，真是我们全村农民的福气。"

齐灿："是呀，是呀。我也是这么认为。她真的是不错的。刚才你说，她准备来见我，是吗？"

刘贤："一点儿不假。说不定她很快就会来的。"

齐灿："咦，真没想到。她在你面前说过我什么吗？"

刘贤："说过，说过，怎么没说过呀，还经常提到你哪。"

齐灿一听说陈奶奶在背后不断提到她，思想马上警觉起来，急忙问："她说我什么呀？你快说。"

刘贤不慌不忙地说："她说你命苦，她说你不容易，她说你很可怜。"

齐灿："什么？什么？你说说这都是啥意思？"

刘贤："首先说明一点，她说这些话都没有任何恶意，主要是带着同情你的态度说的。"

齐灿："好，我明白了。你快说吧。"

刘贤："她说你命不好，主要是指你第一个男人那样走了，你才与留斌结合。一个女人半路丧夫是一生中最大的不幸。这叫你摊上了。因此，她说你命苦。你一个女人操劳这个家，家虽然不大，麻雀虽小，五脏俱全，它的运营程序不比大家庭少一点。上没有老年人指点，下没有儿女帮忙，上上下下，大活、小活，都得你一个人张罗，你不动就在那儿搁着。你整天辛辛苦苦，忙忙碌碌，从早到晚，马不停蹄。是个蝈蝈也得歇歇鞍，可你连个喘气的机会都没有，多不容易呀！说你可怜是说你孤独忧愁。上没有老年人唠叨，下没有儿女吵闹，男人又经常不在家，你一个人一天到晚不说一句话。你有苦无处诉说，有乐无人分享。你不去别人家串门，别人也不来你家拜访，你与外人从不来往，你好像生活在一个一人世界上，怎不感到凄凉、悲伤！怎不叫人可怜、惆怅！……"

刘贤只管滔滔不绝地往下讲，也不知道对方有什么感想。当她想起来去看看齐灿的反应时，齐灿已抽抽噎噎地哭起来。她后悔不已地说："哎呀，对不起，我提到你的伤心事儿了吧？请原谅，请原谅。"

齐灿抬起头来，抹抹鼻子，擦擦眼泪，慢慢地说："你刚才说这些话都是陈奶奶说的吗？还是你自己的话呀？"

刘贤："这都是陈奶奶亲口说的。当然不一定每个字都与她说的一样，但她确实是这样说了，一点儿都不假。"

齐灿："我实在对不起她。我们都是姓洛的，门第也不远，论辈分我叫她婶子的，可我一直把她当成仇人，见面也不理她，有时她主动给我说话，我也只当没听见，不搭理她。经你这么一说我才知道，她是如此地理解我，我过去实在是冤枉她了，请你回去转告她我对她的歉疚。再一点，我问你一下：她对你提过我们两家吵架的事吗？"

刘贤："提过，提过，当然提过。"

齐灿："那她是怎样说的呀？她一定把我们说得一钱不值。"

刘贤："你又小心眼儿了。她说那是过去的事了，过去就过去吧，别把它当成包袱背着不放，大家应该往前看，不要总往后看。往前看就是光明一片，往后看就是黑暗一团。"

齐灿："好了，我一切都明白了，我很快去见老婶子，向她赔礼道歉。"

刘贤："今天咱姊妹俩谈得挺投机，咱俩借这个机会好好交流一下思想。"

齐灿："今晚我也特别高兴，一向孤独无助的我，一直感觉着像被锁在一个黑窑洞里，暗无天日，永无尽头。你这一来，把我引入了一个光明的世界，而且是宽广无际。我要埋怨你的是：你来得太晚了，为什么不早些来呢？"

刘贤："我完全接受你的意见，我应该早些来。不过，再晚也比不来强。我有个小建议提出来供你参考，我想，我这个建议如果对你有帮助，是可以改变你的人生道路的。你是一个有嘴无心的人，急性子，存不住气，头脑一热，不顾一切，火气上来了，一切都拼上，命都可以不要。一冷静下来又感到后悔，可是已来不及了。你这种脾气孤立了你自己，人家不与你来往了，不与你交流了，你不就孤独了？你回忆一下自己的过去，看我说的话有没有道理。小事我不说，我说一件对你影响比较大的、脱离群众的事儿：有一次你丢了一个鸡蛋，你还记得吗？你站在街上骂了三天三夜，而且骂得很难听。即使有人拿了你的鸡蛋，首先说明人家不是偷的，是你家的老母鸡下到人家的。当然，即使这样，他拿了也不对。但这总不是偷的吧。再者，拿鸡蛋的人只是一个，或者是一家，一个也好，一家也好，反正就这么一个鸡蛋，仅仅一个鸡蛋。就因为这一个鸡蛋，你竟骂了那么长时间，骂出那种不堪入耳的语言！拿你的鸡蛋的只有一个人，你却骂出不可接受的语言让满街的人听，让全村的人听。你想想你的行为，是不是在孤立自己？是不是把自己与全村人对立起来？我告诉你，你骂得腔调越高，你的风格就显得越低；你骂得声音越大，你的形象就显得越小；你骂得时间越长，你的气度就显得越短。……这仅仅是一个例子。我认为你还做了不少这样的傻事。你想想，我的话有没有道理？像这样不顾后果、对自己有百害而无一益的言语，少说点儿；这样的事，少做点儿。这样，你命运就好转了，你做一切事情就容易了，你就与大家打成一片了，就与街坊邻居融为一体了，你就不独立了，就可以与他们畅所欲言了，你的生活就快快乐乐了。因此，你就不再可怜了。"

齐灿："你的意见很中肯，对我提醒很大。我一定认真回顾过去的行为，吸取教训，改正错误，融入全村大家庭中，开始我的新生活。"

经过两个多钟头的紧张劳动，三家地主的所有东西，全部搬到了广场。各种东西都按照划定的位置，放得整整齐齐。全村农民也一动不动地站在广场周围的空闲处，等待着分配东西。农民们最想分到的是粮食，什么粮食都行，他们眼下的主要问题仍然是吃饱肚子。其次是衣服。当然啦，钱还是首选。因为钱什么东西都可以买。其他东西，分不分，分多分少，都没关系，这些都不影响他们的生活水平。

农民协会的人员把广场上的东西数点了一下，当场做出了下列分配原则和注意事项：

1. 除了富农、地主以外，其他人员，只要是洛家庄的户口，都是分配对象。

2. 接受分配人员不准任意挑选物种，分配给什么要什么。

3. 银圆每人十圆，十五岁以下儿童每人五圆。粮食，每人一斗，十五岁以下儿童每人五升。

4. 小铜钱每人一吊，儿童每人半吊。大铜钱每人十块，儿童每人五块。

5. 牲口和大型农具几户分一件（一头、一匹或一套），由分配人临时安排。

6. 衣服和其他生活用品的分配，由分配人员临时决定。

7. 分配的先后按名单的顺序，不要争先恐后。

分配名单有农民协会委员李石头宣读。其内容包括：家庭人口数，成人多少，儿童多少，应分得什么物品，数量多少，等等。李石头念名单，服务人员发放东西，刘朋和农会成员在一旁监督。整个场面非常紧张，非常热闹。每人脸上笑容满面，心里非常高兴，感觉非常幸福。

陈奶奶分得粮食二斗，一斗麦子，一斗杂粮；银圆二十块，大铜钱二十块，小铜钱二吊，几件衣服和一些生活用品。

当李石头宣读李嫦的名字时，她不慌不忙地走过去，在刘朋的旁边路过时，温情脉脉地斜视了刘朋一眼，还没等刘朋转过神来，她已经走过去了，留给他一个神秘的背影。可她的斜视被陈奶奶看得清清楚楚。自从那年大年初一晚上，奶奶得知李嫦对刘朋有意后，她经常在心里惦念着这件事，也与李嫦一样关切着刘朋的下落。刘朋进村以后，奶奶非常高兴，主要是因为工作上的需要；其次是他是李嫦经常思念的人。李嫦对刘朋的到来，有着说不出心情：是高兴呀或是纠结呀？连她自己也说不清楚。高兴确实是真的。她们逃荒的路上，睡在一个打麦场庵里，半夜里刘朋他们进来。他的言谈话语和行为举止，给李嫦留下了深刻的印象。他给她们了几颗糖果和一颗五星。糖果使李嫦一直到现在还甜蜜蜜的；李嫦把那颗五星视作珍宝，一直与她的钱币保存在一起。但她也很纠结，说她的纠结大于高兴，也决不为过。她的那些情怀只是单相思，一厢情愿；刘朋是什么想法，对她有没有感觉，还是个很大的问号。再者，刘朋的家是什么情况，有没有妻子……这一切的一切，都是很大的问号。可以说，李嫦的这个情怀是冒着很大风险的，成功的机会太渺茫了，这也意味着自己为自己酿了一坛苦酒，时间越长，苦酒越多；她的思念越强，苦酒越苦，对她的危害也会越大。当然，自己酿的苦酒也只有自己喝。

李嫦与奶奶有一种特殊的关系。按街坊辈分，她叫奶奶婶了，她属丁下辈人。她常把奶奶当成自己家里的长辈，她有什么事情，有什么心里话，有什么苦恼，或是自己有什么打算，等等，都一五一十地对奶奶说，征求她的帮助，征求她的劝导；奶奶对她当成自己的亲闺女，她可怜李嫦在这里无亲无故，有苦无处诉，有冤无处申，思想的压抑，精神的折磨，再加上外来的欺负，使她在生活的道路上挣扎得喘不过气来，她的日子实在太艰难了。李嫦说服奶奶出去逃荒时，奶奶并不是出于自己的主观需要，而主要是为了满足李嫦的要求，领着她出去躲一躲。她对李嫦的身处绝境深感同情，她决心帮助李嫦摆脱困境，给她一个晴朗的蓝天、光明的前途。她时刻注意着李嫦的事，尤其是她的终身大事。她还年轻，不能没有个家。刘朋来了以后，她也很高兴，真有个"天作之合"的感觉，但也不能高兴得太早，刘朋这边是什么情况，他有什么想法，一点儿都不知道。不管如何，凡是李嫦有机会与刘朋相遇时，奶奶观察得都特别仔细，尤其是对刘朋。他在李嫦面前的一举一动、一言一行，甚至是一个眼神儿、一个表情，即使是一个难以觉察到的偷笑或是很不明显的咧嘴，都逃不脱奶奶的视线。不过，经常是刘朋没有什么特殊表现，他在李嫦面前的举动与在其他人面前的举动一模一样，看不出有什么不同的地方。李嫦这边已经很清楚了，刘朋这边还是两眼一抹黑。她决定亲自去找一下刘朋，看他的葫芦里到底装的什么药。如果行，更好；如果不行，弄个明白，也让李嫦打消这个念头，不要再执迷不悟了。

这天晚上，奶奶顾不得一天疲劳，匆忙跑到刘朋的住处。刘朋正连衣歪在床上休息。当他看见奶奶过来，急忙下床让奶奶坐下，满面春风地说道："陈奶奶这么大年纪了，又忙碌了一大天，需要在家休息了，有什么事找人来叫我。我应该去你那儿，不应该叫你跑腿。"

奶奶说："我来也是一样。"

刘朋："你这时候来，好像是有什么事要说。"

奶奶："说有事，就算有事；说没事，就算没事。刚吃罢晚饭，立即躺下也睡不着，想来与你聊聊天，谈谈村里的一些情况和我个人的想法。"

刘朋："这太好了。咱们虽然几乎天天见面，都是一本正经地谈工作，没时间谈个人的想法。今天是个机会，咱们可以随便谈谈。就咱们两个，畅所欲言，说哪儿，哪儿了，咱们是闲聊。"

奶奶："这好。刘队长，我问你……"

刘朋急忙打断她的话说："别，别，陈奶奶，别叫队长，你一叫队长，咱们就不是闲聊啦，咱们的距离就远了，说话就不那么随便了。"

奶奶："你让我叫你啥？"

刘朋："你叫我小刘、小朋、刘朋，都可以呀，就是叫刘队长不可以。"

奶奶："我是工作中谈话叫习惯了。好吧，我改改口。我想问你的是，你是东北什么地方的？"

刘朋："东北沈阳的。那里比咱们这里冷多了。"

奶奶："你们那里人民的生活比这里好吧？"

刘朋："现在当然比这里好多了，那里解放得早，但以前也是不行，说不定还不如咱们这里呢。"

奶奶："你家里几口人，都谁，我可以知道吗？"

刘朋："当然可以知道，这也不是什么秘密。我家里有五口人，连我。我奶奶，父母亲和一个姐姐。"

奶奶："你也老大不小了，怎么还没有成家呀？我还以为你家里一定有妻子、有儿女呢。"

刘朋："本来娶了个妻子，可是我决心随军南下，为解放全中国贡献些力量。而她对我说：'你南下，我要北上，咱们两个 Bye – bye 吧。'她去俄罗斯上学了。"他说着话很伤感，泪水盈眶欲滴，嘴唇微微蠕动。他竭力掩盖他的痛苦，但他说话的沙哑声音把他的悲伤暴露无遗。

奶奶的情绪也很低沉，为他的不幸而深感痛心。她在想，自从他进村以后，这里发生了翻天覆地的变化。他始终是精神饱满，干劲冲天，是一个活生生的解放军的代表，给全村人民做出了光辉的榜样。可谁知这只是他一个表面形象，他内心里却隐藏着如此大的痛苦和悲伤。奶奶说："为了我们的解放事业，你做出了巨大的牺牲，我们为你而骄傲。"

刘朋："这也没有什么，像我这样的人还多着哩。我还是万幸呢，我的战友，有的已经牺牲了。"

奶奶："你还打算再成个家吗？"

刘朋："怎么不打算呀？但这可不是容易的事。也可以说，对我来说，是非常难办的事。我给你说说难办的理由：首先，我家在东北，我工作在河南，家里人说我不在家，这里人说我不是这里人，我两头架空；其次，我是已结过婚的人了，很多女人对结过婚的人不感兴趣，因为她们不知道为什么离婚；再其次，我已经年纪大了，哪个女人还会找我？"

奶奶："你今年多大了？"

刘朋："虚岁四十五岁，实岁四十四岁了。"

奶奶："你对你的婚姻问题有什么要求吗？"

刘朋："只要能好好过日子就行，别的没有什么要求。"

奶奶："你对是哪里人有要求吗？"

刘朋："没要求，哪里人都行。"

奶奶："我给你介绍一个吧？"

刘朋："当然好了。我先谢谢你。"

奶奶："你看李嫱行吗?"

刘朋："李嫱?她不会同意我的。她要求一定很高,我配不上她。"

奶奶："你先别这么啰唆,你只说同意或不同意,别的不要说。"

刘朋："只我同意有什么用?关键是她只要同意我。"

奶奶："你又啰唆了。你只说'同意'或'不同意',别的不让说。"

刘朋："那我同意。她万一同意了,是我求之不得的。你要说成这个媒了,我得掏大钱酬谢你。"

奶奶："那你就准备钱吧,我单等着你的酬谢呢。"

刘朋和李嫱经过一段时间的了解,接触,交谈,爱情关系很快确立。在奶奶的积极倡导下,两人很快举办了结婚仪式。

第十七章 转 婚

　　天快要黑了，奶奶去场里拽些麦秸垫猪圈。她拽了一篮子麦秸扛在胳膊上就要往回走时，看见不远处的坑塘旁边有两个青年男女。她把篮子放下，仔细观察这两个男女的行踪。她脑子里不时地在想：这是什么人这时候还不回家？一男一女，绕坑塘徘徊。她睁大眼睛，再仔细看这两个人，一个一个与本村年龄相近、个头差不多的年轻人相比，一个也对不住号。这两个人的行踪很可疑，她想起了乡里开会时强调的"狠抓阶级斗争"的精神。当前要特别小心阶级敌人的动向。他们在本村待不住，就逃窜到外乡，成为流窜犯。这两个人是流窜犯吗？不像。流窜犯都是黑夜出来行动，天不黑时，他们是不出来的。这两个人干吗这时候出来暴露自己呀？他们是干什么的呢？她无论如何也想不出答案。她决定暂不回家，待在场里观察他们的行动，看他们下一步干什么。

　　突然她发现两个人不见了。她不由自主地叫出来："哎呀，不好，他们投水了！"她大声吆喝："救人啊，坑塘里有人跳水了！救人啊，坑塘里有人跳水了！"

　　村里人听见她的吆喝声，纷纷跑出来，手里拿着棍子和绳子。人们来到坑塘水边时，两人还没有沉底，还在水面上一起一落漂浮着。几个年轻人跳进去把他们拖了出来。他们喝了不少水，已经昏迷不醒，两个人的手还紧紧地拉在一起。人们把他们搭在土堆上，让头耷拉下来，慢慢挤压他们的腹部，让肚子里的水从嘴里流出来。然后，奶奶他们给他们做人工呼吸。大约半个钟头以后，他们慢慢苏醒过来。

　　他们醒来以后，男的第一句话是："吴坤呢？"女的第一句话是："姜中和呢？"

从他们醒来后的第一句问话以及他们手拉手投水，足以证明他们是一对恋人。恋人的相约投水肯定是遇到家人的强行阻拦。想到此时，一种怜悯和同情油然而生。正当村民们不知道把他们抬到哪里时，奶奶说："把他们抬到我家吧。"

奶奶给他们找来了衣服，让他们换上，让他们躺下休息，给他们熬了姜汤，然后给他们做了热汤面，馏了玉米面饼子，让他们饱饱地吃了一顿。

吃罢晚饭以后，两人完全恢复过来。奶奶让他们坐下，让他们谈谈事情的由来。

两个年轻人看到奶奶待他们这么好，非常感激，嘴里不停地叫"奶奶，奶奶"，但他们心里很矛盾，今后怎么办呢？救活以后与投水前不是一样吗？因此，还不如不救。

男的说："你们救了我们，我们真的非常感谢你们，但我们活在世上实在难受，不如死了舒服。我们反复考虑后，认为生不如死，因此，决定投水自尽。"

奶奶问："你们叫什么名字？是哪里人？怎么会来到这里？"

男的答："我叫姜中和，她叫吴坤。我们都是吴家人。我们的家庭都是普通农民。我们两个是学生出身，我们是初中毕业，在学校是同班同学，我们都十六岁了。她的爹妈要为她订婚，逼她嫁到潘家。她坚决不同意，可是再说也不行，她爹甚至说绑也得把她绑到潘家。她一心与我好，我也非常喜欢她。我们商量着只有外逃了。万一被她爹把她绑起来抬到潘家，那就晚了，不如先下手为强，先下手主动。我们不知道去哪里，也不知道出来干什么。走着犹豫着，走着徘徊着，因此走得很慢。我们走了一天才走了三十多里路，走到这里时天已经快黑了。可是一大堆问题又出来了，晚上住在哪里？吃什么？被人抓住当偷盗犯怎么办？被人抓住当流氓怎么办？他们把我们遣返回去，村里人知道了，很丢人。吴坤说宁愿死也不去丢那人。我们实在是走投无路了。梁山伯与祝英台不就是活着不能结合而死了以后能够结合吗？我们干脆也走这条路，为了生前的解脱，为了死后的结合，我们共同下定决心：一死了事。因此，我们就……"

奶奶问姜中和："你父母为你订婚了吗？"

姜中和答："没有。"

奶奶又问吴坤："你为什么不同意你与潘家的婚事？"

吴坤答："我不认识潘家的人，更不知道这个孩儿是什么样儿，连人都没有见过，长的什么样儿、什么脾气、作风如何等等，我全不知道，因此，我不同意。"

奶奶说："那么你们两个呢？"

吴坤："我和姜中和是同村人，俺两个同年同岁，都是初中毕业，上学时又是同班同学，互相都了解。"

奶奶问姜中和："你的家长知道吗？他们同意你与吴坤的这个婚事吗？"

姜中和答："他们知道我与她的婚事，他们都同意。"

奶奶问吴坤："你的家长为什么不同意你与姜中和的婚事？"

吴坤："不知道。"

奶奶："你给他们解释了吗？"

吴坤："解释了。他们只说我与姜中和不合适，要我嫁到潘家。这样不但对我有好处，对我哥、对我们全家都有好处。我就是不理解，本来是我的终身事，他们为什么不听我的意见？"

奶奶问："你们兄妹几人？"

姜中和："我兄弟二人，我有一个弟弟。"

吴坤："我们兄妹两人，我有一个哥哥，叫吴乾。"

奶奶问吴坤："你有嫂嫂吗？"

吴坤："没有。我哥哥还没有结婚，连订婚还没有呢。"

奶奶："你们跑出来家里知道吗？"

吴坤："不知道。他们如果知道了，肯定不会同意的，也可能把我锁起来，阻止我外出。我最怕把我锁起来了，如果真是那样，我也是不活。"

奶奶："你呢，姜中和？"

姜中和："我爹妈同意我与吴坤的婚事，他们不同意我们外逃。"

奶奶："关于你们的婚事今晚暂谈到此。我建议你们不要外逃，哪里也不要去，暂时住在我家，我明天就去你们潘家村，见见你们的父母，然后再看如何解决。"

姜中和与洛萌睡在一起，吴坤与奶奶睡在一起，安安生生地过了一夜。

第二天吃罢早饭，奶奶问清了姜中和和吴坤父亲的姓名后，一个人骑着自行车，去到距离洛家庄三十多里远的吴家。

当奶奶走进姜中和的家门时，一个中年妇女正在打扫垸子，嘴里埋怨着："孩子不知道去哪里了？你也不去找找。万一出什么事，你后悔也来不及。世界上没有卖后悔药的，你想买后悔药是不可能的，想瞎你的眼，也没人卖给你……"

一个中年男子从屋子走出来，说道："你在唠叨啥呀？孩子还没走一天，你就存不住气了，没多大的出息。"他说话中一抬头看见一个老太太站在垸子里，急忙问："你是？"

奶奶问这个男的："你是姜中和的父亲吗？"

男的答："我是，我是。我叫姜宽，你是？"

奶奶："我是洛家庄的，我姓陈。你的儿子姜中和与另一个女孩儿在我家，请你们放心。我看他一不在家，你们家里也平安不了啦。尤其是他妈更着急。这也是常理嘛，'儿行千里母担忧'。我就是来告诉你们这个消息的，他们在我家。他们不愁吃，不愁穿，有地方住，很安全，请你们放心。不过，他们不回来，怎么说也不回来。我看这里面有问题，主要是他们的婚姻问题。我是个爱管闲事的人，看到孩子这种情况，我也很可怜他们。所以我特意跑这么远找到你们问问情况，首先说明，我不是来说媒的，更不是来图钱的。我是'干尽义务，白跑腿，最后落个呱嗒嘴'，要问为了啥？为了心里美"。奶奶诙谐的语言说得大家都笑起来。气氛一活跃，说着话也就轻松自由了。

奶奶问："你儿子订婚了吗？"

姜宽："还没有订。给他说几个了，他都不同意。与他一样大的孩子大部分都订了，可他就是不同意，叫人真没办法。你要能给俺介绍一个，我得重谢你。"

奶奶问："到他这个年纪的孩子，也该考虑自己的问题了，他不同意别人介绍的，很可能他心中有人。他有喜欢的人吗？"

姜宽："可能有，我们也不太清楚。我是按推理这么说的。"

奶奶："女孩是谁呀？能告诉我一下她的名字吗？"

姜宽犹豫了一下，就要张口说话的时候又缩回去。他想，这只是两个孩子的两相情愿，究竟行不行，还远着呢，他不想暴露女方的名字，以免以后被动。想到这里时，他马上说："不知道，不知道。他有没有女朋友，我们一点儿也不清楚。"

奶奶："我告诉你，你儿子有个女朋友，她就是你们村的吴坤。你对他们的事有什么意见吗？"

姜宽："没意见，一点儿意见也没有。吴坤也是个好孩子，大家都知道。她要当我的儿媳妇，那也是我们的福气。"

奶奶："今天咱们暂时谈到这里，我马上去一下吴家。请告诉我她的住址和她爹的名字。你们请等好消息吧。"

姜宽："中午来这里吃饭，我们等着你。"

奶奶："请不要等我，我走到哪儿，在哪儿吃。"

奶奶告辞了姜家来到了吴家。

奶奶问吴坤的父亲吴岑："你是吴坤的父亲吗？"

吴岑答："是，是。"

奶奶："你知道吴坤去哪里了吗？"

吴岑："不知道，我们全家正在着急呢。她妈哭了一夜了，一直埋怨我。你是来……"

奶奶："我是洛家庄的，我来告诉你，吴坤在我家，我叫她跟我回来，她不回来。她怕家里人逼她，怕家里人把她锁起来。你们家里有这么可怕吗？"

吴岑一听说他女儿有下落了，在洛家庄，他心里高兴极了，马上跑去告诉妻子："吴坤找着啦，在洛家庄。"吴坤妈也由泪水转为笑脸，赶忙出来对奶奶说："感谢你，我们的恩人，感谢你，我们的恩人。如果找不到我这个女儿，我的命就保不住了。"

吴岑忙问："怎么走到你们那里？究竟是怎么回事呀？"

奶奶："昨天傍晚时，我们发现在我们那里的坑塘附近有两个男女在徘徊。我在老远注视着这两个人想干什么。使我们没想到的是他们两个竟跳了坑塘。那坑塘的水有一人多深。我们赶快跑过去把他们救上来，安排到我们家里。现在都平安无事，请你们放心……"

吴坤妈拱手点头，带着深情厚谊说："谢谢你们，谢谢你们，你们不但救了我女儿的命，也救了我的命，也挽救了我们全家。"

吴岑问："那个男的是谁？"

奶奶："是你们村的姜中和。"

吴岑："啊，真的是他。"

奶奶说："吴坤告诉了我们她的一切情况。所以我今天特意来，了解下情况。她说家里逼她了，究竟是怎么回事，能告诉我一下吗？为了孩子的前途，为了孩子今后的幸福，有什么困难，咱们可以共同解决。"

吴岑："咱们都是爽快人。你要说到这儿，我也不瞒你，我一定把真实情况原原本本地告诉你。我家有四口人，我们老两口，吴坤有个哥哥。我们家一切都好，就是这个儿子使我们苦不堪言，我们的痛苦就痛苦在这个儿子身上……"

他说到这里时，奶奶还以为这个儿子要么是瞎子，要么是瘸子，至少是个残疾人，要么是个白痴，整天什么也不干，还要瞎折腾，闹得家里神鬼不安，鸡犬不宁。

奶奶很同情地问："他怎么啦？你有一男孩、一女孩，不是很好吗？"

吴岑："好什么呀？我儿子今年已经三十岁了，还没有找到对象。人家与他同岁的都已经抱上孩子啦，他体质上没有任何缺陷，不聋、不瞎、不憨、不傻，聪明能干，学啥会啥，但就是找不来老婆，怎不叫当爹的犯愁！"

他说到这里时，奶奶还以为他家人缘不好，与周围群众矛盾重重，没人给他介绍。奶奶问："是没有人说媒吗？"

吴岑："有哇。先后有六七个媒人找上门来给俺儿子介绍对象，但女方一打听就黄了。"

奶奶："那是为什么呢？"

吴岑："我们家是地主。人家一打听是地主家的孩子，就不干了。"

奶奶："出身自己没法选择，但只要服从共产党的领导，拥护社会主义，积极参加社会主义建设，什么出身都是一样。"奶奶把话题一转问："你儿子找不来对象，这是个问题，但你为啥逼女儿呀？你逼逼女儿就可以解决你儿子的婚姻问题了吗？"

吴岑："你别说，还真是这么回事。"

奶奶："这就奇怪了，逼你女儿就可以解决你儿子的问题，我实在是听不懂，找不出它们之间的必然联系。请你解释解释。"

吴岑："有人对我担保，只要我女儿答应他介绍的婚事，他保证为我儿子找个老婆。我认为这样也可以，一举两得，主要是把儿子的老大难解决了，女儿嘛，反正是人家的人，找个家嫁出去不就行了？"

奶奶："他给你女儿找到家了吗？"

吴岑："找到了。"

奶奶："哪里的，家长叫啥？"

吴岑："是潘家的，家长叫潘茂，他儿子叫潘原。"

奶奶："条件怎么样？"

吴岑："条件一般。男的有些老实，还稍微大几岁。庄稼人嘛，一般人就可以，只要能让我娶来儿媳妇，让我抱上孙子，其他条件都可以凑合。"

奶奶不以为然地"啊"了一声，然后说："你女儿同意这个婚事吗？"

吴岑："问题就在这里。因为女儿不同意，所以儿子的婚事就定不下来，现在就缺她的同意了。她只要一同意，一切问题都解决了……唉，小女儿娇生惯养，个性太强，自以为是，光凭兴趣出发，根本不考虑全家的整体利益，更不会为她哥哥着想。为这事，她哥哥发愁，她妈妈发愁，我更发愁。愁、愁、愁，一切愁都出在这个女儿身上。她如果同意了这门婚事，一切愁都消失了，而且就会把愁变成乐了。因此，我对女儿施加了压力，逼她答应这桩婚事。"

奶奶问："你逼你女儿，你女儿愁不愁？她何止愁，她是痛苦，她要去死。你把她逼死也解决不了你儿子的问题。你把你们几个人的快乐建立在你女儿的痛苦之上，难道这不是残忍吗？好像这个女儿不是你的孩子一样！"

吴岑马上插话："绝对是我的亲女儿，这毫不含糊。"

奶奶："当爹的怎么能不顾自己女儿的痛苦呢？"

吴岑："是的，是的，应该，应该。"

奶奶："我不明白，你女儿同意了这门婚事后，你儿子就可以找到老婆。好像是你把女儿嫁给人家，人家再把女儿嫁到你家，这不是直截了当的交换吗？"

吴岑："不是这么简单。不是两家的交换，而是要通过第三家，或第四家。"

奶奶："我怎么越听越糊涂了。怎么还经过第三家、第四家？"

吴岑："比如说甲、乙、丙三家。这三家都有男孩和女孩。基本上都是男孩的婚姻不好解决。原因是多方面的，多数是有残疾的或家庭出身不好的。为了给这些男孩解决婚姻问题，有人就出来说媒，把甲方的女儿嫁给乙方，把乙方的女儿嫁给丙方，把丙方的女儿嫁给甲方。当然，这决不能像移植树一样那么简单，尤其是现在，现在提倡婚姻自主，还必须得到孩子本人的同意才行。因此，这里面工作很多，要靠媒人的说合了。这三家有一家不同意，就完全告吹。"

奶奶："这好像一个循环链，任何一节坏了，整个链子也就不好用了。"

吴岑："对，对，一点儿都不假。"

奶奶："你能谈谈成功与失败的主要原因吗？"

吴岑："成功的原因主要是男方个人条件比较好，女方很喜欢对方；其次是女方有自我牺牲精神，为了满足哥哥的婚姻，为了照顾父母的情绪，委曲求全，答应这桩婚事。那些失败的原因就很多了，主要是女方不喜欢对方，有自己的恋爱观，自己有主见，喜欢什么人要自己做主，不是受人摆布的人；其次是自己有所爱。现在是新社会了，提倡婚姻自由，女孩子的事挺难办的。"

奶奶："你认为你为儿子和女儿安排的婚事是成功的呀，还是失败的呀？"

吴岑："是失败的。"

奶奶："对了，我看也是失败的，不光是婚姻的失败，还差一点儿失去女儿，多危险呀！"

吴岑："我没想到这孩子会走到这一步，我真有些后怕。"

奶奶："你认为姜家条件怎么样？姜中和这小伙子怎么样？"

吴岑："姜家条件不错，家庭经济也好，人缘也好，姜中和也是好孩子。他要是同意与我女儿的婚姻，那是我女儿的福气。"

奶奶："那为什么不愿意让你女儿嫁到他家呢？"

吴岑："这样对我女儿来说是好事，但解决不了我儿子的问题，这不是白搭了吗？在女儿与儿子问题上，儿子还是主要的。女儿的问题解决了，她满意了，可是，她一走，给我们留下一个残缺不全的家。光有个儿子，没有儿媳妇怎么行呀？不单单是儿子老了没有依靠，我们的家业就停止了，就传不下去了。你想想，这行吗？"

奶奶："给你儿子介绍的对象是哪里的？叫什么？"

吴岑："是袁家的，女孩叫袁歌，她爹叫袁满。"

奶奶："袁歌这个女孩怎么样？你们满意吗？"

吴岑："我儿子已经很大了，只要有个女孩愿意嫁过来，我们没什么太高要求。大些、小些，都没关系，甚至脑子不太清楚，或身体有什么不健全，我们都不在乎，她只要来就行，我们宁愿侍候她一辈子，我们不就是为了熬个下辈儿人吗？"

这时，一个五十多岁的男人来找老吴。老吴一看见他，马上把他领到另一个屋子里，说了一阵子话后，吴岑又把他送出去。

那人走后，奶奶问吴岑："这人是谁？"

吴岑说："这就是为我儿子保媒的那个人。他是郑庄的，叫郑世通。"

奶奶又问："他来找你干什么？"

吴岑说："他问我女儿找着了没有？我对他说找着了。他说这就好了，我对他说先不要定，里边还有问题。他看着你在这里，不好多说，等以后再说。"

奶奶又问："你认为他是个什么样的人?"

吴岑说："脑子很快,很会说话,最好说媒,人们都叫他'月老'"。

奶奶说："你这样把女儿草率地嫁给人家,你不感到对女儿有愧吗?"

吴岑说："是的,对她有愧。"

奶奶说:"她的大事,就应该按她的意见,你明知道姜中和是个好孩子,就应该同意这门婚事,不要逼你女儿另嫁他人。不然要出人命的,而且一出就是两条命,多危险啊。现在摆在你面前的有两条路:一条是逼你女儿,把她逼死。她死了以后,看你家是什么样子,你可以想象出来。另一条是按你女儿的意见,她有个好的归宿,你们全家都满意,你儿子的婚事再找机会解决。你想想,这是多么理想的解决办法呀。你儿子的事,还得耐心等待,最后总会有个比较满意的解决的。你有这么一个优秀的儿子,肯定会有姑娘找上门来的。请你记住:只要青山在,不怕没有柴;只要鲜花在,不怕蝶不来;只要花蜜在,蜜蜂自来采。"

奶奶去罢吴家以后,又去郑庄了解郑世通的情况。

郑世通的最大特点是能说会道。最爱好的是说媒,巧言花语,巧舌如簧,见啥人说啥话。他有一个男女情况记录本,上面有一百多个男男女女的基本情况,包括姓名、年龄、父亲姓名、家庭经济情况、本人学历、长相、性格特征等等。很多群众主动找他,请他为自己的孩子介绍对象。他根据每个人的家庭及本人情况,在男女之间进行匹配。他感到哪两个差不多了,就对双方父亲做说服工作,凭他那两片嘴,绝大多数家长都能被说服。然后征得男女本人同意后,这个媒就算成功。

他说媒一般不主动提什么报酬,尤其是那些家庭条件和个人条件好的双方,他只是图个男方"酬媒人"的吃请。在酬媒人的宴席上,红鲤鱼是绝对不可少的一道菜。因此,这里农民把"吃鲤鱼"当成说媒的代名词。如果有人对一个熟人说:"我想吃你的鲤鱼哩。"那人马上就知道他想为他的孩子说媒。他马上会喜笑颜开地说:"那我再高兴不过了,我一定为你买个大鲤鱼。"

对家庭条件或男(女)条件不好的双方,他会想法要些报酬。这种情况,往往是家庭主动请求他为他们的孩子说媒,况且还非常迫切。当家长拿着烟酒催他赶快时,他会慢条斯理地说:"不好办呀。我已与对方谈几次了,他们还在犹豫。你们不要急,好事多磨,心急不能吃热米饭。你们慢慢等吧。"他越是不让人家急,说明他本人对这件事不急,反而使家长更急。过了几天,家长又要去催他。去时不能空手吧,而且拿的礼物越来越重,最后不惜重金。

有的家长甚至说："只要为我儿子娶个媳妇，我卖房卖地，也甘心情愿。"

奶奶把吴岑家的情况了解以后，根据吴岑提供的情况，又对潘家和袁家进行了调查。一天，奶奶来到潘茂家。

潘茂试探着问："你是……"

奶奶很爽快地回答："我是吴家的，吴坤她奶奶。"

潘茂很诧异，很不理解，试探着说着："我怎么记得……吴坤没有奶奶呀？是我记错了吗？"

奶奶毫不犹豫地回答："对，一点儿都不假，她是没有奶奶。我是她本家的奶奶。"

潘茂恍然大悟地说："啊！好，好，请坐，请坐。"

奶奶坐下后，不慌不忙地说："我不卖关子了，我开门见山，我来的目的还是关于小妮的媒的问题。这个媒小妮她爹妈都没意见，只是小妮还在犹豫。"

潘茂急忙插话："她犹豫什么呢？我们啥话都给他们说了。"

奶奶说："你们的话都是由郑世通传过去的。小妮非让我来亲自了解了解情况，然后再决定。说白了，她主要想让我看看孩子本人。她对我说，对孩子不了解是不可能答应这门亲事的。你知道，现在是新社会，又有婚姻法的规定，婚姻要自由，都得由男女本人自己做主。她这么一说，我还真得来。要不然，她是不会同意的。"

潘茂说："那好。你是个爽快人，我也不与你兜弯子了。我把孩儿叫来，你直接与他见见面。"

潘茂把儿子潘原叫到奶奶跟前，并对他说："这是吴家你奶奶。"

潘原对此没有任何反应。

奶奶问他："你叫啥？"

他说："我叫潘原。"

奶奶问："你多大了？"

他说："我是二五了。"

潘茂补充说："二十五了。"

奶奶又问："你们家几口人呀？"

他用右手扒着左手指头说着："俺妈、俺爹，两口；我、俺妹子，两口……"他把左手的四个指头扒在一起，然后算总数："一、二、三、四。"最后对奶奶说："四口，四口。"

潘茂在旁边很不是滋味，只看见他脸上的肌肉一动一动的，因为奶奶在他跟前，他也不好说什么，他也帮不了儿子的任何忙。他心里很着急，但外表上还得装出很平静的样子。他想给儿子做些暗示，但儿子就是不看他。当然啦，即使他给他做些暗示，他儿子也未必能看懂。

　　奶奶又问他："你上学了吗？"

　　他不知道上学是什么意思，他问他爹："啥是上学呀？"

　　潘茂很耐心地给他解释说："上学就是去学校。"

　　他好像清楚了上学的意思，很高兴地说："我去过学校。我们经常去学校里摸爬查（爬查：蝉的幼虫，成熟后从土里爬出来）。我去过无数次呢。每年一有爬查了，我们就去摸。"

　　潘茂："孩子比较老实，不会说个话。小妮儿来了决不会叫她受委屈。我们家里人不多，就四口人，我们两口子，跟前有两个孩子，他有个妹妹，他妹妹出门以后，呉坤过来就是我家的掌柜的。她干活不干都可以，有我们二个人挣工分，蛮可以了。不愁吃，不愁穿，来了以后光等着享福吧。"

　　奶奶问："你的女儿订婚了吗？"

　　潘茂说："订了，也是郑世通说的媒。"

　　奶奶问："婆家在哪里？姓甚名谁呀？能让我知道吗？"

　　潘茂："你知道也没关系，这也不是啥丑事。小妮叫潘茵，订婚在袁家，小孩叫袁昌，父亲叫袁满。"

　　奶奶："你对男家了解得如何？"

　　潘茂："我们主要也是听郑世通介绍的。郑世通不会骗人，彼此认识，打交道不是一半天了，都互相信任。"

　　奶奶："你对小孩儿本人了解吗？"

　　潘茂："很聪明能干，对做衣服很精通，整天给人家加工衣服或做成衣服卖。很能挣钱，不愁没钱花。也不是十全十美，小孩的腿有些毛病，走路有些不方便。不过这不影响做生意，照样能赚钱。腿有毛病没关系，好胳膊、好腿没技术，不会挣钱，不是照样儿受劲。走路不方便，照样能挣钱，个比好胳膊、好腿的差。因此，我不忌讳他腿有没有毛病。"

　　奶奶说："这不是关键问题。关键问题是看孩子是不是满意。只要孩子满意，别的条件都是次要的。如果不满意，其他条件再好，也不行。"

　　他们两人说话时，一个女孩在不远处的凳子上坐着，专心倾听着。这时，那女孩突然倒了一杯水递给奶奶，说道："请喝茶，老奶奶。"

奶奶问："这个是……"

潘茂："这个就是我女儿，她叫潘茵，今年十八岁了。"

潘茵初中毕业后在家从事农业，整天在生产队里干活，是潘家的一个棒劳力。她穿的衣服朴素大方，款式合体，色泽适宜。两根辫子奋拉在肩上，是一个眉清目秀、举止大方的女孩。她凝视着奶奶，脸上流露出用语言说不出的表情，奶奶有一种难以出口的感觉，心里想：多么好的姑娘。

奶奶告别了潘茂，刚走出门口时，潘茵急忙从家里走出头门，说道："奶奶，我送你。"

奶奶感觉着她一定是心里有话要对她说，"心有灵犀一点通"，两个人就肩并肩地一边说一边走。

奶奶问她："刚才你爹说的话你都听见了？"

潘茵说："听见了。"

奶奶问："你对袁家那个孩子满意吗？"

潘茵："不满意，一点儿都不满意。"

奶奶："那你爹为什么说你没意见呀？"

潘茵："我实在是没办法，我太痛苦了，我答应了一个不满意的婚姻。"

奶奶："那为什么？你爹逼你了吗？"

潘茵："一点儿也没有逼我。"

奶奶："那为什么呢？"

潘茵："我可怜我哥。"

奶奶："啊，可怜你哥，就答应一个不满意的婚姻，你说说是怎么回事？"

潘茵："我哥哥是个傻子。他长得有那么个样儿，要个儿有个儿，要样儿有样儿，看着很帅气，就是脑子不行，他的脑子还不如一个五六岁的孩子，正常人谁会跟着他呀？我不知道你那个孙女是什么样子，如果是不憨不傻的聪明姑娘，我劝你不要同意与我哥这个婚事，她来这里没有幸福。我爹说你们那边同意了，如果我不同意与袁家那个，我哥这个也不会成。因此，我没说反对意见。"

奶奶："吴坤压根儿就不同意，她有男朋友。她爹也是为了她哥的婚姻，强迫她答应与你哥的婚事，但她宁死不从，所以我来调查一下情况，我看这里边牵涉不少问题呢。"

潘茵："谢天谢地，我哥这个不成，我与袁家那边自然也就断了，正好符合我的心意。"

奶奶："现在是新社会，婚姻不能包办，不能单靠父母做主，要男女青年自己做主，自己的婚姻一定要自己满意。不满意的婚姻是痛苦的婚姻，是残忍的婚姻。这是一个人一辈子的事，可不能马马虎虎。"

潘茵："说实话吧，奶奶，也有个男孩在追我，我对他也比较满意。我们联系两三年了，但我始终未与他说定。我爹给我说这个，我不满意，但也没有勇气与我爹翻脸。因为我可怜我哥，我是处于矛盾之中。你说我应该怎么办吧？"

奶奶："现在是新社会，提倡男女婚姻自由。我对你说一句话：一定找自己满意的，不满意的千万不能答应。"

潘茵："我懂了，奶奶，我一定按你说的办，自己的婚姻自己做主。这是一个人一辈子的事，千万不能马马虎虎。"

奶奶离开了潘家直接去到袁家找到袁满。

袁满请她坐下以后，奶奶开门见山地说："我是吴家的，吴乾本家的奶奶。"

袁满问："你来有何贵干，请直接说吧。"

奶奶说："我是为咱们两家的亲事而来的。"

袁满说："有啥事直说吧。"

奶奶说："咱们两家的婚事，吴家这边非常满意。吴乾特意让我来跑一趟，看咱这头能不能定死。因为那边还有人在说媒，如果这边能定死，我们就不能再开新户啦。"

袁满说："只能说基本可以，但不能说最后定死。"

奶奶说："为什么呢？"

袁满说："要看我儿子袁昌的媒成不成。"

奶奶说："你女儿的媒与你儿子的媒有什么关系呢？"

袁满说："我女儿的媒就是根据我儿子的媒而定的。我儿子的媒成不了，也就是说，我娶不来儿媳妇，我是不会打发闺女的，我不能叫小麦先熟。我决不会白送走一个闺女。"

奶奶说："能让我见见袁歌吗？"

袁满说："能呀，当然可以。"

袁满把女儿袁歌叫到奶奶跟前。袁歌对奶奶抿嘴一笑，大大方方，不怯不惧。况且还膀大腰圆，有点儿假小子。她无拘无束地坐在一旁的凳子上。

奶奶问袁歌："你对吴乾了解吗？"

袁歌说:"了解,非常了解。"

奶奶又问:"你认为你与吴乾这个媒怎么样呀?"

袁歌说:"我很满意。"

袁满瞪了她一眼,她只当没看见。

奶奶又问:"他家成分高,你知道吗?"

袁歌说:"我知道。我是与他这个人过日子的。只要人缘好就行,成分高低没关系。好成分没有好人缘也不行。"

袁满说:"这个媒还不能说死,等我儿子的媒解决了再说。"

袁歌说:"如果我哥哥的媒解决不了,你就不叫我出门啦?"

她问得她爹无言可答。

奶奶对袁满说:"现在是社会主义,人民政府,婚姻自由,自己做主。你儿子的婚姻是你儿子的,你女儿的是你女儿的,不要把两个婚姻扭在一起。它们不能互相影响。他们两个,谁先遇到合适的就先订谁的。你一定答应我这个要求,不然你女儿就不答应了。"

袁满:"她不答应能怎么办哪?孩子不听大人的行吗?"

奶奶:"那要看大人说的有没有道理,如果没有道理也听吗?"

袁满:"大人说话哪有不讲道理的?都讲道理。"

奶奶:"那可不一定。有些大人说话很有道理,有些大人说话很没道理;也有些大人说的话,多数有道理,但偶尔没有道理;也有些大人,说很多话没道理,但偶尔有道理。因此,绝不能说,凡是大人说的,孩子都应该听。"

袁满不说话。奶奶看他思想上没有解决问题,对他们两个说:"我准备去公社一趟,找找妇联主任,告诉她咱们这里的情况。我可以坦率对你们讲,你们这里的妇女还没有真正解放,不少妇女还不能婚姻自主,有的还是父母包办,有的还受着买卖婚姻的痛苦,还有些其他问题。公社领导还不知道这个情况,他们如果知道了,他们绝不会答应。解放这么多年了,咱们这里还有换婚、转婚、买卖婚姻、变相买卖婚姻、父母包办婚姻、强迫婚姻,等等,这些都是旧社会的陋习,新社会成立以后,尤其是《婚姻法》颁布以来,这些现象早已彻底取缔。可是咱们这里还非常猖狂,这与咱们的社会制度是不相称的。我不让你们听我的。咱们本来互不相识,我算老几?我说的话你们听不听没关系,但国家的政策不执行是不行的。决不能想执行就执行,不想执行就不执行,而是必须执行。执行的受到表扬,不执行的受到惩罚。我相信,公社领导会很快来调查处理的。到时候,牵涉到谁,恐怕还得说点儿啥哩。"

袁满："你的话很对，我们应该按政策办事。孩子的婚姻问题应该按《婚姻法》办。请你放心吧，俺这两孩子的婚姻，我一定让他们自己做主。他们不同意时，决不会逼迫他们。我决不犯法。"

第十八章　大锅饭

　　一天早晨，人们起床以后，看见在大街的显著位置，贴着醒目的告示，上面写着：

　　洛家庄的全体社员同志们，根据目前革命形势和提高生产的需要，队委决定建立食堂制。自明日起，全体社员，一律在食堂吃饭。采取共产主义生活方式，各取所需。个人的原粮、面粉、柴火、木棍等可以做燃料的一律交到食堂。从后天起开始查收。

洛家庄生产队委员会

1958 年 8 月 23 日

　　这种大锅饭的办法，绝大多数人都不看好。他们凭着"猪多没好食，人多没好饭"的说法，认为肯定吃不好。那些上有老下有小的家庭，更是忧心忡忡，他们断定会给老人和孩子带来很多问题。不少人去找陈奶奶，让她利用自己的威望向队长建议，让队长改变决定，不实行大伙制度。

　　陈奶奶本来不想多管闲事。年纪大了，对新鲜事物接受得慢，思想跟不上形势了，对很多问题的看法与生产队领导的很不相同。她认为，事管得越少越好，话说得越少越好。但办食堂是个大事，是牵涉到全生产队群众的生活问题。更主要的是有这么多人找她，要她出来说说话。她想，不看僧面看佛面，舍着老脸去见见队长，与他谈谈自己的看法，供他参考。

　　"陈奶奶亲临寒舍，好不荣幸。请坐，请坐。"队长一看见陈奶奶去他家，说了这么两句热情洋溢的话。

　　陈奶奶坐下来，两人说了几句题外话以后，直接进入主题。陈奶奶说："实行食堂制，不少人有看法，他们认为这种办法大家吃不好饭。"

队长说："这些人看问题片面，他们不顾大局，他们只看到自己家庭的困难……啊，对了，陈奶奶，你认为呢？你说说让我听听。"

陈奶奶说："那我就不客气了，我说说我的看法。我认为咱们现在吃大锅饭，还为时过早。吃大锅饭有几个弊端：第一是浪费很大，靠没收社员家的粮食和柴火，根本维持不了多长时间。现在正是困难时期，到弹尽粮绝走不动时，就晚了。同样多的粮食，如果让各家自己做着吃，会熬过去，但如果让集体过，就熬不过去。因为一家一户可以挖掘自己的潜力，利用各种资源，可是集体就不行。第二，对老人、小孩就是个大问题，照顾老人、孩子，不是哪一家个人的事，这是全社会的事，这是咱队的事。我们心中要有个大我观念。第三，容易滋长特殊阶层，从而使广大社员产生不平心理，产生各种矛盾，造成不安定因素，对阶级敌人留有可乘之机，引起社会动乱。"

陈奶奶的话对他来说很不以为然。他说："陈奶奶，你的话不能说没有道理，但这些都是事物的一面，一个反面。它还有另一面，还有个正面，正面还是主要的。我们队委会做了充分研究，再三考虑，最后做出这样的决定。我们认为，吃大锅饭是让社员们集中精力干革命，搞生产，这是主流，是大方向。这个大方向是正确的，是往'大''公'方向发展的，这符合社会发展规律，是社会主义大方向。只要坚定不移地往前走，一切艰难险阻都是可以克服的。至于你说的老人和小孩问题，这确实是个实际问题。不过，我们也做了研究，这确实不是一家一户的个人问题，而是咱们队的共同问题。我们马上建立敬老院和幼儿园，让全队的老年人都吃住在敬老院，有专人负责照顾，而且是共产主义的，吃住都不要钱。小孩送到幼儿园，也是免费的，大人不用操一点儿心。你看，老人和小孩的问题不就解决了。不过，这是以后的事，眼下的老人和孩子还得由各家自己想办法解决。你要知道，这是暂时的……"

陈奶奶准备说话，刚要开口，就被队长截断，他继续说："陈奶奶，你是个老土改干部，老党员，在社员中威望很高，希望你多做解释，帮助我们年轻干部开展工作，在新形势下发挥积极模范作用……好了吧，找还有事，咱们今天暂谈到这里。有什么问题，咱们今后再交换意见。你今天来反映情况很好，对我们很有帮助。"

陈奶奶很失望地从队长家里走出。伤心地叹了一口气，自言自语说："年纪大了，跟不上形势了。"她暗想：与他们不是一时人，也不是一号人，与他想不到一起，也与他们没有共同语言，与他们说什么都没有用。今后不能再提什么建议了，免得生气。

社员们按队委会的要求，把自己的炊具、面、粮食全部交了出来，也有一些人舍不得交完，保留一些以防万一。当天下午，炊事班长就领着选来的炊事员干起活来。首先是和面蒸馍、切萝卜、白菜，准备第二天的早饭。

第二天早饭时，社员们拿着盆、罐、篮子、筐子，有的一家来一个人，有的来两个人。炊事员把笼一抬出，立刻遭到疯抢，很快被抢得干干净净；再抬出一笼，再一次被抢光；第三笼，又被抢光。没有第四笼了，再也抬不出吃的了。但还有很多社员在外面等着，他们眼巴巴地望着炊事班长，望着炊事员。炊事班长和炊事员，你看看他，他看看你，对没有吃饭的社员毫无办法。

队长过来了，对炊事班长说："怎么回事？为什么不多蒸些馍？"

炊事班长："怎么没多蒸呀？多蒸出三分之一呢。看来，多蒸一半也不够。"他们马上和面烙馍，让这一部分人有饭吃。

午饭准备得特别多，比预计量多一半，才算勉强够。

第三天上午，队长带领几个年轻人挨家挨户进行搜索。搜索的内容主要是：1. 粮食；2. 面粉；3. 炊具；4. 柴火；5. 木头。在搜索过程中，发现不少家庭把领回去的馍，吃不完了就切成馍片放在院里晒，难怪每顿蒸那么多的馍都拿完，这些馍不是全吃了，而是储存起来了。

没几天，这种各取所需的共产主义生活方式不再采用了，取而代之的是定量制：馍类，从一号到四号，大小不同的四个型号。分馍时，从大到小依次是：劳力一号馍，成人二号馍，八到十五岁的三号馍，七岁以下的四号馍。汤类，成人每人一勺，十五岁以下的，每人半勺。菜类，成人每人一份，十五岁以下的，每人半份。馍和菜的质量以及每人多少，都是随着形势的发展而变化。数量上也可能多，也可能少；质量上，也可能好，也可能差等等，一切都是未知数。

前一个月里，利用社员们交出的面粉蒸馍，利用社员们交出的柴火做燃料，生活还差不多，每顿劳动力一号馍两个（每个四两），成人二号馍两个（每个三两），青年人三号馍两个（每个二两半），少年人四号馍两个（每个二两）；菜，劳动力和成人每人一份，其他人每人半份；汤，劳动力和成人每人一勺，其他人每人半勺。

第二个月就有些紧了。社员们交的粮食和面粉已基本吃完，柴火也烧完。吃的：队里的集体粮搭配着从各户搜出来的红薯叶、芝麻叶、萝卜叶。烧的有两条路子：一条是继续从社员家搜寻燃料：木棍、木板、劈柴、麦秆、荆条、芦苇等等，凡是能够填到炉灶里燃烧的，统统搜出来做燃料。另一条路是：抽调三四个年轻人砍伐树木，村庄里的、村庄外的，只要是长在咱村土地上的，不管什么树种，也不管树的大小，更不管树龄，统统砍掉做大伙燃料。就是在这种砍树做燃料的行动中，不少古老树木被砍掉了。八十多岁的刘恒老大爷家的坟地里，长了很多柏树，其中有一棵，根据刘恒老大爷的说法，有二百年的历史。队里去砍那棵树时，刘大爷苦苦哀求，恳求他们保留下来。他说："它已有二百多岁了，比我们在场的年岁加起来都长。它经历了二百多年的沧桑岁月，是我祖祖辈辈的历史见证。你们毁了它容易，可是要想得到它，就不可能了。请你们手下留情，不要砍这棵树。任凭你们把我砍死，也别砍这棵树。这棵树比我主贵（值钱）得多。"他们的回答是："把你砍死能烧锅吗？这棵大树能做好几顿饭呢。"刘大爷死活不让砍这棵树，可是他们非要砍不可。刘大爷坐在树脚下，死死不站起来。他们没办法，只有报告队长。队长说："刘大爷只顾个人利益，不管集体利益。如果每个人都像他这样，大家就没法吃饭了。刘大爷纯是个人主义，个人主义就是资本主义，吃大锅饭才是共产主义。如果咱们按刘大爷意见办，而不砍这棵树，影响了大家吃饭，咱们就戴上了保护资本主义、损害共产主义的帽子，成了社会主义的绊脚石，成了社会主义建设者的阶级敌人。这是个大是大非问题，是个阶级立场问题，是个路线问题，是资产阶级或是无产阶级的阶级路线问题。请大家千万不要迷失方向，要坚决站稳阶级立场，坚持社会主义道路。在这样的关键时期，要擦亮眼睛，明辨是非，坚定信心，做一个坚贞不屈的共产主义战士。上级领导经常教导我们：建设共产主义是一个长期的历史过程，在这个过程中，阶级敌人是不会甘心退出历史舞台的，他们会寻找一切机会进行破坏的。当然，咱们决不能说刘大爷就是阶级敌人，咱说的是他代表的思想。因此，这是个阶级斗争问题，是无产阶级与资产阶级的斗争问题。咱们要打倒资本主义，捍卫共产主义。"一个社员说："你别说那么多大道理了。就这个事儿，你告诉我们，具体怎么办吧。刘大爷不走，我们没法干活。"队长："这很简单，他老头儿了，少气无力的。你们几个人把他抬起来，挪到另一个地方不就行了？"另一个社员说："他是个大活人，你把他抬到一旁，他还会再拐回去。"队长说："你们都是死脑筋。这你们就没有办法了？你们用几个人看住他，把他隔离开。等把树砍倒以后，问题不就解决了？"遵照队长的指示，几个人把刘大爷抬到离大树五十米以外的地方，看守着他。另外几个人把大树砍倒。这件事对刘大爷打击太大了。把二百多年的老古树砍了当柴火烧！连一点儿常识都没有。他气愤地说："这些人太无知，简直是狗屁不通。叫这些人当领导，就领到狗国了。"他想来想去，怎么也想不通。刘大爷对他儿子说："队长说我是'只顾个人利益，我这是只顾个人利益吗？这是国家的文物呀！队里别的事，不管对与不对，我都不去管它。就这件事我想不通。我太伤心了，我实在想不通。"恼恨成疾，没过几天，刘大爷就含冤离开了人世。另外，还有一棵大槐树，是一棵本地槐，也有一百年的树龄了，也是不顾主人的苦苦哀求，硬把它砍倒。他们把一棵棵枝叶繁茂的参天大树连根挖出，变成少枝没叶的死木头。再把它们劈成小块，填到炉灶里。亭亭玉立的庞然大物，不，何止是庞然大物？明明是国家的珍贵文物，一下子成了灰烬，化为乌有，多可惜呀！多悲哀呀！

奶奶对砍倒古树的事，非常生气。尤其是当她得知刘恒老先生气死的消息后，更是悲愤万分。刘恒老先生，爱憎分明，坚持原则，处处为广大穷苦百姓着想，事事为洛家庄的农民某利益，在对地主阶级的斗争中他始终站在最前列，鼓励大家勇敢战斗，不怕地主们的气势汹汹。在他的帮助和支持下，广大农民团结起来，让地主们非常害怕。奶奶回忆了刘恒老先生几次让人难忘的事件：当日本鬼子逼着村民说出谁是抗日人士时，他在下边暗暗对大家说："坚决不能说，打死也不能说。"当一九四三年洛家庄发生饥荒、饿死人没有人埋葬的时候，他鼓励成立丧葬协会，解决了群众的燃眉之急；他积极支持开办技工学校，把自己的院落和房子奉献出来；当自己被张强他们拘留时，他组织大家去张强门口示威，及时把自己解救出来……在旧社会，他英勇奋斗，没有倒下。可是在新中国成立以后，在人民当家做主的社会主义社会里，他却倒下了。多可悲呀！奶奶原来下决心不再向队长提建议，当他想到这些时，她再也忍耐不下去了，她下定决心，拼着老脸，再去见队长一次。她去到队长家里，没等坐下，就开门见山地对队长说："队长，我又来给你找麻烦了。"队长急忙接着说："哪里，哪里。有什么您只管说。有则改之，无则加勉。您快说吧，不要客气。"奶奶直截了当地说："咱们再没有烧的，也不能毁古树呀。有些是文物呀，是国家的宝贵财产。咱们毁那棵古柏树，它有二百多年的历史，是国家少有的文物。刘大爷劝说你们不要砍，你们也不听。刘大爷为此活生生地气死了。我感到这实在是太不应该发生的事了。"队长："刘大爷的死，与砍他的柏树有关系，这我不否认。但他的死是什么性质？陈奶奶，您说说。"陈奶奶说："他是为了捍卫国家宝贵财产，他精神可嘉，他死得伟大，他死得可惜。"队长说："陈奶奶，我本来很尊重您，对您的意见，我是非常珍惜，尽量接受的。可是这一次，我就有不同意见了，而且与您的意见相反。因为这是个原则问题，大是大非问题，所以，我得与您辩论辩论；如果是一般问题，我就不与您争论了。刘恒大爷的思想是典型的阶级斗争的反映，是资本主义的残余，也是敌对势力不甘心死亡的垂死挣扎。当然，我不是说刘恒大爷本人，而是指他这种思想，他的思想意识。他为此而死，说明他是这种思潮的牺牲品。我对刘恒大爷的死感到惋惜，但我对他所代表的思潮唾弃。"奶奶听了以后，感到愕然。她再一次认识到，他们的距离太大了。她听罢队长的话以后，只说了声"再见"，就怅然离去。

　　几个月过去了，靠伐树做燃料还勉强可以维持，但吃的就不行了。基本上到了弹尽粮绝的地步。不但粮食吃完，连红薯叶、芝麻叶，都干干净净了。队里一些有脑子的人就想出了一个点子：用代食品代替粮食。什么代食品呢？五香粉。多么好听的名字！什么是五香粉呢？就是秫秫壳、玉米芯、谷糠、红薯梗和花生皮。把这五种成分混合在一起，用粉碎机打碎成粉，冠名为"五香粉"。光用这种粉做不成窝头，因为这种粉没有黏合力，还必须加入些黏和性强的原料，才能和成面团。这种黏和性强的原料，就是榆皮面（把榆树的皮扒下来，晒干后磨成细粉）。加入榆皮面的五香粉，和成的面团很筋道。不但可以做窝头，还可以做出各种形状的食品。不但可以做烙馍、擀面条，还可以做其他很多花样。但五香粉做出来的食品，其口感与面粉做出来的食品就大相径庭了。榆皮面是黏的，黏度很大，镶有假牙的人吃掺有榆皮面的食品时，很可能把假牙黏掉。五香粉是涩的，嚼着刺嘴，咽着刺喉咙。吃五香粉窝头时，得端一碗水准备着，咬一口窝头，咀嚼后，赶快喝一口水送下去。没有水的陪伴，它自个儿是不愿意钻进那黑洞洞的肚子里的。说也奇怪，它不愿意进去，但一旦把它推进去以后，它反而不愿意出来。吃了这种"五香粉"食品，最大的难题，就是拉不出来屎。男男女女，老老少少，没有一个不干结的。年轻人还能忍受，老年人可就受不了喽。

　　这种五香粉窝头，也并不是每人都可以吃饱的。虽然仍然是按第一个月的分配办法，但重量减少多了。劳动力每人每天六两，成人每人五两，年轻人每人四两，小孩每人三两。按这个数量，每个人都吃不饱。成年人虽然饿肚子，但他们能忍耐，他们只是不好受，不去嚷嚷，很少人想别的点子。可是，小孩就不行了。他们忍耐不住，吃不饱就要着吃，饿了就嚷嚷着"饿了，饿了"。因此，经常出现孩子偷吃东西的事件。

孩子们偷吃东西,偷吃谁的呢?他们不偷吃别人的,更不偷吃生产队的。他们没有这个想法,也不敢这么干。他们只有偷吃自己家里人的,可是家里也没有属于家庭集体所有的东西,更不要说吃的东西了。家庭每个成员吃的,都是顿顿在大伙上领。每个家庭都是按份额领取的,大人,小孩,各人是各人的,对号入座,一个萝卜对一个坑,没有多余的。可是孩子们不管这些,他们就实行各取所需了。

高臣一家四口人,他和妻子赵蓓都三十五岁了,有七十多岁的爹爹和九岁的儿子小合。去饭场打饭,经常是儿子的事。一天中午,小合把饭拿回来交给妈妈。妈妈一看,只有两个大人的,大人的少一个,小孩的少一个,就问小合:"小合,馍怎么不够呀?"

小合回答:"不知道。"

妈妈问:"明知道不够,你为什么不叫他们给你够哇?"

小合:"我当时没有看清楚,不知道几个,他们一放到篮子里,我就扛回来了。"

小合妈拿着馍去找炊事员。炊事员说:"如数给你们的,一个也不少。"

从炊事员的口气中,赵蓓看出,他们给小合的馍数是够的,她决定回去再问小合。

赵蓓问儿子:"小合,你把领到的馍放到哪里啦?你吃了吧?"

小孩的脑子里是掺不了假的,常言说"小孩嘴里说实话",小合也是如此。当妈妈问他时,他翻起眼看着妈妈,小声内疚地说:"我吃了。"

赵蓓不再问了,她不但不责备儿子,反而可怜儿子,她的眼泪掉下来了。她把剩下的两个窝头给爹爹一个,给丈夫一个。她去荒地里割一把米布菜,生着吃了吃,哄一下饥饿的肚子。

还有一家,也是这样的事,小孩把馍偷吃以后,妈妈把孩子打了一顿,目的是教训孩子以后不要再干这事。可是当孩子哭得很伤心的时候,她也痛心地哭个不停。最后,母子俩抱在一起大哭了一场。

食堂里也偶尔改善一下生活。改善生活不是吃白面馍,更不是吃肉,而是每人多一斤红薯。可是数量还往往不足,去打饭晚的社员很可能就没有了。因此,一到改善生活的时候,社员们比平时去打饭的时间要提前很多,有的甚至提前半个钟头。到饭场后也是争先恐后、前拥后挤。

一天中午,也是改善生活,这次改善生活不是每人一斤红薯,而是每人一斤胡萝卜。开饭前,在领饭的窗口,站满了长长的一队。开饭时间一到,按照顺序一个一个地领取。当前一个人领到东西尚未离开时，后一个人就迫不及待地把篮子递过去，生怕失去了机会。一个叫王盘的青年把筐子伸到窗口以后，炊事班长一看是王盘，把筐子夺过来扔了，嘴里说着："你成分高，还往前挤！"王盘哭着去捡他的筐子。然后，炊事班长对站着队的社员说："成分高的人往后站，等一会儿，等成分好的人领完以后再领。"

赵立的母亲已经七十岁了，病了好几天，吃不下"五香粉"馍。赵立请求炊事班长给他些面（当然是杂面，麦子面就不用想），他想为母亲做碗稀汤喝。班长说："不行呀，咱们食堂人多，东西少。虽说你要的不多，可是咱们人多呀，加起来不就很多了吗？咱们哪有这么多面给你们呀？再说，咱们食堂人人都是平等的，我当炊事班长，也不比你们多吃一两。如果给你些面，你不就多占了吗？不就不平等了吗？……"没等他说完，赵立就很生气地离开了。

炊事班长真的与其他社员平等吗？他真的不比别人多吃一两吗？他真是这么正直吗？

他心里有两本账，他平时就是按两本账实行的。除了一般政策对付一般老百姓外，他还有优惠政策。优惠对象是：他本人是第一，队长是第二，炊事员是第三，他的相好的（当然是女的）是第四。炊事员都是女的，是炊事班长挑选的，当然这些女的必须与班长关系好，要么是亲戚关系，要么是宗亲关系，要么是猫儿腻关系。这三种关系都没有的，是不可能进炊事班的。他的优惠办法是不断做些比较好吃的东西让她们带回家。他对自己就不客气了，他可以把食堂的面带到家，让他老婆蒸成馍，麦子面蒸成馒头，杂面蒸成窝头。她把它们放到竹篮子里，用毛巾盖得严严的，扛到会上卖。一个窝头可以卖一元钱，而且不要粮票。那时，凡是买粮食做的食品，除了拿钱外，还得拿相应的粮票。比方说，你要在食堂里买一斤馒头，你除了拿两角钱外（当时一斤馒头两角钱），还必须同时拿八两粮票。如果没有粮票，你拿再多的钱，也不卖给你。队长老婆卖的窝头，每个最多二两面。如果用粮票买，白面的才用四分钱，而她就卖一元一个。因为她不要粮票，所以很容易卖。蒸一篮子馍，扛到会上，一下子就抢光了。当时的粮票最宝贵，它比钱都宝贵。钱没有了可以借，可以找门路挣。但粮票就不是这么简单了，你借不来，挣不来，也买不来。当时是按人头计划供应粮食的。每个人供应的粮食，成人二十九斤，一天不到一斤，不够个人吃，谁会把自己吃的粮食卖出去呀。在食堂里买饭，吃多少主食，首先得交粮票，然后再交钱。如果没有粮票，拿再多的钱也不卖给你。如果去外面出差，首先得把粮票带够，不然，就得挨饿。

公社派的大食堂检查组明天就要来了。这天下午，洛家庄生产队召开全体社员大会，布置如何迎接检查组的到来。

大约下午两点钟左右，全体社员都到齐了，队长开始讲话。他说：

"全体社员同志们，明天公社大食堂检查组就要来咱生产队了。这是上级领导对我们的关心和爱护，我们对上级领导的关爱表示衷心的感谢。

"我们洛家庄生产队，在上级公社的英明领导下，在全体社员的共同努力下，以阶级斗争为纲，以实现共产主义为目标，把苦干、实干作为动力，在抓革命促生产方面做出了辉煌的成绩。这是上级英明领导的结果，是我们全体社员努力奋斗的结果，我们应该感到骄傲。我们要发扬继续革命精神，以阶级斗争为纲，继续顽强奋斗，在抓革命促生产的战斗中，做出更大成绩，为革命做出更大贡献。

"为了迎接检查，为了更好地显示我们的辉煌成就，我宣布几条注意事项，望大家切实遵守：

"1. 今天下午，全队社员一律停止农活，全部投入打扫卫生。

"2. 炊事班的社员，不但把卫生搞好，还要把炊具放得有条有理。还要注意炊事员的个人卫生，头发、卫生帽和衣服，都要干干净净。炊事员本人也要打扮得整洁漂亮，像一个为共产主义事业奋斗的女战士。

"3. 被询问时，不要乱讲。讲的话要符合革命的需要，要符合当前的大好形势，要从大局出发，以大是大非为依据，不要拘泥于个人的鸡毛蒜皮。与大好革命形势相比，与社会主义国家的美好前途相比，再大的私事，也是微不足道的。从你说话中就可以看出你是为公，还是为私；是为革命，还是为自己。这是考验咱们每一个人的时候。在这次考验中，希望每个人都要经得起考验。检查组走了以后，咱们还要总结经验，查看每个人在检查中的表现，表现好的，要表扬；表现不好的，要批评，特别差的，要进行处分或惩罚。

"4. 要有好的精神状态。要有大无畏的革命精神，要有远大的革命理想，要有博大精深的革命抱负。要胸有大志，不要畏缩不前。我们是为人民服务的，因此，我们要坦荡，要大无畏。要精神饱满，要理直气壮。"

最后，他补充了一句："为了迎接公社检查组，明天中午我们改善生活。"

第二天中午，开饭铃响了。洛家庄生产队的社员们集聚在食堂外面，站着长队，手里拿着盒子、罐子、筐子或篮子等着打饭。厨房窗户里面放着一个大缸，里面是一缸能映出人影的稀汤。一个炊事员手里握着一个大木勺，站在汤缸旁边，准备给大家分汤。汤缸的两旁各放着一个大簸箩，一个里面是红薯，一个里面是窝头。盛红薯的簸箩旁有一杆秤。红薯是称给社员的，按每户的人口多少和成人与小孩的多少配给，并不是平均分配，更不是各取所需。

炊事班长来讲话了，他说："今天中午，咱们与平时一样，吃窝头和红薯。红薯每个成人二斤，青年人一斤半，小孩一斤。"

队长把检查组的人员一一向大家做了介绍，让大家用热烈的掌声欢迎他们。然后他开始讲话，他说："咱们洛家庄生产队在公社的英明领导下，无论在抓生产方面，还是在抓阶级斗争方面，都取得了辉煌的胜利。我们的胜利，归功于公社的英明领导，归功于广大社员的冲天干劲。没有公社的英明领导，我们就一事无成。今天，公社派检查组来我队检查，这是公社对我们的关怀和爱护，也是对我们工作的帮助和督促。我们对公社的关心和爱护表示诚挚的感谢，对公社检查组的到来，表示热烈的欢迎。但是，我们不能骄傲，不能躺在功劳簿上睡大觉，我们还得继续努力。我们要乘着检查的东风，发挥更大的革命干劲，在抓革命促生产的革命浪潮中，取得更加辉煌的胜利。"

他讲到这时，人群中一个等不及的孩子，哇一声哭了。周边社员小声对孩子妈说："哄哄他。"孩子妈说："孩子太饿了，刚才强忍了这么长时间，现在是忍不住了。"周边社员只有无可奈何地"唉"了一声。

队长听见有孩子哭，马上大声喊叫："谁家的孩子哭的呀？别叫他哭！"不管妈妈的再三哄劝，也不管队长的高声吆喝，孩子照样哭，而且越哭声音越大。队长最后说："把他抱出去吧，别影响咱们开会。"于是，哭声随着妈妈的走远而逐渐消失了。

队长接着讲："我们还得继续狠抓阶级斗争，狠抓生产建设，在粮食产量上放出更高的卫星。今天中午，公社领导莅临咱队，指导工作。他们不搞特殊，来到饭场，与群众打成一片，与我们同吃一锅饭。"

队长讲话后，炊事班长把饭菜端到饭桌上，供检查组人员享用。

饭很快就发完了。今天的发放时间比平时慢得多，因为今天增加了一份红薯，况且红薯是一户一户临时过秤，几乎一户一个样，因此，耽误时间。

平时发放可快了，炊事员看着领饭名单，每一户大的几个，中的几个，小的几个，稀汤是大人一勺，小孩半勺；有时，大人小孩都是一勺。

检查组的饭与社员们的饭不完全一样，除了主食两样与社员的相同以外，他们多了两个菜，一个炒萝卜，一个炒豆腐。窝头不是论数的，红薯也不是论称的，而是随便吃——这些社员们都没意见，都可以理解，他们是客人嘛，自己一家一户时，来了客人也做些好吃的，这时也是与那时一样。让他们吃的窝头与社员们吃的窝头质量不一样。他们吃的窝头是用高粱面和玉米面和在一起做的，而社员们吃的窝头却是用"五香粉"做的。

检查组人员由队长陪着吃饭。他们把红薯皮剥掉，把红薯头掰掉，扔在地上。几个孩子站在老远处看着他们吃，吃饭的人嘴里嚼着东西，一动一动，孩子们的嘴里没有任何东西，可是嘴也随着他们的嘴一动一动。吃着东西的嘴，一动一动地把咀嚼好的食物咽下去了，而孩子们的嘴，一动一动后，流出了口水。孩子们对检查组人员吃饭，观察得很仔细，谁吃了几个窝头，几个红薯，谁是咬着进食的，谁是掰着往嘴里送的；谁咬着张的嘴大，谁咬着张的嘴小。他们还注意到谁吃菜吃得多，谁吃菜吃得少，谁不怎么吃菜。还有，他们对检查组成员剥下的红薯皮和掰掉的红薯头特别感兴趣。他们把红薯皮、红薯头扔到哪里，孩子们的眼睛直盯着。孩子们很着急，期待着他们快点儿吃饭，早点儿离开饭场。

检查组人员终于吃完了饭。他们站起来，还没离开饭桌几步，那些按捺不住的孩子，飞快地跑到饭桌周围，寻找被扔到地上的红薯皮和红薯头。他们捡起一个随即填到嘴里，津津有味地嚼一下就咽了。有两个孩子还因为抢夺同一个红薯头而打起来。一个说那个红薯头是他先发现的，另一个说是他先捡起来的。当他们两个正吵得不可开交的时候，队长高声叫住他们，让他们站好队不要动。随后，队长狠狠批评了他们，说他们不长眼色，当着上级检查组的面抢红薯皮吃，太没面子了，丢了洛家庄生产队的人。因为他们干的是丢脸的事，所以用打脸的办法教训他们。他给他们每人两个耳光。队长的手是有力气的，他也是用力打的。他是带着"恨"打的。他认为，孩子们当着上级检查组的面抢吃红薯皮，让他丢了大人。他怎么能不恼火？他把他的恼火凝聚在他的手上，在每个孩子的脸上打了两巴掌。孩子们脸火辣辣的，痛在脸上，也痛在心里。队长的手狠，心更狠，没有狠心，就不会打得这么狠。孩子们个个泪流满面，咬着牙，没有哭出声，也不敢哭出声。他们泪往肚子里咽，恨藏在心里，等以后有机会了再算账。

检查组在这里停留一天。上午是听汇报，看实际，下午是个别访问。汇报工作由队长做，查看实际由队长陪着，个别访问，队长更是寸步不离。被

访人员不是由队长指定，而是由检查组随意挑选。检查组访问的第一个人是
王潘。

检查组："在食堂吃饭怎么样？"

王潘："可以。"

检查组："吃得饱吗？"

队长："怎么吃不饱呀？都能吃得饱。"

王潘："怎么吃不饱呀，吃饱了。"

检查组："吃得好吗？"

队长："每天不用自己做饭，下了班就可以吃饭了，当然吃得好啰。"

王潘："当然吃得好啰。"

检查组："对食堂满意吗？"

队长："怎么不满意呢？自己省多少劲呀。"

王潘："怎么不满意呢？满意。"

被访的第二个人，是七十多岁的老大爷。他耳聋、眼半瞎，说话时很难
听清楚他在说什么。

检查组问他对食堂的看法。他说："生活很不好，每天吃不饱。五香粉馍
很难吃，难拉屎来难尿尿。"他的话说不清楚，不知道他说的是什么。队长为
他翻译，队长说："老大爷说，'生活实在好，每天吃得饱。五香粉馍很好吃，
不愁拉屎和尿尿。'"

检查组找到的第三个人是一名中学生。他叫高山，脾气有些倔强，平时
爱与队长抬杠，经常与队长顶嘴。有时当着很多人的面，让队长弄得下不了
台。队长对他很不感冒，但也毫无办法。这回检查组的人偏偏找到了他，让
队长感到很难堪。因为他料定高山不会添好言，但他又不能阻止。检查组让
高山谈食堂情况时，他说：

食堂很糟糕，每天吃不饱。

人人很痛苦，到处发牢骚。

生活没法过，日子难煎熬。

期盼共产党，赶快来打捞。

高山的话与队长的介绍完全相反，让检查组和队长都目瞪口呆。他们对
视了一会儿，队长说："他精神不正常，患了一种叫作'叛逆症'的精神病。
这种病的特征是他说的话都是反话，比方，他说的'糟糕'是'好'，'不
饱'是'饱'，'痛苦'是'幸福'。"以此类推，高山说的话实际上应解

释为：

食堂实在好，每天吃得饱。

人人很幸福，到处都说好。

享受好生活，天天乐陶陶。

多亏共产党，感谢好领导。

检查组的人对队长的解释不以为然，仍是半信半疑。他们进一步询问高山，以验证队长的解释是否正确。

检查组问高山："你是干什么的?"

高山回答："我是个狗。"

检查组："你每天干什么?"

高山回答："我每天咬人。"

……

队长忙说，你们看，他很不正常。检查组的人也相信了队长的话，不再继续询问高山了。

检查组的人访问了高山以后，高山在街上的显著位置贴了一张白纸，上面写着：

冷在夏，热在冬，

冷冷热热怎判定?

日和月，月和星，

日月星辰哪个明?

人间混闲事，

谁能说得清?

个别访问结束了。队长最担心的一个程序过去了，他长长地松了一口气。被访者的回答虽然不太满意，但也算马马虎虎，由于他打了圆场，效果还算不错。队长对自己的聪明、机灵而感到自豪。检查组的人带着诸多问题离开了洛家庄。

队长送走检查组以后，在街上漫不经心地走着，细心听着，仔细看着。他忽然看见王普的家里有炊烟冒出。他赶快跑过去，大声吆喝："谁叫你们私自做饭吃?"

王普妻回答："我爹爹病了，肚子很饿，我给他做些吃的。"

队长："为什么不把炊具交到伙上? 你用什么做饭的呀?"

王普妻："我们的炊具已被队里全部搜走了，现在是用舀子做的。"

队长："做的什么饭呀？"

王普妻："荠荠菜、狗狗秧等野菜。"

队长对王普家的冒烟也没有什么把柄可抓。他们没有保留炊具，也没有粮食、米面。尽管如此，他离开王普家时，还是留给他们沉甸甸的一句话："如果你们自己能做饭，食堂里就不给你们打饭了。"

这件事给队长提了个醒。他从王普家出来，看了看天气，快该下班了。他赶紧去到饭场，让打饭者留下一会儿开个全体社员会。人到齐以后他对大家发表了这么一段讲话：

"我发现有的社员在家里做饭。我问你们，从哪里弄的锅？从哪里弄的米面？因为你们的锅及其他炊具都交了呀。你们的粮食、米面也都交了呀。即使你不用锅，做的不是米面，也不要私自开小伙。这是个大是大非问题，这是个路线问题，这是个社会主义道路和资本主义道路问题。大食堂给你们供应着饭，而你们私自去开小伙，你们想想这是个什么问题。大食堂就是社会主义，小伙就是资本主义，这不是明摆着的事实吗？小伙如同资本主义的尾巴，割着也难，有些人还怕疼，舍不得割。我说，资本主义的东西，不要有任何留恋，要痛下决心，一刀两断，越疼越得割，疼这一下，今后就不疼了。今天我警告大家，今后任何人不准开小伙，既往就不再咎了。如果再发现谁家冒烟，我们就不客气了。咱有言在先，勿谓言之不预。至于说怎么个'不客气'，一不抓你，二不打你。咱们不是敌我矛盾，仍属于人民内部矛盾范畴。这个不客气就是大伙不再给你打饭了，让你自己做着吃。就这么简单。我讲的话就是这么多，请大家打饭吧。"

"不给打饭了，让自己做着吃。"这句话看起来是这么简单，它真的简单吗？它不简单，它一点儿也不简单，它像一块千斤重的石头，劈头盖顶，压得你喘不过气来，压得你抬不起头来，压得你爬不起来。不给打饭，就是不给饭吃，不给饭吃，不就是叫死吗？这可不是个简单的事。因此，谁也不去冒这个险，谁也不走这个绝路。

有人说炊事班长家里经常冒烟，而且都是在夜里。你别跟他比，因为他是炊事班长。队长家里从来用不着动火，因为炊事班长给他的是做好的现成饭。炊事班长不管给他什么东西，他从来不亲自接受，他总说："我不拿公家的任何东西，给我送家吧。"有一次炊事班长又给他东西，队长有些不耐烦，说："不是给你说了吗？我不会亲自接受任何东西，给我送家吧，今后不要再对我说了。"炊事班长本来想落好，可是落了个没趣。但他从队长的话里悟出了队长的意思："把东西直接送到他家里，不要告诉他。"炊事班长暗暗地说："队长真能，办事滴水不漏，没有任何后遗症。"

常言说："麻雀过去都留影。"任何人办事都不可能天衣无缝，都会漏点儿马脚，都会留些后遗症，只是多少而已。办事人考虑不周到时，就露得多一些，办事人心细了，露得就会少一些，一点儿不露是不可能的。不过，说队长"能"，这倒是真的，他确实是能，这个能，就是聪明、伶俐、脑子转得快，随机应变能力强。得益于这个特点，他得到了某些领导的赏识，也是由于他这个特点，在几个关键时刻，他能化险为夷。

就拿他与他的前任相比吧，他比他聪明多了。

前任队长叫马双，是一个脑子不怎么会转圈的人。有一次公社召开表彰大会，表彰粮食产量最高的生产队，受表彰者发光荣匾，给队长戴光荣花，站在主席台上与上级领导合影留念。为了争这个荣誉，队长们争先恐后地纷纷上台发言。人人都怕把产量数说得低了，人人都怕落了后。这样的结果是，最先发言的人产量最低，最落后。可是前面的发言人不甘落后，要求再上台发言，重新汇报他们队的产量，同时向大会赔礼道歉，承认刚才报的粮食数不实，是瞒产虚报，实际产量比那多。每个人第二次报的数不但比他自己刚才报的数高，也比第一轮中最后一个高。这样报下去，每个生产队的产量都很高，亩产一千斤还是低产的，有亩产一万斤的。

马双不是个胆子大的人，他在大会上报粮食产量时也没有那么大胆，所以他不是第一，得不了奖。但他也不甘心，他心想："只要叫我平安过关就不错了。"

"平安过关！"想得怪美。第二天就接到一封从公社来的信。大概意思是：各生产队的粮食产量，除了口粮（平均每人六百斤）、饲料粮、种子粮、接待用粮和交公粮外，其余粮食一律卖给国家，支援社会主义建设。完成卖余粮任务后，公社将组织人员到各生产队检查落实情况。望各生产队立即行动，在十天内完成上述任务。十天以后，公社下去检查。

本来就胆小的马双，这一下子可慌了。他脑子发懵，不知所措，顿时感觉大祸临头。他老婆为他出了个主意，对他说："你还是出去躲躲吧，别受这个洋罪了。没听人家说嘛，'事大事小，一走就了'。"他听了十分高兴，伸着大拇指对妻子说："夫人高见。三十六计，走为上计。"他把通知交给副队长李康，说他有些重要事要外出几天，嘱托李康承办公社要求的事宜。他准备了些衣服和盘缠，当天晚上离开家乡，不知去向。

马双走后，李康接替队长工作。李队长脑子快，他可以应付任何局面。他很明白，马双在公社表彰大会上汇报的粮食产量是他们队委在一起商量的数字，实际粮食数比那个数字低得多。他积极按程序办。先交公粮，留下应留粮食，再卖余粮。实际上，交罢公粮后，剩下的就不是余粮了，连口粮、饲料粮、种子粮等也不够。因此，卖余粮实际上就是卖口粮。李队长还是照办。其结果是：交公粮，卖余粮，卖罢余粮没有粮，社员不吃粮，生活没保障。

　　社员们吃的东西只剩下一些红薯了，粮食类的已经是寥寥无几了。可是公社还要来检查呢，如何应付检查时看实物这个场面呢？李队长还真有招儿。他组织人员在库房里用苇子圈了三个大空囤，里面装满豆秆、麦秸等杂物，最上面铺一层苇席，苇席上面铺一层粮食。一个上面铺的麦子，一个铺的玉米，还有一个铺的高粱。检查组来检查时，把仓库门一锁，说保管员不在家，让检查组隔着窗户向里面看，确实能看到二囤粮食。

　　检查组人员来了以后，按照李队长设计好的办法让他们参观了库房里的粮食。可是检查组的人看了后谁也不相信这三囤粮食是真的。他们都是队长，都是基层农民，都非常熟悉生产队的实际情况，地里根本就打不了这么多粮食，你洛家庄生产队又不是神仙，你们能让土地生产这么多粮食？不可能！但谁也不说透。看透不说透，才是好朋友嘛。这与玩魔术一样，玩者和观众都知道是假的，但玩者要竭力把它玩成真的，观众看了后也感到很像真的。

第十九章　洛萌的学校生活

　　洛家庄农民协会开罢批斗大会以后，张榜公布了贫农家庭应分的土地、房屋、农具、牲口等具体数目。奶奶家的住宅物归了原主。此外，还分了九亩土地（每人平均三亩半，人均不够三亩半的，把缺额补上。凡是分地的农户，一般都定为贫农成分），奶奶家为贫农成分。奶奶搬进她自己的家以后，她要干的第一件事就是拉住两个孩子去坟上报告喜讯。在萌萌爷爷的坟前，在萌萌爹、妈的坟前，摆上供品，烧了黄纸，花妮和萌萌向爷爷、爹、妈磕头。然后，奶奶带着深沉的情绪、严肃认真的姿态、胜利在握的心情说："妮她爷、妮她爹、妮她妈，今天我带着花妮、萌萌来告诉你们个特大喜讯，你们盼望已久的解放日子终于来到了，咱们洛家庄解放了，咱们穷苦农民翻身了，大家分得了土地，咱们一家都分了九亩呢。我们非常高兴。你们没来得及享受解放、翻身的幸福。不过你们可以在九泉之下与我们分享。保长霸占咱们的宅子，也归还咱们了，他本人也被镇压了。现在我们三口就住在咱们自己的家里。这个风水宝地仍然在咱们自己的手里，正好应验了你的话：'他们早晚都得还给咱们。'现在他们已经还了。不过，他们的归还也非常难，若不是解放军的到来，他们是绝对不会给我们的。我们现在不但有房子住了，也分得了土地。你们过去每天愁着没地种，要想打些粮食，就得租地种，借高利贷，每年打的粮食不够吃。现在咱们有自己的土地了，九亩呀！都是分来的，分地主的。他们那么多土地全部分给咱们穷人了。咱们分九亩地可真不少呢。可惜你们不会为我们种了。你们在世时，很想种地，可是没有地。现在有地了，你们却不会种了，你们却走了。但不管如何，有这九亩地，我们就不会挨饿了。更主要的是，现在是新社会，是咱们穷人的天下，我们三口人肯定不会挨饿，请你们放心。此外，人民政府在各级都办了学校，马上叫萌萌去上学。你们不是希望他上小学、中学、大学，甚至是出国吗？他是个有志气的孩子，他不会辜负你们的希望。我一定把他培养成大学生，并且还要让他出国，不让你们的希望落空，要把你们的梦想变成现实……"奶奶滔滔不绝地说着，脑子有些恍惚，丈夫培石、大儿子为新、大儿媳、小儿子为晨，都笑嘻嘻地站在她的面前，异口同声地向她贺喜：你们终于翻身解放了，我们的宅子终于物归原主了，我们终于分得土地了，两个孩子你抚养得很好，你辛苦了……奶奶站在他们的坟前，眯缝着眼，不说一句话，像一个塑像一样，一动不动。萌萌轻轻对姐姐说："奶奶怎么啦？她怎么站着睡了？"花妮拉了拉奶奶的手，叫了声："奶奶。"奶奶醒过来了，说了声："我看见你妈妈他们了。"萌萌忙问："我妈妈在哪儿？我妈妈在哪儿？我怎么没看见？我怎么没看见？"奶奶说："我做的梦。"

祭祀以后，奶奶感到特别宽慰。她认为，他们渴望翻身解放的愿望总算实现了，他们可以安息了。

萌萌于1949年开始上学。1952年小学毕业后考入县城第一中学。县城一中是一所初级中学，是全县唯一的一所初中。学校有集体宿舍，每个学生都可以自带行李，住宿在学校。学校还开有公共食堂，学生们可以搭伙，可以交面、交钱，在食堂就餐。但很多学生由于家庭经济条件差而不搭伙，吃饭靠从家里带馍。每次去学校必须带够一周吃的。路近的学生还好些，路远的学生，尤其是像洛萌这样的学生，距学校四十五里，光走路就是一个严峻的考验。为了照顾路远的学生回家，学校星期六下午不安排课，学生们星期六下午回去，第二天返回学校。对洛萌来说，每隔六天，就跑个一来一回，九十里路，况且还得背上十多斤吃的。不要说背十多斤食品，就是啥也不带，步行九十里路也是够呛的。家里有劳力的学生，比如学生的父亲或哥哥，他们经常背着行李送学生到学校，也有很多学生家长每到周末把东西送到学校，学生就可以不用回家了，可以免受几十里路的步行之苦。可是洛萌家里没有人给他送，每个星期六他都得回去，第二天星期日，他得背着东西返回学校。在返校途中，最难过的是走到离学校十来里路的地方，这最后的十多里路最难走，筋疲力尽，饥渴交迫，两腿像灌了铅似的，沉重得难抬一步。背上的东西像一块铁疙瘩，死沉死沉的，像贴在背上一样，一动不动。眼发黑，头发懵，心发慌，腿发软，整个身体像一堆烂泥，顷刻间就会倒在地上。

夏天还好受些，虽然天热，但天长，不管是星期六回家，也不管是星期日返校，可以走得慢一些，用不着赶路。但夏天有夏天的苦恼，除了炎热以外，它有狂风暴雨，有突然的天气变化，使他应对不及。

一个夏天的星期日，洛萌吃罢午饭后照例准备东西动身返校。奶奶对他说："孩子呀，拿个伞吧，夏天雨来得猛。再者，今天热得不一样，太闷，有可能要变天。"

洛萌说："我不拿。这次背的东西不算多，我动身得早，变天也不碍事。拿个伞反而增加了负担。"

洛萌背起行李，辞别了奶奶，踏上了返校的路。

天又热又闷。背上的东西不时地从左肩换到右肩，不一会儿，再从右肩换到左肩。走了十多里路他就满头大汗，气喘吁吁了。太阳像针似的刺脸，他心里想，听人们说，下雨前的太阳特别热，莫非是真要变天了？他不敢怠慢，匆匆往前赶路。

东方升起了乌云。那么黑，那么厚，而且扩展迅速，气势汹汹，势不可当。萌萌想，这块乌云不是好兆头，有点儿杀气腾腾的样子。他不由得加快了步伐。

他不时地向东方看看，他走得再快，也没有乌云跑得快。乌云从一块变成了一片，由乌黑变成了雪白。再从一片很快遮住了半边天。洛萌在想：你这个倒霉的天，为什么要与我作对！干吗要与我闹别扭！何必要与我过不去！他越想，越感到可怕；越看，那乌云越气势汹汹；越瞅，它的面目越狰狞。挨雨淋的灾难就要来了，必须做好充分的准备。

他走到距县城大约不到十里路时，大雨真的来了，东风呼啸，雷雨交加，很快湿透了全身。他后悔没听奶奶的话，带一把雨伞，真是"不听老人言，吃亏在眼前"。雨下个不停，路上全是泥，淋湿的身子特别沉重，好不容易抬起的脚再踩下去时，好像打入泥潭里的桩子，再拔时非常困难。

这是一片旷野，前不着村，后不着店，整个田野茫茫无际，简直是汪洋大海。萌萌实在走不动了，哪里有个歇息的地方呢？这时的要求不高，只要不湿，不挨雨淋就行，就这么一个地方也没有。他往前看看，不远处路旁有一个瓜庵。他喜出望外，挣扎着来到瓜庵旁。

这是一个不大不小的瓜庵。庵顶上是茅草，厚厚的，一点儿雨也不漏。地上有个木架子，上面铺着干草，好像一个铺着海绵的床，他高兴极了。庵内庵外简直是两个世界。他想："在这么一片汪洋世界里，竟有这么一个安身之地，真是天助我也。"

他急忙把行李放在"床"头。把湿鞋脱下来，扑通躺在"床"上。他就要合眼睡觉时，听见庵的顶部有沙沙的声音。他睁大眼睛仔细一看，吓了一大跳，原来是一条大蛇在庵顶部的木棍上趴着。四尺多长，浑身发紫，头悬在空中，两眼直瞪着他，嘴里的舌头吐出好长，不停地一伸一蜷。萌萌吓出了一身冷汗，躺在草铺上一动也不敢动，两眼直瞪着那条蛇，生怕它突然采取攻击行动。他们对眼对了不到一分钟，都发现对方没有进攻自己的意图，才稍微放松些警惕。萌萌心想，它不是毒蛇。听奶奶说，我们这里没有毒蛇。他对蛇说起话来："咱们俩是难友，都是来避难的。咱们井水不犯河水，和平共处，自保其身。"那蛇好像通人性，听懂了洛萌的话，主动把头缩了进去，闭上了眼睛。洛萌才彻底放下了心。他的双眼早就涩得支撑不住了，很快进入了梦乡。

"谁在里边？出来，快出来！"

洛萌被一片喊叫声惊醒。他睁开眼看看，几个手电筒照得他睁不开眼。雨不再下了，他的难友也不见了。几个人站在外面，催他赶快出来。他把鞋穿上，还是那么湿、那么凉。他不慌不忙地走到外面，几个人你一句我一句地盘问他："你叫啥？干啥的？为啥来到这里？"洛萌回答："我叫洛萌，是一中的学生，星期日返校，路上遇雨，在这里避雨。因走得太累，睡着了。"

"你说你是一中的学生，啥证据呀？你的学生证呢？"

洛萌说："我忘带学生证了，我想着星期天回家，带它也没有用。"

"那么你的校徽呢？"

洛萌说："我也没带。"

"谁相信你是一中的学生？走吧，跟我们到派出所去。"

他们这几个人是县公安局组织的统一行动小分队。每年都要统一行动好几次。在恶劣天气时，进行全县范围内的统一大搜捕，重点是搜捕流窜犯、外逃犯、形形色色的阶级敌人和一切犯罪分子。搜查地点就是村边、野外的隐蔽场所。他们这种联合统一拉网式行动，往往收到很好的效果。

他们这一班人跑了一夜，还没有发现一个可疑对象。这一班人的队长又是个年轻、好胜、荣誉感比较强的人，马上就要空手而归了，恰巧在这路边的瓜庵里发现了洛萌，队长就如获至宝，强烈的成就感，油然而生。因此，他坚持把洛萌带到派出所，以此汇报他这一夜行动的成绩。

洛萌向他们苦苦哀求："我确实是一中的学生。我白天还得上课哩，请不要叫我去派出所了，我实在不想耽误功课。"

洛萌听见有一个人说："队长，我看他是个学生，叫他走吧，别叫他去派出所了。"

另一个人说："那不行。坏人不是外表能看出来的，咱得提高阶级觉悟，把阶级斗争放在心上。宁信其是，不能信其不是，不能麻痹大意。再者，咱跑了一夜，啥也没搞到，能空着手回去吗？别犹豫了，把他带走。"

洛萌只得跟着他们去派出所。

他们走着很高兴，谈笑风生，有一种喜得胜利果实的快乐。洛萌却愁眉不展，苦心思索。他发愁的是白天要缺席上课了，发愁的是如何让学校知道，赶快来解救他。

到派出所以后，他们把洛萌交给所长。所长一看是个年轻人，立即对他进行了盘问。

"你叫啥？"

"我叫洛萌。"

"是干啥的呀？"

"我是个学生，一中的。"

"你们的校长叫啥？"

"我们的校长是朱校长。"

"你是哪个班的？班主任叫啥？"

"二五班的。班主任叫刘琛。"

那人随即给一中打了电话。他们在电话里谈了一阵子后，转过头来对洛萌说："你回去吧。他们让你来是一种误会，请你原谅我们。"

洛萌说："没关系。谢谢。我得赶快回学校上课。"

所长看洛萌背着沉甸甸的行李，问道："背这是啥呀？"

洛萌说："这是我一星期的伙食。"

所长叫住一个年轻人，对他说："你用自行车带上洛萌，把他送到学校，他上午还得上课呢，别耽误他上课。"

那人把洛萌的行李放在前面的篓里，让洛萌坐在车子后面的货架上，然后对所长说："我们走啦。"

洛萌感动得不知说什么好，只是不停地对所长说："谢谢，谢谢。"

自行车飞快地往前走着，洛萌激动的心情久久不能平息。

在一中门口上坡的地方，车子停了下来，洛萌下了车，把行李掂了下来。那人扭头走了，洛萌背着行李走进校门。学生们还正在吃早饭。

学生们吃饭的方式有两种：一种是学校开有大食堂，学生可以搭伙；另一种是学生自己想办法，自己背馍，或找亲戚、朋友。搭大伙的学生，每月向食堂用面换来面票，用这种面票买馍、汤或一切面食品。交钱换菜票，买菜。食堂不是大锅饭制度，而是食堂制，即吃多少买多少。面票只能用实物粮食换，不能用现金买；菜票可以用钱买，可以随便买，想买多少买多少。不搭伙的学生，除了在县城亲戚家吃饭以外，绝大部分学生都从家带馍。到吃饭时，学生吃自己带的馍，喝些水，就是一顿。为了方便学生，学校在大食堂里专门设一个大锅为学生馏馍，学生们把从家带的馍放在大伙上馏一下再吃。学生也可以带生红薯，在伙上蒸一下，完全是新鲜红薯。馏馍时，每个学生准备一个小布袋，把自己要馏的东西装在小布袋里，扎住口不让掉出，放在大笼里，每次交馏馍费三分钱。有些学生以背馍为主，也从大伙上换些面票，买些菜票，万一带的馍不够吃，可以搭几天伙。可以看出，自己带馍的学生，绝大多数都是家庭经济条件比较不好的学生，他们不搭伙往往是因为他们没有纯粮食面，其次是他们没有钱。他们自己带的馍不一定都是用面做的，而且用野菜做的。比如洛萌带的馍里有一半不是粮食面，而是用干菜做成的面。

也并不是每个带馍的学生都是在伙上馏馍的，有很多学生不馏。馏一次三分钱，也就是说每顿三分钱，一天九分。一个星期六天差一顿，十七顿，每周五角一分，每月两元零四分。就这两元多钱，对有些学生来说，他们确实拿不出来。洛萌就属于这一类。

这一部分学生吃饭有自己的吃法。他们把馍掰成小块，放在碗里，用开水房的开水泡一下，先泡一会儿，把水倒掉，再添新开水，这样连续换几次水，直到把馍泡透为止。这样泡的馍，热度可以，但味道差一些，但总比凉着吃强多了。

季节对带馍者很有影响，主要是夏季和冬季。夏季，学生吃馍时不用愁如何把它变热，即使不用开水泡也可以吃。但夏天的馍容易变坏，星期日带到学校里的馍到星期四就生出了白毛。用开水可以把大部分白毛冲掉，然后再吃。冬季的馍不容易坏，但它往往冻得像石头，又硬又凉，啃也啃不动，不用开水泡开是无法吃到肚子里的。

有一次，也是在冬季，学校的开水房锅炉坏了，整个学校没开水喝。对广大学生喝水关系不大，冬季学生不怎么喝开水，可是对从家带馍的学生来说，问题就大了。他们不能用开水泡馍了，冻馍不泡开是很难吃的。很多学生把冻馍在伙上馏一下，可是洛萌身上一分钱也没有，向别人借吧，以后不还得还吗？现在没有钱，还着就有钱了吗？再说，他又不想开这个口。他始终坚持一个理念：不管在任何困难下，只要一坚持就可以过去。这一次他也这么想，一坚持，就过去了。每顿吃饭时，他都啃冷馍。他咬一口，在嘴里多嚼一会儿，馍在嘴里暖热了再咽到肚子里。头两天，即星期一、星期二，还没有什么事儿。第三天，即星期三早饭后，他觉得肚子有些不舒服了。恰在这时，他的同班同学小胜的馍布袋丢了。洛萌赶快拿两个馍给他。他接过去一咬，冰凉。他问洛萌："这么凉，你怎么吃的呀？"洛萌没有回答。小胜知道他是没有钱，才不去馏馍的。他从口袋里掏出五角钱，对洛萌说："借给你五角钱，今天中午就把馍馏馏再吃，不要再吃凉的了。不然会吃坏肚子的。"洛萌说啥也不要这五角钱，他还要坚持，他说一坚持就过去了。

到星期六，洛萌已拉肚子两天多了。不吃药，也没有正常的饭，他的肚子是越拉越厉害。他脸色很憔悴，浑身无力，他还是本着坚持的精神，坚持，再坚持。在课堂上，他一会儿用手拍拍额头，清醒清醒头脑；一会儿站起来活动活动脚步，抖抖精神。老师叫他回答问题时，他还是坚持回答完美，好像没有病一样，但他的气力和精神状态掩盖不住他整个身体的虚弱。

星期六下午，他举步维艰地踏上了回家的路。他每走十来里休息一会儿，每走十来里休息一会儿。休息了四次，才回到了家。

奶奶看见萌萌后，情不自禁地流下了眼泪。问道："怎么啦，孩子？怎么成这个样子？"

洛萌把缘由告诉奶奶后，奶奶很伤心，很后悔。她后悔自己太大意，后悔没有给他几个钱。她对萌萌说："你应该借些钱把馍馏一下。坚持是对的，但看坚持什么，不能坚持的不要坚持。像这一次就不应该坚持，把身体搞坏了，就麻烦了。"

花妮坐在一旁，一边听奶奶讲话，一边看萌萌胸前戴的那个闪闪发亮的牌子。她问萌萌："这是个啥呀？"

萌萌说："这是校徽，上面写的是我们学校名字，人们一看见这个牌子，就知道我是一中的学生。"

自从那次公安小分队统一行动中把他带到派出所以后，他每次离开校园时，总要把校徽戴上，以避免麻烦。

这天的晚饭，奶奶为萌萌做了白面条。她舀了一碗递给萌萌，萌萌轻轻溜着碗边喝了一小口说："奶奶，今晚的白面条没有过去的好喝。"

奶奶说:"那是你胃口不好。其实今晚的面条应该好喝的。面条不但是纯白面的,还是油腌葱花儿炝的锅,这叫葱花儿炝锅面条,是有名堂的。胃口不好时,吃啥都不香。"

吃罢晚饭后,奶奶让萌萌吃了两片治拉肚子的药,对他说:"赶快睡吧,天气不好,看样子就要下雪了。"

第二天起床最早的还是奶奶,花妮和洛萌起来的时候,奶奶已纺了半个线穗了。

北风呼呼地刮着,堵窗户的干草也挡不住尖厉的北风,草织的门帘被风刮得噗嗒噗嗒响。已是数九天,贼风不胜防。不仅仅是风大,云也厚,天也黑。奶奶扒着草封门向外看看,深深地叹了口气:"一场大雪要来了,孩子咋走呢?"

劝他不去学校吧,这不是她的性格,洛萌也不会同意;同意他走吧,孩子有病,身体极其虚弱,天气这么不好,怕孩子受不了。这种进退两难的思想绞得她实在难受。

吃罢早饭后,洛萌对奶奶说他要去学校,他说:"奶奶,今天天不好,我得早点儿走,走走歇歇,用一天时间,总是不难走的。"奶奶无可奈何,叫他走吧,实在可怜他的身体;不叫他走吧,还不能让他轻易放弃,不能让他失去锻炼的好机会。她犹豫了半天才说:"走就走吧,当心点儿。"然后她对洛萌说:"这次带钱带粮票,不带馍了,你走着路轻松。"奶奶转身拿出钱和粮票,递给洛萌,说:"五块钱、二十斤粮票,还是全国粮票呢。"洛萌接过钱和粮票,又惊又喜,问:"哪里来的这么多钱和粮票呀?"奶奶理直气壮地回答:"挣的,全是奶奶挣的。"

奶奶整天想的、做的,没有别的,只有一个:挣钱让孙子上学。孙子是她的全部寄托、全部希望。把孙子供养出来,就是她的最终目的。她连明彻夜为人家纺棉花、做衣服、做鞋子、纳鞋底。花妮也帮助奶奶搞家务,还去地里挖野菜、拾柴火。一个多月以来,共挣十多元钱、二十斤粮票,除买面及其他零星开支以外,主要留着让萌萌上学用。

花妮看着萌萌那疲惫不堪的身子和无精打采的脸,担心他在冰天雪地里步行四十多里路,能不能受得了。她不禁说出了这么一句话:"要是有个自行车让弟弟骑,就好了。"

奶奶说:"哪有钱买自行车呀?一辆得一百多块呢。好好上学吧,等你们长大挣到钱了,你们每人买一辆自行车。"

洛萌说："不要说骑自行车了，光走路不带东西就不错了。"

是的，洛萌没有骑自行车的奢望，他的最大理想是步行去学校时，身上不背那沉重的东西。偶尔有一次他去学校时不带东西，那就是他的最大享受。带二十多斤东西，步行四十多里路，每周一个来回，这对一个成年人也是个不小的负担。然而，洛萌，一个十多岁的孩子，却顽强地坚持着。

洛萌穿上棉衣，用手巾包住耳朵，背上奶奶为他准备的小包袱，迎着刺骨的北风出发了。这次返校背的东西并不多，包袱里有一双袜子、四个煮熟的鸡蛋和几小包治拉肚子的药。东西很轻松，但洛萌的心情并不轻松；肩上的包袱并不沉重，但洛萌的脚步却非常沉重。他走得很慢，并且走一会儿，歇一会儿。中午时，走了二十多里路，距学校还有一半路。寒风呼呼地吹，雪越下越大。他本来就爱冻耳朵，好像无情的北风专找他的痛处，偏要刮他的耳朵。洛萌感觉着他的耳朵不是风在刮，而是一个尖锐的钢刀在刮。

真是无独有偶，雪也来凑热闹，它光往脖子里钻。冰凉的雪，化成冰冷的水，沿着冰冷的脊梁往下流，对本来就暖不热的身子，更增加了寒意。

洛萌停下脚步，跺跺脚，打打身上的雪，重新包一下头，坐在地上喘口气，静静心，安安神，抖抖精神，鼓鼓勇气，还得坚持。奶奶慈祥的面孔浮现在他面前，微笑着对他说："孩子，不要怕困难，要坚持，坚持就是胜利。"他想起了奶奶对他讲的故事。奶奶说："在第二次世界大战时，英国首相丘吉尔带领英国军队打败了疯狂一时的德国希特勒，取得了辉煌的胜利。事后，人们问他有什么经验时，他说：'我取得胜利有三条经验：第一，不放弃；第二，不放弃，不放弃；第三，不放弃，不放弃，不放弃。'"萌萌又有劲了。他站起来，自言自语道："我要坚持三条：第一是要坚持；第二是不放弃；第三是决不放弃。"

下午五点多钟，洛萌走到距学校七八里路的地方，再也走不动了，筋疲力尽，浑身冰凉。他把小包袱放在地上，沉甸甸的屁股扑腾砸到上面，两手抱住头放在膝盖上，闭上眼睛，浑身打哆嗦。十来分钟后，他可能感到太冷，挣扎着站起来，踉踉跄跄走到路沟里，扑通坐下，这里背风，感觉不那么冷。他好像全身都冻透了，他把身子缩成一团，闭上眼睛，两手紧紧抱住头放在膝盖上。北风呼呼地刮着，大片大片的雪花落到路沟里，落到他的身上……

冬天的这个时候，天色已是朦朦胧胧，看不清楚，可是今天却是白茫茫一天，地里面的大小东西都清晰可见。

两个年轻人，拉着一辆架子车，一个在车子上坐着，一个拉着，由北向南沿路而来。这两个人是兄弟，大的叫栓保，二的叫栓柱，是附近村庄的农民。他们是去县食品公司屠宰场卖猪了。他们早上去得很早，因卖猪的人多，他们排长队等着过磅开钱，等了一大天，到这个时候才把猪卖了回家。

他们走到洛萌躺着的地方时，首先看见路上一个鼓鼓的东西，被雪盖着。拉车的顺便用脚踢了一下，露出一个小包袱。他们停下来，把小包袱捡起来，打开一看，是袜子、鞋子等日用的小东西，质量不高，粗布料，手工造，不是什么值钱货。他们首先想到的是谁丢在这里的东西，他们顺着路向南、向北看看，没有一个人影；再往四周望望，也没有人。在这一刹那，他们无意中发现路沟里躺着个人。他们急忙下到路沟里把人拉起，人已经失去了知觉。老大说："一中的学生，身上有校徽。"老二说："赶快把他送到学校抢救。"他们把洛萌放到车子上，把小包袱垫在他的头下，飞快地往学校跑去。

他们走到学校门口时，累得满头大汗，气喘吁吁。门卫一看他们不是学生，就问："你们是干什么的呀？"

老大指着车子上失去知觉的学生，对门卫说："你看，这是你们的学生，我们在路上捡的，现在给你们送回来。"

门卫一看，立即感到情况紧急，马上让他们放下车，把他们让到传达室，让他们坐下歇歇。他正要想法与学校教导处联系时，架子车旁边熙熙攘攘站了一群学生。因为这个时候刚吃罢晚饭，还没有打晚自习预备铃，学生们正三三两两地在校园里、在校门口溜达。突然有一个学生叫起来："哎呀！这不是咱们的班长——洛萌同学吗？"另一个学生随即说："是的，就是他。"另一个学生说："他怎么啦？"几个学生齐声说："赶快把他抬到医务室。"

洛萌是初中二年级五班的班长。他不但学习好，其他各方面都好，班上同学都喜欢他，都愿意找他谈心，交流学习和思想情况。

二五班的学生都出来了，他们再三感谢这兄弟俩。兄弟二人把洛萌送到学校后立即就走，因为天已黑透了，他们不想回去得太晚，以免家人挂念。

洛萌被送到医务室后，医生们仔细地做了检查，听听心脏，量量血压，立即打上吊针。

校长、班主任和二五班的全体学生都来到了医务室。

他们嘱咐医生，要尽快让洛萌恢复健康。

校医对校长和班主任说："他是严重营养不良，再加上严寒，使他体力不支，失去知觉，没有其他大问题。"

洛萌醒过来了。他睁开眼一看，发现自己躺在学校医务室里，他不知道怎么来到了这里。他看见学校领导、班主任和班上同学都在身旁，眼泪唰唰地流了出来。少气无力地对领导和同学们说："我没事。"

朱校长离开时对医生说："今晚就让洛萌同学住在这里，别让他回宿舍，你们一定看护好他，看明天如何，如果病情不见好转，就得赶快转院，千万别耽误了。"

小胜对刘老师说："今晚我在这里陪他。"

医生说："不用你们陪，我们这里有值班医生，你们都回去吧。"

老师和学生们都离开了医务室，洛萌在校医的陪同下，过了一个安静、舒服的夜晚。星期一上午，他如同往常一样，少气无力地坐在教室里，认认真真地倾听老师讲课。

星期二晚上，吃罢晚饭后，打晚自习预备铃以前，洛萌的班主任刘老师把他叫到办公室询问情况。洛萌把他家庭的经济情况以及上周日病倒在路上的原因，比较详细地告诉了他。班主任听后非常同情洛萌，他带着既关怀又责备的口气问："你为什么不早点儿说呢？为什么不写助学金申请呢？"没等洛萌回答，他自责地说："我有责任，我对你的家庭情况不够了解，我没尽到职责。"

洛萌支支吾吾地说："奶奶说让我坚持，她不让我写申请。"

刘老师很严肃地、带着命令的口气说："限你明天一天，把助学金申请报告交给我。"

政府对困难学生的补助是采取"助学金"制。根据学生数，按一定比例把补助学生的钱数拨到学校。学校让班主任掌握学生的经济情况，把助学金发放给最困难的学生。各班的助学金不能在困难学生中平均分配，更不能在全班学生中平均分配。助学金的发放必须经过下列程序：本人写申请，经过学生所在大队和公社签署意见后交到学校。学校经过调查核实后，再由助学金评审委员会进行评定，评定出甲乙丙三级，甲级每人每月五元，乙级每月四元，丙级三元。

每学年开学后，学校让困难学生写助学金申请报告。每年该写申请时，洛萌就问奶奶："奶奶，学校让困难学生写助学金申请报告哩，我写不写呀？"

奶奶说："政府对咱穷人的关心，这个情咱领了。咱虽然困难，总比新中国成立前好多了。我可以挣钱供应你上学。这个钱让别的更困难的学生享用吧，咱们不写。"

洛萌是个很孝顺的孩子，对于奶奶的话，他肯定会照办的，他不写助学金申请报告，他家的经济情况，他也从来不对任何人讲。

星期五晚上，下罢晚自习以后，刘老师又把洛萌叫到他的办公室，对他说："你的助学金申请报告经过学校助学金评审委员会审查评定，决定给你甲等助学金，每月五元，每月十五日拿着自己的印章到学校会计那里领取。"

洛萌听了这话后，蒙了。他好像没听清楚刘老师说的话，他摇摇头、定定神，清醒清醒，他明白了，他每月可以领到五元钱助学金了。

他非常激动，激动得哭了，激动得说不出话来。

钱啊！每月五元，可不是个小数，一个月搭大伙的费用就够了，以后可以搭大伙了，不用再吃坏馍了，奶奶就可以轻松一些了。

钱啊！你来得好不容易啊！奶奶一个月拼死拼活，才勉强能挣到五元钱。

钱啊！你究竟是好东西还是坏东西？要说你是好东西，人们天天拼命挣你，你却躲躲闪闪，冷酷无情，毫不客气；要说你是坏东西，人人都想得到你，没有你就无法生活，没有你就寸步难行，没有你就什么事也办不成。

钱不是万能，但没有钱是万万不能。钱能决定你的胜败，一分钱难倒英雄汉。但钱也不是无所不能，如果光有钱，而没有正确的政治方向，没有好的道德品质，那么，他肯定是一个鼠目寸光、自私自利的庸人，他决不会把他的钱用到伟大的事业上。

洛萌最需要的就是钱，但最难得到的也是钱。常言说："钱难挣，屎难吃。"这么一个难得的玩意儿，现在每月给五元，凭白能拿到五元，凭什么呀？新社会的温暖，人民政府的关心。这不是天上掉的馅饼，而是政府的具体照顾。

洛萌开始时有些恍惚，然而，这确实是真的，千真万确，是自己的班主任告诉他的，这绝不会有半点儿假。

他激动得哭了起来，泣不成声地告诉刘老师："我写这个申请报告，奶奶还不知道呢。她不让我写。"

洛萌带着兴奋的心情去寝室睡觉。到宿舍以后，发现没有自己睡觉的地方了。自己的位置被两边邻居挤占完了。他好不容易把他们叫醒为他腾位置，他两个还埋怨着影响他们的瞌睡了。洛萌也感到很内疚，他们正在熟睡，把他们叫醒，实在不应该，但他又有啥办法呢？

学校的住宿条件比较简陋，每班四十五名学生一个住室，住室内搭两排铺板，让学生一个挨一个躺在木板上。每个学生所占的空间，根据该班学生的多少而定，一般是一个学生五十厘米。夏天，很多学生睡在外面，冬天就只能挤在一起了。夜里外出解手，回来后没位置的事是常有的。

有一次，一个叫小冬的学生，半夜去厕所回来后，没有睡的地方了，被他的两个邻居侵占了。他就拼命把这两个同学往外推。这两个学生瞌睡特别大，很不容易弄醒，但又不能叫，叫声会影响其他同学，甚至会影响整个宿舍的人。只能用无声音的办法，这就是推。有时把他推醒，让他往外挪。有时推他时，他也挪动了，可是他并不知道。这是最简单、最省时间的办法。但也有时很难推动，只得把他推醒，他才挪挪位置。在多数情况下，这是非常普通的事情，有人把你推醒，也不是什么了不起的事。但有的同学，就没有那么简单了。王小生有一年冬天，就碰见这么一回事：他去厕所回来后，发现没有位置了。他推右边的邻居，邻居挪了挪；他又推左边的，左边这个同学就没有这么简单了，他醒来后，对王小生大发脾气。因为他经常失眠，这天晚上他刚睡着就被小生推醒，嫌小生太不体谅他的痛苦。他发火了，而且怒不可遏，火冒三丈，劈头盖脸地往小生身上打起来，嘴里还吐着恶言冷语。小生是个大个子，有力气，不服输，对对方的行为非常恼火。他想："你占住我的位置，让我没地方睡觉，我叫你挪挪，你不但不挪，反而打我，太不讲道理了。自己明明是对的，反遭这般无礼对待，哪能受这个窝囊气！"他也毫不示弱地与他打起来。小生扭住他的两只胳膊，把他往下摁时，正好砸在他的邻居小岑身上，小岑哇啦一声坐起来。厮打声、叫骂声、脚踏铺板的咚咚声，不但把整个宿舍的学生惊醒，也把左邻右舍的学生都惊醒了，很多学生站在院子里，打听事情的缘由。班主任来到宿舍，劝说大家回寝室睡觉，并说服当事双方暂时睡觉，天亮以后再解决他们的问题。

时隔不久，也是发生在这个宿舍里。一个半夜，小秋出去解手回来后没有睡觉的地方了。他睡不下，一躺就会压在邻居身上。他吸取了上次吵架的教训，不敢叫，也不敢推，怕对方醒来生气。于是，他采取了忍耐态度，宁愿牺牲些自己，让大家睡个安生觉。他穿好衣服打算坐在门口的铺边上。他估计天快亮了，待一会儿就该起床了。他刚要往铺边上坐时，最里边的一个同学声嘶力竭地叫："小偷！小偷！抓小偷！抓小偷！"他这么一喊，全宿舍的学生也随声喊起来，有的还添油加醋："快抓住，别让跑了。"学生的声音都是可着喉咙吆喝的，又是在夜深人静时，一下子惊动了全校每个宿舍的学生。有的甚至起来拿棍子、拿绳子。"抓小偷，关住门，小偷在哪儿，别让他跑了……"的声音越来越响。你也喊，他也喊，都是跟着别人喊，大家都在喊，谁也没看见。喊声的共鸣震撼着老师的宿舍，震撼着整个学校，连学校周围的群众也惊动起来了。

小偷在哪儿？谁也不知道。谁看见小偷了？谁也没看见。校长在全体学生会上教育大家不要盲从，不要人云亦云。遇事要动脑子，不要跟着瞎嚷嚷。

洛萌把每月领五元助学金的消息告诉奶奶以后，奶奶激动得说不出话来。奶奶泪汪汪地对萌萌说："咱欠政府太多了。"

奶奶的这句话里暗含着她奋斗一生的苦辣酸甜，暗含着她对共产党、对人民政府的深情。

奶奶对洛萌说："孩子，你亲眼看到，是谁让我们翻身得解放的，是谁分给我们土地的，是谁把我们的住宅还给我们的，是谁帮助你上学的，都是共产党、人民政府。奶奶尽管拼死拼活，力量是有限的，是微不足道的。没有党和毛主席的领导，咱们某一个人的努力是无济于事的。因此，要永远跟着共产党，好好学习，把自己的毕生精力献给伟大的共产主义事业，为人类的解放而奋斗。"

进入初中三年级以后，学校对学生积极开展"一颗红心、两手准备"教育。根据国家的招生计划，1957 年高中招收新生人数较少，初中毕业生升入高中的比例较低。县城一中，当年初中毕业生八个班，四百多人，可是当年高中招收新生数是一个班，四十多个学生，升学人数只占百分之十。这对当年初中毕业生压力很大。学校里积极宣传回农村参加农业生产的好处和意义，学校里利用周末举行大型文艺晚会的机会，排练豫剧《朝阳沟》，号召学生向栓保和银环学习。学校还举办邢燕子事迹展览会，让学生写学习心得，在班上召开学习邢燕子座谈会，学生在座谈会上发言，畅谈初中毕业后的打算。当然，都是高高兴兴去农村，快快乐乐参加农业劳动。

学校里的口号是"一颗红心、两种准备"，让每个学生预先做好考不上学的准备。因为，考上学了，不用准备，高高兴兴去上学就行了。可是考不上学，如果不做好思想准备，就可能想不通而出现意外。所以，学校里把重点放在对考不上学的思想准备上。

洛萌把这个情况告诉奶奶以后，奶奶说："万一考不上高中，就高高兴兴地回来，咱家正好没有人干活呢。但是，你一定努力争取考上高中，把考上当成你主要的奋斗目标。咱吃着国家的，花着国家的，现在的上学，就是为了将来报效国家，上学越多，报效的能力就越强。初中毕业后就回农村参加农业劳动，这只是简单的体力劳动。如果你上到大学毕业，学了专业知识，那时，你的知识就渊博多了，你报效国家的能力就大大加强了，你的贡献就大得多了。"

洛萌说："回家参加农业生产不也是报效国家吗？"

奶奶说："你说得对，搞农业生产也是报效国家，但农民的力量毕竟是有限的。如果你继续上学，就会学到高深的知识，甚至学到世界最先进的知识。你参加农业生产的贡献，怎能与你大学毕业以后的贡献相比呢！因此，你一定把学习当成重点，一定要考上学，升上高中。高中毕业后，还要考上大学。这是你父母亲对你的期望，也是我整天拼死拼活挣钱供你上学的最终目的。希望你不要辜负我们的期望。"

洛萌说："我本来也是这么想的。"

奶奶说："那就好。我相信你不会让我们失望的。"

洛萌的本来想法就是坚决把学习搞好，坚决升上高中，但当他看见奶奶脸上增加的皱纹，看见她两鬓苍苍的白发，看见她那饱经风霜的憔悴面颊时，他继续上学的决心就悄然消失。奶奶已经六十七岁了，她自从来到洛家以后，没有过一天好日子。新中国成立后虽然基本生活有了保障，但她还肩负着供应萌萌上学的重担。奶奶太辛苦了，奶奶受的罪太多了。现在解放了，大家都翻身了，也得让奶奶翻翻身。现在是新社会了，大家都在过幸福生活，也得让奶奶享享幸福了。因此，不能再上学了，不能让奶奶继续辛苦了。但他看到奶奶想让他上学的决心以后，他不愿让奶奶失望，他下定决心，实现奶奶的梦想——升高中、上大学。

新中国成立后，奶奶家虽然有了土地，但他们家没有劳动力，成立农业合作社以后，是靠参加农业劳动挣工分取报酬的。家里没人挣工分，每年分粮食时只能分人头粮，分不到工分粮，也分不到钱。所以奶奶仍然生活很不富裕，花钱仍很紧张，供应洛萌上学就差得太远了。一到开学时，洛萌就对奶奶说："就要开学了，又该交钱了。"

奶奶问："多少钱呀？"

洛萌说："书钱五元，学杂费四元，一共九元，不包括吃饭钱。"

就这九块钱，不知让洛萌哭过多少次，不知让他们作过多少难。有时奶奶会说："我去你姑家，让你姑姑帮帮忙。"但这不是一次两次呀，每年两次交，三年就是六次。有时奶奶会说："对你老师说一下，咱们晚些时候交。"晚些时候，实际上就是半个月后，洛萌又可以领到五元钱的助学金了，用这个钱可以交学杂费。

单从经济上来说，洛萌实在是没有上学的条件，但从主观愿望上说，他对上学有着强烈的愿望。他对奶奶说学校里进行"一颗红心、两种准备"教育，是让奶奶坚定支持他上学的信心。可是他这么一对奶奶说，奶奶反倒认为他对上学失去了信心。因此，她反复强调上学的重要性，要他继续升学，考上高中，不要让她失望。

洛萌升高中的信心更足了。学校里越开展劳动教育，他学习的劲头越大。他把每门功课都做了详细的复习计划，到高中考试时，每门功课至少复习三遍，而且把课本知识搞细，搞透，要做到万无一失，确保升学考试不能失败，只能胜利。一天晚上，上晚自习的时候，他在黑板上用粉笔写上："上高中、升大学，定要留洋莫斯科。"他的班主任刘老师看见他写的字以后，对他说："加油，我支持你。"

1957 年秋，洛萌初中毕业后经过考试，顺利考入了高中。县城一中从1956 年秋季开始招收高中生，1957 年是该校的第二届高中。这一届高中就一个班，四十二人，是从初中毕业的八个班里面挑选出来的。从 1957 年到 1960年，洛萌在这里上了三年高中。在这一阶段，社会上政治运动一个挨一个，社会活动变化很快，反右倾、总路线、大跃进、人民公社、大锅饭、大炼钢铁、农业上的大兵团作战、深翻土地、挖坑塘、大放卫星等等。这些社会活动都不同程度地反映到学校中来，老师的教学和学生的学习都受到很大影响。

洛萌在这三年高中生活中，在学习方面，他非常刻苦。在其他方面的表现也很突出，每一学期，都被评为"三好"学生。在经济方面，除了政府发给的助学金以外，他坚持搞勤工俭学。他知道家里已拿不出一分钱了。姐姐已出门，奶奶已近七十岁，已没有能力再靠体力劳动挣钱了。因此，他下定决心，自己供养自己，不从家里拿一分钱。

他搞的勤工俭学活动主要有这些：为企业单位搞装卸或搬运，为收购公司捡钢铁，为国营农场除草。搞运输或搬运是计件工，承包制，干完一摊活儿一清账。它的好处是干完活就可以拿到钱；它的缺点是干活没有连续性，这一摊活干完后，得另外找新活。这种活儿往往不是一个人能干得了的，经常是几个同学一起干。有时给人家卸煤、运煤，这往往是全班同学一起干，才能干完。为国营农场除草，不是计件活，而是按天算，干一天八角钱，不管吃饭，也不管往返路费。国营农场在和尚庄，离县城二十里路，学生们很早起床，八点钟前赶到农场，不耽误八点钟上班。他们在农场吃饭，一天三顿饭，共花五角钱。每天可以净赚三角钱。当然，这属于低廉劳动。在没有其他挣钱门路的情况下，就为着这三角钱，学生们都抢着干。

高中的三年是洛萌艰苦奋斗的三年。他奋斗出了可喜的成绩，1960年高中毕业后，他参加了高考。他报考的前三个志愿是：1. 留苏学生预备部；2. 北京大学东方语言系；3. 北京外国语学院英语系。

他考上了，被第一志愿录取，让他于1960年9月1日前到留苏学生预备部所在的北京外国语学院报到。在该校学习两年俄语后，由国家保送去苏联上大学。

去上学的日子快到了。奶奶问洛萌："孩子，你去北京上学，都带些什么呀？"

洛萌："除了带被子、褥子和一些生活用品外，别的什么也不用带。"洛萌这样说是为了不让奶奶再作难。上学需要钱，这是明摆着的事实。从这里到北京光坐汽车、坐火车就得十五六块，此外，还有吃饭钱。这在当时对于洛萌这样的家庭来说，十五六块钱，并不是个小数。但洛萌偏偏对奶奶说不需要钱，因为他明知到奶奶没有钱，如果如实告诉她需要的钱数，奶奶拿不出钱，心里落个难受。农村正是生活困难时期，劳力棒的家庭还勉强顾住嘴，没有劳力的家庭，日子非常难熬。究竟如何能去到北京，洛萌自己也不清楚。他仍然坚持他的信念：坚持到底，决不放弃，坚持就是胜利。

他上学时不向奶奶要钱，去北京上学也不向奶奶要钱。整个暑假期间，他仍吃住在学校，每天去街上找活，一个商店一个商店地挨门串，询问他们有什么活需要他帮忙。商店里的活无非是进货、卸货、整理文件、抄写材料等等，都是些小活，干干也挣不了几个钱，但就这也是难得的。当时的经济很不景气，营业员每天也没有什么活干，一天到晚，很少有人问津。他们经常坐在商店里，"读个报纸儿，喝个茶水儿，聊个天儿，打个盹儿"。这也是上班，反正是没事儿，只要天天到场，就是上满勤，就可以领满工资。

当时学校有一个"困难学生上学补助费"项目，补助对象必须符合下列两个条件：首先是家庭经济困难的；其次是考入外省学校的，尤其是路途比较遥远的。洛萌正好符合条件。他领了上学补助费十五元。他的班主任刘老师给他了五元，学校总务处会计李老师给他了五元，有的老师给他三块，有的给他两块。他的好同学也帮他的忙，有的给他一双鞋，有的给他一件上衣，有的给他一条裤子，还有不少同学给他一些生活用品。不管是老师，还是同学，他们有一个共同的愿望，也是对洛萌的唯一要求：到他出国时，把他出国用的相片给他们每人寄回来一张。

八月三十日，洛萌打算再回家看看奶奶。他就要走了，就要去很远很远的地方了，他不想离开奶奶。去北京上大学是他梦寐以求的事，他有生以来从来没有这么高兴过，可是当他真的就要走时，他却忧心忡忡。奶奶七十多岁了，身边离不开人了。在瓢泼大雨的夏天，有人来为她做饭吗？在北风呼啸的冬天，有人来为她烧个热汤吗？她有个头疼发热怎么办？谁给她拿些药？谁给她烧些水？……他想起了奶奶的孤苦伶仃，想起了奶奶的行动不便，他痛心疾首，他悲伤万分，自他有记忆以来，他从来也没有这么悲伤过。他哭得很痛心，他自言自语道："奶奶费尽千辛万苦把我抚养大了，可是她已是风烛残年了。"

当他到家时，天已是傍晚，奶奶仍按她的老习惯，晚上不动锅，不吃晚饭。她正连衣躺在床上，眯缝着眼在想心事："萌萌已走到北京了吧？他独自一个人吗？孩子没有出过门，一个人行吗？……"洛萌走进屋子，喊道："奶奶，奶奶。"

奶奶有些聋，她没有听出是谁的声音，只感到外面有人进来了。她问道："谁呀？"萌萌答道："我呀，奶奶，萌萌。"

奶奶："谁呀，萌萌？"奶奶说着，站起来往外走，萌萌急忙扶住她，说："刚起来，慢点儿。"

奶奶已经知道他是萌萌了，喜出望外地问："孩子，你不是去北京了吗？怎么又回来了？"

萌萌："我还没走哩，奶奶。我后天走，今天再回来看看你。"

奶奶一听就知道他是在牵挂她，是她让萌萌难舍难分。她很清楚，这样会影响他的学习，影响他将来的工作，影响他的前途。

奶奶："你看我个啥呀？我好好的，不要挂念我。一个人长大，要想干些事业，总不能老守在家里吧。北宋时的范仲淹就说过'先天下之忧而忧，后天下之乐而乐'，你是国家培养大的，要先为国家效劳，不要动不动先把家事放在前面，这哪能行啊！不要总思念着我。你姐姐离这里又不远；再者，还有生产队的干部，我要是有些啥事，他们一定会管的。你不要总想着家，总想着我，这样会耽误你的学习。在学校一定把学习搞好，这是工作的本钱。毕业后叫去哪里就去哪里，哪里需要就去哪里。人们说'忠孝不能两全'，依我说呀，尽忠就是最大的孝。"

萌萌："是的，奶奶。我记住了。"

第二天，即八月三十一日，洛萌又回到学校。当晚把准备带的东西都收拾好，把该交代的事交代了，把一切办理妥当，准备第二天出发。

1960 年 9 月 1 日，洛萌早早吃了饭，穿上同学们给他的紫花衬衣、灰夹裤和黑鞋，把二十多块钱装在内衣口袋里，用别针别起来，告别了母校，在老师和同学们的欢送声中，踏上了去北京上大学的路。可是他担心奶奶没有人照顾，这个阴影在他脑子里始终存在着，时隐时现，挥之不去。

2013 年初稿于尉氏
2014 年完稿于开封

后 记

我就是书中的洛萌（萌萌），奶奶和姐姐都是真实姓名。

这本书中的故事不是我的编造，也不是社会上的道听途说，而是发生在我家的真实故事，有些是奶奶的讲述，有些是我的亲身经历。因此，与其说这是一部小说，倒不如说这是我的家史。

忘记过去就意味着背叛。

我有个非常悲惨的童年。奶奶带领我们克服重重困难，熬到了解放军的到来。我写这本书的目的是让孩子们了解我的痛苦家史，也安慰奶奶的在天之灵。

书中的三个主要人物——奶奶、花妮和萌萌——后来的情况：

奶奶在孙媳的照顾下，幸福地度过了晚年。她于1978年去世，享年八十九岁。

花妮，萌萌的姐姐，长大后嫁给一个本村农民，有一个幸福的家并育有儿女。她于2009年病故，享年七十四岁。

萌萌，北京外国语学院毕业后，分配到外交部从事外事工作，曾到国外任专职翻译。他与陈梦莲结婚后，生了一个儿子和两个女儿，他们都有理想的工作、美满的家庭和幸福的生活。萌萌与妻子相濡以沫，现已退休，在儿女们的精心照顾下，过着清闲舒适的养老生活。

在写本书的过程中，我的妻子陈梦莲是强有力的助手，我在前面写初稿，她随即校对定稿，使该书得以较快完成。

作者